孺子帝 5

后宫内的暗流

冰临神下
◎著

北京联合出版公司
Beijing United Publishing Co.,Ltd.

图书在版编目（CIP）数据

孺子帝. 5 / 冰临神下著. — 北京：北京联合出版公司，2018.12

ISBN 978-7-5596-2600-4

Ⅰ. ①孺… Ⅱ. ①冰… Ⅲ. ①长篇小说—中国—当代 Ⅳ. ①I247.5

中国版本图书馆CIP数据核字（2018）第229531号

孺子帝. 5

作　　者：冰临神下
选题策划：北京磨铁图书有限公司
责任编辑：李　红　徐　樟
装帧设计：Violet　刘珍珍

北京联合出版公司出版
（北京市西城区德外大街83号楼9层　100088）
三河市冀华印务有限公司印刷　新华书店经销
字数426千字　700毫米×980毫米　1/16　印张24.5
2018年12月第1版　2018年12月第1次印刷

ISBN 978-7-5596-2600-4
定价：42.00元

目录

后宫内的暗流

第一章

药膳

赵若素由中书舍人变成了倦侯府的小小府丞。这是一个极其卑微的官职，尤其是在倦侯府，大小事务都有专人负责，一名普通的宿卫士兵也比府丞更有用处，地位当然也更高些。

赵若素无事可做，每天独自在小屋里呆坐，一连好几天没有再得到皇帝召见。

韩孺子心中的怒气早就消了，取而代之的是一种警惕。他选用赵若素是希望得到指点，能够更好地与大臣打交道，谁知几句话之后，赵若素就开始为大臣辩护，说什么皇帝将朝廷抓得太紧。

以抬高为名，行架空之实，韩孺子对这种行为特别反感，不仅因为他是皇帝，还因为那段不堪回首的傀儡生涯。

而且朝中大臣的表现也不允许皇帝放手，他们大都还停留在武帝时期，对大楚的确忠诚，但是明哲保身，少出头甚至不出头，给皇帝一种不受挑战的错觉，可这样一群人，无法应对大楚的重重危机。

在晋城投河自尽的萧声曾给韩孺子很大触动，但他现在最为需要的不是这种人。

这天下午，皇帝在倦侯府的后花园里召见了临淄都尉赖冰文。

赖冰文虽是文官出身，身形却极雄伟，与樊撞山有一比，只是脚步虚浮，没有武将的沉稳。

君臣二人在亭子里饮茶，茶毕，韩孺子说："东海船坞正在造船，预计三年之后可有大成，在此期间，海盗或有可能偷袭，朝廷暂时难派大军驻守，若由赖将军镇守船坞，需兵多少？有何应对之策？"

赖冰文起身，心里明白，自己已与大将无缘，恭敬地回道："五千足矣，若能及时得到后方援助，三千也可。守城之要不在人多，而在器械，若器械充足，运用得当，坚守数月不成问题。"

韩孺子也曾被困城中，对守城颇感兴趣，与赖冰文聊了许多，召见结束时，他心里已经做出决定，此人可为船坞守将。

以赖冰文的身份，能得到皇帝的单独召见，已属殊荣，可他还不甘心，将要告辞的时候，忍不住说道：“末将早年失德，陛下想必有所耳闻。”

“嗯。”韩孺子真想问赖冰文当年勾引的是谁，可他是皇帝，有些好奇只能藏在心里，不能表露出来。

赖冰文似有不平之色，很快平静下来：“以德选将，则天下无将可用。”

韩孺子道：“你觉得因为早年的无德之行，自己才不能成为平海盗大将？”

赖冰文点点头。他参与过好几次倦侯府的聚众商议，对皇帝不像第一次拜见时那么敬畏，敢于表达真实想法。

“平海盗的事情先不说，匈奴才是真正的大患，朕欲派大臣出使匈奴，赖将军可愿一往？”

赖冰文虽然不明白话题怎么会转到匈奴这边，还是躬身回道：“末将愿往。”

“此去不是几个月，而是三年五年，甚至更久，朕需要一人留在大单于身边，时刻关注那边的变化，你能做到吗？”

赖冰文一呆，再回答时已显得勉强：“只要陛下觉得有必要，末将……”

这样的回答与拒绝无异，韩孺子大笑：“赖将军果是恋家之人，倒也无妨，只是平海盗并非一时之战，海盗骤合骤散，连个大头目都没有。在朕的计划中，三年造船可成，五年不让海盗近岸，要到十年之后，才能令海盗绝迹。在此期间，水军需常年泛舟海上，普通将士尚可轮换，大将却难登岸，请赖将军细思。”

赖冰文脸上一红，跪下磕头，讪讪离去。

对另一位将军狄开，就比较简单了，皇帝召见，勉励了几句，送他出府。此人可为辅将，做不了独当一面的大将。他自己也清楚，能得皇帝赏识，已经非常满足，没有更多的要求。

只剩下一个燕朋师，韩孺子迟迟没有做出决定，他已派人给东海国的景耀送信，让景耀暗中调查军功的真相，在此之前，他仍给予礼遇。

崔腾特别推崇这位年轻的将军，一有机会就说他的好话，韩孺子往往笑而不答。

这天傍晚，韩孺子进膳时发现一件怪事：满桌子一股药味，许多菜肴里明显掺有药材。他叫来侯府总管老太监何逸，问道：“这是什么？”

“回禀陛下，这是专为陛下准备的药膳。”何逸的日子本来过得挺滋润，自从皇帝常住府中之后，他很长时间没敢碰酒了，神情有点恍惚。

“朕又没病，为何要吃药膳？谁的旨意？”

何逸一愣：“呃……是宫里……是皇后派人特意做的，我以为陛下早就知道。”

说到皇后，韩孺子神情缓和许多，可是仍然纳闷：“将厨师叫来，朕要问个清楚。”

厨师来了，不是一位，而是两位，十分惶恐，一进来就跪在地上。看到其中一人的服饰，韩孺子一愣："你是太医吧？朕既无病，也未宣召，你来做什么？"

太医不敢抬头，颤声道："是……是皇后命微臣来此监督制作药膳，微臣不知……微臣不知……"

"药膳是治什么病的？"近日天气转冷，韩孺子以为这是预防风寒的药膳，可是看菜肴中的药材颇有几样古怪不可辨认的东西，心中越发困惑。

太医也很困惑，因为他以为皇帝早已知情，抬头瞥了一眼，没等看清就低下头。

"回答朕的问题。"韩孺子严厉起来。赵若素、赖冰文这样的人在皇帝面前放肆一下也就算了，小小一名太医可没有保持沉默的资格。

太医磕头，小声回道："此药专治无子之症，陛下、皇后以及众嫔妃皆服此药……"

韩孺子又好气又好笑，拿筷子挑起盘中一物，看了一会儿，想问这是什么东西，想想又算了，挥手道："退下吧。"

这顿晚膳韩孺子吃得小心翼翼，只拣认识的菜肴吃了一些。

当晚侍寝的正好是淑妃邓芸。在十几位嫔妃当中，只有她在皇帝面前什么都敢说："药膳的味道真差，听说男女有别，陛下的药膳不知味道怎么样？"

"一样差。皇后怎么会突然想出这样的主意？"

"陛下别冤枉皇后，其实这是我的主意。好几个月了，众姐妹一个也没怀孕，于是我向太后建议，该请太医看看。太后觉得不必着急，所以我就建议配几服药膳吧，我在晋城的时候听说过几个方子，很管用……"

"这是你开的方子？"

邓芸笑道："当然不是，是太医开的。太后可信不着我。"

"所以这是你的建议、太后的决定，但是让皇后传旨？"

"这种事只能由皇后传旨。"

慈宁太后与皇后都以为对方通知了皇帝，总管何逸也没细问，结果发生了偏差。

皇帝尚无子嗣，这已成为许多人的一块心病，韩孺子却不着急，而且不喜欢来自皇宫的干涉，也不留宿了，重新穿好衣裳，对淑妃说："既然是你的主意，明天就由你转告太后与皇后，说朕不喜欢药膳，从今以后，未得朕的旨意，不准随意换膳。"

"可是陛下……"

韩孺子转身出屋，守在外间的太监很意外，没敢多问，立刻跟上，送皇帝前往书房。

不理解皇帝的人不只是朝中大臣，还有宫里的许多人，他们似乎还没有明白大难即将临头，若不能及时做出反应，大楚将亡，朝廷与皇宫到时首当其冲。

书房里有点冷，太监们忙着去取炭盆。韩孺子坐在书桌后面，很想找孟娥谈谈，可孟娥不在。最近关于刺客的传闻比较多，她要与其他侍卫一道轮值，除非必要，否则不能随意再守在皇帝身边。

韩孺子看了一会儿书，命人将总管太监何逸叫来。

何逸已经躺下，听到传召，立刻爬起来，穿了一件外衣就来了。

何逸已经很老，当初追随皇帝一道出宫，有从龙之功，他的要求却从来不高，有吃有喝、有穿有住足矣，唯一的嗜好是喝酒，喝多了迷糊，不喝更迷糊。

韩孺子犹豫多日，还是决定将事情挑明，对身边人，他的确不能太放纵了：“何逸。”

“老奴在。”

“南直劲给了你什么好处？”

何逸一惊，扑通跪下：“陛下……陛下……”

“朕不怪罪于你，也不会追究南直劲，只想了解真相。”韩孺子平淡地说。南直劲此前向中书省传递消息，明显是在府内得到了帮助，事情查起来倒也简单，卫兵十分尽责，记下了每一位探访过南直劲的人，蔡兴海那边则记录了每一位进出府者，两相对照，立刻就找出了老太监何逸。

“我……老奴什么也没……就是一顿酒，南直劲不知从哪儿听说老奴爱酒，声称有位朋友要送他两坛收藏多年的好酒，那位朋友马上就要离京，他没法去取，所以求我帮忙，许诺分我一坛。他……他将那坛酒说得天花乱坠，老奴没忍住，就去了一趟，顺便帮他……传递了一张纸条……”

韩孺子轻叹一声，中书舍人果然最了解皇帝，连皇帝身边的人都要打听得清清楚楚。

何逸老糊涂，降罪于他也是无用，韩孺子道：“何逸，你年纪大了，别管别的事了，去后花园看管鸡鸭，每日有酒有肉，保你尽兴。”

何逸砰砰磕头，被两名太监扶出书房。

韩孺子枯坐一会儿，又派人去传赵若素。

赵若素还没睡，很快就来了，恭敬地行礼，既不显亲近，也不露惊慌。

“别再提朕身边人的事情。”韩孺子得立下规矩，“起码三年之内不要提。”

“是，陛下。”

“朕问你，吴家是怎么回事？”

皇帝传旨削夺吴氏兄弟的侯位，结果官府竟然派人将吴家包围，不准随意进出，韩孺子已经通过金纯忠让差人撤去，可他不明白自己的圣旨怎么会变成这个样子。

最初这个主意是赵若素提出来的，他有义务解释。

赵若素已经听说过这件事，上前道：“因为朝廷有两位皇帝。”

一旦抛去中书舍人的身份，赵若素可是越来越不会说话了。

第二章 两个皇帝

韩孺子历经千辛万苦才成为真正的皇帝，对某些事情不免有些敏感，听到朝中有“两位皇帝”，脸色沉下来：“此言何意？”

赵若素拱手：“一位是坐在这里的陛下，一位是众人心目中的皇帝。”

原来是一次文字游戏，韩孺子笑了笑，突然有点怀念那个谨言慎行的中书舍人，但这是他请出来的“神”，只能忍耐：“你的意思是说众人心目中的皇帝，与朕并不一致？”

“完全不同。”

韩孺子没有马上追问，坐在那里想了一会儿，心中再无恼怒，反而认真思考了赵若素的话，良久之后，指着角落里的凳子：“坐。”

赵若素双手搬来凳子，搭边坐下。

“你将‘两位皇帝’都说说吧。”实话虽然刺耳，却是韩孺子最需要听到的劝谏。

赵若素起身拱手，然后坐下：“坐在微臣面前的陛下，聪明英武、深谋远虑、敢为人先、敢迎强敌、敢为人所不能为，正是大楚最为需要的皇帝。”

韩孺子苦笑道：“你把第一位‘皇帝’说得这么好，看来第二位‘皇帝’一定很差。”

赵若素咳了两声，正色道：“众人眼中的皇帝却是另一副样子：连杀同宗子弟，血洗京城，以无数条人命夺回帝位……”

韩孺子刚想辩解，说那个伪皇帝和冠军侯都不是自己杀死的，话到嘴边又咽了回去，那是众人眼中的皇帝，他控制不了，那两人的确死了，而且死在夺位之战期间，朝廷又从来没有过调查与解释，怪不了外人胡乱猜疑。

他安静地继续听下去。

“第二位皇帝已有残暴之名，满朝文武乃至天下百姓，尽皆畏惧。”

“嘿，这算好事还是坏事？”

“有好有坏。陛下此前不听大臣劝阻，执意脱离大军，带领少数人马北上，以至被困晋城，虽然最终得脱，但在众人看来，这位皇帝不免还是太年轻、太急躁，爱冒无谓之险，没有长远规划。”

皇帝废寝忘食地设计除四患之计，却被看成没有长远规划，韩孺子仍然没有解释，他所做的事情大都在倦侯府进行，外人的确看不到，对朝中大臣来说，皇帝很可能只是在倦侯府里聚集一批亲近之人闲聊，顺便拣选大将。

“嗯，还有吗？”

“还有，要等三年之后才能说。”

韩孺子大笑，一见面他就下令，不准赵若素再提皇帝身边人的事情，至少要等三年。毫无疑问，众人眼中的皇帝宠幸近臣，已有昏君征兆。

“朕明白你的意思，皇帝一人能力有限，必须通过群臣，才能让万民‘看’到朕。君臣若是离心离德，众人眼中的皇帝就会走样，对不对？”

赵若素再次起身拱手：“陛下睿智，一点就透。”

这可不是“一点就透”，韩孺子轻叹一声：“该由群臣靠近皇帝，还是该由皇帝理解群臣？”

赵若素又要起身，皇帝示意他坐在凳子上回答即可。

“比如牧羊放牛，前方即是沼泽陷阱，是该由牛羊做出决定，还是放牧者？”

这既是吹捧，也是指责，韩孺子竟然无言以对，过了一会儿才说：“如果放牧者对这群牛羊不是很满意，打算另换一批呢？”

“陛下拥有天下最大的一群牛羊，再无放牧者可与陛下交换，因此不可换，只可以新代旧。”

“怎么个以新代旧法？”

“办法就在朝廷的规矩之中，有科举，可以招揽天下俊杰；有升迁贬黜，可以凭此选贤任能、逐退平庸之辈。”

“科举三年一次，升迁贬黜也有定规，少则一年，多则三五年，朕有些等不得。”

“陛下针对四大患选将定策时，不急不躁，即使只是剿匪，也以年计时，何以到了朝廷，却如此心急呢？”

皇帝不语，赵若素继续道："陛下重返帝位之时，未得大臣支持，因此耿耿于怀？"

韩孺子看向赵若素，在这个人面前隐藏心思几乎不可能，他不仅猜得准，而且口无忌惮，什么都敢说。

韩孺子开始觉得自己请来的不是"神"，而是只"妖魔"，却是只大有用处的妖魔。

"朕耿耿于怀，是因为群臣眼睁睁看着大楚陷于瘫痪，他们不支持我，也没支持任何人。看样子，就算帝位上摆一尊木偶，他们也会照拜不误，或许这就是他们的目的。木偶倒是很符合你们所期望的皇帝：高高在上，不参与争执，让朝廷自己运转。"

赵若素还是站了起来，拱手之后坐下："敢于参与帝位之争的朝廷不是没有过，全都记在史书里，陛下常看，可觉得喜欢？"

韩孺子当然不会喜欢，那样的朝廷最后都会变成权臣当道，甚至迫使皇帝禅位："皇帝注定是孤家寡人吗？"

"并无'注定'之说，一切决定终归要由皇帝做出。后世评价本朝，先看皇帝，再看群臣：陛下能运转群臣，方能运转万民；能运转万民，方能运转天下。大楚为富饶之地，人丰物茂，能执此利器者，无往而不胜。有天下为伴，何来'孤家寡人'？"

赵若素没能真正理解"孤家寡人"的意思，韩孺子笑了笑，也不打算解释，那是他对祖父武帝的记忆，留在自己心中就够了。

"朕若重整朝廷，你预计多久能初见成效？"

"明春即是大考之时，陛下若能抓住机会，大考之后就能搅动朝廷，此后步步为营，三年可有小成，十年方有大成。"

"比朕的灭匈奴之计还要长远。"在韩孺子的计划中，三五年之内，云梦泽、东海群盗即已剿灭，如果能够连年丰收，大楚实力也能恢复一部分，可以考虑向匈奴开战了。

"唯其长远，可得稳定，不会影响到陛下的除患之计。"

"朝中大臣不会反对？"

"陛下按规矩改变朝廷，有人反对，自然有人支持，只要不是太急，小小波折无碍陛下大计。"

"嗯，让朕好好想想。"

赵若素劝皇帝不急，他自己更不急，识趣地告退，请皇帝尽早休息。

韩孺子睡不着，赵若素的话虽然生硬，但是的确说中了一些关键，皇帝的形象并不是他怎么做外人就怎么看，事实上，外人看不到皇帝，只能猜测，而这一猜，就惹出诸多事端。

赵若素根本没有提起吴家，韩孺子却已明白，在京兆尹眼里，夺爵即是皇帝要报复吴家的讯号，所以派人包围吴家，宁可做过头，也不能让“残暴”的皇帝心生不满。

回想勤政殿里的宰相等人，他们的确有点害怕皇帝，只是掩饰得很好。韩孺子在倦侯府里感受不到这一点，围在他身边的都是亲近之臣，没有具体官职，用不着负责，敢说话，也敢乱说话，在这种氛围中，韩孺子还以为自己威严不足。

韩孺子让太监点起灯笼，前头带路，又回卧房休息。

淑妃邓芸还没睡，躺在床上，吃惊地看着去而复返的皇帝：“陛下……”

韩孺子脱衣上床，太监熄灯退下，屋子里一片漆黑。

两人并肩而卧，邓芸伸手触碰皇帝的手臂，没有遭到拒绝，但也没有进一步的表示。

“讨好皇帝是一件很辛苦的事情吧？”韩孺子问。

邓芸的手掌略显僵硬，平时最敢说话的她，这时却有些含糊：“陛下……何出此言？寻常女子尚且以夫为尊，宫中的嫔妃当然……当然要尽心尽力侍奉陛下。”

“不敢直言的你，与寻常女子无异。”

邓芸靠近皇帝：“陛下想听实话？那我就说实话。讨好陛下当然很辛苦，可陛下不常在身边，更辛苦的是讨好宫里的每一个人。我真希望自己生为男子，能够驰骋四方、指点江山，不用像现在这样，步步小心。”

“你们邓家很想东山再起？”

“邓家在武帝时平步青云，可是没等站稳脚跟，大将军就英年早逝，没留下子嗣，剩下我们这些族人，甚至不能留在京城，只能远迁代国——我们当然希望能够东山再起。陛下，让我给你生第一个儿子吧。”

赵若素说能以朝廷规矩治理朝廷，韩孺子很自然想到宫中也有规矩，结果实践起来却不那么容易，他想自己选中的第一个目标是错的，应该由易入难，可淑妃恰好在倦侯府，他没有别的选择。

“那不是朕能决定的事情，你想讨好朕，也不用非得生儿子不可。”

“陛下休以虚辞应对，从古至今都是母凭子贵，没有子息，再受宠的妃子，也免不了色衰爱弛的一天。”

韩孺子心里叹了口气，看来他必须有一个儿子，才能平息宫中的混乱。

外面突然响起敲门声，在这种时候打扰皇帝，实在不应该，邓芸支起身子，怒道：“这是谁啊？如此大胆！”

韩孺子坐起来："不管是谁，必有急事。"

他披上一件外衣，下床走到外间。太监已经点起蜡烛，正站在门口，犹豫着要不要开门，看到皇帝，心安不少，问道："外面何人，深夜打扰陛下休息？"

"末将蔡兴海，有急事求见陛下。"

韩孺子点头，太监开门。

蔡兴海掌管宿卫，是极少数能够直接来见皇帝的人之一，平时很注意礼节的他，这时却顾不上行礼，略一躬身，向屋内的皇帝小声说："东海王抓住一名刺客，据其招供，已有刺客藏于陛下身边。"

第三章

隐而不退

京城不只官多，豪杰也多，但是要论消息灵通，老江湖们却都推举一位不太起眼的人物排在首位。

这人是个和尚，是个小有名气的疯僧。

光顶常年在京城内外的各处寺庙中借住，来去自由，想撵，他赖着不走；想请，他未必肯去，常常在陌生人面前口出狂言，唬人一跳，其实借着疯僧的形象四处打探并传递消息，在江湖中颇有地位。

东海王曾经间接与光顶打过交道，借助疯僧将当年的倦侯骗出京城。光顶一度召集江湖人物准备发起一次叛乱，最后关头他却选择放弃，从此退隐城内一座小庙里，也不疯了，每日正常参禅打坐，对江湖事务不闻不问。

可江湖还记得他。

东海王要在皇帝面前立一功，夜里睡觉前对王妃谭氏说："这是个机会，真能做成的话，没准能让谭家人重回京城。给你的兄弟们写封信，让他们推荐几个靠得住的京城豪杰，帮忙抓刺客。"

"你这是让谭家人背叛天下豪杰。"谭氏冷冷地说。

东海王笑道："从你当王妃之日起，谭家就已'背叛'，现在还犹豫什么？谭家不想再跟陛下对抗吧？那就踏踏实实跟我一块儿讨好皇帝，千万别夹在中间，豪杰觉得谭家谄媚，皇帝却认为你们家心怀不轨，两边都不得益。"

谭氏其实并不反对丈夫的计划，想了一会儿：“用不着写信向谭家求助，京城到东海国千里迢迢，一来一往不知要多久，我给你推荐一个人，肯定能帮到你。”

“你一个妇道人家，怎么会与外面的豪杰有联系？”东海王立刻警惕起来。

谭氏掐住丈夫的痒肉，听他吃吃地笑，仍然冷冷地说：“我就算与天下豪杰人人都有联系，也是我的事，你管不着。”

“我不管，我不管。”东海王讨饶，对王妃的忠贞他还是非常相信的，而且觉得除了自己，大概没人能受得了谭氏的强横。

谭氏推荐的就是疯僧光顶：“他现在退出江湖了，所以你得亲自去请，哀求也好，利诱也罢，总之要争得他的帮助。”

“一个退出江湖的人，能有多大用处？”

“嘿，江湖不像朝堂，人走茶凉，光顶虽然不问江湖事，可京城欠他人情的豪杰不少，他的一句话，比你找十位豪杰还好用。光顶欠谭家人情，他这人很讲交情，你以谭家的名义去，他肯定会帮忙。”

“好吧，我去见他。”东海王打个哈欠要睡。

谭氏推了丈夫一下：“等会儿，你给我分析一下宫里的情况：皇后现在毫无反抗，虽然我早料到会是如此，可她放弃得也太彻底了一些，跟打入冷宫没什么区别；崔家也变得老实了，崔宏顶着太傅和大将军的名号，却几乎是赋闲在家。其他嫔妃只争一件事，看谁能先给皇帝生个儿子，可是争得也不激烈，轮流去倦侯府侍寝，全看运气如何。慈宁太后也比我预料的要安静，除了与几位大臣偶有书信来往，别的事情都不管。”

“你觉得后宫太安静了？”

“对啊，两位太后都不喜欢崔家，难道不应该斗得死去活来吗？”

王妃也有向自己讨教的时候，东海王有点得意：“这还不简单？一切的关键都在皇帝的第一个儿子身上。”

“嗯？”

“崔家需要皇后生个嫡子以巩固地位，如果是嫡长子当然更好。第一位生儿子的嫔妃必然会被封为贵妃，立刻高人一等。至于慈宁太后，她仍然觉得陛下的位置不够稳当，所以不敢太放肆，也盼着皇帝能尽快生个儿子、多生几个儿子。所以你看着吧，皇帝长子诞生，既是大喜之日，也是开斗之时。”

“嗯。”谭氏觉得丈夫说得很有道理，又推推他，“咱们是不是也应该快点生个儿子？”

东海王一下子不困了，转身道：“咱们可以尝试，但是绝——对——不——能在皇帝之前生儿子。”

东海王自知地位不稳，稍有变化就会引起包括皇帝在内的许多人的怀疑。

“哼。”谭氏背对丈夫。

东海王笑呵呵地说：“咱们可以先生个女儿啊。”

次日上午，东海王带着谭氏的一封亲笔信去见疯僧光顶。

小庙藏身于南城的陋巷里，一名谭家的奴仆带路，仍然绕了几圈才找到入口。

庙里就一间正殿，供着一尊弥勒像，布满了灰尘，原先的庙主不知所终。光顶一个人住在里面，隔几天出去乞食一次，平时就在佛像前静坐，白日不关门，夜里不点灯，寒风萧瑟，他却仍穿夏日的单衣，从来不换。

东海王让仆人等在外面，自己走进去，站在门口，正好挡住阳光，于是往旁边让了让，总算能看清光顶的模样，于是笑道：“禅师别来无恙？”

光顶虽然不那么疯癫了，但行为还残留几分怪异，只睁一目，斜睨来者：“我不是禅师，你也不是东海王。”

“呵呵，是啊，你退隐庙中，我也退隐了，退隐到朝堂，意思都是一样的。”

“你来找我，说明咱们的意思不一样。”

“这么会打机锋，还说自己不是禅师？”东海王取出王妃的信，递给光顶。

光顶仍然不睁另一目，也不起身，伸手接过，没有打开，而是放在鼻孔处嗅了两下：“王妃可还好？”

东海王脸色微红：“你这个疯和尚，根本没有改过自新嘛。”

光顶随手撕掉手中的信：“整个京城，自以为凭一封信就能让我帮忙的人，只有王妃，她生长在谭家，如同东海王生长在帝王之家，从小自以为是，以为江湖规矩都是谭家定的，偏偏是名女子，与外人接触得少，越发自以为是，根本不懂什么叫退出江湖。”

东海王看着满地碎屑，听着光顶的话，不知是该发怒，还是该庆幸，犹豫片刻，蹲在光顶面前，想了一下，干脆席地而坐，与光顶面对面，可是不等他开口，和尚已经闭上唯一睁开的眼睛，显出逐客之意。

东海王却不在意，笑道：“和尚打坐的时候心里念经吗？念的什么经？”

光顶睁开另一只眼睛：“你又来了。”

“是啊，我刚刚上天跟弥勒佛谈了一会儿，他说我今天必得贵人相助。”

光顶哼了一声。东海王指着疯僧点了几下：“露馅了，和尚，修行之人宠辱不惊，你可没做到。”

光顶终于两眼齐睁：“好吧，被你抓到了，说吧，找我干吗？但你别指望我会帮你，我现在就是一个普通和尚，修行不成，朋友也都疏远了。”

“别害怕，我现在老实着呢，最支持陛下的人，我敢说自己能排第一位，不会让你帮忙做坏事。”东海王顿了一下，“可云梦泽还不死心，据说又派来刺客。”

“江湖人成不了大事，咱们两人对此都有体会。所谓刺客，顶多挑逗几名侍卫，不等见到皇帝就会逃之夭夭，一旦被官府通缉，从此名满江湖。”

“和尚还真是看透了江湖。”

光顶冷笑一声：“江湖人只要名不要实，直到现在还有人以为是我在湖边放过皇帝，让他得以重掌天下，一帮人有事没事跑来找我，之前想利用我的名头号召京城好汉做点事情，后来又劝我向皇帝邀功，真他娘的……阿弥陀佛。”

光顶没忍住，冒出一句脏话，急忙双手合十，嘀嘀咕咕念了一会儿佛经，然后道：“跟这帮人根本解释不清楚，我实在受不了，这才退隐江湖。”

“你干吗不离开京城？”

“去哪儿？跑得越远，别人越以为我在躲着皇帝，保不齐会有一帮人替皇帝找我，所以我干脆留在京城，让大家明白皇帝根本不记得我这个人。这一个月来总算安静了些，结果你又来了。”

“我来了，可我跟那些人不一样。”

“嗯，别人以为我跟皇帝有交情，你是以为我跟江湖还有交情。回去对王妃说，既然嫁人了，就好好当贤妻良母，别以为自己是豪杰，就算谭家还在京城，也劝不动我。”

“嘿嘿，我可不敢对她说这些。”

光顶打量东海王两眼，点点头：“也对。你走吧，反正我帮不了你，皇帝也不需要我的帮助，栾半雄是在垂死挣扎，派来多少刺客都没用。与其找我，不如给官府下道圣旨。我敢保证，云梦泽若有十名刺客，官府几天之内能抓来一百名。”

东海王笑着起身，拍拍身上的尘土：“你这么厌恶虚名，不如化虚为实。刺客能否威胁到皇帝是一回事，咱们能否抓到刺客是另一回事。”东海王指着光顶：“你能抓到刺客。”又指向自己：“我能告诉皇帝，人是你抓到的，替你扬名。”

“滚，滚远一点！”光顶突然发起火来，也不管对方是什么人。

东海王毫不恼怒，转身向殿外走去，边走边说：“你知道在哪儿能找到我，机会可不多，刺客若是真被官府抓捕，也就没有你我什么事了。”

东海王走后，光顶继续打坐，心却再也安静不下来，突然站起身，将旁边的木钵一脚踢翻，嘴里接连咒骂了几句，大步走出破旧的小庙。

当天入夜不久，光顶敲响东海王府的便门。仆人开门，看了和尚两眼，像是早就料到他会来，什么也没问，请进府内。

“跟我走，给你一个刺客。”光顶见到东海王只说这一句，转身便走。

若是从前的东海王，断不会跟随疯僧，至少也要问个明白；现在的他却快步跟上，问道：“刺客是什么人？云梦泽的强盗？”

“不是强盗，说来你可能不信，是你东海国的一名小官儿。”

东海王大吃一惊。

第四章

抓活口

疯僧光顶的人脉仍在，出去打听了一圈，意外地一无所获。

云梦泽也是江湖的一部分，而且是重要的一部分，光顶本人就与泽中的许多知名强盗有过交往，与大头目栾半雄的交情还不错——自从得知云梦泽群盗投靠匈奴人之后，这种交情已经中断——所以他知道云梦泽若是派来刺客，应该会与京城的哪些豪杰联络。

结果他猜错了，那些曾与云梦泽关系密切的豪杰已经很久没再接触过云梦泽的客人，他们当中的多数人与光顶一样，憎恶通敌行为，与泽盗断绝关系。

光顶自有办法查验这些豪杰话中的真假，决定相信他们，然后换了一个思路。

刺客总得先进京，京城虽大，人口也多，但是一个外地人，想要悄无声息地住在这里也是不可能的；总得过关卡、寻住处，不是受到官府的注意，就是要借助江湖同道的掩藏。

豪杰这边没有消息，就只能从官府那里打听了。

江湖与朝堂并非界限分明，有洁身自好的大侠，也有本身就是官吏的豪强，对光顶来说，这两类人并无区别，他都认识不少。

一番打听之后，还是一无所获。关于刺客进京的消息已在城内散开，身为官吏的豪强们再守江湖道义，也不会参与刺杀皇帝，真有消息，早就上报了。

光顶只好再次改变思路。这回是广撒网，舍弃那些知名的豪杰，专找城内的鸡鸣狗盗之徒。这种人很多，名声也都不佳，光顶之前却都一视同仁，他一放出话去，许多人自动登门提供消息。

绝大部分都是无用的消息，起码暂时无用，这帮家伙口中尽是稀奇古怪的秘闻，假多真少，光顶一听就能分辨出来。

直到入夜之后，一个没啥名气的小偷儿，趁着没人踅进庙内，差点被门槛绊倒，显然技艺不佳，可他却带来光顶感兴趣的消息。

“快到年底了，进京的官儿比较多，随身带的钱财也比较多，我就想去借点，劫富济贫嘛，像我这样的穷人也得过年……”

小偷儿比较啰唆，光顶一听就明白了，此人劫富未成，还是穷人一个，于是道：“猴五爷家里临时缺一名护院，我可以推荐你去顶一阵儿，只要你手老实点，拿到的工钱足够过年了。”

“哈，猴五爷家里，我有天大的胆子也不敢动歪心思啊。大恩不言谢，疯老爷，日后我若有发达之时，绝不……”小偷儿意味深长地点点头，转身要走。

光顶咳了两声，小偷儿这才想起自己来此的原因：“东城的荣宝客栈住着不少小官儿，大官儿都去投奔亲友，留下他们住在破店里……”

小偷儿依然啰唆，最后总算说清楚了，他虽然没偷到财物，却偷听到一段交谈。那是从东海国来的一名小吏，某夜，在与一名客人喝酒时，说了一句莫名其妙的话：“连皇帝身边都有咱们的人，你还担心什么？”

客人比较谨慎，立刻嘘了一声，两人之后只剩闲聊。

“东海国……东海王就在皇帝身边，小官儿这么说也没错啊。”光顶道。

小偷儿摇头：“我一直没等到机会下手，等那名客人出门，我发现他穿得倒是挺讲究，心想不如偷……从他那里借点钱，于是就跟着他走了一路，他在街上又与另一人见面，行礼用的是江湖手段。我一看，既然是同道，就打消了借钱的念头。”

小偷儿其实是不敢下手，光顶想了想：“你确定那是东海国的官吏？”

“荣宝客栈里，不同地方、不同级别的官儿各有住处，我会认错吗？疯老爷，你说我这个消息值多少钱？”

“如果是假的，一文不值。”

“真的，绝对是真的，我拿性命担保。本来我没觉得有什么，可是一听说疯老爷传话要打听最近进京的怪人，我立刻想到了这个小官儿，他跟江湖人一块儿喝酒就挺古怪，还说了那样一句话，究竟是什么意思？”

光顶起身，拍拍小偷儿的肩膀：“多想想家里的老婆孩子，少管闲事，明天下午你去猴五爷家，就说我介绍的。你的消息就值这个，不满意也行，我就当没听见，你也别去五爷家里添乱。”

“我就随便一问，疯老爷真是我的救命恩人，我们全家都感谢您，我要是有老婆孩子，他们也一定感谢您……”

光顶撵走了小偷儿，决定认真对待这条消息，又出门打听了一圈，然后直接前往王府，对东海王说：“说来你可能不信，是你东海国的一名小官儿。”

东海王惊得眉毛都竖起来了："和尚，这大晚上的，你可别乱说话。"

光顶不觉得自己是在乱说话，仍然大步向门口走去："这人叫马识丁，国相府中的一名书吏，一年前才获录用，半个月前跟随步兵都尉燕朋师进京，燕朋师住在朋友家里，马识丁住在东城的荣宝客栈里。这个马识丁是官吏，也是江湖人，真名马穆，常在关东行走，给人算卦，因为不准，所以人称'失蹄老马'，今年四十三岁……"

"够了，我相信你。他还在客栈里？"

"在。"光顶突然止步，"你叫上几个人，就咱们两个可不行，老马不只会算卦，也有武艺傍身，真发起疯来，一般人近不得身。"

"好，多带几个人……我府里没有可用之人，去别的地方找。"东海王很谨慎，绝不愿自己的行为事后受到怀疑，不肯动用王府里的人，而是去倦侯府隔壁的宿卫营找帮手。离家之前，他换上一身普通衣服。

他没敢向蔡兴海借人，直接找几位平时关系不错、今晚又正好休息的宿卫士兵帮忙。

马大原名驴小儿，自从被当时的倦侯赐名，他就坚持叫马大，一开始大家都不习惯，仍叫他原名，等到倦侯真成了皇帝，马大这个名字终于被接受。

马大为人粗鲁，当不了皇帝近侍，只能在外围值守。东海王进进出出时，对他比较客气，他就以为自己与东海王是朋友，听说需要帮忙，二话不说，披上衣服就走，甚至没问要去做什么。

一共四名士兵，加上光顶、东海王和两名随从，总共八个人。

"够了吧？"东海王问。

"够了，马穆的功夫顶多用来防身。"

倦侯府也在东城，离荣宝客栈不算太远，众人骑马很快赶到。光顶说出房间位置，自己却不上去，东海王也想留下，和尚说："东海王，这可是你国里的官吏。"

东海王一咬牙，让一名随从保护好自己，另一名随从陪着和尚，然后跟着马大等四名宿卫士兵上楼。

店里有掌柜与伙计，看到四名士兵，都不敢上前询问，任他们上楼行事。

东海王找准房间，示意一名随从去敲门，其他人都站在墙边，东海王守在最后。

"谁啊？"屋内有人不耐烦地说。

随从道："燕都尉派我送信。"

过了一会儿，房门打开，一名瘦小的四十多岁男子披着衣裳站在门里，疑惑地打量随从："阁下是崔府的人？"

随从"嗯"了一声，不知该说什么了，马大突然蹿到门口，抬起一脚，狠狠踹在男子肚子上："你也敢姓马！"

马穆毫无防备，大叫一声，噔噔后退。

马大等四名士兵冲进屋内。

马穆的确有点本事，挨了一脚却没有摔倒，几步之后站稳脚跟，心中一惊，但是还不相信自己已经暴露，对方又都是士兵装扮，他不敢回手，大声道："谁定的规矩，还不许别人姓马了？天下姓马的人多的是。"

"老子定的规矩，别人姓马没事，就你不行！"马大只听说一个名字，对为什么要抓人全然不知，也不多问，其他三人的脾气也都跟他差不多，二话不说，上去一通乱打，只是没有拔刀。

马穆让了三拳两脚，发现情况不对，只得施展本事还手。

屋子里乒乒乓乓，桌椅倾倒，杯壶粉碎，打得颇为热闹。东海王在门外探头探脑，不敢进去，却要指挥："抓活的！抓活的！"

客栈里住着不少官吏，听到打斗声都出来观看，发现东海王衣着华丽，不像是普通人，没敢过来劝架。

随从向众人抱拳道："东海国私事，各位大人请回房休息，这边很快就结束。"

客人们退回房间，客栈的人根本没有出现，房间里的打斗却持续了很久才终于结束。

"好了。"马大气喘吁吁地说。

东海王探头看了一眼，四名宿卫士兵已经将马穆死死压住，人人脸上都有青肿，这位瘦小的算卦先生，还真有几分本事。

东海王进屋，绕到马穆面前，弯下腰看了一眼，笑呵呵地说："马先生没事的时候没给自己算一卦？大概是算了，但是不准，要不然怎么会被称为'失蹄老马'？"

马穆一惊，知道事情已经败露，身上压着四个人，他动不得，连说话都困难："你是谁？"

"我是东海王，是你顶头上司的主人，咱们别废话，告诉我，'皇帝身边的人'是谁？"

马穆挣扎了两下，动弹不得："哈，已经晚了，大楚气数已尽，狗皇帝必死，你们根本防不住。"

这还真是一名刺客。东海王直起身："把他捆起来带给陛下。"

马大等人捆绑马穆，东海王先下楼，店门口只剩下随从一人，疯僧光顶不见了。

“和尚人呢？”

随从一脸困惑：“他走了，让我转告一声：‘既已化虚为实，我也该躲起来了。’”

东海王明白这句话的意思，深感遗憾：才找到一名刺客，今后用到光顶的地方还多着呢。

第五章

身边的刑吏

稍一审问，东海王觉得必须立刻将马穆送交给皇帝，短短的几句口供里包含着太多信息，东海国、燕家、崔家等都受到牵连，他可不想受到诱导口供的怀疑。

刺客先是被带去见蔡兴海，蔡兴海也是大吃一惊，稍一询问，也觉得应该马上通报给皇帝，于是深夜进府敲门。

韩孺子穿好衣裳，在一群侍卫与士兵的护送下到达前厅。为安全起见，刺客没有被带来，而是被关押在隔壁的宿卫营里。东海王在此等候，将前因后果说了一遍，并将功劳都归于疯僧光顶。

韩孺子对东海王的效率感到吃惊，更对光顶愿意提供帮助感到意外，与江湖人接触多了，对疯僧的不辞而别倒觉得很正常。

听完东海王的话，韩孺子想了一会儿，问道：“那个马穆是说‘连皇帝身边都有咱们的人’，还是说‘皇帝身边将有咱们的人’？”

这句话是小偷儿告诉光顶，光顶再转告东海王的，刺客马穆并未直接招供，东海王一愣，一字之差，意义可就大不一样：“这个……我再问问。”

“向光顶传递消息的小偷儿是谁？能找来吗？”

“这个……光顶没说。”东海王额上开始出汗了，他还以为皇帝会立刻调查刺客与燕家、崔家的关系，没想到皇帝更关心消息的来源和是否准确。

审讯是一项技术活，刑吏通常比一般官吏更专业。韩孺子身边就缺这样一个人。官府原有的刑吏还都没有取得他的信任，刑部的一位主事张镜曾经随驾出巡，在晋城战殁，皇帝更加无人可用。

“把刺客带来。”韩孺子想要亲自审讯。

东海王、蔡兴海同时劝谏，理由各不一样。蔡兴海以为那毕竟是刺客，万一拼死挣扎，可能会惊扰陛下。东海王则认为天子有所不为，亲自审讯一名普通小吏和江湖术士，说出去不好听。

厅里有不少侍卫和太监，韩孺子正考虑该让谁代替自己去审问刺客，甚至想到了京兆尹司法参军连丹臣，正犹豫未决，金纯忠从人群中挤过来："陛下，让我去审问犯人吧。"

韩孺子更犹豫了，金纯忠虽是匈奴人，但是出生在大楚，自幼生长在归义侯府内，完全是一位勋贵子弟，应该没学过为吏之术。

"现在是深夜，不好找人，如果我不合适，明天再换人也来得及。"金纯忠补充道。

金纯忠为人比较沉稳，做不到的事情轻易不会自荐，韩孺子想到这里，说："也好，你和东海王再去审问。"

一块儿走出倦侯府时，东海王向金纯忠拱手笑道："想不到金兄还懂这种事情。"

"勉为其难。"金纯忠也笑道。

到了隔壁府门前，东海王再次拱手："还没恭喜金兄。"

"恭喜什么？"金纯忠诧异地问。

"传言金贵妃在塞外有喜，极可能为陛下诞下长子，有了这个儿子，金贵妃能够回京，金兄也能平步青云。"

金纯忠更加迷茫："哪来的传言？我妹妹在塞外从来不跟大楚这边联系，与陛下都没有书信往来，而且……到底是哪来的传言？"

东海王一脸尴尬："那就是大家乱说的，金兄莫怪。"

东海王支吾过去，直到进府之后，金纯忠才明白过来，东海王这是故意套自己的话，心中感到好笑。

倦侯府内，蔡兴海加强了守卫，无关人等，包括太监与宿卫士兵，都不能随意进入后宅接近皇帝。即使这样，他仍不安心，那句"皇帝身边有咱们的人"让他深感不安，但是他有官职在身，不能随便逾越规矩，于是找来侍卫头目王赫，一块儿去见皇帝。

"刺客全部落网之前，陛下是否想过回宫暂住一阵？"蔡兴海先开口。

"宫里人多事杂，未必比倦侯府更安全。"韩孺子没那么紧张。

"那陛下最近是否可以……少见一些人？"蔡兴海又提出建议。

"你担心刺客混在里面？"

"不是没有这个可能。"

“这个马穆本是江湖术士，一年前混入国相府中为吏……”韩孺子心中一动，一年前他还不是皇帝，马穆化名为吏是为了什么？嘴上继续道，“正说明朝廷官吏之可信，云梦泽收买不成，只能派人混入。”

蔡兴海无话可说，看向王赫。王赫上前道：“官吏可信，官吏身边的人却未必，希望陛下给我们一点时间，将进府者的身边人调查一遍，如无问题，陛下再见不迟，我们也减轻一点负担。”

蔡兴海连连点头。

韩孺子想了一会儿：“好吧，先给你们三天时间，朕给你们一个名单，先调查经常进府的几个人，其他人慢慢再说。”

韩孺子先将经常进府甚至就住在府内的几名勋贵子弟与读书人的名字写下，交给蔡兴海。

蔡兴海与王赫告退。到了外面，蔡兴海看了一眼名单，说：“先从谁开始？”

王赫道：“先从你我二人开始。”

蔡兴海一愣，随后明白过来，笑道：“好，你调查我，我调查你，然后是咱们的手下，接下来是东海王和崔腾，再后是这些人。”他晃晃手中的纸。

“尤其是我手下的人，请蔡将军仔细调查。”王赫叮嘱道。

蔡兴海这回没有再觉意外，他知道王赫所谓的“手下人”是指谁，王赫身为侍卫头目，不好亲自调查，因此要借助外人。

“希望咱们的判断都是错的。”蔡兴海道，拱手告辞。

审问不会太快，韩孺子回到卧房，淑妃邓芸已经入睡，发出轻微的鼾声。她倒是什么都不在乎，只想生个儿子，为邓家东山再起奠定基础。

韩孺子躺下，对刺客并不是特别在意，还在想赵若素的那番话：用朝廷的规矩改造朝廷，虽然费时费力，却最为稳当。道理他明白，却还不清楚具体该如何着手，想到自己曾向孟娥夸下海口，说已经掌握帝王之术，他不禁有点脸红。

次日上午，韩孺子在勤政殿给宰相等人布置任务，要求他们尽快制定一套针对匈奴的整体战略。

与匈奴相比，云梦泽和东海群盗只是小患。迄今为止，皇帝只是派出大将守卫边疆，希望等大楚恢复一定实力之后，能与匈奴人一战，还没有更细致的计划，甚至没有开始商议此事。

皇帝将如此重要的任务交给大臣，宰相申明志等人都吃了一惊，同时也感到欣慰，这毕竟意味着信任。

依照惯例，朝廷解决问题的第一步不是探讨问题本身，而是先找最适合探讨这一问题的人选，大将军崔宏回京之后一直在家休养，这时候顺理成章要被请回勤政殿参与议事；接下来是一整套程序，发布圣旨、收集奏疏、排序择优等文书工作，够整个朝廷忙上几个月。

韩孺子同时邀请一位议政大臣前往倦侯府，这样一来，皇帝有什么决定可以马上传到勤政殿，而不是第二天再议。

这更是一项殊荣，宰相申明志不敢独揽，建议由议政大臣轮流前往倦侯府，每人十天。宰相本人去不了，他提出的第一人是吏部尚书冯举。

事情就这么定了，皇帝向大臣做出一点妥协，就像是第一次拿到新刀剑的人，韩孺子要试着挥舞两下，试试重量，然后再练套路，最后才能得心应手、持刃杀敌。

中午回到倦侯府，书桌上已经摆放着金纯忠的审问卷宗。

韩孺子边吃饭边看，颇觉意外：金纯忠提问严谨、记录翔实，颇有老吏风范，他有这种本事，之前竟然一直没有显露出来。

马穆初时很强硬，卷宗里虽然省略，韩孺子还是能看出来，这位算卦先生说了不少骂人的话，但是经过一番拷打之后，他还是招了。

他不知道栾半雄派来多少刺客，与他接头的只有一人，伪装成商客，混在讨债的队伍中，化名“云雄”，真名不知。

他的确说过“皇帝身边有咱们的人”这句话，但他是从云梦泽圣军师那里听来的，当时说出来纯粹是为了安抚对方，至于是“已有”还是“将有”，他也不知道。

关于马穆一年前为吏的疑问，金纯忠也问到了，原来云梦泽最初的目标不是皇帝，而是东海国。马穆的任务是在必要的时候协助刺杀国相燕康一家，可叛乱失败得太快，东海国也不是平乱主力，所以他就留下来，一直没有暴露，甚至得到燕家父子的信赖。

他嘴里的“崔家”的确是太傅崔宏家，但那只是因为燕朋师借住崔府，别无含义。

金纯忠用不同的问法反复审讯，以确认马穆不是临时撒谎，证言中涉及不少人，除了商人云雄要尽快抓捕之外，金纯忠对其他人不敢做主，在卷宗最后，请示哪些人可以叫来参证。

韩孺子非常满意，倒不是云梦泽刺客终于露出马脚，而是找到金纯忠这样一位可用之人。

崔家人与此关联不大，韩孺子将崔宏父子的姓名圈去，剩下的人随金纯忠召问；燕朋师虽然也是高官，但马穆毕竟是他带来的，必须说明情况。

韩孺子本想立刻让金纯忠放手去查，想想又按下卷宗，他得先封金纯忠一个正式职务，才能派他去查案，这也是朝廷的规矩，身为皇帝，他应该遵守。

吏部尚书冯举当天下午来到倦侯府，却没见到几个人，蔡兴海和王赫正在调查各人及其随从的背景，大多数人都未获准进府。

这天傍晚，蔡兴海送上来第一份报告，排在最前面的人正是侍卫孟娥。

报告尽量简洁，不做判断，孟娥的出身、行为都被一条条罗列出来，大部分对皇帝来说都不是秘密，在最后，蔡兴海以粗笔写下一行字：十月初七、十月十一，孟娥两次在傍晚离府，次早方回，不知去向。

第六章

替换之道

赵若素是一位比杨奉还要严厉的教师，同样直言敢谏，只要皇帝还没愤怒到要杀人的地步，他什么都敢说。

“陛下不应该允许东海王私下抓人。”一见到皇帝，他就说出这么一句话。

“那是刺客，东海王需要便宜行事。”韩孺子辩解道。

“问题就在这里，东海王知道自己可以便宜行事，京兆尹知道吗？”

韩孺子不语。

赵若素继续道：“东海王与宿卫士兵闯进客栈抓人，按大楚律法，此事理应层层上报，直达京兆尹府，京兆尹眼下有两种选择：一是猜到抓人乃是陛下的圣旨，于是隐而不报，将案子就此压住；二是秉公执法，派人登门，要求陛下解释清楚。陛下更希望看到哪一种？”

“京兆尹府会让朕亲自解释？”

赵若素摇头：“京兆尹府的官吏只要进入倦侯府的大门，哪怕只是一名普通的宿卫士兵向他解释，在外人看来，也是陛下在做解释。”

韩孺子露出微笑：“外人眼中的皇帝总是与真正的皇帝不同。”

赵若素拱手：“正是，陛下若不重视‘外人眼中的皇帝’，两者的差别就会越来越大，当陛下觉得有些事情不可理解的时候，问题往往就出在这里。”

“嗯，朕不喜欢有司找上门来，这一整天都没人来，应该不会来了吧？”

“大概如此，可是不来的话，后果更严重。”

“怎么说？”韩孺子客气地问，赵若素的话虽然不合时宜，却的确能给他不少启发。

“关键就在那个‘猜’字，京兆尹府不知陛下的真实心意，又没见到圣旨，只能猜测：既然有东海王和宿卫士兵亲自动手，那就应该是执行陛下的旨意。这一次官府猜对了，可陛下要让官府一直猜下去吗？以后若是猜不对呢？”

“你说得对，朕未能见微知著，是朕的错误。”韩孺子端正神色，不再以随意的态度对待赵若素，如果各处衙门都习惯了猜测，那东海王和宿卫营的权力可就大了，“若按朝廷的规矩，朕又想便宜行事，及时抓捕刺客，应该怎么做？”

赵若素躬身行礼：“在京城抓捕犯人，应归京兆尹府负责，陛下可向京兆尹府派驻使者，使者可以便宜行事，只需事后及时通报京兆尹府即可。如此一来，规矩、律法皆得遵守。使者为临时派驻，事成即撤，对官府的影响也不大。”

“使者既然驻在京兆尹府，也要用他们的公差抓人吧？只怕会泄密。”韩孺子很清楚，许多官吏，尤其是那些小吏，与豪杰关系亲密，甚至本人就是豪杰，为了江湖道义，有可能不忠于朝廷。

“会有这种可能，请陛下权衡利弊。另外，使者也可以动用宿卫营，只是不要太多、太频繁，而且身边无论如何都要留京兆尹府的一名官员。”

“派驻使者……只称使者太简单了些，应该起个名字。”韩孺子心中已有人选。

“督捕盗贼古有绣衣使者，陛下可借用之，只是绣衣使者通常由朝廷重臣担任，陛下如果想让身边近臣担任，或许可以降一个级别，执法者尚黑色，可称之为‘玄衣使者’。”

韩孺子觉得不错：“散骑常侍金纯忠可担任此职。”

赵若素拱手后退，他只负责纠正皇帝的行为，绝不干涉皇帝用人。

韩孺子又问道：“朕有意更新朝廷，从明春的大考着手固然稳妥，可是太慢了些，在此之前，朕能做些什么？当然，要按朝廷的规矩。”

规矩对皇帝是有好处的，皇帝不守规矩，底下的官员也就有了不守规矩的借口与手段，当多数大臣不守规矩，皇帝也就分不出能干与平庸、忠诚与奸邪了。

“宰相为百官之首，往下是左右御史、六部尚书、大理寺卿，除宰相之外，其他九人的品级未必最高，却掌握着最实在的权力，更新朝廷难，替换大臣稍微容易一些。陛下想替换哪位？”赵若素顿了顿，“或者哪些？”

韩孺子长长地嗯了一声：“现在就能换人吗？”

“现在可以着手。宰相位高权重，不可轻易动摇，通常由左右御史当中的一人接替，陛下迟迟没有任命新的御史，想必是没有合适人选。”

韩孺子点了下头，左察御史萧声为国殉难，右巡御史申明志接任宰相，御史之职空缺，皇帝一直没有补上。

“御史负监察之责，为官经验必须十分丰富，通常要在三部以上担任过尚书，现今的吏部尚书冯举、礼部尚书元九鼎、兵部尚书蒋巨英符合此项要求，陛下可选者不出此三人。”

“朕不能越级提拔大臣吗？如果朕记得没错，武帝好像经常这么做。”

赵若素摇头道：“陛下的确记错了，那是众人心目中的武帝，陛下受众人影响，也以为武帝能够随心所欲。”

“难道不是？”

“武帝深谙治臣之道，从不在任命大臣时一意孤行，为了让殷无害接替宰相之位，武帝曾在半年之内接连罢免三位宰相，直到轮至殷无害为止，过程快了些，但是没有破坏规矩。”

韩孺子决定要重看一遍尚未定稿的《武帝纪》。

“朕有些好奇，武帝到底看中了殷宰相什么？”韩孺子清楚地记得殷无害，那是个老迈而圆滑的大臣，从不担负责任，遇事总是躲得最远，与武帝雷厉风行的做派截然相反。

赵若素回道：“殷无害熟知朝廷规矩，与武帝一刚一柔，配合无间。”

以强硬闻名的武帝，确实需要一位柔和的宰相加以调剂，韩孺子想了一会儿：“由国子监祭酒升任宰相差着几级？需要多久？”

韩孺子心中已有未来的宰相人选，那就是瞿子晰，因为在晋城立功，瞿子晰已经升任为国子监祭酒。按理说，皇帝绝不该向外人透露宰相人选，但他现在很信任赵若素，知道他不会对外乱说。

赵若素寻思片刻：“国子监祭酒可先升任侍郎，户部掌管天下户口钱粮，事务最为繁杂，陛下若有意考验此人，就先让他去户部历练一段时间，熟悉大楚整体情况；然后可调去刑部或者工部，负责几起具体的案子或工程；再后就可以当尚书了，礼部、兵部皆可；接着可以调此人再回旧部，看他如何应对从前的下属；最后是当吏部尚书，在这个位置上可考查此人选贤任能的眼力，到此，离宰相之位已经不远，最不济也担得起左右御史之职。”

“这么复杂！”韩孺子吃了一惊。

“陛下常在军中，只知行军征战之难，不知守成治国之艰，尤其需要一位称职的宰相。”

韩孺子勉强点头，他已经很努力地想要信任赵若素，可还是时不时觉得这个家伙似乎在为大臣说话：“一圈轮下来，怎么也要三五年吧？”

“至少五年。”

"嘿，想换宰相还真是一件麻烦事。"

"当初武帝任命这些官员的时候，要的就是这些'麻烦'，如此一来，新帝登基可保数年稳定，三五年后，新帝信任的大臣也能轮换上来，顺利交接。"

韩孺子大笑，突然明白问题出在哪儿了，武帝选任这批大臣时，看到的未来皇帝是桓帝，所以要留一批老成持重但又比较容易对付的大臣。如果桓帝在位时间足够长久，也会留下类似的一套班子给继位者，可是意外发生，桓帝早逝，继位者是毫无准备的韩孺子，赶上大楚内忧外患不断，最关键的是，这位皇帝没当过太子，没有提前培养过自己的大臣，导致新旧朝廷无法平稳更换。

韩孺子召见赵若素时没想聊这么多、这么深，眼见蜡烛越来越短，他说："今晚先到这儿吧。"

"陛下早点儿安歇，微臣随传随到。"成为府丞的赵若素，又是"微臣"而不是"草民"了。

赵若素退到门口，皇帝叫住他："先帝在位日浅，可是也该有几位信任的大臣吧，都有谁？"

赵若素却不愿直接说出人名："微臣已将朝廷大臣的轮换顺序说得很清楚，陛下调看先帝登基以来的官员任免名单，自然就都明白了。"

韩孺子从杨奉那里经常领取题目，因此并不觉得赵若素无礼："好。"

赵若素退下，韩孺子琢磨着这件事不用做得太正式，明天下午向进府的吏部尚书冯举询问即可。

武帝留下来的是一批守成大臣，在位时间已经过长，即使暂时不能用自己欣赏的人代替，韩孺子也希望尽量做些变动，或许父亲培养的大臣当中就有人才。

今晚他不打算回卧房休息，想找一本《武帝纪》看看，手边却没有，随口叫了一声："孟娥。"

孟娥经常借皇帝的书看，《武帝纪》不在书桌上，应该就在她房里。

没有回应，韩孺子这才想起，孟娥现在不能随便到皇帝身边，他叫来外面的太监："传王赫。"

王赫很快到来，韩孺子只有一条命令："传孟娥。"

王赫露出明显的犹豫："陛下给了我们三天时间，请允许我们调查……"

"不必了。"韩孺子加重语气，"朕明白你的难处，也明白规矩的重要，可如果处处都是规矩，要朕又有何用呢？"

这话说得稍有些重了，王赫一惊，再不敢多话，立刻应是，躬身后退。

韩孺子这句话其实是想说给不在场的赵若素，身为皇帝，他可以遵守规矩，可大楚的敌人呢？尤其是极不可信的匈奴人呢？他们会给大楚朝廷逐步调整的时间吗？

赵若素的确指明了一条道路，但韩孺子要自己决定是步行，还是快马加鞭。

第七章

留下

孟娥习惯性地站在角落里，韩孺子问：“书在你那里？”

孟娥没问是什么书，想了一会儿：“嗯。现在要吗？”

“明天吧。”韩孺子又没兴趣看书了，以赵若素的严谨，断不会记错，更不会在皇帝面前编造如此容易被拆穿的故事，“有两天晚上你出府了？”

孟娥又想了一会儿：“是。原来是因为这个，他们为什么不直接问我？”

“因为他们不像我这么相信你吧。”

孟娥沉默的时间稍长一些：“我去找我哥哥。”

“他也来京城了？”

“我是这么猜的。”

“找到了？”

“没有。”

“如果找到呢？”

“劝他离开。”

“如果他不肯呢？”

“我还没想那么远。”

“明年朝廷就将进攻云梦泽，最迟三年之后，就要向东海群盗开战，一点都不远。”

孟娥沉默不语，拒绝再回答下去。

韩孺子轻叹一声：“你已经没法再当侍卫了。”

孟娥点点头：“我明白。”

“给你两个选择：或者留在我身边，未经允许，不准随意离开；或者去云梦泽给杨奉当手下，立功之后再回来。”

还有一个选择韩孺子没说，那就是永远离开。

“让我想想。”孟娥平淡地说。

韩孺子点点头，知道她不会很快做出决定，于是道：“今晚你留下，休息吧。”

明天的事情不少，韩孺子很快入睡，可是睡得并不踏实，不知过去多久，突然清醒，却没有睁开双眼，他能察觉到有人就站在榻边。

他正常呼吸，十分确信有一只手就挡在鼻孔下方，慢慢地，那只手移动到他的脸下，极轻极轻地抚过，像是夏日里莫名卷起的一阵风，没有来由，没有去向，骤然而起，转瞬即逝。

他生出一股冲动，想要张嘴咬住这只手。

手却缩了回去，人也离开了。

韩孺子没动，也没开口，有那么很短的一刻，他觉得自己不是皇帝，只是韩孺子，很想问一问孟娥，明不明白那句“留在身边”是什么意思？他不只是想让她继续当贴身侍卫。

慢慢地，他又睡着了，刚才那一幕变成了梦境的一部分，第二天起床，仍记得每一个感觉，却已分不清是真是幻。

在勤政殿，韩孺子向宰相等人表示要向京兆尹府派驻玄衣使者，专门追捕混入京城的云梦泽刺客。

事关皇帝的安全，大臣们当然没有意见，但是显露出一点惊讶，对皇帝越来越向朝廷靠近感到意外，同时也很高兴。

韩孺子还让宰相申明志向京兆尹府发函，责问为何衙门没有查明荣宝客栈抓人的情况并逐级上报。

赵若素说得没错，不能让地方官吏以为皇帝身边的人碰不得，此风一开，最终受损的还是皇帝本人。

王家人离京城越来越近，申明志已经派官员前去迎接，无须皇帝操心。

回到倦侯府，金纯忠已经接到玄衣使者的任命，前来谢恩，同时也要通报这两天来的情况：“马穆没有更多口供，他这次进京是要待命行事，目前还没有接到云梦泽的指示。与他接头的‘云雄’仍未找到，曾有不少商人见过他，但是五六天前他消失了，没跟任何人打招呼，我猜他很可能是找到了更安全的藏身之地。”

成为玄衣使者之后，金纯忠将能动用整个京兆尹府的力量追查刺客行踪，韩孺子相信他不会辜负自己的期望，问道：“你什么时候学习的审讯之法？”

“我小时候曾拜刑部的一位老吏为师，那时只为好玩儿，没想到日后真能用得上。”

有一件事韩孺子必须提前问个明白：“此事之后，你愿为吏吗？”

吏员通常专司一职，极少会有变动，因此升迁之途很快就会到顶，一般是司主事，如蒙圣恩，可能做到侍郎，品级更高的官员，需要进士出身，更需要有在各司轮流为官的经验，吏员很难符合条件。

勋贵子弟因此都不愿当吏，宁可领闲职。

曾有一位勋贵子弟拒绝了皇帝的好意，韩孺子所以要先问一声。

金纯忠没那么挑剔："只要是为陛下效力，微臣无憾。"

韩孺子笑了笑，让金纯忠退下。对他来说，当太子和当皇帝要同时进行，虽然晚了一些，他也得培养自己的大臣，对任何一位想要有所成就的皇帝来说，这都是重中之重。

吏部尚书冯举来了，旁听皇帝的"小议事会"。今天来的人仍然不多，讨论的还是剿匪平盗事宜，冯举谨慎地少发言，只在皇帝点到名字时，才说几句模棱两可的话，在这里他是外人，需要更多观察。

但皇帝这天下午特别重视他，几次向他请教："大楚在武帝时征战颇多，相隔还不到十年，能打仗的武将都哪儿去了？怎么兵部推荐来推荐去总是这些人？"

冯举越发谨慎，回道："臣不晓兵事，兵部蒋尚书应该了解得更多一些，要传他来吗？"

"不必，只是闲聊而已。冯大人，这里不是勤政殿，不要太拘谨，在这里说的话没人记录，也不会变成圣旨。"韩孺子笑道。

"是是，臣初来乍到，还没跟上大家的思路。"冯举也笑着回道，看样子没打算放松。

东海王事前得到过皇帝的提示，这时笑道："吏部不是管着天下所有的官儿吗？将军也是官，冯尚书多少应该了解一些吧？"

冯举没想到自己会这么受重视，正色道："吏部管的主要是文官，武将由兵部任命，在吏部备案而已，要说了解，我肯定了解一些，但是不出陛下所知的范围。"

"那也行啊，陛下说了，咱们只是闲聊而已，冯大人了解什么就说点什么呗。"东海王顺着说下去。

皇帝看上去也很感兴趣，冯举没办法，只得道："还是兵部蒋大人更了解情况……臣勉为其难吧。据臣所知，武帝时名将的确很多，有一些不幸早逝，如邓辽邓大将军；有一些年纪过大，正常致仕返乡；还有一些……呃……还有一些……"

冯举吞吞吐吐，东海王笑道："冯大人欺负陛下和我们这些人年轻不经事，非得让我们去查从前的公文不可？"

冯举尴尬地干笑一声："武帝晚年除掉一些将军，先帝……也除掉一些。"

"武帝就算了，先帝为什么也要这样做？"东海王有点吃惊，他早些年一直准备继位，可是没住在宫里，对父亲桓帝的事迹不甚了然。

“这个……先帝在时，大楚还没有这么多的忧患，尤其是匈奴人，看上去一时半会儿不会惹事，先帝大概是以为武将易生事，所以将一些人下狱，又将不少人劝退回乡，但这只是臣一家之言，这些事还是要由兵部来说。”

桓帝无论如何也想不到，大楚突然间就变得摇摇欲坠，而他却没有留下能帮助儿子守住江山的武将。

“冯大人是武帝时担任的吏部尚书吧？”韩孺子亲自发问。

“武帝三十八年。”冯举稍稍松了口气，在朝廷里，替别的大臣回答问题永远都是一件困难，充满了陷阱。

“六部尚书当中，还有谁是武帝时任职的？”

冯举稍想了一下：“都是武帝时任职的。”

韩孺子略感意外，按赵若素所说，新帝登基头几年，应该着手安排新宰相，第一步就是将这个人送到户部当侍郎，难道桓帝整整四年都没将自己的人提升为尚书？耐心也太大了些。

“呵，时间都够久的。”东海王插口道。

冯举脸色微变，以为话中别有深意。东海王急忙笑道：“越久越好，朝廷稳定，大楚也能稳定。我明白先帝的用意，肯定是觉得武帝已经安排好一切，后世儿孙坐享其成就行。”

冯举更显尴尬：“倒也不是，先帝曾经更换过两位尚书，后来大概是觉得不妥，又换回原人。”

“哪两位？”东海王假装没看到冯举的狼狈。

“应该是兵部与工部吧，我记得不太清楚，容我回去查一查……”

“用不着，倒是那些在先帝时赋闲在家的武将，应该整理出一份名单，或许还有可用之人。”韩孺子不想逼问得太紧。

“先帝之命，不好违背吧？”冯举小心提醒道。

“时移势易，值此用人之际，先帝若在，也会重新起用旧将。冯大人，帮朕记着这件事，明天上午与蒋兵部商议。”

“是，陛下。”

议事结束，冯举告辞，当晚派人通报兵部尚书蒋巨英，让他早有准备，陛下还是对武将更感兴趣。

韩孺子没让东海王继续问下去，是因为他有了别的主意，等冯举走后，他对东海王说：“翰林院正在编纂《武帝纪》与《桓帝纪》，前者已有初稿，后者也该差不多了，你去借一份副本出来，或者抄几页，各部尚书的任免一看便知。”

"没问题，可陛下得给我一份圣旨，起码是手谕，要不然又得有人因我受责了。"

东海王抓捕刺客立了一功，事后没有将此事上报的京兆尹却受到责问，他现在也不敢随意行事了。

韩孺子笑着写了一份手谕，让一名太监跟随东海王一块儿去借《桓帝纪》初稿。

崔腾找种种借口多留了一会儿，等东海王等人都走了，他上前道："陛下，我得多说一句，刺客虽然是燕朋师带进京的，虽然燕朋师住在我家，可是崔家与刺客一点关系也没有。"

"朕若不相信崔家，也不会让你进府。"韩孺子平淡地说。

崔腾嘿笑几声："是是，陛下没理由不信任崔家。可陛下也不能太轻信，比如东海王，他怎么那么巧就能抓到刺客？偏偏提供消息的疯和尚说消失就消失了，连个证人都没有。"

"如果你有证据，朕愿意一听；如果只是猜测，最好谨言，别让朕在这种事情上分心。"

崔腾脸一红，讷讷地嘀咕了几句，已经说出告辞的话，突然又问道："陛下不打算再用燕朋师了？"

"你怎么说出这样的话？"

"陛下若是对燕朋师满意，干吗还要再找先帝劝退的老将呢？"

"去，少管闲事！"韩孺子斥道，崔腾讪讪地退下。

吃罢晚膳，韩孺子来到书房，孟娥早已等在这里，换下侍卫的男装，穿上普通宫女的衣裳，说："我愿意留在陛下身边。"停顿片刻，补充道，"只做宫女，有朝一日我要离开的时候，也请陛下莫要阻挠。"

"嗯。"

第八章

利欲熏心

宗正府是个听上去很有权势实际上无所作为的衙门，长官宗正卿位居从一品，只比宰相低半级，地位却是一个在天一个在地：真正的宗室至亲基本都会封王，不可能再去宗正府任职，也不会接受宗正府的管理；普通的宗室子弟也各寻靠山，对宗正府表面尊重而已。

这里更像是一座孤寂的藏书阁，保存着海量的宗室谱籍和册封文书，极少会被用到，仍会得到万分小心的看守，以备不时之需。

宗正府也是一块靶子：有好事，那是皇恩浩荡；有坏事，那是宗正府秉公执法，或者歪曲了皇帝的本意，前者得罪宗室子弟，后者得罪包括皇帝在内的所有人。

韩稠上任几个月，无比怀念洛阳的生活，虽然河南尹的品级比宗正卿要低，却是实实在在的地方大员，说是一郡的土皇帝也不为过，尤其是洛阳，一城所聚的财富就比六七个普通郡还要多，躺在金山银山上治理河南郡，何等惬意自在！

“人情冷暖啊。”韩稠的脸瘦了一圈，皮肤有些松弛，四肢更显纤细，肚子却还是那么大，他向厅里的几名客人发出感慨，“韩某自问，在洛阳之时从未亏待过南来北往的任何一位商人，拿大家当朋友，推心置腹，有求必应……唉，一朝辞官，立刻门前冷落。诸位，我到底做错了什么，让大家如此嫌弃？”

“韩大人，我们这不是来了吗？不仅来了，还要与大人商量大计呢。”一名客人谄笑道。他们五人算是商人的领袖，今天特意来拜访韩稠。

“也就你们还记得韩某，咱们算是至交了吧？”

“就是至交，生死之交，韩大人暂离洛阳，咱们这也算是贫贱之交了，哈哈。”

“洛阳怎么样？”韩稠正色问道，好像整座城都是自己的家，被迫离开，心悬难忘。

“新换了一位大人，据说是暂时的，朝廷可能还会再换。唉，怎么说呢，不太会做事，更不会做人，耽误大家不少生意。韩大人，别说人情冷暖，其实大家都盼着您回洛阳，比儿女盼望父母还热切哩，只是对这边的门路不熟，轻易不敢登门，所以才委托我们兄弟几个过来探探路。”

韩稠神情大悦，笑骂道：“你们这些忘恩负义的兔崽子，无事不登门，登门必有事。说吧，什么事？你们忘恩负义，韩某却看重往日的情义，不跟你们一般见识。”

几名客人与韩稠很熟，拣他爱听的话尽力奉承，真正有说服力的是一张纸，上面用蝇头小楷写满了一项项的礼物，就算是泥佛也能被打动，何况一个活着的洛阳侯？

最后说到了问题上：“为了遣返河南郡的流民，我们当时可是花了不少钱；还有其他地方的商人，也都响应朝廷号召，出钱出力，约好秋后收账，如今期限早过，上千商人齐聚京城，可是该怎么要这笔债呢？”

“你们就没想过放弃这笔债？”韩稠淡淡地说，受冷落这么久，怎么也得惩罚一下这些商人。

“那可是一大笔钱！不要的话损失惨重，以后连生意都没法做了。”几人明白韩大人的意思，苦着脸哀求不已。

韩稠听够了，将手一挥：“行了，看在往日的交情上，给你们出个主意。你们也真是愚笨，摆在眼前的路有好几条，一条也没看到？”

几人大喜，谄媚之词如潮水一般从嘴里涌出，韩稠笑纳，又有几分在洛阳时的感觉，等对方想不出新词，他说：“慈宁太后的娘家人七天后到京，这件事你们知道吧？”

“听说过。”

“如今外戚比宗室值钱。”韩稠的话中不能不带酸意，“迎亲的排场超过了诸侯入京，嘿，也不知这是哪儿的规矩。总之，朝廷要重赏王家，户部出一部分，少府出另一部分。”

几人同时点头，少府就是他们此次进京要债的目标。

见几人还没醒悟，韩稠皱起眉头，大声道：“少府有钱重赏外戚，没钱还债吗？王家人进京当天就是你们要债的良辰吉日，宫里若是还顾及脸面，就不会拒绝还钱。”

五名商人领袖大喜，连连点头，但心里还是不踏实，一人笑道：“韩大人刚才明明说眼前有几条路的，这才一条，还有什么路，一块儿说出来吧。”

“一条还不够？”韩稠斥道，佯装不满。

“多条路总是好的。”一人道。

“这就跟美女一样，谁会嫌少呢？韩大人，洛阳又来了几位天香国色，我们买来了，今晚就能送进府里。”另一人更了解洛阳侯的品行。

韩稠果然露出笑容，突然一把抓住说话者：“不是你们已经尝过的次等货色吧？”

那人苦笑道：“哪敢啊？一是怕韩大人不满意，二也是怕自家的母老虎，所娶非人，我可没有韩大人的这份福气。”

韩稠松开手，继续道：“传言说皇帝手里有一份名单，许多商人的名字都在上面，谁敢去向少府要债，就会被抓起来，栽以重罪，到时候别说是钱，连命都得搭进去。”

五人齐刷刷地在腿上拍了一下，不约而同地说：“我们怕的就是这个啊！”

传言汹汹，谁也不知道那份名单上都有哪些名字，更不知道皇帝掌握了多少证据，但是做贼心虚，没人敢去尝试，就连那些正常借贷的商人，也被吓得人心惶惶，进京之后一直在观望。

“其实这事倒也简单，据我所知——”韩稠特意强调这四个字，但是不说从哪儿得知，目光扫过五人，“皇帝没想赖掉所有欠账，咱们洛阳的商人是少府重点防范的目标。”

五人离椅，一块儿跪在地上：“我们都是洛阳商人，跟韩大人一块儿水里来火里去……”

他们之所以来找韩稠，不只是因为相熟，更因为韩稠也有一大笔钱通过商人贷给了流民，肯定也想收回，起码不想受太大损失。

但这话不能明说，商人们只好哀求，心里其实明镜似的，韩稠肯定比他们还急。

韩稠也对自家陷在里面的钱只字不提，咳了一声，说：“关于那份名单的传言，其实对你们有好处。”

“此话怎讲？”

“皇帝想赖一部分债、还一部分债，可传言把所有人都吓住了，前去少府领钱的商人迄今寥寥无几，对吧？”

几人点头。

“你们联合洛阳的商人，去把其他商人的欠条都买过来，给他们五成的钱也就够了，我相信，没几个人能拒绝。”

五人面露茫然：“就算只花一半的钱，这可又是一大笔啊。”

韩稠摇头，伸出右手：“这是皇帝想赖的债务。”伸出左手，“这是皇帝准备还的债务。”然后十指交叉握在一起，“皇帝要么全赖掉，要么全偿还，他若是全赖掉，你们就可以给皇帝扬名了。”

五人目瞪口呆，半天没敢回应。韩稠笑道：“你们啊，人笨不说，胆子还小，偏偏又贪财。有什么可怕的？法不责众，皇帝正在剿匪，派往云梦泽的官员都以安抚为主，所谓‘只抓首恶不及其余’，从这儿就能看出皇帝的手段。他若真想收拾天下的商人，早在洛阳就会动手，断不会拖到现在。皇帝在吓唬你们，只要你们团结一致，皇帝就得让步，他现在最怕看到的就是有人闹事，所以你们必须做出不顾一切的架势，唯有如此，才能要回自己的钱，否则的话，各回各家，卖房卖地去吧。”

五人互相看了几眼，向韩稠磕头：“我们都听韩大人的。”

“在外面可别提我的名字，我毕竟是官，是宗室重臣，皇帝若是知道我参与其中，我完蛋，你们也都跟着抄家灭族，明白吗？”韩稠厉声道。

“明白明白。”五人连声道。

韩稠让五人起身，又给他们出了许多主意，总之要争取天时、地利、人和，趁着太后娘家人进京、一片欢腾的时候，集合起来一块儿去少府要债，给皇帝一个措手不及，同时还要造势，当天要让满城皆知，逼少府立刻解决问题。

利欲熏心，五名商人初时还有些胆怯，被韩稠一番鼓动与劝说后，胆子全都大起来，决定公开向皇帝要债。

他们相信韩稠，毕竟韩稠也有一大笔钱陷在“皇债”里，不至于欺骗他们。

五人满意地告辞，斗志昂扬，接下来他们要游说相熟的其他商人，用低价收买欠条的方式将其他商人排挤出去。

韩稠一个人在客厅里喝茶，突然冷哼一声。

一名仆人悄悄进来，却没有做仆人该做的事情，而是走到大人面前，问道：“他们可靠吧？”

“可靠？商人都不可靠，但是为了钱，他们比谁都可靠，你放心就是。我这里很安全，但你也不要乱走。还有，你的人什么时候到？”

仆人露出微笑：“大人莫急，他们或许已经到了，跟我一样，躲得好好的。”

韩稠冷冷地盯着对方：“说得好听，你们失败不止一次了，这还什么都没做呢，就有一个人落网。”

“可我们也成功了不止一次。至于被抓之人，小鱼而已，无碍大局。”

韩稠笑了一声：“富贵险中求，这回我可是冒了最大的风险。云雄，你的真名叫什么？”

“云雄”笑而不答。

第九章

铺路

桓帝在位时间不长，事迹也不多，帝纪编纂应该比武帝朝容易得多，负责此事的翰林院却迟迟没有展开，理由是武帝的材料浩如烟海，牵扯了几乎全部人力，只能等一段时间才能开始新工作。

东海王明白其中的真实原因，对皇帝说：“陛下登基之后，一直没有表露对先帝的确切态度，翰林院拿不准思路，所以想尽办法拖延，估计没有十年八年，《武帝纪》是没法定稿了。”

翰林院也不敢什么都不做，他们收集到许多有用的材料，派一位老学士慢慢整理，东海王与太监花了整整两天时间，抄了一份完整的三品以上官员任免表，从武帝末年到桓帝末年，非常清晰。

前后变化并不大。与韩孺子不同，桓帝是武帝选中的最后一位太子，登基之后必须秉承父志，轻易不能更改武帝的命令。

但桓帝还是按自己的心意任命、提拔了几位官员，他们之前大都在东宫任职，辅佐太子多年，功不可没，并且深得信任。

东海王向皇帝指出这几人："这也是惯例了，太子少傅有机会当宰相，太子洗马至少是六部尚书之一……头几年还好，一旦时间久了，老皇帝又已衰老，这帮人免不了会变得张狂一些，自以为很快就能平步青云，结果却惹来众怒。唉，多少太子最后毁在周围的官员身上啊。"

韩孺子看到一个熟悉的名字："卓如鹤原来是东宫官员。"

东海王也看到了："卓如鹤是驸马，想必深得武帝信任，派去教导先帝的。瞧，先帝也挺重视他，登基第一个月就让他去户部当侍郎，第二年调去工部当侍郎，才半年就当上了尚书。咦？他一直是工部尚书，什么时候变成弘农郡守了？不仅外派，还贬职了。"

韩孺子说："是朕将他外派出去的。"

东海王一愣，随后明白过来，是慈顺太后将卓如鹤等东宫旧臣逐出京城，那时皇帝还是傀儡，根本不知道自己做过什么。

"她原来用这一招讨好武帝时的大臣。"东海王平淡地说，越是在皇帝面前，他越要掩藏复仇之心，补充一句，"大概也是有点害怕先帝身边的人。"

早有传言，桓帝之死与慈顺太后有关，卓如鹤这批东宫出身的官员，当然不受太后喜欢。

卓如鹤就是桓帝选中的未来宰相？韩孺子有点意外，还有一点小小的失望，他对卓如鹤印象很好，也愿意重用此人，却看不出他有宰相之才。

韩孺子收起表单，问道："如果你当皇帝，会选谁当宰相？"

东海王脸色一变："陛下，我可……"

韩孺子笑道："别紧张，朕问的是从前，不是现在。"

东海王脸色稍缓，笑得还是有些僵硬："当时只想着当皇帝以后的威风凛凛，没想过太具体的问题——应该是罗焕章吧，他是我的老师，爱管人，也擅长管人，当时崔府里的人都挺怕他，连舅舅崔宏也对他客气三分。"

"他不是不想当官吗？"

"嘿，罗焕章是读书人，却有勋贵世家的傲气，他是不愿当小官。母亲对我说过，像罗师这种人，起步就得是三品官，三五年就得官至极品，否则的话，留不住他。”

韩孺子对罗焕章印象深刻：“这么骄傲的人，居然相信望气者的鬼话，真是令人难以置信。”

东海王笑得更加尴尬，当初被望气者蛊惑的人不只是罗焕章，东海王与整个崔家都信之不疑，以为帝位唾手可得。

“他还在狱里吧？”

“应该是，陛下不会要将他放出来吧？”

韩孺子想了一会儿，摇摇头：“监狱对他挺合适。”

罗焕章骄傲得有些疯狂，不宜为官，更当不了宰相。

两人又聊了一会儿，东海王告退，由此猜出皇帝的心思，预见卓如鹤前途无量，可他不能亲自去讨好大臣，谭家人远在东海国，又都没有官职，一时指望不上，只能望洋兴叹。

到家时天已经黑了，没想到家里还有客人。

平恩侯夫人提前几天从东海国回来，特来看望表弟，送来不少礼物，正与王妃谭氏相谈甚欢，看到东海王进屋，立刻起身热情地迎上来。

东海王吃了一惊，瞥了一眼谭氏，脸上堆出笑容：“大姐什么时候回来的？”

两人彼此客套，谭氏一旁笑道：“这么晚了，无论如何也要留下吃顿饭，要不然人家还以为我这个王妃不懂礼貌呢。你们姐弟俩聊着，我去安排厨房。”

平恩侯夫人客气了几句，没有告辞的意思。

谭氏带着丫鬟离开，平恩侯夫人笑得更欢：“好兄弟，你可真是未卜先知的活神仙哪。”

“担不起，我不过看在亲戚的分上多说几句，事情都是你一个人做的，与我无关。”东海王不敢领功。

平恩侯夫人笑得比盛开的花还要灿烂：“要不说好兄弟聪明呢，你一句话顶我们这种人十年苦熬啊。”

东海王收起笑容，含糊地问道：“东海国那边怎么样？”

“我见过王家人，相处不错，他们很感激我，明天我会进宫面见慈宁太后，替王家人说几句话，免得亲人初次相见时尴尬。”

“就这些？”东海王当时出的主意可不是讨好王家人，而是查找上官太后的罪证。

平恩侯夫人也收起笑容：“太监景耀在东海国，他现在为陛下打探信息呢，可是孤立无援，外人不了解底细，不知道陛下是不是真原谅了他，所以不愿提供帮助，我帮了他一把，让他能够顺利执行任务。”

“嗯。”东海王不关心景耀，只关心上官太后的罪证。

“结果还真让景耀找到了。”

“找到什么？”

“一名侍卫。”

“侍卫？”

“嗯，宫里的侍卫，一直被关在东海国的监狱里，景耀将他带回京城，此刻也在路上。”

“侍卫怎么会……哦，是孟徹带走的。”东海王恍然大悟，孟徹当初逃离京城的时候，带走了十几名侍卫，这必然是其中一位，“东海国一直没发现，还是有意隐瞒？”

“他们没发现。这人是燕朋师从海上抓来的俘虏，自称是海盗，同伙也没泄露他的身份。景耀获准巡监之后，一眼就认出了那人的身份，借口要带十名海盗回京，将那名侍卫领了出来。”

“然后呢？”东海王追问道。

“然后……我就不知道了，景耀感谢我的帮助，才肯透露这么一点信息，更多的事情他不敢说，但是我猜这名侍卫肯定能供出孟徹，还能连及那位。”平恩侯夫人不敢说出“慈顺太后”四字。

东海王勉强笑道：“恭喜啊，你这一去，结识了王家人，助景耀发现重要犯人，必能同时讨得慈宁太后与皇帝的欢心。”

平恩侯夫人咧嘴而笑，她也觉得这一趟去得很成功：“我现在就担心一件事。”

“哦？”东海王已经不感兴趣，只想敷衍一下。

“我是立了功，可我毕竟是妇道人家，陛下与慈宁太后顶多感谢我，不可能给我封赏……要是有办法能将这些感谢移到援儿身上就好了。”

平恩侯夫人的儿子苗援正在云梦泽剿匪，是一名小小的参将。

“等苗援在云梦泽立功，自然加官晋爵，用不着你操心。”

“剿个匪能立多大功劳？总共才派去几千士兵，我儿连主将都不是，功劳分配下来，到他手里剩不下多少。”平恩侯夫人略带怨气，觉得儿子屈才了。

东海王心中一动：“大姐说得也是，立功这种事，既要看自己的本事，更要看上司的本事，上司功高，下属分到的自然也会多一些。”

“谁说不是？可我瞧主将邵克俭不像是能立大功的人，陛下也没怎么看重他，所以没给太多士兵。杨奉怎么样？他也在云梦泽，大家都说他是陛下最信任的太监，是云梦泽剿匪的真正大将。”

东海王想了一会儿，摇摇头：“我了解杨奉，那是个不好对付的人，你让苗援讨好他，他转头就会事无巨细地转告给陛下，适得其反。”

平恩侯夫人脸色一暗：“那怎么办？就让我儿在军中白受苦？”

“还有一个人，最后立下的功劳肯定比将军要高，但又不是那么难以结交。”

“哪位大人？好兄弟是不是从陛下那里听说什么了？快告诉我。”平恩侯夫人双眼一亮。

东海王心里鄙视她，脸上却挂着微笑：“陛下什么也没说，我只是一猜。”

“好兄弟猜得总是很准，活神仙嘛。”平恩侯夫人想不出更多的吹捧之词。

“陛下被困晋城之时，许多大臣表现突出，日后的前途都不小，其中一位现在在云梦泽为官，剿匪事成之后，他必然大获封赏，前途比别人都要更大一些。”

平恩侯夫人苦思片刻：“卓驸马？”

东海王笑道：“晚饭该准备好了，大姐随便吃点吧，算是为你接风洗尘，等苗援回来，我们再聚。”

“那是那是，援儿可是你的外甥，应该多亲近。”平恩侯夫人还在琢磨卓如鹤为什么会更有前途。

夜里上床之后，东海王受到一番“酷刑”，一边向谭氏求饶，一边将前因后果全说一遍，只是不提复仇之事，最后道：“我现在不能直接出面，你们谭家远在天边，也不好抛头，只能先借助平恩侯夫人铺路……”

“我瞧她可不是知恩图报之人。”

“无妨，她只要能惹事就行，到时候陛下自会需要我的帮助。”东海王希望惹出的事情越大越好。

第十章

背后的将军

京城的天气一日比一日寒冷，皇帝总是临时决定留宿书房或是卧室，太监们于是在两间房里都备好了炭盆，保持温暖如春。

书房里，孟娥研好墨，退后一步。她现在是宫女，再不能悄无声息地站在角落里。

韩孺子拿起笔，蘸墨之后却迟迟没有写字，半晌之后，他将笔放下，扭头问道："义士岛也有江湖恩怨吗？"

韩孺子原打算给杨奉回信，却不知该写些什么。

杨奉正在云梦泽选举江湖盟主，如火如荼，参与的人真不少，连京城的许多豪杰也都动心，纷纷前去露个脸，即使当不上盟主，也要出一把力，联络一下交情。

"当然有，海上的门派比云梦泽还多，半年一小战，三年一大战，肯定是免不了的。"

韩孺子突然笑了："真是怪事，我为什么总是忘记你就是海上的人呢？我到处寻找平海盗大将，其实你最合适。"

孟娥低头看了一眼身上的宫装："我当不了大将，不要说大楚，前朝也没有过女将军吧？"

韩孺子只是开个玩笑，但他之前的确忽略了孟娥的价值，于是先将写信之事放下，问道："海上的门派大致有多少？"

所谓的门派都是一伙伙海盗，韩孺子顺着孟娥说话，没有点明。

"嗯……据说有七十二岛主、三十六洞主，总共一百零八家。"

韩孺子指向桌上的一摞公文："沿海将领送来的公文也是这么说的，还说以七岛三洞为尊，实力与地位高于其他各家，里面就有义士岛，但最强的一家是……是座仙山。"

"蓬莱岛。"孟娥冷笑一声，"都是胡说八道，各家门派互相打来打去，每隔几个月，总有几家被灭掉，同时又会兴起那么几伙，彼此吞灭、强大之后自立为王更是常有的事。海上门派多的时候上百家，少的时候二三十家，根本没有固定的一百零八家。义士岛地位高，最重要的原因就是存在得比较久。不过大家聚会的时候，总是准备一百零八张椅子，反正大小头目多的是，临时坐上去凑数就行。"

"那蓬莱岛是真是假？"

"有真有假。说它真，总有人声称自己到过蓬莱岛，甚至还有人声称自己奉蓬莱岛之命统领海上所有门派，不服从者就将如何如何。说它假——那些自称者非死即逃，可是从来没见蓬蓬岛上的船队出来报仇。"

韩孺子大笑。

"奇怪的是，即使这样，许多人仍然坚信有一个强大的蓬莱岛躲在远海，时机不到不肯现身。我们义士岛曾经派人出去寻找过，迄今还没有一个人活着回来，不知是死在了海上，还是被蓬莱岛留下了。"

韩孺子笑着摇头，突然收起笑容："跟望气者淳于枭有点像，人人都说见过他，从他那里学到了诡辩游说之术，还有人自称就是他，可是抓到之后却都不是。"

杨奉顽固地相信淳于枭真实存在，韩孺子感到难以理解。

他叹了口气，又问道："假若你是大将，会如何剿灭海上各派？"

"我会通风报信，让他们能逃则逃、能藏则藏，不要与官兵对抗。"

韩孺子一愣，随后又笑了，想起自己为什么一直没向孟娥咨询东海的情况了：她是义士岛陈齐后人，对大楚没有效忠之意。

外面有人敲门，孟娥去开门，来者是名太监，没有进屋，躬身将一封信函交给孟娥。

信是景耀写来的，他正在回京的路上，提前派人将信送至京城，内容极其简单，只有一个名字：黄普公。

一般人看不懂此信的含意，韩孺子立刻就明白了，虽然这是他第一次见到这个名字。

"燕朋师果然冒领他人之功。"韩孺子放下信，虽在意料之中，却感到失望，"真是奇怪，这位黄普公为何不肯上书说明真相呢？"

更多的细节要等景耀回来才能知道，韩孺子又叹息一声，对孟娥说："对皇帝来说，最难的就是选人，以天下之大，皇帝能见到的人寥寥无几，就在这些人当中，又有诸多的虚假，好不容易看中两三人，他们却未必愿意为朝廷效力。"

孟娥跟着思考，没有回答。

韩孺子又问道："有人千方百计想要加官晋爵，有人却弃官爵如敝屣，我真有些糊涂了，为什么有人不愿为朝廷做事？"

一百个人会有一百个回答，孟娥的回答未必最准确，却最直接："因为有人也想当皇帝，如果这是乱世，他们都是陛下的敌人，可惜大楚没乱到那个地步，他们没有机会争夺天下，宁愿退隐，也不愿屈居人下。"

"'普天之下莫非王土，率土之滨莫非王臣'，终究只是一个梦想。"

外面又有人敲门，声音比较轻，似乎有点犹豫，拿不准自己的行为是否得体。

"金纯忠，让他进来。"韩孺子一听就是他。

果然，金纯忠轻手轻脚地走进来。他是归义侯之子，但是在勋贵圈里从小就受欺负，没有那么高的傲气，从匈奴回来之后，更加谨慎小心，比许多太监还要在意自己的一言一行。

虽然不是正式召见，金纯忠仍然跪下磕头，得到许可之后才起身。

韩孺子面对他时也总是保持着皇帝的威严，不因他是近臣而随意，端正坐姿，点下头，表示他可以说了。

“微臣这些天查到一些线索，那个叫‘云雄’的人肯定没有离开京城，很可能藏在某座贵人府里，而且是京兆尹府进不去的地方。”

京兆尹主管京城，相当于郡守，品级高一点，但对于朝廷高官，他也无能为力。

“继续查，不管包庇者是谁，都要查出来。”

“是，陛下。”金纯忠继续道，“许多线索显示，混迹于商人之中的刺客不止云雄一个，京兆尹府的司法参军连丹臣已经锁定七人，但是没有打草惊蛇，要等刺客的更多同伙露面之后，再一网打尽。”

韩孺子点头表示赞同。东海王虽然立了一功，但是抓人太早了些，那个叫马穆的刺客所知甚少，没能提供多少有用的信息，金纯忠和连丹臣不会再犯类似的错误。

金纯忠欲言又止，最后还是说道：“微臣在调查过程中，还发现其他一些事情。”

“说。”

“据传朝廷将要颁旨，将少府的债务一刀切，只还三到五成，聚在京城的商人近日受此蛊惑，纷纷将自己手中的欠条低价卖给他人。”

韩孺子略一寻思，在桌上拍了一下：“嘿，果然是无商不奸，肯定是洛阳商人所为，他们听说朕手里有他们的把柄，所以要来一招鱼龙混杂，将所有欠条都握在少数人手里，到时候朕若是不还，失信于天下；若是还，没法再分清浊。”

金纯忠不语，他只负责提供线索，不给皇帝出别的主意。

韩孺子想了一会儿：“还有什么？”

“微臣还查到一条传言，但是不太可信。”

“但说无妨。”

“据说云梦泽请来一位江湖上少有的高手，能入千军之中刺杀大将，百步之内从未失手。云梦泽将希望寄托在此人身上，所做的一切都是要将此人送到陛下‘百步之内’。”

韩孺子忍不住笑了：“世上若是真有这样的高手，可以直接当皇帝了，何必只是威胁皇帝？”

“武功肯定是夸大了，但是也请陛下小心，近期轻易不要召见陌生人。”

韩孺子不置可否地嗯了一声，他没法做出保证，各地送来的将领他还没有见完，舅氏一家很快就将到达京城……这都是他必须见一面的陌生人。

金纯忠准备告退，韩孺子正好看见书桌上景耀送来的那封信，于是叫住金纯忠：“等一下，黄普公这个名字你听说过吗？”

金纯忠抬头，脸上露出明显的惊讶之色，点头道：“听说过，这人是燕朋师身边的一名随从，曾经与他一块儿来过倦侯府。陛下怎么会知道他？”

刺客马穆毕竟是燕朋师带进京城的，金纯忠受封玄衣使者之后，最先调查的就是燕朋师身边所有的人，连马夫、厨子都不放过，其中自然也包括这位黄普公。

“他是什么样的人？”韩孺子没透露信的来源。

金纯忠想了一会儿：“四十二岁，东海国人士，渔民出身，十七岁时卖身为仆，几经辗转，三十岁时进入燕府，服侍主人至今，为人老实，不像是有什么问题。陛下要我再调查一下吗？”

“不用，他应该与刺客无关。”

金纯忠退下，韩孺子感到困惑，向孟娥道：“一名普通的仆人，能帮助主人指挥海战？”

“履历可以造假。”

“金纯忠被骗了？他问话的手段很纯熟，不至于偏听一面之词，必有佐证。”

“被骗的或许不是金纯忠，而是燕家，为了掩盖冒领军功之事，燕家需要一个不被怀疑的说辞。”

“嘿，燕家。”韩孺子原本对燕朋师印象很好，一度抱有极高的期望，发现诸多问题之后，也就更加失望。

刺客、商人讨债、舅氏王家……诸多琐事汇集在一起，韩孺子没法专心寻找大将，拿起景耀的信，扔在附近的炭盆里，看着它燃成灰烬：“先对付商人，这件事不能再拖下去了。”

第十一章

皇帝借钱

少府掌管皇帝的私人财富，自从入秋以来，一直如临大敌：外地商人越聚越多，虽然真敢上门要债者寥寥无几，但也不肯离开，各种传言此起彼伏，初冬以后，没有减少，反而越来越多。

少府保持冷冰冰的高傲姿态，一言不发，好像不屑于为这点小钱出声，其实心虚得很，各地流民的欠条全都汇集于此，府内官吏仔细算过几遍，得出的结论全都一样：少府还不起，就算户部拿出朝廷的岁入，也要不吃不喝五六年才能还清。

借债给流民的商人，尤其是那些洛阳商人，极其奸诈，经过巧妙掩饰，表面上的一二分利，算下来能高达五分甚至十分，他们最初的用意就是要让流民还不起，从而占人、占田、占宅，被皇帝拦截之后，他们只想要钱。

乔万夫从小小的敖仓令进入少府，担任的只是副职，但他是皇帝亲自指定的官员，对还债负有最直接的责任。

他也心虚，已经好几天茶饭不思，看门小吏一进大堂，他就心惊肉跳，以为是要债的商人到了。

这天，他得到皇帝的召见，早早到达倦侯府，等了整整一天，傍晚时分才获准面圣。

韩孺子忙碌了一天，不知道乔万夫已经等了一天，见面之后说："乔大人到了多久？"

"不久，一会儿而已。"乔万夫连午饭都没吃上，一是没有他的食物，二是实在没胃口。

"少府那边情况怎么样？"韩孺子再不客气，直奔主题。

乔万夫行礼："微臣得到消息，三天之后，大概就是太后家人到京之日，商人会齐聚少府讨债。"

"嗯，少府有何应对之策？"

"微臣以为需要杀鸡骇猴，还需要先下手为强，应该在讨债者上门之前，先抓起几个人，问一个强取豪夺之罪。那些欠条当中漏洞颇多，陛下手中又有其他证据，足够了。微臣这里有一份名单，正好五人，他们是洛阳商人的头目，上蹿下跳、惹是生非，数他们最甚，收购欠条并定在太后喜迎家人之日讨债，都是他们的主意。"

皇帝手中的证据全都来自丑王，藏在倦侯府，一直留着当撒手锏使用。

如果再早几天，韩孺子很可能赞同乔万夫的建议，这原本就是他的想法，可是受到赵若素的影响，他改变了主意。

真实的皇帝在为民除害，众人心目中的皇帝却很可能是赖账不还，反而栽赃陷害，毕竟那些欠条中的恶劣条款隐藏颇深，流民大都不识字，画押的时候根本不知道这相当于一张卖身契，因此对借钱给他们的商人没有多少恨意，有些人反而很感激。

韩孺子向乔万夫解释道："这是朕的失误，应该一早就向流民解释这些欠条的险恶之处，让天下人看清洛阳商人的奸诈，再抓人也就顺理成章。现在麻烦的是，将这五人下狱，天下人不以为他们有罪，只会以为朕在耍无赖手段。"

乔万夫没想这么多："可是……少府的确还不起这些债，而且大部分债也不应该还，或者只还本金，这样一来，债务至少能减少三成，甚至五成，虽然少府还是还不起，但压力会小许多。"

韩孺子想了一会儿，探身问道："你调查过没有，这些商人为何如此大胆？"

乔万夫躬身道："打听过，全是那五名商人头目从中教唆使坏。"

"那这五人又为何如此大胆？"

乔万夫一愣："因为……因为背后有靠山？"

韩孺子点头，拿起桌上的一摞纸晃了一下："朕有这五人的详细资料，真巧，在那些行贿洛阳官员的证据当中，关于这五人的内容也最多。"

乔万夫一下子感觉到头脑清醒了许多："没错，这五人一掷千金，几乎收买过洛阳的所有官员，就是在京城，据微臣所知，也有不少人收过他们的礼物。"他摇摇头，"难道有大臣在背后支持这些商人？"

虽然各路信息当中还没有找出明确的支持者，但韩孺子相信肯定会有，那些商人的行动过于一致，绝不是几个人就能商量出来的。

乔万夫上前一步，问道："陛下要先抓几名大臣吗？"

韩孺子笑着摇头："时机未到，现在抓人，仍然脱不了赖账的嫌疑，还会令朝中惊恐，得不偿失。"

"陛下的意思是……"乔万夫又感到困惑。

"流民能借钱，皇帝能借钱吗？"

乔万夫没听懂这句话的意思："呃，据微臣所知，武帝曾因军费不足，向各地商人收取过重税，但那不算借，几年之后就取消了。不过，微臣斗胆进言，重税不可轻行，当时或可增加岁入，过后却会大幅减少，原因无他，重税毁商，一些商人固然可恶，但是没有这些人，天下转输将会停顿，大楚东西南北之间的来往更少，齐国之患更多。"

越是自给自足之地，越容易生出叛逆之意，乔万夫在敖仓为官时，对此感受深刻，曾向皇帝说起，现在再次提醒。

征收重税乃是不得已而为之的最后一招，韩孺子当然不会随便使用，微笑道："你误解了，朕的意思是单纯借钱，比如朕现在就向你借十两银子。"

乔万夫一脸茫然，皇帝真在桌后伸出手："乔大人身上有十两银子吗？"

"十两……有。"乔万夫摸索了一会儿，掏出几块碎银子，脸一红，"陛下恕罪，微臣出门仓促，只带了这六七两。"

"足够了，请乔大人借朕六七两银子。"

书房里没有外人，乔万夫只得自己上前，双手将银子送到桌上，然后向对面推了一下，仍然觉得银子太少，脸更红了。

韩孺子伸手将银子搂过来，看了一眼，将它们放在一张纸上，连纸一块儿推了回去："银子还给你，这就算朕借过钱了，对吧？"

乔万夫完全摸不着头脑，小心翼翼地将银子收回，在皇帝的示意下，将那张纸也拿在手中，退后几步，犹豫道："算吧。"

"乔大人手头拮据，朕只能借来这几两，可是有人手头宽绰，应该能多借一点。"

乔万夫看向皇帝，若有所悟。

韩孺子是从晁鲸那里获得启发，贪官贪的是商人的钱，为什么不让他们代还皇帝的债呢？"朕原说要杀鸡骇猴，可是朕弄错了一点，商人的头目不是商人，而是贪官，打击贪官比打击商人更有效果。"

乔万夫低头看向手中的纸，那上面工工整整地写着十几个名字，全是洛阳与京城的官员，宗正卿韩稠排在第一位。

"朕眼下腾不出手收拾贪官，但是向贪官借点钱总可以吧？"

乔万夫惊道："可这些人不会承认自己是贪官，陛下借钱，他们肯定会给，但是不会拿出太多。"

"商人行贿的证据，也是官员受贿的证据，乔大人待会儿带走几份副本，足够让他们承认自己是贪官了。"

乔万夫突然醒悟过来："陛下是让微臣去借钱？"

韩孺子笑道："朕亲自借钱会留下口实，所以要假手他人，乔大人可愿代劳？"

"当然。"替皇帝借钱，有功无过，乔万夫没有拒绝的理由，他还是担心数字，"这些人虽是贪官，可他们倾家荡产也还不起全部债务吧。"

韩孺子收起笑容："乔大人不用直接拿钱，将少府的欠条分下去就行，商人强取豪夺，大部分钱流入贪官手中，贪官再为强取豪夺提供保护，归根结底，这些债务是商人与贪官之间的事情，让他们自己算账吧。有谁不愿意，少府出面；还有人不愿意，朕出面。"

乔万夫捧着那份名单，仔细想了一会儿，双膝跪下："陛下放心，此事可成。"

乔万夫走的时候，两名太监抬了一只箱子送出府，乔万夫的随从接下，觉得真是沉重。

到家之后，乔万夫立刻开箱验视，虽然都是副本，但是抄写得非常清晰，与原本几无二致。

乔万夫看了整整一个晚上，信心倍增，天亮之后肚子饿得咕咕叫，连喝了三大碗粥才感到满足。

时间不多，乔万夫先去少府点卯，处理了一些事务，派自己的仆人去给两位大人送拜帖，一个约在中午相见，一个约在傍晚会面，告诫仆人必须取得约定，实在不行，可以暗示一下要谈的事情非常重要。

乔万夫见的第一个人就是韩稠。

敖仓归属河南郡，乔万夫从前只是韩稠手下的一名小官，平时连见面的机会都很少有，如今他在宗正卿面前仍是小官，地位却不一样，谁都知道他受皇帝赏识，今后前途无量，仆人不用任何暗示，韩稠马上同意午时相见，地点就在宗正府。

乔万夫什么都没带，将随从也留在少府，孤身赴会，心中一片轻松。

韩稠尚未猜出乔万夫的来意，热情相迎，执宾主之礼，十分客气。

乔万夫也很客气，与韩稠一块儿回忆洛阳往事，感慨人生起伏，赞颂皇帝恩德……足足半个时辰之后，乔万夫说明来意："韩宗正此刻危在旦夕，可有自救之道？"

韩稠一愣，随后脸色一沉："乔大人何出此言？"

"有商人即将上书，指证韩宗正在洛阳之时贪贿无数。"

韩稠又是一愣，随后大笑，别的事情难说，商人的指控他可一点不怕，皇帝想用这招吓唬他，那是看走了眼。

乔万夫微笑以对，好像只是开了一个小玩笑。

要是连这件事都做不好，乔万夫会愧对皇帝的重用。

第十二章

暗中求助

皇帝太年轻，乔万夫从前只是一名看管官仓的小吏，在韩稠眼里，这样的两个人实在不配做自己的对手。没错，他曾经一时大意，在洛阳被打个措手不及，离开老巢，沦落到了京城当一名闲官，正因为如此，接下来的战斗中他要全力以赴。

韩稠大笑，好像两位相知多年的老友在开粗鲁而善意的玩笑，突然他停下来，有点不好意思地说："抱歉，乔大人，你是说真的？"

乔万夫严肃地点点头。

韩稠又笑了，这回是微笑，随后叹息一声："洛阳位居天下至中，都说那是一块肥地，可也是一块险地，洛阳的官不好当啊。乔大人说有洛阳商人要指控本官贪贿，老实说，我一点都不意外，我当初在洛阳得罪了多少人，现在就有多少人要置我于死地。”

韩稠收起脸上最后一点笑容，同样严肃地说：“谢谢乔大人的提前告知，但我没什么可担心的，当今圣上英明睿智，亘古少有，绝不会被几名奸商所误，任何时候、任何地点，我都愿意与指控者对质，绝无二话。”

这回轮到乔万夫露出笑容了：“所谓邪不压正，韩宗正一片赤胆忠心，那些洛阳商人也是被贪欲迷了心窍，竟然敢对韩宗正下手。下官因为在少府任职，偶然听说此事，特意来给韩宗正提个醒，此事还没有闹到陛下面前，韩宗正了解就好，希望您不要……”

韩稠探身过来，想在乔万夫肩上拍一下，却差着一点距离，乔万夫识趣地前倾，将肩膀送到韩稠手下。

“此前同在河南郡为官，如今又同在京城为陛下效力，你我二人可谓至交。我明白，此间交谈绝不会传入第三者耳中，乔大人提前告知消息，足见交情，我领情了，绝不会忘记。”

两人又谈了一会儿，乔万夫告辞，韩稠送到门口，看着远去的背影，目光中渐露鄙夷。

乔万夫表面上输了一招，却不是一无所得。韩稠的自信只能说明一件事，躲在背后操纵商人讨债的人就是他，他不怕商人告状，因为他与商人的利益关系从未破裂，反而更加牢固，一听乔万夫的话就知道是谎言。

乔万夫还约了一个人，傍晚时分，他如约而至，对方也早在等候他的到访。

申明志如愿成为宰相，却一直不够自信，总觉得这样的安排是皇帝的权宜之计，一有机会和人选，自己就会被找借口换掉，因此听说皇帝从外面带回来的官员约见自己，立刻表示同意，也不管两人之间的地位差距有多大。

相府的仆人将乔万夫带到后书房，既表示亲切，又表明这不是一次正式会见，更不会留下吃饭。

在皇帝提供的名单上看到申明志的名字，乔万夫一开始很意外，在他的印象里，申明志的风评一直不错，担任右巡御史期间，负责监察京外官员，比较严厉，很少听说他有徇私枉法之事。

右巡御史有机会继任宰相，位置比较微妙，进一步即是百官之首，退一步可能就有牢狱之灾，申明志完全有理由谨慎行事。

可是看完皇帝给的那些证据之后，乔万夫只能感慨自己对官场还是不太了解。

申明志担任右巡御史期间，本人的确不收贿赂，但是为了当宰相，他需要一些大臣的支持，这些大臣看重的不只是能力，还有实际的报答。

申明志没钱，只能向外人求助，愿意向右巡御史提供帮助的人早就排成了长队，申明志很谨慎地只挑选了一个，就是当时的河南尹韩稠。

韩稠当然愿意帮忙，但他自己不会出这笔钱，只能从商人手里搜刮，并派心腹之人与右巡御史单线联系。

这名心腹牢记主人的要求，守口如瓶，对商人和官员尤其敬而远之，可是到了丑王面前，就没那么警惕了，几杯酒下肚，该说不该说的全抖搂出来。

乔万夫明白申明志的难处，他当时正与左察御史萧声竞争相位，萧家巨富，出手大方，申明志寸土必争，只能接受外人帮助，他没为自己捞取贿赂，已经算是清官。

申明志没有起身迎客，只让仆人给座，两人客套了一会儿。少府虽然掌管皇帝的私人财富，毕竟是朝廷的一部分，所属官员皆是外臣，而非内臣，宰相自然也要关心一下还债问题："为了安置太后的亲人，少府花费不少吧？还有余力偿还流民债务吗？"

"安置太后亲人，户部出的大头，少府花费不算太多。至于还债，确有难处，原以为那些商人能够体谅朝廷的难处，看现在的架势，他们是不会退却的。"

"嘿，无商不奸，就算银子前面摆着铡刀，他们也敢冲上去。"申明志与商人没有直接交往，与多数文臣一样，对这类人充满鄙视，"少府需要什么帮助，尽管开口就是，陛下将债务揽到自己身上，是为天下百姓着想，朝廷怎能坐视不管？"

乔万夫起身，拱手道："下官确有一事相求。"

"坐，请说。"

乔万夫没坐："据传言，众多商人很可能在王家人到京之日齐聚少府讨债，陛下日理万机，无暇顾及此事，下官希望能够私下处置此事，起码推迟一些时日，不要让陛下和慈宁太后难堪。"

"理应如此。何必私下处置？只要陛下开口，朝廷一纸令下，抓几名奸商，其他人自然闻风而逃。唉，时局不比从前，若是在武帝时……"

武帝时没有商人敢来要债，但是武帝开口时也借不到钱，朝廷只能下令征收重税。

乔万夫笑了一下："关键就是不想让陛下为此分心，如果能够不用陛下开口就解决此事，岂不最佳？"

申明志也是老狐狸，听到这儿已经明白，皇帝想要名利双收，所以自己不出面，希望大臣们代为解决难题，于是也笑道："那是当然，一切太平最好不过，只是要让乔大人费心了。乔大人到访本府，想必是有所求，尽管开口就是，本官自当鼎力相助。"

乔万夫长揖到底："相爷这一句话就已经帮了大忙。"

申明志微笑道："先别忙，你也说了，此事最好不必打扰到陛下，也就是说朝廷不能公开干预，本官还真不知道能帮上什么忙。"

"此次进京讨债的商人行为一致，明显有人组织，如果能劝退几名头目，危机起码能够暂时缓解。"

申明志沉吟道："非本官推托，以宰相之名，本官或许可以威吓住一些人；单论交情，本官对商人可是一个也不认识。"

"无妨，朝中有一人与商人关系最为密切，他一句话顶得上朝廷的几道命令，只是下官与此人不熟，因此要请相爷帮忙。"

"哦，朝中还有这样的人？是哪位？"

"宗正卿韩稠。"

申明志脸色一沉，旋即恢复正常，沉吟片刻，回道："韩宗正是宗室重臣，此前一直在洛阳为官，与商人熟一些倒有可能，可本官与他交往不多，私下说不上话。"

乔万夫露出失望之色："如此说来，传言都是骗人的。"

"什么传言？"申明志立刻警觉。

"都说相爷与韩宗正私交甚好，到了不分彼此的地步，又说两位大人互下聘礼，只待公子、小姐长大之后成亲。"

"胡说八道，本官的子女皆已成亲，何来互下聘礼之说？"

乔万夫躬身致歉："下官一时糊涂，听信无稽传言，相爷恕罪。"

"人言可畏，本官倒还受得了，只是帮不上乔大人，惭愧。"

乔万夫长叹一声："此路既然不通，我也没有别的办法了，只好上报给陛下，自陈无能：少府还不起这笔债务，又劝不走这些商人，唯一的办法就是来一通彻查，连商带官一锅端，如此一来，天下人也不能说陛下此举纯是为了赖账。"

乔万夫再次行礼："到时候就需要朝廷出面了，请相爷早做准备。"

"嗯，乔大人不用着急，本官与韩宗正殊少来往，可朝中总有人与他相熟，或许可以帮上忙。"

"大批商人很可能在后天前往少府讨债，下官怕是来不及再找他人帮忙。"

"乔大人打算什么时候去见陛下？"

"明天晚上怎么也得去了，要不然陛下后天会措手不及，那下官的罪过可就大了。"

"这样吧，本官帮你问问，如果能找到与韩宗正相熟的大臣，韩宗正又确实能对那些商人说得上话，乔大人就用不着拿这件事烦扰陛下了。"

乔万夫掀起衣襟，跪下磕头："相爷可救了下官一命，大恩大德，此生难忘。"

申明志扶起乔万夫，又谈了一会儿，命仆人送客，在书房中独坐半晌，找来心腹管家，让他立刻持自己的手书，连夜去见韩稠。

回家路上的乔万夫思绪万千，许多话不能明说，希望申明志能够正确理解自己的意思：只要宰相能够顺利安抚讨债之事，皇帝不会为难他。

朝中重臣根本没有真正的清官，申明志绝非贪贿最严重的官员，甚至可以说是轻微。

韩稠还没休息，拿到宰相的手书之后看了一遍，也陷入沉思，皇帝和乔万夫比他预料的要难对付，居然连申明志这条线都给挖了出来。

他叫来府中暗藏的客人云雄，将申明志的信扔过去：“宰相不会再保我了，后天即是鱼死网破之日，你再不给我一点信心，我也不打算保你了。”

云雄拱手笑道：“大人不必心急，您想要信心，今晚就有，请大人静候佳音。”

第十三章

大将军遇刺

太后的娘家人进京，在大多数人眼里是一件值得羡慕的喜事，对礼部来说却是数不尽的麻烦，需要他们一件件加以解决。

礼部尚书元九鼎亲自护送王家人赶赴京城，一路上想好了对策，先送给皇帝和太后过目，没有问题再交由礼部下属各司执行，总算令事情得以一切顺利。

其中一个重要问题是如何见面。王家人暂无任何官爵，又赶上刺客的传言沸沸扬扬，让一大群陌生人进宫，着实不妥，而且宫里有两位太后，礼节上也有麻烦。若在宫外相见，皇帝与太后又显得过于屈尊。思来想去，元九鼎提出一个完美的解决办法。

王家人获赐诸多田宅，其中的主宅位于东城，离皇宫和倦侯府都不远。元九鼎建议，别的东西可以提前赏赐，这座宅子却要暂时留归少府，这样一来，皇帝与太后降临此宅就还是在自家，王家人则是登门拜访，等到见面结束，皇帝与太后回宫之后，再将此宅赐给王家，一切圆满。

礼部的难题解决了，宿卫营的麻烦才刚刚开始。作为保护皇帝安全的直接负责人，蔡兴海和王赫一点不敢大意，轮流前往太后省亲的宅子里检查，恨不得掘地三尺。至于仆役，全都从宫里临时调用，等王家人入住之后，新仆人才能进来。

即便如此，两人仍不安心，没事的时候总有一个人过来逛逛，确保所有细节都在安排范围之内。

后天就是省亲之日，这天夜里，侍卫头目王赫又来府中检查，看到白天刚刚布置好的诸多帷幔与摆设，不禁暗自叹息，皇家的排场太大，对刺客来说，到处都是良好的藏身之所。

王赫只能挨处检查，明天一早，他要向中司监刘介提出建议，对每一处摆设都安排专人看守，以免意外发生。

查到半夜，王赫稍稍满意，带着一队侍卫与士兵回倦侯府，心中暗自慨叹，若不是前两年皇宫里接连发生意外，他也用不着如此辛苦。想当初，武帝临朝的时候，不要说皇宫，整个京城都是固若金汤，豪杰俯首、群小逃窜，没有任何人敢惹是生非，更不用说刺杀皇帝。

这才几年工夫，连皇宫都变得千疮百孔。

他忍不住想这究竟是为什么，骑马拐入一条小巷里时，他突然省悟，觉得自己想明白了。

武帝是强势的皇帝，高居在上，身边所有人，从近到远、从里到外、从皇宫到朝廷……所有臣子都是武帝一手安排的，众人因此有一个共同目标，能够配合默契，不出一点破绽。

武帝驾崩，这个共同目标失去了，彼此间的配合也没了，在武帝手下兢兢业业的众多臣子，疲惫已久，终于懈怠下来，而新皇帝自己的圈子一直没建立起来，不知不觉间就显出了种种漏洞。

王赫觉得这个解释很好，寻思着要不要找机会将自己的想法透露给当今皇帝，正犹豫不决，前方突然传来一阵叫喊声。

王赫极为警觉，思绪的余韵还在心中盘旋，他的手已经握住刀柄，口中下令：“列队！”

数十名手下立刻止步，分工协作，各防一面。王赫保证不了整个皇宫配合无间，起码在他的眼皮底下，所有人都要各司其职、有令必行，一点不得马虎。

一名侍卫驱马前去查看情况。

人声越来越近，王赫清楚地听到“抓刺客”三字，大吃一惊，正要加速行进，前驱侍卫回来了，来到王赫马前，说：“大将军府出现刺客。”

听说与倦侯府无关，王赫稍稍放心，可还是很吃惊，如今的大将军府就是崔府，离倦侯府也不算远，刺客在那里现身，对皇帝仍是一个威胁。

王赫正要派人去与大将军府的人接洽，帮着一块儿抓捕刺客，前方的士兵突然喝道："什么人？"

这不是两军阵前，将军可以从容地排兵布阵，这是一次狭路相逢，谁也来不及下达命令，王赫能做的事情就是拔刀，他在晋城受过伤，还没有完全恢复，几名侍卫紧紧护在他身边。

来者十余人，全部黑衣蒙面，也不搭话，上来举刀就砍，看样子是与侍卫们偶然相遇，不像是策划好的埋伏。

侍卫一方占据人数优势，没多久，对面又来一群人，有人隔着战场大声喊道："是宫里的侍卫吗？"

王赫大声回道："剑戟营副都尉王赫在此，阁下何人？"

从晋城回来，王赫也升官了，对面的说话者一边指挥手下加入战斗，一边回道："我们是大将军府里的卫兵，千万别让这些刺客跑了。"

两人说话间，战斗已经接近尾声，刺客人少势弱，终究不是对手，都已被逼到墙角负隅顽抗。

刺客当中有人大喝道："没杀死狗皇帝，杀死大将军也够本了，兄弟们，还怕什么？冲啊！"

刺客们发起反攻，跟疯了一样往刀枪上撞，完全是同归于尽的打法。

围捕一方无法后退，只能步步逼近，顷刻间就有数名刺客被杀。

"留活口！"王赫大声道。

大将军府的人也喊"刀下留人"。

片刻之后，战斗结束，七名刺客被杀，五人被俘，全都伤痕累累，挥不动刀方才倒下。

王赫下马，走到俘虏面前，有人揭去了他们的面罩，又有人提来灯笼，照亮了五张恶狠狠的面孔。

"要杀便杀……呸。"一名刺客吐出一口血水，全落在自己胸前。

王赫扭头问大将军府里的人："崔太傅……"

话未说完，又有人赶到，愤怒的声音先从外面传来："刺客呢？要是抓不到，你们拿命来抵！"

崔腾怒气冲冲地挤进来，他经常见到王赫，平时都很客气，这时却连点头都省了，目光扫过，落在几名刺客身上，怒声骂了一句，拔刀就要砍。

王赫等人急忙上前拦住："二公子别急，留几个活口，也好查清真相。"

"还查什么？"崔腾发起怒来六亲不认，更是没有理智，举着刀仍往前冲，"肯定是云梦泽派来的，没机会刺杀皇帝，就对我父亲下手！让我把他们全剁碎！"

一名刺客大笑："今天是崔宏，明天就是狗皇帝，一个都跑不了，大楚将亡，云梦将兴，你们只是多活几天……”

崔腾更怒，竟然甩脱了周围的一群人，上去一刀砍下去，口出狂言的刺客再开不了口。

王赫急忙示意自己的手下将剩下的俘虏带走，然后上前向崔腾问道：“大将军没事吧？”

崔腾怒目而视，好像王赫是刺客的帮凶：“没事？怎么会没事？我父亲身受重伤，他若是……他若是有个万一，我要亲自去踏平云梦泽！还有你们……”

崔腾总算还剩一丝理智，目光转向崔府的人：“你们这帮废物，竟然让一群刺客来去自如，养你们干吗？不如多养几条狗……”

崔腾痛骂，崔府没一个人敢回应。王赫也觉得尴尬，向崔腾点点头，带着自己人离开，剩下的四名俘虏他要带回宿卫营，等他和蔡兴海审问过后，再交给京兆尹府，由金纯忠继续审问。

夜色正深，发生在大将军府的刺杀仍然惊动了不少人，刚刚入睡不久的皇帝又被叫醒了。

韩孺子很意外，刺客的目标明明是自己，为何突然改为崔宏？崔宏虽说是大将军，但是接受皇后的建议，最近一段时间赋闲在家，并不负责云梦泽剿匪。

他不能亲自去见俘虏，只能下令尽快审问明白，同时派人去大将军府慰问，等得到确切消息之后，再去宫里通知皇后。

韩孺子没法再睡了，守在书房里等候消息。

大将军府那边最先传来消息，崔宏在一名小妾的房中遇刺，小妾不幸被杀，崔宏却幸运地留下一条命，胸口中了一刀，伤势不轻，已经说不出话，数名太医正在疗伤，结果如何要等一两天才知道。

至于十多名刺客是怎么进入守卫森严的大将军府的，还没有说法。

崔腾亲自来见皇帝，他快气疯了，在家里差点就要砍杀护卫，在皇帝面前，他总算稍稍冷静下来，先是谢恩，随后讲述事情经过，说着说着，痛哭流涕：“我父亲一心一意为陛下守江山，在齐国平乱时杀死不少云梦泽强盗，他们这是来报仇了，陛下，让我去云梦泽吧，我发誓必将所有强盗连根铲除，一个不留！”

韩孺子平时对崔腾从不客气，今天却要把他当小孩子一样温言安慰，总之，不能派一个哭咧咧的将军去剿匪：“家里发生这么大的事情，你怎么能走？受伤的大将军怎么办？还有皇后，朕已经派人去宫里送消息了，她此刻必然心焦如焚，你若是再出点事，她怎么办？”

崔腾擦去眼泪，郑重地说：“陛下说得对，我不走了，留在京城。可陛下一定要将那个栾半雄抓活口，我要亲眼看着他被碎尸万段。”

崔腾告辞，韩孺子再次传旨，给大将军府增派宿卫士兵，确保那里的守卫与倦侯府不相上下。

金纯忠就住在倦侯府里，随叫随到，他已经见过俘虏，并且与连丹臣联系过："藏在商人当中的七人没有参与这次刺杀，刺客嘴硬，暂时不肯招供，但是看他们的样子，应该是用别的办法混入京城的。"

天刚亮，王赫来见皇帝，透露一条重要消息："大将军府刚才来人，说昨晚的刺客很可能是十三人，八人被杀、四人被俘，还有一人中途消失，果真如此的话，此人身手不凡，大概就是云梦泽所谓的高手。"

韩孺子已经考虑很久，再不犹豫："等明日省亲之后，全城大搜。"

他终归得采取一次武帝的手段。

第十四章

高手

大将军崔宏遇刺的消息很快就轰动京城，宗正卿韩稠属于第一批获悉者，当时天已经很晚，他却没睡，坐在书房里独自喝闷酒，几杯下肚，就已醉得晕晕乎乎，似乎又回到了洛阳，眼前尽是谄媚的人，每个人的脸上都洋溢着笑容，费尽心机讨好他。

就算是留在京城当宰相他也不干。

与那些一心只想留在京城的勋贵子弟不同，韩稠喜欢洛阳，那里是他的根，如今他却被连根拔起，如果不能及时栽回去，他担心自己在这里忍受不了多久。

韩稠抓起酒杯，本想一饮而尽，结果喝下小半杯就觉得淡然无味，改变主意想要不喝，手、嘴的配合却不够协调，一下子呛到，急忙放下酒杯，连咳数声，喉咙里的一股气怎么也顺不过来，脸憋得通红，想叫仆人相助，根本叫不出声。

韩稠双手撑着桌子，低头剧咳，突然后背重重地挨了一下拍打，一口气终于通畅，他又能自由呼吸了。

韩稠大口喘息，嘴角流涎，抬头看去，帮忙的竟然是一名陌生人。

陌生人黑衣蒙面，只露出一双眼睛，身上看不到兵器，左手拎着一只包裹。

韩稠没有显出意外，找出巾帕擦擦嘴角，缓和一下心神，开口道："壮士一个人来的？”

陌生人点头。

“事成否？”韩稠尽力摆出庄严的样子，以掩饰刚才的狼狈。

陌生人将包裹放在桌上，解开结扣，露出里面方方正正的木匣。

韩稠终于一惊，盯着木匣看了一会儿，又抬头瞧了一眼陌生人，伸手想要掀开盖子，突然心生胆怯，找了找，在桌上拿起一根筷子，慢慢伸过去，迅速一挑，马上收手，身子向后一仰，好像捅开了马蜂窝。

木匣里的东西露了出来，韩稠又是一惊，酒醒了一多半，待看清楚之后，他却一愣，随后是大怒，腾地站起身：“这不是……这根本不是……这是谁？”

木匣里是一颗女人头。

陌生人探头过去看了一眼，第一次开口，声音在黑布后面有点沉闷，但足够清晰：“就是她。”

韩稠愤怒地拍了一下桌子：“不是他！云雄说得清清楚楚……”他压低声音，“要杀的人是大将军崔宏，这是……这分明是一个女人！”

陌生人仍不认错：“这是大将军身边的女人，我能带来她的人头，就表明我也能带来大将军的人头，我在大将军胸前刺了一刀，他要是幸运的话，应该不会死。”

韩稠目瞪口呆，过了一会儿，气急败坏地说：“云雄呢？叫他来，我跟他说话。”

“你有什么话非要对我的仆人说不可？”

韩稠又是一愣：“你……究竟是谁？”

陌生人想了一会儿，伸手解开头罩，摘下来握在手里，露出一张极其年轻的面孔，看样子也就二十岁左右，脸形微圆，嘴角带笑，丝毫没有杀手的凌厉：“我叫栾凯，云梦泽神将栾半雄是我义父。”

韩稠盯着刺客栾凯，突然一惊：“你露出真面目干吗？”

栾凯微微一笑：“你不是想知道我是谁吗？”他走到桌前，拎起木匣里的头颅，随后又放了回去，“这只是一试身手，天下没有我取不到的人头，包括你。”

韩稠吓得瘫坐在椅子上。

栾凯打量了几眼：“你的脖子比较短粗，肥肉多，不适合用刀，要用一尺以内的短刃，越锋利越好，刺进去，绕一圈，成了。”

栾凯边说边做动作，韩稠面无人色：“你想杀我？”

“杀你？”栾凯笑了，“我为什么要杀你？咱们无冤无仇，义父给我的名单上没有你的名字。你叫韩稠，对吧？”

韩稠茫然地点点头。

“那你没事。”

韩稠发了一会儿呆，指着桌上的木匣：“这个女人在名单上？”

“我连她叫什么都不知道，义父对我说，先不要杀掉崔宏，先杀他身边最近的人，给他一个警告。”

韩稠心惊肉跳，可是又觉得古怪：“‘身边最近的人’不是指崔宏的亲人，比如他的儿子吗？”

栾凯眉头微皱：“这个女人就躺在崔宏身边，离他最近。”

“这个‘近’或许是指‘亲近’。”

栾凯寻思片刻，突然抬手往桌上一拍，也没见他太用力，厚重的檀木桌角硬生生掉下去一块：“难道我杀错人了？”

韩稠吓得心跳都要停止，急忙道：“不不，是我理解错了，你杀得没错。离得最近，只有这样才能给崔宏一个教训。”

栾凯又笑了，灿烂得像个孩子，带着三分傻气：“你差点把我绕进去，义父总说读书人最坏，你就是读书人吧？”

韩稠用力摇头：“我最讨厌看书。你瞧，这里是书房，可是没有几本书，而且我都没翻过。”

栾凯点点头，拿起桌上的半杯残酒，看向韩稠，那意思是询问自己能不能喝。

韩稠摆摆手，表示随意，然后指着酒壶：“还有。”

栾凯却只肯喝这半杯，仰脖一口进去，满意至极地发出一声长长的“啊”：“临行之前，义父说过，一杯酒也不能喝，所以，我只喝半杯。你的酒不错。”

“这是江南的贡酒，你要多少都有。”

栾凯笑着摇头：“不行，义父不让。”话是这么说，目光却死死盯着酒壶，好一会儿才恋恋不舍地挪开，“可以了吧？”

“什么可以了？”

“我把大将军身边人的头颅给你送来了，你应该对我有信心了吧？”

“有有。”韩稠连连点头。

栾凯轻叹一声，好像感到疲惫，自言自语道：“今晚去皇宫，明后两天对付狗皇帝，安排得挺紧，也不知还有没有时间逛逛京城。”

韩稠大惊：“去皇宫？你去皇宫干吗？”

栾凯指着木匣：“还是这种事呗。”

“你要杀谁？”

“还不知道呢，我先去睡一觉，等我醒了，义父的仆人会通知我要杀谁。我走了。”栾凯又看了一眼韩稠的脖子，转身向门口走去，突然转身，一步蹿到桌前。

韩稠何止心脏停跳，连全身血液都凉了几分。

栾凯的目标却不是他的脖子，伸手抓起桌上的酒壶，转身就跑，开门、蹿出、关门，全部动作都在一瞬间完成，眨眼工夫，人去无踪，好像从未出现过，只有木匣仍摆在桌上。

良久，韩稠终于清醒过来，酒劲儿早已过去，他却弯腰哇哇大吐，好不容易止住，抬头看了一眼木匣，又吐了起来，连吐三次，终于止住，起身向外跑去，几步之后又回来，盯着木匣看了一会儿，一咬牙，盖上盖子，抱在怀中大步出门。

栾凯是个疯子，云雄却是正常人，可他既没说刺杀目标是崔宏的“身边人”，也没说过皇宫里还有别的目标。

云雄独居一院，离书房不是很远，仆人不准进入，韩稠用脚踢院门，里面很快有人打开，云雄看来也没睡，举着半截蜡烛，有些意外地说：“韩大人。”

韩稠将木匣塞到云雄另一只手里，进院关门，向屋里走去，一言不发。

云雄腾不出手，跟在韩稠后面，进屋之后放好蜡烛，这才打开匣子，看到了里面的人头，没有害怕，只是意外：“这是谁？”

“问我？我来问你，一个叫栾凯的家伙突然出现在我面前，说这是崔宏的‘身边人’，说他是栾半雄的义子，说你是他的仆人，还说今晚要去皇宫再杀一人，这……都是怎么回事？”韩稠强忍着没说出脏话。

云雄笑了笑：“傻孩子，他应该先来找我，我再去见大人，就不会有这么多误解了。”

“他就是一个疯子！”

“一个武功高强的疯子，能够闯军营、入深宫取人首级，这样的疯子，世上能有几个？”

韩稠沉默片刻，然后道：“云梦泽到底是什么计划？再瞒下去，我退出，你们自己玩去吧，我保密就是。”

见过栾凯之后，韩稠的信心没有增强，反而更弱了。

“崔宏曾与云梦泽有过合作，可是在齐国平乱的时候，他却丝毫不念旧情，因此要给他一点教训，但是暂时不能杀他，活着的大将军才能吸引宿卫军分兵保护。然后是皇宫，杀一人或者伤一人，总之，要让宿卫军分身乏术。”

“皇帝不会直接回宫里吗？宿卫军就不用分开了。”

“不，皇帝绝不会回宫里。第一，他不太相信宿卫军；第二，他觉得自己才是真正的目标，不想连累宫里的人。”云雄信心十足，对皇帝似乎十分了解。

“然后呢？再让栾凯去刺驾？”

云雄笑着摇头：“皇帝身边守卫森严，连栾凯也没办法轻松潜入，他是在给别人创造机会。”

韩稠等他继续说下去，云雄却闭口不言。

“皇帝身边真有你们的人？”

“反正我们不是来送死的，皇帝想剿灭云梦泽，我们就来个釜底抽薪。韩大人不如多想想由谁来继位吧，希望下一位皇帝能老实些。”

“嘿，你有你的秘密，我也有我的秘密，继位的事情早就安排好了，反正不是你们手里的英王，他现在就算活着回京，也没资格称帝了。”

“无所谓，云梦泽愿意一直留着英王。”

韩稠从云雄这里得到的信心还要更足一些：“你是栾凯的仆人？”

“哈哈，在栾凯眼里，除了栾半雄，云梦泽的所有人都是仆人。”

“云雄肯定不是你的真名字，你打算什么时候告诉我真名？”

云雄稍一寻思：“好吧，现在也没有必要再隐瞒了，在下是云梦泽军师，人家都叫我‘圣军师’。”

第十五章

限期抓捕

宰相申明志等一班官员跪在地上，恳请皇帝回宫居住。

大将军崔宏遇刺，位置就在离倦侯府几条街以外的地方，大臣不能对此视而不见。

韩孺子让太监们将大臣一一扶起，心里却忍不住纳闷：这些人当中到底有谁真正关心自己的死活？

“如果一次刺杀就将朕逼回皇宫，如果朕在京城都不得安全，朕这个皇帝还有什么意义呢？诸卿与其请朕回宫躲避，不如尽快将刺客绳之以法，以安朕心。”

几位议政大臣面带惭色，尤其是宰相申明志。讨债之事是皇帝自愿揽过去的，不让别人插手，宰相可以置身事外；京城的安全却在他的职责范围内，而且是一项重要职责，刺客满城乱窜，他得负责。

“请陛下给臣一点时间，三天，最多三天，臣必将所有刺客一网打尽。”申明志夸下海口。

“否则怎样？”皇帝仍不肯放过宰相。

申明志抬头看了一眼皇帝，沉声道：“只要有一名刺客漏网，臣愿交出相印，以让贤臣。”

勤政殿里的其他几位大臣将头垂得更低，一声不吭。

“天下动荡、京城混乱，阁下身为宰相，乃朕之股肱，自当尽心尽力，何出让贤之话？让天下以为大楚君臣在斗气吗？”

申明志更加羞惭，磕头道：“臣不敢，臣只需三天时间。”

韩孺子轻叹一声：“明日太后省亲，不能因为一次刺杀而改期，申相还是先保证明天的安全吧。至于抓捕刺客，朕也不给期限，申相尽力就好。”

这样一来，没有大臣再敢劝留皇帝，韩孺子仍回倦侯府。

金纯忠求见，给皇帝带来消息：“申宰相向京兆尹府和巡城司下令，要求三日之内必须肃清城内的全部刺客。”

虽然皇帝没有给出期限，申明志却真着急了，他从皇帝的话中听出浓浓的不信任，议政还没结束，他就通过殿中官吏向京兆尹府和巡城司下达了命令。这不是正式命令，只是宰相本人的一种意愿，下面的官员却不敢有半点违背。

就在韩孺子回倦侯府的路上，京城内外的各处官府已经行动起来，开始抓人。

京兆尹府占据先机，司法参军连丹臣已经盯上七个目标。京兆尹得到的期限是三天，给手下的期限则缩短到了两天，连丹臣没法再等，天黑之前，他就要将这七人抓捕归案。

金纯忠就是来问皇帝该不该这样做，他最初的计划是按兵不动，等这七人与更多同伙接头之后，再一网打尽。

“宰相既然下令，官府该怎么做就怎么做，你不要干预，但是要盯住城中动向，若有异常，立刻告知。”

“是，陛下。”金纯忠明白皇帝的意思，宰相可以行使权力，但不能超出界限，皇帝对大臣仍不能完全信任，“一名刺客招供了。”

“他怎么说？”

“据称云梦泽此行派来四五十人，早在几个月前就开始分批进入京城，最多三人同行，进城之后彼此也不联络，全由一名中间人传递信息。昨晚的刺杀，十二人负责望风，行刺者只有一人，就是逃走的那一个。他们会合之前就已蒙住面孔，但那名刺客招供，栾半雄手下能做到只身行刺的人不多，昨晚那个很可能是栾的义子，名叫栾凯。据说栾凯武功很高，是栾半雄倾心培养的杀手，在云梦泽群盗当中初露头角，本来是要代表栾半雄参加盟主比武的，结果却暗中来到京城，他来得应该比较晚。”

韩孺子点头。与京城的前几次混乱不同，他起码不再一头雾水，只要有值得信任的臣子，大楚官府仍能发挥出极其强大的力量，可惜他信任的人还是太少，对宰相掌控的朝廷，他仍须观望。

金纯忠继续道：“他们在城中的头目是一个名叫‘圣军师’的人。”

韩孺子冷笑一声：“圣军师，又是望气者，杨奉在云梦泽找的就是此人，想不到他竟然来了京城。这个人比较特殊，你如果有他的下落，立即抓捕，不用等朕的旨意，尽量抓活的。”

“是，陛下。”金纯忠犹豫了一下，还是开口道，“的确有一点线索，微臣从少府乔大人那里得到提醒，宗正卿韩稠极可能就是讨债商人背后的组织者，云梦泽又有多名刺客藏身于商人中间，便于在城内传递消息，加上其他一些蛛丝马迹，微臣斗胆猜测，那个叫‘云雄’的人就是所谓的圣军师，而庇护他的人则是韩稠。”

“洛阳侯还真是喜欢洛阳，怨气不小啊。只要确认圣军师在韩稠那里，你尽管抓人，不用管它是宗正府还是宰相府。”

玄衣使者的权限毕竟太小，韩孺子传召蔡兴海，给两人下了一道旨意，准许他们在今明两日便宜行事，宰相以下，都要配合，不得阻拦。

这是一份限时的特权，只有两天。

金纯忠和蔡兴海刚走，东海王和崔腾就来了。

东海王前两天还自荐要用谭家的人脉追查刺客，立了一功之后，他却没有继续追查，眼看事情越闹越大，他反而甘愿置身事外。

崔腾不一样，父亲遇刺彻底将他激怒，多半天过去了，怒火也没有减弱，反而越来越旺：“陛下，不能再等了，京城就这么大，堵住城门，刺客还能飞出去不成？”

“京兆尹府和巡城司已经开始抓人了，你不要着急。”韩孺子劝道，也不忘提醒一句，“没有朕的旨意，你不可乱来，就在崔府或者朕这里老实待着，朕自会给崔家一个公道。”

“嗯，我听陛下的。”崔腾仍然气愤难平，“皇后派人送信了，她很着急，说是等太后省亲结束，后天会回家探望父亲，但是还需要陛下的恩准，不知道陛下接到奏章没有？”

皇后也是“臣”，出宫需要皇帝的准许。

韩孺子桌上摆着一摞奏章，摆在最上面的就是皇后奏章，韩孺子看了一遍，提笔写下批复，允许皇后出宫，想了一想，又添上几行字，表示自己要与皇后一同去崔府看望大将军。

他将奏章连同批复递给崔腾：“交给外面的太监，让他们马上送回宫中，也好早做准备。”

“陛下要亲临崔府！”崔腾大喜，胸中怒气终于消散不少，捧着奏章往外跑，“我这就回家准备！”

东海王站在旁边微笑，韩孺子问道：“朕不过是与皇后看望一下大将军，崔腾干吗这么高兴？”

“陛下看过不少史书，难道没注意到吗？皇帝亲临某家，乃是此家极大的荣耀，武帝、先帝都曾去过崔府，如今是陛下，崔家一如既往地受到宠幸，怎能不欣喜若狂？大将军听到这个消息，只怕伤势也会好几分。”

批复已经写下，韩孺子不能再改：“大将军重伤，朕应该去看望一下。”

“当然，虽无明文规定，但是按惯例，正一品的大臣若是卧床，皇帝理应派内侍前往探视，如果得的是不可治愈的重病，皇帝亲临床榻之前也是应该的，不是必须，但是应该。听说大将军的伤势的确很重，刚刚能睁眼，还不能说话，陛下应该去看看。”

东海王的话里隐藏着一点幸灾乐祸和嫉妒，韩孺子只当没听懂。

“陛下后日亲临崔府，今日才下旨意，刘介和蔡兴海他们可有的忙了。”

“这种事通常要提前多久准备？”

“至少十天，一个月最好，甚至有提前半年、一年就开始准备接驾的。不过崔家有钱，不止一次接驾，经验丰富，肯定不用这么久，两天应该够了。”

韩孺子叹息道：“皇宫、倦侯府，朕已经不记得多久没离开过这两个地方了。”

“陛下的安危是天大的事，能离开皇宫常住倦侯府，已经算是破例。”

韩孺子微微一笑：“先将刺客和探望大将军的事放下。朕问你，如果想要提拔一位官员，按惯例该怎么做？”

“要提升几个品级？”

“很高就是了。”韩孺子不肯说得太清楚。

“那就是破格了，被提升的官位有空缺吗？”

“有。”

“宰相等大臣一直没有推荐此人？”

“没有。”

“嗯，这个人最近立过功吗？”

“立过，但不是很大的功劳，跟那些将士无法相提并论。”

东海王笑道：“陛下太实诚了，如果非要亲冒矢石、浴血奋战才叫大功不可，那文臣岂不是永远没机会了？功劳有两种：一种是人人可见，首级、牛马等都是明证；一种是皇帝可见，这个人的举动或者影响到大势，或者显露出极难得的忠诚，都算是大功。比如左察御史萧声，真论起来，他也没做什么，对匈奴人的伤害还不如普通的士兵，可他被俘不屈，投河自尽，足见其忠，陛下给他一个大功，没有任何人反对。”

“嗯。”韩孺子点头，明白了其中的区别。

东海王告退的时候，心中比崔腾更加得意，皇帝仍然需要他的建议，最关键的是，他能通过建议猜出皇帝的心思，给未来铺路。

卓如鹤从云梦泽回来之后，必然平步青云，这就是东海王的结论。

东海王猜错了，韩孺子想的其实是另一个人。

整个京城都在抓捕刺客，皇帝所思所想却是如何改造朝廷，他也要给未来铺路。

第十六章

破格提拔

箱子里的东西很多，有礼单，有借据，有账目，有交谈记录，单独看任何一份都会觉得难以置信，合在一起观察，却又不得不信。

国子监祭酒瞿子晰放下手中的纸张，他还没有看完，但是已经没必要了，长叹一声：“臣一直以为朝廷已然衰朽，却没料到会如此严重。”

丑王收集到的几箱子证据一字排开，瞿子晰有些困惑地说：“行贿者都是洛阳那边的商人？”

韩孺子点头：“见微知著，洛阳如此，京城以及其他地方能好多少？”

京城虽然没有韩稠这样的“土皇帝”，但是世家众多、权贵满朝，连当朝宰相申明志都免不了受贿、行贿，何况其他人？事实上，洛阳的证据也揭开了京城的贪贿一角，官员们在京城都很清廉，住在朝廷分配的府宅里，但是在家乡却早已占有良田广厦，一朝致仕返乡，就是当地首屈一指的富家翁。

瞿子晰再次长叹，韩孺子召见他却不是为了一块儿发感慨。

瞿子晰曾在洛阳监管流民安置，名义上是丑王的顶头上司，虽然没查出多少漏洞，但是以他的位置，居然没有一点受贿的证据，也算是奇事一件。

韩孺子路过洛阳的时候，特意询问过王坚火对瞿子晰的印象，丑王评价道：“如草民等，常在泥潭中讨生活，陛下想从潭中寻找一物、抓捕一人，草民足以胜任，但草民离不开那座泥潭，或早或晚，还要回到泥潭中。至如瞿先生，一生远离泥潭，一尘不染，被迫进入也摸不清门道，无益于陛下。可陛下若想彻底铲除这座泥潭，则非瞿先生莫属。”

韩孺子牢牢记得这番话，他一开始并不急着铲除泥潭，与赵若素谈过之后，他更不急了，因此将瞿子晰留在国子监，与朝廷保持一定距离。

最近的一些事情让他改变了主意。

韩稠越来越张狂，不仅暗中支持讨债商人，还与云梦泽的刺客不清不楚，他这么大胆，必然得到了朝中某些大臣的支持，韩孺子不能对这样的挑战视而不见，觉得是时候请出瞿子晰了。

“如果由瞿先生担任监察之官，会如何对付朝中乱象？”

左右两位御史的职位空缺已有数月，职权重要的御史台一直由宰相申明志兼管。在此之前，御史通常在六部尚书中选任，品级虽未提高，实际地位却高出一截，而且有机会竞争宰相之位。

瞿子晰眼下只是一名国子监祭酒，直接升任御史，属于极其罕见的特例，瞿子晰却没有表现出多少惊讶，更没有表现出应有的喜悦，他很清楚，这不是奖赏，而是一次严峻的考验。

思忖良久，他说：“陛下若求一时之良策妙计，臣现在想不出来，以后怕是也没有，臣不管担任何职，唯行正、言正、心正而已，不阿私，不附权，不结党，再无其他。”

这不是韩孺子最为期望的回答，但是能做到这几点，瞿子晰就已是古往今来难得的贤臣。

“好。”韩孺子勉励了几句，没有给予具体的承诺，派太监送走了瞿子晰，然后召来赵若素。

韩孺子直接说道：“朕有意任命国子监瞿子晰为左察御史，专管京官；吏部尚书冯举为右巡御史，掌管外埠；待卓如鹤回京之后接任吏部。你给朕拟一个方案，让朝廷能够顺利接受这样的安排，朕不想与大臣们发生冲突。”

韩孺子没有全盘接受赵若素的建议，但是仍需要他的经验，以减少君臣之间的矛盾。

赵若素不是那种固执己见的人，发现皇帝心意已决，他不再进言，而是认真地考虑了一会儿，说：“冯尚书接任右巡御史，没有问题，按资历也该轮到他了。卓郡守从前在六部轮职，外派数年，也该回来了。吏部乃六部之首，直接升任吏部尚书，算是破格，但是只要云梦泽剿匪顺利，论功行赏，问题也不大。只有瞿祭酒比较麻烦。”

“所以朕需要你想个主意。御史之职至关重要，冯举接任其一，算是朕的让步，另一位御史只能是瞿先生。”韩孺子不给赵若素劝说的机会。

赵若素又想了一会儿：“陛下是要立刻任命吗？”

“可以等一段时间，最多一个月。”

“一个月有点少，如果是三个月，事情会更顺利一些。”

“先说说你的主意吧。”

“以瞿祭酒的资历与官阶，直升御史台，必然遭到大量反对。”

“朕被困晋城之时，瞿先生带领众弟子由洛阳奔赴险地，直入匈奴大营，不卑不亢，其功甚大，不可以破格吗？”

“当然可以，不过论功行赏已经结束，陛下这时候单独重赏一人，只怕难服众心。微臣倒有一个主意，可以让瞿祭酒不费吹灰之力再立一功，进入御史台也将顺理成章。”

“嗯？”

“瞿祭酒现在在国子监任职，而且是天下知名的大儒，陛下何不任命他为帝师？讲学数月之后，陛下若有所得，自当奖赏师者，多重都不为过。”

韩孺子点头，觉得这个主意非常不错：“此前的皇帝有过这样的做法？”

“这可以算得上是惯例。此前通常是太子之师获重赏，陛下稍晚一些，但是无伤大雅。”

韩孺子笑了：“好，就这样。卓如鹤先不着急，任命瞿先生为帝师、冯举为右巡御史之事，要尽快着手，你替朕拟一份旨意，明后天不行，过两天朕要在勤政殿上提出来。”

赵若素躬身行礼，口称遵旨，却没有像平常一样告退。

“你还有事？”韩孺子问。

“陛下让微臣拿主意，微臣不敢有所保留，陛下觉得可行，乃微臣之幸，可微臣有一句话，不知当讲不当讲？”

赵若素在中书省为吏多年，深谙迂回曲折之术，绝不在皇帝咄咄逼人的时候与之直接争锋，等皇帝满意了，他才试探一下。

韩孺子笑道：“当讲。”

赵若素先拱手后说话：“陛下常在军中，就以此为喻吧：陛下是要独当一面的大将，还是指哪儿打哪儿的猛将？”

“朕要独当一面的大将。”

“纸上谈兵者可为大将否？”

韩孺子略一犹豫：“不可。先要试之以千人，指挥得当，再授之万人、十万人，表现出色者，方可为大将。”

韩孺子已经明白赵若素的意思，不等他开口，继续道：“事有万一，总有些人不拘小节，若以千人试之，乏善可陈，非得多给兵将，才能显出他的才华不可。这种人不多，但是会有。”

韩孺子想到的是邓粹，但是没有提他的名字。邓粹的成功常有运气成分，要看他在西域做得怎么样，才能做出最后评判。

赵若素沉吟片刻：“陛下说得有道理，可微臣还是想多说一句：左察御史专管京官，陛下破格任命，只怕会引起诸多猜疑。微臣建议，不如将瞿祭酒与冯举对调，瞿祭酒监察京外之官，既是锻炼，也是考查，冯举为左，至少可以稳定大臣之心。”

韩孺子未置可否，赵若素再不多言，躬身告退。

夜色渐深，韩孺子却无睡意，帝王之术如在深水之下舞剑，负重增加了，速度也大幅减慢，两者实难兼得，仅仅是在朝中安插两位重臣，就得以月计算。

想了一会儿，他也就释然了，祖父武帝执政数十年，前期尚且要受外戚与大臣掣肘，直到晚年才能毫无顾忌，何况他这个登基不久的年轻皇帝？

他不缺时间，缺的是可用之人，韩孺子更担心另一件事：自己天天在倦侯府和皇宫之间奔波，还有没有机会像从前一样发掘人才？朝廷讲究论资排辈，不知埋没了多少人，或者要等多久才能让人才显露出来？

孟娥悄悄走进屋，收拾了一下桌面，站在皇帝身后。

韩孺子过了一会儿才注意到她，而且发现她比平时要警惕：“出什么事了？”

“京兆尹府开始抓捕刺客，王副都尉命我从现在起贴身保护陛下，不离寸步。”

韩孺子这才想起城里还藏着一群刺客：“云梦泽竟然真的相信用刺客能改变大势，也算是奇闻一件。”

“不相信刺客，他们还能相信什么呢？真正强大的武器，都掌握在陛下和官府手中。”孟娥理解强盗的做法，她在义士岛上的时候也相信许多东西能够改变大势，所以才会与哥哥一道服侍太后。

她现在不信了。

“嗯，大家都只相信自己的优势，也对，相信别人的优势对自己有什么意义呢？”韩孺子的心思一刻也停不下来，说起刺客，他就琢磨刺客，“奇怪，云梦泽为什么不用毒药？”

之前的刺杀，云梦泽来的刺客用的都是慢性毒药，颇有效果，这一回他们却弃而不用，改为直接闯府行刺。

“而且为什么要先刺杀大将军崔宏？那不是打草惊蛇吗？”韩孺子的疑惑越

来越多。

“或许云梦泽就是要打草惊蛇。第一个被抓的刺客不是说过，陛下身边有他们的人吗？陛下若是受到惊吓，没准会给这个人提供机会。”

韩孺子看向孟娥，这是他身边最近的人之一，而且与刺客有着一些联系——孟娥的哥哥很可能就藏在云梦泽里。

两人突然同时一笑，韩孺子的笑比较正常，孟娥则只是嘴角一动。

外面有人敲门，孟娥去开门，王赫步履匆匆地进屋，神情严肃地说：“宫中发现刺客。”

韩孺子一惊，起身道：“有人受伤吗？”

“只有两名侍卫追捕刺客时受伤。”

“知道行刺目标是谁吗？”

王赫稍一犹豫，回道：“皇后。”

韩孺子大吃一惊，同时还深感困惑，云梦泽刺客的目标明明是自己，为何两次刺杀都针对崔家人？

第十七章

为友报仇

谁也不知道刺客是怎么混进皇宫的，他装成一名太监，双手捧着一只托盘，上面放着锦缎覆盖的盒子，脚步匆匆，像是有急事，一路小跑，前往皇后居住的秋信宫。

若不是迷路，刺客真有可能到达目的地。

他在一个岔路口犹豫不决，令早已注意到他的一队卫兵感到疑惑，于是上前询问，刺客支支吾吾，突然怒喝一声，扔掉托盘，亮出藏在下面的短刀，冲上去连刺两人，转身就逃。

卫兵早有警惕，反应也足够敏捷，可还是一人挨了一刀，刺客没有什么特别的招式，就是速度太快，令人来不及躲避。

王赫来向皇帝通报此事的时候，整个皇宫还在搜捕刺客。

韩孺子大怒，如果皇宫连一名刺客都抓不到，剿灭云梦泽群匪无异于一场笑话。

他要亲自回宫督促抓捕。王赫跪下，苦劝陛下谨慎。身为侍卫头目，他不能向皇帝隐瞒消息，但也绝不能眼睁睁看着皇帝去冒险。

最后是孟娥劝住了皇帝："刺客前往秋信宫可能只是虚张声势，目的就是引诱陛下回宫，陛下不可上当。"

韩孺子怒气未消："天亮之前，必须抓到刺客，不论死活。"

王赫出去传旨。没多久，宫里更多使者赶到，太后与皇后都表示没有危险，叮嘱皇帝不可擅动。

这又是一个不眠之夜，宫里在追查刺客下落，城内也开始了大规模搜捕，为防止意外，所有使者只能进入倦侯府第一道门，向蔡兴海、王赫和金纯忠通报消息，然后由金纯忠及时传告皇帝。

虽然危险尚未靠近皇帝，但是身负护驾重责，这三人觉得无论多么谨慎都不过分。

司法参军连丹臣准备多日，一旦行动，进展很快，抓到刺客之后当场审问，不管有没有口供，先将与刺客熟知的商人抓起来。

抓捕人数迅速增加，远远超出最初的七人，四更过后，传来的消息说落网者已达百人。

皇宫里也终于找出了刺客，还有一名与其勾结的宫门司马以及士兵五人。

"刺客已被包围，即将落网。"

"刺客的五名同伙被杀，只剩两人还在负隅顽抗。"

"一名侍卫与两名宿卫士兵殉职，多人负伤，那两人……还在负隅顽抗。"

金纯忠传告给皇帝的消息由一开始的兴奋与自信，很快变成困惑与不解，他不明白，刺客到底有多大本事，竟然能在数百人的包围下坚持这么久。

"宫门司马已被活捉，只剩刺客一人……"

"还在负隅顽抗？"韩孺子问道。

金纯忠尴尬地点点头，虽然这不属于他的职责，仍感到羞惭："王副都尉已经赶回宫里，亲自督战。"

韩孺子扭头问孟娥："这算是高手了吧？"

孟娥点头："如果他真在重围之中坚持这么久，还能杀人，的确是难得一见的高手。"

"比你们兄妹二人如何？"

"换成我们二人，一刻钟之内就会被杀。"

韩孺子突然生出惜才之心，可刺客就是刺客，而且已经在皇宫里杀人，罪不容赦，他不能再说什么，何况倦侯府与皇宫毕竟隔着一段距离，就算他传令，大概也来不及传过去。

“这或许就是栾半雄的义子，名叫栾凯的那个人吧？你听说过此人吗？”韩孺子又问。

孟娥想了一会儿：“没有。义士岛与云梦泽虽然早有来往，但我没听说过栾凯这个名字，他应该出师不久。”

金纯忠又从外面匆匆跑来：“宫里的刺客已经落网。”

“是死是活？”

“刺客和串通的宫门司马应该都是被活捉。”

“带到这里来。”

金纯忠愣了一下，没有接话。

“立刻。”韩孺子补充道。

金纯忠急忙应是，转身出去。韩孺子又叫来太监，命他即刻回宫向太后与皇后问安。

天边微亮，皇宫里仍在追查刺客是否还有余党，两名活口则被押送到倦侯府。皇帝不能亲自审问犯人，但是韩孺子坚持旁听，金纯忠于是做了安排，在一间屋子里审讯，皇帝则在隔壁的房间里旁听，墙壁打了几个孔，声音能够清晰地传过去。

金纯忠了解皇帝的心思，先审的是宫门司马。此人名叫孙闻名，四十多岁，进入宿卫军已近十年，守卫宫门也有三年，他的背叛最令人意外。

孙闻名受了重伤，却不肯服软：“要杀便杀，我没话说。”

金纯忠没有虚言恫吓，平静地询问姓名、官职、家中还有何人，孙闻名一一作答，最后道：“家中本有老娘，三个月前病逝，妻子被我休了，女儿已经出嫁多年，再无其他亲眷，皇帝若是非要株连不可，我也没办法。”

“朝廷亏待过你？”

孙闻名道：“你也不用拐弯抹角，不就是想知道我为什么帮助刺客吗？”

“嗯，阁下的选择的确很令人费解。”

“嘿，你不过是皇帝身边的奴才，今天之前甚至不知道我是谁，当然费解。”停顿一下，他问，“你认得赵蒙利吗？”

“略有印象，也是宫里的人？”

金纯忠不认得赵蒙利，隔壁房间里的皇帝却记得，立刻派人去通知金纯忠。

“原来是前南军左将军，我想起来了，那是一员有名的猛将。”

孙闻名看到有人对审讯者耳语：“谁告诉你的？有人在外面？是皇帝吗？”

金纯忠不回答，继续问道：“你与赵蒙利是朋友？”

隔了一会儿，孙闻名抬高了声音："陛下，我与赵蒙利乃生死之交，同在南军之时，他曾舍身救我，此恩不报，孙某羞为男儿！"

孙闻名从前也是南军将士，与赵蒙利关系极好，后来一个调往宿卫军，一个升任南军左将军，来往渐少，交情却没有因此淡薄，只是在外人看来，他们的关系不如从前密切。

在迎风寨，赵蒙利被当时的倦侯使计杀死。

"赵蒙利抗旨不遵，因此伏法，你要向陛下报仇？"金纯忠问。

韩孺子杀赵蒙利的时候还不是皇帝，说赵蒙利"抗旨"并不正确，孙闻名没有反驳，高声道："君要臣死，臣不得不死，我不向陛下报仇，我向崔家报仇！"

赵蒙利曾是崔宏手下最忠诚的将军，比亲兄弟还受信任，可赵蒙利死后，崔宏却没有特别的表示，既没有表露出仇恨，也没有遗憾，甚至对赵蒙利的家人不闻不问，好像完全将这员猛将遗忘了。

赵蒙利因为遵守崔宏的命令，才会抗拒倦侯，崔宏的冷漠令赵蒙利的一些朋友极度愤慨，孙闻名即是其中之一。与其他人不同，除了愤慨之外，他还敢于行动。

他也不隐瞒，将事情全说了一遍，两个月前他就见过"云雄"，明白对方的用意之后，没有立刻接受，也没有告密。

云雄趁热打铁，连续三次登门拜访，察觉到孙闻名更恨大将军崔宏，他因势利导，换了刺杀目标："只是杀掉崔宏还不够，崔家的权势根基有两个，一是崔宏本人，二是皇后，杀一人留一人，崔家仍然强盛，非得两根同时除掉不可，才能彻底毁掉崔家。"

孙闻名被说服了，他有五名亲信，愿意与他共死，也被拉拢进来。最初的计划比较简单，他们将刺客放进皇宫就行，剩下的事情由刺客负责。

刺客没能进入秋信宫，在皇宫里乱窜，孙闻名知道此事追查下来，自己早晚会暴露，一狠心，带着五名亲信，假装追捕刺客，直奔秋信宫。

临时计划更无成功的可能，走出不远就遭到拦截，他们拿不出任何人的旨意，干脆动起手来，很快与刺客会合，最终五死两伤。

孙闻名并无悔恨："孙某死而无憾，我就是要让天下人知道，崔宏愧对赵将军！"

赵蒙利是韩孺子夺位路上必须除掉的障碍，以当时的情况，总有一人会死，韩孺子没什么可后悔的，但他仍然敬佩孙闻名的为人，派太监通知金纯忠，孙闻名无须再审，按律处置即可。

皇帝不可能赦免背叛的宫门司马，但也不想让他受太多苦头。

金纯忠让人带走孙闻名，换上刺客。

“我叫栾凯，是神将栾半雄的义子。”刺客也受了重伤，语气却极为轻松，毫无惧意，甚至有点好奇，“都怪我，地图看了好几遍，还是出错了。谁能想到呢？地图上看着挺小的，真走进去，皇宫竟然这么大！比我家的寨子还大！嗯，崔宏是我砍伤的，他身边的人是我杀的，我进宫是要杀皇后。就是这些，别的事情打死我也不说。你们可不讲究，这么多人打我一个，有本事单打独斗，我输了，什么都招；我赢了，你们放我走。”

“我去。”隔壁房间里，孟娥小声说。

“你不是他的对手。”韩孺子脱口道，但这的确是孟娥说过的话。

“他受伤了，我能对付。”

韩孺子勉强点头：“不要用兵器。”

孟娥点头，前往审讯室，她说话声音轻，韩孺子听不清楚，只听栾凯大笑：“一个宫女？哈哈，我只用一条手臂，咱们比个输赢。”

等了一会儿，隔壁传来打斗的声音，不是很响，也不频繁，似乎打得有气无力。

足足一刻钟之后，孟娥回来，向皇帝点点头，脸色微青，显然花了极大的努力才击败受伤的刺客。

刺客再说话时，声音小了许多，韩孺子仍然听不清。没多久，金纯忠本人过来了，正色道：“刺客招出了韩稠，圣军师也在韩府。”

“可以抓人了。”韩孺子道。

金纯忠结束审问，带人去韩府。

听说宫里的刺客被抓，韩稠立刻明白大事不妙，那个傻乎乎的刺客保不住秘密，自己必须想其他办法自救。

庆幸的是，他早给自己铺好了一条路，现在可以用上了。

第十八章

献礼

太后的家人三天前就已经到达京郊，在那里由礼部教演礼仪，连什么时候可以哭笑、应该哭笑以及什么时候停止，都规定得详详细细。

王家人都是老实本分的乡农，面对朝廷的要求自然没有二话，努力学习这些繁文缛节，不敢稍有怠慢。

刺客偏偏选在王家人进京的前一晚闹事，实在让礼部头疼不已，尚书元九鼎提前一个时辰进城，与宰相商议对策。申明志前去拜见皇帝，皇帝又派人进宫询问太后，兜了一圈，最后的决定是一切照常，不能因为刺客的骚扰就将好事推迟。

使者快马加鞭前往城郊通知王家人。

韩孺子也得早做准备，先是下令京兆尹暂停大规模搜捕，午时之前，要将与刺客没有直接往来的商人释放，然后他进宫与慈宁太后、皇后会合，准备一道前往未来的王家宅邸。

上官太后称病，没有参与这场盛事。

宫里还没有恢复平静。

一名宫门司马竟然与刺客勾结，这对早已漏洞百出的皇宫守卫又是一次重大打击，宿卫八营无不惶恐，不等皇帝传旨，自己就动手调查，将有南军背景的将士全抓起来，等候发落；中司监刘介也对宫人进行了一次大梳理，互相担保，从此以后不准任何人单独在夜间行走。

见过母亲与皇后之后，韩孺子抽空召见八营将领，总共八名都尉、十六名副都尉，一视同仁地加以褒奖，称赞他们反应迅速，没让刺客靠近秋信宫，就连叛逆者孙闻名的上司也不例外。

众将感激涕零，回去之后释放了本部将士，但是仍要监视，不准他们回家。

韩孺子必须先稳定军心，不能让几名刺客将京城扰乱，圣军师是一名望气者，由他策划的刺杀，必须多加提防。

见过将领们之后，韩孺子又去单独见了一次皇后。崔小君还没有听说孙闻名的招供，对父亲和自己接连成为刺杀目标，感到惊愕不已。

韩孺子没向她说出实情，只是安慰了一会儿："刺客差不多都已落网，不会再出事了。太医院那边的消息说，大将军已经能开口说话，应该没有性命之忧，明天咱们一块儿去崔府看望他。"

崔小君笑得很勉强："崔家该遭此劫，陛下无须为此烦心。"

外面的街道已经肃清，宿卫军沿街排列，将百姓挡在外面。刘介进来通报，皇帝、太后、皇后可以出宫了。

路程很近，省亲宅院已经装饰一新，现在还属于皇帝，很快就将归属新主人。

对娘家人的到来，慈宁太后一开始表现得比较淡然，真到了这一天，她却显出几分激动，召来平恩侯夫人随侍身边，问了王家的许多事情。

太监张有才正好先行一步从京郊赶回来。他一直陪着王家人，而且找到了当初叫太后为"小姐姐"的王翠莲，将她一家子也都带进京。他是皇帝身边的亲信太监，他不说原因，别人也不问。

张有才拜见过皇帝，立刻就被叫到慈宁太后身边。他了解的细节比平恩侯夫人更多，娓娓道来，太后越听越激动，亲人还没见到，眼泪已经盈眶，令站在另一边的平恩侯夫人嫉羡不已。

离王家人进城还有一段时间，韩孺子没有闲着，陪了母亲一会儿，前往一座跨院里召见数名亲信。

他得到一连串令人困惑的消息。

乔万夫一个时辰前见过数名商人头目，他们不是来讨债，也不是延缓期限，而是交出了手里的全部欠条，当作太后省亲的礼物。

这可是一份大礼，换成武帝，要用最严厉的圣旨才能征收得到；当今皇帝没做什么，只是派人稍稍恐吓了一下，这群唯利是图的商人居然就服软了，将众多欠条拱手送上。

乔万夫大吃一惊，他可不敢就这么接下，立刻求见皇帝，因为事情比较急迫，所以被排在第一位。

韩孺子也很吃惊："他们有何要求？"

"没有任何要求，要不是我拦着，他们当场就会将欠条全部烧毁。"乔万夫将自己此前拜见韩稠与申明志的经过简单说了一遍，"难道是这两人将商人说服了？"

韩孺子仍然不解，将外面的金纯忠叫进来。

金纯忠也已经等了一会儿，他奉命去韩稠府中抓捕化名云雄的圣军师，结果空手而归。

"韩稠天没亮就出门了，仆人不知他去了哪里。至于圣军师，府里的确有人见过他，但是昨晚就已离开。连丹臣已经布置抓人，这两人跑不了多远，天黑之前必然落网。"金纯忠对此十分肯定。

韩孺子让金、乔二人共同调查商人改变态度的原因，在真相大白之前，不可接受商人的献媚。

所有事情都太顺利了，韩孺子反而更加警惕。

剑戟营副都尉王赫带着一名侍卫进来，只有一个请求："请陛下允许我们两人留在身边。"

"你还是担心朕'身边的那个人'？"

王赫点头："我又审问了一遍栾凯，此人说话虽然颠三倒四，而且知道得也不多，但是不会撒谎。我觉得他只是一个诱饵，真正的刺客还没有到来。"王赫停顿一下，"太后省亲是件大喜事，可王家上下四十余口，难保不出问题。"

"东海国与相关部司彻底调查过这些人，都是土生土长的乡农……好吧，你们两人留下。”韩孺子改了主意，身边多留两名侍卫未尝不可。

王赫躬身，与另一名侍卫站到了皇帝身后，向另一边的孟娥瞥了一眼。

他真正防范的目标是这名宫女。

皇帝信任孟娥，王赫也只好信任她，可是孟娥与刺客栾凯比武的时候，王赫就在现场，亲眼见识之后，他觉得不能再让孟娥一个人留在皇帝身边。

栾凯即使重伤，并且以一条手臂迎敌，仍是一等一的高手，王赫自觉不是其对手，可孟娥却赢了，虽然赢得勉强，但是显出的功力超出了王赫的预料。

王赫于是调来营中武功最高、最受信任的侍卫，与他一块儿留在皇帝身边，防着孟娥。

孟娥似乎没有注意到那一瞥，现在的她只是一名普通宫女，外人看不出她身负绝技。

中司监刘介进来通报，王家人已经进城，很快就将进府。

这不算正式的朝见，而是一次家宴，规矩可以宽松一些，慈宁太后与皇帝共坐主位的软榻，皇后坐在太后另一边的凳子上，两边是诸多女官、太监，看上去人很多，稍显拥挤，但是位置远近丝毫不乱，不仅有礼部官员监督这一切，刘介等主管太监也注意众人的一言一行，所有人都要与太后、皇帝的悲喜相一致。

让韩孺子意外的是，他在厅里竟然看到了宗正卿韩稠。

韩稠没有逃跑，反而带着宗正府的一群官员来到省亲之宅。

金纯忠与连丹臣都是谨慎之人，竟然漏过最重要的一处地方，也是怪事一桩。

韩孺子小声问身边的张有才：“韩稠什么时候到的？”

张有才刚回来不久，对这边的事情不太了解，愣了一下，回答不出来。

慈宁太后听到了皇帝的话，说：“韩稠一早就守在宫外，我让他随行跟来的，陛下当时没看见他吗？”

韩孺子越发意外，想了一会儿，用极低的声音说：“母亲……”

“我知道陛下想说什么。”慈宁太后轻叹一声，“所有事情都等省亲之后再说。韩稠虽非贤臣，但是对陛下绝无二心，我可以担保。”

韩孺子想说韩稠窝藏圣军师之事，最后还是留在心里：“好的，母亲。”

这是母亲的省亲之日，刺客已经破坏了氛围，他不想再增是非。

王家人还没到，一群人不能在大厅里冷场，礼部早有安排，众多宗室子弟与外戚之家都来贺喜，这时轮番奉召进来，说一些吉祥话。

崔腾代表崔家来的，别人都严格按照礼部的要求说话，只有他非要显得特殊一些不可，跪在地上祝贺之后，起身向太后笑道：“还祝太后早抱皇孙，内外开花、枝繁叶茂。”

现场的礼官很不满，但是不能说什么。慈宁倒是露出微笑，对坐在旁边的皇后说：“还是你们崔家人会说话，后宫之事，皇后仍须努力。”

皇后脸色微红，低低应了声是。

崔腾笑呵呵地退下，以为自己很得体。

宗正府兼管外戚，韩稠已经祝贺过一次，这时又上前来，也说了一通希望太后早抱皇孙的奉承话，礼官只好让下一拨拜贺者稍待。

大厅门口，金纯忠在探头探脑。他地位不高，勉强算是外戚，只能随大流进来拜贺，没资格单独进来。

韩孺子察觉到金纯忠有话要说，向张有才使个眼色。

张有才有一段时间没见过皇帝了，仍然懂得皇帝的心思，退后两步，从众人身后绕到门口，与金纯忠一块儿消失在门外，很快回来，不动声色地递给皇帝一张纸条。

韩稠退下，下一拨进来的是数名贵妇，老老实实地拜贺，没有一字多余，连头都不敢抬。

韩孺子趁机扫了一眼纸条，那上面写着：圣军师落网，宗正卿派人送来。

背后还有字，韩孺子翻过来，认得那是乔万夫的笔迹，内容也与韩稠有关：众商承认，献礼为宗正卿授意。

韩孺子看向眉开眼笑的韩稠，完全糊涂了。

第十九章

后院失火

韩孺子一下子多了一位外公、三个舅舅、两个姨母、诸多表兄妹与外甥、外甥女，以及若干礼部认可的亲戚。

这是一个大家族，因为是农户，没有深宅大院，儿女一成亲就出去自立门户，却在一夜之间又聚为一大家，在官府的护送下赶来京城，当中的许多人第一次离乡，既惴惴不安，又兴奋难言。

全家老小共四十五口，不能一下子都涌进厅里，礼部早有安排，先是太后的父亲一个人进来。老汉年事已高，腿脚不便，因为过于激动，行走更加困难，由两名太监搀扶着进来。

他的老花眼只能模模糊糊地看到一堆人影，知道太后与皇帝就在其中，心中一惊，紧接着两腿一软，刚迈过门槛就要跪下，两名太监还以为这是老人家体衰的表现，硬是架起来，拖到指定位置，才松手让他跪下。

“草民王……王感，叩见陛下，叩见太后！”老人家原来的名字只是一个数字，过于简陋，当地特意找人重起了一个，他记得还不算太牢固，本人有些耳聋，嗓音比常人洪亮得多。

太后强自镇定：“父亲快快起身，都是自家人，不必拘礼。”

“不必拘礼”也是礼节，等老汉王感磕了一个头，两名太监才将他搀扶起来，另有人端来凳子，让他坐下。

气氛慢慢变得自然起来。太后已经了解王家的方方面面，可还是重问一遍，听父亲说出来，又有一番感动。

韩孺子也问了几句身体好坏、旅途是否辛苦，然后就没什么事了，坐在母亲身边，时不时瞥一眼人群中的韩稠。

亲人重逢，太后喜极而泣，周围的人自然也要陪着落泪、感慨，韩稠的反应却有点过分了，简直是一把鼻涕一把泪，好像坐在那里的老庄稼汉是他失散多年的父亲。

礼官觉得差不多了，前趋几步，请求召见其他人，太后许可，从皇后手中接过绢帕，擦拭眼泪。

王家人分成数批进来，由王感一一介绍，磕头之后，如果太后有话要问，就留下回话，问完了，男子退出，女眷与十岁以下的孩子可以留下。

厅里变得拥挤，情绪高涨，一开始还在礼部的要求范围之内，慢慢就超出了标准，哭声一片，之前的演练与真实见面毕竟不是一回事，太后与亲人固然悲喜交加，就是旁观者也都涌出几分真实感情。

几个孩子不懂规矩，哭的声音太大，被礼官悄悄地带了出去。哭声能与这几个孩子相提并论者，就是宗正卿韩大人了，可礼官请不动他，也不敢真拖他出去，只能一个劲儿地小声劝止。

终于，众人的情绪稍稍稳定，礼官能够进行下一项，中司监刘介上前，代表皇帝与太后，宣读了一份长长的赏赐清单，只有宅子暂时不在其列，要等见面结束之后，与第二批赏赐一道送给王家。

进行到这里，皇帝的职责告一段落，韩孺子起身，来到外公面前，握着老人家的手说了几句，又引发一阵哭声，他带人离开，将大厅留给太后。

皇后不能离开，这一整天她都要陪在太后身边，尽一名儿媳的职责。

走出大厅，呼吸到外面清冷的空气，韩孺子感觉自在了许多，对这群多出来的亲戚，他没有多少感觉，与贵贱无关，而是他的心思根本不在这上面，只想尽快解脱。

但他还不能走，待会儿有一场真正的家宴，他至少要向太后和外公敬酒，于是他又到跨院里，下达的第一道旨意就是命礼部尚书元九鼎去将宗正卿韩稠带过来。

金纯忠和乔万夫又得到一些新消息。

“圣军师招供了，除了栾凯，云梦泽还派来一位高手，本想跟随韩宗正一块儿参加省亲，趁机行刺，结果却遭出卖，那名刺客已经被包围，很快就能落网。”

“嗯。”事情如此顺利，韩孺子却没法高兴，“那人真是望气者圣军师？”

“初步判断就是他，还需更多佐证，微臣马上就去找。”

“不用着急。”韩孺子留下金纯忠。

接着是乔万夫上前：“那些商人在会所烧掉了欠条，声称是向太后献礼，围观者甚众，消息已经传开。”

韩孺子点点头，商人的行为于国于民有利，还真没办法强行阻止，可他们为何心甘情愿放弃如此庞大的一笔债务，实在令人百思不得其解。

解惑者只能是韩稠。

元九鼎不负重托，总算将宗正卿韩稠带来了，以韩大人的肥胖，这的确是一项“重托”。

一跨过门槛，韩稠就扑到皇帝脚前，一边痛哭，一边叫喊陛下。

韩孺子早有准备，收回双脚，略一挥手，王赫与另一名侍卫上前，将宗正卿拖开几步。

“罪臣韩稠，伏乞陛下宽恕。”韩稠仍趴在地上磕头不止。

“你有何罪？”韩孺子问。

屋子不大，孟娥、两名侍卫、两名太监、金纯忠、乔万夫、元九鼎等人陪同皇帝，稍显拥挤。众人当中，只有元九鼎对事情一无所知，他又是议政大臣之一，地位尴尬，不能走，也不能发表意见，只好低头假装糊涂。

“老臣罪在狂妄自大，未得陛下旨意就自行其是，虽侥幸抓得几名刺客，但难赎不告之罪。”

韩孺子和金纯忠互视一眼，这可不是他们想听到的罪名。

太监张有才从外面进来，他跟元九鼎一样，不明白这里发生了什么事，茫然道：“陛下，太后说，今日家人团聚，陛下忙碌也就算了，宗室总得有一位德高望重者陪同，如果没什么重要的事情，请陛下快些放韩宗正回去。”

“转告太后，朕用不了多久。”

张有才退下，去向慈宁太后复命。

金纯忠开口道："请韩宗正将刺客之事详细说一下。"

韩稠磕头："此事还需从头说起，老臣刚到京城赴任之时，曾让家中老妻进宫给两位太后请安，太后当时说——请陛下恕罪，老臣才敢说。"

"无罪。"韩孺子冷冷地说，已经大致猜到韩稠要说什么了。

"太后让臣妻转告老臣，陛下年轻，望群臣协力辅佐，又说老臣是宗室长老，要时刻想着陛下的安危。也是老臣一时糊涂，自以为得到了太后的懿旨，于是一直保持警惕。两个月前，洛阳商人左连生进京，向老臣介绍了云雄。"

圣军师假装商人云雄，先是讨好韩稠，慢慢露出真面目，原来他是云梦泽派来的刺客头目，韩稠大惊之余，决定暂不要打草惊蛇，于是敷衍应对，希望能引出刺客团伙。

可事与愿违，刺客说动手就动手，大将军崔宏和皇后接连成为目标，韩稠觉得不能再等，于是使计将圣军师骗出，送交京兆尹府，自知犯了大错，不敢来见皇帝，守在宫门外，希望通过太后向皇帝请罪。

这是他的说辞，韩孺子一个字也不相信，一时间却又找不出明显的破绽，于是看向金纯忠。

金纯忠向皇帝摇了下头，表示现在还不行，必须审过圣军师之后，两相对照，才能指出韩稠的问题。

乔万夫开口道："城内的讨债商人将手中欠条当众烧毁，也是韩宗正所指使？"

韩稠抬起头，面露惊讶："乔大人应该知道啊，你前两天找过我，希望我能帮忙。"

"我是拜访过宗正大人，也请您帮忙，但您当时说洛阳商人与您有仇，您帮不上忙，更没说……"

韩稠脸上泪痕未干，却不耽误他露出笑容："乔大人误解了……"

话未说完，张有才又来了，不等他开口，韩稠笑道："请张公公转告太后，陛下留老臣有事相商，老臣会尽快过去。"

张有才点点头，看了一眼皇帝，再次退出。

韩稠继续道："乔大人误解了，你说有商人指控我，我当然说是有仇，可我也算为官一方，在洛阳有仇人，自然也有熟人。等你走后，我仔细想了想，觉得义不容辞，于是找了一圈，竟然真找到几位当初关系不错的商人，请进府来，向他们晓以大义，请他们代为劝说其他商人。总算朋友尽心，他们成功了，可我自己也是今天才知道众商感怀皇恩浩荡，竟然要销毁欠条以作为太后省亲的贺礼。

不管怎样，这算是一桩好事吧？”

乔万夫哑口无言，看向皇帝。

“如此说来，韩宗正非但无罪，反而有功。”韩孺子缓和语气。

韩稠磕头：“无旨行事，乃是重罪，老臣久在京外，性子散漫、行为不端，自知有罪，怎敢邀功？”

“平身。”韩孺子道。

韩稠又磕了一个头才站起来。

“韩宗正先去太后那边吧，你的事情以后再论。”韩孺子看到张有才又来了，不想再审下去。

“老臣遵旨，无论陛下定下何罪，老臣绝无二话。”韩稠恭恭敬敬地退出，真像一位心怀坦荡的大臣。

张有才站在门口，看着韩稠走远，向皇帝道：“是因为送礼的事儿吗？”

“送礼？”韩孺子一愣。

“是啊，自从过了洛阳，这一路上几乎天天有人给舅家送礼，已经装了好几车，听说城里还有更多。”

“谁送的礼？”

“大都是商人，也有一些官员，名单在大皇舅手里，陛下要看吗？”

韩孺子终于醒悟，自家后院已然失火，他在京城准备整肃朝廷与众商，舅氏一家却已经开了“受贿”的口子。

第二十章

长久之计

王家数十口人一路西行途中，收了不少礼物，他们是一群乡农，分不清哪些是私人赠送、哪些是朝廷赏赐，总之开开心心地收下就是。元九鼎、张有才等人都看在眼里，谁也没有特别在意，更没想过要告知皇帝一声。

类似的事情实在太普通、太寻常，太后的家人若是一路受到冷落，才是不可思议的怪事。而且那些送礼最大方的商人都很聪明，不会抬着大箱小箱直接送到王家人面前，而是到宿地拜访，送些薄礼，然后悄悄递上一张礼单，那上面的礼物全存在京城，静候新主。

快到函谷关，送礼的商人们才开始有意无意提到宗正卿韩稠，张有才一直陪在王家人身边，听到几嘴，见皇帝对韩稠不满，一下子想起此事。

外戚往往能够获得极大权势，提前结交一下也算正常，可这些送礼的商人另有图谋，却不是元九鼎、张有才当时所能猜到的了。

韩孺子怒极反笑，屋内众人各有所长，却都不是他现在所需要之人，于是道：“不管怎样，眼前的问题解决了。元尚书，你去忙吧，迎亲之功，朕会记在心上；乔万夫，继续盯着城内的商人，看看他们还有何举动；金纯忠，继续细审圣军师，再有消息，随时来告知朕。”

几人领命，陆续退下。张有才刚回来，还有点不太适应，等到人不多了，一脸困惑地问：“陛下，我是不是做错什么了？我应该将路上的见闻早点儿写信告诉陛下的。”

韩孺子摇摇头：“这件事与你无关，今天是太后省亲之日，大家都应该高高兴兴的，你也去太后那边吧，她可能需要你。”

“是，陛下。”张有才匆匆退出。

韩孺子又对王赫道：“看来不会再有刺客了，你们不用留在这里，守好外面吧。”

王赫还想多留一会儿，韩孺子却不给他争辩的机会，挥手命他退下。王赫没有办法，带着另一名侍卫退下。

屋子里只剩皇帝与孟娥，两人都不吱声，韩孺子当她不存在，默默地思考，孟娥也不做任何劝慰。

不知过去多久，张有才悄悄进来，轻声道：“陛下，宴席已经开始，陛下现在要过去吗？”

“好。”韩孺子起身，走出房间。

外面的太监、宫女、侍卫早已排列整齐，簇拥着皇帝前往大厅。

厅内充满了团聚的喜庆，在家人一点一滴的提示下，慈宁太后想起许多往事，提及母亲的病逝，不禁又一次潸然泪下。众人在礼官的示意下，马上改说些有意思的事情。

宗正卿韩稠也以“家人”身份参加了宴席，如鱼得水，没人说话的时候，他讲笑话，有人开口，他刻意引导，总之，要让太后满意。

皇帝的到来令气氛稍冷。韩孺子亲自捧杯，先祝贺母亲，次为外公祝寿，最后遍祝所有亲戚，捏了捏两个小孩子的脸颊，夸他们可爱，将酒杯交给身边的太监，向慈宁太后告辞。

韩孺子临走时向皇后深深看了一眼，皇后微微一笑，表示一切都好，她很喜欢皇帝的这些亲戚。

韩孺子回到倦侯府时已是傍晚，中书省今天没有送来奏章，他也没有催要；金纯忠和乔万夫都派人留下口信，没有重要内容，最后一名刺客不肯束手就擒，已经被公差杀死。

云梦泽的刺杀行动雷声大雨点小，似乎就这么结束了。

韩孺子没吃东西，在书房里坐了一会儿，派人传召赵若素。

“朝廷的规矩与惯例呢？”韩孺子将韩稠的事情大致说了一遍，“对这种官员，朝廷可有应对之策？”

“必须拿到韩稠心怀叵测的证据。”

韩孺子笑道：“你还不明白吗？韩稠早就想到这一点，所以他预做安排，几个月来一直在暗中讨好朕舅氏一家，临近京城才慢慢显露出来。对太后来说，一个如此尽心的大臣，怎么真会与强盗勾结刺驾？朕若有万一，韩稠的努力不就都打水漂了？可这正是韩稠的聪明之处，除了他自己，没人能说清他的所作所为究竟是两边观望，还是如他自己所说只为引蛇出洞。”

韩孺子拿不出证明韩稠有罪的直接证据，所以不想找母亲做无意义的争辩。

赵若素沉默片刻，说：“韩稠的引蛇出洞之计有没有可能是真心的？勾结强盗刺驾这种事毕竟有些古怪，成与不成，韩稠似乎都得不到多少好处。”

韩孺子已经想了许久，这时又想了一会儿，摇头道：“不，韩稠绝非引蛇出洞，如果刺客有成功的机会，他绝不会交出圣军师。”

韩孺子的确拿不出证据，也用不着证据，他了解韩稠，知道这肯定不是一个忠诚的大臣，甚至对大楚也缺少忠诚，韩稠只忠于洛阳和自己的奢侈生活。

“果真如此的话，韩稠的计划当中有一个漏洞。”赵若素说。

“嗯。”韩孺子召见赵若素，需要的正是这句话，到目前为止，他还没看出漏洞。

“陛下是大楚天子，陛下不喜者，终难出头；陛下憎恨者，早晚都会被除掉。”

韩孺子刚想说自己不是这种皇帝，想想又闭上嘴，他起码有这个权力。

赵若素继续道：“韩稠费尽心机讨好的是慈宁太后与王家，终究不能取信于陛下，绝非长久之计，相信他自己对此也心知肚明。那么，他的长久之计是什么？”

韩孺子恍然，他表面上不动声色，心里其实愤怒异常，被困在局中，影响了判断，非得赵若素提醒，才能看清真相：“你说得没错，韩稠还有奸计，必然会有……你可有应对之策？”

“韩稠用的不是朝廷正规手段，微臣能看出一点破绽，但是无力应对。”赵若素实话实说，他心思缜密，若论出奇制胜，却非他所长。

“在朕之前，也曾有皇帝被大臣这么欺负吗？”

赵若素一躬到地，起身道：“自太祖到武帝，几乎每一朝都有大臣因为谋逆而被诛杀。微臣不仅看过史书，还读过当时的众多公文，实话实说，这些人的谋逆原因非常令人费解，手段更是漏洞百出。微臣不明所以，只能说他们‘欺负’到皇帝头上了。”

“可皇帝总是赢家。”

“必须是赢家。”

韩孺子笑了一声，送走赵若素，叫来外面的太监，问道：“东海王还在吗？”

“东海王已经回府了。”

韩孺子寻思片刻：“去召他来。”

太监领命退下，张有才和孟娥进来收拾房间，韩孺子道：“有才，你刚回来，去休息吧。”

“陛下，我在城外休息了三天，一点不累。”张有才抢着干所有的活儿，几乎不给孟娥留一点。

“景耀呢？”韩孺子突然想起这个太监。

张有才放下手里的抹布：“早就回京了，陛下没见到他吗？”

景耀早已不是当初的中司监，他现在的地位太低了，又赶上倦侯府加强守卫，他没法像张有才一样直接来见皇帝。

“你去把景耀找来。”韩孺子说。

“是，陛下。”张有才匆匆离开。

孟娥将剩下的活儿做完，连靠墙的椅榻都铺好了被褥。

韩孺子一肚子想法，必须对外说出一点，于是开口道：“洛阳的王坚火有一番话，对我颇有启发。”

“嗯。”

“他说自己是泥潭中的人，我若想在泥潭中找点什么，他可以代劳；我若想彻底除掉泥潭，他做不到，我只能另选他人。”

孟娥的反应还跟从前一样慢，想了一会儿说：“我明白他的意思，说得倒是没错。”

“我的确另选了一个人，这个人与泥潭几乎没有瓜葛，值得信任，但我犯了一个错误，只选大将，不用猛将，偶尔我还是需要泥潭中的人。”

孟娥这回听不太懂了：“陛下是要召回王坚火？”

韩孺子摇摇头：“泥潭不止一座，泥潭里的人也不止王坚火一个。”

“嗯？”孟娥更听不懂了。

“你前些天曾经夜出找你哥哥。”韩孺子突然改变话题。

“对。”

“京城这么大，你肯定先选定目标再出去寻找的吧？”

“嗯，南城有一家齐鲁会所，我哥哥偶尔会露出海上的口音，藏在那里比较不受注意。还有几家勾栏，也是关东人常去的地方。”

“勾栏？”韩孺子吃了一惊。

“没什么可意外的，外人想要躲避官府藏在京城，只能去寺观、商会、勾栏、赌场这些地方栖身。”

“圣军师藏在了宗正卿家里。”

“他是特例，不是每个人都能找到大臣帮忙，而且他最后也被出卖了。”

韩孺子还是觉得不可思议，孟娥居然去过勾栏这种地方，犹豫再三，没有追问详情。

景耀先到，虽是老宦，却也压抑不住被皇帝召见的兴奋之情。韩孺子跟他聊了几句，没有问到具体事情。

没过多久，东海王也来了，他在家已经准备休息，一听说皇帝召见，立刻披衣赶来，骑马跑得有些急，走进书房时脸上还有一些红晕。

对付韩稠不能只靠朝廷规矩，韩孺子需要与其同样奸诈的人，也就是王坚火所谓“泥潭中的人”。

孟娥悄悄退出书房，韩孺子道：“尽你们二人所能，助朕对付一个人。”

第二十一章

不合适的办法

千里迢迢前往东海国调查真相并护送王家人来京的元九鼎，只获得一份苦功，反而是一直留在京城表面上毫无作为的韩稠，成功讨得太后的欢心，甚至被视为家里人，着实令整个朝廷大吃一惊。

听说皇帝要对付的人就是他，东海王与景耀既意外又解气，同时应声接旨，互相看了一眼，一老一少，彼此都没有好印象，各自转身。景耀站立不动，低头沉思；东海王向前缓缓迈步，思考良策。

东海王止步，先开口道："韩稠在洛阳作恶多端，抓一批商人，严刑拷问，必然有人供出他来，顺藤摸瓜，自然就能将韩稠拿下。"

韩孺子摇头："第一，洛阳商人刚刚焚毁流民欠条，满城皆知，这个时候抓捕，会令天下人迷惑不解。第二，韩稠诡计多端，若察觉到不妙，必然对外宣扬自己多年所得不是送给了朕，就是送给了朕之舅家，如今一无所有，朕要卸磨杀驴。"

"看他胖成那个样子，真瞧不出还是条老狐狸！"东海王莫名其妙地有点佩服韩稠。

他又开始踱步，几步之后再次停下："像韩稠这种高官，想要扳倒的确不容易。据我了解，通常要先将其调离京城，然后再想办法收集证据。"

"这倒是一个办法，但是韩稠的根基在洛阳，朕已经将他调离，而且他位为宗正卿，京外没有能配得上他的官位了。"

东海王笑道："再封官反而让他生疑，陛下只需让他做个钦差，临时出去一趟即可，只是缺少一个合适的借口……天下诸侯国十几个，这时候要是谁家能惹出点事就好了。"

齐国之乱刚刚平定没有多久，东海王就冒出这么一句话，一出口他就反应过来，急忙摇头摆手："陛下，我不是这个意思，诸侯国不能、不该、不敢出大事，我的意思是说谁家里出点事，婆媳不和、父子不睦、兄弟争权、妻妾争风吃醋一类的，这些事情都归宗正府管辖。"

韩孺子笑了笑："哪能这么巧？"

东海王也笑了笑。一直没说话的景耀这时开口道："还真有可能这么巧。"

"嗯？"

景耀先向皇帝行礼："史书上记载得少，陛下因此可能不太了解，东海王刚才所说的那些事情，诸侯国经常发生，想找一件其实很容易。"

"史书上记载得少，那奏章呢？朕从来没见过相关奏章，难道诸侯家里出事，就没有人上报朝廷？"

东海王抢先道："这个我知道，诸侯家事只要不是闹得太大，地方官员通常不会上报给朝廷，如果上报也是先交给宗正府，宗正府觉得有必要才转呈宫里，无须通过宰相府。这是武帝定下的规矩，据说他厌烦了诸侯家中的琐事，而且不愿宗室家丑外扬，因此规定不是大事无须送交给宫里。"

"怎么才算是大事？"韩孺子问。

东海王长长嗯了一声："死人吧。"

景耀补充道："得是宗室谱籍上的子弟遇害，或者死亡三人以上，或者在当地闹得满城风雨，才值得上报。”

韩孺子难以置信：“这是武帝定下的规矩？”

东海王只是听说，景耀却是亲历者，点点头：“类似的事情太多，每一件都查的话，诸侯尽灭……”

“嘿，没你说得那么严重，诸侯也不都是坏人。”东海王纠正道。

景耀笑道：“老奴口误，请陛下见谅、东海王见谅。诸侯位尊，哪怕只处理一位，也会闹得天下皆知，武帝主要是不愿宣扬家丑。”

东海王扭头撇下嘴。

宗室不仅衰颓，而且腐朽不堪，本应是大楚根基的宗室子弟，却成为根基中的蛀虫，连武帝都拿他们没办法，宁可视而不见。

韩孺子轻叹一声，韩稠一个人的问题还没有解决，几句闲话就引出更大的问题：“韩稠是宗正卿，诸侯有事也得通过他上报，估计他不会给自己惹麻烦，除非诸侯的事情就发生在朕的眼前……”

韩孺子看向东海王，在他眼前的确有一位诸侯。

东海王吃了一惊：“陛下，别开玩笑，我可是老实本分的诸侯，一点事也不惹，家里就一位贤妻，没有侍妾、没有儿女，连仆人都比别的诸侯少得多。”

“别害怕，朕想的是韩稠。”

东海王松了口气，为了防止皇帝再将念头转到自己身上，建议道：“明年春天有一场大祭，按规矩，诸侯都要进京参加，陛下想收拾谁都行。”

“不是诸侯，是韩稠。”韩孺子还没有精力整肃宗室，“而且要尽快，韩稠明知会惹怒朕，还敢胡作非为，必然另有诡计，朕这回要先发制人。”

景耀道：“韩稠初来京城，其计很难面面俱到，老奴不才，或许有办法查出个眉目。”

这正是韩孺子召见景耀的用意：“不可惊动他。”

“是，老奴明白。”

韩孺子对景耀还是不太放心，问道：“你打算怎么调查？”

景耀稍一犹豫，倒不是他想保密，而是有些事情不适合对皇帝说，可当今皇帝不比寻常，他还是回道：“韩稠好色，可能会不小心将一些话泄露给枕边人。”

“景公能调查到韩稠的枕边人？”韩孺子真有点惊讶了。

景耀只好继续解释道：“韩稠的枕边人其实只是一些奴仆，连侍妾都算不上，一时得宠，过后就遭抛弃，有一些甚至被送给他人，心中不能没有怨气，只需找对人，稍加劝说，没准能打听出点消息。”

韩孺子点点头，不再继续追问。

东海王笑道："景公对韩稠很了解啊，你早知道会受陛下召见，所以提前做了功课，对不对？"

景耀正色道："老奴哪能提前猜到陛下的想法？老奴只是在宫中待得久了，听说了一点事情，韩稠一直掌管洛阳，名声甚大，老奴听到的传言自然也多一些。"

"原来如此。"东海王平淡地说。

应付韩稠的计策还没想出来，这两人先明争暗斗上了。

又聊了一会儿，韩孺子让两人退下，各思对策，明日再议。

书房已经收拾好了，韩孺子今晚却不想在这里就寝，他这一天想的事情太多，需要好好休息一下，于是转到卧房。

今晚侍寝的是佟青娥，她因为立功才由宫女被封嫔妃，比皇帝大几岁，却没有相应的镇定，每次见到皇帝都是既紧张又害羞，还有一点恐惧。

韩孺子跟她没什么话说，躺在舒适的床上，心里还是千头万绪，好一会儿才睡着。

次日一早，今冬的第一场雪不期而至，不大，在地面铺了薄薄一层。凡是能与皇帝说上话的人，无不贺喜，以为瑞雪兆丰年；更会说话的人则联想到昨天的太后省亲，声称这是上天感应。

韩孺子要去勤政殿，出发得比较早，天才蒙蒙亮。他更喜欢骑马，可蔡兴海等人出于安全考虑，更希望皇帝乘轿，韩孺子没有坚持己见。

韩孺子刚进轿子里坐定，张有才过来说："东海王守在门口，想见陛下。"

韩孺子嗯了一声，张有才去将东海王叫来。

东海王一手掀开轿帘，探头进来，向皇帝行礼："我想了一个晚上，觉得陛下想速战速决，恐怕只有一个办法。"

"说。"

东海王沉吟片刻："算了，本来觉得不错，仔细一想，不太合适，请陛下恕罪，容我再想一想。"

"别废话，合不合适由朕定夺，你想到什么，说出来就是。"

东海王笑了两声，随后收起笑容："我是看到景耀才想起来的。景公久在宫中，了解韩稠的不少事情，其实还有一个人，不仅了解韩稠，还极可能与他有过直接往来，没准掌握着什么把柄，陛下若能……"

"别说了，你的办法的确不合适，再去想。"

"是，陛下。今天真冷，可这场雪也真好，银装素裹，预示大楚之兴。"东海王笑着放下轿帘。

韩孺子明白东海王说的是谁。

韩稠在洛阳为官，在京城必须有靠山，可是像申明志等大臣，只是不说他坏话而已，不可能真的全力保他。

韩稠的靠山得更大一些，他讨好慈宁太后时手段纯熟，显然不是第一次做这种事，极可能之前也讨好过另一位太后。

上官太后久已淡出韩孺子的视线，虽然按规矩他每隔五天至少要进宫一次给两位太后请安，可他眼里的太后只有母亲一人，另一位与雕像无异。

东海王又将“雕像”拽回皇帝的眼前。

母亲一直对上官太后保持谦卑态度，韩孺子却不愿向从前的敌人低头，更不想向她求助。

勤政殿里，申明志等人先是拜贺太后省亲盛事，然后也赞美了今晨的瑞雪。韩孺子振作精神，提出御史的任命问题，他不说人选，让宰相拟出名单，他知道，吏部尚书冯举必在其中。

接着他又说自己年轻，学业未成，仍需要圣人的教导，因此得找一位合格的帝师。同样，他也没有提出人选，以瞿子晰的资历与地位，也必在候选名单中。

正如赵若素所说，若按规矩来，许多事情都会非常简单，君臣毫无争议，唯一的缺点是慢，明明是必然之事，议政大臣们却不肯立刻说出来，而是要商议多次，拟出名单怎么也要三五天。

韩孺子倒不着急，但是比往常提前离开，他要与皇后一块儿去崔府看望受伤的大将军崔宏。

副都尉王赫随行，坚持要留在皇帝身边。虽然刺客已经全部落网，他却仍然无法安心，仍记挂着“皇帝身边的人”，他不相信之前的俘虏只是在吹牛，总觉得还有余党隐藏。

第二十二章

崔府接驾

如何接迎皇帝与皇后，着实令崔家头疼，流程没问题，崔家接待过皇帝，虽然次数不多，但这种事哪怕只经历过一次，全家上下几十年也不会忘记，问题是这一次要摆出多大排场。

家主崔宏身负重伤，总不能显得太喜庆，可昨天太后刚刚大张旗鼓地省亲，崔家不想显得比一群乡下人更寒酸。

就在一家人兴奋地商量来商量去的时候，皇后从宫中传信，要求一切从简，不准特意准备任何奢华之物，给全家人浇了一盆凉水。这时崔宏也能说话了，看到皇后的信之后，他十分赞同，甚至要求将府中原有的一些东西也都收起来，奴仆大都迁到府外暂住，只留少数人待命。

礼部和宫里的管事太监们对这样的安排很满意，因为这能减少自己这边的许多麻烦。

崔宏下令，全家人只能服从，唯有两人敢于公开表示不满。

一个是崔母老君："咱家也不是第一次接待皇帝了，不说越来越好吧，怎么也不能比从前更差吧！皇后是我的亲孙女，皇帝是我的孙女婿，跟一家人一样。昨天是'一家人'团聚，今天也是'一家人'团聚，为什么咱家就要一切从简？瞧瞧这样子，哪像是迎接皇帝？不知道的人还以为府里出丧事呢。"

崔宏勉强能够开口，躺在床上起不来，听到母亲这样说话，哭笑不得，耐心解释了一会儿。老君总算不再胡闹，倒不是被说服了，而是心疼儿子的身体，不想让他多开口。

另一个不满的人是崔腾，但他不敢在父亲面前胡说八道，只能对母亲和家中亲戚抱怨："父亲为朝廷平乱杀敌，我跟着陛下出生入死，皇后在宫里……这个从一而终，这些事情陛下心里都清楚得很、感激得很，绝不会为难咱们家，父亲和妹妹实在是谨慎过头了。要我说，就该趁着王家人刚到京城立足未稳的时候，好好显示一下咱们家的威风。我就不信，陛下对王家比对崔家更亲近。"

母亲劝不住他，众多的堂兄弟不敢劝他，崔腾越说越觉得有理，可是不敢违抗父命，只好叹息一声，回房休息。

崔家给他明媒正娶了一位妻子，出身于名门世家，人长得也很美丽，崔腾却不感兴趣，天天留宿另一人的房里，好像他们才是新婚夫妻。

张琴言口不能言，她的琴声也无法打动崔腾，可她自有办法令这个男人对自己眷恋不舍、有求必应。她单独住在一座跨院里，身边的侍女都是她亲自挑选或者买来的，共有十余人，教她们抚琴，教她们讨好崔腾。

崔腾迷恋这个女人到了疯狂的地步，他在晋城为保护皇帝的确出生入死过，回京之后却没有受到重赏，仍领闲职，随侍皇帝身边，可他对此毫无怨言，因为皇帝已经给他最贵重的赏赐。

他甚至学会了读懂张琴言的手语，自己也能比画几下，常常忘了对方能听见自己说话。

皇帝到来的前一天晚上，崔腾没用手势，在卧房里唠叨了许久。

张琴言是名优秀的倾听者，不管崔腾说得有多颠三倒四，她都听得很认真，偶尔示意侍女斟茶倒水，为他解渴。

说着说着，崔腾的气消了大半，笑道："还是你理解我、体谅我，不像别人，好像我抱怨一下就是对皇帝不忠不敬似的，我与陛下的关系有那么脆弱吗？陛下身边那么多人，也就我敢像朋友一样说几句真话。东海王那些人都是陛下的奴才，连臣子都算不上。"

崔腾的气又有上升之势，张琴言偎过来，指了指自己。

动作虽然简单，崔腾却立刻明白她的意思，惊讶地说："你想见皇帝？"

张琴言摇摇头，又做出几个手势。

"你想让陛下来见你？"崔腾再狂妄，再觉得自己与皇帝关系良好，这时也吃了一惊。

张琴言浅笑，有些话用手势实在难以表达，她要来笔和纸，写了四个字：私宴为亲。

崔腾恍然："对啊，最能显示崔家受陛下宠幸的事情不是御驾登门，而是陛下肯与我私下见面、喝酒。王家人再怎么样，也是在礼部的监督之下拜见皇帝，表面上热闹而已。可是……有点难啊，陛下明天的行程安排得很满，想做点改变实在太难了，需要礼部和宫里的同意。"

张琴言微微一笑，崔腾脸色微红，好像吹牛被抓个现行："反正我会将陛下带来，别的事情你不用管，拿出你的看家本事讨陛下欢喜就是。"

张琴言点头，又向崔腾偎来，崔腾却将她推开，警惕地说："我说的看家本事是指抚琴，不是别的。"

张琴言目光一闪，随即低垂，崔腾毫无抵抗地沦陷："你真正的看家本事只能留给我，就算陛下拿整个天下来换，我也不同意。"

次日一早，整个崔府就开始为接驾做最后的准备，肃清街道，敞开正门，宫里的侍卫与太监进进出出，也在做最后的检查。

龙凤辇入院而停，除了崔宏，崔家人都跪在庭院中，十几位族人从前天就住在府内，只为今天这一跪。

因为皇后驾临，许多女眷也出来跪迎。平恩侯夫人最得意，她昨天参加了太后省亲，今天又回娘家接驾，左右逢源，让她觉得自己多年来的辛苦奔波都很值得。

张琴言不在其中，她还算不上崔家正式的女眷，没资格露面。

规矩总得遵守，韩孺子与崔小君接受跪拜，中司监刘介传旨平身。这时后院的崔府大管家跑来，表示大将军要起床来接驾，皇帝先是让崔腾回去劝阻，次是刘介，最后是张有才，连续三次传达圣意，才让大将军躺在床上，崔宏则以“惶恐不安、垂泪感恩”回报。

短短的一段路上，皇帝与大将军酬答往来多次，混在人群中的史官奋笔疾书，一字不差地全记下来。

房间里满是香气，用以驱逐之前的药味。孟娥以宫女的身份提前来检查过，确认这里没有用毒迹象。

崔宏脸色苍白，显得更瘦，一看到皇帝和皇后，立刻就要挣扎起身，崔腾和张有才急忙将他按住，皇帝也请大将军不要拘礼。

床前只有一张椅子，皇帝坐下，皇后崔小君站在旁边，含泪看向父亲，只是简单慰问，暂时不能多说什么。

皇帝探望大臣也有一套规矩，但是不归礼官管辖，皇帝要自行领悟。

韩孺子没向任何人询问，全凭史书上记载的一些片段，弄清了自己该说什么。

首先说到刺杀事件，刺客被抓、大将军伤势渐愈，皇帝既要斥责逆贼的胆大妄为，同时也要赞扬并感谢大将军为国家立下的种种功劳，正是这些功劳导致他的遇刺。

崔宏自然要感谢皇恩，一时凝噎说不下去的时候就由儿子崔腾代劳。

一旦开头，接下来的交谈就简单多了，崔家有义务引导话题，于是说到伤势，说到天气，说到崔氏一族的现状，皇帝又要赏赐，崔宏再度婉拒，一来二去，各退一步，崔家接受一些金银布帛，转送族内亲友，自家只留一点，至于官爵，绝不再要。

规矩还是有好处的，起码身为皇帝的韩孺子不会觉得尴尬，几乎要忘记了与崔宏曾经的敌对关系。

作为尊重，韩孺子还要问一件事：“大将军病重，楚军无将，或有万一，谁人可代？”

崔宏这个大将军不怎么管事，他真正掌管的仍是南军，一直没有放弃南军大司马之职，听到皇帝的询问，一本正经地推荐了三个人——两位老将加上一个柴悦。

韩孺子又说到云梦泽和东海剿匪之战，崔宏也都提出一些建议，认为皇帝迄今为止的安排全无瑕疵，不输古今名将，唯有一点，需要小心贼人的垂死挣扎。

韩孺子心里生出一股冲动，很想提起南军，问问谁有资格接任大司马，可他忍住了，皇后就站在身边，实在没必要破坏这里精心营造出来的亲切气氛。

最后一次劝慰大将军安心养伤之后，皇帝的职责算是尽过了，他起身离开，留下皇后与父亲说话，那是真正的父女交谈，不受宫里、朝中的规矩束缚。

走出香气浓郁的房间，韩孺子暗自松了口气，有点纳闷，自己已经不是傀儡了，为什么还有那种熟悉的感觉：皇帝就是一块会走、会说话的牌位，哪一天等这块牌位变得安静了，可以直接送到太庙里摆放。

崔腾陪在皇帝身边，引领一行人去厅里休息，待会儿要在崔府进午膳，然后皇帝要再次探望大将军，整个过程才算正式结束。

这已经是精简的结果，皇帝、皇后若是在这里过夜，来往的礼节将更加繁复。

皇帝身边人不多，崔腾趁机上前道：“离开宴还有一会儿，陛下闲着也是无聊，要不要听个曲儿什么的？”

韩孺子摇头，他对听曲儿不感兴趣，只是偶尔听一听张煮鹤弹琴。

“那也不用在这里干坐着啊，崔府虽小，但也有几处景致，陛下要不要看看？”

韩孺子来过几次崔府，从来没仔细逛过，其实也不感兴趣，看崔腾一脸殷切，点头应道：“好吧，现在是冬天，你家里还有景致？”

“当然有，春夏秋冬，四季景致不同，崔府倒是一季没落。”崔腾很开心，以为这是讨好皇帝的天赐良机。

第二十三章

曲径通幽

冬天的第一场雪刚刚下过，崔府里却留下一片春夏的璀璨，在一座花房里，群芳争艳，暖风拂面，原来四周摆满了半燃的木炭，阻止寒气进入，十几名仆人日夜轮值，就为照顾这一间屋子，向府内提供鲜花。

皇帝驾到，仆人大都被迁至府外，只留一人看管炭盆，提前被侍卫带走，等皇帝在里面绕了一圈，他才被放回来。

皇帝赞扬了几句，崔腾越发得意：“皇家也有暖房，比我家的这个大得多，不过以供应蔬菜为主，我家这座就是养几株花，给家里的女眷玩赏，倒也没有大用，陛下的哪位妃子若是需要鲜花，我派人每天送一车进宫。”

韩孺子笑着摇头：“不必麻烦了。皇家的暖房几年前就停止了，朕如今也吃不上新鲜蔬菜。”

供养暖房是一项极其奢侈的行为，当朝廷提倡节俭的时候，通常会被第一批取消，过一段时间再恢复，大楚这几年一直没有恢复元气，暖房自然也就一直处于被废状态。

崔腾眼睛一亮："明天我就将这里的花全铲了，给陛下种菜。"

"千万不要，如此大煞风景的事情，朕可不能做。"

"哦。"崔腾有点失望，随即又兴奋起来，"陛下，咱们去后花园逛逛吧，我家里有一座假山，在京城很有名。"

崔腾就像是刚交到朋友的孩子，担心友情不够牢固，想方设法地讨好、献媚，恨不得将家中的好东西一股脑儿都展示出来，给新朋友一个深刻印象。

皇帝若是这时开口，崔腾会毫不犹豫地将整个崔府献出来。

韩孺子不喜奢靡之风，看到花房，他首先想到的是这要花费多少人力、财力，换算成银两，足够多少中等人家生活，但他保持礼貌，客随主便，想等事情过去一阵之后，好好跟崔腾谈一谈，或者通过皇后点醒崔家。

后花园的假山不大，高不过两丈，宽不到一丈，细看时颇有崔嵬之势，除此之外，并无异处，担不起"在京城很有名"的说法。

韩孺子还是客气地点点头，崔腾却露出狡黠的微笑："陛下请随我来，这里看不到假山的妙处。"

随行的侍卫与太监最讨厌崔腾这种人，临时起意，事前不打招呼，偏偏又说不得，只好紧张地跟随在后。侍卫小心地四处查看，还不能太明显，以免影响皇帝赏景的心情。

好在崔府剩下的人不多，花园里更是空空荡荡，减小了护卫的难度。

崔腾引路，下行数级台阶，拐弯来到一座亭子里，亭子也没有特异之处，但是准备了一壶酒、数样蜜饯，那酒还是热的，喝着正好，也不知送酒的人躲到哪儿去了。

侍卫们一阵紧张，查了半天，在附近的一座小屋子里找到了藏身于此的两名丫鬟和一名老仆。那屋子隐于一片枯木后面，十分隐蔽，里面的三人看到侍卫开门，立刻跪下磕头。

侍卫包围了屋子，不准仆人出来，其他侍卫则继续检查，心中都很恼怒。

侍卫的情绪影响不到亭子里，崔腾向皇帝敬酒，但他懂得规矩，自己先喝了一杯，并且请太监试喝了一杯，然后才为皇帝斟酒。

韩孺子喝了一口，赞扬几句，崔腾热情高涨，向假山指道："陛下请看。"

亭子通常建在高处，便于观看风景，这一座却建在低处，坐下之后，正好看到假山的底部。韩孺子早觉得纳闷，这时仔细看去，才明白其中的原因，也瞧见了崔腾所谓的妙处是什么。

假山竟然不是牢牢地镶嵌在地面上，而是整个放置在一根双臂就能合围的石柱上，山底离地有两三尺，必须是天气晴朗之时，坐在亭子里，或者趴伏在地上，才能看得清楚。

那座假山虽不高大，但总有千斤之重，居然能稳稳地立住，确是一奇，而且空隙处一尘不染，显然经常有人打扫，只是不知那名仆人钻入山底时该有多难，又有多害怕。

韩孺子看了一会儿，忍不住啧啧赞叹。崔腾等的就是这一刻，笑着解释道："其实也不难，建的时候是贴着地面的，建完之后将泥土去掉就行了，难就难在这么多年屹立不倒，这叫'一柱擎山'。"

跟在皇帝身边的张有才咂咂嘴，忍不住道："多年不倒难保今天不倒，这里终是险地，陛下最好不要久留。"

"张有才，你乱说什么？再过百年、千年，这座假山也不会倒。你不懂，它只是看上去险，其实正中的那块石头与支撑的石柱是一体的，外面再包以重重山石。别的石头都好找，就中间那一块最难寻。"

张有才不想跟崔腾争论，摇头退下，心想，万一假山倒了，亭子能挡一下，自己纵身一扑，也能挡一下，可是好像没什么大用，亭子里的人还是都得被压成肉饼……他一激灵，强迫自己不要再想下去。

韩孺子并不在意，也不想再走了，留在亭子里喝酒、吃蜜饯，与崔腾闲聊。

崔腾准备的美味小吃不少，本应一轮轮端上来，供皇帝在午膳前开胃，结果酒都凉了，后续的美食却一直没到，他坐不住了，几次向外张望，示意身边的随从去看看到底怎么回事。

随从一出亭子就被侍卫拦下，带到一边，王赫亲自检查并询问，确认无误之后，才允许他离开，随后又对那三名被关起来的仆人详加搜查，总算允许他们出来，继续向亭子里递送食物。

可时机已经过了，一座假山没什么看头，赞叹一番也就够了，韩孺子起身准备在园子里闲逛一会儿。

崔腾跟上，扭头向刚过来的仆人怒视一眼，示意他们退下，然后向皇帝笑道："府内有一个人，特别想见陛下，不知陛下能否移步去看一眼？"

想见皇帝居然自己不来，张有才忍不住哼了一声，韩孺子却很随和："是你家里的人？"

"是大哥崔胜的儿子，今年四岁，小家伙很可爱，听说陛下要来，一直嚷嚷着要见，可他太小，家里人怕他不懂规矩，所以没让他出来接驾。可我向他许诺过，说一定要让他见一眼陛下，所以……"崔腾一脸苦笑，"求陛下赏我一点脸面吧，从今以后，我在小家伙面前就能树立叔叔的权威了。"

韩孺子也笑了："好吧，咱们就去见见这个小家伙。"

崔胜死于兵乱，只留下一个儿子，是崔家长孙，韩孺子真想看一看。

王赫立刻叫来崔腾的随从，问明崔胜之子的住处，发现那里在事前检查过的区域之内，稍稍放心，仍然派人快步赶去，再查一遍。

崔胜之子年纪尚小，住在内宅。因为皇后回家，女眷大都前去陪同，内宅没什么人，皇帝也不用太拘谨。

半路上，韩孺子听到一阵若有若无的琴声，于是驻足倾听。崔腾也停下，平时不晓音律的他，这时却通晓人心，严肃地挥手，示意周围的众人不要出声，让皇帝专心听琴。

"张琴言还在你府中？"韩孺子一听就知是谁在抚琴。

崔腾正色道："我对她从一而终。"

韩孺子笑着摇摇头，迈步继续前行。崔腾以下，其他人都蹑手蹑脚地走路，以免干扰琴音。

数名宫女一直跟在队伍中，孟娥即是其中之一，别人都跟着皇帝前行，她却止步不动，等王赫来到身边，她做了几个简单的手势，表示自己要去检查一下抚琴者。

王赫点头，他对孟娥仍然有几分不信任，向另一名侍卫招手，命他与孟娥同行，又让崔腾的随从指路。

孟娥并不反对，带着侍卫与随从循声寻人。

琴声断断续续，侍卫分不清来自何方，崔腾的随从也不知道这位"少奶奶"隐于何处，孟娥却好像被一根有形的细线牵引，没有片刻犹豫，离琴声越来越近，在遇到障碍或是岔路时才停下一会儿，等崔腾的随从指明通行路径。

路径曲折，三人没走多远，回头却已不见皇帝一行人的踪影。

在一座小楼门前，孟娥止步，琴声是从楼上传来的，抬头望去，楼窗敞开，琴声非常清晰，少了一种灵韵，多了几分悠扬。

孟娥示意侍卫与随从等在外面，她一个人进楼，拾级而上，来到楼上，一路未遇阻拦。

楼上的屋子里也只有张琴言一个人，正跪坐在软席上专心抚琴，身上穿着华丽的毛皮外套以御风寒。

孟娥一言不发地在屋子里绕行一圈，没有发现异常。

张琴言仿佛没见到有人进来，仍然抚琴，片刻之后，一曲尚未完成，突然停下，抬头看向客人。

两人见过面，彼此存有敌意。自从张琴言被赐给崔腾之后，她们之间再无来往，几个月中，这是第一次见面。

“如果你在帮助崔腾讨好皇帝，多此一举，陛下信任崔腾与这些花招无关。如果你有别的企图，我劝你还是早些死心，陛下不是那种昏君。”

孟娥以为张琴言仍有意皇帝。

张琴言摇摇头，张嘴啊啊了几声。

“韩稠将你们父女献给皇帝，你担心自己没完成任务会受到报复吗？放心吧，韩稠不敢招惹崔家。”

张琴言仍然摇头，又啊啊几声。

孟娥走到她面前，低头仔细观察，神情突然一变。

张琴言双唇微微发紫，脸颊泛红，竟像是中毒之症。

孟娥扭头向窗外望去，皇帝此时应该正在看望小孩子，而小孩子身边总得有人照顾。

第二十四章

微笑的乳母

崔家的长孙名叫崔格，原有一位乳母，当崔府为接驾而暂时清退奴仆的时候，她也出府，顺便去城外自己家中住几天。喂养别人的孩子好几年，她要利用这点宝贵的时间好好照看自己的儿子。

“这个乳母又老又丑，我看着都恶心，不能让她惊到陛下。”崔腾倒是一片好心，希望让皇帝在崔府的任何一处都能看到最好的一面。

四岁的孩子身边终需有人照顾，崔腾从张琴言身边选了一位侍女：“陛下不喜娇艳女子，你的相貌比较端庄，可以见驾，懂规矩吗？”

侍女立刻跪下。

“会看孩子吗？”

侍女立刻做出怀抱的动作，脸上露出和善的微笑。“少奶奶”不会说话，侍女们也就尽量少开口。

崔腾极为满意，他以为这全是自己的主意，挑人也是随便一指，直到事后仔细回想的时候，他才恍然明白过来，从邀请皇帝看望小侄子，一直到选用“端庄侍女”，都是张琴言灌输给他的想法。

她的手段既温柔又巧妙，当时的崔腾全无察觉。

“端庄侍女”名叫阿珍，是张琴言几个月前亲自买来的几名丫鬟之一，三十余岁。崔腾嫌她年纪大，又觉得她不知被倒过几手，心中并不喜欢。张琴言表示自己身边需要一位老成的侍女，崔腾觉得有道理，这才出钱买下来。

阿珍是南方人，说话有口音，这也是她不愿意开口的原因之一。知道男主人不喜欢自己，所以崔腾来的时候她不怎么露面，只是看守内外门户，倒也尽职尽责，没犯过任何错误。

崔腾要给小侄子临时选一位看护者时，受张琴言的点醒，立刻想到了她。

崔格是崔家长孙，年纪虽小，脾气却不小，旧乳母常常受他欺负，新乳母却只用不到半个时辰就取得小家伙的欢心，他拉着阿珍的手对崔腾说：“二叔，我要她以后一直陪我。”

崔腾倒不在乎，对这个小侄子他也很喜欢，笑道：“从前的那个呢？人家辛辛苦苦把你喂养大，说不要就不要了？”

“又老又丑，我才不要！”崔格一脸嫌弃地说。

崔腾大笑，摸着侄儿的头顶：“好小子，是我崔家的种，等你长大，二叔带你……不对，等你长大，二叔的宅子你一步也不准进。”

崔格眨巴双眼，没明白二叔的意思：“你藏着好吃的不给我，对不对？”

论美貌，阿珍绝非天姿国色，但是天生一张温柔可亲的面孔，不管看到什么人，都先笑一下。在张琴言面前，她极少开口说话；面对小孩子，话却极多，低声絮语，讲故事、说笑话，逗得崔格合不拢嘴。

崔腾越发满意，但是转天就将此事忘得干干净净，一心只想着如何在短短半天的时间将崔家最好的东西展示给皇帝。

崔宏对这些事情一无所知，他在军营里待惯了，总以为在家里也能令行禁止，既然说了要“一切从简”，就不会发生意外。

崔腾本来也不太敢违逆父亲的命令，可他有靠山，老君听说孙子的计划之后，大为赞赏：“还是我的孙子最聪明，既然不能讲排场，咱们就在细节上精益求精，给陛下一个好印象，也让外面的人知道，咱们崔家不是暴富之人，不跟新贵斗富。乖孙，你尽管放手去做，事后你父若是生气，让他找我。还有我的重孙子，那可是咱们崔家唯一的根苗，你一定要好好安排见驾之事，为他铺好前程。”

“咦，老君，这是瞧不起我吗？等我努努力，明年就让老君膝前环绕十几个重孙。”

崔腾的确做了精心安排，连侄儿在皇帝面前该说什么都准备好了。四岁的崔格穿上戎装——不是真正的铁甲、皮甲，而是“画甲”，极为逼真，穿在身上却很轻。

崔格还背下一段关于如何剿匪的计划，这是崔腾特意找人拟订的，自己都没舍得在皇帝面前显摆，精简之后交给了侄儿，到时候他会刻意引导话题，让皇帝吃一惊。

整个计划的最终目的是要在午膳之后，将皇帝再留半天；如果能劝说皇帝在崔府过夜，那就是功德圆满。

崔腾提前跑到门口，大声道："陛下驾到，崔格还不快快出来接驾？"

将军打扮的四岁孩子迈步出来，多少有些惊恐，不像在二叔面前表演得那么自然，没有按计划直接扑到皇帝面前，而是停在门口，显出几分畏缩，但还是跪下，用稚嫩的声音说："小臣崔格，叩见陛下，小臣今日得仰天颜，此生无憾。"

一身戎装，再加上大人似的话语，惹得皇帝和众人哈哈大笑。

笑声去除了崔格心中最后一点惊恐，自己也笑了："陛下真年轻，比二叔还年轻，还比二叔英俊。"

众人笑得更大声，崔腾的脸却红了，这句话可不是他安排好的，一把将侄子拽起来："胡说八道。"马上又向皇帝笑道，"陛下的确比我年轻、英俊，可这小子……不该乱说话。"

"我也不想乱说话。"崔格更不怕了，"可是一看到陛下，我就觉得有什么话都可以说出来。"

"童言无忌。"韩孺子笑道，"小家伙，你穿戎装，当的是什么将军？"

"步兵，陛下，小臣当的是步兵将军。"

韩孺子有些意外，一般孩子都愿做骑将："哦，步兵有何好处？"

"进退自如、周旋如意，步兵妙用无穷，在庸将手中是一盘散沙；到了良将麾下，却能所向无敌。"

这是崔腾事先找人写好的词，虽无过人之处，但是由崔格说出来，却颇显有趣。

皇帝进府之后第一次笑得这么开心，崔腾心花怒放："陛下进屋，咱们别在外面受冻。"

崔腾拉着侄儿让到一边，先让太监张有才和一名侍卫进去。

阿珍跪在墙角处，身边放着几件玩具，张有才觉得没问题，侍卫也没看出异常。

王赫没有进屋检查，他知道屋子里还有一名乳母，甚至知道"阿珍"这个名字，从未生出丁点怀疑，他防备的是外人，在院子里兜了一圈，查看各处不起眼的角落，确保没有未经许可的奴仆隐藏。

韩孺子进屋，第一眼先看到一架子的书籍，根本没有注意到跪在地上的女子。

“你现在就看书了？”韩孺子问。

“略认得几个字，还读不懂书上的东西，但是家里有老先生给我讲里面的故事。”崔格毕竟是孩子，刚见面时自称“小臣”，说着说着就忘了。

“你最喜欢什么故事？”

“太祖的故事。”崔格眼睛一亮，“太祖剑斩猛虎、太祖起兵诛暴君、太祖破陈齐、太祖灭庄赵……都是我最喜欢的故事。”

韩孺子大喜，他小时候最爱听母亲讲述的故事也是太祖的丰功伟绩。

从崔格在门口逗笑众人开始，远处楼上传来的琴声就被忽略，它的骤然停止自然也不会受到关注。

屋外的王赫开始觉得自己想多了，守卫如此严密，又是大白天，除非是神仙，什么刺客能直闯进来刺驾？

相隔一重院落，崔宏正与皇后相谈甚欢。父女二人多日未见，只以书信联系，为防泄密，信中不能什么都写，这次见面，终于能够畅所欲言，崔宏甚至撵走了无关的亲戚，只有母亲老君不肯走，他只好容忍。

“物极必反，父亲，崔家的权势已经没有增加的可能，此时再争，免不了受人猜忌，望父亲以退为上，处处谦让，女儿在宫中好说话，崔家也能得以长久。”

崔宏连连点头：“为父心中何尝不是这样的想法？所以才会交出大部分兵权，对太后的王家，我也派人送去厚礼，以至亲对待。我儿，你若诞下太子，我连南军都能交出去。”

崔小君脸色微红，坐在一边的老君不爱听了：“瞧你们父女两个在胡说些什么！崔家哪里对不起皇帝了，要如此小心翼翼？你们一个在战场上舍身奋战，为保住韩氏江山立下汗马功劳；一个在皇帝最微贱时不离不弃、舍命相陪。还有崔腾，为陛下出生入死多少次。就连我这个老太婆，小君偷我的首饰换钱养部曲的时候，我说什么了？不也默许了？”

崔小君脸色更红，倦侯供养部曲的时候费用甚多，当时为了筹钱，她什么招都用上了。

老君咄咄逼人：“怎么着，崔家做了这么多事，没有功劳反而有错了？待会儿见到皇帝，我倒要问一句，崔家究竟做错什么了？”

崔宏无奈苦笑，想要劝说母亲，伤势却不允许他说太多的话，而且了解母亲的为人，知道她嘴上厉害，真到了皇帝面前，也不敢胡言乱语。

崔小君柔声道：“崔家无错，可陛下返京不久，一心想要整肃朝纲，在陛下看来，这比恢复帝位更加重要，咱们家为陛下做过那么多事，在这种关键时刻，不该再帮陛下一把吗？这次的功劳可比之前的任何一次都要大。”

这么一说，老君才笑了："我的孙女最聪明，多少年前我就说崔家要依靠她，果不其然，让我说中了。行，只要你们父女知道深浅，我没什么说的。唉，我也老了，没别的指望，就是希望看到崔家根深叶茂，等我死了，见到老头子也能挺直腰板，让他无话可说。"

崔府外面，几条街以外的一间屋子里，身上戴着枷锁的圣军师仰头喃喃自语："是时候了，是时候了。"

崔家长孙的房中，乳母阿珍慢慢站起身，脸上仍带着和善的微笑。

仍然没人注意到她，活泼的孩子就是她最好的掩护。

第二十五章

刺客的希望

崔府毕竟不是寻常人家，即使是在平时，奴仆也不能携带刀剑以及说不清来源与用途的药材，皇帝亲临之前，更是进行了彻底的搜查，先是自查一遍，随后宫里和朝廷各查了一遍，连根针都不准随意放置。

刺客阿珍没有兵器，也没有毒药。

她站起身，满脸微笑，慈爱地看着自己刚刚看护不到三天的小孩子，顺手拿起身边的一柄木剑。那是一件玩具，长不过两尺，轻飘飘的，看上去毫无杀伤力。

她迈步走向崔格，同时也在接近孩子身边的皇帝，好像只是要将木剑递过去，四岁的崔格正对着皇帝侃侃而谈剿匪之策，确乎需要这柄剑以显身份。

韩孺子早就听出这是崔格背熟的话，换成大人，这是一种令人讨厌的造假行为，发生在小孩子身上，却只是令人觉得可笑，还有一点惊奇，毕竟这一套话挺复杂，崔腾也未必能记得一字不差，崔格却能说得极有条理，好像真能理解其中的含义。

"……往常剿匪总是官进匪退，官兵一撤，群匪又回故地，何以为此？官兵剿匪每每大张旗鼓，生怕天下不知。兵者，诡道也，官兵剿匪时却往往拘泥不化，提前宣扬，给了群匪准备的时间……"

韩孺子还真有几分被说动了，打算等事后问问崔腾，究竟请谁准备的这篇剿匪策。

现在他不会说破，反而微笑点头，表示赞赏，也不知为什么，突然扭头，看到了几步以外的乳母。

皇帝第一个认出刺客，这不是十分清晰的念头，而是一种直觉，没有任何理由，他突然就觉得走到自己十步之内的这名女子，动作不自然，目光看向孩子，余光似乎瞥向自己，这是极不礼貌的行为，不该发生在崔府的仆人身上。

第一个做出反应的却不是皇帝。

更不是崔腾，他也看到了乳母，没有在意，挥下手，示意她现在不要走过来，阿珍却跟没看见一样，继续迈出下一步。

也不是张有才，他的目光只在皇帝身上，根本没有察觉到乳母的异常。

第一个做出反应的人是屋子里唯一的侍卫。

这名侍卫的身手并非最强，他能跟在皇帝身边有两个原因：一是身世清白，自幼在宿卫军中习武，长成之后入选为侍卫，属于最值得信任的一批人；二是擅长拳脚功夫，不用携带兵器，站在皇帝身边不那么扎眼。

他认出刺客的时间比皇帝稍晚一点，却有清晰的理由：乳母握剑的姿势、行走的步伐都表明她练过武功。

遗憾的是，侍卫没有立刻动手，而是犹豫了一下，以为这又是崔二公子搞的花样。

就这么一瞬，乳母又迈出一步，离皇帝足够近了。

侍卫飞身扑上，扑的不是刺客，而是皇帝，这是侍卫的职责，最危险的时候，他要以身护驾。

为了这次刺杀，云梦泽牺牲了数十名好手，阿珍不想失败、不能失败、不敢失败，她的脸上仍然挂着微笑，手上这一剑却用上全力，木剑无锋，只能以力量弥补。

侍卫胸膛中剑，没有躲避，反而伸出双手死死握住剑身，张嘴要大呼“救驾”，阿珍另一掌拍出，正中侍卫脑门，侍卫头一歪，连退数步，倒在地上，木剑离开胸膛，鲜血汩汩流出。

崔腾、崔格叔侄完全呆住了，无法理解眼前发生的这一幕，温柔可亲的乳母怎么突然变了一副模样，竟然能以木剑杀人！

韩孺子没正经学过武功，危急时刻，反应与普通人没有多大区别，抬起右臂挡在身前，步步后退。

阿珍一剑刺来，韩孺子侧身让开，倒不是他的身手比侍卫更灵活，而是因为不用保护他人，无须迎上木剑，因为侍卫那一挡，他与刺客之间的距离也稍远一些。

阿珍迈步追赶，中间隔着崔格，她下意识地绕开，又向皇帝刺出一剑。

要不是木剑上还沾着血迹，这看上去就像是在围着孩子追逐戏耍。

屋子里出奇地安静，谁也不吱声，甚至不敢呼吸，仿佛落入水中，只能眼睁睁看着两个人在绕圈。

这个时候最需要有人喊一声“救驾”，将外面的侍卫叫进来，可是唯一能做到这一点的人却已倒在地上，剩下的人，包括皇帝本人，都忘了自己还能叫喊。

“啊——”第一个叫喊的人是张有才，他曾经无数次幻想过，如果皇帝遇险，自己要如何舍身相救，真到了这一刻，他才发现身体根本不听使唤，就像是被一层层厚被压住，没法翻身，连呼吸都感到困难。

但他终究摆脱了束缚，飞身扑向刺客。

阿珍全神贯注，只需一步，她知道，只需一步，自己就能杀死皇帝，完成精心准备数月的任务。

她根本没看扑来的人，随手一掌拍出，太监倒飞出去，也倒下了。

可她过于“贯注”了，围着崔格绕圈，把孩子当成了无法逾越、无法推开的障碍，她照顾这个孩子没多久，并无感情，只是因为第一刻没有动手，此后就忘了还有其他选择。

张有才这一扑没能阻止刺客，但是多少有些效果，将屋子里溺水一般的沉静打破了。

“刺……刺客！”崔腾声嘶力竭地喊道，又大吼一声，也扑了上去。与张有才的选择正好相反，他扑向的不是刺客，而是皇帝，要学侍卫以身护驾。

他可没注意到小侄子，从崔格身边掠过，带倒了小孩儿，却没有扑到脚步灵活的皇帝，扑通摔在地上。

坐倒在地上的崔格放声大哭。

阿珍也终于醒悟过来，她根本没必要绕圈，可以直接冲向皇帝。

韩孺子也明白过来，自己无路可逃，他跑不过刺客，只能硬接一招。

面对高手的一剑，韩孺子根本无从躲避，只觉得胸前一阵剧痛，却没有立刻倒下，随手挥出一拳，击向刺客的面颊。

阿珍还以一掌，在拳头击中自己之前，就将皇帝击得步步后退。

这一掌没能杀死皇帝，甚至没将皇帝击倒，阿珍突然想起，张琴言提醒过自己，皇帝很可能一直在修炼义士岛内功，再看一眼手中的木剑，这才发现剑头已经破损，本来就钝，这时几乎成了平头。

她扔掉沾血的木剑，就算赤手空拳，她也有把握杀死皇帝。

她一跃而起，将几个月的潜伏、数十名好手的牺牲、云梦泽群盗的未来都集中在这一跃上，落地一掌，就能将皇帝的头骨拍裂。

她跃起来了，却没能自由自在。

被侄子绊倒、没扑到皇帝的崔腾，在地上滚了一圈，正好看见眼前的双脚，二话不说，立刻伸手抓住，借力坐起，将一条腿紧紧抱住，又喊了一声：“刺客！”

即使到了这种时候，阿珍脸上仍留着一丝笑意，可她已经不能再保持镇定，时机稍纵即逝，外面侍卫众多，再进来几个人，她一个人绝不是对手，她已经贻误了战机，不能再拖下去。

不能拖时间，就只好拖人，阿珍奋力向前迈出一步，崔腾一个大男人，用尽全身力气竟然拽不住她。

屋子不大，阿珍再迈一步，到了皇帝面前，她脸上最后一点笑意也消失了。她杀过人，也做好了所有准备，可刺杀皇帝还是比她预料的更困难一些。她不明白，皇帝也是人，也是血肉之躯，自己之前为何会感到紧张？为何会被一个小孩子所牵绊？

现在她不会再犯错误了，她看到的皇帝只是一名脸色苍白的青年男子，不比普通人更高大、更强壮，与那些勤学苦练多年的武功高手更是不能相提并论。

她伸出双臂，无视皇帝笨拙的阻拦，扼住了脖子，双手用力。

阿珍腿上一痛，大概是被崔二咬住了，她不在意，继续用力，看着那张苍白面孔急剧变红。

紧接着腰侧一痛，这是致命伤，阿珍觉得自己的力气在迅速消失，可她不肯松手，咬牙坚持。

第三次疼痛来自脖颈，最为短暂，阿珍目光涣散，分不清自己是在用力，还是在松手，只能集中最后一点精神，死死盯着皇帝的眼睛，希望看到死亡的迹象，希望一切努力没有白费，希望能对得起众多江湖同道的嘱托，希望……

孟娥从楼上越窗而出，落地之后疾步向前，跑向皇帝等人的所在，将等在门口的侍卫与随从吓了一跳，侍卫不明所以，大喊一声“站住”，紧紧追上。

距离不是很远，可孟娥不认路，找了一会儿才看到成队的太监、宫女与侍卫。

“刺客在陛下身边！”孟娥大喊道。

王赫转身看向孟娥，第一反应是戒备，随后拔出刀，以为这名宫女终于露出真面目。他是极少数可以带刀的侍卫之一。

就在这时，屋里传出“啊”的一声，紧接着是两声“刺客”的叫喊，尖锐得变形，分不清来自何人之口。

屋子里的人觉得一切都缓慢得像是在水下游泳，对外面的人来说，这只是一瞬间的事，王赫第一个冲进屋子，孟娥紧随其后，随后是大群侍卫。

刺客被杀，皇帝也软软地倒下，孟娥抢先一步，将他抱住。

所有人的心都往下一沉，午时将近，他们却觉得天黑了。

第二十六章

拜求请

在皇宫西北角的寺庙里，慈宁太后面对纯金佛像祈祷了一炷香时间，随后转往东北角的道观，向三清像祈求平安，丝毫不以奔波为苦。

拜过神佛，她仍然觉得不够，又去偏东南的太庙，要向韩氏列祖列宗寻求帮助。

这一趟下来，几名抬轿的太监累得腰酸腿疼，却不敢有半句怨言。

太庙平时不开放，没有皇帝的圣旨、宗正府的陪同，尤其不能向女子开放，祭司官员恭迎太后，不能笑，也不能苦着脸，神情稍显狼狈，为难地说："微臣不知太后驾到，未做准备，殿内阴冷，恐怕对太后身体不利。"

慈宁太后从轿子里走出来，抬头望了一眼巍峨的太庙大殿，轻叹一声："皇帝尚在，我就已经不能进入太庙，只怕这是最后一次看它，以后再没有机会了。"

祭官吓得面如土色，这么大的罪名他担待不起，急忙跪下磕头，恭请太后进殿，但是仍不开正门，只开偏门。

殿内果然阴冷，与外面的冷意不同，像是一件被冰水浸透的棉衣套在身上，挣不脱、甩不掉，寒冷透肌刺骨。

慈宁太后从祭官手里接过燃香，亲自插进每一座牌位前的铜炉里，然后跪拜默祝，最后跪在正中间的太祖牌位前。

祭官以及随行的太监、宫女们识趣地退下。

慈宁太后一开始小声嘀咕，慢慢地声音大了起来："臣妾王谙，乃桓帝之妻、当今皇帝生母。皇帝不幸遇险，昏迷数日不醒，恳请太祖保佑皇帝平安，臣妾愿以此身代替皇帝接受一切惩罚，生病折寿，皆无怨言，只求太祖垂怜，大楚不能没有当今皇帝。"

慈宁太后恭恭敬敬地磕头三次，再道："我儿自幼喜欢太祖的故事，他是太祖的子孙，夜以继日地操劳，只为保住韩氏江山，太祖若天上有灵，请您分辨忠奸，救拔我儿脱离苦厄。"

顿了一下，她接着说："将灾难降临在乱臣贼子身上吧，就是他们害了皇帝，要将太祖一手打下来的江山拱手送人。"

慈宁太后再次压低声音，说出一连串的人名，列数这些人的“罪状”。

足足半个时辰之后，她才起身，慢慢后退，十几步之后转身，向外走去，突然止步，看向一边的桓帝牌位，那是她的夫君、当今皇帝的父亲，她之前也供香了，却没想过要向他求助。

“你有三个儿子。”慈宁太后冷冷地说，没有跪拜，没有祈请，“死了一个，还剩两个，我知道你偏心，但你别想着让三个儿子接连当皇帝，我儿若是醒不过来，你会失去全部儿子，一个不剩。”

再回到阳光下，慈宁太后感到阵阵暖意，目光投向一名新到的太监。

太监摇摇头，表示没有变化，皇帝仍在昏迷中。慈宁太后没说什么，上轿：“慈顺宫。”

拜过了神佛祖宗，她还要求一求活人。

慈顺宫里的上官太后不是神仙，也不是御医，对救人一无所知。

她只懂救势。

慈宁太后在慈顺宫里总是保持谦卑，即使被封为第二位太后，也未失礼数，除了极少数正式场合，从来不敢与往日的主母并列。

“我该怎么做？我该怎么做？”慈宁太后跪在地上，伏在上官太后膝上抽泣，仍是一名犯了错误的侍女。

屋子里没有外人，上官太后长长地叹了口气：“大楚的磨难还没有结束，你什么都做不了。”

慈宁太后抬起头：“难道我就这么眼睁睁地看着皇帝昏迷不醒？他若是……我可怎么活啊？”

“总能活下去。”上官太后有资格说这样的话，因为她已经失去了自己的儿子。

慈宁太后垂头继续哭泣。

等了一会儿，上官太后说：“生死由天，谁也不能干涉。你该怎么做？如果是想救皇帝，你什么也做不了，只能等待奇迹发生；如果你想救自己，有些事情倒是可以做了。”

“救自己？”慈宁太后又抬起头，止住哭泣。

上官太后的目光冷酷无情：“你指望我把什么话都说出来吗？想做好人，就不要向我这种‘恶人’求教。”

慈宁太后露出一丝惊讶，随后擦干眼泪：“我要救自己，还要为皇帝报仇。”

上官太后拍拍身边的位置，慈宁太后慢慢站起，也坐在椅榻上。

“救自己和报仇是一回事，皇帝若有万一，而你无权无势，拿什么报仇？”

“我现在就可以……”

上官太后冷笑一声：“你以为大家的沉默就是服从吗？不对，他们是在观察，你可以囚禁一些人，这不妨碍他们观察，可是当你想杀人报仇的时候，就会阻力重重，甚至遇到公然违命。除非皇帝醒过来，否则你的权力会越来越小。”

“我该怎么做？”慈宁太后又问了一遍，意思却已不同，之前是为皇帝询问，现在是为自己。

上官太后望着前方，轻声道：“你知道该怎么做，办法都是现成的，谁也想不出新意，我不能，你也不能。”

慈宁太后思忖片刻：“绝不能让东海王继位。”

“当然不能，大臣也不会同意。”

经过几次反复夺位，得罪东海王的大臣太多，没人再敢支持他当皇帝。

“宗室子弟众多，应该选谁？”

“问我没用，得问大臣，这是一场心照不宣的交易，最终要选一个双方都满意的人。你的儿子能当皇帝，表面上是我的选择，其实得到了大臣们的默许，他们当时对崔家十分忌惮，不愿看到他们更加强大。”

慈宁太后思考得更久一些：“只要我是太后，你就是太后，而且永远位居我上。”

上官太后微笑一下：“你真幸运，还有仇可报。”

慈宁太后起身行礼，慢慢向门口退去，最后说出一句：“如果不能救活我儿，我所做的一切都是为了报仇。”

上官太后点下头，已经不感兴趣了。

在庭院里，慈宁太后仰头望了一眼碧蓝的天空，拜也拜了，求也求了，接下来她要做些实际的事情。

首先，她在广华阁里召见宰相申明志。

这不是讲究礼仪的时候，申明志很快赶到，他也需要宫里的合作。

“刺客还有余党吗？”

“城里肯定没有了，目前已经抓捕到一千三百余人。”

“嘿，之前也说没有，结果……云梦泽那边呢？准备开战了？”

申明志稍显犹豫：“现在是冬天，不宜战斗，不过朝廷已经下令从各地调兵，只待开春，一举歼灭群匪。”

春天对慈宁太后来说过于遥远了，她希望现在就能看到遍地的仇人尸体，可她要对大臣客气一些，于是点头：“妇道人家，不懂军战，剿匪之事就由朝廷负责，只希望不要放过任何一人。”

申明志稍松口气，他这时最怕遇到不讲理的太后，马上回道：“太后请放心，楚军已有万全之策，必将云梦泽群匪全歼。”

慈宁太后沉默片刻：“我请宰相来，不只为询问剿匪之事。”

申明志低头，不敢接话。

可有些话终究要挑明，慈宁太后说：“事到如今，也不必忌讳了，陛下若能苏醒，自然万事大吉；若是……若是万一不幸，大楚不可一日无君，申宰相可有看中的宗室子弟？”

申明志惶恐跪拜：“臣一心只盼陛下康复，未有他想。”

“嗯，现在可以想一想了。就算别人不想，你是宰相，也该提前有所准备。”

“全凭太后做主，臣无二话。”

慈宁太后微微一笑，与大臣打交道这种事，她还是不太擅长：“东海王是桓帝之子、皇帝之弟，可否？”

申明志不能再客气了，跪在地上说：“有罪之臣，似乎不宜登位。”

慈宁太后点点头，继续问道：“英王乃武帝幼子，可否？”

“流落在外，已失众心，不宜。”

“皇帝被围晋城时，朝廷不是立过一位宗室子弟吗？”

申明志摇头：“那只是权宜之计，既未成真，不可反复。”

慈宁太后连提三人，都被宰相否决，她没有生气，反而踏实不少，只要不是这三人继位，她与大臣之间的障碍就少多了。

“申相终得提出一人。”

申明志思忖良久：“臣真的想不出合适的人来，可是朝中有一人，论资历，比臣更了解宗室；论亲疏，比臣更近，或许能为太后分忧。”

“哪位？”

“宗正卿韩稠。”

慈宁太后沉默片刻：“有传言说他与刺驾之事有关。”

“京城传言汹汹，韩宗正并非唯一受到怀疑的人，可是并无实据，太后若以此判断忠奸，只怕朝中多半大臣，包括臣本人，都不可用。”

慈宁太后长叹一声：“好吧，明天上午，请申相与韩宗正再来一趟广华阁。”

“遵旨。”申明志起身，没有立刻告退，趁机问道，“崔家怎么办？”

慈宁太后脸色一寒：“别人身上的传言都没有实据，崔家总有吧？继续禁闭，不准放走一人，包括皇后，还有皇帝身边的那群无能之辈，只要是进入崔府的人，都不准放出来。”

“遵旨。”得到太后的明确回答，申明志放心了。

第二十七章

真相与进宫

东海王脸色铁青，在屋子里来回踱步：“完了，全完了，一切都完了。”

谭氏坐在椅子上，目光追随丈夫，冷冷地说：“那你还着什么急？安静等死不就好了？”

东海王止住脚步，长叹一声：“陛下此次遇刺太过蹊跷，崔府和倦侯府整个被围，任何人不准进出，陛下身边的人几乎都遭到囚禁，很快……很快就会轮到咱们了。”

“凭什么？咱们跟刺驾之事毫无关系。”谭氏不是特别肯定，又加上一句，“确实没有关系，对吧？”

东海王再次长叹一声：“瞧，连你都不能完全相信我，何况宫里的两位太后？她们又要掌权了，哪怕掌控朝廷只有一天，她们做的第一件事也是要对我下手，这叫斩草除根。”

东海王打了个寒战，发现谭氏还在盯着自己，恼怒地说：“没有关系，当然没有关系，我若是……”他及时压低了声音，“我若是参与此事，自然要备后手，怎么会像现在这样束手无策？”

谭氏点点头，表示相信。

“跟你们谭家也没关系吧？”东海王问道。

“自从向丑王求助以来，谭家的江湖地位一落千丈，迁到东海国之后更是门前冷落，不受欺负就不错了，谁还来找我们商量这么大的事？”

东海王也盯着谭氏，非要她直接回答不可。

“没有，据我所知没有，京城除我之外，也没有别的谭家人了。”

“三天了，陛下还没有醒来，若是真有万一，你愿意陪我一块儿死吗？”

“不愿意又能怎样？这种事能由我做主吗？”谭氏对东海王的要求嗤之以鼻，“仔细想想，这没准对你是一次机会。”

东海王愣了一下，随后苦笑道：“我的王妃啊，你想得太单纯了，这哪是机会，分明是死路一条。陛下一出事，宫里的第一道命令就是接走皇帝、封闭崔府，连皇后都不准回宫，摆明是要将崔家连根拔掉。不管崔家与我的真实关系怎样，天下人都以为崔家是我的靠山，靠山倒了，谁还在乎我？”

“我说没准。”

“没有‘没准’，这次准得很，我都能感觉到刀刃在脖子上来回划动的声音。”东海王又打了一个寒战。

谭氏比丈夫冷静得多，想了一会儿：“那你得想办法自救啊。”

东海王哭笑不得：“除非陛下醒过来，否则的话，人为刀俎，我为鱼肉，说什么都没有用。”

“你可以把主使者找出来。”

“嗯？”东海王没明白谭氏的意思。

“无论是想连根拔掉崔家，还是要除掉你，唯一的罪名都是刺驾，对不对？”

东海王点点头。

“找出主使者，证明崔家是被牵连进去的受害者，你们头上的罪名不就都没有了吗？”

“刺客当场被杀死，主使者是云梦泽的强盗，事情很清楚，还有什么可找的？关键是刺驾发生在崔府，刺客又在崔腾身边隐藏了几个月……”

“崔家没那么愚蠢吧，刺驾之后连点准备都没有，全家人束手就擒？”

“对啊！可是外人不这么看，尤其是宫里的人，太后一直提防着崔家，现在让她找到了现成的理由，她没立刻下令将崔家满门抄斩，已算是宽宏。还有我，她也在提防我，解决崔家之后就轮到我。”

谭氏摇头：“别想崔家了，先说刺客……”

“刺客已经死了！”东海王怒声道。

谭氏轻轻地嗯了一声，东海王立刻转怒为笑：“我是说刺客那边真没什么可查的，你不会……你不会知道些什么吧？”

“我能知道什么？我只是见过云梦泽的人，奇人异士不少，但要说凭他们自己的本事就能在京城隐藏数十号人，还让其中一人辗转靠近皇帝，我可不大相信。”

东海王心中一震：“我也见过云梦泽的人，有一个人还给我当过护卫……你说得没错，他们对京城人生地不熟，没本事藏得那么好，必须找人相助。”

东海王想了一会儿，转身向门口走去：“我得去见个人。”

“见谁？”谭氏不允许丈夫自行其是。

东海王停下，转身笑道：“跟随陛下探望崔宏的人都被扣押在崔府，其他人则被留在倦侯府，可是有一个人，对刺驾之事了解得很多，却不属于陛下身边的亲信，也不在两府之中，应该还保持自由身。我要去找司法参军连丹臣。”

“你能出府？”

“能，不过会有宫里的人跟随我，没关系，就让他向宫里报告吧，起码让太后知道我心怀坦荡。”

话是这么说，东海王出府的时候还是有些惴惴不安，提前想好一堆借口。

刚走到前院，迎面跑来一名仆人，脚步匆忙，面带惊慌，东海王心中一惊，紧接着全身一凉、双脚一软，差点坐倒在地上。

难道皇帝不行了？难道太后要动手了？自己这回还能逃过一劫吗？

东海王心中冒出一连串的念头。

“殿……殿下，有位大……大人求见。”

“哪位大人？”

“那个……那个……”仆人回答不出来。

东海王又怒又急，要不是抬不起腿，真想狠狠地踢上一脚：“一个人，还是许多人？”

“一个人。”

东海王稍松口气，如果是宫里来抓他，绝不会只派一个人。

“去请进来。”

仆人领命退下。

东海王向大门口望了一眼，宫里的两名太监也在看他。东海王没敢对视，急忙转身，进到前厅里，想倒杯茶，发现自己的手臂抖个不停。

没过多久，仆人将拜访者带进来，东海王大大地松了口气，原来是国子监祭酒瞿子晰，同时心里还有一点纳闷，敢在这种时候登自家门，这个儒生胆子不小。

“瞿大人。”东海王笑着迎上来，示意仆人去端热茶来。

“东海王殿下。”瞿子晰恭敬地还礼。

“哪阵风把瞿大人吹来了，快请坐。”

瞿子晰摇摇头：“坐就不坐了，我只问几句话，马上就走。”

“好啊。”东海王茫然道。

瞿子晰盯着东海王：“刺驾之事与你无关？”

东海王一边跺脚，一边指天发誓：“若有半点关系，让我现在就遭天打五雷轰。”

“据朝中传言，慈宁太后明天要召见宗正卿韩稠和宰相申明志，共商立储之事。”

东海王大惊：“慈宁太后？这……这怎么可能？”

“这不重要，关键是不能让韩宗正参与立储。”

“对，不能，陛下一直不喜欢他，甚至……”东海王犹豫了一下，决定还是透露一点秘密，挥手命令端茶进来的仆人退出去，随后低声道，“陛下早想将韩稠绳之以法，只是还没来得及动手。而且韩稠与刺驾一事不清不楚，我真搞不懂太后是怎么想的。”

“慈宁太后深居宫中，所见所闻都是韩稠的好处，当然不会怀疑他。”

“唉，也是陛下不常回宫，有些事情隐藏得太好。”

“所以得有人向慈宁太后说明真相，起码让她不要太信任韩稠。”

东海王两手一摊：“我可没办法，瞿大人想必看到门口的太监了，那是宫里的人，我连出自己大门都不自由，更不用说进宫劝说太后。”

“我知道你不能进宫，我想请东海王推荐一个人，既熟知内情，又能进宫面见慈宁太后。”

东海王挠头：“京兆尹司法参军连丹臣了解一些，但是进不了宫。其他人都被留在崔府和倦侯府，更没办法进宫。”

“陛下经常召见的勋贵子弟和儒生当中，就没人了解内情？”

东海王想了一会儿，摇摇头：“陛下召见这些人商议的不是军情就是治理天下的大事，与韩稠没有直接关系。”

“再想想。”瞿子晰已经找过与皇帝接近的读书人，一无所得之后才来拜访东海王。

东海王又想了一会儿：“瞿大人对韩稠也有看法？”

瞿子晰正色道：“现在不是彼此试探的时候，我在洛阳待过，而且陛下让我看过一些东西，所以我知道绝不能让韩稠掌权。”

东海王有点不太情愿，可事到如今，由不得他再有所保留：“景耀，为了对付韩稠，他也曾得到陛下的召见，他好像不住在倦侯府，也没跟着进崔府，或许还有行动的自由，能够进宫说明真相。”

“前中司监景耀？”

“对，他被陛下释放，做一些杂事。”

瞿子晰点头：“还有吗？”

“据我所知没有了。”东海王凑近一些，“宫里有消息吗？”

“朝中事务我略知一二，宫里的事情我一无所知。就这样吧，告辞了。”

瞿子晰转身要走，东海王叫住：“等等，连丹臣调查的是刺客，或许也有用，瞿大人可以去见一面，如果可能，让连丹臣最好来找我一趟。”

“好吧。”瞿子晰匆匆离开，在王府大门口向两名盯着他不放的太监大声道，“在下国子监祭酒瞿子晰，心无私念，专与乱臣贼子作对，还有什么想知道的？”

两名太监吓了一跳，同时摇头。

瞿子晰大步走出门，虽然皇帝只是表露出一点意思，虽然还没有正式进入御史台，但是他仍然觉得自己有义务、有责任对付韩稠。

至于皇帝的生死，他不做考虑；自己的生死，更是无关紧要，无论如何，他都要斗到底。

厅里的东海王深感庆幸，一个大麻烦就这么转到了别人手里。

第二十八章

太监的算计

景耀胆战心惊地等了三天，结果一直没人上门抓他，仔细一想，他明白过来，自己被遗忘了。

一想到堂堂的前中司监沦落到了这种地步，景耀由惶恐变得沮丧。

就在这时，他转运了。

老儒生郭丛登门拜访，他在宫里教授经书时，与景耀相识，说得上话，而且他现在无官无职，没什么可怕的，所以坚持由自己代替瞿子晰出面。

“东山再起、荣华富贵，全在此一举，请景公深思。”郭丛毕竟为官多年，也了解景耀的为人，知道如何劝说，“韩稠若得势，必立亲信子弟为帝，宫中又是一轮替换，景公资深旧人，何以出头？若能将真相带给慈宁太后，乃立一大功，无论陛下清醒与否，景公前途皆无忧矣。”

景耀被说动了，找出家中的酒来，要与郭丛歃血为盟：“此事宜早不宜迟，韩稠一旦明日进宫，就再难劝说慈宁太后回心转意。我今晚想办法进宫，无论如何都要禀明真相。宫中交给我，朝中却要依靠大人。来，饮此一杯，以见诚意。”

两个老头子，实在没多少鲜血可以挥霍，于是象征性地伸出手指在酒杯里蘸了一下，随后一饮而尽。

景耀又道：“不是我不相信大人，兹事体大，由不得我不谨慎行事，请问一句，朝中支持大人的还有哪位？”

郭丛想了一会儿：“国子监祭酒瞿子晰。”

景耀摇头：“一腔热血，可惜职位太低。据说韩稠已经获得宰相的支持，宫中此刻正需要大臣的支持，我若扳倒韩稠，总得给慈宁太后另一个选择，瞿先生不行。”

郭丛又想了一会儿，小官不行，就得大官：“吏部尚书冯举、礼部尚书元九鼎，这两位可否？”

景耀点头：“一位是武帝指定的顾命大臣，一位是熟知礼仪的老臣，够了。这两位真的支持大人？不会等我推荐给宫中之后，他们却一无所知吧？”

郭丛笑道：“景公放心，冯尚书即将入职御史台，有机会拜相；元尚书东海国归国，一番辛苦，功劳却归韩宗正。此两人皆有不满之心，我早就与他们谈过，只要慈宁太后宣召，他们就愿出面。”

景耀彻底放心，送走郭丛，立刻着手行事。

他现在的身份是中常侍，按理可以进宫，那跟回家一样，可现在是非常时期，“家”中已乱，连现任中司监都被扣押在崔府不得回宫，一名前中司监更没资格了。

好在景耀的人脉还在，天黑之前，他终于辗转联系上宫里的人，到处打听、劝说，向一些人许以厚利，结果只是得到一堆流言，其中几条让景耀感到吃惊，但是没什么用，他还是不能进宫，甚至找不到人向慈宁太后递个话儿。

慈宁太后正处于疑神疑鬼、一触即发的状态，宫里没人敢去招惹她。

景耀有点急了，为宦多年，他非常清楚时机的重要性，韩稠只要明天进宫，自然有办法将慈宁太后哄得团团转，在那之后，别人再说什么都很难改变太后的印象。

必须是今晚，必须抢在韩稠之前。

他又通过中间人劝说几位妃子，她们的立场与慈宁太后一致，应该不受怀疑，起码能向慈宁太后引荐景耀。

他对淑妃邓芸和另一位妃子佟青娥寄予厚望，可是等了足足一个时辰，二更已过，宫里仍无消息传出来，反而有新客人登门。

一名陌生的太监敲响院门，景耀开门之后先是一喜，随后一愣，看服饰，此人并非宫里太监，而是来自王侯之家：“阁下是……”

“你是景耀？”

“是，阁下是哪一府的？”

“待会儿你就知道了，走吧，景公，我家主人请你去一趟。”

景耀更加吃惊，想要关门，已经来不及了，又有四名奴仆出现，撑开院门，架起景耀，塞进附近的一顶轿子里，抬起就走。

景耀没敢反抗，猜出了邀请者的身份。

在一间小小的屋子里等到半夜，主人终于现身。

韩稠的精神与他的肚子一样饱满，脸上堆笑，一进屋就拱手道："好久不见，景公别来无恙？"

两人也算是老相识，韩稠在洛阳时，经常给京中权贵送礼，景耀是得到重点关照的人之一，关系颇为融洽，等到景耀失势之后，这种关系也就结束了。

"一把老骨头，苟延残喘而已。"景耀笑道，他可不愿意当面与韩稠对抗。

韩稠示意看守景耀的太监退下，上前几步，亲切地拍拍景耀的肩膀："听说陛下将最重要的任务交给景公，肩负如此重任，那可不是老骨头，是硬骨头。"

"韩宗正真爱开玩笑，我这身骨头，扔给狗，狗都不吃。"

韩稠收起笑容："景公，咱们交情不错吧？"

"没的说。"

"这么多年来，我可没亏待过景公。"

"那是当然。"

"既然如此，景公何以恩将仇报，要在背后算计我？是埋怨我没在景公危难之时伸出援手吗？可你知道，我当时在洛阳，鞭长莫及，初入京时，也是心有余而力不足，待我得势，怎会忘记从前的老朋友？"

景耀脸色尴尬："韩宗正何出此言？我一个沦落宫外的老太监，怎么能算计到朝中重臣？"

韩稠神情一冷："郭从那个老家伙找你做什么？你三番五次与宫里的人联系，又为什么？景耀，别怪我说话直接，你现在就是一只苍蝇，捻死就捻死了，就算陛下醒来，也不会在意，何况他十有八九醒不过来了。景耀，你是聪明人，强弱之势，你应该看得清清楚楚，我有太后和宰相的支持，郭从有什么？"

景耀思忖良久，黯然道："吏、礼二部。"

韩稠马上明白过来，大笑道："原来是那两个家伙，皆是无能之辈，不足为惧，过两天就让他们去守边疆。"

景耀肯松口，韩稠又恢复亲切的模样，走到门口，命仆人送来酒食，与景耀对面而坐，连饮数杯之后，他又问道："景公还知道些什么？"

"陛下曾经召见……"景耀住口，"韩宗正这是在邀请我站在你这一边吗？"

韩稠点头："能得景公，如虎添翼。刘介这个人不识抬举，又没能保护好陛下，他的中司监算是当到头了，宫里马上就会需要总管之人，还有谁比景公更合适？"

景耀举起酒杯："我虽获赦，家产却未归还，如今是一贫如洗。"

"哈哈，些许小事，不劳景公操心，三日之内，我保景公'富比王侯'。"

"明天我要与韩宗正一块儿去见慈宁太后，有什么话我会直接说，不用别人转达。"

韩稠马上警惕起来："景公想对太后说什么？"

"我会说，陛下曾经召见我与东海王，让我两人出主意扳倒韩宗正。"

"果然是他。"韩稠恨恨地说，"景公还会说什么？"

"我会说，东海王觉得采取正常手段费时费力，不如栽赃陷害，韩宗正毕竟收留过刺客，由此深挖，总能给韩宗正安一个罪名。"

韩稠哼了一声："崔府的刺驾呢？也是东海王安排的？"

景耀摇摇头："东海王没这个胆量与本事，刺驾在他意料之外，但他已经炮制许多对韩宗正不利的证据，想要借机抛出来，我会提醒慈宁太后小心，不要上东海王的当。"

韩稠大笑："就是这些？景公还会说别的吗？"

"还有一些琐事，是我在东海国打听到的，与另一位太后的身边人有关，与韩宗正无关。"

韩稠犹豫片刻，没有追问："景公可以随我进宫，请你再将要对慈宁太后说的话斟酌一下，不要让人觉得这是编造的谎言。"

"我说的全是真话，可以当面与东海王对质。"

韩稠再次大笑："慈宁太后会喜欢的，用不着我帮忙，景公就能在太后面前立一大功。"

"没有韩宗正，我怎么能见到太后？引荐之恩，不敢或忘。"

"我就欣赏景公这种人，今天太晚了，改日，你我一醉方休。"

景耀笑着饮下杯中之酒。

次日一早，景耀与韩稠一块儿进宫，但他没能立刻见到慈宁太后，韩稠对他仍不是完全信任，让他等在广华阁外，自己先与宰相申明志会合，与慈宁太后商议过正事之后，才能让景耀进去。

景耀没有选择，只能老老实实地等在外面，看着熟悉的景致，偶尔还会看到熟悉的面孔，心中悲愤，暗暗发誓，无论用什么手段，都要风风光光地重返宫中。

等了整整一个上午，连饭都没吃上，终于有太监出来宣召景耀。

景耀趋步入阁，跟在太监身后来到楼上。

慈宁太后端坐在椅榻上，宰相申明志坐在太后右边的一张凳子上，韩稠没有座位，挺肚而立，面带戚容，还有几名太监与宫女守在太后身边。

景耀立刻上前几步，跪地磕头，向慈宁太后请安。

慈宁太后没吱声，也没允许景耀起身。她不太喜欢这名太监，若不是韩稠力荐，根本不会允许他进宫。

“景耀，把你知道的事情都对太后说说吧。”韩稠道。

“是。”景耀没玩花样，将昨晚对韩稠说过的话添枝加叶又讲了一遍，供出东海王、冯举、元九鼎、郭丛等人。

慈宁太后没什么反应，申明志冷笑不已，一听就明白，冯举野心大了，不仅想进御史台，还觊觎宰相之位。

韩稠很满意，景耀没有食言，自己再无后患，就算事后出现不利的证据，都可以归为东海王的栽赃。

“景耀，还有别的事情吗？”韩稠问道。

“还有一件事。”一直趴伏在地上的景耀这时抬起头，第一次与慈宁太后对视，“宫里一位妃子怀有身孕，一直没敢透露，太后知否？”

慈宁太后神情骤变，一下子站起来，紧紧盯着景耀。

韩稠先是一愣，随后大怒，他还是被算计了。

第二十九章

喜脉

皇帝是否留下皇子，对慈宁太后来说，形势将是天差地别：没有皇子，她必须尽快从宗室当中选立一个好控制的傀儡，这就意味着要与大臣妥协，以获得支持；有了皇子，继位者毫无争议，她未来的地位将会稳固，也就用不着过于急迫地讨好大臣。

她明白这个道理，景耀也明白这个道理，韩稠更明白这个道理。

韩稠并不完全相信景耀，早就做好了准备，如果遭到指控，他自有办法圆满应对，令景耀的攻击全部扑空，还可能落下一个诽谤大臣的罪名，可他怎么也没料到，景耀绕过他，在背后给予一击。

如果不能参与立储，凭什么取信于太后？凭什么建立功勋？韩稠向申明志使个眼色。他们两人的处境是一样的，宰相地位更高些，这种情况下应该由他开口提出疑问。

申明志一脸沉思之色，好像在考虑极其重大的问题，没有看见韩稠的示意。

慈宁太后慢慢坐下，开口道：“怀孕的是谁？”

“暂且不知，老奴也是偶然得到消息，但是怀孕者必是嫔妃之一，太后询问一下，或者请御医挨个诊视一番，自有答案。”

慈宁太后冷笑一声：“真是奇怪了，怀孕是大好事，此人何必隐瞒？消息又是怎么传到你耳中的？”

景耀磕头：“老奴冒死陈言，太后若是不信，杖杀老奴便是；若有半分相信，还请速做安排，此妃既然隐瞒消息，必有原因，再等下去，只怕会有意外。”

慈宁太后看向韩稠：“你知道此事？”

韩稠尴尬不已，景耀是他带进来的，不能说不知道，也不能说知道，只好回道：“景耀声称有要事禀告，我以为他是宫中老人，因此带到太后驾前……”

慈宁太后挥下手：“有劳两位大人进宫议事，今日所议乃宫中秘事，请两位大人切勿外传。”她的目光转向景耀，“景公既然回来，就不必急着离开，先在宫中住几天吧。”

景耀磕头谢恩。韩稠向申明志连使眼色，仍没有得到回应，只得一块儿告退，临走时，狠狠地看了景耀一眼。

出了皇宫，申明志上轿，韩稠追上来，挥手撵走随从等人，探头进轿，笑呵呵地说：“宰相大人可把我害苦了。”

申明志一脸严肃：“韩宗正差点将咱们两人都给害了，刚才在慈宁太后面前，你为何变颜变色？”

“事情明摆着……宰相大人，别说您对此一点也不担心。”

“咱们两人为何被召进宫？”

“慈宁太后要与咱们商议立储之事，而且……”

申明志打断他：“慈宁太后本人急于立储，信任咱们二人，才会召你我进宫，咱们不过顺承上意而已。如今慈宁太后心意转变，顺之者得宠，逆之者获疑。我是宰相，不好说什么。你是宗室重臣，宫里遇到喜事，你不拜贺也就算了，竟然还面露难色，慈宁太后事后想起，对你还有几分信任？信任一失，谗言乘虚而入，你拿什么自保？”

韩稠脸色剧变，抬手在自己脸上轻轻打了一巴掌：“我真是一时糊涂，宰相大人说的是。我该如何补救？”

申明志咳了一声：“你远在洛阳的时候就能讨好太后，到了京城还需要我的指教？韩宗正自己努力吧。”

申明志跺跺脚，韩稠只好退后，眼看着宰相离开，知道老滑头这是要置身事外，让自己一人战斗。

身份不同，想法自然也就不同。申明志还是右巡御史的时候，为了争夺宰相之位，接连参与冒险计划，如今却只想一切稳妥：韩稠得势，他愿意提供一些帮助；形势一旦不明，他就要退而旁观。

韩稠站在寒风中，喃喃道："未必真有人怀孕，就算怀上，也未必是皇子，我还有机会，还有机会……"

皇宫里，慈宁太后也有同样的疑惑，但她眼下最关心的是另一件事："景公，此刻已无外人，什么话都可以说，告诉我，是否真有妃子怀孕？"

"老奴不敢隐瞒，这只是宫中传言，三分可信，可老奴以为，哪怕只有一分可能，也要及时告知太后。"

慈宁太后点点头："你做得没错，我会记得你的功劳。我该传召御医进宫吗？"

"事不宜迟。"

慈宁太后让随侍的一名太监去传唤御医，景耀提醒道："多来几个人。"

"对，多来几个。"慈宁太后打发走太监，发现自己有些激动，沉默片刻以稳定心神，说，"我还是不明白，怀孕者为何要隐瞒？难道受到了威胁？"

"找出此妃，自然一切明了。"景耀等了一会儿，又道，"容老奴冒死多说一句，无论怀孕的嫔妃为谁，她的安全都是宫里最重要的事情。"

慈宁太后恍然大悟，连皇帝都能遭到刺杀，何况一名怀孕的妃子？笑道："景公带来的消息太令人意外，我竟然有些心慌意乱。嗯……待会儿御医到来，有劳景公全程陪同，务必确保一切顺利。"

这是一种信任，景耀实现了第一步计划，磕头谢恩，再不多言，更不提韩稠的事情。他明白，自己受到的信任是有条件的，如果找不到怀孕的嫔妃，如果最后生下来的是公主而不是皇子，这份信任马上就会流失，甚至会变成罪过。

景耀重返皇宫，虽然没有恢复旧职，但是已经迈出最为重要的一步，慈宁太后拨给他五名太监以供差遣。

除了皇后，十二名嫔妃都被集中在一间屋子里，她们已经听说传言，跟太后一样激动，也跟太后一样迷惑，不明白这样的大好事，有什么可隐瞒的？

景耀向众嫔妃行礼，然后道："老奴明白，有喜的娘娘自己也不能十分肯定，所以一直隐而不说，现在也不用说什么，就让御医做个判断吧。"

太医院派来十名御医，五人获准入宫。景耀认得这些人，从中挑选三位，轮番给诸妃诊脉，如果意见一致，皆大欢喜；如果不一致，再召其他御医进来。

嫔妃们坐在锦帐后面，只露出手掌，除了景耀，没人知道帐后的人是哪一位，御医只能判断是否怀孕。

判断喜脉并不容易，三位御医无不天下闻名，最后的意见却不一致，一位什么都没检查出来，另外两位倒是诊出喜脉，却不在同一人身上。

“望闻问切，如果能让臣等询问几句，会更有把握。”一位御医提出要求。

猜测自己怀孕的嫔妃必有征兆，说出来的确有助于判断，景耀却严词拒绝，他召御医进宫，就是为了要一个另外的证据，以免让人怀疑他与某位嫔妃暗中传递消息，对宫里的人来说，这是大忌讳。

另外两名御医被叫进来，各诊出一次喜脉，也不在同一人身上，其中一位与之前某位同僚的判断倒是一致，于是四名御医判断三位嫔妃有喜。

守在宫外的御医又被传进来三位，也都诊出喜脉，其中一位嫔妃获得的认可最多，达到三次，另有一位嫔妃得到两次，还有两人各得一次。

景耀觉得差不多了，派人送走御医，接着让众嫔妃各回住处，他带着全部资料去见慈宁太后，那上面都有御医亲笔签名。

所有事情忙完，已近黄昏，景耀一天没有吃饭，肚子饿得咕咕叫，他却觉得精力充沛，得到慈宁太后许可之后，亲自带人去请被诊出喜脉的四位嫔妃来见太后，不是一块儿来，而是分出先后。

头两位嫔妃都只获得一次诊断，自己也难以相信会有好事降临，但还是激动万分，向太后报出下一次月事的预计时间，如果不来的话，马上就会禀告。

第三位是淑妃邓芸，得到两次诊断，她比较自信，双手摸着自己的肚子：“我这些天总做梦，天上有东西掉下来，吓我一跳，仔细回想，那东西很像是龙啊。我肯定怀上了，三天……最多十天之后就能确认。”

邓芸兴高采烈地离开，全忘了皇帝还在昏迷中，她应该表现出悲戚才对。

最后一位是佟青娥，也是获得诊断最多的人，一进来就向太后跪下，身子微微发抖。别人都不知道自己是否怀孕，只有她在御医诊脉之前就已经有了七八分把握。

慈宁太后微微叹息，问道：“这么大的事情，你怎么不说呢？”

佟青娥没有其他嫔妃的喜悦与激动：“我……我还不能肯定。”

“过了多久？”

“大概二十天吧。”

慈宁太后露出久违的笑容：“傻孩子，逾期二十天没来月事，你还不能肯定？就算不能肯定，也该告诉宫里管事的人，找御医给你看看啊。”

佟青娥仍感到紧张：“我……我不知道……”

“你不用说了，我明白。”如果是别的妃子，慈宁太后会感到疑惑，一看到佟妃的名字，她当时就懂了，“你觉得不应该由你生下第一位皇子，对不对？”

佟青娥磕头：“太后明鉴。”

同样是侍女出身，慈宁太后当然理解佟青娥的犹豫与恐惧，不由得心有戚戚焉，对佟妃的好感大为增加：“从今天起，你留在我身边，放宽心，养好身体，别说宫里，就算整个天下，也没人敢动你分毫。”

景耀受到的信任至此稳固，他侧身走到慈宁太后身边，小声说了几句，慈宁太后立刻点头，改变主意：“景公说得对，你先回自己的寝宫休息，别动了胎气。”

佟青娥磕头谢恩，慈宁太后让身边的女官去将佟妃扶起，由宫女送回住处。

景耀刚才对太后说的并非保胎之事。佟妃离开，慈宁太后说：“景公觉得会有人想暗害肚中的胎儿？”

“不可不防。”

“景公所言甚是，不可不防。还有陛下尚未脱险，更要小心提防。唉，如今可信之人实在太少了。”

景耀不语，他还没到可以随便说话的地步。

慈宁太后却已经不再怀疑这名太监，盯着他看了一会儿：“待会儿你去见见皇帝。”

“是，太后。”

慈宁太后又犹豫了一会儿：“陛下已经醒了，还不能说话，可能会需要你。”

第三十章

重掌宫权

皇帝遇刺的第二天就醒了，但是极度虚弱，脖子被扼到的地方痕迹未消，吞咽困难，每天只能吃一点流食，说不出话来，人也有些痴相，目光中偶尔光芒一闪，大多数时候却都暗淡无神。

一名御医留下，不准出宫半步，两名太监、两名宫女服侍皇帝，受到太后的严令，绝不允许对任何人透露皇帝的病情。

御医尽量说得委婉，但是意思很清楚，皇帝还没有完全脱离危险。慈宁太后不放心，仍要防备意外，于是她故意让外界以为皇帝命不久矣。

景耀带来的消息打乱了计划，也取得慈宁太后的信任。

她的根基还是太浅，娘家人刚到京城，无从依靠，对大臣她还不能控制自如，所以做不到完全相信。

可她急需一个能用之人。

景耀被带到慈宁宫，皇帝一直住在这里，屋中满是浓郁的药味，御医坐在椅子上打哈欠，一看到有人进来，立刻起身退到一边。

慈宁太后走到床边，看向自己的儿子，面露悲伤，马上又努力挤出一丝微笑："我的儿，你也要有儿子了，如果你能明白我的话，就做点表示。"

等了一会儿，床上传来一阵呼噜似的声音，像是有痰卡在喉中。

慈宁太后又惊又喜，扭头看向御医："陛下能听懂我的话。"

御医也吃了一惊，快步上前，先请太后退开，然后再次检查，这儿捏捏，那儿按按，在两只手腕上轮流把脉，起身向太后道："恭喜太后，陛下情况确有好转，只是……"

"只是什么？"

"只是脉象有些紊乱，微臣不明所以，难下定论。"

"但陛下会好起来？"

"呃……"御医明白，自己这是在拿性命回答，迟迟不敢给出明确答案。

慈宁太后不满，但是没说什么，挥手让御医退下，走到床边，柔声道："陛下会康复的，还会儿孙满堂，为大楚留下万世基业。"

慈宁太后站在那里，默默地看着皇帝，似乎忘记了屋子里还有别人，良久方才转身，示意景耀可以过来了。

景耀轻手轻脚地走到床边，先跪下磕头，然后才起来，稍稍侧身，看向床上的皇帝。

皇帝的脸红得不太正常，呼吸若有若无，双眼睁开，不眨也不动，看上去有些怪异，御医没敢多说，景耀自然也不会乱开口，轻声道："老奴景耀，拜见陛下。"

慈宁太后道："是陛下将你从卑贱之位中解救出来，并且委以重任，景耀，你愿意报答陛下吗？"

景耀立刻跪下，先后向皇帝和太后磕头："老奴的这条命是陛下的，只要能为陛下效力，老奴死而无憾。"

"好，就让外面的人以为四名嫔妃怀孕好了，反正御医鉴别不出来，谁也不能说这是虚假消息。景耀，当着陛下的面，你说自己能不能保护好这四人，尤其是佟妃？"

"景耀对天发誓，若不尽力，甘受千刀万剐；若有意外，永沦地狱，不得超生。"

太后点点头："在陛下康复之前，先不要透露陛下的病情，四名嫔妃怀孕的消息足够稳定朝廷了。"

"太后所言极是。"景耀慢慢起身。

"你打算怎么保护四名嫔妃和陛下？"

"多派护卫，昼夜巡查，饮食起居，严加监督。"

"你说的这些事情，中常侍做得到吗？"

"老奴事事请示，凭太后懿旨传令，不需他职。"

慈宁太后又点点头。不愧是宫中老宦，说出的每一句话都符合主人的心意。

床上的皇帝又发出一阵呼噜似的声音，慈宁太后除了惊喜之外，还有一点困惑："陛下似乎在对我说什么，景耀，你能明白吗？"

景耀再次看向皇帝，半晌之后摇摇头："老奴也不明白。"

慈宁太后长叹一声："或许我应该将陛下的身边人召一两个回来，张有才怎么样？他跟随陛下最久，应该可信。"

"张有才没问题，可这样一来，不就等于向外宣告陛下病情有所好转吗？"

慈宁太后想了一会儿："你去忙吧，需要懿旨，找我就是。"

"是，太后。"景耀出去，让一名太监给自己准备食物，去四名嫔妃的住处外面巡查一圈，回来吃饭，马上拟定数道懿旨，赋予自己数项权力。他很谨慎，所有权力的范围都很狭小，而且是临时的，过期即废。

慈宁太后疑心重重，景耀最不想做的事情就是引起她的怀疑。

景耀刚才其实有点明白皇帝的意思，皇帝在找一个人，虽然不知是谁，但是稍加引导，总能猜出来。景耀在太后面前却假装什么都不懂，一是不想让太后以为他太聪明，二是不愿这么快就召人回来。

他要的是独宠，是不可或缺。

太后的懿旨很快送回来，由女官重新誊写，改动很少，加盖太后之印，起码在宫中能够通行无阻。

虽然没有恢复中司监之职，但是景耀又回到权力之巅，次日天还没亮，就有一批相熟的太监过来拜望，景耀通通不见。他就住在慈宁宫附近，绝不能显出拥权自重的迹象，心里骂这些人愚蠢，就算要讨好，也不该如此明目张胆。

早起的第一件事是给慈宁太后请安，报告一下情况，又请了几道懿旨，然后再去嫔妃住处巡查，定下死规矩：护卫一队十一人，不准任何人单独行事，就算是内急，也要有他人陪同，每队护卫再配三名太监，互相监督；嫔妃身边的宫女也是如此，一人出错，全体株连；所有的茶饭，从材料进宫的那一刻起，每道程序都要有人把关。

对景耀来说，无所谓信与不信，所有人都得在监督之下才值得相信。

日上三竿，讨好景耀的人就不再是宫中的奴婢，而是主人了。

三名可能怀孕的嫔妃都通过宫女给景耀送上礼物，不是很贵重，只是用来表示亲密。其中两人希望能再找御医进宫确诊一下，或者给外面的家人带封信。淑妃邓芸最直接，将景耀叫进来，说：“等我生下皇子，就是贵妃了，景公帮个忙吧，将这两封信送出去，一封给我在西域的哥哥，一封给晋城的家人。”

景耀一律婉拒，声称自己没有这个权力，一切事情都要由两位太后做主。

真正怀孕的佟青娥却没什么表示，她仍然感到紧张，觉得以自己的身份地位，不应该也不可能生下第一位皇子，总以为哪里出错了，或者自己怀的是女儿。

对佟妃，景耀细心劝慰，找来同是“苦命人”的太监与宫女陪伴，总而言之，要让佟青娥安心养胎。

这期间有两名太监过来找景耀，暗示宫外有人想见他，都被斥退。景耀知道谁想见他，韩稠一定急坏了，景耀却不想这么快就当面挑明一切，他要等待、要观察，在形势清晰之前，不做任何决定。

这天下午，景耀受到另一位太后的召见。

对上官太后，景耀又敬又恨：敬她最有太后威仪；恨她拿自己代罪，由中司监直接贬为奴隶，让他受了无尽苦楚。

但他不能不去，请示慈宁太后并获得许可之后，景耀前往慈顺宫，心里有点好奇，上官太后早已不问内外事务，为何要见一名刚刚回宫的老太监？

上官太后赐座，宫女献茶，然后退下。景耀捧着茶杯侧身而坐，目光低垂，不由自主地还是有点害怕这位已经放弃权势的太后。

上官太后不愿多费口舌，说了一声“喝茶”，看着景耀抿了一口之后，问道：“上官家还有人活着吗？”

景耀心中一惊，手里的茶杯险些失手落地：“太后……”

上官太后微微一笑：“你去了一趟东海国，王家到京你却没什么功劳，显然不是去调查王家的真假，而是另有所图，我猜是与上官家有关，对不对？”

景耀更惊，勉强笑道：“实不相瞒，老奴查的是燕家，陛下怀疑……”

上官太后摇头：“景耀，你觉得自己在慈宁面前的地位已经很稳固，可我一句话就能将你打回原形，你信吗？”

景耀脸色都变了，想当初皇帝还是傀儡，慈宁太后还是王美人的时候，景耀奉上官太后之命，暗中做过一些事情，一旦暴露，不死也得入狱。

算来算去，他还是斗不过上官太后，只得回道：“老奴的确调查过太后家人，但是让老奴这么做的人不是慈宁太后，也不是陛下，而是平恩侯夫人。”

上官太后眉头一皱，随后笑道：“崔家的人，她想离间我与慈宁太后。你的调查结果呢？”

“太后有一位侄儿，名叫上官鼎。”

“嗯。”

“老奴在东海国找到上官鼎的一名贴身随从，他说……他说上官家曾经接到太后的懿旨，让他们帮助义士岛，但是空口无凭，上官鼎不知下落，无从对证，所以老奴并未当真，从未对任何人提起此事。”

“也不是没有可能，上官盛曾经掌管我的印章，他又熟悉我的笔迹，伪造一封信极为方便。”

“太后这么一说，老奴心中豁然开朗。”景耀马上道，心中并不觉得上官盛当初会有这个胆识。

上官太后不再说自家的事：“皇帝身边有一名女侍卫，名叫孟娥，你认得吧？”

景耀点头：“据说她杀死一名很可疑的女琴师，令刺驾一案更加扑朔迷离，如今也被扣押在崔府。”

“嗯，你想办法将她弄回宫里，要活的。”

景耀惊讶地抬头看向太后，隐隐感到不安，害怕自己又会被卷进阴谋之中。

第三十一章

回宫

皇帝又发出一阵呼噜声，御医上前诊脉，心中其实早有判断，可是当着慈宁太后的面，不得不做点什么。

“陛下似有好转，不过脉象依然紊乱，虚弱之中却极少入睡，这不是好事。”

“是中毒吗？”慈宁太后立刻问道。

御医谨慎地摇摇头：“微臣觉得不像，如果能叫来太医院的同僚，大家参谋一下，或许能找出原因。”

慈宁太后寻思了一会儿：“需要哪位御医进宫，你列出名单来。他们跟你一样，进来就不能出去，直到陛下好转。”

御医身子一颤，应声是，退后斟酌该叫哪位御医进宫与自己一块儿受罪。

“我还是觉得陛下想要说些什么。”慈宁太后凝视皇帝，半晌才转身向站在一边的景耀说，“慈顺宫担心遭到你的报复吗？”

“太后明察。”景耀苦笑道。

“你怎么回答的？”

“老奴说慈宁太后奉慈顺宫为长，这就是最大的保证，别说老奴这样一名半废太监，放眼整个宫里，谁敢动慈顺宫分毫？老奴在宫中为宦多年，升落起伏也不是一两次了，每次遭贬，唯有退而思过，想着如何弥补错漏、更好地为陛下与太后效忠，心中绝无半点恨意。”

慈宁太后称上官太后为“慈顺宫”，景耀也用这种叫法。

慈宁太后微微一笑：“你倒是会说话。”顿了一下，“你今天挺忙吧？”

景耀早料到会有此一问，立刻将这一整天下来哪些人找过自己、所为何事说了一遍，不敢稍有遗漏，顺便将有人请自己出宫商谈一事也说出来。

慈宁太后果然很在意：“嘿，这么快就有人拉拢景公了，是哪位大臣？”

“中间人不肯透露。”

“你经验这么丰富，肯定能猜出来。”

“嗯……老奴觉得是宗正卿大人。”

慈宁太后眉毛微动：“回想起来，景公说起嫔妃怀孕一事的时候，韩大人好像不太高兴。你是他引进宫中的，他为什么要帮你？又为什么会对你说的话感到意外？”

景耀等这句话很久了，立刻跪下：“老奴不敢隐瞒，老奴想要进宫面见太后，却不得其门，只好去向韩宗正求助。韩宗正收留过一名刺客，担心自己会受到怀疑，也希望老奴能为他说几句话。”

“关于东海王那番话是假的？”

“都是真的，老奴怎敢在太后面前说谎？陛下的确曾经召见东海王与老奴，让我们暗中调查韩宗正，东海王也的确表达过栽赃比调查更便捷的意思。”

慈宁太后沉思片刻：“关于韩稠，你们调查到什么？”

“陛下召见我们两人的第二天就在崔府遇刺，老奴尚未着手调查，至于东海王那边的情况，老奴与他并无来往，不知详细。”

景耀小心翼翼地引导，他手里并没有韩稠勾结刺客的直接证据，至于韩稠种种贪赃枉法的行为，引不起慈宁太后的兴趣，所以他干脆不提，只用随口一句话引起慈宁太后的怀疑，剩下的事情顺其自然就好。

慈宁太后没有表现出上钩的迹象，平淡地嗯了一声：“很好，景公去忙吧，无论如何都要保住佟妃肚中的孩子。”

“是，太后。”景耀没有立刻退下，有一件事他必须尽快解决。

“景公还有何事？”

“太后一直觉得陛下似乎有话要说，老奴思来想去，以为很有道理，可是老奴不常在陛下身边，揣摩不透他的意思，不如将张有才召回宫中，或许能有办法。”

“召回张有才会令人怀疑皇帝的病情，这是你的原话。”

景耀磕头：“老奴想出一个主意，请太后斟酌：不要只召张有才一个人回府，以审讯的名义，多召几个人回来，就不会引起怀疑了。”

慈宁太后默不作声，景耀不敢显得太急，等了一会儿，说：“老奴愚陋浅薄，前后反复，请太后恕罪。”

慈宁太后又看了一眼床上的皇帝，终于下定决心：“你的主意不错，总得弄清楚陛下想说什么。可我对陛下身边的人不大了解，你提出几个人来。”

“张有才肯定算一位。”

“嗯。”

“蔡兴海和王赫皆是近臣，负责内外防卫，理应回宫受审。”

“嗯。”

“还有一位名叫孟娥的宫女，也在刺驾现场，而且杀死了刺客的一名同伙，也该受审。有这四人足矣。”

慈宁太后皱起眉头：“孟娥？我听说过这个名字，出身好像很复杂。”

“她是东海义士岛人士，本姓陈，据称是旧齐王的后人，与其兄长孟徹以东海国侍卫的身份进宫，先是服侍慈顺宫，后来孟徹参加了齐国叛乱，孟娥一直留在陛下身边，但是由侍卫转为宫女。”

慈宁太后眉头皱得更紧：“我记得孟徹。陛下怎么会留这样一个人在身边？据说她在崔府杀死刺客同伙也有问题，更像是杀人灭口——还用审问吗？直接让她伏法算了。”

景耀不敢为孟娥辩解，回道：“只召三人的话，显得少些，那就加上一个崔腾，他常在陛下身边，当时也在现场，最为可疑。”

慈宁太后摇头：“崔家人要一块儿审问，不能单召一人。陛下如此信任孟娥，或有原因，先将她召回来，你亲自审问，将结果立刻呈送给我。”

“是，太后。”

景耀退出房间，心里一阵发紧，同时也感到得意，自己真的回到宫里了，不仅重获权力，还参与到了最隐秘的阴谋当中。

他去四位嫔妃的寝宫巡视一圈，确认无事之后，才回了自己的住处。一名太监正好送来太后的懿旨，他可以去崔府要人了。

天色已黑，景耀不敢耽搁，现在的他必须比二十岁的年轻人还要精力充沛，容不得半点懈怠，立刻点齐十名太监、五十名卫兵，手持懿旨出宫，直奔崔府。

崔府被宿卫军团团包围，来者在一条街以外就要接受检查，而且不能进府，管事的营将在灯下仔细看了几遍懿旨，确认无误才还给景耀，请他稍待，自己亲自去府里提人。

寒风萧瑟，周围的士兵虽多，却都保持安静。

崔府如今已被分隔成一座座单独的临时“监狱”，里面的人也不能随意走动，营将进去提人要花一段时间，景耀只能默默等候。

韩稠就是这时候赶来的。他的消息很灵通，景耀离宫不久，他也从家里出发，正好赶上。

他没穿官服，一身便装，像是一名大腹便便的商人，众多士兵明明看到他气喘吁吁地跑来，却没有喝止，更没有阻拦，只要不是进入崔府，他们可以通融。

景耀向前走出几步，进入阴影中，跟来的太监与卫兵全都识趣地留在原处。

“士别三日当刮目相看，这才隔了一天，我就得把眼珠子挖出来啦。”韩稠笑道。

“韩宗正言重了，我总算没有辜负韩宗正的重托，希望韩宗正记得我的好处。”

韩稠嘿嘿干笑数声，呼出一股股白汽：“记得，我会一直记得。景公回宫之后一切都好吧？”

“游子思归，何况我这个在宫里住了几十年的老太监？”

“呵呵，景公现在可是慈宁太后面前的大红人，出了不少主意吧？”

“奉命行事而已，不敢多说一字。”

“一个字也没多说？”

景耀笑道：“韩宗正还不了解我的为人？没有十足把握的事情，绝不说，更不会做，可是确定无疑的事情，我也绝不敢隐瞒，比如韩宗正这次拜访，我就不能隐瞒，回宫之后必须通报给慈宁太后。”

“那是当然，这么多人看着呢，只要其他事情没多说就好。我放心了，景公也请放心，我已经替你选好一处宅子，就在西城，离皇宫不远，地方大，位置隐蔽，不久之后你就能入住了，偶尔出宫休息一下也是好的。”

景耀并不推辞，拱手笑道：“让韩宗正破费了。”

“在交朋友这种事上，韩某从来都是舍得下血本的。”

韩稠笑着告辞，景耀笑着目送。

宿卫营将带出四个人，分别送进不同的马车里，景耀挨个检查，确认是张有才、蔡兴海、王赫、孟娥四人。四人表情各异，孟娥最镇定，张有才最紧张，一见到景耀就询问皇帝的情况。

景耀什么也没说，带人回宫。

孟娥等人被关进不同的房间里，景耀只带着张有才去向慈宁太后复命。

张有才是极少数受到慈宁太后信任的人之一，被允许来到皇帝床前。

张有才先跪下磕头，然后起身看向皇帝，心中惊惧交加，忍不住想哭，颤声道：“陛下，是我，张有才。”

皇帝似乎认出了他，呼噜了几声，张有才茫然不解。

慈宁太后对张有才本来就没抱多大希望，这时轻叹一声：“张有才，你既然回来了，就留下服侍陛下吧。”

“是，太后，谢太后大恩大德。”张有才没忍住，眼泪还是流了出来。

慈宁太后没急着召张有才回宫，就是觉得这名小太监担不起大事，倒不担心他会害皇帝，点点头，转身离开，景耀紧随其后。

出了皇帝的房间，来到正厅里，慈宁太后入座，盯着景耀看了一会儿。

景耀被盯得心里发毛，垂头不语。

“有个叫圣军师的人，景公听说过吗？”

景耀一愣：“听说过，此人是刺客之一，在云梦泽地位很高，曾化名云雄，住在韩宗正家里。”

“嗯，那就好，这个圣军师在狱中招供，说他也认得景公，曾派人在东海国与景公接洽，你愿与他当面对质吗？”

景耀大惊，心里明白，就在他离宫的这么一小段时间里，发生了某些事情，而且必定与韩稠有关。

第三十二章

不离

孟娥安静地坐在黑暗之中，一动不动，直到房门声响，才迟缓地移动目光，全无平时的敏捷。

有人提着灯笼进屋，灯笼在前人在后面，昏暗的灯光被寒冷包裹，照不亮那人的面孔，孟娥只能隐约看清是一名太监。

太监将灯笼放在地上，又将另一只手中的食盒摆在桌子上，然后转身静静地看着角落里的孟娥，似乎要监督她将饭吃完。

“我不饿，你拿走吧。”孟娥说。

“不吃饭就没有力气，没有力气怎么出海呢？”

“哥哥？”孟娥惊讶地说。

孟彻上前几步，背对灯笼，孟娥仔细观看，已能认出哥哥的轮廓，不由得更加惊讶，但是没有起身。

“我来救你出去的，走吧，咱们回东海。”

孟娥盯着哥哥，缓慢但是坚定地摇摇头。

“你担心东海不安全？咱们不回义士岛，也不去扶余国，泛舟海上，去更远的地方避难，不再与大楚接触就是了。”

“哥哥……”孟娥站起身，她知道哥哥对恢复陈齐有多么热心，如今竟要放弃这一切，实在令她意想不到。

孟彻明白妹妹的意思，说道：“复国就是一场闹剧，义士岛自以为高人一等，可是在别人眼里，咱们只是东海的一伙强盗，还不是最强大的那一伙。争夺天下靠的不是武功，不是奇人异士，他们或许可以杀死皇帝，但是杀不死大楚。就算大楚现在倒掉，兴起的也是天下群雄，根本没有义士岛的位置，也没人承认咱们兄妹二人的身份。”

从齐国叛乱到四处亡命，孟彻感触良多，从小在义士岛上被培养出来的幻想一一破灭，如今他只在乎一个人——自己的亲妹妹。

“我……不能走。”

“为什么？你留在这里就是等死。太后——上官太后对我说了，慈宁太后不懂朝廷规矩，很容易受到大臣操控，谁也劝不了她，皇帝活不多久，你们这些人在皇帝死之前就会被除掉。”孟彻顿了顿，“你做不了什么。”

“至少……至少我没在皇帝最危险的时候转身逃离。”

孟彻了解这个妹妹，知道她不会回心转意了，可他还是要做最后的努力：“你对我说过，你回到皇帝身边是要学习帝王之术，难道是骗我的吗？”

在一个死皇帝身上是学不到任何东西的。

孟娥沉默，像她小时候一样，遇到大人逼问但她又不愿透露秘密时，就保持沉默，倔强得让人恼火，孤独得令人生怜。

孟彻真想直截了当地问妹妹是不是与皇帝发生了什么，但他忍住了，这是他的妹妹，有些话不能由他询问，他也不想知道。

于是兄妹二人都陷入沉默之中。

外面响起轻轻的敲门声，这是催促，告诉孟彻不能停留得太久。

孟彻长叹一声：“上官太后欠咱们的人情到此就还完了，从今以后，咱们的生死与她无关，她绝不会出手搭救。”

“哥哥护卫太后多年，而我在中途离开，太后欠你人情，不欠我，我没有指望过她的帮助。还能见你一面，真是太好了，哥哥，走吧，像你刚才说的，离开大楚，海上广阔，总有落脚之处。别管我了，有些事情，自己是不能做主的，等我……等我重新掌握自己的时候，会去找你的，无论多远。”

孟徹再次叹息，觉得这会是一次永别，他转身回到门口，提起灯笼，向前伸出，照亮妹妹的面孔，看了一会儿，说：“太后说只有怀孕的佟妃或许还能在慈宁太后面前说几句话。”

孟徹推门离去，孟娥隐约听到外面有人小声埋怨，大概是觉得孟徹待的时间太久，过于冒险。

孟娥当然不能跟哥哥走，她记挂着皇帝，同时也不想给哥哥增添危险，她一走就是重要逃犯，从京城到东海隔着千山万水，一旦遭到官府的全力缉捕，兄妹二人一个也逃不掉。

她必须留下。

可她什么也做不了，想了一会儿，走到桌前，在黑暗中吃了几口饭菜，胃口全无，又放下筷子，回原来的位置上静坐。

慈宁宫的一间屋子里，张有才跪在皇帝床前，目不转睛地不知盯了多久，只在蜡烛将要熄灭的时候，才起身去剪一下烛芯。

不远处的御医坐在椅子上睡着了，发出轻微的鼾声。

皇帝的脸色比之前更红，御医却束手无策，只说要慢慢调养。从外面又调来两名御医，也都是同样的说法。三人轮流值守，不过做给慈宁太后看而已。

张有才也没有办法，只能守在床边，希望能看到奇迹发生，不知不觉间度过了整个晚上，全然没有发现外面天已放亮。

身后门响，御医没有被惊醒，张有才急忙转身，磕头道：“太后……”

慈宁太后一个人，没带宫女。睡在椅子上的御医听到声音醒来，看到太后吓得魂飞魄散，滚落在地，不停磕头。

“出去。”慈宁太后冷冷地说。

御医爬着出去，关上门。

慈宁太后走到床边，换上忧虑的语气：“陛下的脸色似乎不大正常。”

“半个时辰之前还不像现在这么红。”

“你一直守在这里？”

“是。”

“唉，皇帝身边那么多人，也就你还算可信。”

张有才又磕头：“不只我一人，还有蔡……”

慈宁太后轻抬一下手，表示自己不想听，凝视皇帝片刻：“在东海国的时候，你注意到过景耀的异常吗？”

“景耀？”张有才十分惊讶，“我在东海国的时候只见过他两三次，连话都没说，没注意到他有什么异常。”

“你很讨厌景耀吧？”

张有才脸色一红，跪在地上说：“太后问起，我不敢不答，景耀当初还是中司监的时候，可不怎么样，对手下人……特别严厉，不只是我，宫里许多人都不喜欢他。”

“尤其是你们这些‘苦命人’。”

张有才越听越心惊，又一次磕头，慌张回道：“那只是大家随口一说的名字，早就不存在了。”

“为什么不存在？陛下与我也是‘苦命人’，与你们同病相怜。而且你们是第一批支持陛下的人，甚至追随他出宫，忠诚之心天地可鉴，我只嫌‘苦命人’太少，从未想过要解散。”

张有才连磕数头，有些激动地说：“太后，我们……我们对皇帝绝无二心。”

小太监说不出华丽的豪言壮语，慈宁太后却更加满意，点点头：“佟妃也是‘苦命人’当中的一员吧？”

“是啊，她能服侍皇帝，我们都替她高兴，如今她又怀上龙种，更是天大之喜。”

慈宁太后露出微笑：“平身。”

张有才犹豫一会儿，扶着床沿起身，跪得太久，腿脚麻木，摇摇晃晃地站不稳当。

“如今宫中我只相信你，从现在起，你不用守在陛下身边了，去保护佟妃，不要让她出一点意外，宫里宫外，妖邪甚众，你要小心提防。”

张有才又要跪下，被慈宁太后阻止，他疑惑地问：“景耀呢？”

“他就是我所说的妖邪之一，不必管他了。”

张有才腿一软，差点整个人摔倒，并非同情景耀，而是觉得事情变化太快。

慈宁太后继续道：“你一个人势单力薄，可以找人帮你，但是一定要可信。”

“蔡大哥。”张有才脱口而出，“蔡兴海从前是宫里的太监，也是‘苦命人’的一员，曾经只身仗剑保护陛下躲避追杀，完全值得信任。”

慈宁太后想了一会儿：“先不忙，等我查清楚再说。”

“是，太后。”

慈宁太后又看了一眼床上的皇帝：“去把三个御医都叫来。”

“是。”腿上的酥麻还没有消失，张有才深一脚浅一脚地往外走，总算没有摔倒，很快叫来了等在外面的三名御医。

三人一字排开，全都瑟瑟发抖，治不好皇帝还在其次，如果让慈宁太后觉得他们没尽心，这才是杀身之祸。

“陛下脸色越来越红，这究竟是怎么回事？你们是御医，食国家俸禄，一个个都号称能够妙手回春，怎么连病因都查不出来？”

三名御医抖得更明显了，当中一人壮胆回道：“禀告太后，我们……我们三人有个猜测，不知当讲不当讲？”

“难道还要我求你们吗？”慈宁太后的确很生气，她希望看到张有才这样的忠仆，全心全意记挂皇帝，而不是坐在一边酣然大睡，不将重病的皇帝放在心上。

御医磕头，颤声道：“我们……猜测……陛下的症状可能是……可能是内息混乱。”

“‘内息混乱’是什么？”慈宁太后听不懂。

“我们斗胆推测，陛下……是不是练过内功？”

“陛下从小在我身边，练过哪门子内功？”慈宁太后大怒，以为御医是在胡说八道，突然想起什么，问张有才，“陛下学过什么内功吗？”

张有才一脸茫然：“陛下倒是学过几天拳脚刀剑，内功……”他也突然想起什么，“孟娥，一定是孟娥教给陛下内功！”

“又是她。”慈宁太后扭头面向自己的儿子，许多疑惑突然解开，喃喃道，“陛下离开皇宫究竟是为了什么？为了谁？”

过了一会儿，她说：“张有才，你去服侍佟妃吧，这里不用你了。”

张有才躬身退下。

慈宁太后看着三名御医：“既然知道是内息混乱，就按法医治，再无效果，就换一批御医，你们自己提头回家吧。”

御医们连连磕头，谁也不敢说自己治不了内息混乱的事。

慈宁太后打算见一见孟娥，觉得这是一名长久隐藏、突然显露出来的敌人。

第三十三章

陛下能为我做证

走进来两名宫女，一人走到桌边，瞧了一眼只被吃了几口的饭菜，转身与同伴一块儿看向角落里的“犯人”。

宫里的女侍卫不多，孟娥见过这两人，但是叫不出姓名，慢慢站起身，平静地迎视她们的目光。

一名宫女亮出手中的细绳，微笑道："可以吗？"

孟娥点下头，既然选择留下，她不会做无谓的反抗。

一名宫女站在原地，另一人走向孟娥。孟娥懂得规矩，转身将双手负在后面，绳索套在手腕上，一开始很轻柔，好像只想意思一下，突然收紧，两三下系好了绳结。

绳索不粗，是以牛皮条拧成，非常结实，就算是比孟娥更厉害的人也挣不脱。

孟娥转身，走出房间，两名宫女一前一后带着她。

天已大亮，皇宫里却极为安静，看不到其他人，拐了几个弯，孟娥被带进一座独立的院子里。她有点纳闷，这不是审讯犯人的地方，而是一座闲置的住处，只有级别较高的太监或是女官才有资格居住。

在正房摆着一张椅子，背对门口，这是孟娥的位置。她坐下，宫女又拿出一条长绳，连人带椅拦腰捆了两圈，收得很紧，最后又用力拽了两下，确认无误，才退到一边。

门外传来低语声，像是某人在吩咐什么，孟娥无法转身，也不想看，默默地坐在椅子上，等候自己的命运。

脚步声响，来者似乎不少，但是绕到孟娥前方的只有两人，一个是宗正卿韩稠，另一个是名太监，孟娥有点印象，但也叫不出名字。

两人谦让了一会儿，太监先落座，韩稠其次。两人没有立刻开始问话，斜着身子，交头接耳一会儿，然后端正坐姿，太监先开口："你叫孟娥，陛下身边的宫女？"

"嗯。"

"认得我吗？"

"应该见过吧，不知姓名。"

"我是御马监提督容化民。"

孟娥曾经与哥哥在御马监向皇帝等人传授武功，听容化民一说，她有印象了："想起来了，的确见过。"

"那就好，有几件事我要询问，你愿如实回答吗？"

"愿意。"

容化民没有立刻开始审问，扭头看向韩稠，用目光和点头再次谦让一会儿，继续道："你来自东海义士岛，原姓陈，对吧？"

"对。"

“真名叫什么？”

“陈暗，暗哑难言的暗。”

这是一个怪名字，对一名女子来说尤显古怪。容化民点点头，开始提出真正的问题：“你在崔府受过审问吗？”

孟娥摇头。

“开口回答。”

“没有。”

“你在崔府杀死过一名叫张琴言的女子，对不对？”

“张琴言是被毒杀的，与我无关。”

“她哪来的毒药？”

“我不知道，我猜她将毒药藏在了琴中，如果陛下听到琴声之后去见她，中毒的就是陛下，可陛下去见崔胜之子，张琴言就自己服下毒药。”

“她为什么要这样做？”

“她知道自己逃不掉，服毒大概是为了免受皮肉之苦，也可能是不想连累他人。”

“那你又为什么去见张琴言呢？”

“她是江湖人，我不放心，于是过去查看。韩宗正应该比我更了解张琴言。”

韩稠面不改色，向容化民道：“正如我之前所说，云梦泽对刺驾一事策划已久，由外围慢慢向目标靠拢，是他们的惯用手段，我愿领失察之罪。”

“韩大人的事情不归我管，我只负责——”容化民指了指对面的孟娥，继续道，“所以你早怀疑在崔府会有刺客？”

孟娥想了一会儿：“我是陛下身边的宫女，也是侍卫，我怀疑一切地方都有刺客，连皇宫也不例外，不只是崔府。”

容化民轻笑一声，慢条斯理地从袖中抽出一卷纸，展开之后念道：“我在临淄城见过陈氏兄妹，陈暗表示愿意回到皇帝身边潜伏，必要的时候刺杀皇帝，制造一场大乱，配合东面的义举。陈暗声称有办法取得皇帝的信任，其兄陈默愿做担保，于是我们让她出城。”

容化民晃晃手中的纸：“知道这段供状来自何人吗？”

“圣军师。”

“他说的是实话吗？”

“是。”

孟娥回答得如此痛快，容化民反而有点困惑，收起供状，咳了一声：“你这是承认自己参与刺驾了？”

“我不承认。我对圣军师说的话只是脱身之计，并非实话。陛下知道这些事情，他愿意相信我。”

韩稠插口道：“取得陛下信任不正是你的目的吗？”

“我有无数次机会杀死皇帝，没必要非得等到崔府不可。”

“或许这是云梦泽的安排，你只是奉命行事。”韩稠道。

“这是韩宗正的猜测，理应由韩宗正拿出证据。”

韩稠大笑：“好一个聪明的女子，你明知陛下昏迷不醒，却声称只有陛下能为你做证。”

“你们让我如实回答，我做到了，信不信由你们。”

韩稠转向容化民，微笑道：“云梦泽多是花言巧语之辈，此女杀死张琴言明显是为了灭口，保护背后的某个人，问来问去没有结果，非得用刑不可。”

容化民沉吟不语，他也是宫中老宦，虽然不相信孟娥的话，但也不敢轻易对皇帝身边的人用刑，就怕事后遭受报复。

“太后说得很明白，刺驾幕后极可能有朝中大臣支持，崔府的两名刺客都已被杀，圣军师等人不知详情，只剩此女是唯一的线索，咱们可不能辜负太后的重托。”

容化民点点头，向孟娥道：“我最后问一次，你可愿招供事实？”

“我说的每一个字都是事实，陛下能为我做证。”

容化民等了一会儿，对韩稠说：“请韩宗正去别室休息一会儿。”

除非是在公堂之上，大臣通常不会参与刑讯，尤其是对女犯的刑讯。韩稠起身，与容化民又互相谦让一会儿，一块儿离开，边走边低声交谈，语气亲切，像是讨论下顿饭吃什么、天气好的时候去何处游玩。

孟娥坐在椅子上不能动，也不想动，平静地看着对面的两张空椅子。

一名宫女绕过来，劝道：“你还是招供的好，那些刑具连男子都受不了，你早晚会说出一切，何必白受苦头呢？”

“陛下还没有醒吗？”孟娥反问道。

宫女微微一愣：“你问错人了。”

孟娥点下头：“用刑吧。”

宫女招手，另一名宫女走过来，手中拿着一副拶子，这是夹手指的刑具，很简单，也很有效，十指连心，大部分人过不了这一关。

拶子很旧，不知在多少人手指上用过。宫女向孟娥展示了一会儿，又绕到她身后，解开捆在椅子上的绳索，让孟娥站起，挪开椅子，将拶子套在手指上，动作有意放慢，让犯人体会用刑之前的恐惧。

身后上刑的人不止一个，孟娥没有回头，有人按她的肩，想让她跪下，她拒绝，笔直站立。

对面的宫女说道："只要一个名字，说出是谁在帮助云梦泽的刺客，你就不用受苦了。"

"只有陛下能为我做证。"孟娥还是重复这句话。

宫女盯着她看了一会儿，向她身后点下头，拶子慢慢收紧，手指上的疼痛逐渐强烈，过了一会儿又开始减弱。

孟娥感到奇怪，她没受过刑，但也知道这点疼痛实在太弱了一些，称不上真正的拷问。

对面的宫女似乎接到了命令，挥挥手，拶子被解开，椅子挪回原处，孟娥坐下，绳索重新捆绑，而且多加了两圈。

一切完成，宫女向外走去，身后脚步声一片，所有人似乎都在离开，只留孟娥一个人。

她仍然不回头。

片刻之后，又有人进来，绕到孟娥面前，居然是佟青娥和张有才。

佟青娥显得有些紧张，好像不情愿来，但又不得不来。张有才护在侧前方，神情严肃得与年龄不符："孟娥，你真的没有背叛陛下？"

"陛下能做证。"孟娥还是那句话。

"你明知道……"

孟娥打断张有才："你见到陛下了？"

张有才犹豫着点点头。

"他没醒？"

"不算醒。陛下倒是睁眼了，但是好像看不到人，偶尔发出一点声音……"

"脸很红，脉象紊乱。"孟娥替他说下去。

张有才大吃一惊："你……你怎么知道？"

"不应该啊，陛下只是内息出错，宫里有内功高手，早应该治好陛下。"

张有才更加吃惊："你既然知道病因，怎么不早说？"

"向谁说？"

张有才无言以对，在崔府的时候，他们都被单独囚禁，彼此不能见面，更不用说向宫里传话。

"回宫之后你应该说的。"佟青娥小声道。

"我以为陛下已经好转，只是假装昏迷，而且我不信任那些人，你们两个倒是可信。"

对面两人互视一眼，张有才向外跑去，佟青娥一个人面对孟娥，又有点紧张："其实我也相信你，有多少个晚上，陛下宁愿睡在书房，也不回卧室，只有你陪在身边，陛下真的非常非常信任你。”

孟娥没有接话，看着佟青娥的肚子：“恭喜。”

佟青娥微微一笑：“我也没想到，还不知道是男是女。”

“无论男女，陛下都会喜欢的。”

佟青娥神情稍暗：“希望如此吧，如果陛下醒来……”

“陛下肯定会醒的。”

“那我希望这是一个女孩。”佟青娥轻轻抚摸尚无孕象的小腹，“可以远离一切纷争。”

有一个疑问藏在佟青娥心中许久，趁着左右无人，她说了出来：“你为什么……不要一个名分呢？陛下会给你的。”

孟娥沉默了一会儿：“你误解了，我永远不会加入后宫，那不是我的目的。”

佟青娥愣住了。

第三十四章

风向

皇帝在崔府遇刺时，蔡兴海负责当天的外围警戒，与早已混入府内的刺客无关。即便如此，他仍然经受一番审问之后，才得到慈宁太后的信任，官复原职，第一件事就是从宿卫营中选择五位侍卫送进慈宁宫。

这五人都练过内功，名义上是要保护太后，真正的任务却是为皇帝疗伤。

三位御医总算暂时解脱，但是仍未得到赦免，被慈宁太后痛斥：“陛下症状出现多日，你们为何早不说明情况？”

三位御医磕头请罪，第一位御医负的责任最大，只好由他来解释：“我……我不是治疗这种……这种内伤的行家，而且……而且真的想不到……陛下……练过内功。”

慈宁太后也没想到，但她仍将责任都归到御医头上：“你不是号称包治百病的神医吗？连这种事情都想不到？陛下若是无事，你们逃过一劫；若是诊断出错，哪怕出一点问题，你们难逃死罪。”

御医唯有磕头，不敢辩解。

五位侍卫陆续赶到，每个人都要经过三次搜身，单独拜见太后，听说要给皇帝治内伤，全都大吃一惊。

看过之后，五人态度不一，或肯定、或谨慎、或犹豫，但是结论都差不多，与御医的判断吻合：皇帝的确是内息混乱。

太后终于相信。

三位御医又被叫来，与五名侍卫聚在一起，商量一个最稳妥、最有效的疗伤办法。

午时过后不久，疗伤开始，两名侍卫将皇帝轻轻架起，一名侍卫推拿皇帝周身穴位，帮助他恢复内息运转，还有两名侍卫待命，轮流替换同伴。

治疗内伤如同整理一团乱麻，最忌心急、心乱，只能一点点进行，他们预计要一整天以后才见初效，至少三天才有明显效果。

三位御医开出养体之药，配合疗伤。他们还有一项重要职责，向慈宁太后解释清楚疗伤过程，让她别急，尤其让她不要乱怀疑。

“疗伤期间，或有凶险之时，万望太后莫要忧心，我们八人齐心协力……”

慈宁太后冷冷地说：“我只看最后结果。”

有这句话，御医和侍卫们也就满意了。

慈宁太后亲自监督了一会儿，一名休息的侍卫小心翼翼地提醒道：“太后气势如虹，怕是不利于疗伤。”

慈宁太后哼了一声，即使不懂武功，她也知道这是胡说八道，有她在场，侍卫们太紧张倒是真的。

她派亲信的两名太监、一名宫女留下，自己离开，休息了一会儿，决定召见孟娥。

孟娥双手被缚，由四名女侍卫带进来，向慈宁太后跪拜之后，获准起身。

看到真人，慈宁太后有点意外，还有点失望，原来这个孟娥并非绝色美女，论姿色只算普通，而且年纪明显比皇帝大一些，虽然按规矩磕头请安，脸上却是一副孤傲神情，全然没有宫人的谦卑谨慎。

皇帝居然会宠信这样一名女子，慈宁太后实在想不出理由，将孟娥上下打量了几遍，直接问道：“陛下临幸过你？”

普通女子被问到这种事，通常会脸红，孟娥却面不改色，摇摇头：“没有。”

“若是让我查出你并非处子之身……”

孟娥脸上终于显出一丝羞怯：“甘受极刑。”

慈宁太后不会这么做，只是越来越好奇：“是谁教皇帝内功？”

“我。”

“你为什么这样做？”

孟娥沉默一会儿：“陛下第一次进宫称帝时，一无所有，我希望他能有一技傍身。”

“内功能傍身？”

“就算不能自救，也不至于没有还手之力。”

慈宁太后总算明白了一点原因，她能想象得到孺子在宫里当傀儡期间是多么孤独与恐惧，这名女子算是乘虚而入，那时候给予皇帝的一根针，现在也能价值千金。

她对孟娥的信任又多了几分，挥下手，示意宫女解开绳索。

孟娥揉揉手腕，没有谢恩。

“没有内功就不会内息混乱，你的内功害了陛下。”慈宁太后觉得所有人对皇帝的状况都要负责。

“云梦泽刺客武功高强，陛下若没练过内功，当时就会被杀死。”

慈宁太后心中哼了一声，这名女子胆子不小，所谓的守规矩只是表面现象。

“你现在以什么身份留在陛下身边？”

“普通宫女。”

慈宁太后问侍立一边的女官：“宫册里有她的名字吗？”

女官早已调查过孟娥，立刻回道：“孟娥从前归属剑乾营，几个月前已被除名，遍查宫册，并无其名。”

“陛下真是粗心，居然忘了给身边宫女一个名分。”慈宁太后说。

孟娥觉得这不算问题，所以不做回答。

“既然你们都与刺客无关，究竟谁在帮助刺客？”

“韩稠。”孟娥没有景耀的隐讳。

“说他坏话的人不少，可是都拿不出证据，你有证据？”

“如果需要证据，太后又何必将两府的人都关押起来呢？”

慈宁太后大怒，她早不是从前的小丫鬟，也不是躲躲藏藏的王美人，她是当今太后、皇帝的生母，这个连名字都不在宫册上的女子，竟然敢质疑她的决定。

“刺杀皇帝对韩稠有什么好处？这么久以来，他一直在讨我欢心，难道就是为了掩饰刺驾？”

孟娥摇摇头：“韩稠一开始是真心讨好太后，希望借此讨好皇帝，能够一直留在洛阳。太后上当了，陛下却没有，暗中布置，想要惩治韩稠。对云梦泽的望气者来说，韩稠心怀不满，这是现成的‘顺势而为’，于是找上门来，双方一拍即合。”

慈宁太后心中越发恼怒，强行忍住："可韩稠交出了那个叫圣军师的望气者。"

"那是因为圣军师的行踪已经暴露，韩稠必须这么做，圣军师自愿牺牲，可即使在狱里，他也在帮韩稠解脱嫌疑。"

"这些都是你的猜测。"

"圣军师是江湖人，我也是，我见过他，了解他的为人，而且——陛下会相信我。"

慈宁太后再难忍受："带下去。"

孟娥被押回原处，手上没再捆绑绳索。

慈宁太后一点也不喜欢孟娥，可是生过气之后，她还是仔细思考了孟娥的话。

守在皇帝房中的太监每隔一段时间都要过来通报情况，黄昏时分，他带来好消息，皇帝的脸不那么红了，而且闭上眼睛，真正睡了一会儿，五名侍卫正在休息。

慈宁太后稍稍放心，也逐渐冷静下来，开始反思这几天的行为，要不是她的反应过于激烈，对各方逼迫得太紧，孟娥早就会给皇帝疗伤，就连御医也不至于有了猜测却迟迟不敢说出来。

至于韩稠，慈宁太后还是很难接受他是奸臣的结论。韩稠肯定贪贿极多，否则的话也拿不出那么多的贵重礼物送给王家，可他既愚蠢又胆小，怎么看都不像是敢于参与刺驾的人。

入夜之后，慈宁太后无法安心，派人传召景耀。

景耀被关在宫中的监牢里，很快就被押来。他这几天过得大起大落，连他这种见惯风雨的人也觉得头晕目眩、浑身无力，一进屋就瘫坐在地上。

"对韩稠你知道什么，全都说出来。"慈宁太后命令道。

景耀不明所以，但是不敢再有隐瞒，将自己查到的一些情况全盘托出。这些事情仍然无法证明韩稠与刺驾直接相关，但他做的每一件事，让商人毁掉欠条、交出圣军师等，都在减少皇帝的警惕。

慈宁太后沉默无语，到了这种时候，她不得不承认，韩稠的确很可疑，别人都看在眼里，只有她被迷惑。

她不愿当着太监的面承认错误，命人将景耀带走，仍然关在狱中；叫来女官，拟了一份懿旨，明天上午宣召韩稠，她要当面问个清楚。

天色已晚，出宫不便，懿旨留在桌上，等明天一早再送出去。

对韩稠来说，这是一个不眠之夜。白天的时候，对孟娥的审讯无疾而终，他就预感到风向在变，于是动用宫里的一切关系，打探慈宁太后的一举一动。

五名侍卫、孟娥、景耀先后被召进慈宁宫，韩稠全都得到了消息，最让他心惊肉跳的是，传言说皇帝有可能会醒过来。

他的一切计划都建立在皇帝永远不会再醒来的基础上，一旦皇帝能够开口说话，第一件事大概就是抓捕他。

韩稠左思右想，觉得不能就这样坐以待毙，立刻出府，先去拜见宰相申明志，吃了闭门羹，宰相已经休息，不接见外人。

他又去找那些商人，商人倒是很愿意见他，张嘴就问什么时候能赔偿损失，他们烧毁欠条可是有条件的，说起其他事情，全都支支吾吾。

韩稠找借口离开会馆，想要再打听一下宫里的动向，却已找不到人传话，那些人或是闭门不纳，或是声称太晚没有办法进宫。

韩稠终于明白自己已经走投无路，他必须离开京城，回到洛阳，回到自家的地盘，那里有他的家人，遍布他的势力，还有反戈一击的机会。

第二天早晨，皇帝终于醒来，仍然虚弱，却能开口说话，最先要找的人不是慈宁太后，不是奸臣韩稠，不是皇后，不是诸多亲信。

“叫崔腾来。”

第三十五章

崔腾

皇帝在宫里半昏迷期间，崔府里的一个人也像丢了魂儿一样，全家人虽然无不悲伤惊恐，可是谁的悲伤也比不上他深切，谁的惊恐也不如他强烈。

眨眼之间，崔腾失去了一切。先是皇帝在他面前遭到刺杀，没等他回过味来，又得到消息说张琴言已死，跑到父亲房中，只见妹妹崔小君泣不成声，父亲崔宏吐出一口老血，刚好几分的伤势变得更加严重……

这次刺杀毁了崔家，就连最支持崔宏的南军，也保持沉默，没有派人来探望大将军的伤情，更没有任何异动。

紧接着就是大批宿卫军将崔府包围，不准外出，府里的人也不准随意走动，与监禁无异。崔腾只能留在自己的房间里，一会儿觉得天塌了，一会儿觉得还有希望。

时间一点点过去，他终于认命，发现自己最怀念的还是张琴言，他正处于极度迷恋的阶段，突然被强行斩断，这份迷恋落入心中再难割舍了。

于是他喝酒，他哭泣，他吟诗，吟不出自己的诗，就吟别人的诗，自己吟不出，就让仆人替他吟，只觉得每一首都在说他与张琴言的故事。

他的感伤没能维持太久，崔府被围的第三天，崔府真正的女主人，七十余岁的老君不幸病故。

老君年事已高，身体也不是太好，但是看她每日里斥骂众人的劲头儿，大家都以为她能长命百岁，至少能活到八十。

老君仗着一股不服输的心气掌管崔家，也因为这股心气而极易动怒，刺驾一事对她打击尤深。

皇帝亲临，本该是崔家又一次登上巅峰的象征，结果一脚踩空，崔家跌入万丈深渊。

老君不服气，因为这场刺杀根本不是崔家策划的，完全是晴天霹雳。消息刚传来的时候，她根本不信，直到亲眼看到被杀死的刺客和昏迷不醒的皇帝，才肯接受事实。

但她不能接受这样的结果。

崔腾怀念张琴言，崔小君记挂皇帝，崔宏想尽办法打听消息，只有老君不作不闹，挨个召见崔腾身边的所有仆人，将重孙崔格留在身边，一点点询问当天的情况。

崔府的主人不能随意走动，仆人相对自由些。崔格受到惊吓，在曾祖母的安抚下，慢慢好转，终于能够说出当时的详细情形，虽然语言不够通畅，意思还是很清晰的。

崔家被利用了，而且是被一伙强盗利用。老君明白之后，怒气攻心，整整咒骂了一天，骂强盗阴险无耻，骂女人是红颜祸水，骂崔腾没长眼睛，骂儿媳没管好崔腾，骂儿子崔宏手腕不够强硬，骂小君没本事，生不出太子，也笼络不住皇帝的心……

只骂活人不过瘾，她开始骂死去多年的丈夫，骂阴曹地府，骂天上的神仙，最后的半个时辰，她甚至隐晦地骂起宫里的太后与皇帝。

身边人早被骂跑，只有两名丫鬟守在外面，突然发觉耳中清净，还以为自己聋了，等了一会儿才提心吊胆地进屋，看到老君倒在地上，推也不动，再探鼻息，已经没气了。

崔家甚至不能发丧，好在东西几年前就准备好了，将老君盛装入殓，停柩厅中，等候宫里的消息。

宫里传召崔腾，府中上下人等心里全都咯噔一声：如果召的是皇后，意味着皇帝很可能已经醒来；如今叫的人却是崔腾，很可能是要继续审问刺驾之事，绝非好兆头。

崔腾只能丢掉诗集，与家人一一诀别：“祸是我闯的，我一人承担。母亲，请好好照顾父亲。妹妹，请保重身体，只要还能活着回来，我一定给你打听到陛下的情况。”

母亲与妹妹只是哭。崔腾没敢去见父亲，跟着宫里派来的太监离开。

想在宫里打听消息却是痴心妄想，除了必要的指示，根本没人敢跟崔腾交谈，从前的熟人这时全神情冰冷，好像不认识他这个人。

崔腾被送到一间屋子里，一等就是多半天，没人送饭，桌上只有半壶凉茶，没多久就被他转移到床下的夜壶里。

等得越久，崔腾越害怕，这股恐惧甚至压过了对张琴言的怀念：“我就说我是被骗的，张琴言是皇帝赐给我的，关我什么事啊？对对，我被骗了，崔家被骗了，但首先是皇帝被骗了……”

崔腾一个人嘀嘀咕咕，傍晚时分，终于又有太监到来，一进屋先皱眉捂鼻，似乎闻到了什么。

“是你们不让我出门的，我能怎么办？憋不住啊。”崔腾辩解道。

太监摇摇头：“跟我走吧。”

“去哪儿？”

太监不回答，转身向外走去，在门口催道：“还等什么？既然进宫了，就得守宫里的规矩。”

崔腾差点想哭着求饶，随即一狠心，昂首跟上，大声道：“我不怕！”

崔腾此前只到过皇宫的外围，没进过内宫，走来走去，很快就迷路了，分不清东南西北，只觉得越走看到的人越少，心中惧意渐升，甚至想要一逃了之，可前面两名太监带路，身后四名卫兵跟随，他半步也不敢走偏。

终于来到一座大院子门前，上面的匾额写着大字，不等他认清，身后的卫兵推了一下，崔腾踉踉跄跄地迈过门槛，进入院内。

在院子里他又等了一个时辰，寒风拂面，冻得他牙齿打战、鼻涕直流，一腔豪情消失得无影无踪。这时若有人出来问话，让他承认什么他都会点头，只求一件厚些的棉衣，最好是能进入一间有炭盆的暖屋。

就算张琴言还活着，崔腾也愿意用来交换温暖。

一名太监走出来，向崔腾招手，示意他可以进屋了。

崔腾转身，向四名一直站在后面的卫兵点点头，佩服他们比自己抗冻。

屋子里暖意洋洋，崔腾一激灵，觉得从头到脚在融化。

一大群人冷冷地看着他，有太监和宫女，还有一些外人。崔腾冲每个人都带笑点头，希望能讨得众人欢心，让他在屋子里多待一会儿。

太监指着里间的房门：“进去。”

“是是，好好。”崔腾哆哆嗦嗦地往里走。

里间充斥着浓重的药味，只有一名太监和两名像是侍卫的人。

崔腾仍然笑着点头，直到目光转向床，立刻收起笑容，突然明白自己有多愚蠢：皇帝遇刺、生死不明，他怎么能笑呢？应该痛不欲生才对。

没等他酝酿出悲伤的神情，床上传来一个虚弱的声音：“崔腾？”

“是我，是……是陛下？”崔腾大吃一惊，随后欣喜若狂：皇帝没死，崔家有救了。

崔腾迈步想要扑过去，却被一名侍卫伸手拦住。侍卫没说话，但意思很清楚，崔腾只能留在门口，不准靠近床榻。

崔腾于是在原地跪下：“陛下，我是崔腾，我就是崔腾啊，日日夜夜、时时刻刻我都想着陛下，辗转反侧、寤寐……寤寐，我真是睡不着觉啊。”

床上没有声音。崔腾等了好一会儿，困惑地看向太监和侍卫，没有得到回应，他只能跪在那里继续等待。

“崔腾？”床上再次传来声音。

崔腾一愣，茫然回道：“是我，陛下。”

太监上前，挥手示意崔腾起身，可以走近床榻。

崔腾慢慢站起，慢慢走到床边，借着昏暗的烛光，终于看到皇帝。

皇帝也在看他，但是目光涣散，好像并不认得他。

“陛下……我是崔腾。”

皇帝没有反应，过了一会儿，闭上双眼，像是睡着了。

没人告诉崔腾这是怎么回事、该怎么做，他只好站在那儿看着皇帝，突然悲从中来，这回是真心为皇帝悲伤，与张琴言和家中的惨状无关。

皇帝再次睁眼，说出的还是同一句话：“崔腾？”

崔腾点点头，泪如泉涌：“陛下，我是崔腾，皇后还在家里呢，她日思夜想，眼睛都快哭坏了，陛下快些好起来吧。”

皇帝还是没有反应。

太监牵着崔腾的手腕，将他拉到一边，小声道：“陛下一整天都在说你的名字。”

崔腾认得太监，问道：“容公，我已经来了，陛下为何……”

容化民示意崔腾随自己到外间说话。

四名卫兵也进屋了，崔腾又被带到四人身前，他感到不妙。

容化民稍稍提高声音：“御医以为，陛下虽有好转迹象，但是受惊过度，只怕心思有些糊涂了。”

“不可能。”崔腾斩钉截铁地说，“陛下胆识过人，什么场面没见过？怎么会受惊过度？”

容化民嘘了一声，然后道：“陛下记得你的名字，想必是对一事不解。”

“什么事？”

“你为什么会与刺客勾结？”

崔腾大惊，声音一下子提高了：“我没有！你诬陷！陛下绝不是这个意思！”

“这是唯一的解释。”容化民冷冷地说，一挥手，两名卫兵上前，按住崔腾的肩膀。

“这不是真的，我也是被骗者。”崔腾哭着说，没有反抗。

外面还是那么冷，崔腾却已经感觉不到，既委屈又害怕，真觉得天塌了。

他没有被送回原来的房间，而是来到一间牢房里。这是囚禁宫人的地方，条件比外面真正的牢房要好得多，对现在的崔腾来说，却无异于地狱。

他躺在床上一会儿哭，一会儿自言自语地辩解，一度想要自杀，可屋子里连桌椅都没有，死路不通。

迷迷糊糊地，他还是睡着了，将薄被尽量裹紧一些，梦里全是从前的繁华。

被推醒的一刹那，他吓坏了，脱口而出：“别杀我。”

“陛下让我给你捎句话。”

崔腾一下子坐起来，听声音是名女子，似熟非熟：“孟姑娘？”

“皇帝说，他需要你受点苦，忍耐一下，不会太久。”

崔腾呆若木鸡。

第三十六章

推荐储君

韩稠已经悄悄出城，一个消息又将他拽了回来。

皇帝醒了，但是并未恢复正常，反而变得痴痴呆呆，只会说“崔腾”两个字。

韩稠一开始不信，直到消息接连传来，他决定冒险回城，至于中间不在的这段时间，就对外声称自己得病了，刚刚好转。

慈宁太后的懿旨已经在家放了一整天，韩稠还不敢立刻进宫，派人进宫，再次告病，表示只要能起床，明天一早就去拜见太后。

接下来，他派人与更多的消息来源接触，几乎所有来源都言之凿凿，声称皇帝确实糊涂了。

最终让韩稠完全安心的是宰相申明志到访。

昨晚早早就“卧床休息”的申明志，今日却在天黑之后主动前来登门。韩稠明白，这是风向又变回来了。

两人密谈到半夜，申明志告辞的时候，韩稠送到大门外，亲自掀开轿帘，请宰相上轿，谦卑谄媚，表明两人和好如初，关系更进一步。

次日一早，宰相与宗正卿一前一后来到广华阁，没等太久，慈宁太后也到了。

即使已是半公开的消息，慈宁太后仍对皇帝的病情只字不提，召见两位大臣只是为了“预防万一”：“两位大人曾经推荐了三位储君候选者，说是要回去再做详查，如今可有结果？”

申明志秉承中立，对立储之事极少发言。韩稠上前回话，带着鼻音，好像病势还没有消退：“臣已仔细查过，三人当中临淄王曾被暂时立为皇储，后被取消，据说其母对此似有怨言，酒后放言：‘朝廷大事怎能如此儿戏？’依臣浅见，临淄王不宜再立。”

慈宁太后点点头，大臣不会喜欢心怀怨恨的“准太后”，她更不喜欢。

“第二位淮南王，年龄、品性都合适，只是体弱多病，据闻入冬以来，淮南王已经两次召请御医。御医说，每年冬天都是这样，病倒也不重，就是无法根除。”

慈宁太后摇摇头。

“第三位是代王。前代王在晋城不幸殉难，留下子孙若干，嫡长子早亡，因此传位于嫡孙，获封不久，人还在京城，今年四岁，身体无恙，刚开蒙，先生对其称赞有加。”

“韩宗正这是在推荐代王了？”

韩稠急忙躬身道：“一切要由太后定夺。”

慈宁太后长叹一声：“若是按我的意思，只要陛下还在，就不该选立什么储君，如今又有四名嫔妃同时有孕在身，以后总有皇子诞生，更不用急于立储。”

“太后所言极是，臣也以为没有着急的必要，所谓立储乃是下下之策、不得已之策。”

“可我不能只为自己着想，还要为宗室、为朝廷、为大楚着想，真到了不得已的时候……”慈宁太后哽咽难言。

韩稠跪下磕头，宰相申明志也站起身，垂手站立，气氛一时凝重。

慈宁太后深吸一口气，恢复平静，问道：“代王外家如何？是邓氏吧？”

申明志坐下。韩稠起身，回道：“邓氏是前代王续娶之妃，今代王的母家姓张，代国小姓，只剩一姨，远嫁他方。”

新皇帝的舅氏总是越弱越好，慈宁太后想了一会儿：“不管怎样，邓氏总是代国王太后，宫里已有一位淑妃，再立其甥为储君，似有不妥。”

韩稠道：“所谓立储不过是以防万一，若是陛下康复，或是后妃有子，一切太平；若有万一……陛下的后妃似乎皆不宜再留宫中。代王立储之后，乃要继承韩氏正统，代国另立新王，淑妃与邓氏皆归代国，与正统无关。”

这样的安排对慈宁太后最为有利，她却没有表露出欣喜，思忖片刻，问道：“于礼合否？”

“此乃秘事，太后未做定夺，臣不敢询问礼部。”

“好。”慈宁太后仍不肯做出决定，但是看样子比较满意。

韩稠告退。申明志留下又说了一些事情，随后告退。

皇宫里，慈宁太后留在广华阁，屏退所有侍者，独自一人待了一会儿。上官太后曾在这里执政，组建“广华群虎”，如今群虎已散，但是当时威名显赫，令不少人谈之色变。

慈宁太后坐在软榻上，找不到喝令群臣的感觉，反而感到疲惫与紧张，放眼四望，找不到几个可信之人，突然明白上官太后为何重用刑吏，而自己的儿子又为何将东海王、崔腾这样的人留在身边。

手中的权力越重，环绕周围的谎言越多，可信之人越显得弥足珍贵。

慈宁太后叹息一声，不得不承认，自己终究模仿不了另一位太后。

她起身走出广华阁，在太监、宫女的簇拥下返回慈顺宫，她的全部希望都在这里。

五名侍卫高手还在帮助皇帝疏通内息，但是通过御医提醒太后，他们只能恢复陛下的身体，对神志无能为力。

趁五人休息的时候，慈宁太后遣退众人，单独留下。大家都理解一位母亲的心情，悄悄退下，同时也都松了口气，如果太后能够接受皇帝的现状，他们的苦头也快结束了。

慈宁太后坐在床边，盯着皇帝看了一会儿，说：“韩稠推荐的是代王，说了不少好话。”

皇帝涣散的目光集中在一起，向母亲笑了笑，说话时仍然有气无力，但是绝没有半点糊涂的意思：“与邓氏有关吗？”

慈宁太后摇摇头：“韩稠要将邓氏排除在外。”

“这是一个好消息。”韩孺子真的不希望邓氏参与到这种事情当中，他在意的不是淑妃邓芸，而是远在西域的邓粹。

“接下来怎么办？陛下不能一直装糊涂，等到人心一散，再想聚拢也难了。”

“申明志说什么了？”

“这几次召见，他极少开口，只是向我引荐了韩稠。”

“还要再等一两天，既然要整肃朝纲，就不能一个一个来，最好连根拔起。”

“还有那些向韩稠传递消息的人，我真不明白，咱们母子亏待过谁吗？以至于宫中连点秘密都没有。”

“咱们没亏待过谁，只是有人对他们更舍得本钱。”

慈宁太后心力交瘁，可是为了儿子，她还得坚持下去：“我有一个办法，韩稠推荐代王，但是在礼仪上可能有些问题，我明天召见礼部尚书元九鼎，他对韩稠似有不满，很可能反对这项推荐，两人争执不下，宰相就该出面了。”

韩孺子沉默了一会儿：“把吏部尚书冯举也召来。希望申明志只是被韩稠蒙蔽，这么快就更换宰相，并非好事。”

可韩孺子也不能留一个反对自己的宰相。韩稠确定无疑参与了刺驾，申明志是否参与、参与多深，还是个疑问，韩孺子清醒之后决定装糊涂，全是为了他。

慈宁太后回自己房间，刚要叫女官进来拟一份懿旨，宣召申明志、韩稠、元九鼎、冯举四名大臣明天进宫议事，宫女通报，御马监提督容化民求见。

慈宁太后还在慈顺宫服侍上官太后的时候，容化民对她就特别恭敬，每次见面，无论周围有无他人在场，都会行以臣仆之礼。慈宁太后掌权之后，对他颇为依仗，当作自己身边的亲信。

容化民进屋，磕头请安，一如既往地恭敬。

“来有何事？”若不是皇帝特意嘱咐，慈宁太后早让容化民帮忙收集信息，现在却只能对他隐瞒真相。

容化民却很自觉地为太后效劳，不用特意吩咐：“我听说一件事，觉得太后应该知道。”

“嗯。”

“按照太后吩咐，我派五名太监看护王家，他们都说王家上下感恩太后、谨慎小心，这些天来大门不出、二门不迈，就怕被外人指点。”

慈宁太后点点头，她很在意自家的名声，不希望看到亲人因富而骄。

“就有一件事，听说王家要与朝中大臣结亲。”

慈宁太后立刻警惕：“这么大的事情我怎么没听说？哪位大臣？”

“听说是礼部元九鼎，他在护送王家人进京的时候，私下定亲，尚未下聘，所以没有告诉太后吧。”

“元九鼎？”慈宁太后面露怒容，“嘿，元家是要娶王家的女儿，还是要将女儿嫁过去？”

“还没有最后确定，据说是元九鼎的一个侄儿，要娶大舅的女儿恩荣。”

王家人的原名都比较俗气，来京路上重起了一遍。慈宁太后皱眉：“恩荣才十岁吧？”

“元家是想先定亲，过几年再成婚。”

慈宁太后越想越怒：“陛下让元九鼎前往东海国，是让他查清事实，不是让他结交外戚。王家人老实不懂事也就算了，他是礼部尚书，怎么能做出这种事？”

“或许元大人也是一番好意，恩荣姑娘虽然年幼……”

“闭嘴。”慈宁太后喝道，“你是收了好处还是怎么着，净为元家说好话？”

容化民慌忙跪下：“太后恕罪。”

慈宁太后挥挥手，将容化民屏退，心中更怒，怒的不只是元九鼎，还有容化民，原来向宫外泄露消息的人就在自己身边。

上午刚提起代王立储会有礼仪之争，容化民就跑来告元九鼎一状，只能证明一件事，容化民受到了韩稠的指使。

要不是皇帝早有提醒，慈宁太后真会上当，将元九鼎踢到一边。

可这还是不能证明申明志参与其中。慈宁太后不想再去麻烦皇帝，想了一会儿，叫进女官，写下懿旨，宣召宰相申明志和吏部尚书冯举即刻进宫。

她要凭自己的本事查清真相。

第三十七章

私交

王家人丁不少，大都是老实本分的乡农，穿不惯华服，言语粗鄙，需要礼部一句句传授，才能在拜见慈宁太后时不露馅，可是在随后的家宴上，他们慢慢显出真实本性。

慈宁太后并不反感。所谓粗鄙其实是纯朴，那些家乡话，她还略有印象，听上去很亲切。但她也明白，自家人当中找不出可用之人，只能好好培养下一代，若干年后，王家或许能够飞黄腾达，成为世家。

思来想去，她派人给长兄写了一封信，指名让一位读过书的姐夫念给他听，并做解释。

太监很快返回，带来王家长兄的原话：“元大官儿确实说过定亲之事，我想自己是个庄稼人，高攀不起，当时没有同意，只说‘孩子还小，以后再议’，实不知此事会惹来麻烦。如今太后一说，我明白了，今后再不与大官儿、小官儿交往。太后赏赐了这么多好东西，几辈子也过得起了。只是家中太公伤怀，盼望再见太后。”

慈宁太后点头，这番答对称不上得体，但是比较合乎她的心意。

解决完家事，慈宁太后前往广华阁，宰相申明志和吏部尚书冯举已在那里等候了一会儿。

“礼部元九鼎为何如此张狂？”

慈宁太后的质问让两位大臣都愣住了，互视一眼，申明志道：“恕臣等愚钝，元大人做了什么事，以至惹怒太后？”

“朝廷派元九鼎去东海国，乃是为了查明真相、护送我的家人进京，他却私下求亲，要与王家联姻，难道他不懂得避嫌吗？”

大臣与外戚联姻并不罕见，但有一个不成文的规矩，不能私下进行，别说各家的孩子，就算是父母也没有权力指定终身，而是要上报宫里，由皇帝和太后决定，顶多提出建议，希望与某家结亲。

元九鼎私下求亲，犯了忌讳。

申明志眉头微皱，沉吟不语。冯举只好开口道：“此事确实？”

“王家人虽然都没怎么读过书，但是人老实，冯大人不会认为他们说谎吧？”

冯举急忙躬身行礼：“臣不敢。如此说来，元大人的确做得不妥。”

慈宁太后脸上怒意未消：“按规矩，这种事该如何处置？”

申明志仍然低头不语。自从当上宰相之后，他就开始模仿殷无害，装糊涂、扮沉思，总之要努力置身事外，只是火候还差些，沉默得不那么自然。

冯举瞥了一眼宰相，回道：“可由宫中传旨训诫。”

“只是训诫？”慈宁太后真的有点意外。

“按规矩如此。除非元大人曾以求亲为借口，向王家求官。若是这样，可定一个交结外戚的罪名。”

那样的话等于将王家也连累了，慈宁太后当然不会这么做，想了又想，勉强道：“好吧，有劳两位大人拟一份训诫，要严厉一些。”

训诫很快写好，主要是冯举执笔，申明志旁观而已。

训诫不温不火，一连串的质问，倒像是在向元九鼎求证事实。慈宁太后大怒，命令重写。这回要求申明志执笔，冯举提建议。

第二份的言辞足够严厉了，元九鼎的行为不只违反礼仪，还有欺负王家与太后的嫌疑。

慈宁太后总算满意：“明天一早发出去，让大家都看到，以儆效尤。冯大人，你先退下吧。”

冯举告退，慈宁太后向申明志道：“吏部不是掌管天下官员的吗？手段怎么如此软弱？”

申明志笑道：“吏部掌管官员考核以及升贬调任之事，大臣行为不端，该由御史台弹劾。”

慈宁太后嗯了一声：“早说清不就好了？御史台还没有任命左右御史吧？”

申明志端正神色：“陛下前些天曾经让臣等推荐御史人选。”

“申大人推荐谁？”

“此事并非臣一人决定，勤政殿共同商议，而且有朝廷留下的惯例可供参考。要说最有资格接任御史的人，应该是吏部冯尚书。”

“又是他。”慈宁太后脸一沉，随即恢复正常，“任命官员是朝廷事务，我不该多问，申大人不要见怪。”

“太后言重。陛下亲政之前，按规矩，太后完全可以指导朝政。”

“陛下很快就能亲政。”慈宁太后强调，想了一会儿，问道，“冯大人是唯一人选吗？”

“不是，还有两位，如果要同时任命左右御史，还需要再推荐两三位，以供陛下定夺。”

慈宁太后点点头：“拟好名单之后，拿给我看。”

“是，太后。”

慈宁太后这是在明显干政，宰相申明志没有提出反对意见，小心迎合。他从中看到的是另一件事：陛下可能真的不能清醒了，否则的话，太后不会这么在意官员任免。

慈宁太后使眼色，屋内侍者大都离开，只留一名贴身侍女。

“申大人觉得韩稠这个人怎么样？”

申明志微微一惊：“韩宗正……太后听说什么了？”

“那倒没有，只是……申大人乃当朝宰相、百官之首，不会偏袒某人吧？”

申明志立刻回道：“臣推荐韩宗正，只看其位，不看其人。立储之事非得宗正卿参与不可，与韩稠无关，臣绝无偏袒之意。”

“我明白，所以我才要请申大人帮忙。”

“太后请说，辅佐太后乃臣分内之事。”

“韩稠推荐代王为皇储，有点过于热心，怕是幕后有交易，我希望宰相能查清此事，韩稠与代王究竟有无私下来往？”

“太后请放心，臣会尽心调查，三日之内必有结论。”

“有劳宰相。皇家不幸，灾事连连，我与慈顺宫皆是妇道人家，难出宫门，朝中大小事情，全望宰相操持。”

“皇恩浩荡，此臣报恩之时，只盼陛下早日康复，则群臣欢欣鼓舞。”

宰相告辞，慈宁太后又命人叫来容化民。

容化民就在楼下守候，随叫随到。

慈宁太后厌恶这名太监的背叛与欺骗，表面上却不动声色：“给你一个任务，派人盯着宰相，如果宰相与韩宗正私下见面，立刻告诉我。”

“是，太后。”容化民也不多问。

慈宁太后回到寝宫时天已经黑了，看了一眼皇帝，向御医嘱咐几句，回自己的卧房休息。她要早点儿揭穿申明志的真面目，好让皇帝恢复正常。

张有才过来求见。他每天晚上都要来见慈宁太后，通报佟妃的情况。其实也没什么可说的，几句话就能讲完，但今天他要多说几句。

张有才跪在地上：“有一件事，就算太后要打死我，我也得说。”

慈宁太后一愣：“什么事情这么严重？”

张有才深吸一口气：“太后多次召见韩稠，是要重用他吗？”

慈宁太后脸色微沉：“太监不得干政，你不明白规矩？”

张有才磕头：“我哪敢干政？可韩稠与刺驾之事牵连甚多……”

“这话我已经听多了，你有证据？”

张有才摇摇头，神情显出急迫，他还不知道皇帝的真实情况，以为事态急迫：“就算韩稠与刺驾无关，可他是个贪官——大贪官，朝中大臣都不支持他。”

慈宁太后端详张有才：“你怎么知道朝中大臣不支持他？”

张有才膝行向前，从怀中掏出一卷纸：“我犯了大罪，请太后惩处。”

慈宁太后接过纸，打开了之后扫了一眼，大为吃惊。这是一份弹劾韩稠的奏章，言辞激烈，直指韩稠为“朝廷大蠹”，弹劾者是国子监祭酒瞿子晰，后面联名者甚众，多是国子监、翰林院的读书人，还有御史台的一些人，官职都不高，六部尚书以及宰相都不在其中。

慈宁太后叹息一声，收起奏章，没有细看：“你是好孩子，我不会惩处你，但是你要小心，别多管闲事，你的职责是服侍佟妃、保住皇子，朝中事务，我自有主意。”

张有才听出了一线希望，磕头谢恩，告退离去。

慈宁太后这几天睡得都比较晚，因此容化民一来就得到了召见。

“我派出的人监视到半夜，宰相并未外出，韩宗正也没有登门拜访，我不敢保证两位大人没有私下交往，但是以目前的情形来说，他们的确是各司其职。”

慈宁太后点点头：“辛苦你了。”

“能为太后效力，我一点也不辛苦。”

“你也该歇歇了。”

“太后尚未安歇，做奴仆的怎敢懈怠？”容化民还没听出太后的话中之意。

“容提督，我可曾亏待过你？”

容化民大惊，抬起头：“太后对我恩重如山，哪有亏待之说？”

“那就是别人对你更好了。告诉我，你与韩稠勾结多久了？”

容化民更加吃惊：“冤枉啊，太后，我与韩宗正……的确认识，但他是河南尹，又是宗室重臣，宫里许多人都与他相熟……”

“嗯，那就列一个名单给我。”

容化民急忙辩解道：“只是认识而已，没有其他来往。”

“容化民，念你服侍我时也算是尽心尽力，我才给你坦白的机会，你若是不愿，也罢，剑戟营的人就在外面，你去向他们解释吧。”

容化民来的时候看到了蔡兴海，还以为慈宁宫加强防卫，没想到是为自己准备的，一下子瘫倒在地上：“太后饶命……”

夜色正深，慈宁太后又来探望皇帝，将御医和侍卫屏退，走到床前，说：“陛下可以起床了，你想怎么收拾宰相都行。”

第三十八章

轿起轿落

五名商人首领头天晚上送来一堆账目，宗正卿韩稠对此大为恼火，一大清早就将五人叫来，自己站在门内，由仆人穿戴官衣服饰，而让客人站在寒风中。

“什么意思？以为我不行了？”韩稠一脸严肃，全无平时的和蔼可亲。

一名商人小心回道：“韩大人误解了，这不马上就要过年了吗？我们也是……”

“怎么着，缺这点钱你们连年都过不了？你这身狐裘值一千两吧？”

商人十分尴尬：“大人应该知道，做我们这行，金银向来左手进右手出，只要不停进出，多少钱都不在乎，就怕钱停下。前些天给慈宁太后送的那份礼可不轻，我们买下上千人的欠条，大都是记账，如今人家来向我们要钱，再来几件狐裘我也还不起啊。”

另一名商人道：“一层压一层，其他商人还欠更多人的钱，都等着年前结账，韩大人，您可怜可怜我们，赏个话也行啊。”

韩稠穿戴整齐，走出房门，稍稍缓和语气：“经商嘛，目光放长远些，别太在乎一时得失。你们觉得送给太后的礼重，可现在就是太后在掌权。我马上就要进宫，面见太后商量大事，等我在京城站稳脚跟，能亏待你们吗？别的我不多说，今天支持我的人，以后我让他日进斗金；今天给我使绊的人，以后别再想在京城和洛阳立足！”

韩稠在五人面前来回走动，语气渐渐严厉，句句掷地有声，最后停在一人面前：“滴水之恩，涌泉相报；一箭之仇，万箭奉还。这就是我的准则。咱们交往也有一段时间了，你该了解我的为人吧？”

那人被盯得心里发毛，身上穿着厚厚的裘衣，仍在瑟瑟发抖，脸上挤出笑容：“了解了解，我们都支持韩大人，义不容辞、义无反顾、义……义薄云天。”

韩稠嘴里骂出一句脏话，狠狠一巴掌扇过去，将那名商人掴倒：“你算什么东西？也配跟我义薄云天？”

其他四人吓了一跳，同时小步后退，甚至不敢去扶同伴。

被打的商人惊骇莫名，坐在地上，捂着脸说：“大人，送账单这事真不是我的主意，全是……”

“闭嘴！”韩稠上去又踢了一脚，“你当我是傻瓜？做决定的是别人，出主意的是你。我早看出你心怀鬼胎，乃是不忠之人。想趁火打劫是不是？去嚷嚷吧，去告状吧，看看谁敢动我一根汗毛！老子让你们赚了多少钱？这才等了几天，你就受不了，我让你哭穷，我让你哭穷……”

韩稠一边骂，一边连踢带踹。商人抱头求饶，不敢躲避，更不敢反抗。

直到韩稠气喘吁吁，两边的仆人才上来扶住大人，劝他不要动气。

韩稠从仆人手里接过绢帕，擦擦额上的汗：“不长眼睛的蠢货，看我出了一趟京城，就以为我完蛋了。告诉你，我回来了！”

“大人恕罪，大人恕罪，我错了，我无耻，我下贱，求您大人不记小人过……”挨打的商人不住求饶。

韩稠不理他，转身走到另外四名商人面前。四人面如土色，在寒风中抖得更明显了。

韩稠却露出笑容，挨个在他们肩上拍了两下，爽朗地说：“不好意思啊，让你们看到我这个样子，实在是他欺人太甚。我知道你们是被蒙蔽了，我不怪你们，回去跟你们的人说，再忍耐几天，我可以保证，每一分付出都有收获，时机一到，我让你们天天过年。哈哈。”

四人跟着傻笑。

韩稠突然收起笑容，带领仆从扬长而去。出了府门，他向亲信随从冷冷地说：“对付这帮小人，就得当机立断、心狠手辣。管他是谁出的主意，看谁不顺眼就收拾谁，保证剩下的人老老实实，还会互相猜疑。”

“大人手段高明，哪是我们这样的人能想到的？”

韩稠得意扬扬地上轿，开始考虑今天应该如何应对慈宁太后。元九鼎已经不成问题，冯举也不再是威胁，但他上次的确犯了错误，忽略了太后的多疑，不该那么明显地支持代王，如今只好以退为进，改为力荐临淄王。

皇帝被困晋城期间，群臣曾经要立临淄王为皇储，慈宁太后对此颇为不满，绝对不会接受再度立其为储，到时候再推出代王自然水到渠成。

韩稠胸有成竹，他原来只想留在洛阳，现在野心膨胀，有了更宏大的目标。

轿子突然停下，韩稠以为到了宫门外，从这里开始他得步行，于是正襟危坐，等候亲随掀开轿帘，扶他下轿。

没人过来，十余名随从好像一个都不见了。

韩稠咳了两声，跺跺脚，仍然没人替他掀帘，心中疑惑，只好自己掀开帘子。

轿前站着两人，背对着他，身着铠甲，却不像是看守皇宫的宿卫军。

韩稠放下轿帘，等了一会儿，再次掀开，希望刚才的一切都是幻象，这回能够看到亲随正在轿前笑脸相迎。

还是冷冰冰的铠甲，韩稠心一沉，嘴里发出一声呻吟。

一名士兵转过身，手持长枪，低头看着宗正卿大人。

“你们是……”

士兵微微一笑：“前方封路，大人稍待。”

“哦。”韩稠想借机四处张望一下，士兵却抢过轿帘，替他合上了。

韩稠呆呆地坐在轿中，分析什么人出行，能将宗正卿的轿子拦下，想不出眉目，又琢磨外面的两名士兵来自哪支军队，突然醒悟，两人的铠甲以黑色为主，显然是北军将士。

韩稠全身发抖，谁都知道，北军直属皇帝，没有皇帝的旨意，就算是慈宁太后也调动不得。

本应驻扎在城外的北军士兵竟然出现在皇宫门前，韩稠焉能不惊？他坐在轿中瑟瑟发抖，可是没得到准话，心中终究不得安宁，小心翼翼地又一次掀开轿帘，只见两杆长枪在眼前交叉。他愣了一下，同样小心翼翼地放下轿帘，一脸木然。

轿子又起来，颠颠地前行。按道理早该进入皇宫，轿子却没有停下，韩稠也不敢问，甚至不敢再掀开帘子，生怕看到更让他心惊肉跳的场景。

帘子被人掀开了，韩稠吓得心跳差点停止，待看清亲随的脸孔，怒气不打一处来，压低声音问："怎么回事？"

亲随边走边说话，上气不接下气："不知道啊，突然就被一群官兵拦住，刚刚又说要掉转方向。"

"去哪儿？"

"好像是往南走，大概要走皇宫正门，官兵带路……"亲随的脸消失了，应该是被人拽开了。

广华阁在北，正门在南，走南门进宫的话，通常不是去勤政殿，就是到同玄殿，这两个地方的确是韩稠未来的目标，现在却是他的险地。

轿子再次停下，这回有人替他掀开帘子，一名士兵笑呵呵地说："到了，大人请下轿。"

韩稠尽量摆出威严的神情，等了一会儿才出轿，实在是身体发虚，需要不停地自勉，才有力气起身。

果然是南门，外面停满了轿子。正门未开，不少大臣正从便门进宫，人人脸上都带着迷惑，显然也是被临时叫来的。

意外受召的大臣不止他一个，韩稠稍稍安心，心想，这或许是慈宁太后想出的古怪主意，随机应变即可。

可北军将士进城还是不同寻常，韩稠走出几步，回头看了一眼，发现北军士兵没有跟上来，更加放心一些，迈步走向便门，脚下还是发虚，心里更是空落落的。

三十多名大臣清晨获召，大都是三品以上的高官，有的从家中赶来，有的直接从官署到达，无不莫名其妙，一见面就互相打探消息。

"是陛下的圣旨，可陛下……难道……"

韩稠是慈宁太后的宠臣，自然会被问到。他严肃地摇头，表示什么都不知道，心里默默祈祷，希望能听到皇帝驾崩的消息。

宫里的守卫士兵也变成了北军，有军官指引大臣前往同玄殿。

同玄殿是主殿，只有举行正式朝会的时候才动用，三十几名大臣走进去，仍显得空荡荡的。

韩稠一眼看到了宰相申明志，顾不得避嫌，快步迎上去，刚要开口，申明志却投来严厉而警惕的目光。

韩稠急忙止步，退回到自己的位置上，这种时候不能急躁，得有耐心。

群臣排列已毕，宝座上却迟迟没有人坐，大臣们交头接耳，又议论起来。

韩稠悄悄观察，礼部尚书元九鼎和吏部尚书冯举也来了，与别人一样迷惑，这让他再度放心，觉得这次意外未必就是坏事。

一名太监走进来，高声宣告："陛下驾到。"

韩稠眼前一黑。

这四字一出，众臣无不大吃一惊，可规矩还是得遵守，全都跪下接驾。

皇帝走来，脚步很轻、很慢，好像还不适应这里的地面。

韩稠壮起全部胆量，抬头看了一眼。

那的确是皇帝本人，脸色苍白，脚下虚浮，可是目光炯炯，绝非神志不清。

韩稠终于支持不住，身子一歪，倒在地上，再想跪起来已不可能，只好趴在那里发抖，喉咙里发出嗯嗯的怪声。

申明志同样惊恐不安，但还能保持镇定，大不了牺牲韩稠，他还是宰相。

韩孺子走到阶下，看了一眼上面的宝座，没有走上去，转身道："众卿平身。"

第三十九章

皇帝无私仇

韩孺子站在阶前面对群臣，身体尚未完全恢复，微微摇晃，必须用力呼吸，脑子里一阵阵发晕，但他仍然坚持站立，思维一点不乱。

大臣们陆续起身，对皇帝的到来实在太意外，不知该做怎样的反应。申明志突然想起自己是宰相，别的时候可以置身事外，唯独现在这种情况下，必须挺身而出，不可落于人后，急忙道："陛下康复，实乃大喜，臣等恭贺陛下，陛下万岁、万万岁。"

群臣终于反应过来，齐呼万岁，又都跪下。至于韩稠，趴在地上一直没站起来。

这回是张有才开口，请群臣起身。

韩稠还是站不起来，他想表现得跟众人一样，实在是力不从心。

张有才道：“韩宗正，陛下赐你平身。”

“见到陛下安康，臣……臣激动万分，站……站不起来。”

等了一会儿，有人一左一右将宗正卿大人扶起来。韩稠看了一眼，身体瘫成一堆烂泥：扶他的人分明是两名北军士兵，虽然没有携带兵器，但是神情严肃、铁甲坚硬，像刑具一样将他夹在中间。

其他大臣也都惴惴不安，同玄殿内出现普通士兵，这种事可一点也不普通。

韩孺子没有力气发怒，也不想发怒，开口道：“朕召诸卿前来，一是宣告朕已康复，从今日起亲政；二是这些天积累的事务不少，不能继续耽搁，今日务必解决。第一件事是云梦泽剿匪，不可再任群匪挣扎、反扑咬人，特任命东海国黄普公为左路将军、邵克俭为右路将军，共同剿匪靖民。”

兵部尚书蒋巨英立刻应命，心里却一片茫然：邵克俭是朝廷正式委派的剿匪将军，前往云梦泽已有一段时间，只是不知“黄普公”是哪支军中的将领，好在有“东海国”三字，事后打听即可，用不着向皇帝询问。

“第二件事，刺驾与他人无关，大将军府、倦侯府的围禁立即解除，迎皇后回宫。玄衣使者金纯忠与京兆尹府、刑部共审刺客同党。”

这一件事涉及刑部、皇宫、京兆尹府多个衙门，相关大臣与太监一一领命。

“第三件事，朕幼时读书少，常以为憾，希望尽快弥补，国子监祭酒瞿子晰，天下名儒，贯通经典，可为帝师。”

吏部与礼部领命。

“第四件事，治天下先治官，吏治不畅，天下不正，御史台久失掌印之官，任命吏部尚书冯举为左察御史，监察京官，兼领吏部，待有合适人选之后，再议。”

冯举立刻跪下，磕头谢恩。对他来说，这是一次关键的调任，品级虽未提升，地位却更高，前途也更光明。

宰相申明志垂头不语，神情僵硬。任命将军就算了，升贬三品以上的高官历来是宰相提出建议，皇帝据此决断，可他还没有上交奏章，皇帝就直接任命帝师与左察御史，分明是在架空宰相。

可他摸不清皇帝的底细，被北军士兵架着的韩稠更让他心神不宁，不敢当众维护自己的权力。

韩孺子任命的官员不止这些，一个个说起，从京城到外地郡守、国相，多达十五人。吏部尚书冯举刚刚获任左察御史，自己的目标已然达成，对其他任命毫无异议，连称“遵旨”，只怕答应得不够热诚。

接着是减税减赋、停建土木，户部、工部对此负责，还有审核冤狱、明春的大祭、河道疏通、驿站规划等诸多事宜，同玄殿里的大臣几乎都有任务，连宗正卿韩稠也不例外，他要加紧准备大祭事宜，安排好陆续进京朝请的各地宗室子弟。

韩稠带着哭腔领命，想要跪下谢恩，却被两名士兵牢牢架住，动不得分毫。

刚刚康复的皇帝一下子解决了按正常程序需要三五个月才完成的事务，若在平时，总会有大臣站出来，声明朝廷大事不可急躁、务求稳妥一类的话，今天却只闻“遵旨”之声，并无半句反对。

在朝廷上，皇帝是一方，大臣是另一方，无论私交如何，面对皇帝的时候，群臣都视宰相为首，宰相的一个眼神、一句暗示，立刻会得到相应大臣的配合，今天却是宰相申明志沉默在先，其他大臣当然不做出头鸟。

事实上，同玄殿上，宰相是唯一没有领到具体旨意的大臣。

皇帝足足布置了半个时辰，呼吸越显粗重，显然体力不支，于是宣布散朝，唯独留下宰相。

大臣们鱼贯而出，都找机会瞥一眼申明志，觉得他会是一个短命宰相。

申明志还没有认输，等同玄殿只剩他与皇帝，还有几名太监时，他侧身要跪下，却被皇帝阻止。

“申相一直沉默，是对朕的安排有异议吗？”

“臣不敢，臣只是略有不解。”

“请说。”

张有才上前，轻轻扶住皇帝。

“陛下所布诸事，皆经过深思熟虑，臣并无异议，可其中一些事项，应该说是大部分事项，似乎该由宰相府转达。陛下亲颁旨意，当然没有问题，臣只是心存疑惑，不知今后宰相府该做些什么。”

韩孺子缓步走到宰相面前，脚步轻得像是在飘浮：“申大人觉得自己这个宰相当得如何？”

申明志后退一步，躬身道：“臣扪心自问，治吏理民皆不如前代诸贤相，唯有上承圣意、下抚众臣，战战兢兢，如履薄冰，在勤勉谨慎上从不塞责，能与前贤相比。”

“嗯，申相的确是够谨慎的。”韩孺子点点头，向张有才示意。

张有才从怀中取出一卷纸，递给申明志。

申明志没接，惊讶地问：“这是……”

张有才道：“这是御马监提督容化民的供状，说了宰相大人不少好话，尤其是大人如何谨慎的事。”

申明志脸色骤变，还是没接那卷纸，向皇帝躬身道：“请陛下休听谗言，容臣解释……”

“朕明白，你是宰相，当然要关心朕的状况。朕这些天一直昏迷，太后出于母子之情，不肯对外透露消息，申相急于稳定朝纲，迫不得已才向内臣打听消息，是不是这样？”

如果让申明志来说，自然是另一套话，但意思与此差不多，他张嘴愣了一会儿：“陛下明察，臣忠心侍君、尽心报国，容提督虽然坏了规矩，但也是出于一片好心，并无不轨之意。”

张有才笑道：“虽然我识字不多，可也能看懂大概，容提督的说法与宰相可不太一样，他说自己受某位大臣指使，故意接近宰相、讨好宰相，表面上传递宫中的消息，实则是揣摩宰相的心意、打探宰相的消息。”

申明志脸色再次骤变，这回是尴尬与愤怒，伸手要接供状，手指刚一触到纸又缩了回来。他绝不能让自己陷入具体事情的争执当中，他的对手不是容化民，而是皇帝，一旦有争执，自己必败无疑，无数大臣已留下教训，这种时候只能以退为进。

“臣行止无状，有愧皇恩，甘愿认罪服法，任凭陛下处置。”话是这么说，申明志却没有下跪，保持最后一点尊严以及反转的可能。

韩孺子缓缓道：“朕不怪罪宰相。容化民身为内臣，出卖宫中秘事以交结外臣，才是罪不容赦。他的供状牵连了一些大臣，真假虚实难以确认，申相可愿替朕查清真相？”

申明志又一次愣住，更不明白皇帝的用意了：“陛下……”

“天下多事、朝廷疲敝，朕不愿再起事端，此案能小则小，严惩首恶即可，不必株连。”

申明志脸色苍白，几十岁的老臣，站在年轻的皇帝面前，却自觉像是不经事的孩子。

皇帝伸手搭在宰相的肩上，这只手软弱无力，轻如羽毛，申明志却觉得有千斤压身，不由自主地慢慢跪下：“陛下垂怜老臣，臣却愧对于心……”

韩孺子收回手掌：“秉公执法，不偏不倚，申相或凭此案名留史册。”

申明志抬头看向皇帝，突然明白了一切，叩首道：“臣已年老，陈疾缠身，早已难当重任，如今陛下康复，臣请交出相印，乞命还乡。”

“总得先查清此案。”韩孺子轻轻叹息一声，转身向外走去，张有才等人紧随左右。

申明志孤零零地跪在大殿里，心里清楚得很，他的宰相当到头了，这还不算，如果想要全身而退，必须帮皇帝一个忙，毫无瑕疵地拿下韩稠。

“遵旨！陛下！”申明志对着皇帝的背影大声喊道，声音在空荡荡的殿内来回传响。

殿外虽然寒冷，却是阳光明媚，韩孺子深吸一口气，备觉振奋。

张有才却不太满意，小声道：“便宜宰相了。”

“皇帝不报私仇。”韩孺子望向远方，“因为皇帝没有私仇。”

张有才没听懂，也没追问，皇帝能说出这样的话，表明是真的痊愈了。

半个时辰之后，皇后崔小君被迎回宫内，韩孺子对她说的第一句话是：“抱歉，这些天让皇后受苦了。”

同一时间，韩稠回到宗正府，心神不宁地向下属做了一些日常安排，一队差人不请自入，将大小官吏推开，直奔宗正卿大人。

带队者是景耀，无巧不巧，也说了一句话：“抱歉，要让宗正卿大人受苦了。”

第四十章

仆人与将军

黄普公四十多岁，身材矮壮敦实，脸上印满了沧桑，大概是在外面风吹日晒得久了，双眼总是不自觉地眯起来，显得很老实，也有几分深藏不露。能看出后者的人很少。

他不爱说话，主人有吩咐，他嗯嗯以对，从不多问，却总能准确理解主人的意图。同府的仆人在一起闲聊，他不避让，也不参与，似乎听得很认真，但是极少开口。

这天上午，主人燕朋师难得地没有出门，六七名随从仆人无所事事，聚在一间小屋子里烤火喝酒、闲谈胡扯。黄普公也在其中，听大家议论谁家权势熏天、哪位公子花钱如流水、谁家的女儿美名远扬、哪里的姑娘温柔多情……

他偶尔咧嘴笑一下，更多的时候只是喝酒，看上去喝得很慢，别人喝几口他才端一次杯，但是每饮必尽，不留一滴。

一壶酒很快喝完，比大家预料的要快，有好事之徒忍不住计算了一下，发现竟然是黄普公喝得最多。

“老黄可以啊，我们在这儿磨嘴皮子，你一个人喝得痛快，拿我们的闲话当下酒菜了。”燕三爷是燕家自小养大的家仆，算是几名仆人的头目。

黄普公看了一眼空空的酒杯，嘿嘿笑了两声，似乎自己也不理解为什么会喝掉这么多酒。

“酒不能白喝，闲话不能白听，老黄，你说怎么办吧？”

其他人跟着起哄，一块儿逼问。

“三爷做主。”黄普公呆呆地说，更显老实。

“让我做主我就不客气了，给爷几个再去买坛好酒。”

“顺便再带几样小菜，干嚼咸菜越吃越渴。”另一名仆人插口道。他一开头，其他人纷纷开口点菜。

等众人说完，黄普公道：“我没钱，谁能借我点儿？”

“屁话，大家都拿一样的工钱，你没钱，我们哪有余钱借你？”燕三爷对地位低的仆人向来不会客气。

“老黄，你没家没口的，把钱花哪儿去了？是不是在京城养女人了？”仆人们更要起哄了。

黄普公是闷人，受到斥责和嘲笑，全无反应，站起身，笑道：“我去别处借钱。”

黄普公一出屋，燕三爷就从柜子里又拿出一壶酒，鄙夷地说：“他肯定又拿去赌了，别理他，咱们接着喝酒，让他找人借钱去吧，看看有谁不开眼。”

炭是杂炭、酒是劣酒、菜是咸菜，但是烤着火、喝着酒，由里而外的暖和，谁都不想出屋，巴不得少个人分酒。

黄普公出了屋子，寒风一吹，不由得紧紧身上的薄衣。入冬的时候，他领过一身棉衣，只穿了一天就交给当铺，再也没赎出来。

他揉揉鼻子，实在找不出可以借钱的人。来京城几个月了，除了自家的仆人和几条街以外的赌场，他不认识别的人，思来想去，他只能去一个地方。

燕朋师正在书房里埋头苦读兵书，遇有欣赏之处，提笔记下，或是做些注解、发通感慨。一名美貌的侍女为他研墨铺纸、斟酒倒茶。

书房里更加温暖，黄普公算是亲随，不用通报，悄没声地走进屋子，站在门口，等候主人发现自己。

燕朋师数了数写满黑字的白纸，已经达到五张，今天的任务算是圆满完成，非常得意，用笔端在丫鬟脸上轻轻一画。丫鬟娇羞满面，轻声道：“公子，有人在呢。”

燕朋师看向黄普公，脸上的得意与亲密之情迅速消失，冷淡地说：“有事？”

黄普公不好意思地嗫嚅道：“那个……将军……能不能……再支我一个月工钱？”

“你的工钱已经支到明年了，还想再要？”

黄普公低头不语。

燕朋师比黄普公年轻得多，这时却像是父辈教训子侄一样，严肃地说："普公，你也老大不小了，不想着娶妻生子，天天就知道赌钱，这怎么能行？不要说你这样的人，就算是贵家公子，也经不起你这样过日子。"

"是是，将军说得对。"黄普公的头垂得更低了，可还是想借钱，"要不，我再为公子写点什么……"

他这句话说错了，燕朋师将手中的笔掷过去。笔太轻，使不上劲儿，半路掉在地上。燕朋师更怒，左右瞧了瞧，抓起砚台狠狠地扔向黄普公。

黄普公侧身避过，一脸茫然："将军息怒，我没说什么啊？"

"离开东海国的时候怎么交代你的？"燕朋师压低声音，却压不住心中的怒火。

"我没提那件事，真的，没对任何人提起……"

"那你想给我写什么？嗯？怕别人不知道你的本事吗？你的命是燕家救的，永远归燕家所有，让你做什么就做什么，但是不准你主动提起，明白吗？"

"明白了，将军。"黄普公退出书房，外面还是那么冷，他叹了口气，没脸回去找其他仆人，慢慢向府外走去，心想，去赌场或许能借出点钱来，毕竟自己这些日子里扔进去不少银子。

没走多远，身后有人叫他。

黄普公转身，看到燕朋师身边的丫鬟快步追上来。

"邀月姐有事？"

侍女还不到二十岁，是燕朋师进京之后才买的，起名"邀月"，府里的仆人无论年纪大小，都叫她"邀月姐"。

邀月解下腰间的荷包，从里面取出一小块银子："这是公子给你的。"

黄普公茫然地接过来。

邀月想了想，又从荷包里取出一块："这次公子开恩，再想让公子给你钱可就难了。别再赌钱了，买件棉衣吧，天这么冷，你总不能就这样过一冬。"

黄普公不傻，知道邀月在撒谎，银子与主人无关，而是邀月的私房钱。他自忖长相粗陋，没有那份风流潇洒，急忙将银子递还回去，摇头道："这是你的钱，我不能要，别人……别人会说闲话的。"

邀月没接，正色道："闲话永远不会少，我不在乎，也请你不要误解，我没有别的意思，只是觉得你不该做仆人，不该受这样的气，如能从军效力，早晚必成大器。"

黄普公面露惊讶，他在为主人书写军策时，邀月的确有几次在场，可一名买来的女子，以色事人而已，竟然说出这样一番话，实在令他意外。

“黄普公，你为什么非要屈居此地不可呢？”

黄普公摇摇头，不想谈这件事，合起手掌：“以后我会还你。”

邀月笑了笑，转身跑开，她找借口出来的，不能耽搁太久。

黄普公出府，踩着碎雪乱走，满腹心事，不知不觉走出几条街，猛一抬头，竟然又到了赌场所在的巷子口，进去不远就是暗藏的赌场。他原本是要来这里借钱，如今有了钱，不知为何还是来了。

一想到骰子的清脆响声、庄家的吆喝、成堆的银子，黄普公就怦然心动，如果能将这点银子增加几倍，既能请客，也能还钱，还能赎回当铺里的棉衣。

黄普公迈出一步，突然转身跑开，躲避巷子里的引诱。

没多久，他又回来了，发现自己真傻，现在是大白天，赌场根本不会开张，哪来的引诱？

黄普公长出一口气，没去赎棉衣，而是去买了两壶酒、几样小菜，都是卤肉、咸菜一类的东西，包在油纸里，酒壶约好明天送回来，全用细绳系好，一手拎酒、一手提菜，原路返回。

守住了银子，没去赌博，黄普公一身轻松。

天气虽冷，街上的行人却不少，黄普公耳中突然听到一句“皇帝醒了”，扭头看去，只见一群人涌向一名男子，非要他解释清楚不可。

黄普公笑着摇摇头，与己无关，他不去凑热闹，只想回到府里，坐在炭火周围，喝酒吃肉，听一群仆人扯淡，没人注意的时候，他可以回忆一下往事，以助酒兴。

前面不远就是燕府，燕三爷等人跑出来，站在街上左瞧右望，一人伸手指向黄普公，大叫道：“在那儿！”

几人飞步跑来。

“怎么了？将军叫我？”整个燕府里，只有黄普公称燕朋师为“将军”，别人都叫“公子”。

燕三爷的脸红扑扑的，却十分严肃，一把夺过两壶酒、几包菜，交给其他人，拉着黄普公的胳膊：“赶快跟我走。”

“去哪儿？”黄普公被迫转身，朝反方向走去。

“别多问，公子下令，照做就是。”燕三爷更显严肃，忍不住加上一句，“黄普公，你可惹大事了。”

黄普公越发不解，但是没有追问，也没有反抗，顺从地跟着小跑：“小心点，酒是满的。”

迎面驰来一队骑士，皆是锦衣华服，燕三爷等人急忙让在路边，将黄普公挡在身后。

骑士们却偏偏停在几名仆人面前，当先一人道：“哪位是黄普公？”

燕三爷哪敢当面隐瞒，让开一边：“这位就是。”

那人笑道：“你们动作倒快，是要将他送到兵部吗？”

燕三爷接到的命令是将黄普公藏起来，不敢说实话，只好点头：“是是。阁下怎么称呼？”

“我叫晁鲸，倦侯府的人，奉命来接黄普公，他先不用去兵部了。”晁鲸顿了顿，“陛下召见他。”

燕三爷等人大吃一惊，他们只知道兵部在找人，可不知道皇帝也感兴趣。黄普公更是一脸愕然。

“会骑马吧？”晁鲸问，目光看向黄普公，对他略有印象。

黄普公点点头。

晁鲸带着空马，招手让人牵过来：“走吧，陛下不喜欢等人。”

黄普公上马，扭头看向同伴，燕三爷等人个个呆若木鸡，他想要回酒菜，但坐骑受到催促，只好迈步驰行。

倦侯府里，黄普公没有马上得到皇帝的召见，而是在一间屋子里等候。晁鲸命人送来好酒好肉：“陛下今天醒了，倦侯府解围，喜事真是一桩接一桩，陛下有点忙，可能会晚点来，你别急。”

“是，我不急。陛下找我有什么事？我只是燕府的一名仆人。”

晁鲸端起酒杯，笑道：“你不只是仆人，还是会打仗的仆人。”

黄普公脸色微变。

晁鲸敬酒：“你从前是海盗，犯过死罪，可陛下不在乎，你就要当将军了。”

第四十一章

将军风度

宰相申明志会对韩稠“秉公执法”，给皇帝一个交代，事后还会以病重为由请辞。作为回报，皇帝将给予他致仕大臣该有的一切优厚待遇，甚至在史书中将他树立为对抗奸臣的贤相。

慈宁太后对此不是特别理解：“申明志勾结内臣，与韩稠是一丘之貉，陛下纵然不定其死罪，也用不着妥协吧？”

韩孺子正襟危坐，在母亲面前，他不能太随意，回道：“申明志身为宰相，维护的是朝廷利益，因此朕给他一次机会，让他保住朝廷的规矩。皇帝无私仇，因其无私，方可动用公器。朝廷即为公器，朕委任宰相处置叛逆者，乃是对公器的信任，申明志会理解的。”

“他若是不理解，反而与韩稠勾结得更深呢？”慈宁太后冷冷地问，觉得儿子过于仁慈了。

“那样的话，朕只好破坏规矩，将叛逆者连同朝廷一块儿铲除。公器难成，但是也可推倒重建，武帝就这么做过。”韩孺子顿了顿，加上一句，“朕有北军。”

一部分北军进城，不仅守卫着皇宫，也监督着朝廷，申明志亲眼所见，但凡还有一丝理智，也不会选择再与皇帝作对。

慈宁太后放心了，却仍然不忿，她憎恨一切威胁过皇帝安全的人，她没再多说什么，儿子毕竟长大了，是一位聪明的皇帝，用不着她事事指手画脚，于是叹口气：“陛下不会再随意出宫了吧？”

“朕还有许多事情要在倦侯府处理。”韩孺子早想出宫，却被母亲堵在了寝宫里。

“陛下既然想按朝廷规矩办事，应该没有什么事情不能在宫中处理。”慈宁太后走近皇帝，看到儿子的脸色仍然苍白，身体仍然虚弱，不由得心痛如绞，语气却保持严肃，“陛下还要再经历几次危险？陛下纵然不爱惜自己的身躯，就不顾及一下我这个老太婆的心情吗？还有宫中后妃，好歹……好歹看到皇子出生啊。”

韩孺子无奈地笑了一下，他有办法对付宰相，却不能用同样的办法对付母亲：“好吧，既然太后坚持，待朕完全康复之后再议出宫之事。”

慈宁太后希望皇帝一直住在宫里，但是不想现在就提出来，点点头：“就算是当初的太祖，也不是一两天打下的大楚江山，望陛下戒急戒躁、专心休养。”

就这样，韩孺子没能及时出宫前往倦侯府见黄普公。

可他闲不下来，还是来到凌云阁处理事务，召来赵若素，临时任命他为特使，在凌云阁、勤政殿、中书省之间奔走，传递消息、送交奏章。

外面的消息不停传来，申明志准确理解了皇帝的意图，又拿出当初当右巡御史的风格，雷厉风行，立刻派人抓捕韩稠，并且请刚刚获释的景耀全程参与，好让皇帝放心。

金纯忠那边也在抓人，以京兆尹府和刑部的名义搜集韩稠参与刺驾的直接证据，圣军师等人全都受到重新审讯。

皇帝康复的消息必须及时送达天下各地，以安抚众心。韩孺子还要亲自写几封信，分别送给云梦泽的杨奉、塞外的柴悦、西域的邓粹等人。这些人由皇帝亲自选用，对皇帝的安危自然也比别人更在意些。

忙碌到将近天黑，事情才算告一段落，慈宁太后、皇后不停派人过来探视，委婉地催促皇帝早些休息。

韩孺子决定再见一个人。

黄普公已经从倦侯府来至宫中，等候多时，接受了至少三次全身搜查。饶是如此，当他进入凌云阁时，身边还是跟着四名侍卫，而且规定他不准进入皇帝十步之内。

整个皇宫之人都不想再冒险。

为了保持距离，黄普公只能在门口跪拜皇帝。

韩孺子正在看景耀送来的情报，那上面有黄普公的履历，比之前的说法要真实得多。

黄普公原名叫黄韧，出生于南越，早年间也是良民，习文习武皆有所成。

二十多岁的时候，为了给重病的母亲买药，他铤而走险，与城中一群无赖少年结伙为盗，因为一次分赃不均，大打出手，黄普公连杀十余人，带着母亲入海避难。

此案因为发生在城内，当年曾轰动一时。

海上生活艰辛，年轻力壮、能打能拼的黄普公能够逍遥自在，年老体衰的黄母却极为难熬。

黄普公是名孝子，为了让母亲过得舒服一些，四处劫掠，不只劫商船、渔船，连别的海盗都不放过。

他定下规矩：如果遇到普通百姓，只劫财，甚至还会留下一些，让被劫者靠岸之后不至于一无所有；如果撞见的是同行，则要劫财毁船，船上的人抛进海中，生死由天。

黄普公声名大噪，有了自己的团伙，却也引来大批仇家，双方交战频繁，黄普公的指挥才能就是在此期间显露出来的，迅速由弱变强，成为海上一霸。

黄普公称霸十余年，可是仇家太多，众海盗打不过他，就与官府暗中联手。

在一次追击战中，黄普公的船队被引入埋伏圈，十余艘船被上百艘官船与海盗船包围，数量对比如此悬殊，黄普公仍然坚持了七天七夜，若干次突破重围，没多久又被包围，最终船沉落水，为一伙海盗所俘。

当时官府一方的将领正是燕朋师的父亲燕康，他威胁要向结盟的海盗开战，从他们手中要回了黄普公，也救了他一命。

燕康欣赏黄普公的本事，将他带回东海国，又从岛上接来他的母亲，极力招安。

为了母亲的平安，黄普公接受了招安，但他是强盗头目，朝廷通缉的重犯，外面又有大批海盗恨他入骨，没法从军，所以抛弃黄韧这个旧名，改叫黄普公，从此在燕府为奴，隐藏数年，直到官府销案、海盗也将他遗忘的时候，才逐渐公开露面。

这时的他，已不是称霸海上的大盗，只是燕府里的一名仆人。

但他不是普通的仆人，经常跟在燕康身边，为他出谋划策，甚至随他一块儿上战场排兵布阵，每每必胜。燕康一路积功升至东海国相，黄普公还是仆人。等老主半退，他又开始服侍小主燕朋师。

半年前，齐国平乱，大批逆贼退至海上，黄普公与燕朋师带领一艘战船出海追击，立下大功，当然，功劳都归主人，身为仆人的他只是多领几个月的工钱。

景耀在东海国找到了几名参战的船上士兵，他们异口同声地称赞黄普公，对名义上的主将燕朋师则只是嗯嗯以对，一名士兵喝多之后透露了更多的详情，声称燕朋师其实是被迫登船，在船上吓得半死，好几次威胁要将黄普公处斩。

韩孺子放下手中的纸，打量门口的黄普公："抬起头来。"

黄普公抬头，目光仍然低垂，不敢与皇帝直视。

已过不惑之年的黄普公没剩下多少大将风度，怎么看都像是一名老实本分的仆人，可是跪在皇帝面前，他不颤抖，也不显惊慌，下跪、垂目只是执行规矩，表面的恭谨之下藏着一种罕见的镇定。

他就像海下的一块顽石。

"黄普公，你的母亲还在吗？"韩孺子问道。

黄普公抬眼看了一下皇帝，显出几分惊讶，马上又垂下目光："回禀陛下，草民的母亲已在七年前亡故。"

"子欲养而亲不待，可怜可叹。"

黄普公只是磕头，没说什么。

韩孺子又拿起桌上的纸，看着一行字，问道："你年轻时也曾学文习武，为何不肯考取功名为国家效力，既能供养老母，也能光耀门庭，反而甘心为盗？"

皇帝竟然了解二十余年前的事情，黄普公更加惊讶："草民参加过文武考试，都没考中。那时……那时的草民鲁莽无知，急需用钱，人家雪中送炭，我就当他们是知己，觉得要以性命相报，于是入伙。"

"可你后来又将同伙都杀死了。"

"他们拉我入伙的时候是朋友，一块儿作案的时候是同伙，事后分赃却要论尊卑贵贱，而且也不是草民先动手，他们自己先打起来，边打边骂，将彼此的丑事全都抖搂出来，草民看得焦躁，觉得自己看错了人……草民那时鲁莽无知。”

年轻时的黄普公的确鲁莽，一言不合，拔刀相向，对他来说是极正常的行为。

韩孺子隐约看到一位江湖人的形象，又问道：“逃难至海上，你为何专与海盗作对？”

黄普公沉默片刻：“草民刚到海上的时候，曾经拜访过几个有名的大盗，他们看我带着老母，又听说我杀过同伴，不愿纳我入伙，我……草民那时鲁莽无知。”

韩孺子因此更觉奇怪：“从何时起，你不再鲁莽无知，反而甘心在燕府为奴呢？”

一直镇定的黄普公终于颤抖了一下：“草民的母亲这一生受尽苦难，最后几年几乎下不得床，临终前说：‘我的命都耗在你身上了，如果你觉得为娘还算尽职尽责，就别再折腾了，哪怕为奴，只要能平平安安过一生就好，你活得长久，为娘泉下有知也不难过。’”

黄普公潸然泪下，因为母亲的这一席话，他心甘情愿在燕府为奴，将心中的豪情壮志全化为赌兴，只是偶尔还会显露出来，那时他会不顾一切地冲上战船、冲向敌人。

韩孺子沉默多时，想起了自己的母亲，突然觉得自己应该在宫里多留一段时间。

“如果让你剿灭云梦泽群盗，需兵多少？”韩孺子斩断私念，问到正事。

“群盗声势甚众，其实各自为战，草民只需三千精兵，但是兵将要由草民选择。”

“何时可以开战？”

“没有时间，到了就打，打完即退，伺机再战，如是者三五次，群盗可破。”黄普公挺身而答，已有五六分将军之风。

第四十二章

佟妃紧张

崔家又逃过一劫，却也遭受重创。刺杀毕竟发生在崔府，皇帝宽宏大量不予追究，崔家自己却不能免责，崔宏一边安排老君的丧事，一边上书请罪，自愿交出全部官印，大将军、太傅、南军大司马等职位无一例外。

韩孺子退回请罪书，崔宏再度上书，甚至通过女儿向皇帝陈情。

短短的几天里，崔小君深受打击，愈发相信“满招损”的道理，因此真心希望父亲能够交出权力。

“父亲伤势颇重，一时半会儿难以痊愈，年纪也大了，只想在家里颐养天年，陛下就收回他的官印吧。如今国家多事，南军也该交给其他人了。”

韩孺子这些天与皇后住在一起，没有召见其他嫔妃：“实话实说，我也想收回南军，可如今朝中正在调查韩稠之案，群臣惶惶，不宜再有变动，大将军若是真心想交出南军，就让他再等一等。”

刺驾事件发生之后，南军将领没有为崔宏发声，双方的联系已不像从前那样紧密，韩孺子因此并不急于收回大司马之印，眼下他还没有合适的人选代替崔宏，不如留他以稳定局势。

崔小君相信皇帝，没有再催促，转而说道：“惠妃怀孕，陛下去探望过吗？”

惠妃是佟青娥的封号，她现在是宫中仅次于皇帝的重要人物，从太后以下，人人都围着她转，就连张有才，一天的大部分时间也留在佟妃身边，一点小事也要转告给皇帝和太后。

“去过。”韩孺子含糊应道，他去过一次，没说几句话就走了，“佟妃见到我就紧张，所以我想还是少去为好。”

崔小君轻轻一笑：“陛下本末倒置了，陛下不常去，惠妃心怀忐忑，才会感到紧张；陛下若能常去看看，让惠妃知道陛下爱子心切，她自然不会再紧张。”

韩孺子微微皱起眉头：“再对你实话实说，我还没有‘爱子心切’的感觉。”

崔小君严肃地说：“陛下必须有，那是陛下的第一个孩子，也是大楚未来的希望。陛下所作所为皆求稳妥，这个孩子出生之后，带来的稳定可能超过陛下迄今为止所做的一切事情。”

“不一定就是男孩……好吧，我会常去看看。”韩孺子盯着皇后，轻叹一声，“如果孩子是你的就好了。”

崔小君何尝不希望如此，但她不嫉妒：“一切皆有定数，急不得，我若命中有子，早晚会有；若是……我能常见陛下，已经心满意足。”

韩孺子次日忙了一天，傍晚时分，他听从皇后的建议，临时决定去探望佟青娥。

他对佟青娥印象不差，甚至可以说是很好，可那是另一种感情，与对皇后全然不同，每次见面，他都会想起几年前受到引诱的场景，立刻觉得自己小了几岁，颇为尴尬。

偏偏是佟青娥第一个怀孕，韩孺子更觉尴尬，就像是在人前义正词严拒绝了美食，人后偷吃的时候却被逮个现行。

佟青娥也觉得尴尬，总认为自己不该这么幸运，首先怀孕的人应该是别的嫔妃，比如淑妃邓芸。

皇帝来的时候，邓芸正在房里与佟青娥聊天。她与另外两名嫔妃最终被证实都没有怀孕，遗憾万分，经常来陪佟青娥，用她的话说是“借借孕气”。

慈宁太后对佟青娥以外的所有嫔妃都怀着戒心，邓芸虽然能来，但是不准自带礼品，尤其不能带食物，屋子里总有几名太监和宫女盯着，她不在意，每次一来就摸摸佟青娥尚未鼓起的肚子：“小家伙是不是有点孤独啊？保佑我生一个弟弟吧。”

皇帝的到来，照样让佟青娥紧张，起身时动作太快，差点摔倒，别人没来得及上前，邓芸抢先扶住，按着她坐下：“这又不是正式场合，不用时时讲究礼仪。”

韩孺子进屋，尴尬的感觉又来了，只好摆出威严的神态，说：“朕要去给太后请安，顺路过来看看。”

佟青娥面红耳赤，邓芸大方地说：“皇宫是陛下的家，陛下可得经常‘顺路’。我刚才对惠妃说，只要不是正式场合，在陛下面前无须拘礼，可以吧？”

“当然。”韩孺子点点头，四处看了看，服侍佟青娥的人都是从前的“苦命人”，他全见过，想说点什么，话到嘴边又觉得无趣，于是又点点头。

邓芸笑道：“陛下不好意思呢。张有才，陛下来了，你们不用再盯这么紧了。”

张有才干笑几声，他一直看着淑妃，几乎没挪开过目光，的确盯得太紧了一些，示意其他人跟自己一块儿离开，但是没有走远，就守在门外，时不时探头看一眼，随叫随到。

窗下摆着一张软榻，两个妃子坐在上面，邓芸指指对面的椅子：“陛下请坐。陛下不是看一眼就走吧？”

韩孺子犹豫了一会儿，还是走过去坐下。与其说是这里的主人，更像是一名访客。

佟青娥也不知该说什么。邓芸笑道：“你们两个都这么闷，真不知道在床上……让我找个话题吧，陛下，听说你选了一名海盗当将军，是真的吗？”

说起这种事情，韩孺子有的可说：“黄普公早就不是强盗了。”

他将黄普公的事迹略述一遍，邓芸颇觉有趣，连佟青娥也听进去了，开口道：“他倒是一位孝子。”

邓芸道：“孝子还在其次，这个人看来真会打仗。那燕家怎么办？隐藏这么一位优秀的将军，不该受罚吗？”

“没有燕家的隐藏，黄普公十多年前就会被处死，所以算是功过相抵吧。朕将燕朋师召入宿卫军，让他做一名副都尉，若是真有才华，日后总有用武之地。”

佟青娥无所谓地点头，只要皇帝显得正常，她也不那么紧张了。

邓芸却真将皇帝的话当回事，想了一会儿，笑道：“陛下是在安抚远在东海国的燕康。也对，像黄普公这种出身，多少年出不了一位，惩处燕家并不能治本，反而惹得大臣们疑神疑鬼，不如给燕家一个举荐之功。”

大多数嫔妃连朝中大臣的姓名都叫不全，邓芸却能随口说出东海国相的名字，韩孺子有些意外。

邓芸之前就表现得很聪明，但是许多话更像是哥哥邓粹教给她的；如今邓粹远在西域，邓芸只能依靠自己，更显真性情。

“黄普公已经去云梦泽，如果真能建功，朕还要派他去平定东海，到时他要荣归东海国，与国相燕康协作剿匪，这才是一个麻烦。”

从前的仆人变成了将军，旧主的脸面不会太好看。

邓芸将皇帝的话当成一个问题，思考片刻：“不能召燕康回京城委以高官吗？”

“朕有这个想法，但是吏部说，大楚有一些官员虽非世袭，但是出于种种原因，总是由固定的世家担任。燕家在东海国是大族，召燕康进京，继任还得是燕家人，问题并未解决。”

“小小一个燕家，连陛下也动不得？”

“可以动，但是没有必要。东海国地处偏远，比京城还需要稳定，燕家并无大恶，除之无益，朝廷委派的官员也不会做得更好，反而更难控制。”

韩孺子早就发现了，离京城越远、道路越不通畅的地区，官员越是稳固，总是由几个家族把握，地方官通常三年一轮，至多六年，边疆官员却不用遵守这项规定，每到任期将满，朝廷总会接到该地百姓的大量请愿书，希望留下父母官，朝廷往往顺水推舟。

身为皇帝，韩孺子不喜欢这种“惯例”，但是现在还腾不出手来解决，而且未来的两三年内，他需要东海国保持稳定。

邓芸又想了一会儿，笑道：“既然如此，陛下就应该让燕朋师也去云梦泽，他不是喜欢冒领军功吗？就让他再冒领一次，剿匪之后，陛下同时奖赏黄普公和燕朋师，然后将他们两人同时派往东海国。燕家的功劳与黄普公紧紧捆在一起，总不至于再捣乱吧？”

韩孺子没回应，心里却觉得淑妃所言是一个主意。

邓芸又道：“等到东海平定，陛下有了回旋余地，可以效仿前代皇帝，将边疆大族迁至内地，燕家也算在其中就好了。”

韩孺子笑了笑，还是没说什么，与妃子讨论政事已然破坏规矩，他不能说得更多，随口问道："惠妃有什么想法？"

佟青娥一愣，她宁愿当一名听众，觉得很自在，让她拿主意，实在太难了："我……我觉得淑妃说得很对啊。"

韩孺子起身要告辞，斟酌再三、自勉再三，迈步来到佟青娥面前。

佟青娥吃惊地站起身，邓芸饶有趣味地看着。

韩孺子见过母亲和皇后等人抚摸佟青娥的小腹，于是也模仿着轻轻触碰了一下，生硬地说："惠妃珍重，待生产后，朕与你贺喜。"

佟青娥愣愣地说不出话。皇帝转身离开，出门之后如释重负，觉得这比处理国家大事还难，但是心里的确生出一股奇怪的感觉，对那个连样子都瞧不出来的小小生命，多了一份期待。

屋子里，邓芸扶着佟青娥坐下，微笑道："陛下是好皇帝，也会是好父亲，无论如何，我都要为他生一位皇子。"

第四十三章

画线的门道

事关刺驾，官府抓人时从来不会手软。据传有数十名刺客混入京城，京兆尹府总共抓捕了上千人，陆续释放一些，还剩五六百人，每到受审的时候，哭喊声一片。

玄衣使者金纯忠同情这些人。快要过年了，他们却不能回家，每天都有一批人在大牢外面排队，有钱者贿赂一下狱卒，无钱者只能枯等，希望能碰到好心的差人，向牢里的亲人传句话。

金纯忠看在眼里，如果是从前的他，会觉得这是陋习，必须加以纠正，先不说公差贪贿，万一带到牢中的话是给刺客同伙的暗语呢？可是看得越多，他越觉得应该保持沉默，多少该给无辜者一点希望。

进入腊月，随着案情渐渐清晰，金纯忠觉得自己不能再沉默了，他得做点什么，却不知该怎么做，必须找明白人帮忙。

这天下午，趁着空闲，他在大牢附近的一家酒馆里宴请司法参军连丹臣。

金纯忠有充足的理由这么做，他学过的刑讯之法毕竟是纸上谈兵，在整个审案过程中，老吏连丹臣对他帮助甚大，可以说是半个师父。

即便如此，刑吏之间的单独宴请还是比较罕见的，正常的做法是请一大群同僚，以某人为主客，金纯忠却只请连丹臣一人。

连丹臣为人谨慎，答应得有些勉强。

酒馆是一座四合院，金纯忠单独要了一间房，酒菜摆上，两人推杯换盏，渐渐熟络起来，说了一些闲话。金纯忠称赞连丹臣经验丰富、手段高明；连丹臣羡慕金纯忠少年有为，又是外戚，今后前途无量。

金贵妃留居塞外在官场中是一项禁忌话题，连丹臣就算醉得不省人事，也不敢提及。

金纯忠觉得差不多了，先敬一杯酒，问道："有一件事我一直不明白，还请连大人解惑。"

"不敢，只要是我知道的，绝无隐瞒，请说。"在皇帝亲派的使者面前，连丹臣比较客气。

"牢中的犯人大都被证明与刺客没有直接关系，为何不能释放？陛下不是降旨说过不可株连无辜吗？"

新来的刑吏居然为这种事疑惑，连丹臣微微一笑，放下酒杯，想了想，反问道："怎样算是无辜？"

金纯忠一愣，没明白这句话的意思。

连丹臣举例道："就说这一批犯人吧，说他们无辜，都与刺客有些联系；说他们有罪，这些联系又都很勉强。比如有些人认识刺客，住在同一院中，曾经觉得刺客行为古怪，但是没有报官，算不算无辜？还有人向刺客卖过米面油肉，拿过刺客的钱，算不算无辜？"

"应该算吧。"金纯忠不太肯定。

"可是卖给刺客的米面当中藏着兵器、身为邻居却为刺客打探消息呢？"

"兵器是米面铺老板放进去的？邻居提供的消息与刺驾相关？"

连丹臣笑了笑："犯人都说不是，可你能相信吗？京兆尹大人相信吗？刑部相信吗？再往上能相信吗？咱们看到的是活生生的犯人，往往从神情、从哭喊声、从其亲友的表现上判断此人是否可信，可供状上只有文字，没有这些能够取信于人的细节，大人们的感受跟咱们是不一样的。"

金纯忠一下子明白了许多事情，又敬一杯："若非连大人指教，小子何时醒悟？"

连丹臣接受这杯酒，喝下之后感慨道："刑吏之难，不在查案、不在审讯，而在画线，或失之于宽容，漏掉奸人，无法应对上司；或失之于严厉，不免殃及无辜。至于此案，问题就在于迟迟不能画线，所以牢里的犯人不能释放。”

“主犯皆已落网，为何还不能画线？”

连丹臣在自己与金纯忠之间来回指了两下：“你我有画线的手段，但是没有画线的权力，京兆尹大人在等刑部的命令，刑部在等宰相的说法，宰相……”

连丹臣又笑了笑，没有继续说下去。金纯忠道：“宰相在揣摩陛下的心意。”

连丹臣点头：“案子一旦涉及了朝中大臣，最为难办。韩稠被抓，可他背后还有没有大臣支持？有多少？都是谁？”

金纯忠能够越过层层官员直接晋见皇帝，沉吟片刻，说道：“据我所知，也只是猜测啊，陛下不想让事情闹大。”

连丹臣若有所思，抓起桌上的酒杯，喝了一口才发现里面没酒，金纯忠马上替他斟上，两人为此客气了一会儿，连丹臣放下杯子：“如此说来，问题出在宰相那里，关键却在韩稠身上。”

金纯忠在意的是牢中无辜者，结果却说到了宰相与韩稠，于是拱手道：“愿闻其详。”

连丹臣拿起酒杯一饮而尽，喝得有点多了，不免有些得意忘形，虽然不至于胡言乱语，但是有些话也敢说了：“皇帝想除掉一个人，是不是很简单？”

“当然，皇帝一言九鼎，手握生杀予夺的大权，只需一句话，就能除掉任何人。”

“嘿，皇帝的简单，正是朝廷的繁重。皇帝说杀掉张三，朝廷必须领命，可是不能直接就杀人，总得有个罪名，大楚律法里可没规定‘皇帝说杀就杀’，朝廷就算这么做了，皇帝也会不满，以为朝廷让自己担上‘昏君’‘暴君’之名。”连丹臣一把抓住金纯忠的胳膊，“我当你是知己才说这些话，可没有别的意思，更无影射之意。”

金纯忠笑道：“连大人放心，我不是那种捕风捉影、构陷无辜的人。”

连丹臣点点头：“眼下的案子麻烦就在这里，陛下仁慈，不想让事情闹大，宰相当然遵旨，必定深挖韩稠，令罪名无懈可击，可韩稠有罪吗？”

“当然有罪！”金纯忠觉得这是明摆着的事情，“韩稠贪贿无数，富比国库，又与刺客勾结……”

连丹臣笑着打断金纯忠：“韩稠肯承认自己与刺客勾结吗？”

金纯忠没审过韩稠，只能猜测：“想必不肯。”

“刺客承认了吗？”

金纯忠审过所有刺客，大多数时候连丹臣也在场，于是摇摇头。

刺客的头目是圣军师，只有他，还有刺客栾凯，与韩稠有过直接往来。栾凯说话颠三倒四、前后矛盾，不足采信；圣军师则坚称韩稠“出卖”自己，对在崔府发生的刺杀一无所知。

连丹臣道：“贪贿虽是重罪，可韩稠是宗室重臣，顶多被削籍为民、发配边疆，遇到大赦，还可能恢复身份。勾结刺客才是不可宽赦的死罪，正因为如此，更要证据确凿，出一点瑕疵，都会让人怀疑陛下罗织罪名报复宗室。”

韩氏子孙遍布天下，与京城相隔千山万水，传言跋涉过去，早已面目全非。

连丹臣久为刑吏，对这些事情看得清清楚楚：“宰相要让天下人心服口服，难啊！只要韩稠和圣军师咬住不承认，真相哪怕就摆在眼前，也不算数。反之，这两人只要有一人松口，万事大吉，是只诛首恶，还是株连百人、千人、万人，都容易得很。”

金纯忠叹息一声：“可怜那些无辜百姓，居然被这两人所连累。”

金纯忠听得越认真，连丹臣越兴奋，意犹未尽，又喝一杯酒，说：“也不尽然。”

“还有别的原因？”

连丹臣笑而不语。

金纯忠连敬三杯。他是勋贵子弟、皇帝外戚，在一名刑吏面前却恭敬地执弟子礼，连丹臣三分欣赏、三分醉意、三分自傲，什么话都肯说了：“其实京兆尹大人知道牢中的人大都无辜，与刺客直接相关者寥寥无几，可皇帝下达宽赦令之后，仍将数百人羁押，因为这对大人、对整个衙门，包括你我在内，都有好处。”

金纯忠立刻想到了那些接受犯人亲属贿赂的公差：“京兆尹大人在等钱？”

连丹臣笑着点头：“案子查到现在，脉络基本清晰，刺客连同包庇者最多百人，这些重犯谁也保不出去，再多的钱也没用。可其他犯人却是添头儿，放了是显示陛下仁慈，不放是办案谨慎，画线的权力在京兆尹大人手中。”

金纯忠感慨万千：“韩稠的罪行之一就是贪贿，结果查案者利用这个机会也在贪贿。”

连丹臣大笑：“不一样、不一样！韩稠是山中老虎，专挑肉多的猎物。京兆尹大人算是狼，吃点鼠兔。至于咱们，捡点残羹冷炙而已。还有更差的，只能啃骨头了。”

金纯忠笑了笑，没有争辩，心里却觉得这是一样的行为。

连丹臣收起笑容，低声道：“其实金大人是有机会成狼，甚至成虎的。”

金纯忠一惊，以为连丹臣是在出言讽刺，细看老吏的神情才明白过来，那是羡慕与推崇。连丹臣以为金纯忠请他喝酒就是为了弄清门道为自己捞取利益呢。

“成虎就算了，太扎眼。”金纯忠顺着说下去，“可我还没明白，机会在哪儿呢？”

“金大人能够直接面圣，这就是最大的机会，而且很安全。你也不用替谁求情，招惹猜忌，只需多听，什么时候陛下又要大赦，你立刻告诉我，我去找几个富裕犯人的亲眷，对他们说有办法放人。接下来就简单了，将犯人放入大赦名单里，反正他们也没什么重罪，本来就该在名单里。差事完成了，钱也拿到手了，最妙的是毫无风险。”

连丹臣不再说了，只是嘿嘿地笑，觉得今天的酒真是好，自斟自饮，连喝数杯。

金纯忠也在笑，心想自己的确应该去见皇帝了。

第四十四章

一次交锋

圣军师四十来岁，身材瘦小，其貌不扬，骨头却挺硬，连番遭受酷刑，就是不肯招出韩稠，每次被问到时，回答都差不多：“皇帝杀个大臣还不简单？何必找我帮忙？”

与其他犯人不同，他没有被关在京兆尹府的监狱里，享受特殊待遇，住进了刑部大牢，几乎每天都要接受不同部司的审问。他早已习以为常，今天没人来拖他出牢，反而不习惯：“嘿，狱头儿，到时候了，老子今天的‘竹笋炒肉’还没吃呢！”

刑部大牢位于地下，房间不是很多，关押的却都是重犯。圣军师喊话之后，深处传来稀稀拉拉的掌声，还有隐约的叫好声。

圣军师来了兴致，坐在草席上，放声高歌，晃动身上的锁链当乐器，唱的是一首下流小曲，从狱卒往上一直到皇帝、家中女眷都逃不过他的编派。

两名狱卒拎着棍棒走来，隔门怒喝，圣军师却唱得更起劲儿。他是朝廷要犯，受审时频繁挨打，在牢里却没人敢动，万一出了状况，狱卒们可承担不起责任。

“拿抹布把他的嘴堵上。”一名狱卒说。

“给他加餐，抹布越脏越好。”另一名狱卒迎合，两人转身离开。

圣军师大笑：“你们两人的婆娘最脏，都送来吧，老子来者不拒！”说罢又唱起来。

过去很久，狱卒一直没回来，空气中弥漫着霉味、臭味的刑部大牢，好像找不到一块肮脏的抹布。

圣军师嗓子沙哑，终于觉得无趣，躺在地上哼哼，肚子倒真是饿了，就算是腐臭的肉，他也能毫不犹豫地吞下去。

外面传来脚步声，接着是开门声。圣军师坐起来，伸伸腰、扭扭脖子，哑声道：“以后能不能准时一点？耽误老子休息，不知道我正在梦里和玉皇大帝聊天吗？”

牢门打开，进来两人，并非狱卒，圣军师认得其中一人是审过自己多次的金纯忠，还有一人却不认得，于是多打量几眼。

那人提着灯笼，这时放在地上，问道：“就是他？”

金纯忠道：“是他。”

“老子不是‘他’，老子叫圣军师。”

“相貌与传言一致，脾气不太像。”陌生人道。

“你是哪路神仙？还打听过我的脾气？”

那人没有回答，侧身向金纯忠点了下头。金纯忠退出，将牢门关上。

“牢房里审问，有点新鲜。可你就一个人，不会是被关进来给我做伴的吧？老子对太监没兴趣。”

那人是名太监，缓步走到圣军师面前，背对灯笼，居高临下地俯视犯人。圣军师挣扎着起身，昂然回视，个子虽然矮了一些，气势却一点不输。

“我叫杨奉。”

圣军师重新打量了一番，突然大笑：“原来你就是杨奉，特意从云梦泽回来的？哈哈，我还以为赫赫有名的杨狗是个多了不起的人物，原来只是一名普通的太监。”

“彼此彼此。”杨奉平淡地说。

“怎么着？几大法司用尽刑具都没达成目的，你只凭一张嘴就想来说服我？”

“像咱们这种人，本事都在嘴上，不用嘴还用什么？”

圣军师稍稍愣了一下，收起脸上的狂傲神情，言辞却没变：“我跟你不是一种人，圣某是顶天立地的大好男儿，你是朝廷鹰犬、皇帝走狗，咱们没有共同之处。”

杨奉转身，在狭小的牢房里转了半圈，既不反驳，也不生气：“云梦泽挨不过今年冬天。”

“这种话对皇帝说去，他肯定爱听。”

“刺驾没成功，栾半雄决定参加盟主大会，以为当上盟主后就能取得整个江湖的支持。”杨奉只按自己的思路说下去，对各种嘲讽全不在意，更不接话。

圣军师脸色不变，微笑道：“临走的时候我特意嘱咐他绝不能参加盟主大会，看来他是没经受住引诱。算了，我已经这样了，还能有什么办法？”

“你现在的一切顽抗都是无意义的，何不招出真相，自己少受些苦头，也给我们减少些麻烦？”

“连杨公都亲自出面了，我还有什么可抗拒的呢？想让我招供，可以，只有一个条件。”

“请说。”

“让皇帝亲自来审我。”

“这不可能。”杨奉立刻否决。

圣军师就像没听见一样，继续提条件：“不是我进宫见皇帝，而是皇帝来大牢见我，对皇帝说的时候一定要讲清楚。”

“陛下亲临大牢并不能改变什么，而且他不会来的，满朝文武不会同意，我也不会。陛下有陛下的尊严，不会因为你而放弃。”

“只会为匈奴人放弃？呵呵，反正你能见到皇帝，告诉他这些话就是，他若是真皇帝，自己能做主。”

“我不明白，你是江湖人，不在乎云梦泽和栾半雄的生死存亡，却非要帮助一名贪官脱罪不可？”

“我没帮任何人，尤其不想帮皇帝。他想杀死大臣，自己想办法，不要拿我当借口。”圣军师又说出这套话，之前很有效，每每令审问者无言以对。

杨奉至此似乎也无话可说，沉默了一会儿：“刺驾一案拖得太久了，从明天开始，被俘的刺客会被陆续处斩，年前完成，你是最后一个，大概在腊月二十。”

“嘿，终于等到这一天了，我在阴曹地府等皇帝，在那里他说的不算，大家势均力敌，再斗一场。”

“还有栾半雄，你们会先见面的。他正在与各地豪杰会面，要将盟主大会掌控在手中，可这些豪杰会劝说他投降，接受招安。无论他同意与否，只要表现出犹豫，就必死无疑。”

“我不在乎了。”圣军师无所谓地说。

“那就好。你就是栾半雄心存犹豫的原因。”

圣军师没吱声。

杨奉继续道："那些豪杰不会立刻劝降栾半雄，而是揭穿你的真面目，是圣军师游说云梦泽参与齐国叛乱，并与匈奴人勾结，结果一败涂地，云梦泽因此声名狼藉；是圣军师策划了一套复杂的刺驾计划，结果还是一败涂地，陛下活得好好的，云梦泽却损失了一批好手，尤其是栾凯与赵十娘，一个是栾半雄的义子，一个是他的姘头，都死于你手。"

崔府中刺驾的阿珍真名赵十娘，武功虽高，在江湖中名声却不响亮，也只有杨奉能打听出来。

圣军师倒不意外，冷冷地看着他："跟我说这些干吗？"

"顺势而为，望气者讲究这个，所以我向你说清眼下的大势。"

"想学望气之术，你还没入门呢！"

"照葫芦画瓢，总有两三分相似。"杨奉微笑道。

"嘿，你连半分都没学到。"圣军师一脸不屑，随即恢复正常神色，想了想，说，"大势其实是这样的：栾半雄根本不在乎京城损失的这些人。圣军师？不过是名说客而已，没有过命的交情。赵十娘？众多女人当中的一个而已，少一个更清静。栾凯？一个傻小子而已，武功虽高，但是早晚会惹麻烦，死就死了，有什么可惜的？栾半雄身边又不是只有这两名高手，他会假意参加盟主大会，等官府放松警惕的时候，先发制人，破坏朝廷军队的据点，然后伺机而动，或者留在原处待战，或者退向东海，泽里的好汉到了海上还是霸主。"

杨奉摇头："你说得头头是道，但是假话太多。我在云梦泽打听得清清楚楚，栾凯与赵十娘虽然不是栾半雄身边仅有的高手，却是最忠心的，否则的话也不会被派来刺驾。尤其是赵十娘，明知此行必死，仍然义无反顾。栾半雄身边还剩下多少这样的人？"

圣军师大笑："枉你追杀过这么多的江湖好汉，对江湖规矩却只知皮毛，不知底细：赵十娘的儿子留在栾半雄身边，她敢不从？栾凯这种人很容易培养，栾半雄杀人之后留下幼儿，养大他们就是为了当死士，栾凯武功高些，也没高到出类拔萃。你问栾半雄身边还有多少这样的人？不计其数。狗皇帝逃过一劫，还有更多刺杀等着他！"

"你想让朝廷将关注重点从云梦泽转回京城？"杨奉冷冷一笑，"大楚攻守兼备，有实力两线开战，栾半雄坚持不了多久，进京的刺客无非是来送死。"

"云梦泽有的是栾凯这样的人，就怕你们杀不过来。"

杨奉盯着圣军师看了一会儿，突然说道："你不是淳于枭。"

圣军师一愣。

杨奉转身提起地上的灯笼，敲了敲牢门，等外面的人打开，补充道："淳于枭不会像你这么愚蠢。”

圣军师又是一愣。

门开了，杨奉走出去。

金纯忠关上门，有些困惑地问：“圣军师说的话有几分是真的？”

“这只是一次言语交锋，几分真假并不重要，他赢了，同时也输了。”杨奉抬起灯笼，照亮金纯忠身边的另一个人。

刺客栾凯被牢牢捆在一块长木板上，嘴里塞着布条，动弹不得，也说不出话，脸憋得通红，眼中充满仇恨，像是要吃人。

“关于他和赵十娘，圣军师的话是真的。”杨奉说。

四名士兵走来，抬着栾凯向外走去，走出十几步之后，牢里突然传来圣军师的怒吼：“杨奉，回来再战！”

杨奉不想再战，出了大牢，到了另一间屋子里，让士兵放下栾凯，没有松绑，拽出他嘴里的布条，一句话也不说。

栾凯呕了几下，气愤异常地说：“韩稠府里有一颗人头，是他与圣军师亲手掩埋的，我看到了。”

杨奉点点头。栾凯还没消气：“义父……栾半雄真杀了我的家人，而且不在乎我的死活？”

杨奉又点点头，对栾凯，他连嘴皮子都不想动。

第四十五章

剑在手中

杨奉入宫，既是拜见皇帝，也是辞行。他此次返京原是为了确认圣军师的身份，半路上听说皇帝遇刺，数日后又听说皇帝已经康复，心情也跟着大起大落了一次。

他的权力来自皇帝，没有皇帝，他将失去一切，因此必须亲眼看到皇帝安然无恙。

杨奉看上去又瘦了一些，满面风霜，他在云梦泽可不是坐在屋子里安排战斗。

杨奉算不得纯粹的内臣，皇帝在凌云阁见他，微笑道：“朕又涉险，让杨公失望了。”

杨奉仔细打量了皇帝几眼，放下心来：“陛下平安就好。”

“朕还是没能完全掌握皇帝的权力。”韩孺子很高兴见到杨奉，有些话他只能对这名太监说，“十步以外、千里之内，不知还有多少臣子与韩稠的想法一样，只是暂时没敢表露出来。”

韩孺子指了指桌上厚厚一摞奏章：“这是连日来各地诸侯和朝中大臣递上来的，杨公能猜到他们都写了什么吗？”

杨奉想了一下：“首先是恭贺陛下康复，其次是痛斥韩稠的狼子野心，最后……他们大概会说起稳妥的好处：祖宗如此安排自有其道理，后世子孙改动时必须慎之又慎。以此暗示陛下当初将韩稠从洛阳调至京城是错误的。”

“何止暗示？有些人直接写了出来。”韩孺子摇摇头。

韩稠是诸侯后代，其祖自愿交出王号，当时的皇帝为了表彰这种行为，特许其家子孙可以世袭河南尹，长驻洛阳，结果却给自己的子孙留下了麻烦。

“可大楚不能再容忍韩稠这种大臣存在。”韩孺子看向那摞奏章，好像上书者就站在面前，目露坚定，一次刺杀吓不住他，“如果只是剿匪，动用数郡之力即可，韩稠影响不大；如果要对付匈奴人，需倾天下之力，朕不允许再有洛阳这样的法外之地。”

杨奉没吱声。韩孺子轻叹一声：“可朕现在还腾不出手来。”

“陛下有皇子之后会封王吗？”杨奉问道。

韩孺子沉默良久：“会。”

“三五代之后，将有一位皇帝如陛下一样，琢磨着如何废除各地诸侯，陛下的子孙也在其中。”

只有杨奉敢说这样的话，韩孺子并不在意，反而很欣赏，喃喃道：“一个人不能自私到以为别人不自私，连皇帝也不能例外。”

韩孺子一时想不出良策，看样子杨奉也不能，于是笑道：“不说以后的事情，先说眼下的问题吧！朕向云梦泽又派去一位新将军，名叫黄普公。”

杨奉点头：“我在路上遇到了，跟他聊了几句，是位能做事的将军，难得陛下能将他找出来。”

韩孺子将黄普公的事迹大概说了一遍：“他的本事哪怕只有五分真实，击破云梦泽群匪也应该不在话下。接下来朕要派他去平定东海。可朕担心一件事，燕康与黄普公原是主仆，以后一文一武协作剿匪，只怕会有隔阂。有人建议朕将燕康之子燕朋师也派去云梦泽，如此一来，黄普公的功劳就是燕家的功劳，或许可以消除隔阂。可这种做法不太公平，朕一直犹豫未决，正好杨公来了，朕想听听你的意见。”

杨奉上前一步：“打个比方，陛下得到一柄号称削铁如泥的宝剑，是深藏匣中，还是拿在手中与敌人对战？”

“当然是拿在手中。”

“敌人选用何样的兵器迎战，陛下决定不了，那可能也是一柄利器，两强相争，必有一伤，陛下的宝剑纵然得胜，也可能受损。”

“如果对方是利器，朕就更应该使用宝剑，这正是宝剑的用途。”韩孺子笑了笑，有时候他还是需要杨奉的指引，“朕明白了。”

杨奉后退一步，回至原位。

韩孺子继续道：“作战的是将军，朕只需给他权力、兵将与粮草马匹，至于其他事情，该由将军自己解决，无须朕事必躬亲。能不能解决彼此间的关系，是黄普公与燕家的问题，朕秉持公正即可。”

明白这个道理，韩孺子一下子轻松许多，看向杨奉，说：“申明志对自己的问题解决得不好，朕已经决定允许他致仕还乡，可是该由谁接任呢？”

“陛下想必已有人选。”

“朕属意瞿子晰。”韩孺子停顿片刻，见杨奉没有提出反对意见，接着说下去，“先让他担任帝师，期满后入御史台，如果表现出色，可为宰相。”

略过六部的为官经验，皇帝给瞿子晰安排的是一条快速通道。

这是赵若素的建议。杨奉点点头：“陛下安排得很好，瞿子晰有宰相之才，可是与宝剑一样，也要提前试一试锋芒。”

“问题是在这之前呢？谁当宰相？如果瞿子晰被证明只是一介书生，空谈强于实干，申明志的继任者很可能要在宰相的位置上多坐一阵儿。”

“冯举已被任命为左察御史，按惯例该由他继任宰相。”

韩孺子沉吟不语，他提拔冯举是为顺利通过自己的多项任命，对吏部尚书不是特别满意。

“冯举是三朝老臣，执掌吏部多年，再有御史台的经验，堪任宰相。”杨奉并不避嫌，还是推荐冯举。

“卓如鹤怎么样？杨公在云梦泽经常见他吗？据说他是先帝欣赏之人。”

卓如鹤原是桓帝当太子时的近臣，后进入六部为官，就等着步步高升，直达宰相之位，结果桓帝早崩，他被调至外地，升迁之路中断。韩孺子对他印象不错，派他去安抚云梦泽周边数郡的民心。

杨奉想了一会儿：“卓大人剑在匣中，尚未试刃。”

“卓如鹤治理弘农郡颇有声誉，在云梦泽做得不好吗？”

“做得很好，云梦泽这几个月来返乡为民的强盗，比过去几年加在一起都要多。卓大人不缺治民的经验，但是缺治吏的经验。宰相是百官之首，必须是深谙治吏之术者才可担任。”

“嗯。”韩孺子明白杨奉的意思，不管怎样，他对未来的安排有了更清晰的思路。

杨奉觉得差不多了，躬身道：“我明天就走，要向陛下请调一人，一块儿带去云梦泽。”

“满朝文武，随你调用。”

“此人不是朝中官员，而是牢中关押的一名刺客，叫栾凯。”

“朕知道这个人，他曾经闯进皇宫，惊吓到了皇后，该是死罪。”

“此人自愿去刺杀栾半雄，以赎死罪。”

韩孺子大为惊讶：“怎么会这样？那些刺客不是一直都很嘴硬，对栾半雄很忠心吗？”

杨奉将自己在牢中的经历说了一遍。韩孺子先是笑着摇摇头，然后正色道：“圣军师为了与杨公争锋说出的那些话，几分真？几分假？栾凯的父母真是栾半雄所杀？”

“我不知道。”杨奉对皇帝必须实话实说，“我猜圣军师没本事现编一套纯粹的谎话，应该是真多假少，但这不重要，栾凯相信，这就够了。”

“杨公打算让他再去刺杀栾半雄？”

杨奉摇头：“栾凯这个人十分单纯轻信，他若见到栾半雄，很可能又被劝说回去，我要将他留在身边。栾凯熟悉云梦泽路径，尤其是对栾半雄的老巢了如指掌，有他相助，黄普公等将军事半功倍。”

“栾凯很危险，圣军师也很狡猾，杨公小心。”

“我也不做匣中之剑，自信能够对付得了栾凯。”

“好吧，朕会传旨，让你带走栾凯。”

杨奉谢恩，告辞准备要走，韩孺子叫住他，想了想，问道：“杨公还在追查淳于枭？”

杨奉点头，微微眯起眼睛，他做事向来胸有成竹，唯独对淳于枭充满困惑：“我总觉得他就隐藏在身边，我在云梦泽，他也在云梦泽；我回京城，他也回京城……”

“等到天下太平，淳于枭将无处藏身。”韩孺子道。

杨奉躬身：“我希望在天下太平之前就将他绳之以法。”

韩孺子目送杨奉退下，对这名太监，他既觉得心有灵犀，又感到不可理解。

他从桌上找出一张还没有盖印的圣旨，将它撕成碎片。燕朋师不会去云梦泽，将一直留在宿卫军，直到显出真本事的那一天。

杨奉离开不久，金纯忠求见，在皇帝面前对杨奉的手段赞不绝口："栾凯此前一直胡说八道，杨公一到，他全招了。连丹臣已经在韩府一张床下挖出人头，尚未完全腐烂，崔府的人辨认过，确认就是被杀的侍妾。韩稠再不能说自己对刺杀一无所知了。"

事情总算解决一件，韩孺子却没有多少愉悦之情，见金纯忠也不是特别兴奋，略感疑惑，问道："你还有事情要说？"

金纯忠郑重地点点头："本来这不是我的职责，可我觉得事关陛下的声望、大楚的民心，陛下应该知道。"

金纯忠将他从连丹臣那里听到的话说了一遍，尤其是京兆尹有意多抓犯人，用来求取贿赂之事，但是隐去连丹臣的名字，他只是一名刑吏，算不得朝中的"虎狼"。

韩孺子认真听完，先是愤怒，随后冷静下来："朕知道了。"

金纯忠不敢多说，躬身告退。

长久以来，韩孺子对朝廷以安抚为主，以为剿匪事急，整肃朝纲事缓，可最近的许多事情却在向他表明，后者或许才是最急迫的事情。

第四十六章

病因

崔腾受到的苦头不多，受到的惊吓却不少，回家之后一连几天起不来床。大家都说他是孝子，父亲伤重卧床，他也要感同身受。

崔腾身边的仆人却另有看法，觉得主人其实还在怀念张琴言，再加上过去一段时间里连番受到惊吓，使得整个人恍恍惚惚。

母亲来看过他，除了叹息，什么忙也帮不上。她现在是崔府真正的女主人了，反而比从前更不知所措："过两天要给老君发丧，御医说你父亲还是不能起床，你是长孙，老君又那么喜欢你……"

"母亲，我会好起来的。"崔腾反过来还得安慰母亲，"实在不行，让人把我架起来。总之，我会给老君尽孝，不能让外人笑话咱们崔家。”

儿子病恹恹的，崔母心疼不已。御医说崔腾得的是心病，吃药只是辅助，还得有人开导，崔母自己没办法，只好求助他人。

皇帝和皇后都派人来探望过。张有才是皇帝的亲信之人，他的到来让崔腾兴奋了一小会儿，但也只是一小会儿，人一走，又变得有气无力。

崔腾的诸多朋友全来过，或奉承，或逗笑，或豪爽，或促膝长谈，效果都不明显。

只有狐朋狗友谈起京城新近成名的几位美女时，崔腾眼睛一亮，一度坐了起来，心中跃跃欲试，想要下床穿衣，一块儿去寻花问柳。

可是只要一想到张琴言，所有雄心壮志瞬间化为乌有，他现在见不得琴、听不得“张”“言”二字，看见太监张有才，他忍不住流过两滴泪，将张有才吓了一跳。

新年将近，别人家一派欢欣气象，崔府仍笼罩在愁云惨雾之中。

最后是平恩侯夫人出了一个主意：“要说劝导人心这种事，名医未必有用，自己家也是灯下黑，必须找一个聪明伶俐的人才说得通。”

她推荐的是东海王。

崔母写信，平恩侯夫人亲自去请了三次，东海王终于勉强同意。老君是东海王的外祖母，对小时候的他一直宠爱异常，东海王于是以助丧的名义来到崔府。

崔腾躺在床上哼哼哑哑，像是呼吸不畅，又像是在唱小曲儿，只是走调严重，谁都听不懂。

东海王也听不懂，一进屋就向床上拱手道：“恭喜你啊，崔二。”

崔腾微微抬头看了一眼来者，继续哼哼，过了一会儿，见东海王不往下说，他有点急了，示意仆人扶自己起来，靠着旁边叠好的被褥，问道：“崔家流年不利，一堆倒霉事儿，我又病成这样，何喜之有？”

正在屋子里东瞧西看的东海王走到床边，笑道：“你病成这个样子都没死，岂不值得庆贺？”

崔腾怒目而视，掀开盖在身上的被子：“东海王，你来讨打是不是？谁请你来的？我连你们一块儿收拾。”

东海王点点头：“果不其然，我就猜你是装病，让我一下子就诈出真相。”

崔腾气得几乎要晕过去，推开仆人，真的下地站了起来。可他卧床太久，身子又虚，起得过猛，只觉得脑子里一阵眩晕，再明白过来的时候，人已经重新躺下，面前还站着笑呵呵的东海王。

“你怎么还在？”

东海王向仆人道：“出去，我们哥儿俩闲谈一会儿。”

仆人不敢走。东海王道：“崔二，你敢不敢单独跟我说话？”

“滚！”崔腾怒喝道，也不知是对谁说的，仆人自觉领受，匆匆走出去。

“来吧，你想说什么？笑话我，还是挑衅？都说出来吧，我受得了。”崔腾挺脖说道，神情比平时的确好不少。

东海王却收起笑容：“我知道你为什么卧床不起，还知道你这样做很愚蠢。”

“你知道个屁！”崔腾忍不住冒出脏话，“就算知道又能怎样？当儿子的还不能为父亲……”

东海王严肃地摇头：“我是你的表弟，咱们从小生活在一起，你起不来床，与舅舅无关。”

崔腾脸一红：“我忘了你是在崔家长大的。没错，我是为一个女人起不来床，怎么着？唉，人间至美，说没就没了，我到现在也不明白，她怎么狠得下心？跟着我要什么有什么，为何还要帮助刺客？”

崔腾挠挠头，满脸困惑。

东海王却觉得这是一个简单的问题：“她是江湖人，早年间必定欠了大人情，只能用命来还。”

“跟我说啊，几条命我都出得起，只要她没事。”

东海王再次摇头。

“你不相信我？告诉你，除了自家人，还有陛下，别人的命我都不在乎。唉，为什么没人要你的命呢？拿你换张琴言，多好啊。”

东海王大笑，随后还是摇头：“不对，你卧床不起与张琴言只有一点关系。”

崔腾真的糊涂了：“你在胡说什么？难道我还不如你了解自己？”

“当局者迷。”东海王不以为然地说，转身走开，拿起桌上的小物件，看看又放下。

崔腾还在等着，恼火地说：“你什么时候养成的这个毛病？有话别说半截啊！”

东海王回到床前：“我先问你一件事情，你如实回答，然后我再告诉你为何所迷。”

“对你，我可不保证说实话，不过你问吧。”

“陛下为什么放过崔家？”

“因为崔家无罪。”崔腾马上道。

“果然无罪？”

崔腾犹豫了一下：“你到底想说什么？”

“这里没有外人，咱们私下说，陛下对舅舅执掌南军一直存有戒心，这总没错吧？”

崔腾不吱声，也不做任何表情。要说戒心，他现在就十分提防东海王，连自己的虚弱都快忘了，在床上坐了好一会儿，竟然没有躺下。

“借着这个机会，陛下完全可以名正言顺地收回兵权，陛下却没有这么做，舅舅三次上书乞骸骨，陛下都给退了回来，这是真要挽留舅舅，并非寻常的敷衍。陛下为什么突然改变了态度？”

“因为我妹妹，她是皇后，与陛下是患难夫妻。”

“你的话只对一半。表妹与陛下一往情深，可是成亲多年，宫中第一个怀孕的人却不是皇后。”

“你究竟想说什么？”崔腾又糊涂了。

东海王笑道：“笨蛋，我说的就是你啊！陛下放过崔家，安抚的不是舅舅，也不只是皇后，最重要的原因是你。”

“我？”崔腾想了一会儿，“我可没那么大的面子。”

“你再想一想，陛下清醒之初，为什么一直念你的名字？”

“陛下后来跟我说了，他遇刺之时在想是谁教给我侄儿那套剿匪之计，昏迷的时候一直不忘，所以醒来就叫我的名字。我说是燕朋师，他从前住在我家，结果陛下却选用了燕朋师的一名仆人，我也不明白为什么。”

“原来如此。可是不管怎么说，陛下还是第一个想到了你，不是别人，对不对？”

“这倒是事实，而且我入宫不久，陛下特意派孟娥告诉我真相，说陛下当时是在装糊涂，免得我太害怕……咦？我为什么对你说这些？你小子还是那么阴险，故意套我的话吧？”

“你小子还是那么有眼无珠，当面不识好人心。我是来指点迷津的，告诉你一声：你还是陛下的宠臣，整个崔家的存亡都寄托在你身上。”

崔腾愣了一会儿，慢慢地，一股热气从心底升起，逐渐漫延至整个身躯：“陛下……不怪我引来刺客？不怪我救驾迟缓？”

“陛下怪你，但是也原谅你。”

“真的？你和陛下谈过？陛下说过什么？”

“我又不是你这样的宠臣，陛下当然不会对我说这些事情。”东海王指指自己的眼睛，“我比你看得透，一直如此，这一点你总得承认吧？”

崔腾承认东海王比自己聪明，若有期待地问：“陛下真的原谅我？”

“刺驾发生在崔府，刺客是你眼皮底下的人，换成任何一位皇帝，都会给崔家定下死罪，皇后也会被废，将你街头问斩，陛下却破天荒地宽宏大量，这不是原谅是什么？”

“对啊。”

“可你倒好，居然不领情，装病躲着不见陛下，真是不知满足。”

“我不是装病，我是真病，真的，喀喀……”崔腾咳了两声，自己也觉得奇怪，平时说这么多话早就头昏脑涨，今天却是越说越兴奋，没有半点疲意。

“陛下初愈，正是最需要帮助的时候，当臣子的就算爬也得爬过去。你是宠臣，更应以身作则，只要还有一口气就得去服侍陛下，你却躺在床上不肯起来，算不算装病？”

“宠臣”不是好字眼，东海王每次说到的时候，语气中都带着讥讽，崔腾却一点也不在乎，甚至喜欢这个称呼，喃喃道：“对对，我得去见陛下，立刻就去，陛下需要我……”

崔腾大声呼喊外面的仆人，这就要穿衣、穿靴。

东海王不再多说，转身离开，也不向舅舅告辞，径自回家。刚进家门不久，平恩侯夫人就追过来，满脸堆笑：“我就说我没看错人，好兄弟一走，崔腾跟疯了一样，能跑能跳，哪还有半点病样？家里人正看着他，让他吃点东西，要不然他立刻就会跑去皇宫见陛下。好兄弟，你真是……妙手神医啊！”

东海王笑纳。他与崔腾常在皇帝面前争宠，最了解崔腾的心思，过去聊了一会儿，一猜就中。

平恩侯夫人接着叹了口气：“可刺驾的影响还是太大了，慈宁太后更不信任崔家人，对我的好感也没了，一直不允许我进宫。”

“我已经给你出过主意。”东海王平淡地说。

“上官太后？都是谣言，没有真凭实据。”

“这就看你的本事了。”东海王装出不耐烦的样子，“景耀是宫中老人，他若说什么都不掌握，那必定是因为你没取得他的信任。”

平恩侯夫人点点头，觉得东海王所言极是。

第四十七章

奇怪的奏章

新春即将到来，韩孺子不急于重返倦侯府，留在宫中处理政务。府丞赵若素早来晚走，每次见到皇帝都要先禀报一下府里的情况，以表示自己没有忘记身份。

杨奉走了，带着栾凯前往云梦泽。韩孺子身边需要一名顾问，今天尤其需要，他刚从勤政殿回来，坐在凌云阁里，翻阅到一份奇怪的奏章。

中书省摆列奏章的把戏已被拆穿，最近比较老实，所有奏章全按时间顺序叠放，这份奏章位置偏上，说明来得比较早，但是在勤政殿里，宰相等大臣没有提起，说明它不是很受重视，或是大臣们有意避嫌。

韩孺子一言不发，将奏章在桌上推过去。赵若素立刻走来，双手捧起奏章，快速浏览一遍，抬头与皇帝对视一眼，低头又看一遍，这回读得比较细致，随后放下奏章，退后几步。

“十位诸侯为代王求情。”赵若素简单地总结道。

韩孺子疑惑地问：“朕又没有向代王问罪，他们求什么情？紧张什么？”

韩稠已被定下死罪，正月以后问斩，但他是宗室老人，按惯例，皇帝最后会取消当众问斩，改为在牢中赐死。皇帝无意株连他人，可还是有许多人为此惴惴不安，代王一家比别人更觉恐惧。

韩稠此前着力推荐代王充当皇储，宰相申明志调查得清清楚楚：代王的庶兄想要继承王位，于是与韩稠勾结，希望让嫡生的弟弟充当皇储，一旦当上皇帝，代王之位就会由兄长继承，韩稠看中代王一家容易控制，因此一拍即合。

代王庶兄已被削籍为民，送回代国，由地方监管，永世不得入京。

皇帝对代王一家的处置到此为止，并未株连他人，对代王更是从未表达过不满。在皇帝眼中，那只是一名几岁的孩子，什么都不懂，被奸人利用而已。

十位诸侯却联名为代王求情，令韩孺子哭笑不得，更是迷惑不解。

“陛下是否准备削夺诸侯之土以及权力？”赵若素问道。

韩孺子沉吟片刻：“朕只是有这个想法，尚无具体计划——诸侯王怎么会知道朕的想法？”

“陛下削减齐国，改为临淄国与数县，就是一个预兆。”

“齐国先后两次叛乱，不该削减吗？”

“应该，但诸侯王看到的是威胁。”

韩孺子没有开口，他的确是要“威胁”各地诸侯，齐王叛乱、代王无能、洛阳侯刺驾……宗室烂得比朝廷还要严重，必须来一次刮骨疗伤。

赵若素继续道：“接着陛下又收回洛阳，另行任命河南尹，各地诸侯不免更加紧张。他们对别的事情可能不在乎，唯独削藩，哪怕只有一点迹象，他们也能嗅得出来。这份奏章表面上是为代王求情，其实是在试探陛下的心意：如果陛下没有发怒，甚至公开宣布代王无罪，放他回代国，则诸侯安心；如果陛下大怒，他们自会请罪，反正也不是什么大罪，然后他们会再想别的办法保住自己的地位。”

“他们还有什么办法？像齐王一样叛乱不成？”

赵若素拱手道：“叛乱是非常手段，微臣不敢预测，微臣只说正常手段：他们应该会从陛下身边的人下手，陛下最信任谁，谁对陛下影响最大，他们就会想方设法将此人拉到自己这边。”

“与韩稠的手段一样。”韩孺子轻声道。

韩稠很早之前就在讨好慈宁太后，效果显著，深居宫中的太后正需要外臣的帮助，很容易受到迷惑。

赵若素自然不会说出名字，又一次拱手。

“关于削藩，可有惯例？”

“陛下不觉得太早了吗？”

韩孺子摇头：“大楚既然是韩氏的江山，宗室就当以身作则，宗室不正，朝廷何以正？天下何以正？你只说之前有没有惯例吧。”

赵若素想了一会儿：“有。依微臣所知，共有三种惯例。”

韩孺子很满意：“都说来听听。”

“一是诸侯王犯下重罪，依律削藩或是夺国。”

“嗯，对齐王已经用过，不能用在其他诸侯身上。”

“二是劝说诸侯自愿削藩，先从最亲者开始。”

“朕没有……”韩孺子突然想起东海王，那是他的弟弟，于亲最近，随后笑着摇摇头，“这招朕也用不上。”

“三是推恩，允许诸侯将本国分给多名子孙，大国变小国，也是一种削夺。”

“这个惯例朕知道，大楚从烈帝时起就在用，沿用至今，诸侯国由六七个增加到二十几个，可还是有个别诸侯不肯从命，比如齐国，一直是单传，不肯推恩给更多子孙，朝廷也没有办法，眼睁睁看着叛乱发生。太慢，而且不受朝廷控制。就这些吗？”

“削藩的惯例大致就这些了。”

韩孺子想了一会儿，微笑道：“惯例以外呢？可有其他手段？”

赵若素又一次拱手：“削藩之外，陛下也可选择削权。”

“如何削权？”

“诸侯世袭，诸侯之官却由朝廷任免，朝廷若能控制这些官员，则诸侯无权，与郡县无异。”

韩孺子皱眉：“诸侯之官说是由朝廷任免，其实也跟世袭差不多，像东海国的燕家，不就一直把持国政？”韩孺子又想了一会儿：“诸侯之官一直由朝廷派遣任命，为何多数诸侯仍能掌权，如齐王甚至能够制造叛乱？”

“各国远在京城之外，朝廷所派之官孤军奋战，难敌诸侯，或有争执，因为涉及宗室，皇帝通常会选择息事宁人。长此以往，官吏也不愿惹事，权力日小，诸侯权力日增。”

韩孺子不语，对待韩稠，他采取的手段就近似于息事宁人，半晌之后，他说：“天高皇帝远，就是这个意思吧？”

赵若素只是拱手，没有回答。

韩孺子记得杨奉很早以前就说过，皇帝的权力只在十步以外、千里之内。十步以内，皇帝难敌一介匹夫；千里以外，皇权只是几张圣旨而已，遵守与否、遵守到什么程度，皇帝都看不到；至于更远的地方，皇权遇到的只有敌意，而不是服从。

不管怎样，赵若素的确提出一个办法，仍在惯例的范围之内，在这之外，赵若素不能也不愿提出建议。

赵若素告退，韩孺子独自审阅奏章，心中仍在思考削藩之事。

先换宰相，次削诸侯，再正朝纲，这是韩孺子定下的顺序，接下来才能富民强军，与匈奴一战，至于更远一些的西方强敌，他还没有详细的想法。

邓粹、张印从西域送回来一些消息，表明大单于没有撒谎，西域以西的确发生了大规模战乱，商人急剧减少，讲述的传言也都与大单于的说法一一对应，不过战乱还没有波及西域，那位“神鬼大单于”一直在向西、向南扩张，似乎没有东进之意。

“一劳永逸、万世基业……”韩孺子自言自语，心中开始怀疑究竟有没有这种可能。

“陛下想一劳永逸，我有办法。”一个声音居然在回应皇帝。

韩孺子吃了一惊，他还以为屋子里没有外人，抬头看去，崔腾不知什么时候来了，正笑眯眯地看着他。

自从能起床之后，崔腾每天都来宫里报到。与众多勋贵侍从不同，他有特权，可以不经通报直接进凌云阁。

“你有办法？”韩孺子笑着问，将与崔腾的聊天当成一种休息。

“这还不简单？找几个信任的大臣，将朝政托付给他们，陛下就能一劳永逸、逍遥自在了。”

韩孺子大笑，崔腾的建议果然只能当玩笑听。

“你有事情？”韩孺子交代过，崔腾虽然可以进入凌云阁，但是得有事情，不能随随便便地想来就来。

崔腾点头：“明天老君出丧，我替崔家感谢陛下的恩德。”

老君是皇后的祖母，皇帝自然要给予礼遇以及丰厚的赠礼，都是少府和礼部在安排，韩孺子认可而已：“嗯，可惜朕明日不能亲自去送葬。”

崔腾急忙摆手：“这样就够了。明天我去送葬、守庐，要七天才能回城，这回来见陛下也是告辞，请陛下保重，不要劳累身体，马上就要过年了，寻常百姓尚且要休息几天，陛下也该多与家人团聚。”

韩孺子惊讶地看着崔腾：“你又从哪儿学来的这套话？”

崔腾脸一红：“陛下，天地良心，这可真是我自己一个字一个字想出来的，没让别人代笔。”

韩孺子笑道：“朕相信你，朕会接受你的建议。你也多多休息，不可再纵情酒色。”

“是，陛下。”崔腾打量皇帝两眼，“看陛下的脸色，好像还没有完全康复。”

“不是什么大问题。”韩孺子聊够了，低头继续看奏章，这也是逐客的意思。

崔腾却不识趣，上前一步，说：“我有一种感觉，陛下自从回京之后，精气神都差了一些，陛下什么时候再出去走走？天下这么大，还有许多地方可以巡狩呢。”

韩孺子敷衍地嗯了一声，他现在再想离京可不容易。

过了许久，韩孺子抬起头，崔腾已经走了，屋子里再无外人，韩孺子若有所思：“巡狩也是惯例……”

巡狩往往劳师动众，耗费不少，韩孺子接受大臣的建议，早没了巡狩的计划，可今天与赵若素谈过之后，他却有了新的想法。

第四十八章

首次试探

既然皇权只在十步以外、千里之内，离皇帝越远，皇权越弱，那皇帝就不该只待在一个地方，而应该定期巡狩，将皇权带到天下四方。

这就是韩孺子的想法，很简单，实行起来却很难，他首先得寻找支持者。

大臣不行，他们一听说“巡狩”，首先想到的是浪费、游玩与昏君。宫里的人也不行，母亲和皇后只会想到安全，第一次巡狩就被困晋城，这可不是一个能让人放心的良好开端，何况皇帝刚刚遇刺，侥幸得脱，她们甚至不会同意皇帝出宫，更不用说离京。

韩孺子得一步步来，找的第一个劝说目标是孟娥。

孟娥在宫里身份奇特，她是宫女，却不入名籍；陪伴皇帝的时间比任何一位后妃都要多，却从未与皇帝有过肌肤之亲；她算是离皇帝最近的人，却得不到其他人的信任，人人都怀疑她，人人都动不得她。

韩孺子这些天大都与皇后住在一起，不能再像从前那样入睡之前与孟娥闲聊。

这天下午，处理完一整天的事务，准备回寝宫用膳之前，孟娥过来收拾东西，韩孺子趁机开口："我想继续巡狩。"

孟娥愣了一下，随后继续收拾桌上的笔纸："去哪儿？"

"天下。"

"以天下之大，陛下一辈子也走不完。"

"我就是要走一辈子。大家都觉得上次巡狩是次惨败，我却觉得成功，如果没有巡狩，我可能永远也发现不了韩稠在洛阳的所作所为，永远也不明白为何朝廷越努力而流民越多，永远也看不到代王是多么懦弱无能。"

孟娥匆匆收拾完毕，转身看向皇帝："可陛下在晋城遇险。"

"那是意外，不可能每次都发生。"

"没有匈奴人，也会有别的意外，巡狩不比宫中，走得越远、越久，意外越多。"

韩孺子突然反应过来，孟娥是在模仿他人提出反对的理由，于是端正神色，认真回道："留在宫中，朕的意外少了，大楚的意外却多了，只凭一份份定期送来的奏章，如何掌控天下？"

"皇帝不比普通人，皇帝如出意外，则天下动摇，得不偿失。"

"天下动摇是因为天下不稳。朕之巡狩四方，就是为了让各地稳定，不因一人之生死而发生混乱。朕若在宫中发生意外，天下动摇得会更加严重。"

孟娥想了一会儿："大楚国库空虚、臣民疲敝，巡狩之行耗费巨大，只怕天下郡县难以支撑。"

"朕之巡狩不为游玩，一切从简，带不了万人，就带八千，再不行就五千、三千、一千，以国库和各地能够轻松供养为限。"

"又绕回来了，陛下带的人越少，意外也会越多，千名卫兵只怕挡不住云梦泽这样的强盗。"

韩孺子暂时没想到合适的答案，向孟娥笑了笑："谢谢。"

"我可没有被说服，陛下想用这些话取得大臣和宫中的同意，只怕有些困难。"

"慢慢来，总得先过年，正月里事务繁杂，最快也要等三月才可能再次巡狩。”

宫里已经有了迎接新春的喜庆气氛，这是多年来的第一次，最高兴的人是慈宁太后，一力主张大操大办，过一个热热闹闹的年。韩孺子当然不会阻止，母亲似乎放弃了对权力的追逐，他已经很满意了。

韩孺子第二个试着劝说的人是赵若素。

“明天起你休息吧，正月初十之前不用再进宫。”韩孺子先从这句话开始。

赵若素谢恩。他也的确需要回家一趟了，自己官不大、俸禄不高，却比朝中大员还要忙碌，家人都不理解。

“府中之人皆有赏赐，你领到了吧？”

“领到了，陛下的礼物过重了。”

韩孺子笑道：“不必谢朕，谢韩稠和那些商人吧，他们自毁欠条，给朕省下一大笔钱，这才有余力赏赐你们。”

“韩稠和商人只怕过不好年。”

韩稠当然过不好年，他已被定罪，只待正月过后处死。

“韩稠罪有应得，至于那些商人，乔万夫正与几名商人头目沟通，给予他们一些特权，稍微弥补一下损失，众商总可以安心过一个年了。”

这是乔万夫的建议。商人唯利是图，除了钱，对任何人都不忠诚，韩稠刚倒，他们就纷纷倒戈，为官府做证，揭露前河南尹的种种丑行。可商人毕竟有用，他们就像蓄水池，大楚若是再觉干涸，急需一股清水的时候，只有商人能够立刻供给。

在皇帝可以接受的范围内，乔万夫安抚了一下商人，并且给予远景保证：等到云梦泽和东海平定，他们会有更广大的经商地域。

“陛下仁慈。”

赵若素看样子是要告退，韩孺子道：“朕有一事要向你咨询。”

“陛下请讲，微臣知无不言。”

“史书中记载，上古帝王定期巡狩四方，每年的一多半时间都在路上，近代以来，巡狩为何越来越少呢？”

赵若素抬头看了一眼皇帝，回道：“微臣只是小吏，略通史书，无非是记性好些，若论融会贯通、答疑解惑，微臣远远不如瞿祭酒。”

“嗯，以后朕自会问他，今天先问你，想到什么说什么吧。”

“微臣斗胆直言：陛下想要再次出京巡狩，需要先解决一个根本难题。”

想瞒赵若素太难了，皇帝一开口，他就明白了真实用意。

韩孺子笑了笑，随后正色道：“什么难题？”

“谁可以留守京城？”

韩孺子沉默不语，赵若素的确说到了关键，京城毕竟是皇帝的家，家中不稳，皇帝怎么可能安心地前往各方巡狩？

“朕会找一位适合的宰相。”

赵若素拱手：“不只是宰相，宫中还得留一位皇子，唯有如此，京城无忧，陛下才可巡狩。否则的话，只怕阻力重重。”

在这种事情上，赵若素可比孟娥厉害多了，也不与皇帝争论，只是提出两条最为重要的难题。韩孺子没法给出圆满的答案，只好笑道：“先不讨论了，年后再议，赵大人回家过个好年。”

赵若素告退。韩孺子回到内宫，特意去看望佟青娥，她肚中的孩子如今更重要了。

淑妃邓芸儿乎天天过来陪伴，今天也不例外，一看到皇帝，她兴奋地说：“今天又有御医预测，会是男孩儿。”

“来过多少御医了？”韩孺子问，向佟青娥微笑一下。两人见面多了，佟青娥的确不再那么紧张，也回以微笑。

“十一个。”邓芸记得清清楚楚，“七人预测为男，三人预测为女，还有一个含糊其词，等于什么都没说。”

韩孺子并不当真，那些御医为了讨好太后，什么好听说什么。

聊了一会儿，韩孺子又去给两位太后请安。

慈宁太后自有寝宫，但是每天早晚都要去慈顺宫陪伴上官太后，也方便皇帝，他不用两边跑了。

规矩就是规矩，韩孺子与上官太后都对见面不感兴趣，甚至心存抗拒，却不得不遵守。

上官太后正在迅速变老，就连经常见面的韩孺子都能感觉到。

请安很快结束，慈宁太后告辞，出门之后请皇帝一块儿去慈宁宫，她有话要说。

皇帝最近一直留在宫里，而且时常去看望惠妃佟青娥，慈宁太后对此非常满意，但是仍觉得不够。

“佟妃腹中尚不知男女，陛下仍须努力啊，十多位嫔妃，不至于只有一个人能怀上。”慈宁太后毫不隐讳自己的想法。

韩孺子颇觉尴尬：“是，朕会努力。”

慈宁太后点点头：“陛下也不要只对皇后一人努力。”

韩孺子更觉尴尬：“是，太后。”

"你身边的那个孟娥……"

"她怎么了？"

慈宁太后若有所思："让御医看看她是不是怀上了。"

韩孺子愣了一下，随后笑道："太后想多了，她只是宫女，平白无故地怎么会怀孕？"

慈宁太后轻叹一声："陛下就是侍女的孩子。陛下无论让哪一名宫女怀孕，都是喜事，没有什么'只是宫女'。"

韩孺子马上躬身回道："是，朕明白。"

"陛下得将皇宫当成自己的家。"慈宁太后说了不少，大意是劝皇帝不要只恋皇后一人，怀孕的宫人越多越好。

韩孺子听得头大，灵机一动，正好趁机试探一下母亲的口风，于是道："不只是宫里，还有金贵妃呢，她在塞外，或许朕可以去看看。"

慈宁太后反应倒快，立刻严厉地说："陛下绝不可再次离京，晋城之困才过去多久，陛下这就忘了吗？"

"没忘。"韩孺子不想现在与母亲争执，赵若素说得对，等到有合适的宰相和至少一位皇子时，问题才会变得简单一些。

"陛下也说过，金贵妃不是真正的贵妃，她若怀上孩子，现在都快生出来了，怎么一声不吭，连点消息都没有？陛下若是真的关心，就派人去看望一下，用不着自己去。金贵妃既然要当匈奴人，陛下就无须记挂在心。"

母子二人又聊了一会儿，韩孺子告辞，走向寝宫的时候，越发坚定了继续巡狩的决心。

皇宫充满恶意的时候，他受到重重束缚；当皇宫改为释放善意时，他仍感到束手束脚，必须想办法挣脱。

第四十九章

诸王之宴

函谷关接连发现企图蒙混入关的云梦泽刺客，当场格杀十余人，活捉三人，全都送至京城。

除此之外，天下太平。无论这一年过得好还是差，所有人都在准备迎接新的一年。

韩孺子没有改变年号，用的还是“功成”二字。明年比较特殊，正月里将举行十年一次的太庙大祭，从太祖以降，历代皇帝的牌位都能得到最高规格的祭祀，相应的太后、皇后，以及重要的诸侯王、公主等，也都有资格陪祭。

各地宗室子弟年前陆续到京，多达五百余人，代表天下十几万韩氏后人，对于许多人来说，这是他们第一次真正见到当今皇帝。

韩孺子登基的时候，一些王侯曾来京朝见，但那是正式场合，皇帝高高在上，众人拜伏在下，谁也看不清谁，这一次，趁着新年与大祭，韩孺子要认认亲，宗室也要认认皇帝。

一连三天，皇帝在宫里宴请同族。第一天请的是诸侯与宗室长老，第二天主要是列侯，第三天是宗室的年轻人，或文或武，总有一项突出之处。宗正府提前一个月拟定名单，确保万无一失。

韩孺子发现自家的官儿真不少，至少三成的郡守以及两成左右的县令都由韩氏子孙担任，武将更多，但大都是闲职，每次选将的时候，极少会被兵部列入推荐名单。

第一天的宴会开始之前，韩孺子拿着名单对提前到来的东海王说：“朕一直觉得各地世袭的官员太多，现在才明白，最多的世袭者来自皇家啊。”

东海王笑道：“当初太祖辛辛苦苦打天下，为的不就是这个吗？”

韩孺子打量了东海王几眼。

东海王莫名其妙，低头看看自己，官服一尘不染，没有问题，突然明白过来，笑而不语。

“想到什么就说。”韩孺子命令道。

“陛下是不是觉得诸侯都像我这样就好了，老老实实地待在京城，能随陛下出征，也能留守后方，但是绝不惹麻烦。”

韩孺子笑了一声，东海王的“老老实实”只是最近的事，可他的确说中了皇帝的心思。

“先代皇帝分封诸侯、任命宗室子弟，是为了稳固大楚江山，现在看来，用处好像不大。”

“我能说实话吗？”东海王笑着问。

“说。”

“嘿嘿，所谓的稳固江山只是表面上的说辞，真实的原因是人人皆有所亲，皇帝也不例外。陛下很快就要有皇子，以后还会更多，陛下不希望自己的子孙受苦，当然要分封，又不希望他们以后被无故废除，就只能保护好现在的这些王侯，让以后的皇帝效仿，一代一代下来，自然就成了规矩，则陛下的子孙无忧矣。”

韩孺子不语。东海王笑道：“陛下可不要多想，我不是为自己或是为他人求情，只是实话实说。”

韩孺子点头道：“你说得很对。”突然转过念头，“求情？你是指代王的事吧？”

前些天，十位诸侯王联名为代王求情，韩孺子向赵若素咨询过，知道这是诸侯的试探，他还一直没有给出回复，今天一听到“求情”两字，立刻想了起来。

东海王笑着点点头。

“十王求情的时候，你怎么没有参加？”

“他们的确找过我，我说‘陛下自有分寸，用不着咱们操心，代王只是小孩子，陛下不会与他一般见识’，可他们不听，非要弄这一出不可，真是可笑。”东海王将自己撇出去，顺便也为代王说了一句好话。

韩孺子一听就明白：“你现在就是在为代王求情。”

东海王正色道：“我这不叫‘求情’，而是‘实话’。我常在陛下身边，了解陛下，知道陛下外严内宽。韩稠勾结刺客，陛下甚至不肯株连其家人与普通百姓，怎么会想到报复一个还不能自己做主的小孩子呢？”

“你说得倒是没错。”韩孺子微笑道。

东海王嘿嘿地笑，隐约觉得皇帝似乎“另有用心”，他一时间猜不透。

诸王之宴设在同玄殿后面的一座大殿里，客人近百，其中诸侯王二十一人，宗室长老十人，其他人则是诸侯王的世子嫡孙与保傅。

皇帝到的时候，众人已经入席，共分为四排，左右各两排，按地位与辈分排序，同辈人则按与当今皇帝的亲疏远近分出尊卑。

一开始气氛比较拘谨，好在宗正府礼官主持一切，诸侯王一一上前拜见并向皇帝祝酒，说的是万寿无疆一类的套话。

韩孺子保持天子的威严，点下头，拿起酒杯意思一下就可以，不用真喝酒。事实上，摆在他面前的是一只空杯，里面一滴酒也没有，以免皇帝握不稳杯子一时失态，或是喝酒呛到。

放眼望去，韩孺子暗自叹息，二十一名诸侯，不是太老，就是太小，正值壮年者，唯有东海王等寥寥数人。

联名求情的十王年纪都比较大，最年轻的也在五十岁以上。

有韩稠的例子在先，众人的表现全都中规中矩，没有长跪不起、放声大哭之类的出格举止。

宴席本身很平淡，在史书上甚至不值得书写一笔，只有一件事特别，史官不会记载，当时在场的众人日后却都印象深刻。

离皇帝最近的右手边，空着一张桌子，那是留给英王的。

英王是武帝幼子，流落在外，迄今没有找到。出于种种原因不能亲自来京城的诸侯还有几位，只有英王享受到虚席的待遇。

这是韩孺子特意安排的，以此表明自己记挂宗室，而且不会因为有过竞争就加以报复。

年幼的代王也来了，由一名宗室近亲担任保傅，拜见皇帝时说话结结巴巴，回到座位上却不太老实，拿筷子拨拉几样菜肴，吃得很少，一个人玩得很专注，全不知自己的特殊。

在几位老王的带动下，气氛慢慢活跃起来。家族聚会，交谈内容总是离不开祖先，桓帝英年早逝，又是当今皇帝的父亲，不好掌握分寸，大家于是畅谈武帝。

武帝在位四十余年，多次举办家宴，年轻时脾气比较急，有一回喝多了，非要在大殿里与一名诸侯王摔跤角力不可。史官绝不会记录这一段，当时在场的诸侯却记得清清楚楚，现在说起仍津津有味。

“后来呢？摔跤了吗？”韩孺子也很感兴趣。

提起这件往事的燕王回道：“诸侯怎敢与天子戏弄？那位诸侯假装喝醉，起身之后摇摇晃晃，自己摔倒了，博武帝一笑，事情也就过去了。”

武帝的故事听得越多，韩孺子越羡慕这位祖父，武帝似乎没有他这么多烦恼，很轻松地掌握了权力，剩下的问题只是如何使用而已。

天时、地利、人和都集中在武帝一朝，韩孺子一样也比不了。

酒过三巡，韩孺子挨个叫来年幼的诸侯以及老王的嫡孙，随口问几句，勉励一番，赠送一些小礼物。

这是安排好的程序，每一步都很顺利，只是到代王的时候，发生了一点小意外。

代王已经拜见过皇帝，这是第二次来到皇帝面前，回过姓名、年纪，等待接礼物的时候，突然冒出一句：“陛下这么好，为什么有人说陛下要杀我呢？”

殿内的气氛立即降温，多少炭盆也扭转不过来，众人瞬间安静。诸侯低头不语；宗正府礼官大惊失色，却已来不及补救；陪同代王前来赴宴的保傅更是吓得脸色骤变，在席上转身跪下，被一口酒呛到，咳个不停。

韩孺子也没想到小孩子竟会说出这样的话，不由得一愣，想问这话是谁说的，马上又改了主意，笑道：“那是大人逗你玩的。你是不是曾经淘气，或者晚上不肯睡觉？”

代王用力点点头。

“所以大人用这样的话吓唬你，好让你听话。”

“原来是这样。”代王笑了，“以后再有谁吓唬我，我就不怕了。”

“但是你得听话，大人是为你好。”韩孺子稍显严肃。

代王更用力地点头：“我听话，尤其要听陛下的话。”

这样一句再普通不过的奉承，由小孩子嘴里说出来却有奇效，韩孺子大笑，其他诸侯也随之笑出声来，气氛一下子恢复如常。只有代王一脸疑惑，不明白大家在笑什么。

韩孺子招手，让代王来到身边，起身携着他的手，朗声道：“代王父兄早亡，年幼失怙，朕甚怜惜，因此要为他在诸侯之中寻一位看护者，以王护王，朕心可安。”

将一位年幼的诸侯王交给另一位诸侯王看护，这种事情很少发生，皇帝事前没有说过，殿内众人都吃了一惊，但是没人反对，几位年老的诸侯甚至开口称赞，同时小心翼翼地暗示自己太老，担不起护王的重任。

韩孺子心中已有人选，目光扫过，落在东海王身上，微笑道：“东海王乃朕之亲弟，常随左右，最为亲密，就由你来看护代王。”

东海王早猜到皇帝“别有用心”，一直低头，没敢应声，结果还是被点到名。当着众人的面不能反对，只好起身领命，最后以玩笑的语气说：“我自己还没儿子呢，让我看护代王，只怕心有余而力不足。”

“无妨，代王也不用住在你的府里，你只需时时探望代王，略尽父兄之责即可。”

东海王只好笑着上前，从皇帝手中接过代王，领到自己的座位上，与他并肩跪坐。众目睽睽，他必须表现得和蔼可亲，于是伸手在代王头上轻轻摸了两下。

“别碰坏我的珠子。”代王歪头躲避。

东海王一点也不喜欢这个小孩子。

十王试探皇帝，皇帝也在试探十王，他已经对求情给出了回答，接下来要根据诸王的反应，弄清他们的底线在哪里。

第五十章

劳碌命

一连三天，皇帝宴请了数百名宗室子弟，他将代王托付给东海王，被视为善意之举，宴会上的气氛因此一天比一天热烈，韩氏子孙终于对皇帝产生了亲近感，觉得大楚江山又属于韩家了。

最后一天的宴会结束之后，韩孺子前去拜见太后。他这次喝了几杯真酒，脸上红扑扑的，笑容也比平时随意，甚至与几名不太熟悉的太监和宫女打招呼，询问姓名，让他们又惊又喜。

请安之后，慈宁太后将儿子带到自己宫中，让侍女准备醒酒茶，看着他喝下去，然后屏退宫人，对皇帝说："饮酒需有节制，以免因此伤身。"

韩孺子并没有大醉，只是比较开心而已，真想问一声，母亲让他在喝酒上节制，却要求他对宫中后妃"努力"，难道不担心后者更"伤身"吗？

可他忍住了，只是笑了笑，证明他的确保持了清醒："母亲放心，有刘介在身边，他不会让朕多饮酒。"

张有才如今专心服侍佟青娥，中司监刘介对其他太监不放心，于是亲自随侍皇帝。他是严守规矩的人，绝不会放纵皇帝做事无度。

慈宁太后点点头："那就好。"

见太后仍不是特别高兴，韩孺子明白怎么回事："母亲，朕已传旨，后日在凌云阁宴请外公与几位舅舅，母亲是否要在宫内宴请舅家的女眷？"

慈宁太后终于露出笑容："陛下不要误解，我并非觉得陛下偏心。陛下是韩氏子孙，当然要看重宗室，只是……只是……宗室此前没看重过陛下，无论是咱们娘儿俩偏居一处，还是陛下登基之后的头两年，甚至重夺帝位期间，他们可都没露面。"

韩孺子轻声道："朕明白，可报复并不能用来治理天下，宗室直接掌握着大楚三分江山，虽未发声，但是保持沉默也算一种支持，朕需要更多的支持。"

慈宁太后看着儿子，叹息道："陛下真是长大了，想得深远，比我这个老太婆强多了。陛下知道自己在做什么就好，但是一定要提防第二个韩稠。"

"朕会小心。"

韩孺子告辞，去看了一眼佟青娥，然后回寝宫休息。

看到皇帝略带醉意的脸，皇后微微一笑："陛下难道又发现了人才？"

韩孺子不由得大笑，还是皇后更了解他："前两日见的都是宗室贵戚，一派老气沉沉；今日宴请的是宗室年轻子弟，或文或武，皆有所长，我与他们聊了一会儿，觉得其中几人真是不错，能做股肱之臣。"

崔小君不用宫女，亲自帮皇帝更衣，笑道："韩氏子孙这么多，哪能没有几个可用之人？我只是纳闷，既出身于宗室，又有才华，怎么之前没有显露出来？"

韩孺子坐在床边，握着皇后的手，说："的确是这样，朝廷每每需要用人的时候，兵部、吏部极少推荐宗室子弟，我打听过，原来他们是怕惹来麻烦。"

"皇帝姓韩，宗室子弟也姓韩，能有什么麻烦？"

"就因为是同姓，争得才厉害，而朝中大臣大都是外姓，不愿参与其中，反正宗室子弟靠着世袭已经占据许多官职，用不着再推荐。于是就有这样的状况：宗室做官者多，但大都是承袭祖恩，尸位素餐，只求保住这份恩典，无心进取，那些真有才华与能力的子弟，却上升无门。"

"选人真难啊！"崔小君感慨道。

"困难在此，乐趣也在此。"韩孺子心情颇佳，飞快地在皇后脸上吻了一下。

崔小君羞红了脸："老夫老妻，陛下也不稳重。"

"老夫老妻？哈哈，咱们是老夫老妻了。"韩孺子更觉有趣。

除夕前两天，皇帝与慈宁太后宴请外戚王家。韩孺子虽有心抬举舅氏，但是有些规矩不能破坏，大殿只能用来宴请宗室子弟，外戚再尊贵，也只能以私宴的方式招待。

凌云阁是皇帝平常处理政务的地方，在这里宴请王家人，已算是很高的规格。慈宁太后很是满意，她则在另一座无人居住的寝宫里与王家女眷聚会，皇后与嫔妃参加，上官太后照例称病，不去打扰别人的热闹。

因为是外戚家宴，皇帝特意要求宗正府与礼部官员不必在场。王家人都是乡农，官儿太多，他们更不适应。

王家人进京已有一段时间，仍处于云里雾里，王老丈经常半夜醒来，把几个儿子叫进来，问道："我梦见你们的妹妹当了太后，外孙做了皇帝，是不是真的啊？"

儿孙们轮流证实，让他看新屋子、新床、新柜。其实他们也不敢相信这从天而降的喜事，经常互相求证。

当着皇帝与太后，这都是笑谈了。

与宗室相比，王家人口不多，外公、三个舅舅、五个表兄弟、两个年幼的外甥，再加上若干稍远些的亲戚，在凌云阁里倒也颇显热闹。

宗室人多，有可能藏龙卧虎。王家的男子一目了然，老实本分者居多，没有学文习武之人，韩孺子用不着挨个观察揣摩，因此比较放松，亲自给外公祝酒，也喝了几杯别人敬上的酒，听大家讲些乡里小事，倒也颇有趣味。

气氛融洽，直到一位姨丈喝得有点多了，现场又没有礼官监督，他的胆子大起来，不顾他人阻拦，站起身，一手握着酒杯，一手拎着酒壶，摇摇晃晃地来到皇帝面前。

礼官不在，太监还在，刘介一个眼神，立刻有两名太监将敬酒者拦在十步之外。这是规矩，除了王家外公，其他人都不能过此界线。

姨丈争取了一会儿，没能突破界线，只好留在原地，举杯大声道："我来敬陛下一杯！"

韩孺子微笑着举杯，放在嘴边意思了一下。

刘介亲自为皇帝斟酒，早在几杯之前就只是做做样子，什么都没倒出来，众人离得远，看不清，也不敢多看。

这位姨丈却伸长脖子盯着皇帝："陛下杯里有酒吗？可别糊弄我们。"

一名太监小声提醒道："不得放肆。"

"都是实在亲戚……"姨丈大着舌头说，但是没有纠缠，将杯中酒一饮而尽，给自己又倒一杯，"陛下一杯，我三杯。"

三杯酒下肚，姨丈更醉了，两名太监想将他推回去，他却耍赖不动，更大声地说："陛下，我们进京好多天了，什么时候让我们当官啊？天天坐在屋子里，闲得手脚发软、心里发慌。陛下，别以为我们只会拿锄镐，我们也可以替陛下看守江山……"

王家的几个舅舅实在看不下去，一块儿上前将他拽回去。他不服气，王家外公一怒，让儿孙们将他拖出去，然后亲自来向皇帝致歉。

韩孺子起身相迎，笑道："自家人，纵有失礼也无妨，外公安心。"

韩孺子迎来新一轮奉承，在王家人眼里，他是古往今来绝无仅有的仁慈皇帝，真不明白怎么会有人想要刺驾。

宫里的太监传信，说慈宁太后那边已经结束宴席，正在宫里四处游玩。韩孺子于是借口不胜酒力退席，请外公等人不必拘礼，必要尽兴，酒后可以去御花园里逛一逛，冬日里虽然风景不佳，但也算来过一趟。

离天黑还有一段时间，韩孺子不用批奏章、不用去勤政殿、不用见太后，突然闲了下来。皇后等人都在陪太后，寝宫里人也不多，他躺了一会儿，睡不着，坐起来又觉得无聊，自言自语道："朕真是劳碌命。"

可他喜欢劳碌，喜欢有事可做，更喜欢看到事情按照计划步步推进。

韩孺子走出房间，发现刘介不在。中司监以为皇帝已经安歇，去忙别的事情了，临近年底，宫里的杂事也不少。

这是一次机会，也是一个预兆，韩孺子下定决心，对一名太监说：“去传副都尉王赫，让他带一些侍卫在蓬莱门内骑马候旨，你现在就去，跑着去，不准在路上停留半步，也不准对他人开口。”

太监用力点头，转身就跑。

屋子里的太监、宫女有七八名，韩孺子只看向一人：“走。”

孟娥跟上来。

皇帝似乎要出行，却不说去哪儿，宫人们惊慌失措，几名太监也跟上来，宫女们发了一会儿呆，终于想起要去找慈宁太后。

韩孺子知道母亲很快就会得知消息，因此脚步极快，除了孟娥，其他太监追得气喘吁吁，几乎跟不上。

蓬莱门内，王赫已经守在那里，匆忙之中仍招来数十名侍卫、上百名宿卫士兵。

“开门。”韩孺子命令道。

“陛下要去哪儿？”王赫没像平时那么顺从。

“出宫再说。”

“可是……可是仪驾不全，街道尚未肃静……”

“有你们就够了。王赫，休得多问，遵旨行事。”

王赫不敢再说，只得下令开门。韩孺子已经骑上马，回头望去，一大群太监正在刘介的带领下跑来，嘴里大呼小叫。此时宫门才开到一半，他一拍马，当先冲了出去，众侍卫与卫兵急忙跟上，跑出一条街之后，队伍才变得整齐。

“陛下得指个方向。”王赫追上来，不得不问。

贵为皇帝，拥有大楚江山，韩孺子却发现自己其实无处可去。

“府里。”他说，这才只是开始，不用太冒进，他要一点点探索天下。

第五十一章

狂妄的客人

皇帝在宫里宴请舅氏一家，倦侯府里也有一场“家宴”，晁鲸等十几名来自渔村的少年聚在一起喝酒，他们不用讲究规矩，胡吃海喝，回忆成篮的往事，许下成堆的豪言壮语，一个个都有指挥千军万马的气概，发誓将来要荡平天下群贼，直扑塞外的匈奴人，唯独对眼前的一片狼藉无动于衷，谁也不愿意起身收拾一下。

他们知道两天之后就是除夕，知道皇帝正在宫中宴请外戚，成熟稳重的大人都在宫里轮值，整个倦侯府由他们做主，一点也不用担心。

“等咱们活捉大单于，我要让他跪下，对他说：‘大楚皇帝是你动得的吗？你以为拍拍屁股走人就没事了？老不死的，跟我回京城向皇帝磕头认罪，再把蜻蜓还给我。’”晁鲸喝多了，面红耳赤，一手握杯，一手指着对面的同伴，唾星横飞地怒斥，好像那就是大单于本人。

两边的人一半在睡觉，一半大声附和：“磕头，快磕头。”

同伴醉意更重，呆呆地看着晁鲸：“我……我没抢过你的蜻蜓，是他，老七，记得吗？小时候你在河边抓的大蜻蜓就是被老七抢走的，找他要，别找我，我……我啥也没做。”说着说着，莫名其妙地哭起来。

其他人根本没注意到他在说话，尤其是晁鲸，仍在怒斥“大单于”。

韩孺子来到倦侯府，在自己的另一个家里，看到的就是这样的场景。他站在门口，身后跟着一排目瞪口呆的卫兵。

喝醉的少年们沉浸在自己的世界里，只有一个人指着门口，傻笑道：“我看到皇帝了，呵呵，我看到皇帝了。”

韩孺子无奈地摇摇头，背着皇帝，不知其他人是什么模样，大概比晁鲸这些人好不了多少。

他来到书房，这里倒是一尘不染，收拾得整整齐齐，没有安置炭盆，倒也不是太冷。从书籍的摆放方式上能看出赵若素的痕迹，分类极细，经、史、子、集各占一块，然后按时间排序，方便查找。

他还没来得及做什么，门被撞开，中司监刘介扑了进来，跪在地上，满脸的惊骇：“陛下……”

韩孺子抬起手，示意刘介不要说话，然后做出倾听的姿态。

刘介糊涂了，急忙闭嘴，也仔细听，除了自己粗重的喘息，没什么特别的声音，他更糊涂了。

“天下人都在准备过年，那种欢快的声音无论隔着多远都能听到。”韩孺子轻声说，微闭双眼，似乎真的听到了某种声音。

“是啊，就要过年了，求陛下让我们也过一个踏实年。陛下私自出宫，太后、皇后忧心忡忡，我们承担不起这个责任啊！”

韩孺子微笑道：“刘公觉得朕是哪种皇帝？”

刘介一愣，没敢接话。

“朕读过一些史书，觉得皇帝各不相同，有宫里的皇帝、城里的皇帝和天下的皇帝。太祖是天下的皇帝，大楚江山是他打下来的，足迹遍及四方。在太祖之后，皇帝的范围可就越来越小了，烈帝、武帝算是城里的皇帝，经常出宫甚至出城，偶尔去远方，不成惯例。其他祖先就都是宫里的皇帝了。”

刘介张嘴结舌，过了一会儿才说道：“太祖奠定的基业，让后世子孙不必那么辛苦，列祖列宗能在宫里、城里治理天下，正说明规矩的好处，所谓的垂拱而治，大概就是这个意思吧。”

“太祖奠定的基业能传多久？”

“千秋万世，永不断绝。”

“刘公也会说奉承话，从古至今，哪来的千秋万世？”

“千秋万世是天下人的希望，想必也是陛下的希望。”

韩孺子示意刘介起身，看着他站起来之后，说：“当然，朕也希望如此，所以朕不能坐在宫里享受太祖留下的好处，坐吃山空，再多的家业也经不起人人‘垂拱’，朕得为后世留下一点什么。”

“那……那也不用出宫啊。”刘介觉得皇帝越来越难应对，自己有点力不从心。

韩孺子来倦侯府不是为了与太监争论，说道：“去外面看看，朕进府的时候看到有人在附近探头探脑，如果是客人，将他带进来。”

刘介睁大双眼：“刺驾之事才过去……”

“问清他的身份与来历，没有问题再带进来。朕猜如果还有刺客的话，不会笨到大白天在府外窥视。而且朕此次出行并无人知晓，刺客更料不到，此时见人，反而是最安全的。”

刘介想了又想，实在无言以对，只好遵旨退出。

韩孺子坐在书房里看书，没过多久，宫里的人一拨拨赶到，蔡兴海等人是要为倦侯府加强防卫，其他人则是奉太后、皇后之命，催皇帝回宫。

“不做完这里的事、见过该见的人，朕是不会回去的。”韩孺子对第三拨使者说。

在这之后，在外面耽搁许久的刘介，终于带进来一名客人。

韩孺子事前想不到会有客人守在外面，客人更料不到皇帝今天会来，而且还看到并召见自己。双方都有意外，客人的意外更多。

那是一名将近三十岁的年轻人，一身旧袍，看上去倒还整洁，只是在外面待得久了，冻得脸色发青、鼻头发红，进入屋内，仍控制不住身上的颤抖。

年轻人跪下，不等说话，从外面跳进来一个人。

晁鲸终于听说皇帝来了，吓得酒醒七分，立刻跑来，太监们拦都拦不住："陛下饶命啊，我们平时不喝酒的，快要过年了，这才……呜呜，让陛下抓个现形。"

"朕许你们正月初十之前喝酒，退下吧。"韩孺子稍显尴尬，接见一名陌生人是连日来最有趣的事情，他正要展示帝王威严，全被晁鲸给破坏了。

晁鲸愣了一会儿，这才发现书房里还有外人，于是讪讪地退下。回到后厅，他向惊慌失措的同伴们豪爽地说："没事了，我从陛下那里要来旨意，初十之前可以喝酒，一醉方休！"

厅里欢呼声一片。

书房里，韩孺子接着打量客人，刘介在内的四名太监陪伴左右。没有侍卫跟进来，说明此人绝无问题。

"臣韩息叩见陛下，吾皇万岁万万岁。"客人自报家门，规矩又开始发挥作用。

此人的姓氏，加上刘介的松懈，韩孺子明白了："你是宗室子弟？"

"是，臣乃安帝之后、安阳侯玄孙。"

安帝是大楚第三位皇帝，在位时间不长，到韩孺子这一代，亲情早已淡薄，可是一名宗室子弟穿得如此破旧，还是有点奇怪。

"你是特意来见朕的？"

"是，陛下，臣在侯府门外等候陛下至少已有三个月了。"

韩孺子更惊讶，一个月前，他几乎每天都来倦侯府，可没见过这个人；马上醒悟，当时来这里属于例行公事，宿卫军早早肃清街道，韩息根本没机会让皇帝看到。

"你既是宗室子弟，为何不通过宗正府上书求见？"

韩息叩首回道："安阳侯因罪削侯，至臣祖父时获赦，但是没有恢复侯位，臣挂名虎贲营，无权无势，曾向宗正府递送请疏，想必他们没有送到陛下面前。"

中司监刘介轻轻地咳了一声，向皇帝轻轻摇头，表示不满。

韩孺子明白刘介的意思，韩息刚见到皇帝就数说宗正府的不是，举止不端，怪不得在门外守了三个月都没人替他通报一声。

"现在你见到朕了，有何话说？"

韩息再次磕头："臣恳请陛下垂恩，恢复安阳侯的称号。"

原来是求侯位，韩孺子颇感失望，仔细想想也是，此人年近三十仍一事无成，不像是出类拔萃的人才。

"朕前些天宴请文武有成的宗室子弟，你不在其中吧？"

"臣文不成、武不就，未入宗正府法眼。"

韩孺子更觉无趣，向刘介笑了笑，对韩息说："恢复侯位，朝廷自有规矩，你还是按正常程序申请吧，朕不能越级而为。”

换一个正常的人，这时候也该明白皇帝是在婉拒。韩息却有几分王家姨丈的劲头儿，不分场合、不辨亲疏，跪地不起，说：“宗正府是‘权势府’，臣无权无势，请之不得，才来恳求陛下。”

刘介准备开口训斥韩息，将他撵出去，然后借机向皇帝进谏，希望皇帝不要再随意见外人，应当相信朝廷各部司的选择。

韩孺子却没让刘介说话，非要与这位不识趣的宗室子弟讲个清楚不可：“你立过何功？”

“臣寸功未立。”

“有何过人之处？”

“臣除了胆子大些，再无过人之处。”

“相隔数代而恢复侯位，可有先例？”韩孺子这句话是问刘介。

刘介其实不太清楚，但是马上回道：“没有。至少得立功，而且是大功，才有可能封侯。”

韩孺子转向韩息：“朕凭什么恢复安阳侯？”

韩息又一次磕头，随后昂首道：“臣未立功，乃是因为朝廷不肯用臣；臣无过人之处，乃是因为身处庸碌之中，无由显露。臣请陛下试用，必立不世之功。”

此人的确胆子够大，而且狂妄。

刘介等人都皱起眉头，韩孺子却露出微笑：“先说说你能做什么吧。”

“臣请出使极西之地，为陛下一探敌人究竟，万死无悔，若能侥幸生还，恳请陛下封侯。”

韩孺子自己都没想这么远，一位落魄的宗室子弟想到了。

第五十二章

热闹的新年

一名宗室子弟主动申请出使西方，这是一件大事，韩孺子没法立刻做出决定，让韩息先回去，今后以散骑常侍的身份来侯府报到。

至于韩息的出现对皇帝来说是有所得，还是一场小小的闹剧，韩孺子很难确定。

中司监刘介只希望皇帝尽快回宫，好给慈宁太后一个交代。

倦侯府里终究无事可做，韩孺子只得起驾回宫，连马都不能骑，一切仪仗都要按规矩来。

即便是皇帝，也要为不辞而别付出代价。

慈宁太后率领全体后妃，包括怀孕的佟青娥，一块儿跪在泰安宫的庭院里，声泪俱下地质问皇帝为何如此轻贱自身：“陛下不在乎母亲、不在乎后妃，难道连尚未降生的皇子也不在乎吗？”

慈宁太后说得多些，皇后等人以劝慰为主，同时也要表现出“同仇敌忾”，谁也不敢在这时站在皇帝一边。

韩孺子急忙上前，亲自搀扶母亲，母亲不起，他也跪下，慈宁太后这才起身，到了屋子里，仍不停数落。韩孺子只好保证今后再不会不辞而别，并将今天的行为全归咎于喝酒。

慈宁太后渐渐平静下来。淑妃邓芸胆子大些，讲了几个笑话，气氛才算恢复正常。

待众人离开，慈宁太后收起笑容，看着皇帝，摇摇头，叹息一声。

韩孺子恭谨地站在母亲面前，还跟小时候一样。那时母子二人相依为命，他最害怕的事情就是惹母亲伤心，每当母亲生气或是落泪，他都不知所措。

“还记得吗？五岁的时候你曾经偷跑过一次。”

韩孺子想了一会儿，摇摇头。五岁该是记事的年纪，他却没有任何印象。

“那是一个下午，我在屋子里打个盹儿，丫鬟一眼照顾不到，你就跑出院子。那时咱们还住在王府里，我真是吓坏了，怕你被人看到，怕你不小心惹怒什么人。我与丫鬟四处寻找，但是不能走得太远，那一个时辰，是我一生中最恐惧的时刻。”

“朕年幼无知，让太后操心。”

“你那时还是孩子，哪懂这些？一个时辰之后，你自己回来了，浑身泥巴，高高兴兴向我讲述外面的花花草草，我本想严厉地惩罚你，却下不得手。唉，大概就因为如此，你才记不得往事。”

韩孺子脸色微红，向前一步，说：“母亲，外面真有广大的世界，只是坐在皇宫里，朕永远也无法成为真正的天下之主。”

“难道这世上只有你一个皇帝？历朝历代的皇帝是怎么做的？”

“历代皇帝大都在太子时期开拓眼界、培养亲信大臣，而且少有大楚今日之危机。母亲，就算宫里也能感受到外面的变化吧？”

慈宁太后沉默不语，儿子终归不是小孩子了，她越来越难以在言辞上争得上风。

“大楚的官员也都希望朕留在皇宫里，将天下交给他们治理。母亲，就凭这一点，朕也得走出去。韩稠并非唯一的贪官，他们是大楚一切问题的根源。”

“陛下要走多远？”慈宁太后问。

换成皇帝沉默了，他要走遍天下，不想现在就吓到母亲。

“朕要与大臣们商议之后再做决定。”韩孺子最后回道。

慈宁太后再次长叹一声：“好吧，我不为难陛下，否则外人以为我是那种不讲理的太后。”

“母亲！”韩孺子又惊又喜。

“但我有条件。”慈宁太后马上道。

“母亲请说。”

“至少五位皇子。”

韩孺子一愣，随即明白过来，颇觉尴尬：“母亲……”

“五位皇子，早立太子，朝廷安心，我也安心，到时候随陛下疯去吧。”

慈宁太后是认真的，韩孺子思忖片刻：“两位皇子，视情况立不立太子。”

慈宁太后也一愣，儿子居然跟自己讨价还价，既好气又好笑：“陛下有十几名后妃，虽不算多，但也不少了。”

“或是生儿，或是生女，或是不生，都很难说。”

“好吧，三位皇子，不能再少了，养儿不易，三个我都嫌太少，至于立不立太子，到时候再说吧。”

慈宁太后也累了，叫来宫女，回自己的寝宫休息。她暂时获得胜利，至少十个月内皇帝没法随意出宫，待到皇子陆续出生，皇帝或许就会担起父亲的职责，不再想着四处乱跑了。

韩孺子明白母亲的用意，但他不能再惹怒母亲，必须后退一步。而且皇子的确很重要，在赵若素提出的两条难题里，这是其中一条。

其次还得有一位守成可信的宰相。

佟青娥已经怀孕，是男是女尚不能肯定，三位皇子要什么时候才能凑齐？韩孺子终于明白，为什么皇帝的私事总是会变成公事、大事。

将十几名后妃想了一遍，韩孺子还是去秋信宫见皇后。

崔小君正焦急地等待皇帝，此前与太后站在一起并非权宜之计，她确实以为皇帝不该如此随意。

“第一次没事，可是等陛下养成时不时外出的习惯，别人就会知道，并从中寻找机会。那名刺客在崔府潜藏了几个月，他们有耐心。”想起当时的事情，崔小君不寒而栗。

韩孺子执住皇后的双手："我也有耐心，如果几名刺客就能将我打败，皇帝还有什么意义呢？我现在最着急的事情是皇后尽快生个太子。"

前半句还很严肃，后半句突然变化，崔小君一时没适应，随即脸红："陛下……今天这是怎么了？做事没点正经。"

"这是正经事，事关大楚江山稳泰的正经事。"韩孺子严肃地说。

崔小君脸更红了，满腹的埋怨再也没法说出口。

韩孺子遵守诺言，没再随意出宫，接下来两天难得地放松一下，奏章、韩息、大臣、天下都可以等，他在宫里举办真正的家宴，只有太后、皇后与嫔妃们能够参加。上官太后仍然置身事外，远离一切热闹。

除夕到了，皇家的习惯与普通人家没什么区别，只是排场更大一些、更隆重一些，祭祖就用了一个时辰，大批官员赶到太庙，与皇帝一同参拜历代祖先。

到了下午，大部分官员都可以回家了，连休三天，衙门里只留少数人轮值。皇宫当然不能松懈，于是从城外调来一部分北军与南军，与宿卫八营共同轮值，以便让将士们都能休息一下。

这是一个热闹的除夕，韩孺子尽可能将热闹引到母亲那里。众人也明白皇帝的心意，轮番前往慈宁宫贺喜。到了正月初一，拜贺达到了高峰，宫人排成长队，宫外的大臣、勋贵也都送来自家命妇，给太后拜年。

这是慈宁太后的新年，苦熬多年以后，她终于等来此刻，即便如此，她仍未得意忘形，一大早就先去慈顺宫拜贺，下午又带领大批命妇再次前往拜贺。

皇家也要互赠礼物，全由少府承担。乔万夫送来细表，韩孺子看过之后吓了一跳，仅仅除夕和正月头三天，他要送出去的金银布帛就足够北军的一年军饷。

好在还能收回来一些礼物，算来算去，大概价值送出去的不到一半。

"怪不得大家都喜欢给皇帝送礼，原来是有利可图。"韩孺子对礼单很满意，未做调整。

"大家都以为皇帝富有天下，却不知皇帝也有手紧的时候。"乔万夫笑道。这个年他过得很开心，商人的欠条都已毁掉，少府省下一大笔钱，足以应付接下来一段时间里的支出。

宫里也要互赠礼物。皇帝送给宫人的主要是衣物与金银，太监和宫女则凑份子，送一些特别的小物件；皇帝送给后妃的是珠宝首饰，后妃还赠的则是笔墨纸砚等物，只有淑妃邓芸与众不同，送给皇帝一口宝刀。

"燕赵之地多壮士，自然也多利器。这口刀可不普通，最早属于前赵王庄垂，在他手中杀人无数，后来辗转多人之手，染血更多。我们家在代国的时候搜寻到此刀，珍藏多年，今天献给陛下。”

韩孺子不是很相信邓芸的故事，但是承认那真是一口好刀，入手沉甸甸的，刀刃上有几个小缺口，但是依然锋利，吹发立断。

慈宁太后不喜欢这件礼物，以为是凶器，立刻让人带走，妥善收藏。

韩孺子与皇后共同送给两位太后一个小戏班。这是崔家早就采办好的，培养了多半年，戏子都是十来岁的孩子，以为宫中解闷。

慈宁太后送给皇帝的是一身手缝长袍，送给皇后与崔家的则是金银布帛，没有特异之物。慈顺太后的还礼都由女官负责，她本人什么都不管。

一连几天，宫里宫外新年气氛浓郁，大楚又有了几分太平气象，韩孺子与母亲也终于感受到真正的宫中生活。

初五起大祭，由太祖开始，每天一位皇帝的牌位巡行全城，最后再送回太庙。按惯例，勋贵世家以及各衙门的府前都要搭彩棚，争奇斗艳，吸引大批百姓围观，堪比正月十五的灯会。

韩孺子觉得自己没做什么，却忙个不停，直到正月十六之后，终于闲下来，又能正常批阅奏章了。

奏章积累得不算太多，只有一份值得注意。

西域的官员上报，从极西方来了一队使节，自称代表神鬼大单于，要来拜见大楚皇帝，官员按惯例护送至楚界，由楚地官员接管。

韩孺子大致算了一下，这队使节两天前应该到京城了，他却没得到通报。

第五十三章

西方的通牒

极西方的使者的确到达了京城，却因为不合规矩而被拒之城外。

按惯例，各方使者夏末到京，经过一两月的“训练”之后，才能在秋天集中朝见皇帝，送上贡物，然后领取赏赐，来年春天之前陆续离开。一切井然有序，既能彰显大楚天威，又能令远方的使者满意而归。

有资格向大楚进贡的国家全都记录在案，如果新旧朝交替，必须及时向大楚说明情况，才能继承相应的资格。

神鬼大单于的使者违背了几乎所有规矩，首先到来的时间不对；其次这是一个新国家，却迟迟不肯说明本国的来历。

按道理，西域那边就不该将使者送进大楚地界，可他们不知为何却公然违背规矩，大楚官员一时糊涂，沿途送来，等到礼部发现问题，使者已到城外。

礼部掌管外国使者的迎送往来，反应倒快，既然使者来了，不能撵走，就让他们住在城外的驿馆里，然后责成西域官员补充相应的材料。一切忙完，大概也就到夏天了，神鬼大单于的使者可以与其他国家的使者一块儿受训，等候秋天的晋见。

这是礼部的计划，根本没想过要与皇帝商量，因为这本是他们的日常职责之一，连礼部尚书元九鼎都没有在意此事，直接交给下属的某司解决。

西域送来的信函却没有通过礼部上交，而是送到了兵部，皇帝因此才能见到此信。

韩孺子很想见一见使者，但元九鼎坚决反对。

礼部尚书平时是个老好人，在勤政殿的职责就是附和其他大臣，对皇帝更是从无违逆之举，唯独说到礼仪，他决不退让："这个西方的所谓'神鬼'从来没人听说过，是真是假也不知道，没准是西方商人假冒的，在调查清楚之前，陛下不可接见，以免坠了天威。"

大楚皇帝向来慷慨，回赠外国使者的礼物都是他们需要的贵重之货，回国之后转卖，价值五倍甚至十倍以上，是笔暴利，因此曾有胆大的外国商人冒充使者前来进贡，实则是在经商。

礼部绝不能让这种人见到皇帝。

勤政殿的大臣们都赞同礼部的做法。兵部因为不小心走漏了消息，非常内疚，尚书蒋巨英全力支持元九鼎的意见："西域那边大概也是有所怀疑，所以才向兵部递文，可是语焉不详，兵部也要调查清楚。"

就连已经决定正月之后请辞的宰相申明志，也觉得在事情明了之前，皇帝不宜接见一群奇怪的使者。

韩孺子于是下令，由礼部主导，尽快查明事实，三天之内给出结论，到时候再议见与不见。

元九鼎觉得时间太少："使者是从西域来的，理应向那边询问，信函往来，至少需要两个月。"

韩孺子耐着性子说："也可以直接向使者询问。"

元九鼎愣了一会儿，似乎没明白皇帝的意思："他们……他们不会说实话的。西域有大楚的官员，他们的话更可信。"

“是不是实话听了之后再做判断，向西域的求证正常进行，三天之内有点消息总比没有强。”

元九鼎还在犹豫。在他的印象里，大楚皇帝实在没必要对外国使者如此在意，当今圣上显得太急迫了。

宰相申明志道：“礼部可以先问一下使者，再向熟知西域事务的人求证一下，三天可能有点少，不如十天吧。”

朝廷的速度就是这样，好处是极少出意外，坏处是面对突发事件时常错失最佳时机。

韩孺子只能接受，他对朝廷的改造才刚刚着手，急不得。

这天下午，他在凌云阁召见新任宗正卿。此人名叫韩踵，是位老臣，担任过很长时间的宗正卿，桓帝时致仕，如今又被请出来重新掌管宗室。

“韩息这个人，老大人有印象吗？”韩孺子私下派人仔细打听过，韩踵风评极佳，而且辈分高，值得皇帝给予尊重。

韩踵七十余岁，获准在皇帝面前拄拐，坐在一张圆凳上，听到“韩息”的名字，立刻笑了：“当然。他居然找到陛下了？”

“他在倦侯府外守了三个月，朕年前才看到他。”

“呵呵，三个月，不算多。想当初他为了见老臣我，在宗正府外可是足足等了一年。到了最后，许多人都打赌他究竟能等多久，老臣输了一百两银子。”

韩孺子笑了笑。韩踵算是临时救急，对权势没有追求，在皇帝面前反而放得开。

“韩息还是想要回安阳侯之位吧？”韩踵问道。

韩孺子点点头。

“嗯，韩息为这件事奔波许多年了，可安阳侯当年是因为谋逆而被废，属于不赦之罪，朝廷当年免去其子孙的罪过，已属宽宏大量，并无恢复侯位之理。韩息这个人……怎么说呢？非常固执，认死理儿。老臣曾经对他说，只要他放弃争取侯位，可以推荐他到外地为官，做个县令什么的；或者从军，从参将做起，积功升迁，也有封侯的可能。可他不同意，非要先恢复安阳侯不可。我问他有什么理由，他却说不出来，只说自己任何代价都肯付出。”

韩孺子只见过韩息一面，印象与宗正卿完全一样，那个人太固执。

韩踵继续道：“任何代价？这可不是宗室子弟、为人臣者该说的话，于是老臣将他驱逐出府。曾有一段时间，我一直关注着他，希望他不要铤而走险。后来发现他也就是嘴上说大话，真需要铤而走险者的人，也看不上他。”

桓帝之后，大楚发生过几次危机，韩孺子的确没看到过韩息的身影。

以韩息的身份，只是一名不得志的宗室子弟，连身新袍都穿不起，自然没人愿意拉拢他。

“韩息愿意为朕出使极西之地。”韩孺子说。

韩踵双手握着拐杖，仰头想了一会儿。他不是故意做出这个姿态，实在是因为腰背驼得严重，如果低头，就只能对着屁股下面的凳子说话了。

“陛下真相信极西之地有着一股强敌，对大楚虎视眈眈？”

“朕犹豫未定，因此很想弄清那边的情形。”

韩踵又想了一会儿：“要说领军作战、治理地方，老臣绝不推荐韩息；至于出使远方、深入险地，以韩息的固执劲儿，或许还真能成事。只有一件，陛下真愿意恢复安阳侯吗？韩息认准的事情，是不会放弃的。”

“朕明白。”

韩孺子送走了宗正卿，又叫来金纯忠，让他向匈奴那边写信，说明情况，并且询问一下他们的反应。

除此之外，韩孺子做不了什么，只能耐心等待。

新年算是过去了，韩孺子又拾起从前的事务。

并非整个天下都沉浸在节日气氛中，云楚泽开战了。黄普公不是那种先谋后断的将军，到任的第三天就率领一支军队向一座贼寨进攻，无功而返；此后又分别向不同的寨子发起两次攻势，都没取得成果。

在敌我双方眼中，皇帝选了一位不可靠的将军。

可黄普公自有打法，三次试探虽未立功，他却大致摸清了群盗的格局、作战方式以及地形、地势。

除夕、初一两天，他让麾下将士休息，初二一早，突然下令出征，目标直指一座位处险要之地的贼寨，当众发誓，如果再无战功，立刻割下自己的头颅，让别人带回京城向皇帝请罪；如果立功，必然重赏众将士，绝不虚度新年。

这一战大获全胜，贼寨完全没料到会在这一天遭到进攻。

云梦泽贼寨众多，互相支援，黄普公算好了路径与时间，接连伏击三股援匪，皆大破之。

黄普公攻下的寨子极其重要，此寨一破，栾半雄所在的主寨暴露在楚军面前。另一路楚军大将邵克俭原打算用半年时间逐寨攻到此处，却被黄普公抢了先。

听闻前方消息，邵克俭等人大吃一惊，一开始根本不相信，再三确认之后，立刻派兵支援。

公文送到京城时，云梦泽战事正酣，楚军正在攻克各座小寨，对主寨渐成包围之势。

杨奉策划的盟主大会居然没受影响，还在进行中，而且地点就定于云梦泽主寨里。栾半雄似乎真将盟主当回事，志在必得。

韩孺子很高兴自己没有选错人，立刻传旨重赏黄普公之军，同时给杨奉发急信，让他注意保护黄普公，栾半雄战场上打不过，极可能又派刺客。

杨奉当然明白这个道理，早在皇帝提醒之前，就已派出高手专门保护军中将领，尤其是黄普公。

卓如鹤那边也有消息，趁着新年，他以朝廷的名义招安了大批强盗，发给银两，让他们回家过年，初二归队，集中在一起疏浚河道、建立新城、开垦荒地，一切费用都由官府承担。

活儿很辛苦，比不上当强盗自在，但是事成之后，人人都能分得田地，根据情况，免租一年到五年，从此成为良民，不用再提心吊胆，因此吸引了不少人。等楚军发动攻势，接受招安的人更多了。

总之，云梦泽大势已定，韩孺子一连数日忙于应对此事，督促朝廷各大部司给予配合，几乎忘了神鬼大单于的使者。

可圣旨不会被遗忘，礼部领旨之后尽职尽责，十天之后送上来一份奏章，前半部分内容都在讲述这批使者的不可信，后半部分才转述使者的言语，并且逐条加以批驳。

看到最后，韩孺子既愤怒，又觉得可笑。

神鬼大单于是匈奴人的叫法，使者对主人的称呼更复杂，译成楚文，大概就是“天上诸神唯一真实的儿子”，他们自己指定了一个简单的称号——正天子。

西方的正天子向大楚的“伪天子”发出通牒，命他俯首称臣，亲往西方朝拜。

第五十四章

行西观风使

礼部尚书元九鼎对这批西方使者没有半点好印象：“化外狂徒，举止粗鄙、言语无知，依臣之见，不必与他们一般见识，也不必留住驿馆，套上枷锁，派兵一路退回西域好了。”

勤政殿里的大臣都认可元九鼎的建议，不杀使者并非因为害怕，而是觉得双方地位差距太大，不值得动怒。

韩孺子只对一件事感到困惑：“大楚与此国相隔万里，从无往来，按使者所言，他们的国王对大楚充满恨意，这是为何？”

元九鼎回道：“城中有一些西域客人，据他们说，西王祖先本是中原人，因战败投降匈奴人，又随匈奴人西去，后世沦落为奴。西王崛起之后，最恨匈奴，其次是中原，认为是中原朝廷无道，迫使其祖投降。大意如此。”

神鬼大单于的自称过于狂傲，元九鼎不用，只称“西王”。

“哪朝之事？”

“臣不知。西域人转述之词，不尽可信，即便是西王本人，大概也不记得朝代。所谓复仇，只是一时狂言。据传，西王征途并不顺利，因其残忍无情，极西方各国的叛乱此起彼伏，用不了多久，西王就将溃败，他连大楚的山水都看不到。”

事态若是朝这个方向发展，当然最好不过。韩孺子想了想，说：“不必上枷锁，十天之后遣返使者，不予馈赠。大楚也派使者西去，或许能与他们同行，以为引导。”

众臣吃了一惊。宰相申明志已有退意，因此不开口。新任左察御史冯举上前道：“极西之地群王相争，混乱不堪，楚使此去……”

韩孺子抬下手，表示自己还有话要说：“极西之地原有不少依附之国，一时混乱，早晚都将结束，到时各国更替、名号变动，全凭他们自说自话可不行，楚使此行，乃要亲眼所见，为朕带回确切消息。”

群臣这才无话，尤其是元九鼎，如果极西各国结束混乱、恢复进贡，负责查清名实的职责归礼部。

韩孺子没有推荐任何人，而是遵照朝廷的做事规矩，让礼部公开征召勇敢之士，出使万里之外的战乱之地。

应征的人不多，谁都明白，此去凶多吉少，多半可能冻死于路上，纵然侥幸到了极西之地，那边的战乱未必结束，还是危险重重、寸步难行。

只有韩息明白这是皇帝给自己的机会，但他非要先问个清楚不可。

他现在是众多散骑常侍中的一员，可以直接求见皇帝，获准之后，前往凌云阁见驾。这时距礼部征召勇士已有四天。

韩息总算有了一身没有补丁的新袍，进屋跪拜行礼都合规矩，看上去很正常，但一开口就与众不同：“微臣叩见陛下，请陛下手写一份恢复安阳侯的保证，微臣即刻出发，一时也不耽搁。”

屋里的太监与侍卫侧目而视。韩孺子微笑道：“朕为何要写这样一份保证？”

韩息抬起头，面露惊讶：“陛下不是在征召使节前往极西之地吗？微臣愿往，但是之前与陛下说得很清楚……”

韩孺子摇摇头，拿起桌上的一张纸：“你说自己愿意出使极西之地，可是礼部送来的应召名单上没有你的名字。”

“微臣先要保证，再去应召。”韩息以为这是理所应当的事情。

这果然是一个死心眼儿的人，韩孺子仍然摇头：“应召者众多，用不用你尚在两可之间，朝廷为何要做出保证？”

名单上其实只有寥寥数人，看履历，都是小吏与平民，甚至是狱中的有罪囚徒，都不够资格担任大楚使节。

韩息不知道，只觉得竞争者众多，这是他没料到的意外情况，一下子哑口无言。

韩孺子说：“韩息，你若相信朕、相信朝廷，就先立功再问赏。世上没有先论赏后做事的道理，你可明白？”

“微臣相信陛下，却不怎么相信朝廷。微臣只担心一件事，此番出使不只为传信，还要观看风俗、勘查地形，来回至少需要三年。三年之后，微臣不太相信的朝廷仍在，微臣相信的陛下却未必还在，因此希望……”

几名太监同时开口斥责，韩息也反应过来，自己的话太过分了，竟然在诅咒皇帝，急忙磕头谢罪。

韩孺子没有在意，说：“做大事者不畏险阻，你想恢复祖上的侯位，就得甘冒奇险；若想踏踏实实，不如回家做梦去吧。”

韩息仍在磕头，韩孺子挥手，表示他可以退下了，又补充一句：“如果你真能出使西方，在路上定要祈祷朕长命百岁。”

“陛下万岁万万岁。”韩息告退，没拿到任何保证，但是当天就去礼部报名了。

极西方的使者共有百余人，途中伤亡过半，到达大楚京城只剩三十多人，他们传递的信息极其狂妄，本人却没有那么无礼，随大楚安排，怎么都行，也愿意带楚使一块儿回国，只有一个要求，希望大楚接下“正天子”的信，并且给一封回信。

信中的内容与使者所言差不多，都是发出通牒，命令大楚皇帝即刻投降。

礼部收下信，但是只给一份回执，表示信已收到。至于皇帝的回信，那是断然不能写的，一个字都不行。

拿到回执，西方使者已经满意。几天之后，他们踏上回国之路，身边多了一队楚使。

为了给楚使安排身份，礼部煞费苦心，最后定名大楚行西观风使，表明他们去西方并无确切目的，只是观察各地风俗，传递大楚天子的善意，至于见谁不见谁，都由正使韩息自己决定。

楚使共有五十人，除了宗室子弟韩息，随行者不是走投无路的欠债者，就是希望借此赎罪的囚徒，朝中大臣都对这支队伍能走多远表示怀疑。

韩息家人送行，在城外洒泪分别，没指望再见到他回来。

西域也有回信，声称这批西方使者没有走邓粹等人驻守的昆仑山口，而是从北线进入西域，西域各国惊恐不安，害怕遭到神鬼大单于的报复，因此小心款待，一路送到楚界。

大楚驻西域的官员全程被蒙在鼓里，最后一刻不得不承认现实。

韩孺子命令礼部、兵部继续收集极西方的消息。西域虽然都是小国，但他们都对神鬼大单于感到惊恐，必有原因。

但西方的敌人毕竟还没有打来，一封狂妄的信不会对大楚产生可见的伤害，韩孺子派出使节之后，又开始忙于眼前的事务。

二月中旬，另一名宗室子弟终于伏法，韩稠在狱中自尽而亡——皇帝仁慈，免去街头问斩，赐给白绫一条。

刑部送来的公文里说韩稠临死前跪地谢恩，忏悔种种罪行，随后整衣而起，以绢蒙面，表示死后无颜面对列祖列宗。

金纯忠也在现场，对皇帝讲述的却是另一种场景。

韩稠早知自己必死无疑，真到了这一刻，仍然吓得魂不附体，一直在号啕大哭，向见到的每一个人发誓，只要肯放他逃走，愿意分一半家产当作谢礼。

洛阳侯的家产早被充公，他全给忘了。

午时过后，行刑者到来，韩稠瘫软在地，屎尿齐流，根本站不起身，数名狱卒抬起，折腾了小半个时辰，总算将他的脖子套进了白绫。

韩稠的最后几句话不是谢恩与谢罪，而是吼了一句："做鬼也不放过你们。"

他的脸上的确蒙了一块布，但不是他自己的意愿，而是他胡说八道，刑部官员命人以布堵嘴，顺便蒙面。

"韩稠至死不承认自己有罪，以为……"金纯忠说不下去。

韩孺子嘿了一声："以为朕在刻意报复他？"

金纯忠点点头。

在韩稠看来，自己曾经全心全意地讨好皇帝与太后，皇帝当时若是接受，就不会有自己后来的背叛与刺驾，所以一切错误都在皇帝身上。至于商人与百姓，从来不在他考虑的范围内，他一直视洛阳为自己独有的地盘，无论如何搜刮都是他的权力。

韩孺子忍不住叹息，单单收拾一个韩稠就如此费时耗力，整顿宗室不知要多久。

“匈奴回信了吗？”韩孺子问。

金纯忠道：“贵妃回信了，说她不知情，她将我的信转送给大单于，要等一阵才有回信。”

韩孺子很想问一问金垂朵的状况，想了想，还是没有开口。

二月底，云梦泽传来消息，群盗主寨已被攻克，栾半雄落网，正被押送进京。

云梦泽、东海、匈奴、神鬼大单于，韩孺子心中的四大患除去了一个，波澜不惊，心中并没有策划时的兴奋。

这只是一个小小的开始，证明大楚朝廷余威犹在，但接下来的路更加难行。

杨奉送来一封信，盟主大会将如期举行，没有群盗参与，会选出一位温和的盟主，协调江湖关系，尽量远离朝廷的明争暗斗。

在信中，杨奉表示淳于枭已经露出马脚，很快就将落网，所以他要等一两个月再回京。

韩孺子很好奇：杨奉最终抓到的“淳于枭”会是谁?

杨奉在孜孜不倦地追寻目标，韩孺子也没闲着，虽然还不能巡狩四方，但他要走出第一步——离开皇宫，并且借机重整宗室。

第五十五章

子弟军

初春，惠妃佟青娥孕象渐显，第二位妃子宣告怀孕，这让皇帝遇刺之后身体有恙的种种传言不攻自破。慈宁太后最为高兴，对皇帝的约束也没那么严格了。

韩孺子也很高兴，只是遗憾怀孕的人不是皇后，他已经尽自己所能，多半时间都与皇后同房，可怀孕者却是一名他很少宠幸的嫔妃。

这就像一场事先约定好的决战，双方将领精心地排兵布阵，最后决定胜负的却是一场突如其来的暴风骤雨，胜者固然欣喜，只是不明所以。

但胜利者毕竟还是皇帝，韩孺子利用这次机会，以庆祝的名义，召集宗室子弟去郊外耕田。

耕田之余，还要进行几次狩猎演练。

按规矩，狩猎要在秋后进行，春季万物生长、百兽生息，不宜捕杀，因此只做演练，并不真的射猎。

来京参加大祭的年轻宗室子弟大都奉旨留下，各地又推荐更多的子弟赴京，凑足八百之数，再加上同样数量的官吏子弟，以及四百名京城的良家子弟，共是两千人。

出城狩猎之前，先进行为期半个月的笔试、武试，分出甲乙丙丁四等，甲等文武俱优，可为将军，乙等文优者为吏、武优者为参将，丙等为军官，丁等为士兵。

所有任命都是临时的，不入兵部、吏部名册，狩猎结束，官职收回。但是这支军队从行军、扎营到狩猎，所有行动都由自己决定，与普通军队毫无二致。

人人都明白，这是皇帝的一次检验，能在此次狩猎中脱颖而出者，事后极可能获得真正的官职，因此都很踊跃，力争要给皇帝留下一个好印象。

与此同时，三年一次的会试也到了，天下举人纷纷入京。传言说今年考中进士者最为幸运，极可能得到皇帝的重用。

这一年才刚刚开始，就有人称其为“大试之年”。

韩孺子希望不拘一格地选拔人才，遇到的阻力可不少，将要出城的前一天，宗正卿韩踵求见皇帝。

按规矩，大臣应该上书言事，韩踵却直接求见皇帝，因为他要谈的是“家事”，不宜写入奏章为外人所见，更不适于被史官记录。

这次交谈只在君臣二人之间进行，旁听者不过两名太监。

韩踵坐在圆凳上，双手握拐，以保持身体平衡，腰背弯曲，脖子尽力挺直。每次看见他，韩孺子都会想起成精的老龟，但是这样的联想只能藏在心里，绝不能表露出来。

韩踵是德高望重的宗室老臣，不是皇帝可以拿来随意开玩笑的亲信近臣。

“陛下创建了一支‘子弟军’，宗室兴奋，这不，许多人觉得八百人太少，向我求情，希望能再加一些名额呢。”

韩孺子知道韩踵还有话没说，微笑道：“这不是什么‘子弟军’，除了宗室的年轻人，也有官吏和百姓的后代，趁此大好春景，陪朕出城踏青而已。”

“呵呵，踏青好啊！想当年，武帝几乎年年出城踏青，也是召集众多宗室子弟，前呼后拥、旗帜飘扬，那样的场面，经历一次，一辈子都忘不掉。”

“老大人经历过几次？”

韩踵右手离开拐杖，竖起四根皮包骨头的手指：“老臣有幸经历四次。”

“老大人不虚此生。”

“还能活着看到大楚盛世再临，才是老臣最大的幸事。”

韩孺子大笑道：“就凭老大人这句话，朕也要努力，尽快创一个盛世出来。”

韩踵奉承，韩孺子谦虚，两人客套了一会儿，韩踵终于说到正事：“陛下此次选将，似乎没有考虑到出身贵贱。”

“这不是选将，只是一次游戏，所有官职都是临时任命，事后收回，没有必要区分贵贱吧？何况都是宗室子弟，有贵无贱。”

韩踵坚定地摇摇头，他活了七十多年，有些事情在他眼里无比重要：“不然，宗室无贵贱，但是有亲疏。这支‘子弟军’中还有八百名官吏子弟，据说陛下不问出身，连七品小吏的子孙都可入选，还有四百名普通人家的后代，这么多人在一起，总有高低贵贱吧？”

“比如匈奴人攻到京城，或者朕面前有猛兽扑来，急需勇士挺身而出时，还要分贵贱吗？”

“唉，老臣明白陛下的意思，可尊卑之别终归得有，否则的话，保下来的大楚江山该归谁所有呢？老臣斗胆说一句，真要事事论功，只怕韩氏未必能长有天下，所谓功高盖主，陛下不得不防。论尊卑贵贱，先从宗室开始，然后才可推行至朝廷乃至天下。”

说起固执，年老的韩踵不比年轻的韩息差多少，只是目标不一样。

韩孺子笑道：“老大人过虑了，宗室子弟十几万，论家族之大，天下无出其右，难道还选不出几名能保江山的人才？也请老大人对朕有几分信心，朕不怕有人‘盖主’，只怕谁也不想建大功。”

韩踵慌忙起身行礼，随后坐下，说：“陛下固然不怕，可陛下今日的一言一行都将为后世法则，万一主弱臣强，再无尊卑贵贱的礼制，又该如何呢？老臣浅陋，只望陛下事前三思、事后无悔。”

韩孺子想了一会儿：“朕已明白，老大人且回，朕自有安排。”

韩踵起身，恭敬地行礼：“陛下英明聪睿，百世无一，大楚复兴近在眼前，老臣昧死进言，请陛下不要只看一时得失，也要想着千秋万代、后世子孙的福祉。”

韩孺子笑着点头，实在不愿与宗室长辈争论。

韩踵一走，他喃喃道：“千秋万代，真有千秋万代吗？”

武帝在世时，大楚实力达到巅峰，随后急转直下，不到十年，就已衰落得不成样子。武帝的威风连一代都没传下来，何况千秋万代？

这样的想法韩孺子只能藏在心里，没法对任何人说。

狩猎队伍的将官已经任命完毕，不可能再改，但韩孺子还是做了一点妥协，任命五名诸侯王的嫡子或嫡孙担任左、右、中、前、后护军，这五人在之前的文武比试中都没有出色之处。

次日一早，皇帝拜别太后、皇后，在千名宿卫军的护送下出城，与城外的一千北军、一千南军会合，前往京北山区。那里是皇家园苑，地方广大，地势多变，正适合练军。

至于另一支两千人的“子弟军”，提前一天就已出发，安营扎寨，等候皇帝检阅。

正事不能忘，韩孺子到达园苑的第一件事还是亲自扶犁耕田，众多大臣随后撒种覆土，史官将时间、地点、官职等项详细记录下来，归档收藏，以备后世编纂史书时采用。

耕田结束，大部分官员回城正常办公，史官也走了，对皇帝接下来的“任性”之举眼不见心不烦，当作没发生过，不予记录。

虽然只是一场演练，但韩孺子总算又回到军营中，一切按军法便宜行事，不用讲那么多的礼仪。

次日一大早，他在东海王、崔腾等人的簇拥下，前往“子弟军”营中检阅。这两人地位稳固，不想抢立功劳，因此宁愿留在皇帝身边，不愿加入军中，免去了文武比试中技不如人的尴尬。

军营布置得井井有条，颇具老将风范，只是将士们的盔甲不太整齐，许多人自备甲衣，样式上与普通将士没有多大区别，材质却贵重得多，非金即银，阳光下熠熠闪光。

检阅军容之后，将士们演练各种阵形，随后是比武，分马上、步战两类，将持续整整两天，然后才是狩猎。

韩孺子很满意，记下不少人的姓名，与东海王等人争论谁的骑术更佳、箭术更好、枪法更强。

军营里基本上全是年轻人，最大的也不超过三十岁，十几岁的少年占据多数，正是争胜好强的时候，因此比武进行得非常热闹，场外发生了若干起私斗，韩孺子不管，只看将领们的反应。

这天傍晚，皇帝宴请了数十位表现出色的将士，虽然喝酒不能尽兴，可是一想到未来的美好前途，所有人都是耳红心热。

韩孺子上次出行的时候，曾经利用行军考验过一批勋贵子弟，这些人大都仍在，表现依然出色，更让韩孺子感到满意。

入夜之后，韩孺子回宿卫军营中休息。与宫室相比，帐篷虽然简陋，却更让他觉得舒适。

两天后的上午，云梦泽匪首栾半雄被押来了。

这是韩孺子在城里就传下的旨意，栾半雄一到，立刻送到皇帝军中，韩孺子想看看这个匪首的模样。

这样的要求不太合乎规矩，刑部、兵部都表示反对，最后各方妥协，栾半雄的囚车不进城，在城外就由北军和金纯忠接管，直接送到皇帝面前，过后再按正常程序交给有关部司。

对此安排，韩孺子并不恼火，反而感到有趣，他有点摸清规矩与惯例的脉络了，许多事情其实可以通融，但是不会形成新的规矩与惯例，自然也就不存在韩踵所担心的效仿问题。

通融手段必须精巧，韩孺子正在学习，没有老师，只能自己领会。

不少人想方设法挤到皇帝所在的大帐里，希望先睹为快。

栾半雄可谓是声名鹊起，一名强盗头子，竟然能与大楚对抗，差一点成功刺杀皇帝，这种事情历朝历代可不多见。

将近午时，囚车进入军营，金纯忠先进帐，向皇帝行礼："匪首凶悍，口不择言，帐中不宜留太多人。"

赶来看热闹的人都很失望，只有韩孺子明白，金纯忠不会随便做出建议，必然是有别的原因。

第五十六章

一本书

与许多声名显赫的人物一样，传言听得多了，真正见面时不免会觉得失望，韩孺子对栾半雄就有这样的感觉。

在他的先入之见里，栾半雄应该是一个十分高大的壮汉，坐着就和别人站着差不多一样高，神情凶悍，令人不敢直视，即使被俘，也像是一头掉入陷阱的猛兽，只要还有一丝力气，就不肯屈服。

这样的一个人才值得皇帝接见。

可是被带到帐中的犯人却让韩孺子大失所望。

那是一名中年男子，身材不高不矮，肩膀倒是宽厚，年轻时估计很强壮，现在却被一身赘肉所累，显得浮肿，貌不惊人，倒还镇定，进帐之后冷冷地打量皇帝。

栾半雄脖子、手、脚戴着枷锁，被押送的卫兵推了一下，不肯跪下，两名卫兵齐推，还是不跪。

韩孺子示意不必勉强，金纯忠命令卫兵退下。

一共四名卫兵，退后两步，仍然盯着犯人，帐中还有四名侍卫守在左右，另有两名太监护在皇帝身边，帐外还有更多士兵，一声令下，就能进帐救驾。

金纯忠侧身站在皇帝与犯人之间，正要开口审问，栾半雄自己先说话了："你和我想象的不一样，令人失望。"

韩孺子忍不住笑了一声，这正是他的感受："彼此彼此。朕在你的想象中是什么样子？"

栾半雄目光移动，四处看了一遍，然后说道："听说皇帝最爱冒险，胆子奇大，数次出生入死，我以为该是怎样的一名奇男子，今日一见，不过是一名还没长大的孩子，离开这些士兵，你什么都不是。百闻不如一见，江湖传言多有不实之处。"

"阁下常在江湖，今天才发现这个问题吗？"韩孺子并未动怒。

栾半雄扭了扭套在枷锁中的脖子，好让自己舒服一点，然后定睛看向皇帝："本来你是打不过我的。"

"嗯？"韩孺子示意帐中其他人不要干涉，他倒要听听一名强盗头子的看法。

"本来我们应该撤往海上，云梦泽地势险恶，官兵在里面支撑不了多久，等官兵一撤，我们再回家重操旧业。云梦泽属于我们，只有我们能在那种地方活下去。都是因为杨奉，我才会上当，没有及时撤离。"

前方的战斗情形由军吏详细记录，送往兵部，再转交至皇帝面前。文官卓如鹤也按规矩定时呈送公文。唯有杨奉那边，只是偶尔写来一封信，将进展说得清楚，对其中的细节却从不多写。

韩孺子微笑道："斗勇，阁下败给朝廷军队；斗智，阁下输给了杨奉，还有什么不服气的？"

栾半雄长叹一声："淳于枭真是没用，还以为有它相助，斗智时必不会输给任何人，结果全是骗人。"

"淳于枭在你身边？"韩孺子感到惊讶，云梦泽众寨皆破，淳于枭断无逃亡之理，可是在兵部转送的公文中，却从来没见过有关此人的记载，只有杨奉说过他即将拿获淳于枭。

栾半雄点头："它不在我身边，在我身上，被官兵拿走了。"

韩孺子莫名其妙。金纯忠在路上已经审问过一次，小声提示道："淳于枭是一本书。”

栾半雄大笑数声：“当然是一本书，专记奇谋妙计。唉，我被此书所误，读书果然害人。”

“书呢？”韩孺子问。

“被杨公拿走了。”金纯忠代为回答。

虽然相隔遥远，韩孺子却立刻明白了杨奉的用意：“有书就有写书之人，杨公在找这个人。”

栾半雄冷笑，随后大笑：“没错，有书就有写书之人，这是最正常的想法，所以杨奉要循书找人，最后落入陷阱。我为书所害，可是也能用书害人！”

韩孺子一惊，随后安下心：“小瞧杨公是你犯下的大错，还要一错再错？他不会掉入任何人的陷阱，很快就会返京，亲自审问你，朕会将你的命留到那个时候。”

栾半雄突然变得面目狰狞：“老子不用你留命，狗皇帝，快杀了我吧，无论生死，我栾半雄都是好汉一条！”

这样的栾半雄才有几分符合想象，韩孺子不由得微微一笑，向帐中众人点头：“所谓大盗豪杰不过如此，一朝战败，求死不求生，自以为勇敢，却不知求死难，求生更难。”随后又向犯人道：“栾半雄，大楚怎么得罪你了？你非要刺驾、造反，甚至与外族勾结不可？”

在兵部转送的公文里，有这方面的内容，韩孺子却想听听栾半雄亲口所言。

栾半雄的神情慢慢恢复正常。这是他离皇帝最近的一次，可是受枷锁束缚，身边没有兄弟与手下相助；这也是他离皇帝最远的时刻，再无法靠近一步。

“报仇。”栾半雄傲然回道，头颅扬起，“武帝杀了那么多英雄豪杰，自以为是皇帝，就不会遭到反抗，我要证明他是错的。云梦泽一败涂地，但我们毕竟树立了一个榜样，告诉天下人，皇帝根本不是什么天子，只是一个普通人，甚至是一个孩子，谁都能杀死他。”

栾半雄舔了舔嘴唇，目露凶光，似乎要扑上去撕咬皇帝，卫兵与侍卫立刻人人握刀。

栾半雄没有移动脚步，他的脚踝上也套着锁链，迈不开大步。

“你逃过一劫，狗皇帝，可是不能总这么幸运。云梦泽败了，今后还会有其他人效仿我们，总有一次，有人能斩下你的狗头！”

栾半雄的说法与公文里差不多，只是多了几个“狗”字，执笔写公文者想必是给删去了。

“朕的头颅就在这里。”韩孺子平静地说，“朕能保住头颅靠的不只是运气。带下去吧。”

韩孺子觉得没必要再问下去，兵部、刑部阻止皇帝见犯人或许才是更正确的做法。

士兵押着犯人出帐，栾半雄在外面突然又吼了一声：“皇帝也是人，你逃不过去！”

金纯忠留在帐内，说：“狂人一个，口无遮拦，陛下还要再审吗？”

韩孺子摇摇头：“尽快押进城吧。”

“是，陛下。”

韩孺子沉吟片刻：“关于淳于枭，你相信多少？”

金纯忠仔细想了一会儿：“微臣对淳于枭了解不多，只听说他是望气者，似乎许多地方都有他的身影出没，最后却都证明并非本人。栾半雄声称淳于枭是本书，倒是很可能，等杨公带回书，就知究竟了。”

“朕见过望气者，他们的手段全在四个字上——顺势而为，栾半雄或许也是这四个字的受害者。你也回京吧，再去审问圣军师。”

“是，陛下。”金纯忠等了一会儿，问道，“要提醒杨公吗？”

韩孺子摇摇头：“栾半雄敢说出实情，意味着提醒已经来不及了。杨公绝不会轻易上钩。”

韩孺子相信杨奉，追捕望气者这么久，杨奉比任何人都熟知他们的手段。

金纯忠再不多言，突然又想起一件事：“匈奴那边回信了，说是大楚要小心提防，神鬼大单于的大军总是跟在使者身后，要不了多久就会杀到。”

金纯忠自己对这种话都不太相信，隔着西域与草原，任何一支军队都不可能从万里以外突然杀到楚界。

“兵来将挡。”韩孺子也没特别当真，最近从西域传来的消息比较多，甚至有王公贵族和商人从极西之地逃亡过来，众口一词，都说神鬼大单于的确征服了极其广大的领土，但是只要他和军队一离开，被征服地往往发生叛乱，他正忙于四处平乱，没有余力东征大楚。

金纯忠退出帐篷，立即带着栾半雄前往京城，明天就能将重犯交给刑部，剩下的事情就简单了，匪首不会得到宽赦，将被当众处斩，头颅在城门上悬挂数日。

韩孺子意兴阑珊，于是传旨，“子弟军”照常演练狩猎，皇帝次日再去检视。狩猎将持续五天，皇帝不必每天都参加。

崔腾在门口探头探脑，韩孺子喝道：“进来。”

崔腾一溜烟跑进来，笑道：“我看到栾半雄了，没啥了不起嘛，还以为他有三头六臂呢。半雄，嘿嘿，我瞧他连半个英雄也不够。”

"有事就说。"韩孺子太了解崔腾，看他的样子就知道还有别的事情。

崔腾笑得更欢，突然又收起笑容："陛下，我有秘事上报。"

韩孺子等他说下去，结果崔腾却闭口不言。韩孺子挥了下手，侍卫们退下，只剩两名太监。

崔腾对两名太监说："嘴巴闭严了，消息若是泄露，就找你们算账。"

太监侧目，崔腾又换上笑脸："开玩笑，我知道两位是陛下最信任的人，绝不会乱说。"然后上前一步，用低低的声音对皇帝说："'子弟军'里有外人。"

韩孺子一愣："什么外人？刺客？"

崔腾也一愣，似乎刚想到刺客的事："对啊，没准真会混进来刺客，那这件事就更重要了，陛下得立刻行动，我去多叫几名侍卫……"

"先说外人是怎么回事。"韩孺子命令道。

"对对。"一想到又要立一大功，崔腾有点语无伦次，"'子弟军'里有些人是冒充的。"

"冒充什么？"

"有些应当参军的人，嫌累嫌苦，不想亲自来，就雇人代替，自以为能够瞒天过海，却骗不过我的眼睛。"

韩孺子大怒，如果崔腾所言为真，那就是欺君大罪。

他本来就不怎么担心杨奉，这时更将栾半雄的威胁抛在脑后，只想着如何收拾"子弟军"。

第五十七章

冒名

杨可易是一名小吏的儿子，十六岁，能被召入"子弟军"，全家人都为之高兴，他自己更是兴奋得几天没睡好觉，以为这是自己平步青云的机会。

杨家虽非大富大贵，但杨可易是家中独子，从小备受宠爱，没怎么刻苦学文习武，前期考核只落得最低的丁等，充为普通士兵。

杨可易并不气馁，他与家人的目标原本就不是要在文武比试上崭露头角，而是希望借机与权贵之家的公子结交，为以后铺路。

在杨家人看来，自家的孩子如此可爱、如此聪明，交朋友应该是很简单的事情。当然，他们也不是太笨，杨父为儿子购置全套盔甲，并准备了五百两银子，任其挥霍：“交朋友不能吝啬，尤其是与权贵公子结交，一开始绝不能显得小气，让人家瞧不起。”

花钱是杨可易最喜欢的事情，还没进入军营，他已经将五百两银子花掉一半，买的全是少年喜欢的玩物，父母一皱眉，他就说：“权贵公子都有这个，就我没有，怎么跟人家交往？”

待到真正进入军营，杨可易发现一个严重问题：与他有同样想法的人太多了，真正值得结交的权贵公子却只是极少数人，僧多粥少，他根本挤不到前边。

权贵公子们自有圈子，偶尔接纳新人，选择的也是那些在文武比试中出类拔萃的少年，看重他们未来的地位；要不然就挑几个会玩乐、会调笑、会吹捧的帮闲，以助游兴。

像杨可易这种人不少，出身低下、才华平庸，打小娇生惯养，不会讨好他人，想往上爬一点机会也没有。彼此间却又瞧不上眼，因此落得个孤孤单单。军营中的生活又十分辛苦，半个多月下来，哀声一片。

若不是想看到皇帝，他们早就甩手跑掉，等着父母出面解决问题。

当皇帝终于到来的时候，人人都想往前挤一步，军官自然要维持秩序。士兵很不满，因为这些军官大都也是普通人家的孩子，其中一些甚至是平民之子，穿的是军中发给的普通盔甲，只因为力气大些，武选时得到丙等，就骑在他们头上显威风。

杨可易嘀咕了一句：“脸都洗不净的肮脏家伙，也好意思见驾？”

他这一队的什长听到了抱怨，举起手中鞭子喝令他闭嘴。

就为这么点事，两人差点在队中打起来，其他士兵马上拉开，阻止了一场斗殴。

韩孺子那天在军营中远远望见若干起打斗，这是其中一起，绝非最为严重的事件。

事后，杨可易越想越气，气的不是什长，而是那些拉架的同队士兵，觉得他们是在借机羞辱自己。

连日来的辛苦训练，以及频频受到权贵公子的忽视，激起的怒气都在这一刻爆发了。杨可易不敢向权贵报复，也没有机会走到人家面前，他向与自己地位差不多的同伴们发泄怒气，回到帐中大叫大嚷，踢翻了一些人的行李。

这是皇帝宴请比武勇士的时候，事情不大，因此没有惊动他。

皇帝离开之后，当天夜里，睡梦中的杨可易被人揍了一顿，拳脚相加，显然不是一个人。他被蒙在被子里，毫无反抗之力，也看不到打他的人是谁。

等殴打结束，杨可易惊惧交加，躲在被窝里没敢动，直到次日清晨才爬起来，看到同帐的士兵都在呼呼大睡。

杨可易受不了这股恶气，将剩下的二百余两银子全拿出来，贿赂一名贪财的相熟参将，非要狠狠报复一下同队士兵不可。

同队士兵自然不会坐以待毙，也找熟人帮忙。事情就这样越闹越大，最后连几位权贵公子也被牵扯进来，他们根本不认得杨可易是谁，只知道军营里有麻烦需要自己出面解决。

闹了两天，只发生几次恶语相向，没再发生任何打斗。皇帝就在附近的军营里，随时都可能过来检视，谁都不想在这种时候发生意外，因此各方全力压制，不准任何人报私仇。

杨可易连声道歉都没得着，银子却没了，拿他银子的参将拍拍他的肩膀，无所谓地说："忍一忍，等回城之后我再替你出气。"

杨可易忍不了，回城之后，众人各回各家，就算找人将同队士兵打一顿，面子也找不回来，心中这股恶气更是无从宣泄。

思来想去，杨可易决定孤注一掷，向皇帝揭发一个大秘密，既能出气，没准还能因此得到赏识。

可他见不到皇帝，甚至没资格见皇帝身边的人。钱也花光了，他一狠心，将自家重金购置的镶金甲低价转卖，换一套普通盔甲和一百两银子，盔甲自用，银子送给崔家的一名子弟，只求他给崔腾带一句话："想立大功吗？"

崔腾想立功，对带话的堂弟说："多大？"

堂弟崔服也是个愣头青，张开双臂，想比画一下，很快又放下："应该很大吧，要不然这小子也不会求到二哥这里来。"

杨可易等了多半天才有机会来见崔腾，心有所求，许多规矩无师自通，立刻跪下，再不显出孤傲的一面："我要揭发，'子弟军'里有人是冒充的。"

崔服吓了一跳，早知道杨可易要说这件事，给再多的银子他也不会同意带话，上前踹了一脚，斥道："胡说什么？想死吗？"

杨可易满脑子都是复仇，早将谨慎置之度外，大声道："这是事实，冒充者还不少，我听说崔二公子是皇帝身边最受信任的人，因此才来揭发。崔二公子若想息事宁人，当我没来好了，全怪我想当然，真以为崔二公子事事为陛下着想。"

崔服又要抬脚，崔腾将他拉开，向杨可易道："你说什么？"

杨可易害怕了，传言崔家二公子一怒之下是会杀人的，连皇帝都让他三分，何况自己？“对不起，我……我胡说八道，二公子怎么处置都行……”

“不不，你刚才说我是皇帝身边最什么的人？”

“最……受信任的人。”杨可易恍然大悟，原来自己搔到了崔腾的痒处，急忙补充道，“这不是我说的，大家都知道，要不然我也不会来见二公子。陛下身边的亲信不少，对其他人我连想都没想过。”

“你没想过东海王？”

杨可易其实想过，而且东海王才是他的第一选择，但是求见无门，他又正好认识崔服，才改为从崔腾这里入手，这时却坚定地摇头：“东海王算什么？虽说是陛下的弟弟，可是曾经背叛过陛下，陛下将他留在身边，无非是方便监视。”

崔腾闻言大悦，扭头对崔服道：“这么大的事情，你怎么没对我说过？”

崔服小声道：“此事牵扯到一些宗室子弟，咱们还是不要参与为好。”

崔腾皱眉：“谁说冒名者的事了？大家都说我是陛下身边最受信任的人，你怎么没对我说过？”

崔服一愣，随后谄笑道：“我还以为二哥知道……人人都说，我都听习惯了，真没当成大事，所以一直没说。”

崔腾心情更佳，对杨可易说：“你来找我就对了，这事别人不敢管，也就我敢捅开。陛下最厌恶不求上进的勋贵子弟——你既然享受了朝廷给予的好处，必要的时候总得为朝廷效力，对不对？像我，一直风里来雨里去，在战场上为陛下挡过箭，什么时候说过半个不字？”

杨可易拼命点头：“对对，就是这个道理，他们雇人当兵，分明是在欺君。”

“行，你给我一份名单，我找机会交给陛下。”

杨可易早有准备：“在军营里不好写字，但是我记下来不少，现在就可以说出来，或者当场写也行。”

崔腾选择当场写。

杨可易的同队士兵没有权贵子弟，自然也没有冒名者，但是他的仇恨早已扩展到整个“子弟军”，以为官官相卫，就欺负自己一个人，于是将所知的冒名者一一写下来，不太有把握的人就在后面画个三角。

崔服走过来瞧了瞧，吓了一跳，那上面有三十多个名字，姓韩的就占了一半。

崔腾却不在意，拿起名单看了一遍，笑道：“还好，咱们崔家人都不在上面。”

崔服咳了一声。

崔腾脸上变色：“怎么着，咱家也有？”

崔服勉强点下头。

崔腾突然大笑，骂了一句脏话：“我崔二这回要大义灭亲，陛下非得夸我一句‘大公无私’不可。来来，杨什么，把崔家人的名字也写下来。”

杨可易也有聪明的时候，立刻摇头：“我就知道这些，都写下来了。”

崔腾将名单递给堂弟崔服：“你写。”

崔服没办法，在名单末尾添上一个名字，故意写得歪歪扭扭，以免让人认出笔迹。

杨可易满意地走了，等着“子弟军”里降下一场风暴，将自己痛恨的人通通灭除。

崔服后悔不已，看着杨可易离开，马上对堂兄说：“这份名单绝不能交给陛下。”

“为什么？咱家就一个人在上面，不算太丢人，瞧这些姓韩的，哈哈，有趣。”

崔服目瞪口呆，在他看来，这一点也不有趣，想了又想，说：“这可是得罪人的事，要不二哥先跟大将军商量一下吧。”

崔服说错话了，崔腾脸色一寒：“这么点事情我还不能做主了？父亲的伤还没好，打扰他干吗？滚滚，我必须让陛下知道这件事，然后我们一块儿揪出冒名者。自从出了刺客，崔家好久没扬眉吐气了，这回全要补回来。”

崔腾等了一个晚上才去见皇帝，韩孺子果然大怒，立刻就要展开调查。

可是已经晚了一步。

第五十八章

替兵

一怒之下，韩孺子拍案而起，差点就要亲自前往“子弟军”营中，立刻将冒名者全揪出来，带回京城，向其父母问罪。

可他毕竟做了一段时间的皇帝，明白一个道理，许多事情由皇帝亲自出面解决并不合适，反而会让问题变得复杂。

他又坐下了。

在崔腾的预想中，皇帝兴师问罪的时候，自己就是那个站在身边保护皇帝的人，向群丑怒目而视，表明自己不仅是近臣，还是重臣、忠臣。

看到皇帝面露犹豫，崔腾大为失望，忍不住道：“陛下看到自家人最多，所以不忍心处置吧？”

“什么？”韩孺子又看了一眼名单，那上面的韩姓子弟的确最多，摇头笑道，“必须处置，但不是由朕亲自动手，朕在想这种事情该归哪个衙门管理，兵部？宗正府？大将军府？或者直接交给宰相？”

崔腾眨眨眼睛：“还用这么麻烦？陛下从前做事干净利索，现在……陛下既然不信任朝廷，又何必依赖朝廷呢？陛下若是觉得不好亲自动手，让我去，我能当恶人，让那些冒名者一个也逃不掉。”

韩孺子心中却是一震，连崔腾都知道自己不信任朝廷，随口就能说出来，长此以往，朝廷失势，皇帝手中最为重要的利器将变为钝器、锈器。

“叫东海王来。”

“啊，干吗叫他来？这是我辛辛苦苦找到的线索，跟他没半点关系。”崔腾除了失望，更感到不公。

崔腾犯起浑来，连皇帝也得安抚一下，韩孺子平淡地说：“你得学会用人，而不是天天争斗不休。”

韩孺子指指自己身边，崔腾立刻笑着跑过来。太监后退两步，给他让出位置。虽然还是站着，但是崔腾觉得自己变得更重要了。

太监去传东海王，很快带人回来。

东海王瞥了一眼崔腾，行礼时稍稍侧身，以避开崔腾的方向。

韩孺子让太监将名单转交给东海王。

“这是……”东海王没看懂。

崔腾得意地说：“‘子弟军’中有人冒名顶替，这就是名单，而且只是一小部分。”

“哦。”东海王笑了，将名单还给太监。

“你哦什么？”崔腾一脸严肃，“好像你知道此事似的。既然知道，为何早不告诉陛下？”

东海王不理崔腾，向皇帝道：“如果我猜得没错，这是所谓的替兵，应该有，而且不少，我从前就有一个，崔腾也有。”

崔腾大怒：“什么替兵？我连听都没听说过！”

东海王仍不理他，只对皇帝说话：“按规矩，但凡宗室或是世家之子，到年龄之后，总得或文或武学一样，由朝廷出钱、出教师。学文还好，学武太辛苦，许多人家心疼自己的儿子，于是就养一名替兵，与儿子年纪差不多，专门替儿子进军营。”

崔腾又道：“那是你，娇生惯养。我可没有，我们家从来没用过替兵。”

东海王的目光终于转向崔腾，问道：“从小到大，你进过几次军营？”

“不计其数。”

“不是进去玩乐，而是与将士们一块儿操练，你有过几次？”

崔腾一时语塞，在他的记忆里，军营似乎就是一个游戏场所，喝酒、打闹、女人……一样都不少。

“所以你也有替兵，不过崔家权势大，用不着养一个活生生的替兵，只需用笔一勾，就都解决了。不信你去看兵部的记录，崔腾名下，十几年的行伍生涯肯定一项不缺。”

崔腾发了一会儿呆：“你不也一样？”

东海王点头：“我从小住在崔府，一切事情都由舅舅操办，当然也有一个纸面上的替兵。唉，我倒更喜欢活生生的人，就像是自己的一个替身，挺有意思。”

崔腾急忙对皇帝说：“陛下，我不知道……那都是从前的事，现在的我可是实实在在站在陛下面前，一点虚假也没有。”

韩孺子嗯了一声，对这件事越发感兴趣，向东海王道：“难道这‘子弟军’中也有纸上之兵？”

东海王想了一会儿：“那倒未必，能有纸上替兵的都是大世族，陛下可能早就见过，陛下亲自出现的场合，他们不敢不来，也不敢用替身。”他指向桌上的名单，“反而是陛下平时见不着的那些中小世家，敢用替兵。”

韩孺子冷笑一声，赵若素留在城内，许多事情只好问东海王：“这种事情该归哪个衙门管？”

“那要看陛下打算怎么处置了。”

“说详细些。”

“如果想杀鸡骇猴、以儆效尤，就交给宗正府，只查办宗室和外戚子弟。宗正府会严厉斥责这些人，让他们的父兄上书请罪，到时宽宏到什么程度，由陛下决定。”

“还宽宏？全发去充军……”崔腾急忙闭嘴，臣子绝不能替皇帝做决定，而且自家就是外戚，说话还是小心些为妙。

东海王继续道：“如果想对‘子弟军’来一次全面整肃，那就交给兵部。兵部肯定能查出所有替兵，一律屏退，命令真人归伍，以军法严惩，但是只罚本人，与其父兄无涉。”

“养替兵的就是父兄，怎能轻易放过？”崔腾忍不住又插了一句。

东海王接着道：“如果想牵连更广，那就得礼部出面了，一旦涉及违背礼仪，就是大事，有欺君罔上的嫌疑，一大批官员将因此入狱，就连兵部也要被查，那边的官员起码要负失察之责。”

“这还差不多。”崔腾点点头。

东海王只看皇帝：“真要连根挖起，就得各部联合，宰相亲审，将整个朝廷彻底查一番。所以此事可大可小，一切全看陛下的选择。”

崔腾期待地看着皇帝，希望事情闹得越大越好，那样的话，他立下的功劳才足够大，嘀咕道：“崔服肯定知道这些事，居然不告诉我，等我回去收拾他。”

东海王笑笑，崔服只算是崔家的穷亲戚，哪懂这么多道道儿？

韩孺子一直没有表态，心里已经明白东海王的用意，东海王故意将事态说得越来越严重，其实是劝皇帝大事化小，不必大动干戈。

“先将这些人……找来。”韩孺子斟酌一下用词，没说“抓来”。

崔腾分不清这些细微的区别，立刻领命：“是，陛下，我这就去抓人，如果发现还有其他替兵，全都抓来。”

韩孺子抬手拦住崔腾，对东海王说：“你去，不用旨意，传告‘子弟军’将领，让他们把人带过来。”

东海王心领神会，知道陛下不想将事情闹大，躬身道：“是，陛下。”

东海王一走，崔腾急切地说：“陛下怎么能让他去抓人呢？东海王肯定会将替兵都放走。”

“别急。”韩孺子其实是不想打草惊蛇，起码得弄清多少大臣牵涉其中，然后再决定由哪个衙门处理此事。

崔腾不信任东海王，嘴里一直小声道：“我觉得要坏事……”

真让他说准了，东海王很快回来，没有带来“子弟军”将领与替兵，而是蔡兴海。

两人神情都很严肃。

蔡兴海道：“‘子弟军’营中突发疫病，已有数十人染病，请陛下立刻起驾回城。”

崔腾指着东海王，正要开口，被皇帝看了一眼，硬生生闭嘴。

疫病肯定有诈，但这与东海王无关，时间太短，他来不及使诈。

“怎么会发生疫病？”韩孺子问。

“可能是水土不服，昨晚发作了。”蔡兴海还不知道替兵的事，刚刚接到消息，遇到要出营的东海王，一块儿来见皇帝，“毕竟那营里的公子哥儿比较多。”

“嗯，朕知道了。几十人染病不算太重，传随军御医前去医治。行军途中难免会有这种事情发生，就当是练兵好了。”

“可是陛下……”

“不必多说，朕不会因为这点小事就回京城。”

蔡兴海只得退下，去找随军御医，同时加强防守，不准“子弟军”的人马出营。

东海王道：“看来消息是泄露了，那边已有准备。”

“东海王，你在说我吗？”崔腾大声问。

韩孺子道：“的确是泄露了。崔腾，说说你是怎么得到消息的。”

崔腾无奈，将堂弟崔服和告密者杨可易都说了出来。

韩孺子与东海王互视一眼，都明白这是怎么回事：杨可易向崔腾告密，崔服又向“子弟军”告密，不知是谁出的主意，竟然假装疫病。

“看来‘子弟军’中有聪明人。”韩孺子笑道。

“在陛下面前要聪明，就是最大的愚蠢。”东海王道。

崔腾冲着东海王瞪眼，觉得东海王就是要聪明的人。

“现在该怎么办？”韩孺子问。

“全由陛下定夺。”东海王明白皇帝已有主意，用不着自己多嘴。

韩孺子还是想了一会儿：“装病只是权宜之计，朕留下不走，‘子弟军’早晚得来见朕，营里的‘聪明人’肯定是在拖延时间——东海王、崔腾，你们二人率领五百军士，等在官道上，从京城来的人，见一个抓一个。”

“遵旨，陛下。”东海王应道。

崔腾却莫名其妙：“替兵都在军营，抓京城来的人干吗？”

东海王替皇帝解释道：“替兵都在军营，原主却在城里，这边消息泄露，那边自然要快马加鞭赶来救场。此地到京城正好一日路程，马快的话，需时更少一些，今天夜里，咱们就有收获。”

崔腾这才明白，重新兴奋起来，摩拳擦掌，准备抓人。

第五十九章

皇帝之请

东海王和崔腾收获颇丰，一个晚上加一个上午，共抓获从京城匆匆赶来的三百余人，去除奴仆，共是一百三十二人。他们都被带到宿卫军营中，一个个吓得浑身发抖，甚至抱头痛哭、呼爹唤娘。

这些人哭得越惨，崔腾越高兴。东海王却明白，崔腾给皇帝找了一个大麻烦。

韩孺子自己也明白，此事虽然可大可小，其实是左右为难：处罚太轻，便宜了这些养尊处优的权贵公子，令替兵之风更盛；处罚太重，却又牵连太广，对皇帝、对朝廷都是一种伤害。

“给他们一次机会，告诉那些从京城赶来的人，两天之内消除‘子弟军’的疫疠，可算是戴罪立功。”

崔腾有点失望：“就这么便宜他们了？”

东海王说：“说来说去，其实都是自家人，这帮公子不是宗室子弟，就是世家后代，全与皇家沾亲，崔腾，你想让陛下怎么办？大义灭亲，对自家人下狠手吗？”

崔腾不吱声了。

消除不存在的疫疠，当然算不上处罚。韩孺子继续道：“也给‘子弟军’将领两天时间，让他们清除营中冒名者，两天之后，朕要再次阅军。”

皇帝的旨意被传达下去，“子弟军”营中乱成一团，假装疫疠就是他们能想出的最好主意，皇帝稍一施压，他们全没了主意，只能等待城中父兄前来相助。

第一个来为他们求情的人是宗正卿韩躔，他有一个孙子在营中，并非冒名，但是犯事者当中一半以上是宗室子弟，还有一些外戚，宗正府对此要负责任。

被皇帝尊称为“老大人”的韩躔连腰都挺不直，平时步行一里路都要休息三次，如今却一路奔波，从城内赶往狩猎场，多名轿夫轮流抬轿，速度比不了奔马，入夜之后才到达军营。

韩躔来不及休息，在仆人搀扶下走进帐篷，改由太监扶持，刚要下跪拜见，皇帝已从座位上站起，几步迎上来，亲自扶住老大人的一条胳膊，送到凳子上坐好：“这里不是京城，无须拘礼。”

韩躔实在没力气讲究礼仪，只好坐下，喘了几口气，正要开口，皇帝突然脸色一变，严肃地说：“老大人来得正好，朕正有一事不明，要请老大人解惑。”

“陛下……陛下请说。”韩躔只好将自己的话先咽回去。

“朕是无道昏君吗？”

韩躔吓了一跳，立刻就要站起来，却被皇帝按住。

“陛下是古往今来少有的明君，何来昏君的说法？”

“朕非昏君，何以宗室以昏君待朕？是朕哪里做得不对，令宗室不满吗？”

韩躔又吓一跳，可还是站不起来，苦笑道：“陛下言重了，宗室乃陛下股肱、同姓至亲，上上下下无不感念陛下的恩德，皆以为若非陛下力挽狂澜，大楚江山危殆，宗室也将倾覆。”

韩孺子长叹一声：“力挽狂澜非朕一己之力，也得有众多宗室子弟坐镇四方，维系大楚稳定。”

韩踵点头，正要顺势说出自己的话，皇帝话锋一转，又抢在前面：“朕毕竟年轻，父兄早亡，每念及此，伤怀不已。老大人乃宗室长辈，朕一直视老大人为父、为祖，因此力请老大人出山，重掌宗室。”

皇帝的父祖都是皇帝，韩踵可承担不起这样的身份，急忙道：“老臣昏聩无能，未能教化宗室子弟，愧对陛下的信任。”

“一群顽劣少年胡闹，老大人何错之有？”

韩踵一愣：“少年胡闹”是他的说辞，结果却被皇帝先说出来。

“朕有一事相求，万望老大人相助。”

韩踵又一愣，他受众多世家相托，拼老命来求陛下开恩的，皇帝却抢先求助，这让他很是难堪，想站站不起来，想跪跪不下去，在凳子上如坐针毡：“陛下何出此言？君君臣臣，陛下一道旨意，老臣自当舍命尽职。”

韩孺子摇摇头：“问题就在这里，朕不想颁旨，以免伤了宗室同姓之情。老大人以为呢？”

韩踵急忙道：“对对，陛下说得对，陛下的意思是……”

“请老大人回城，替朕向宗室说一声：大楚有难，全是朕之责任，朕自当迎难而上，可是独木难支，有请同宗父老兄弟随朕向前，莫拖后腿。”

韩踵激动万分：“陛下……陛下言重了，宗室子弟只能冲在陛下前面，怎么敢拖后腿？营中之事……”

“朕不想再提此事。”韩孺子摆下手，“朕自己也还年轻，知道什么叫‘年少轻狂’，不会深加追究。朕只是怀着一颗赤子之心，不知该如何向宗室表露，因此请老大人相助，向宗室说个明白。”

韩踵正色道：“必须说个明白，再有在陛下面前使诈者，不用陛下开口，老臣先将他毙于杖下！”

韩踵双手重重顿拐，咬牙切齿。

“有老大人的保证，朕就放心了。”韩孺子长出一口气，“朕对这支‘子弟军’寄予厚望，如果能得到宗室的真心支持，此军必能无往不胜。”

韩踵也是老狐狸了，这时却没有听懂皇帝的话外之意，满口答应下来：“真心支持，宗室怎么可能不支持陛下？”

“朕与宗室是自家人，不比寻常的君臣。”

“自家人，当然是自家人。”

韩踵告辞，立刻去了一趟“子弟军”营中，先将冒名者痛斥一番，又将出主意装病的人臭骂一通，最后道："前面是火坑，陛下让你们跳，你们也要毫不犹豫地跳下去，别说找人顶替，就算是面露难色，也别怪老夫心狠，先将你们推下去，再将你们的父兄一块儿推下去。别指望有人帮你们，在军营里全都老老实实的，明白吗？"

原来只是言语责罚，众人无不松了口气，被宗正卿骂一通倒没什么，于是全都点头应承下来。

韩踵又单独留下各地诸侯的几名子孙，特意嘱咐一番，这才离营回京。

韩踵走后，又有多名大臣赶来，一是请罪，二是求情。韩孺子全都用同样的方式对待，反而请他们相助，向各家说明皇帝的心意。

两天之后，"疫疠"消除得干干净净，皇帝再次来营中检阅。

这回"子弟军"露出了真实面目。

军中的主力还是那些替兵，他们从小代替主人从军，操练娴熟。皇帝第一次检阅时，他们排在最前面，身后是一些表现较好的士兵，那些实在拿不出手的勋贵子弟，干脆让他们躲在帐篷里别出来，总共两千人，少一两百人谁也看不出来。

如今一切诡计都不能用了，可是短短两天时间，谁也造不出一支训练有素的军队。

队伍歪斜、号令混乱，军中将领越来越心虚，皇帝却没有表示不满，反而点头，向众将士说："这才是大楚的真实状况，之前的那些虚招，也就骗骗自己，真到了敌人面前，无异于送死。"

推迟数日的狩猎演练正式开始，皇帝全程参与，但是极少开口，全由"子弟军"将领们自己做主。

除了五名护军，众将领大都是普通世家的子孙，排兵布阵都没问题，只是胆子过小，对麾下的权贵子弟们不敢管得太严，在皇帝面前，又不能放得过松，因此左右为难。

狩猎效果差强人意，各支军队总算到达了指定位置，错过的时间不算太长，掉队的士兵也不算太多，与精锐的南、北军比不了，却不比普通军队差太多。

第一次受这种苦头的年轻将士们，全都盼着狩猎尽快结束，谁也没想到，苦头才刚刚开始。

韩孺子几天前就召来了兵部官员，反复查证"子弟军"名册，确保没有人冒名顶替，如果再发现一个，就由兵部负责。

许多世家都养着替兵，其中一些这次没来，韩孺子"请"各家交人，理由很简单："既然是替兵，那就大大方方地代替吧。国家正值用人之际，何不让他们从军？也算是各家对朕的帮助。”

替兵五百多人，全被编入北军。

持续数日的狩猎演练终告结束，皇帝再次检阅，赐予酒食，慰劳将士。

对“子弟军”两千将士来说，以为苦难终告结束，但是很快他们就将发现自己正迎来真正的苦难。

韩孺子召见“子弟军”十几名主要将领和兵部官员，当众口述圣旨：“养兵在于练，练兵在于行，行军虽易，但一练体力，二练配合，三练口令旗号，最为有效。‘子弟军’乃朕之亲军，诸家托付，朕重之再重，特令加练行军，前往塞外碎铁城，兵部拟旨，众将传令，一个时辰之后出发。”

所有人都大吃一惊，可皇帝没想与任何人商量，他发出的是圣旨，一个时辰之后，从营里出发的是一支哭泣之军，好像即将奔赴有去无回的战场。

韩孺子没让任何老将老兵跟随，行军路线、沿途供应、营寨安排、与地方沟通等事宜，全由“子弟军”将领自己拟定。

碎铁城对世家来说是个不祥之地，曾有不少勋贵子弟死在那里，如今又有一大批人要赶去，人人都感到不妙，可是这些天来他们一直受到父兄的叮嘱与训斥，对皇帝的旨意不敢有半点违逆，一边哭，一边还得骑马疾驰，不敢掉队。

韩孺子没有立刻回城，就在原处等候。

在城里要遵守朝廷的规矩，在城外，韩孺子要讲讲军中的规矩，他想看看，还有谁敢来求情。

第六十章

宰相之才

学文要苦读多年，还要参加科举，与天下举子同场竞争，胜算太低，就算榜上有名，也只能从六七品的小官儿当起，还不如自家的爵位来得风光，因此选择这条路的勋贵子弟不多。

学武也很辛苦，但是可以充数，只要跟对了将军，立几场军功轻而易举。当大楚实力强盛的时候，军中立功的风险也不是很大，一多半勋贵子弟刚过十岁就去军中锻炼，玩玩闹闹，等着领功。

还有一些人，身为嫡子、嫡孙，从出生之日起就等着袭承祖荫，对文武都不感兴趣，能躲就躲，会读写、会骑马，就算是大功告成。

韩孺子此前以倦侯身份从军，以及第一次巡狩时，所见勋贵子弟还都有立功之心，只是生不逢时，赶上大楚实力衰弱，敌人却突然强大起来，虽然不少人立功，但是死伤也很惨重，对许多世家来说，这是承担不起的巨大损失。

“子弟军”则挖出了那些对立功不感兴趣的公子哥儿，一并前往塞外的碎铁城，身边没有仆人，身份只是普通一兵，事事都要亲为，钉木桩、搭帐篷、喂马、做饭等粗活也不例外。

他们期待父兄的搭救，却不敢放慢速度。行军路程已经上报给皇帝，沿途各地接待这支特殊的军队之后，都要向兵部递送公文，说明详细情况，两相对照，就能知道行军是否准时。

韩孺子留在原地，命令随行的南、北军在各条官道上设卡，但凡遇见奴仆模样的行人，都要问明来历，想去追随主人者一律劝退。

城内的反应没那么快，第一天下午以及整个晚上，没有人来向皇帝求情。

第二天也没有。

事实上，大臣与世家没法求情。当皇帝前几天原谅冒名行为的时候，曾经向他们“推心置腹”，他们也都信誓旦旦地保证，绝不拖皇帝和朝廷的后腿，身为显贵，自当以身作则，甘心为皇帝赴汤蹈火。

话说得太满，没法再转过来了。

皇帝已经准备好反击的话：连一次行军都坚持不下来，凭什么为皇帝赴汤蹈火？可惜这句话没机会说出口。

第三天，随驾出行的一千南军与一千北军出发，行程与“子弟军”一样，速度稍快一些，将会在同一天到达碎铁城，展示另一种军容，同时也是对“子弟军”的监督。

这两次行军都很突然，对沿途各地也是个考验，韩孺子因此选择碎铁城作为终点。京城、神雄关、碎铁城一线常有军队来往，中间还有一座粮草丰富的满仓城，各县供应充足，压力最小。

一直没人来求情，韩孺子反而有点小小的失望。第四天，在一千宿卫军的护送下起驾回城，在城外，他终于迎来一位“对手”。

宰相申明志即将致仕，在交出相印之前，也想对皇帝“推心置腹”一次。

申明志半个月前就已两次上书乞骸骨，皇帝全都退还，在批复中勉励了一番。

对于致仕，宰相与皇帝心照不宣，但是该有的程序不能省略，宰相至少要上书三次，甚至五次、七次以后，皇帝才能接受，整个过程通常要持续两三个月。

赵若素向皇帝解释了此举的必要："皇帝的一言一行，辗转传遍天下之后，都会被放大十倍、百倍，陛下如果立刻同意宰相致仕，无异于判他有罪，宰相要么自杀以谢罪，要么惶恐返乡，不会有任何官员敢于接近，全家人都会受到连累。"

韩孺子不太欣赏这位宰相，但也没到必欲除之而后快的地步，他希望申明志能够正常致仕，回乡颐养天年，所以要遵守规矩，来回推让。

申明志是明白人，这回出城迎接皇帝，也是他第三次称病告老。

城门外早已搭好彩棚，皇帝将在这里宴见群臣，喝一杯酒洗尘，然后再进城。规矩如此，做法却可以通融，皇帝不必亲自出面，让太监代劳即可。

进城之前，韩孺子更愿意骑马，这时停在一座小山包上，身边没有随从，山下布满了重重守卫，申明志独自骑马上来，小心翼翼地控制缰绳。

韩孺子看到申明志要下马行礼，摆下手："不必拘礼，宰相请来。"

能与皇帝并驾交谈，算是一种殊荣。申明志诚惶诚恐地过来，不让自己的马匹超过皇帝的马头。他坐惯了轿子，骑术一般，手脚有些紧张。

韩孺子望向数里外高耸的城墙，问道："若论城墙之坚厚、河池之深广，京城能称得上天下第一吗？"

"当然。京城耗费数十年时间才完全建成，大楚三代天子的心血尽在于此。"

"假如宰相攻城，会用什么手段？"

申明志吓了一跳，差点从马上滚下去，脸色骤变："陛下……陛下何出此言？"

韩孺子笑道："宰相休惊，所谓知彼知己者百战不殆，想一想如何攻破京城，既是知敌，也是知己。"

申明志本来想说没有敌人能攻到大楚京城，话到嘴边又咽回去，改为说道："攻城不如攻人。城高池深，破之不易，不如让城里的人自愿自觉地打开城门。"

"宰相高见。"这正是韩孺子想听到的答案。

申明志是个聪明人，明白那些勋贵子弟不可能提前掉头返回京城了，他们是皇帝正在修补的"漏洞"。

"陛下谬赞，老臣毕生习文，对攻城野战之事懂得不多，不过老臣有一句话，请陛下留意。"

韩孺子看向申明志："宰相请说。"

"筑城尚需数十年之功，筑人心只怕费时更久。"

"费时再久也得做，朕不求速成，朕算是开山始祖吧。"

申明志感到疲倦，这位年轻的皇帝竟然比武帝还难对付，微叹一声，说："陛下疾驰在前，老臣却已驽钝，实在跟不上了，陛下……"

“这件事回城再说。”韩孺子不愿当面与宰相讨论致仕，宁愿按规矩以奏章往来。

“是，陛下。”申明志犹豫再三，还是说出口，“老臣是否可以为陛下点评几个人？”

宰相要点评的人当然是宰相的候选人，韩孺子点头：“宰相请说。”

“冯举身兼左察御史与吏部尚书，皆是治官之职，两相重叠，权势过大，不可持久。”

“嗯，这个状况很快就会调整。”

“冯举也是数朝老臣，武帝曾赞其有宰相之才，老臣也以为如此，可是冯举为官太久，与老臣一样，守成有余，进取不足，只怕也追不上陛下的步伐。”

宰相与皇帝若不能同步，自然当不长久。

韩孺子没有回应，对于未来的宰相人选，他仍在犹豫，这是他不急于接受申明志致仕的原因之一。

申明志继续道：“国子监祭酒、陛下之师瞿子晰，声名卓著，天下读书人皆以为他有宰相之才。”

从瞿子晰被任命为帝师那一刻起，有经验的大臣就已明白皇帝早晚会重用此人。

“宰相以为呢？”韩孺子问。

申明志回道：“老臣以为，声名过盛，反而是种拖累。瞿子晰能治吏、能化民、能御敌，能对读书人一视同仁吗？他的弟子遍布天下，数年之后必将成势。”

申明志只能说到这里，再说就像是在进谗言了。

韩孺子嗯了一声，未置可否。

申明志继续道：“郡守卓如鹤乃桓帝太子时的辅佐之臣，曾在六部任职，也是有宰相之才的人，可是其人殊少变通，陛下可以信任他，却很难指望他为陛下排忧解难。”

“卓如鹤在云梦泽做得不是很好吗？”韩孺子对申明志的这个评价不太认可。

申明志拽住缰绳，努力让自己的马匹后退两步：“在云梦泽是奉命行事，所作所为都已事先规划，用卓如鹤正合适；宰相之职却是制订计划，而不是执行，非卓如鹤所长。”

韩孺子沉默。卓如鹤曾有机会统领塞外楚军救驾，结果他却只带少数楚军进关，为匈奴人所俘，忠君之心天地可鉴，能力的确差了一些，缺少一点大局意识。

“还有吗？”韩孺子问。申明志已经有一会儿没说话了。

申明志摇摇头：“陛下永远也找不到合乎心意的宰相。”

韩孺子一瞬间还以为申明志在出言讥讽，随即醒悟，微笑道：“朕也永远不是合乎心意的皇帝。宰相放心，朕只求一时之用，此三人皆可。”

申明志放心了，拱手告退，关于“子弟军”一个字也没说，回城之后，他还要劝说那些心急的父母：还是老实一点，等儿子行军回来吧。

韩孺子看着申明志下山，突然觉得这位宰相也不错，但马上又收回这个念头，申明志必须交出相印，与能力关系不大，而是因为他与韩稠不清不楚，在关键时刻没有坚定地站在皇帝一边。

以后的关键时刻还会更多，韩孺子需要一位能够支持自己的宰相。

韩孺子回到宫里时已经入夜，仍去给母亲请安。在这里，他遇到了真正的说情者。

他成功堵住了“子弟军”城中父兄的嘴，却没能让他们的母亲也接受事实。

第六十一章

为人母者

一群命妇涌进宫里，或明或暗地向慈宁太后求情，说来说去，只有一个人的话打动了她：“陛下今日将我们的儿子送往塞外，以后有了皇子怎么办？”

慈宁太后心中一动：对普通的皇帝来说，这不是问题，皇子就该享受特殊待遇，可她了解自己的儿子，他不是普通皇帝，很可能为了彰显公平，将自己的亲儿子也送入险地。

慈宁太后送走这些命妇，寻思良久，直接向皇帝求情是没用的，而且她能感觉到，自己对儿子的影响日渐微弱，这时开口只会适得其反。

思前想后，慈宁太后找出一个办法，立刻召见皇后、惠妃佟青娥与另一名怀孕的嫔妃。

人来了，慈宁太后询问两名孕妇的起居，提出不少建议，呵护备至，最后命人送走两个妃子，单独留下皇后崔小君。

“唉，怀孕的是这两个人，若能产下皇子，获益最大的却是咱们两人。”

“是，太后。”崔小君在婆婆面前总是惴惴不安，不敢多说话。

慈宁太后看着她，隐约瞧出几分崔太妃的样子，心中不喜，脸上却不显露：“我明白皇后的心事，咱们不如将话说破吧。”

“太后……”崔小君一惊。

那是很久以前的事情了，倦侯在争夺帝位的时候，宫中大乱，所有人都面临死亡威胁，唯一安全的地方就是上官太后的寝宫，皇后崔小君前去求助，却被当时的王美人无情地拦在门外。

这是横亘在两人中间的沟壑，令婆媳二人面和心不和。崔小君以为慈宁太后永远也不会提起此事，她也没打算说破。

“当时陛下正与东海王争位，崔家是东海王后盾，我提防皇后，也是不得已的选择。”

崔小君行礼，低声道：“太后不说，我也明白，太后为陛下着想，我从未有过怨言。”

慈宁太后点头，露出微笑：“咱们都是可怜之人，一心为陛下着想，对自己却想得太少。唉，时移世易，如今天下总算太平，不管怎样，陛下原谅了东海王与崔家，我又何必让陛下为难呢？因此要对皇后说一声抱歉，当时是我做得不对。”

崔小君立刻跪下：“太后万不可说这两个字，太后明白我一心为陛下着想之意，我已感恩不尽，绝无他想。以当时宫里、宫外的形势，太后的选择很正常，换成我也会这么做。”

慈宁太后示意皇后起身，笑道：“今日说破此事，皇后又这么通情达理，我心里的一块石头可以落地了。”

崔小君也露出微笑：“是我的错，让太后忧心。”

婆媳二人闲聊了几句，关系拉近许多。慈宁太后道：“我此前说怀孕的是那两人，获益最大的却是咱们两人，皇后明白其中的意思吗？”

“明白。”崔小君顿了一下，“只要有皇子，太后与我将来都有依靠。”

“嗯，不管皇子是谁生的，都是皇后之子，要称你‘母后’，也会由皇后抚养长大。”

崔小君抬眼看向慈宁太后，真的吃了一惊。

将嫔妃之子交给皇后抚养，的确有过不少先例，但不是必须的，此举通常意味着对皇后的极大信任，以及对皇子的极大期许。

“太后……”崔小君有点激动，这么久没有怀孕，她已经有点放弃希望，当然愿意亲自抚养一位皇子。

“唉，如果皇后能有一个……算了，不提此事。我会向陛下建议，将皇子送到秋信宫。”

“可是惠妃与……”

慈宁太后摆摆手：“又不是要将她们撵出宫去，每日去秋信宫待一会儿也就是了，就当是两位母亲照看一个孩子。”

慈宁太后难得释放善意，崔小君又的确盼望能有一个孩子，对这样的安排当然不会反对。

又聊了一会儿，慈宁太后终于说到了正题：“陛下将一群勋贵之子送往碎铁城，本意是好的，可是路途遥远，塞外也不安全，难免不出意外。这种事若成惯例，等皇子长大该怎么办？也要参加行军？”

崔小君同样了解皇帝，知道这是很可能的事情，可她更明白，皇帝需要的是支持，而不是反对。

“读万卷书，不如行万里路，勋贵如此，皇子……或许也该如此，久在深宫之中，并无好处。”

慈宁太后笑道：“如果皇子是你生的孩子，皇后就不会这么想了。”

崔小君只得改口：“太后说的是，我未受怀胎之苦，想得简单了。”

“没关系，等皇后亲自抚养皇子，很快就能明白为人母者的心情。”慈宁太后停了一会儿，“皇后能劝说陛下收回成命吗？”

崔小君无法拒绝，只能说：“我会尽力。”

这是一项艰难的任务，崔小君勉强接下，却不知该如何向皇帝开口。

次日傍晚，皇帝回宫。

在外面待了几天，韩孺子比较兴奋，深夜不睡，向皇后讲述过去几天里的事情：“我到现在也不是很明白，那些世家怎么敢在我的眼皮底下动用替兵？是我这个皇帝还不够严厉吗？”

崔小君坐在床上，温柔地看着絮叨不已的皇帝，笑道：“这与严厉与否无关，他们想不到陛下会明察秋毫，竟然关注这等小事。”

“小事？勋贵能够承袭爵位，是因为他们的父祖为大楚立下过赫赫战功，如今子孙连刀剑都碰不得，窝囊至此，百年之后有何脸面去见先人？”韩孺子走到床前，微笑道，“我也是糊涂了，跟你说这些做什么？城外风景秀丽，过一阵子，咱们一块儿出城。”

“我对山水风光不感兴趣，更愿意听陛下讲勋贵的事。”

崔家也是勋贵，韩孺子总是忘记皇后与崔家的关系：“大将军说什么了？”

“陛下想多了，我父亲伤势初愈，身体还不太好，每天只能在府里散散步，对外面的事情全不关心，才不会替别人求情。而且我父亲掌军多年，还不明白练兵的重要？”

崔宏的一子一孙都不在“子弟军”中，的确没必要关心。

韩孺子笑笑：“我总觉得那些勋贵不会这么平静，见谁都觉得像是在说情，我的确想得有点多了。”

崔小君拍拍身边，让皇帝坐下，正色道：“我的确要说情，但是与我父亲无关。”

韩孺子十分惊讶：“你也以为我做得不对？”

“陛下做得对，但是手段欠妥。”

如果说话的是别人，韩孺子早就先发制人，对皇后，他却不会用这招：“何处欠妥，说来听听。”

“陛下让‘子弟军’行军，不只是为了练兵吧？”

“当然。那两千人也算不上真正的兵，我只是要给勋贵世家一个教训，让他们明白，大楚有难时，人人都得出力，谁也不能躲在后面等着别人来救，尤其是他们这些人，肩负的责任理应更多一些才对。”

“大楚眼下有难吗？”

在韩孺子看来，大楚的“难”可不少，但是都称不上“眼下”：“你想说萧声？”

崔小君点点头。

前左察御史萧声是那种典型的朝廷官员，更关心自己的升迁，而不是朝廷的利益与百姓的福祉，可就是他，被匈奴人俘虏之后，宁愿投河自尽，也不肯向敌人屈服。

“萧声是忠臣，却不是大楚最需要的臣子。”韩孺子握住皇后的一只手，“大楚虽弱，但还没到不可挽救的地步，用不着那么多殉难的忠臣。”

崔小君轻叹一声，正如她事先所料，想说服皇帝改主意是不可能的。

韩孺子盯着她：“皇后替谁求情？”

“没有。我是真觉得行军益处不大，但是听陛下一说，又觉得有道理。早些安歇吧，明天还要早起上朝呢。”

韩孺子没有追问，上床就寝，心里却一直在琢磨这件事。

第二天上午的朝会没什么大事，主要是给云梦泽的楚军论功行赏，黄普公等将领已经在班师回朝的路上，封赏不能滞后。

各部已经拟订一个方案，韩孺子觉得很好，当场通过。将近午时准备休息时，韩孺子主动提起了正在行军途中的“子弟军”：“元大人的一个侄儿也在‘子弟军’中吧？”

元九鼎急忙道：“是有一个，从小娇生惯养，早该受点苦了。”

“他没用替兵，起码有吃苦之心。”

元九鼎松了口气：“可他家里也养了一名，我一直不知道……”

元九鼎杂七杂八地自责一通。韩孺子听完没说什么，宣布散朝，下午他不来勤政殿，要在凌云阁听瞿子晰讲经。

大臣并无求情之意，否则的话，皇帝一开头，总会有人顺势接上，韩孺子排除了一种可能。

用过午膳，韩孺子在凌云阁召见东海王。

东海王、崔腾等人就在阁外候旨，随传随到。东海王单独受到召见，惹来不少嫉妒的目光。

有些事情，韩孺子只能找东海王帮忙。

“平恩侯夫人最近在忙什么？”韩孺子问。

东海王心里一颤，还以为有什么事情败露了：“不太清楚。陛下怎么想起她了？”

韩孺子还是倦侯的时候见过平恩侯夫人，听她说过，命妇也是朝中的一股势力。

“你替朕打听一下，平恩侯夫人最近是不是进宫了？如果不是她，就是别人，你也打听一下。”

东海王有些尴尬，但是他与平恩侯夫人的联系并未泄露，让他安心不少：“这个简单，我让王妃帮忙，一问便知。”

韩孺子从皇后的为难之色上猜出，昨晚的求情十有八九与母亲相关。

他得想办法解决母亲与皇后之间的麻烦。

第六十二章

“书能杀人”

自从见过杨奉之后，圣军师变得萎靡，受审的时候一言不发，回到牢里也不再哼唱下流的小曲儿，像是已经认命。

牢里消息不通，云梦泽被攻破多日以后，他才从金纯忠这里听说消息。

金纯忠没有提审，而是亲自来牢里，这样一来，交谈内容就不会记录在案。

“栾半雄已被押至京城，很快你就能见到他，大概是在刑场上。”金纯忠开门见山。

圣军师发了一会儿愣，抬头说道：“我想见皇帝。”

上次在杨奉面前他就提过这样的要求，金纯忠摇摇头：“你没有这个资格。”

“栾半雄呢？他有资格？”

金纯忠没有回答：“我想跟你谈谈淳于枭。”

“栾半雄什么都招了？”

金纯忠点点头。他是来审问的，不愿透露其他情况。

圣军师思忖半晌，长叹一声：“为了一本书，死了多少人啊！望气之术难道真是骗人的吗？”

金纯忠没吱声，预感到圣军师终于要说实话了。

圣军师伤痕累累的脸上露出一丝微笑，舔舔嘴唇：“好久没沾酒了，下回带点，望气者全凭这张嘴讨生活，你两手空空而来，我没法开口。”

“你是朝廷钦犯，我不能想来就来。”

“那是你的问题。”圣军师一说起酒，口内生津，“既然带酒，就再拿些肉来，烧鸡和酱肘子最佳。”

“你起码先得说点什么。”

圣军师躺在席子上：“不急，反正已经拖了这么久。”

圣军师骨头硬，拷打对他无用，金纯忠只好道：“我会尽快再来。”

“下次大方一点！”

一次正规的审问，官府至少要有三人在场，一人主审、一人行刑、一人记录，很多时候相关的衙门还会派人来旁听，人数不等。只有这样，才能保证供状真实可信。

金纯忠单独来见犯人，其实非常不合规矩，全仗着皇帝亲信和玄衣使者的身份，才能让守狱者睁一只眼闭一只眼。

往里带酒肉就有点过分了。

金纯忠不想因为这点小事就拿皇帝压人，自己出钱，买来丰富的酒肴，在狱中宴请狱官、狱卒，以示感谢；然后中途离开，拎着一壶酒，托着一盘烩肉，去见圣军师。

守狱者们乐得送个顺水人情。

圣军师远远地就大叫道：“闻到了，闻到了，快拿来！”

圣军师盘膝坐好，整理一下手脚上的镣铐，也不用杯子，拿起酒壶先灌一口，抓起半只烧鸡，狠狠地咬下去。

风卷残云一般，圣军师吃掉了酒肉，打个饱嗝：“还是不够大方。你就这么给皇帝做事？”

“皇帝的钱也是能省则省。”

圣军师大笑：“你小子挺有意思，每次审问的时候，不像其他的官儿那么狠。”

玄衣使者并非朝廷官职，只是一个临时称号，大多数时候，金纯忠只当旁听者，当然用不着表现得太狠辣。

“喝也喝了，吃也吃了，你该说点什么了。”

圣军师收起笑容：“当然，我不会骗你的酒肉。让我想想，应该从何说起……淳于枭是一本书。”

“嗯，栾半雄已经说过了。”

“他说过书的来历吗？”

“他从你手里得到此书，别的没说。”

“他也不知道。了解此书来历的人寥寥无几，我算是其中一个。”

书本无名，作者在书中自称“淳于枭”。传书的过程中，望气者称其为“淳于子”“淳于枭”。

此书最初在齐鲁一带流传，看到的人极少，也未受重视，被视为奇谈怪论，直至一名望气者得到此书，深读之后颇受启发，学以致用，凭此出入诸侯之家。

这名望气者改名叫淳于枭，收了许多弟子，以传授望气之术为名，择选优秀者授以书中内容，但是对书本身秘而不宣，只向极少数得意弟子出示。

“淳于枭”死后，他的弟子遍地开花，往往也自称此名，有意制造混乱。这正是书中所授的手段之一。

林坤山等人属于第三代、第四代弟子，只知其术，不知其书，真心相信淳于枭确有其人。圣军师则是嫡传弟子，一直珍藏此书，直到去见栾半雄的时候，为了取信于他，才交出书来，收栾半雄为徒。

“书中究竟写了什么？”金纯忠问。

“朝廷抓到了栾半雄，没拿到书吗？”

书在杨奉手里，他还没有回来。金纯忠仍不回答：“你宁愿将书送给一名强盗，也不献给朝廷？”

“哈哈，你还不明白吗？我的金大人，那是一本专讲造反的书，怎么可能交给官府？”

金纯忠一愣，想不到世上还有这种书：“就因为一本书，你们就要造反？”

圣军师沉默了一会儿，反问道：“如果你拿到一柄号称削铁如泥的宝刀，要不要找块铁试一下？”

“造反和宝刀是两回事。”

“两回事吗？当今皇帝掌权以来，尤其贪恋大权，几乎要将所有事情都抓在自己手里，为什么？皇权就是宝刀，他觊觎已久，终于到手之后，自然要试刀，要到处劈砍，效果越好，越要找硬铁再试。我们造反的理由，与此相似。”

圣军师越说越无礼，金纯忠哼了一声：“不准你拿陛下做比较。”

“哈哈，好一个忠臣。算了，我懒得说服你。这回的酒肉一般，下回带好的。”

“下回？”

“我累了，吃饱喝足之后得睡一觉，下回我跟你说说写书者的事。”

圣军师倒下就睡。

金纯忠无法，收拾空壶、空盘离开。

兵部、刑部审问栾半雄时，金纯忠需要在场，因此隔了一天才能再去见圣军师。

自从见过皇帝之后，栾半雄就再也没开过口，对所有指控不承认也不否认，一副生死由命的模样。云梦泽公开造反，也用不着太多口供，刑部只是走过场，逼得不严。

圣军师却打开了话匣子，一见到金纯忠就说：“你怎么才来？我准备了一肚子话，只能对着墙壁说。”

圣军师一边吃喝，一边讲述。

“此书是谁写的？什么时候写成的？淳于枭是真名还是假名？谁也不知道，我们几位知情的望气者动用诸多力量查找真相，最后得出两种截然相反的结论。”

一种结论认为，《淳于子》这本书写于大楚定鼎之初，因为里面提到了大量的前朝弊端与楚、齐、赵三方争霸的内容，后者更是论述“造反”的主要依据：韩符是亡命之徒，庄垂是一方大豪，陈伦是世家后代，三种人如何在众多造反者当中脱颖而出，在书中占据很大的篇幅。

另一种结论认为，此书成于近代，作者没准还活着，他有意不提当代之事，正是为了掩人耳目。书中有一篇《强弱》，专门论述看上去最为强大的皇帝如何漏洞百出，没提具体人物，看上去却很像是在说武帝。

两种结论谁也说不服对方，圣军师是后一派，武帝驾崩之后，大楚急剧衰落，在他看来，正是《强弱》篇所预言到的情况。

“强者求刚，刚则易折。遇到平庸的皇帝，大楚会慢慢强大，然后慢慢衰落。遇到武帝这样的皇帝，兴盛得快，败亡得也快。武帝一朝的臣子，个个明哲保身，都不爱管事，事实证明的确如此。”

金纯忠冷笑一声：“可你们还是失败了，一败涂地。”

“一败涂地，望气者已经所剩无几，否则的话，就算死，我也不会向你说这些。”圣军师长叹一声，又躺下了，还剩小半壶酒没喝。

金纯忠收拾好东西：“栾半雄声称‘书能杀人’，他在书中给杨公设下了陷阱。”

“改天再说吧，我现在没心情。”

金纯忠没有强求。与皇帝一样，他也不太相信杨奉会上当。

接下来几天，金纯忠很忙，几乎天天留在刑部，旁听一项项判决。

刺驾与造反都是不可赦的重罪，上百人因此被判死刑，首犯栾半雄十日后处斩，圣军师等要犯也定在同一天陪斩，剩下的人则按正常程序秋后处决。

云梦泽群盗即将烟消云散，朝廷的关注重点已转为如何治理那片沼泽，以免其再度成为盗匪的藏身之地。

皇帝从狩猎场回宫的第二天，金纯忠才腾出空来，又带着酒肉去见圣军师。

圣军师情绪不错，鼓掌欢迎，锁链哗啦啦直响，开怀大吃大喝，甚至邀请金纯忠加入。

金纯忠婉拒：“我吃过了。”

“嗯，反正你好吃好喝的日子多的是。”圣军师这回细嚼慢咽，吃过之后，将杯盘推开，“有书就有写书之人，直到现在，我也相信写书者还活着。栾半雄大概就是要用这一招诱骗杨奉去找写书者。”

圣军师伸了个懒腰，今天不打算长篇大论：“杨奉不会上当的，没准他对这本书的了解比我还多。”

“什么意思？”金纯忠察觉到圣军师话中有话。

“按照《淳于子》这本书记载的手段，我们游说诸侯、大臣与强盗，几乎步步成功，唯独到了造反这一步，失败了。你可以说我们时运不济，也可以说当今皇帝出人意料，如果不是他当皇帝，我们很可能就成功了。”

圣军师紧紧抓住锁链，脸上的神情仍不甘心：“望气者时运不济，和当今皇帝掌权，都与同一个人有关。”

“杨公？”金纯忠既吃惊又觉得可笑，“你想说杨公就是《淳于子》的作者？”

“要不然很难解释杨奉为何这么了解望气者，朝廷之中也只有他盯着我们不放，皇帝的登基也与他大有关系。我越来越相信，他才是真正的下棋者，我们与皇帝，都是他的棋子。我就纳闷一件事，杨奉在与谁对弈呢？

“谢谢你的酒肉，我可以安然赴死了，如果你有心，或许会替我们盯着杨奉。”

圣军师倒下，再不开口。

金纯忠茫然失措，不明白圣军师是在说真话，还是在用望气者“顺势而为”那一套，随口编了一个故事，巧妙地引诱自己收拾杨奉。

或许这才是“书能杀人”的本意。

第六十三章

宰相人选

东海王隔了一天才去向皇帝报告情况，以显示自己与平恩侯夫人不是太熟悉。

“进宫求情的人不少，平恩侯夫人也来了，但她说自己只是随波逐流，主导者另有其人，是左察御史、吏部尚书冯举的夫人，最后也是她的一句话起了作用——‘陛下今日将我们的儿子送往塞外，以后有了皇子怎么办？’”

皇子尚未出生，受到的关注比父亲过去十几年得到的还要多。

韩孺子问道：“她们向谁求情？”

东海王以苦笑作为回答，有些事情他是不能说的。

韩孺子明白苦笑的含义，其实他已经猜到，只是需要确认一下。

左右无人，东海王上前小声道：“陛下打算怎么办？”

“军令如山，朕不可能让‘子弟军’提前回京。”

“当然。可是数十位朝廷命妇来求情，宫中一点反应也没有，显得……太无情了吧？”

韩孺子十分为难，他不希望母亲干政，但也不希望外人以为慈宁太后毫无权力，母亲多半生都在受苦，理应享受到众星捧月。

“你有什么主意？”韩孺子即使心里有了决定，也要先问一下别人的想法。这是他从书中学到的帝王之术，已经养成习惯。

东海王却要尽量揣摩皇帝的真实想法：“除了不能提前回京，陛下能做哪些让步？”

“重赏？他们只是行军，不是打仗，并无战功。”

东海王笑道：“那些命妇在意的也不是战功，而是自家子孙的身子骨能不能受得了，嗯……”

东海王瞥了一眼皇帝，放弃猜测，直接道：“陛下或许可以允许‘子弟军’携带仆人，在行军途中稍微舒适一些。”

“携带仆人是将领的权力。”

“陛下若是一点让步也不做，那就简单了，发一道圣旨，要求各家勋贵与各位大臣管好自家女眷就是了。”

韩孺子笑了笑：“让朕想想。”

东海王适可而止，没再多说什么。

当天中午，韩孺子回寝宫与皇后一同进膳。

皇后这两天显得有些心神不宁。韩孺子吃过饭，不经意地说：“皇后前晚提起‘子弟军’，朕一直在想，朕做得或许真有些过分。”

有太监、宫女在场，韩孺子称“朕”，崔小君也要遵守规矩，起身退后，回道：“我只是随口一提，陛下不必放在心上。”

“‘子弟军’父兄皆是朝廷栋梁，朕的确应该多考虑一下他们的感受。军令如山，不可更改，而且‘子弟军’已经出发五天，想追回也来不及了。不过倒是可以允许各家派去仆人，许多子弟都还年轻，第一次行军，需要有人照顾。”

崔小君面露喜色，目光中还有一点疑惑：“陛下仁慈，各家必定感恩戴德。”

“仆人最多两名，两千人的军队，回京的时候可不要变成几万人。”

崔小君笑道：“该有限额。陛下是不是需要有人上书陈情，然后再颁布旨意？”

“那样最好。”

皇帝极少主动追加或改动旨意，那会显得不够稳重。在程序上，皇帝总是面对诸多意见时的裁决者。

朝廷的反应出人意料地快速，当天下午就有几份奏章送上来，宰相申明志特意将它们挑出来，派人送到凌云阁。

皇帝的批复很快也回来了，开恩允许各家向军中派去仆人。

大批仆人其实就跟在“子弟军”后面不远，一直不敢进入军营。

旨意到达兵部，连夜以急信发出，追赶正在途中的“子弟军”。

事情至此告一段落，韩孺子却对冯举感到不满。一个有可能成为宰相的大臣，其夫人竟然进宫向太后说三道四，冯举若是知情，有放纵之嫌；若是不知情，则治家不严。无论哪种情况，他都不适合执掌朝纲。

韩孺子还想与母亲开诚布公地谈一谈，慈宁太后仍然一如既往地爱自己的儿子，可她的一些做法却在帮倒忙。

这两件事都不急于进行，韩孺子被另一个消息牵住了。

金纯忠见过圣军师之后，发现自己骑虎难下：不将望气者的话当真，日后若是真的发生什么事，自己负不起责任；如果当真，又可能上钩，成为望气者的报复工具。

经过一番思考之后，金纯忠决定还是向皇帝如实汇报。

几份求情奏章送来的时候，韩孺子正在听金纯忠讲述他与圣军师的见面经过，随手写下早已想好的批复，交给太监。

金纯忠已经说得差不多了：“经过就是这样，微臣怀疑圣军师是在撒谎，故意布下疑阵，目的是离间陛下与杨公。”

韩孺子目送太监拿着奏章离开，说：“望气者从不撒谎。”

金纯忠一愣，没明白皇帝的意思，据他所知，望气者的全部手段都与谎言有关。

“纯粹的撒谎不叫‘顺势而为’，望气者总是改造真相。”

金纯忠还是没明白，他真正接触过的望气者只有圣军师一人，对他们的手段耳闻得多，见识得少。

“比如那支前往碎铁城的‘子弟军’，在望气者嘴下，会有截然相反的种种说法。他可以对心怀不满的大臣说：‘皇帝忌惮世家，有意斩草除根，“子弟军”此行凶多吉少。’”

金纯忠有点明白了：“顶多一个月，‘子弟军’就能安全返京，到时候望气者怎么解释？”

韩孺子微微眯眼，想象自己就是望气者：“初被望气者蛊惑的人，通常既不会全信，也不会一点不信，而是患得患失。望气者会更进一步，提出几条防范措施。只要对方接受，望气者就能处于不败之地：‘子弟军’安全返回，这是他预防之计的功劳；‘子弟军’若是发生意外，证明他开始的说法没错，对方没有全部接受，才导致如今的恶果。”

金纯忠目瞪口呆，终于开窍：“对杨公也是如此。杨公在外，做事难免会有不合陛下心意的地方，陛下只需动念，就会越来越觉得望气者所言极是。”

韩孺子点点头：“不只如此，望气者的手段多着呢，这只是一招。同样是‘子弟军’，望气者也可以对心慌意乱的大臣说：‘这是一次机会，别人家求情，生怕孩子受苦，你家却迎难而上，表明孩子吃得苦中苦，必能在陛下面前崭露头角。’”

金纯忠摇头，并非不赞同，而是感到佩服，既佩服望气者，也佩服皇帝。

韩孺子笑了一下，他倒真希望能有人向大臣说出类似的话。

金纯忠如释重负：“这样的话我就没什么可担心的了。圣军师的目的就是要引起怀疑，陛下坚持得住，我也没问题。”

金纯忠告退，再不想这件事。

凌云阁里，韩孺子叹息一声，金纯忠的确够忠诚，也很会办事，但是不够聪明，还是没能理解“顺势而为”的全部意思。

无论望气者如何顺势、借势、度势，“势”总是真的。

韩孺子如此了解望气者，全拜杨奉所赐。杨奉又从哪里学来的呢？杨奉自称追查那个神秘组织已有多年，但是直到几年前的齐王叛乱，他才与其他人一样，关注到望气者的身影，在此之前，他更关注地方豪杰。

杨奉才是最神秘的人。

韩孺子一时冲动，很想召见圣军师，但马上改变主意，见栾半雄就已是一个错误，见圣军师并无益处。

不管怎样，他仍然相信杨奉，这就够了。

韩孺子排除杂念，接下来的几天里，他有极其重要的事情需要处理。

在他桌上，放着宰相申明志的第五份乞骸骨书。

“乞骸骨”是请求致仕的委婉说法，希望向皇帝讨回自己的残躯，返乡等死，最后掩埋在故土之下。

申明志几乎一天一份奏章，交印之心十分迫切。

如果申明志不是与韩稠有染，韩孺子很可能会真心挽留，毕竟他所属意的宰相人选，资历都还浅，需要一段时间过渡。

共有三人可继任宰相，冯举最合格，皇帝却不欣赏；瞿子晰、卓如鹤才华足够，但也各有缺陷。

申明志对待自己的时候常常出错，看别人的眼光却是很准。

瞿子晰弟子众多，在读书人当中威望极高，由他任相，呼声肯定高涨，这是好事，也是坏事：宰相不是教书先生，如何处理与弟子的关系，对瞿子晰将是一个极大的考验。

卓如鹤进士出身，为官多年，辅佐过太子，在六部任过职，郡守也做过几年，难得的是了解民间疾苦，熟悉官场的种种手段，治官、理民都没问题，遗憾的是缺少大将之风，面对突变会不知所措。

韩孺子拿过三张纸，分别写下三人的姓名，端详良久，心中反复斟酌。

宰相要的就是稳重，何必非有大将之风不可？邓粹倒是擅长随机应变，可是任何一位皇帝都不会让他当宰相。

韩孺子终于做出决定，卓如鹤就是下任宰相，瞿子晰正当壮年，可以等。

随后他的目光落在“冯举”两个字上，这才是他即将面临的挑战，必须让这位新任左察御史知难而退，才能稳住群臣。

“朕乃孤家寡人。”再想起这句话，韩孺子心中涌起的是斗志，而不是孤独与衰老。

桌上还有一张空白的纸，韩孺子看了一会儿，怎么也无法摆脱一个念头，于是提笔给杨奉写信。

第六十四章

下一位宰相

任职未满一年，申明志辞去相位，即使放在经常更换宰相的武帝一朝，也算是“短命”，不免引起诸多猜测议论。

申明志先后五次递交请辞书，每一份的内容都不相同，相同点是文采飞扬，堪称楷模，意思也都差不多：首先是身患重病，已经无法支撑繁重的宰相职责；其次是自谦能力不足，面对大楚的内忧外患束手无策，愧对皇帝与朝廷的信任；然后笔锋一转，盛赞当今皇帝的英明神武、朝中大臣能者辈出云云。

皇帝在批复中着力挽留，最终还是勉强同意，赐予大量金银布帛，并加封太师，以奖赏宰相在大楚最为危急的一段时间里立下的功劳。

随后，皇帝亲赴宰相府，与申明志密谈了一个时辰。所有人都相信，新宰相就在这次谈话中敲定。

申明志就此算是功成身退，担任右巡御史期间，他以刚正不阿、敢于挑战权贵闻名；身为宰相，奉行的却是“无为而治”，短短多半年时间里，没有太大的作为；返乡之后，更是醉心于山水风光，写过不少脍炙人口的闲情诗。

对皇帝来说，宰相请辞是新战斗的开始。

在宰相府里，韩孺子与申明志其实没谈什么，也没有“密谈”，至少有两名太监在场，两人闲聊了一会儿，互相奉承了一会儿，发些感慨与牢骚，实在无话可说的时候，太监讲了一个小笑话，就这样撑满了一个时辰。

接下来的一个月里，宰相之位空缺，皇帝对朝中大臣进行了一系列变动。

先是对云梦泽归来的将士论功行赏，卓如鹤虽是文臣，也立下大功，被召回京城，升为户部尚书，原户部尚书转到礼部，礼部尚书元九鼎改为吏部尚书，冯举不再兼任。

同为六部，吏部权力最大，尚书的地位因此也最高，元九鼎算是得到了提升。

与此同时，皇帝的讲经老师瞿子晰被任命为礼部侍郎。

一同被调整的三品以上官员共有十四人，数量之多令朝廷震动，引发不少传言。

仅仅一个月之后，皇帝再做调整，卓如鹤升为右巡御史，瞿子晰接任户部尚书。至此，谁将是下一任宰相在明眼人看来已经一目了然。

但是皇帝仍未任命新宰相，在这段时间里，韩孺子发动身边的所有人打探大臣的动向，如果反对过于激烈，他就得另想办法，甚至延长等待时间。

东海王与崔腾出力最多。

“子弟军”从碎铁城安全返回，未损一人，许多人瘦了、黑了，但是身体更结实，令父母欣慰不已。平恩侯夫人趁机出入各家，为皇帝打探到不少情况。

平恩侯夫人最近比较得意，她的儿子苗援在云梦泽立功，进入兵部任职，前途光明，因此从东海王这里接到任务之后，欣然接受。

东海王没说是为谁做事，平恩侯夫人心照不宣，相信自己打听到的每一件事，最后都会传到皇帝耳中。

这天下午，东海王奉诏来凌云阁见皇帝，进屋行礼之后站在一边，等皇帝注意到自己。

天气转暖，凌云阁打开窗户，微风拂来，带着花园中的阵阵幽香。

韩孺子放下手中的奏章，抬头说：“听说吏部官员对宰相任命颇有微词？”

东海王上前两步：“是啊。按惯例，升任宰相必走吏部尚书、左右御史这一条路，如今陛下却属意于一位从未担任吏部尚书的人，吏部权势受影响，那些官员当然会有一些想法。”

如今的左右御史分别是冯举和卓如鹤，表面上都有可能担任宰相，可大家都明白皇帝更倾向于哪一位。

“其他衙门呢？”韩孺子问。

东海王想了想：“大臣众多，想法各异，我也拿不准，但是有一件事我觉得陛下应该知道。”

“说。”

“卓御史的夫人是陛下与我的姑姑，身体不太好，常年需要人参等珍贵药材进补，往年要到处求人以高价购买，过去的半个月里，却接连收到三株完整的人参，每株都有六七两重，一文不费。”

这是一件小事，但有行贿的嫌疑，韩孺子却笑了：“这么说也有大臣支持卓如鹤。”

“还不少。说句实话，我甚至有点意外，卓如鹤当年是被其他大臣排挤出京城的，如今却是众望所归。”

“冯举呢？”

“听说冯夫人很不高兴，在家中骂冯大人无能，丢掉了到手的宰相，以后没脸见人。冯夫人还想进宫找门路，可是最后没能成行，我猜是冯举拦住了。”

东海王的消息大都来自平恩侯夫人，所以都是“夫人如何”，而不是“大人如何”。

韩孺子嘿了一声，冯举没能当上宰相，其中一个重要原因就是冯夫人曾经多管闲事，进宫为“子弟军”求情，她不自知，竟然还想进宫。

“康自矫这个人你听说过吧？”韩孺子问。

东海王茫然地点头：“今年的新科榜眼吧？听说颇有才华，本来能考中状元，因为殿试时临场发挥不好，被定为榜眼。”

“没错，就是他。他在策对中有两个字笔画不对，几名试官都以为不能定为状元。”

殿试由皇帝亲自主持，阅卷却是多人同时进行，皇帝也不好力排众议。

“陛下怎么突然说起他了？”

韩孺子拿起桌上的奏章：“康榜眼重写了一份万言策，里面提到了宰相之选。”

东海王笑了一声：“这个人……太急躁了，他现在应该连正式职务还没有吧？”

新科进士都要在吏部待职，至少要等一个月，甚至一两年，康自矫尚未获得任何任命。

韩孺子点点头：“这不重要。他的话很有意思，说宰相乃是大楚之宰相，非勋贵之宰相，可本朝自和帝以来，宰相多是官宦、勋贵之后，即便有心为百姓做事，却因对百姓知之甚少，故往往事与愿违。”

东海王摇头：“这话不对，理民自有百官，宰相总宰群臣，会治官即可。按这位榜眼的意思，是要从百姓中间选宰相了？这样的人倒是了解民间疾苦，可是不了解朝廷运作方式，折腾几次，朝廷就毁了；朝廷一毁，天下必乱，到时候百姓又能得到什么好处呢？”

韩孺子不愿争论这种问题，说：“朕在意的不是这个，而是想知道康自矫在为谁说话。”

东海王一拍脑门：“我真是糊涂了。”又想了一会儿，“我可以去打听一下，不过很容易猜测，读书人总是向着读书人。”

三位宰相人选中，只有瞿子晰出身最为普通，家境虽不贫穷，但是祖上没出过官宦，倒是颇为符合康自矫的期望。

“算了，这可能只是康自矫一家之言，不必太在意。”

“是，陛下。”东海王明白，皇帝不想将这件事查得太细。

韩孺子犹豫再三，还是问道：“冯举、卓如鹤这两位御史，你会选择哪一位继任宰相？”

皇帝的倾向已经非常明显，东海王却还是回道：“冯举。”

“哦？原因呢？”韩孺子的确想听听与自己不同的想法。

“冯举听话。”东海王的回答非常简单，随后解释道，“经过这么多变故，冯举再不会以为宰相之位理应归自己所有，此时必定惶恐不安，知道陛下对他不是特别满意，所以他若当上宰相，将会战战兢兢，不敢违背圣意。”

韩孺子哈哈一笑，这的确是东海王能想出来的主意：“可大楚眼下还不需要一位战战兢兢的宰相，朕需要一位得力的宰辅。”

“那我也会用冯举。”

“这又为何？”

“冯举是武帝留下的老臣，一路正常升迁，在吏部任职多年，对朝中大臣、各地官员十分了解，用来稳定朝纲最为合适不过。卓如鹤不同，他是先帝旧臣，先帝在位时间不长，卓如鹤的根基因此不够深厚，他若当上宰相，必须先提拔故人，才能在朝中立稳脚跟。陛下允许他这样做吗？”

“你说的有些道理。”韩孺子没再说什么。

身为皇帝，他要倾听多方意见，最终一个人做出决断。

东海王告退，更加确信卓如鹤就是下任宰相。

韩孺子起身，走到窗口，呼吸外面的新鲜空气，突然隐隐听到一阵笑声，很快消失，他想这大概是勋贵侍从们正在说笑。

韩孺子让门外的太监传召崔腾。

就因为崔腾的告密，“子弟军”才吃了那么多苦头，他却没有因此受到嫉恨，起码没有表面上的嫉恨，反而受到更多的奉承与拉拢。

“大家没意见，完全没意见，陛下就算让一条狗当宰相，也不会有人反对。”崔腾兴高采烈地说。

韩孺子皱起眉头，有时候也纳闷：自己怎么会相信这样一个人？可崔腾的确够忠诚，而且常常无意中给皇帝一些启发。

“冯举和卓如鹤，你觉得谁更适合当宰相？”韩孺子抛出同样的问题。

崔腾想的时间长，一会儿拧眉，一会儿挠头，良久方道：“宰相权力这么大，陛下自己当算了。”

韩孺子大笑，撵走了崔腾，又叫来赵若素：“你与中书省还有往来吗？”

赵若素摇头：“再无往来。”

他算是中书省的叛徒，只能中断从前的联系。

“但是你仍然了解中书省，站在中书省的立场，你觉得谁更适合当宰相？”

赵若素思考的时间比崔腾还长，最后道：“陛下允许我去见几个人吗？”

赵若素为人谨慎，极少主动参与朝政，韩孺子不由得一愣：“见谁？”

“左察御史冯大人、右巡御史卓大人、户部尚书瞿大人，以及前宰相申大人，见过之后，微臣才能给陛下一个回答。”

第六十五章

新宰相

瞿子晰等人都是朝中大臣，小小的倦侯府府丞可没办法想见就见。

韩孺子找借口先后召见四人，赵若素站在一边观察，表面上是与两名太监一同收拾公文。

第一位获得召见的人是冯举，他刚刚丢掉极具权势的吏部尚书之职，继任宰相的机会越来越渺茫，需要一点安抚。

宰相空缺的这段时间里，冯举代行职责，在勤政殿主持议政，韩孺子召见他，是要商量一下东海剿匪事宜。

冯举与往常一样恭谨有度，看上去毫无怨言。

云梦泽剿匪尚未完成，韩孺子就已经在策划东海之战。云梦泽进展顺利，结束得比较早，朝中因此出现两派意见：一派认为应该乘胜追击，立刻开始在东海剿匪；另一派则坚持原有计划，一定要等到战船建造完备之后，再行剿匪。

大臣们为这件事已经争论好几天了，众将领的想法也不一样，将被任命为剿匪主将的黄普公，倒是无可无不可：“船少的时候出奇计，船多的时候用正招，都能打。”

韩孺子因此将冯举叫到凌云阁，想听听他个人的想法。

在勤政殿，冯举代行宰相之职，是不能随便说话的。

“两派意见各有优劣：即时开战，士气最盛，但是意外也最多，能打海盗一个措手不及，却没办法将海盗完全包围，总有漏网之鱼；两年之后开战，准备充分，很可能会将海盗一网打尽，一劳永逸。”冯举想了一会儿，“依臣之见，莫如两计并用，先派一支水军入海，一则击退海盗，挫敌之锐气；二则勘查海势，为决战做准备；三则保护船坞，以免受到偷袭。对这支水军，不求大胜，不问歼敌之数，全当是练兵，两年之后并入大军，则必胜无疑。”

这与韩孺子的想法几乎一样，他笑道：“冯大人高见，不必再议，就这么定了吧，有劳冯大人通知兵部，照此制定剿匪之计。”

冯举告退。

这次会面极其普通，韩孺子没瞧出什么特别之处，看向赵若素，这位小吏却不开口，非要等到见过所有四人之后，再说结论不可。

第二位是新任右巡御史卓如鹤。虽然多数人都相信他就是下一任宰相，但是皇帝从未明说，作为当事人，卓如鹤多少有些期待与忐忑，面见皇帝的时候，他比冯举更显恭谨，回答问题时也更显认真。

“边疆国相与南方郡守常由世家把持，朕以为不妥，但是又不愿惊动天下，卓大人可有主意？”

卓如鹤躬身行礼，思忖良久：“未可一概而论，南方卑湿，风土人情与中原截然不同，根据过往的经验，每到更换官吏之时，土著必有一乱……”

“这是为何？地方官做得太好，土著思留，不愿放人走吗？”韩孺子问道。他没去过南方，只凭公文，对那边的了解不多。

卓如鹤回道：“倒也不全是。土著之人不识文字、不立字据，一切约定以口头为主，往往邀集多人，当众立誓，事后执行，也只认当时的立誓之人，一有官员调动，土著就以为是要背约。”

韩孺子没想到会是这样的原因：“为何不向南方多派文学之官，加以教化？”

卓如鹤道：“自太祖定鼎，大楚从未停止教化，在江南蔚然成风，那里出的状元数量已经超过北方，可是更往南的偏远之地，效果甚微，土著鄙视文字，以为无用，甚至视之为阴险卑鄙之物，宁死不学。官员无法，只能顺其自然。”

韩孺子轻叹一声：“边疆国相呢？”

“武帝初期也曾频繁调动国相，可是新国相难与诸侯相处，引发不少混乱，甚至有一位诸侯进京自杀，只为控告本国国相。武帝杀掉那名国相，从此再少调动，只求国相与诸侯能相安无事。”

“相安无事的结果就是齐王叛乱？”韩孺子说。

“恰恰是原齐王，为掩饰叛乱，常常主动更换国相。”

“如此说来，这些问题都没办法解决了？”

卓如鹤躬身行礼：“若想一劳永逸，难；一个一个逐渐解决，倒有不少办法。”

“嗯，有劳卓大人写一份对策，朕要细读。”

“遵旨，陛下。”卓如鹤领命告退。

赵若素仍不开口，事实上，他的目光就从来没有转过来。

第三位是新任户部尚书瞿子晰。

六部当中，户部掌管天下人口税赋，职责最为细致，韩孺子让瞿子晰去户部，是想看看自己的这位老师能不能沉下心来。

“流民初定，入春以来，多地缺粮，频频向朝廷告急，瞿先生初掌户部，可有应对之策？”

所有问题都是韩孺子自己想提出来的，赵若素没有参与。

瞿子晰行礼时姿态大度潇洒，颇具古风，回道：“赈灾非户部一家之责，陛下若想调粮，需在勤政殿上提出，群臣共议，户部提供各地数字以供参考，定策之后，再与各部司配合执行。”

韩孺子笑了笑，换一种提问方式：“朕不问户部尚书，只问瞿先生，可有对策？”

瞿子晰想也不想地回道：“民不聊生，此为根基之患，只是各地调剂，已不足以赈灾，望陛下减御膳、损奢华、放苑林、开军仓，以剿海盗、灭匈奴之心救民于水火之中，或可成事。”

韩孺子又笑了笑：“前几项皆可，开军仓似乎不妥，大楚内忧未除、外患尚在，军仓无粮，士气不振，何以剿海盗、灭匈奴？”

“仓中无粮，来年即可补充；人心若失，何时才能再得？”

韩孺子大笑：“容朕考虑。”

最后一位是刚刚卸任宰相的申明志，现在的身份是太师，不打算留在京城，全家人正在收拾东西准备回乡，奉诏进宫，十分感动，这就相当于皇帝送行了，消息传出之后，申明志在家乡的地位又会提高一大截。

韩孺子闲聊几句，最后问道：“申太师以为何人可继任宰相？”

申明志有点惊讶，他早就向皇帝点评过最有可能的三个人，没想到又被问起，沉吟片刻，回道：“治官用冯、理民用卓、大事用瞿，唯陛下裁夺。”

申明志等于又将从前的回答说了一遍，韩孺子谢过之后，派人将老宰相送出去。

召见四人用了两天时间，赵若素在这期间未置一词，申明志走后，他不能再沉默了。

“陛下可以用卓大人了。”赵若素的结论倒也简单。

“原因呢？”

“陛下想用卓大人，君相互信，这是最重要的原因。”

韩孺子笑而不语，他还从来没公开过自己的想法，但是已经隐瞒不住。

赵若素继续道：“申太师其实也给出了答案。”

“理民用卓。”韩孺子重复申明志的话。

“正如瞿尚书所言，流民是根基之患，理民因此是当务之急，非用卓御史不可，眼下朝廷并无大事，瞿尚书可以等。”

"冯御史呢？"

"东海剿匪是陛下策划已久的大计，群臣皆知，冯举却没有献上奇计，只是建议长短计并用，似有敷衍之意，其人对相位大概已是意兴阑珊，用之可，不用亦可。"

韩孺子思忖片刻："就这样吧。"

次日上午，韩孺子在勤政殿宣布了自己的决定：右巡御史卓如鹤乃先帝旧臣，功勋显著，为官有方，可为宰相。

议政大臣们下跪接旨，随后去拟定正式的诏书。只有卓如鹤本人还跪在皇帝面前，按惯例，他应该推辞一下。

韩孺子没给他谦逊的机会，看了一眼走开的大臣，对宝座台阶下的卓如鹤说："君曾言'官府似乎有粮，又似乎没粮'，君今日为相，朕只有一个要求，务必要让官府有粮、万民有粮。"

卓如鹤跪谢。

当天下午，韩孺子在凌云阁再次召见卓如鹤。这回没有外人在场，君臣之间也不再互相试探，而是有话直说。

"军事由朕亲掌，理民全看宰相。大楚若要振兴，根本之术在于利民，宰相之责乃重中之重。"

卓如鹤也不客气："臣自当殚精竭虑，不辱圣命，唯有一事，臣要向陛下先说清楚。"

"卓相请说。"

"宰相乃百官之首，为相者因此先治官再理民，陛下既然委信于臣，臣欲升贬一批官员，请陛下首肯。"

东海王曾经提醒过皇帝，桓帝在位时间短，他身边的近臣都没来得及掌权就被外放，卓如鹤即是其中之一，他若当上宰相，必定要提拔故人，以为助力。

卓如鹤能够直白地说出来，韩孺子反而很高兴："三品以下官员，任君调整；三品以上，朕知情即可。"

卓如鹤再次谢恩，这才说起理民之术，果然头头是道。

韩孺子非常满意，甚至觉得耽搁的这段时间实在没必要，自己真是想多了。最后他问："宫里前日给姑母送去几株人参，可还好用？"

卓如鹤微微一愣："公主服过一点，身体好多了，已向太后谢恩，未敢烦扰陛下。"

"那就好，以后再缺，向宫里要即可。"

东海王曾说有人给卓府送礼，韩孺子借此点醒卓如鹤，不要太贪心。

卓如鹤没想到皇帝对自己调查得这么细，身上出了一层冷汗，出宫之后，心绪不宁，掀开轿帘，向亲信随从小声道：“去见中书舍人南直劲，问他什么时候方便再见一面。”

第六十六章

新旧交替

中书舍人南直劲记得很清楚，申明志是自己送走的第八位宰相，这些人的表现各不相同，有人坦然，有人愤怒，有人委屈，有人迷惑……无论怎样，他们都是浮萍，来来去去，不变的是水，奔流不息。

算来算去，这几十年来，殷无害担任宰相的时间最长。他很“幸运”，赶上了多事之秋，宫里接二连三地换皇帝，每一任都没来得及将他罢免。这是极不寻常的事情，在武帝的临终安排里，殷无害顶多辅佐新帝五年。

武帝从来没公开过自己的真实意图，但是南直劲能猜出来，这是他的本事，也是他的职责。

南直劲来宰相府是为了索取最后一批公文，自此以后，中书省与申明志再无公开的联系。

与临走前看破世情的殷无害相比，申明志显得有些愤愤不平：“唉，皇帝太年轻了，实在太年轻了。”

申明志坐在桌子后面，将一摞公文推过去。没有外人、没有官衔，他可以稍微抱怨几句：“再这样折腾下去，会出现又一个武帝，大楚……唉，皇帝太年轻了。”

南直劲一张一张地仔细查看公文，头也不抬地说：“所以申大人才要做出牺牲，您的所作所为对大楚意义深远。”

申明志盯着这名老吏，早在担任宰相之前，他就知道中书省的重要，却没想到最重要的一个人竟是一名普通的中书舍人。

仔细想想，一切其实都有预兆。中书省规模不大，吏员不过五十余人，中书令、中书监按规矩定期更换，这么多年来，底下的官吏也是有来有去，唯一没变过的人似乎就是南直劲。

申明志刚当上宰相的时候，还没有发现南直劲的重要。直到皇帝苏醒、韩稠下狱、申明志心惊胆战的时候，南直劲突然登门，劝他主动交出相印，申明志才明白，原来朝中隐藏着一股势力。

他被说服了，原因无他，南直劲了解皇帝，几乎预测到了皇帝的一切行为，申明志想要保住名声与性命，就只能与这位中书舍人合作。

“卓如鹤会做得比我更好？”申明志问。

南直劲继续检查公文：“只凭一点——陛下的欣赏与信任，卓宰相就能有所作为。”

申明志沉默不语，面对当今皇帝，他犯过太多错误，早已无法弥补。

公文没错，南直劲合上公文，抬眼看向对面的申明志：“我向申大人阐释过，‘驯服’皇帝多么困难，当今皇帝生于乱世、成于军旅，雄心之大，比武帝有过之而无不及，大楚的根基却已今非昔比，承受不起君臣争斗。身为臣子，咱们的唯一选择就是以退为进，顺从陛下、帮助陛下，等他相信整个朝廷能够为己所用，一切又会恢复正常。”

“除了一点，我不再是宰相。”申明志又叹一声。

南直劲没有开口，他相信申明志自己能够领会，抱起公文，小心地放入随身带来的箱子里，打算告辞。

申明志伸手按在桌面上，身体前倾，小声道：“南大人承诺过的事情……不会出纰漏吧？”

南直劲微皱眉头：“我的命在申大人手里，我向您说过的任何一句话传到陛下耳中，都会惹来杀身之祸，我也有妻儿老小，不会拿这种事冒险。”

“我今年六十有三，南大人高寿？”

“比大人小两岁。”

“我怕自己等不起，到时人死债销，南大人承诺过的事情都无意义。”

与殷无害相比，申明志就像是贪图小利的市井之徒，南直劲将箱子放在桌上，双手按在上面，微笑道：“子孙相继，债怎么会销呢？申大人自管安心回乡，三年之后的大试，以申家公子的才华，必能高中三甲，如果我看不到，也会有其他人照看。”

“谁？”申明志最关心这件事。

“申大人应该明白我的难处。”

申明志等了一会儿，确定南直劲的确不会透露消息之后，道：“我的要求并不高，借一点势，将我的儿子顺利送入朝廷，剩下的事情不麻烦别人，让他自己努力就好。”

南直劲捧起箱子：“申公子才华横溢，否则的话，我也不敢打这个包票。”

中书舍人告辞，申明志独坐一会儿，决定还是接受现实，争取让儿子实现自己的宰相之梦。

南直劲离开宰相府，将箱子交给差人，一块儿步行回中书省，前后左右没有卫兵跟随，在外人看来，这就是一名再普通不过的老吏。

在中书省衙门门口，南直劲远远望见一名熟人，让差人先回衙门，自己转而走进一条小巷里。

卓如鹤的亲信随从立刻跟过来，向南直劲拱手笑道：“终于等到大人了，我家大人有请，南大人这就随我去吧？”

卓如鹤新任宰相，随从的地位水涨船高，对一名小小的中书舍人自然不必特别客气，拱手时比较随意。

南直劲笑道：“请回去告诉宰相大人，明天下午，我自会将省中公文送去。”

随从冷下脸来：“那是公事，我家大人相请是私事。”

“一样的，一样的，宰相大人会明白的。”南直劲仍然微笑，说罢，拱手告辞，先走了。

随从发了一会儿愣，只好回去复命，拐弯抹角地贬损南直劲，结果惊讶地发现宰相大人根本不吃这套，反而点头道：“南大人说得对，是我太急躁了。”

次日上午，卓如鹤第一次以宰相身份主持勤政殿议政，一切正常，从皇帝到其他大臣，谁也没给新宰相出难题。

下午，卓如鹤回宰相府处理政务，反躬自省，发现宰相也不是那么难做，这得益于皇帝的信任，更得益于同僚的配合。

南直劲按时到达，送来整整三大箱公文，分门别类，按轻重缓急排序。卓如鹤当场查看，遇有疑问，就向南直劲请教。

时间飞快，一箱公文还没看完，天已经黑了。卓如鹤新官上升，热情正高，命令府中官吏先回家，留几名差人，从外面买来酒食，草草吃了一顿晚餐，挑灯夜读，务必要尽快熟悉宰相的职责。

南直劲留下来，陪宰相吃饭，继续充当顾问，毫无怨言。

二更之后，大堂上只剩两人，卓如鹤加快速度，总算将公文浏览一遍，不由得感慨道：“从前当郡守的时候，总觉得地方的事情重要，朝廷却每每加以拖延；如今才明白，宰相天天审阅这么多公文，重要的事情太多，反而哪件都不重要了。”

南直劲回道：“也不是天天这么多，最近一个月宰相空缺，积累得比较多。”

桌上还有剩下的冷酒，卓如鹤喝了半口，说：“陛下送给我几株人参。”

"嗯。"

"自从传出我要当宰相的消息之后，登门送礼的人每天都有，我回绝了大部分，但是留下了几株品相不错的人参，给公主疗养身体。"

卓如鹤是驸马，习惯称自己的夫人为"公主"。

"嗯。"

"我在想，陛下消息如此灵通，连这种小事都知道了，会不会……"

南直劲笑道："原来宰相大人是在担心这件事，宰相大人多虑了。陛下有时会通过身边近臣了解一些事情，但还没到一网打尽的地步，与武帝比不了，就算与上官太后相比，也差了一截。"

"陛下不知道咱们之间的联系？"

南直劲正色道："以陛下的脾气，他若看出一点端倪，也绝不会让卓大人继任宰相。况且，大人身为宰相，我是中书舍人，有联系很正常，并无不妥。"

卓如鹤神情略显暗淡："我还是感到愧疚，觉得自己好像在背着陛下做事。"

皇帝是孩子，宰相也不过是稍大一些的孩子，南直劲耐心地说："我只问一句话，宰相大人支持陛下的所有作为吗？"

卓如鹤沉默了一会儿："陛下年轻气盛，欲凭一己之力撑起整个大楚，只怕力有不逮。"

"所以这种时候对陛下说治理天下有多难，陛下听不进去，咱们只能暗中帮忙，别让陛下捅出太大的娄子。"

卓如鹤又沉默了一会儿，"暗中帮忙"与"暗中动手脚"之间的区别实在很难分得清。

南直劲又道："就像我之前对宰相大人所言：讨好陛下一人容易，还是讨好整个朝廷容易？只讨好陛下一人，很可能要与整个朝廷作对，使得诸事不顺；讨好了整个朝廷，宰相大展拳脚，讨好陛下易如反掌。"

卓如鹤不太喜欢"讨好"这个词，但是没说什么。他还在云梦泽的时候，就有人找上门来，暗示他有机会拜相，愿意提供帮助，一开始他不相信，但是随着迹象越来越明显，他相信了，回到京城之后，与南直劲取得联系。

"陛下信任宰相大人，这是大人的机会，也是朝廷和大楚的机会，咱们要好好利用：我负责揣摩皇帝的心事，宰相大人负责建功立业，相得益彰。"

"我能建功立业，南大人能得到什么？"

南直劲微微一笑，他在中书舍人这个位置上熬了几十年，有机会升迁也不走，当然所得甚多。

他从袖子里抽出一卷纸："朝廷支持宰相大人，也请宰相大人支持朝廷，这里有几个人，也该升官了，他们将对宰相大人助益甚大。”

卓如鹤接过纸，打开之后看到上面有十几个名字。为官多年，他当然了解这些人的背景与靠山，其中至少三人是左察御史冯举的门生。

冯举放弃争夺相位，理应得到一点回报，卓如鹤收起纸，觉得问题不大：“陛下心事难测，南大人有把握吗？”

“我曾经错过吗？”南直劲反问道，拱手告辞，半夜才到家，一点也不觉得疲倦。

第六十七章

酒后一句话

对韩孺子来说，宰相之事总算告一段落，可以将精力转到其他事务上。

黄普公已经接到兵部的公文，即将前往东海担任楼船将军。对于海盗出身的他来说，这不只是一步登天，可称得上翻天覆地。

韩孺子还是担心黄普公与旧主燕家的关系，因此用一种特别的方式为他送行。

京城以南有一座幼军营，专门用来训练年轻的士兵。许多权贵子弟都曾在此受训，或者说他们的“名字”与“替兵”曾出现在这里；当今皇帝却不那么好糊弄，所有人必须实到。

韩孺子让兵部选了十几位能力突出的将领，专门前往幼军营任职一个月，其中就有黄普公和燕朋师。

燕朋师在兵部担任文吏，到了幼军营，仍负责文书往来，他自己也才熟悉不久，与其说是教授年轻士兵，不如说是一块儿学习。

这天傍晚，一天的辛苦训练结束。燕朋师不用亲自上阵，但是也要在太阳下陪同众将领，熬了一天，只觉得腰酸腿疼，回到营房里，再也不想动弹一下。仆人取来营中提供的晚餐，他瞥了一眼，毫无胃口，于是让仆人端来温热的水泡脚。

燕朋师半躺在椅子上，迷迷糊糊地睡着了，梦里参加宴席，酒菜摆了几桌子，他想过去大吃一顿，却被其他客人挡住，他奋力向前挤，总是差着两三步，眼看着别人大快朵颐，他只能干流口水。

燕朋师又馋又怒，不顾一切地向前扑去，一脚踩空，跌向万丈深渊。

燕朋师猛地清醒，只觉得脚下潮湿，正泡在水里，不由得大吃一惊，以为自己真掉在深渊里，突然听到笑声，这才想起自己正在泡脚，用手擦去嘴角的口水，真的闻到一股浓烈的酒香。

“原来是你在逗我。”燕朋师半怒半笑地说，抬起双脚，抓起手巾抹去上面的水，悬在半空中抖了几下，“什么时候到的？”

崔腾与燕朋师认识得比较晚，交情却很好。燕朋师刚到京城的时候，曾在崔府住过一段时间，与崔二公子一块儿喝酒寻乐，过了一段舒服日子。

崔腾手里拎着一壶酒，身边的桌子上还摆着几样菜肴，笑道：“这不刚到？几天不见，你怎么苦成这样？脸晒黑了，人也憔悴了，一杯酒就逗出这么多哈喇子，够半盆了。”

燕朋师又擦擦嘴角，然后穿上靴子，起身走过去，冲着崔腾肩上打了一拳，夺过酒壶，深深地一嗅，陶醉地说：“快到头了，再过三天，我就能回城。去他娘的，以后打死我也不出城了。早知道这样，我还不如留在东海国。”

两人坐下，也不用仆人侍候，饮酒闲聊，谈些风月场中的新鲜事。出城不到一个月，燕朋师觉得自己错过太多事情，遗憾不已。

酒过三巡，燕朋师问道：“对了，你怎么来这里了？不会是……不会是陛下要来阅军吧？”

营中盛传，皇帝将会亲自来检阅练兵成果。以皇帝一贯的做派，这是很可能的事情，满营将士因此练得极为辛苦、认真，就怕再惹怒皇帝，又被派出去行军，上回去碎铁城，这回没准要去更远的地方。

“这可难说，陛下最近比较忙，若是闲下来，肯定会来，就怕陛下没这工夫。”

“不来也好。”燕朋师小声道，突然反应过来，他与崔腾是酒肉朋友，远远没到无话不说的地步，急忙改口，“我的意思是说陛下太忙的话……”

崔腾倒不在意，笑道：“怎么，怕我告密吗？”

燕朋师嘿嘿笑了两声，崔腾的确有过“告密”的经历：“我没用替兵，在营里尽职尽责，有什么可怕的？快说实话，你到底来干吗？”

“没啥大事，给陛下跑个腿。楼船将军黄普公递交了一份平东海策，陛下单独写了一份批复，不想通过兵部转交，所以让我送来。”

崔腾说得随意，其实很得意。

燕朋师的语气忍不住变酸：“原来你是来见黄将军的，陛下又赏他什么了？”

“没什么，大概是要追封黄将军之母为三品夫人，回东海国之后，黄普公能风风光光地重修母亲坟墓了。”

燕朋师重重地放下酒杯，突然又拿起，送到嘴边，将里面的酒一饮而尽，随后自斟一杯，再也掩饰不住满脸的沮丧与嫉妒。

“黄普公是你燕家的人，他受赏你不高兴吗？”

“高兴个……”燕朋师忍住脏话，“唉，我姓燕，他姓黄，人家平步青云，关我什么事？”

“毕竟主仆一场，他就算今后当上大将军，也抹不去在燕家为奴十年的经历。怎么着，他现在就开始狂妄，不认旧主了？”

“那倒没有，他对我还是挺客气的，有时候营里谁惹事了，我去求情肯定管用。”

“那你叹什么气？”

燕朋师指着自己的脸：“面子，二哥，面子啊！”

燕朋师离开东海国进京的时候，春风得意，以为剿匪大将之职非己莫属，等他风风光光返回东海国，燕家的地位从此稳若泰山。

整个东海国都在等他，结果回去的却是一位“黄将军”。

“我现在无颜再见国中父老，只能困在京城。”燕朋师喝得有些多了，说到伤心处，竟然哭了起来，“老爹用了黄普公十年都没人察觉，到我就这么倒霉。黄普公的命是我家保住的，这么多年供吃供住，用他一下有错吗？二哥，你说有错吗？”

“当然没错。朝廷不也是用俸禄养人，然后用人吗？”

燕朋师指着崔腾，手指抖个不停：“说得太对了，知己，知我者崔二也，来，满饮此杯。”

两人都喝得醉醺醺。军营中不准随意饮酒，可这两人不在乎，只管尽兴。

燕朋师一把抓住崔腾的手腕：“告诉我实话，陛下到底是怎么想的？让一个海盗去剿灭海盗？为什么不让我当楼船将军？我能看住黄普公，让他像狗一样凶猛，还保证忠诚，比直接用他不好多了？”

崔腾的酒品不太好，站起身，揪着燕朋师的衣服，将他也拽起来，大着舌头说：“不准说陛下坏话，永远也不准，明白吗？”

燕朋师也糊涂了，不记得刚才说过什么，被崔腾气势所慑，忙回道：“不说，永远不说，再也不说了。”

崔腾松手，将燕朋师推坐回座位上，自己原地转了一圈，歪着头，似乎在找什么，最后自己也忘了，对燕朋师说：“我当你是朋友，你当我是什么？”

“朋友、至交、兄长、老师、上司……我……我把心掏出来给你看。”燕朋师做出掏心的姿势。其实他比崔腾年长好几岁，却一直以弟自居。

“心就算了，血淋淋的，没啥好看。我要送你一句话，你能听吗？”

“听，二哥的话对我就跟圣旨一样。你说想要什么？回城之后我亲自送过去。”

崔腾一愣：“我是要‘送’你一句话，不是‘要’，不过你真的什么都肯给啊？你来京之后买的那个侍读丫鬟挺不错，看到她，连我都想拿起书读两页了。”

“她是二哥的了，一个丫鬟而已，二哥喜欢就好。”

“哈哈，开玩笑，我崔二虽然喜爱美色，但是有底线——朋友妻不可戏。那是你的枕边人，我怎么能要？哈哈，我就是喜欢你的爽快，来，再干一杯。”

两人推杯换盏，仆人不停进出，换上刚热好的酒。

崔腾一拍脑门：“我刚才要什么来着？”

燕朋师挠头：“二哥好像要送我什么。”

“对了，送你一句话，你别打岔，一会儿我又忘了。”

“嗯，我不打岔，二哥说吧。”

崔腾放下酒杯，抬起右手停在半空中，张着嘴等了好一会儿，扭头对仆人说：“你出去，不准偷听。”

仆人忙笑着退下。

燕朋师咳了两声，端正坐姿，使劲儿瞪眼，好让自己清醒一点，记住崔腾要说的话。

“识时务者为俊杰。”崔腾终于说出来，怕燕朋师没听懂，重复道，“识时务者为俊杰，你明白吧？”

燕朋师点点头，没想到崔腾酝酿半天，就说出这么一句话，仔细一想，又觉得这就是崔腾的风格，于是道：“明白，我全明白，忍一时风平浪静，我不能以剿匪大将的身份回东海国，就要争取以后当更大的官，衣锦还乡。”

崔腾一巴掌扇在燕朋师脸上：“你还是没懂。”

燕朋师捂着脸，苦笑道：“二哥，好好说话，别动手啊。”

崔腾一喝多就犯浑，这时露出本性，抓住燕朋师的衣领，又扇了一巴掌：“你怎么不懂呢？”

崔腾没太用力，即使这样，燕朋师也受不了，却不敢还手，只能推搡、躲避：“二哥松手，有话好说……”

“你怎么不懂呢？”崔腾反复说这句话，配合这句话，不是扇巴掌就是敲脑壳。

燕朋师双手用力一推，终于摆脱崔腾，起身后退几步：“别打了，我明白了，二哥不就是想让我讨好黄普公吗？”

崔腾追上去又要打：“谁说……咦，你真的明白了？”

燕朋师酒醒了一多半：“二哥直说就是了，干吗来这一出？行，你说要讨好谁，我就讨好谁，没有二话。”

“怎么讨好？”崔腾非要问个明白不可。

燕朋师怕崔腾再动手，一狠心，说：“黄普公曾经想为丫鬟邀月赎身，我没同意，既然二哥开口，没啥说的，我把邀月送给他，总行了吧？”

崔腾大笑，觉得自己又立一功。

燕朋师却恨得牙直痒痒。

第六十八章

亲人

燕家的几名仆人将侍读丫鬟邀月送到黄普公家门前，也不多说什么，催邀月下轿。管家带来已经写好的卖身契以及中间人，请黄普公按手印，拱手道：“邀月从今天起就是黄将军的人了。”

黄普公莫名其妙，不等他询问，燕家众仆已经抬着空轿离开。他们都认识黄普公，而且很熟，从前常在一起喝酒聊天，现在却都像陌生人一样，脸色冷冰冰的，像是来还赌债，心不甘、情不愿，却又不敢再赌。

邀月也莫名其妙，她在家中老实待着，自忖一言一行没有出格、出错的地方，主人回来之后，却是一脸阴沉，打量她几眼，咬牙吐出几个字：“如你所愿。”

邀月连东西都没收拾，就被塞进轿子，又换了一位主人。

她对卖来卖去早就习惯了，倒不是特别在意，只是看到黄普公之后有些尴尬，当初她赠送几两银子的时候，可从来没想到会有这一天。

黄普公刚从云梦泽回来时，曾去拜访过旧主，一是感谢燕家一直以来的保护与帮助；二是希望为邀月赎身，结果遭到断然拒绝，所以他不明白燕朋师为何突然改变主意。

两人站在庭院里，邀月尴尬，黄普公更尴尬。

黄普公住在朝廷赐予的宅第里，他当了十年仆人，还不习惯被人侍候，而且很快就要出征，所以宅第虽大，家里的奴仆却极少，只有十人，还都是朝廷连同宅第一并赐予的。

"邀月姑娘……"黄普公想请她进屋休息，转念觉得不妥，拿起手中的卖身契，撕成碎片，"你不用再当丫鬟了。你还有家人吗？"

邀月摇摇头，但凡有家人依仗，她这些年来也不至于漂泊不定。

黄普公是员大将，不管面对多少敌人，都敢打、会打，计谋百出，从无失算；面对一名柔弱女子，却有点不知所措。但他是豪杰，办事利落爽快，想了一想，说："你就住在这里吧，当成自己的家，东西随你用，仆人随你使唤，等我回来，再给你找地方。"

"是，我等将军回来。"邀月细声道。

黄普公觉得邀月可能有误解，但是对方没有挑明，他也不好多说什么，叫来所有仆人，让他们好好服侍邀月姑娘，随后收拾衣物、盔甲，提前搬到军营里居住。

次日一早，皇帝亲自出城相送。祭过蚩尤旗之后，黄普公率军一千出发。在东海国已有一支数千人的水军，黄普公得到的兵力不多，战船更是只有二十余艘，但他的任务比较简单，不求大胜，不求歼敌，只需保持对海盗的攻势即可。

黄普公也没做任何明确的承诺，他在平东海策中写了许多海战之术，但是特意强调，海战比陆战变数更多，极难事先预料，只能临阵随机应变。

君臣二人没机会单独交谈，黄普公不会多嘴多舌。韩孺子对燕朋师赠人之事一无所知，他甚至没听说过"邀月"这个名字。

前些天他派崔腾去幼军营送信，只说顺便观察一下黄普公与旧主的关系，可没说过要让崔腾多管闲事。

崔腾从幼军营回来之后，极为肯定地表示："没问题，燕朋师人很聪明，也懂得规矩，没有半句怨言，黄将军更没问题。"

韩孺子相信了，毕竟这只是臣子之间的一点小事，身为皇帝，他没法直接参与，也没必要过分干涉。杨奉之前说过，处理人际关系本身就是能力之一，皇帝以后如果想重用黄普公，就得让他自己过这一关。

韩孺子最近心情比较好，云梦泽战事提前结束，任命宰相比他预料的顺利，东海之战进行得有条不紊，北方的匈奴一直没有大动作，两位怀孕的嫔妃身体健康……一切都在朝好的方向发展。

如今他只剩几件小事需要处理。

一个是杨奉，他滞留云梦泽已有两个多月，仍未找到"淳于枭"的下落。依照圣军师的供词，杨奉显然相信写书者还活着，但是在他给皇帝的信里，却写得语焉不详，只说离目标越来越近，太祖宝剑与英王都能找回来，为防泄密，不宜细说云云。

韩孺子有一种感觉，杨奉似乎不想回京，韩孺子于是将晁鲸派往云梦泽，希望弄清原因。

另一个是自己的母亲。

慈宁太后最近倒没怎么干涉朝政，但是随着两名嫔妃的肚子越来越大，她对皇帝的后宫越来越关心，每次见面都要催促皇帝多多宠幸妃子：“万一两个都是女儿呢？陛下还得努力啊，这不是陛下一个人的私事，而是关系到天下安宁的大事。”

这让韩孺子每次都觉得尴尬，但是能够接受，所以不打算挑明。

主动挑明的人是慈宁太后。

黄普公出征的当天傍晚，韩孺子照例去给两位太后请安，慈宁太后将儿子叫到自己的寝宫里。

“陛下最近不怎么忙了吧？”

“还好，的确比前一阵子轻松许多。”韩孺子恭敬地回道。

“陛下眼光不错，卓如鹤是位合格的宰相。”

“是先帝的眼光好，朕不过坐享其成。”韩孺子观察了几天，的确对卓如鹤很满意，终于可以放手让宰相主持朝政，自己则专心思考一些更久远的事情，比如匈奴人，比如极西方那股突然兴起的势力。

自从来过一队使者之后，西方再无消息传来，大楚使者韩息送回来几份公文，现在还没出西域的地界。

慈宁太后微微一笑，儿子比从前更会说话了，这让她很高兴：“真有那种败家子，送到手中的好处都能拱手让人，陛下能坐享其成，也算本事。”

“太后过奖。”

母子二人过于客气，慈宁太后话锋一转，“不客气”地说：“陛下最近三天都在秋信宫过夜吧？”

母亲又要老调重弹，韩孺子无法，回道：“是。”

慈宁太后叹息一声，这回却没有直接要求皇帝“努力”：“陛下还记得小时候的事情吗？”

“记得一些，不知太后指哪件？”

“那时候咱们母子与外面的接触少，我向陛下讲解各种亲戚称呼，陛下非常爱听，自己捏了许多小泥人，把他们当成哥哥、姐姐、叔叔、舅舅，与他们一块儿玩耍。”

韩孺子笑道：“是吗？这些事情朕可不记得了。”

“有一个小泥人，陛下最喜欢，天天拿在手里，叫他‘老舅爷’，说他有一天会带你出去玩儿。我一直纳闷，我从来没教过你这个称呼，你从哪儿学来的？”提起往事，慈宁太后满脸笑容。

韩孺子呆呆地想了一会儿，脑子里出现一些模糊不清的画面：“我有点印象了。那些泥人呢？”

“有一回下雨，你忘了拿回屋子里，泥人都被浇成了泥浆，你哭了几天，然后就把它们给忘了。”

“我记得自己对着满手泥巴哭泣，却忘了是为什么。”韩孺子的回忆多了一些，笑道，“那时候的生活真是孤寂。”

“是啊，所以陛下有了孩子之后，绝不能让他再过那种生活。”

韩孺子沉默了一会儿：“母亲不必多说，朕明白，朕……会努力。”

儿子答应得很勉强，慈宁太后知道这只是敷衍，今天她却要一个明确的承诺：“今天我不说后宫的事，陛下说三年之后再选秀，可以；陛下喜爱皇后，不愿与其他嫔妃过多同房，也可以。这种事情急不得，陛下也是大人了，知道轻重，用不着我来多说。”

韩孺子有些意外：“谢谢太后的理解。”

“但是陛下的亲戚不只姓韩，陛下还记得吗？”

母亲极少提起舅氏一家，韩孺子不由得一愣：“太后有话明说就好，外公家里缺什么东西吗？”

“别的都不缺，只缺一个官。”

韩孺子笑道：“太后自己说过，舅氏一家皆是乡农，做不得官，让孩子多读书，等十年以后光耀门楣。”

慈宁太后点头：“我的确说过这样的话，可我改主意了，因为我发现，朝廷的官也不都是那么难做，别人家做得，王家也做得。陛下不用给王家掌权的大官，虚衔总可以吧？”

韩孺子不在乎几个虚衔，他对母亲的一句话感到不解：“太后怎么发现朝廷之官不难做的？”

慈宁太后沉默了一会儿：“事情明摆着，宰相最近调整了不少官员，朝廷几大世家皆得好处，唯有王家还是土财主，不见得陛下的舅舅们是乡农，世家子弟就都出类拔萃吧？”

韩孺子笑道：“宰相对官员的调整事前得到了朕的许可，是朕一时疏忽，忘了舅舅一家，太后请安心，三日之内，必有喜讯。”

慈宁太后叹了口气：“我原先还以为自己对家人不会太在意，可是见面之后，还是觉得家人最亲，也最可信，真到了危急时刻，唯有自家人能够依靠，希望陛下能够理解我的一片苦心，不要以为我是在单纯地求官。”

“太后是朕的母亲，太后的要求就是朕的要求，没有‘求官’之说。”

韩孺子告退，对两件事感到疑惑：

一是卓如鹤调整官员时倾向于世家，自己为什么早没注意到？他在母亲面前说谎了，卓如鹤的确说过要任命一批官员，韩孺子还以为是要提拔同为桓帝近臣的一批人，听母亲提醒，才注意到似乎并不全然如此。

二是母亲为何突然说起危急时刻家人可信的话？舅舅一家都很老实，手中无权无势，有什么可依靠的？

韩孺子不只是慈宁太后的儿子，更是皇帝，他要查明真相，而不是直接询问。

第六十九章

顺利之年

王家人还沉浸在一步登天的眩晕状态，眼中所见尽是新鲜事物，每天连做梦都不踏实，有心炫耀却找不到目标。王家老汉时常感慨：“这要是在村里，还不得让他们的眼珠子掉下来？啧啧，京城人多，可惜没咱们认识的。”

查清这家人的所作所为，对景耀来说轻而易举，不用他花钱，也不用他以权势相诱，只需以宫中太监的身份去上几趟，带着一双耳朵就够了，王家上下什么都愿意说，甚至到了口无遮拦的地步。

景耀每次登门拜访，一位姨丈都要拉着他的衣袖，一本正经地说：“告诉陛下，有事儿开口，我们虽然没别的本事，但是忠心。满朝文武不少，但都是坐轿子的，只有我们肯出力气抬轿子。一定要告诉陛下，你不说，改天我与陛下一块儿喝酒的时候自己说，到时候你的面子上可不好看。”

景耀笑着应承，向皇帝报告情况时，对王家的类似小事几句带过，没有细说。

景耀注意到一件事，王家的男人粗鲁而纯朴，毛病不少，却没有心机，与他人交往主要以炫耀为主，的确有不少官员上门巴结，但都是表面交情，没有深入来往。王家的女人大都比较老实，除了为家产分配吵过几次架，再没有别的矛盾，只有一个例外。

这个女子姓王，严格来说却不属于王家人。

她叫王翠莲，其家在村里与王家相邻，沾亲带故，一家数口也被带进京城。与王家住在一起，原因是慈宁太后心中仅有的儿时记忆里有她的影子。

小时候她称慈宁太后“小姐姐”，经常在一起玩耍，事隔数十年，她仍觉得自己有义务继续追随太后。

景耀查到，王翠莲经常受到邀请，拜访达官贵人的女眷，传授女红——她自己称之为“针线活儿”。

一块儿穿针引线的时候女眷们说了些什么，景耀不知道，也不打算去查，他只知道一件事，女红对权贵之家没有那么大的吸引力，各家女眷对王翠莲热情得不正常。

他的调查到此为止，景耀明白，再查下去，惹上麻烦的可能会是自己。

韩孺子也觉得够了，从权贵女眷到王翠莲再到慈宁太后的这条线非常清晰，没必要再去追查细节。

已经有大臣闻风而动，为王家人请官，理由还是老一套：幼吾幼以及人之幼，老吾老以及人之老，皇帝亲近家人，有助于培养仁慈之心，最终惠及天下。

韩孺子佩服这些人引经据典为其所用的本事，却厌恶他们的谄媚。

他与宰相商量了一下，封三个舅舅为宿卫将军。说是将军，其实是虚衔，没有衙门、没有官印，但是有品级、有公差，出门可以乘坐高规格的轿子或是马车，足够威风。

慈宁太后比较满意，没再多说什么。

对宰相卓如鹤的调查更为简单。皇帝这里的奏章只要不是密封，赵若素都看过，而且留有印象，想了一想，说：“宰相近日共调整官员三十几位，多是升迁，贬黜者少，至于说到这些人的背景，微臣所知甚少，不如直接问宰相。”

韩孺子的确要问问卓如鹤，在此之前，他先问了东海王。

东海王一直在关注着朝廷动向，对权贵家族之间错综复杂的关系，他最了解，旁观各家的起起伏伏，但是若非皇帝问起，他一句话也不会多说。

“宰相本人就是世家子孙，祖上出过不少大官，否则的话，他也不会成驸马。”东海王笑道，不想显得什么都知道，请求回去调查一下。

第三天，东海王才在凌云阁里对皇帝说：“据我所知，没什么特别的：冯举的几个门生获得提拔，但都在合理范围内，宰相想必是要安抚一下从前的对手；其他人就比较简单了，还是柴、楼、崔、花四家，花家衰落了，其他三家还都强盛，宰相理应给予好处。”

“你从前说过，宰相会优先提拔先帝近臣。”

东海王笑道：“自己想得好处，就要先给别人一点好处，这样一来，到自己的时候就不会受到太多反对。为官之道，大抵如此，宰相倒是很守规矩。”

韩孺子也笑了，因为他自己也用这一招，而且经常用，这么一想，心中释然许多。

东海王又道：“我得向陛下多说一句，所谓背景这种东西都是人云亦云，门生、旧部、联姻、同姓、同乡、同榜进士，等等，都可以算入背景，许多官员与四大家皆有关系，很难说谁就是谁家的人，花家出事，也没见哪个‘花家人’跳出来为他们说话。”

朝廷的规矩重重叠叠，身在其中的人习以为常，从小独处的韩孺子却觉得新鲜：“四大家？有意思，朕从前没听说过。”

东海王诧异地睁大眼睛，马上笑道：“也难怪，陛下心怀天下，不太注意这些事情，别人也不好说。朝中不只有四家，还有六门八姓，总共十八户权贵，不过要我说的话，这不过是民间传言罢了，其中不少人家是拿来凑数的，早就衰落多年了。”

韩孺子本想细问这十八户权贵都有谁，转念又放弃了，身为皇帝，没必要了解太多细枝末节。

韩孺子最终没有找宰相卓如鹤谈话，但是从此之后，对奏章不再随笔批复“阅”，又恢复细看的习惯。

接下来的一段时间里，卓如鹤对官员的调整告一段落，开始正式辅佐皇帝治理天下。

首要的问题还是流民。

大部分流民去年都得到了安置，当年秋天有了收成，却只够糊口，极少积蓄，仍需官府救济。

问题是官府库中也没有多少余粮。

这回是真没粮。卓如鹤仔细调查过，连年灾祸，天下郡国一半以上粮库告急，剩下的地方也只够本地调剂，没有余力帮助外地。

“唯有四大兵仓存粮尚足，臣以为或可调用。”开兵仓本是瞿子晰最早提出的建议，卓如鹤现在也有了同样的想法，“今年春夏以来，风调雨顺，入秋之后很可能迎来丰收，只需等候几个月，兵仓之粮就能得以恢复，两三年间即可贮满。”

韩孺子犹豫不决，兵仓之粮至关重要，一旦空虚，皇帝就像是手中没了兵器，关键是对面的敌人还没有走远，仍在虎视眈眈。

东海之战规模不大，对楚军影响甚微；塞外的匈奴人才是大患，柴悦率军十万驻守在马邑城，一旦再开战事，粮草供应绝不能中断。

匈奴人最近比较安稳，但是有消息称，入春以来，大批匈奴人南下，离边塞不远；还有消息说，从西方逃来的匈奴人越来越多。草原民族一直逐水草而居，如今只敢东来，不敢西去，牛羊无处放牧，早晚必成大祸。

“先开一座吧。”韩孺子只能先做到这一步。

卓如鹤选择的是敖仓。此城存粮最多，交通便利，往各地运粮比较方便。

放粮赈灾只是治标，卓如鹤的治本之法是垦荒。他在云梦泽用过此法，效果不错，如今要在各地推广，垦荒所需要的耕牛、铁犁、种子等，皆由官府借贷给贫民，免租一到五年，然后逐渐偿还。

卓如鹤预计，要到十年之后，垦荒方可大成，天下充实，可比武帝鼎盛之时。

计算下来，垦荒的费用极其庞大，远远超过供养一支二三十万人的军队。

户部尚书瞿子晰全力支持这项计划，兵部尚书蒋巨英却提出反对意见："养兵需费一斗粮，用兵时则至少要费三斗。以兵力三十万计，从太祖以来，大楚存粮从未少于三年之费，最多时超过十年，通常是五年。自齐乱以来，存粮渐少，已然不足三年，若是再不及时补充，就只能以今年之粮养今年之兵，万一有事，兵无现粮，如何战斗？"

"军无三年之粮，只怕'万一有事'，民无一日之餐，却是'必定有事'，孰重孰轻？孰急孰缓？"瞿子晰在勤政殿上与蒋巨英争执不下。

民为本、兵为器，皇帝哪个也不能舍弃，韩孺子要求宰相再做计算，让少府也参与进来，看看皇家能不能帮上忙。

乔万夫已升任少府卿，对皇家财富了如指掌。

皇帝很富有，但是放到整个天下，仍是杯水车薪。

这年六月，盛夏之季的一个意外，解决了朝廷的大问题。

塞外传来消息，大单于死了。

大单于年岁已大，无疾而终，韩孺子感到一点失落，他一直想着要报晋城之仇，结果敌人却先他而去。

边疆为此紧张了一段时间。按惯例，大单于一死，匈奴往往内乱，有时候混乱会波及楚地。

这回却是个例外，半个月之后，塞外又传来消息，新的大单于已经产生，派出使节，愿与大楚交好。

新任大单于没什么，新任大阏氏却是楚人。

崔家的女儿崔昭，以平晋公主的身份嫁入匈奴，就是她的丈夫继承了大单于之位。

匈奴人以平晋公主的名义写了一封信，向大楚示好。

虽然匈奴人并不可信，但是楚军的压力的确小了许多，韩孺子决定冒一次险，开放三座兵仓以济天下，只留一座满仓不动。

这是大楚今年诸多的顺利之一，不久之后，惠妃佟青娥临产，宫中又有嫔妃怀孕。

在接二连三的喜讯之中也有一件噩耗。

被皇帝派往云梦泽的晁鲸返京，带回来的不是活人，而是一具冷冰冰的尸体。

杨奉在返京途中病逝。

第七十章

油尽灯枯

杨奉从不在书信里谈及私事，韩孺子对他的身体状况一无所知，晁鲸却看到杨奉身形更加瘦削，脸色蜡黄，带着明显的病容。

晁鲸一个月前到达云梦泽，在一座建成不久的军寨里找到了杨奉。

云梦泽的夏季与京城截然不同，从早到晚笼罩在雾气之中，遍地的沼泽与植物像竞赛一样向外喷射水汽，几乎任何时候皮肤表面摸起来都是潮湿的。晁鲸从小在湖边渔村长大，到了这里也很难适应。

军寨建在一座小山上，距离县城三十余里，不算太远，但是道路崎岖难行。入夏以来，植物疯长，只要一天没有马蹄践踏，地面上就会长出一片杂草，它们总想趁人不备，吞掉狭窄的小路，重新夺回失地。

还没赶到寨子里，晁鲸就已经晕头转向，频频回望，真怕身后的道路突然间消失无踪，自己再也找不到回家的方向。

更可怕的是蚊虫，扑面而来，以一种恣意无畏的态度挑衅外来者，宣告自己才是这片沼泽的拥有者。

“还好黄普公选在冬天开战。”晁鲸难以想象大批军队如何在这样的环境中作战。

军寨里的士兵大都是本地人，一个个肤色黝黑、神情阴郁，对钦差也不讲礼貌，走过来瞧一眼，转身各忙各的，不说话、不行礼，更不会送礼。

寨中的地面不比外面好多少，上午刚下了一场雨，地面泥泞得几乎能将鞋子粘掉。

跟随晁鲸而来的几名随从骑在马上，东瞧西望，找不到可以下马的干净地方。晁鲸倒不在乎，直接跳下来，踩着泥浆走向一座木屋，一名军官指给他，那里就是杨太监的住所。

迎面走来一名年轻人，个子不高，却很精悍，看打扮不是将士，倒像是一名误入军营的乡下人。

“你是晁鲸？”

“你是杜穿云？”

两人指着对方，异口同声地说出名字，同时一愣，又同时大笑。

杜穿云知道晁鲸要来，晁鲸则是从张有才那里听说过杜穿云的许多事情，一眼看到就认了出来。

两人寒暄几句，杜穿云道：“你来了就好，我可以走了，这个鬼地方真不是人待的。”

“咦，为什么要走？”晁鲸诧异地问。

“我又不是官府的人，干吗要留在这里？大家早就走了，我看杨奉生病，照顾他几天，他还不领情，天天撵我走。太监难侍候，病太监更难侍候，现在好了，人交给你，我走了，后会有期。”

晁鲸与杜穿云一见如故：“多留一天也好，大家坐在一起喝几杯酒。”

杜穿云大步走开，摆摆手，大声道：“改天吧，等我去京城再说。”

杜穿云跳上一匹马，向整个寨子喊道：“老子要走了，还有谁欠老子的赌债，痛快送来！实在没钱，也别当缩头乌龟，过来说一声‘老爷慢走’，我领你的人情，就算是还债了。”

从四面八方呼啦涌出一大片人，像野草一样将杜穿云围起来，把京城来的客人吓了一跳，想不到小小的寨子里能塞下这么多士兵。

“老爷慢走。”

“老爷常来。”

叫声此起彼伏，杜穿云大为满意，呼啸一声，拍马冲出人群，离寨而去。

晁鲸站在木屋门口，目瞪口呆地看着这一幕，喃喃道：“回京我得向张有才认错，这家伙真是个人物啊！”

晁鲸敲敲门，里面没有回应，他直接推门走进去。

屋子的几扇窗户全都敞开，可是没用，还是那么闷热。

杨奉坐在一张竹椅上，背对门口，向窗外望去。

这可不是久别重逢的样子，不过他们两人不算太熟，称不上朋友，晁鲸对礼节从不在乎，走过去，扭头打量杨奉，笑道：“杨公，陛下派我来看望你。”

杨奉不是在神游物外，就是在睁眼睡觉，坐在那里一动不动，眼睛也不眨动，好一会儿才开口道：“还是那个皇帝吗？”

“嘿，杨公，你这是怎么说话呢？当然还是那个皇帝，没变过。”

杨奉深吸一口气，像是从梦中慢慢醒来，随手抓起靠在腿上的一柄剑，递给晁鲸：“把这个带给陛下。”

晁鲸接到手中，迷茫地问：“这是什么？”

“太祖宝剑。”

“哦。”晁鲸没敢拔出来查看，但是立刻觉得手中的剑沉重不少，“杨公找回来啦？这可是大功一件。”

“嗯。”杨奉看上去完全没将太祖宝剑当回事。

“太好了，我也没什么可说的，杨公跟我一块儿回京吧，陛下一直惦记着你呢。”

“回去做什么？”

“呃……杨公立下此功，想做什么就做什么，陛下肯定都会同意。”

“好。”

事情明明很顺利，晁鲸却总有一种错觉，自己好像没找对人，坐在这里的根本不是杨奉，可这的确是中常侍杨奉，一名与众不同的太监，哪怕此前只见过一面，晁鲸也不会认错。

“那……什么时候出发？”

“随意。”

“从这里去京城路程可不短，杨公身体还能受得了吧？”

“能。”

“那就后天吧，杨公可以收拾一下。”

“好。”

晁鲸实在无话可说，只好退出房间，住进隔壁的屋子里，一晚上没睡着觉，次日起来，越发头昏脑涨，后悔多等一天，早知杨奉这么好说话，今天就该出发。

他又去见杨奉，结果发现杨奉什么都没收拾，仍然坐在那里，手中捧着一本书。

“杨公看书呀。”晁鲸笑着说。

杨奉还跟昨天一样，反应极其缓慢，等了一会儿合上书本，又等了一会儿开口道：“陛下一切都好吧？”

“很好。”

“现在没人再反对陛下了吧？”

“当然。这么多例子摆在眼前，云梦泽就是一个，谁还敢反对皇帝啊？”晁鲸觉得杨奉说话怪里怪气的。

“嗯，陛下该有几分自信了。”

“几分？”晁鲸甚至觉得杨奉疯了，“陛下是我见过的最自信的皇帝。”

“你见过几位皇帝？”

晁鲸语塞：“嘿嘿，我肯定没有杨公见多识广。明天能出发吧？”

“能。”

“杨公有什么要准备的吗？我让人帮你收拾一下。”

杨奉摇摇头。

晁鲸等了一会儿，见杨奉不吱声，转身要走，杨奉突然又道：“英王还没找着。”

“让别人找吧。”

“英王流落在外，易为奸人所用，对陛下是个威胁。”

晁鲸挠挠头：“现在不比从前了，就算英王自己想要造反，也不会有人支持他。如今天下太平，陛下已经坐稳了江山，谁也惹不出事，杨公尽管放一百个心。”

杨奉这回真不开口了。

军寨里的生活极其枯燥无聊，放眼望去，到处都是沼泽、植物与蚊虫，晁鲸找来军士赌了几把，原以为能轻松赢钱，没想到这帮家伙一个比一个手顺，晁鲸输多赢少，赔了百十两银子，扔骰子不玩了，心里更加佩服杜穿云。

本以为能够平安返京，当天晚上却出了点事，一伙刺客潜进寨子里，一头放火，一头刺杀，目标正是杨奉。

击败云梦泽群匪的是楚军，江湖人却更恨杨奉。

杨奉用一场盟主大会拖住了栾半雄等人，使的是江湖手段，因此更遭嫉恨。

寨中将士平时散漫，一遇袭击却都反应迅速，分头救火、救人。

晁鲸大惊，一开始以为刺客的目标是钦差，躲在屋子里没敢出去，等到外面态势平稳，出门一问才知道这些人是来杀杨奉的。

一共十余人，都是亡命的强盗，要为栾半雄报仇，一半当场被杀，另一半被活捉，押到杨太监屋门口。

杨奉走出来，刺客们一看到他就破口大骂。

杨奉没回嘴，根本就没开口，轻轻挥下手，比驱赶蚊子的动作还轻。将士们领会，手起刀落，将刺客全部诛杀。

晁鲸心惊胆战，直到这时他才察觉到，寨中将士对杨奉极其尊重，杀人的时候抢着动手，不愿落于人后。

晁鲸没法睡觉了，干脆找人喝酒。他在白天输了银子，人缘大增，来的人不少，一边喝酒，一边聊天，晁鲸有意将话题引向杨奉。

将士们视杨太监为半妖半仙的人物，传得神乎其神。据说杨奉经常半夜出寨，黎明返回，来去无踪，谁也看不到，相隔一段时间，就会有消息传来，某地的某某死于怪病。

晁鲸当然不相信杨奉会妖术，但是仍极为惊讶。

次日一早，他不想再留，命人收拾好行李，敲门去请杨奉上路。

杨奉遵守承诺，上马出寨，五百余名将士排列两边，匍匐在地，恭送杨太监，鸦雀无声，比对钦差恭敬多了。

在县城里，杨奉与京城带出来的部下会合，共有五十余人，一同上路回京。

杨奉的身体状况的确很差，不能走得太快，经常要停下休息，可无论是在马背上还是在床上，他总捧着一本书，看得极其认真。

晁鲸不识字，对读书不感兴趣，因此从没问过书的内容，只是觉得杨奉是个怪人，能得到皇帝的赏识，更是不可理解。

离京城还有三日路程，杨奉的病情突然加重，住进了驿站。

晁鲸立刻找来郎中，郎中开了几服补药，却说不出所以然来。

这一停就是三天，杨奉慢慢好转，他从不抱怨，也不喊疼，无论多不舒服，都是默默忍受，即使面对郎中的反复询问，也只回以“还行”二字。

但他说自己又能上路了。

晁鲸只盼着能将杨奉平安送到京城，听杨奉说又能上路，当然很高兴，花钱雇来当地最好的轿子，最后一段路，要将杨公抬回去。

次日一早，晁鲸去请杨奉，敲门没有回应。他早已习惯，径自推门进去，只见杨奉躺在床上一动不动，伸手探去，已经没了鼻息。

枕边放着那本书。晁鲸第一次对书感兴趣，可是打开之后，发现书只剩封皮、封底和中间三页，其余部分不翼而飞。

他记得很清楚，杨奉在路上看的是一本厚书。

第七十一章

故事

封皮、封底是厚厚的深蓝纸张，非常旧了，边角翻卷，摸上去软塌塌的。封皮上原本无字，辗转流传的过程中，有人自作聪明，在上面歪歪扭扭地写下“淳于枭”三个大字，“枭”字缺了一点，字迹与里面的正文完全不同。

侍卫与御医整整调查了七天，确实找不出任何毒药的痕迹，才在皇帝的催促下，将残书上交。

在这七天里，韩孺子怅然若失。

杨奉居然就这么走了，比那些不愿向朝廷效忠的江湖豪杰还要决绝：杜氏爷孙选择重返江湖、厨子不要命选择消失、丑王选择发配边疆，杨奉直接奔向死亡。

韩孺子没去看遗体，身边的人都不同意，他自己也觉得没必要，杨奉给皇帝留下了话，不是通过尸体表露，而是用一本残书转达。

韩孺子今晚没回寝宫，也没有召见任何一位嫔妃，坐在凌云阁里，秉烛夜看。

原书的确很厚，至少有三百页，如今只剩下三页，去掉开头、结尾两段不连贯的字词，其他内容记载了一个故事。

这个故事在正史、野史里都没有，作者也不给出处，以知情者的口吻写下来。

主角是大楚太祖韩符。按圣军师所说，这本书的一多半内容都与楚、齐、赵三方争霸有关，这个小故事也是如此。

故事直接称太祖为“韩符”。

大意是韩符灭掉了陈齐、庄赵之后，坐拥天下，心中却不得安定：庄氏已经全灭，陈氏却有遗孤逃亡，以陈家在齐鲁一带的号召力，随时都可能卷土重来。

韩符派出大批亲信分赴各地，监督官府四处搜寻陈氏后人的下落。与此同时，又将齐民大量外迁，充实北疆与南方郡县。

一名亲信找到了线索。

原来陈氏后人一直受到豪侠的保护，东躲西藏，最近的时候离京城只有不到一百里。

韩符大怒。他本人从前是一名三四流的豪侠，遭到官府追捕时，也曾得到过诸多豪侠的帮助，但他现在是皇帝了，天下唯一的皇帝，受不得豪侠的违法行径，于是传旨，限期一个月之内，必须交出陈氏后人，否则的话，所有曾经接待过陈氏后人的豪侠，都将被处以死刑，甚至株连三族。

到期之日，各地的七名豪侠不约而同前往本地衙门前自首，但他们不肯透露陈氏后人的下落，而是选择了自杀。这七人一死，线索再次中断。

事隔三天，一位陈氏后人突然出现在京城街头，在大声宣告自己的身份之后，当众自杀，以谢诸豪侠的庇护之恩。

天下民意汹汹，韩符也怕了，假惺惺地大赦，将与此有关的其他人释放。从此之后，公开追捕转为暗中调查，可是直到韩符病逝，也没有找到其他陈氏后人。

这个故事究竟想说什么？韩孺子看完之后感到困惑。

反复看了三遍之后，他决定寻求他人的意见。

“孟娥，你过来看看。”

自从住在皇宫里之后，韩孺子白天忙于处理朝政，晚上极少单独就寝。孟娥名义上仍是皇帝的贴身侍女，两人见面的机会却不多，但是没有因此产生疏离与陌生感。韩孺子随口叫她的名字，她嗯了一声，走过来，与往常一样不冷不淡。

共有三页纸，孟娥看得很快，放下纸，看着皇帝。

“你觉得这个故事想说什么？”

“我觉得这个故事是假的。在义士岛的记载里，陈氏后人是被一批忠臣保护，直接逃至海上，与豪侠没有关系。”

“这是一本教人如何造反的书，所有的故事应该都是例子，用来说明一个道理，无所谓真假。我在疑惑，这个故事的道理是什么？”

孟娥又拿起纸，看最后半段，都是在赞美豪侠，没说“道理”。

她想了一会儿：“首先，写故事的人不喜欢大楚太祖。”

韩孺子嗯了一声。这是很明显的事实，他看了一眼桌上的太祖宝剑。自从宝剑物归原主之后，他就一直带在身边。

孟娥又想了一会儿：“大概是说豪侠也能让皇帝难堪、让皇帝低头吧，故事里的太祖最后不是放过了其他人吗？”

“杨奉为什么偏偏留下这个故事？或者说杀死杨奉的人为什么这样做？”

“陛下仍然怀疑杨奉是被暗害的？”

“栾半雄说过，书能杀人。杨奉果然死了，书却只剩下三页，我不能不怀疑。”

“那这就是挑衅了。刺客想告诉皇帝，他会像陈氏后人一样逃得无影无踪，陛下永远也抓不到他，最好的选择是与太祖一样，就此放弃。”

韩孺子点点头，觉得有点道理，但不是他想要的道理。

孟娥的想法多起来：“或许这个故事还想说，能否找到陈氏后人并不重要，太祖将大楚经营得好，天下太平，陈氏后人也无力回天。”

韩孺子笑了笑：“如果这是杨奉故布疑阵呢？”

孟娥没听明白。

韩孺子解释道：“可能根本就没有什么刺客，杨奉自感病重，为了给我留下一个深刻印象，所以亲手制造了暗害的假象。”

“杨奉是个骗子？”

“没有那么简单，杨奉肯定是想对我说什么，内容都在这个故事里。”

“他不能让晁鲸直接转述给陛下吗？”

韩孺子摇摇头：“他是要我牢牢记住这个故事。”

孟娥更糊涂了：“杨公真没有必要这样做。”

韩孺子沉默了一会儿。如果这就是杨奉的目的，这名太监的确成功了，韩孺子已经没办法将故事从心里去除。

“你去休息吧，我待会儿也要睡了。”

孟娥退下，没有去休息，仍站在角落里，默默地看着皇帝。

韩孺子当她已经走了，盯着残书看了许久，突然站起身，拿起太祖宝剑，拔剑出鞘。

剑还是寒光四射，流落强盗手中的时候，似乎没有被使用过。

“这是一柄好剑，但是没什么用处。”韩孺子忘了孟娥已经“不在”，又对她说话。

孟娥却记得，一声不吭。

“战场上拼的是弓弩长枪，偶有近战，砍刀也比剑更好用。江湖人喜爱用剑，太祖或许一直还当自己是豪侠。”

韩孺子对着烛光仔细看剑，顺手将剑鞘放在桌子上。

剑是好剑，正因为太好，反而舍不得使用。韩孺子轻叹一声，打算收剑回鞘，一低头，看到剑鞘出口处多了一块小纸片。

韩孺子一惊。

纸片比指盖还小，一面被涂黑，翻过来另一面还有字，一个“手”字。

太祖宝剑同样接受过检查，但是从晁鲸开始，所有人对这柄剑都十分尊敬，每次拔剑出鞘，无不小心翼翼，一直没有带出里面的碎纸片。

韩孺子放下剑，拿起剑鞘倒放，轻轻磕了两下，鞘内又掉出来几块纸片。

一共四块，背面都被涂黑，正面写着一个字，分别是“手”“请”“枭”“收”。

韩孺子简单地排列一下，变成“请收手枭”四字。

“嘿，淳于枭让朕收手，不要再追查他的下落。”韩孺子冷笑道，接下来更迷惑了。

据晁鲸所说，他一个月前到达军寨的当天，就从杨奉手里拿到了太祖宝剑，自此之后，剑不离身，杨奉也从来没有再要回去。

如此推测，纸片就不是杨奉死亡当晚放进去的，他那时起床都很困难，不可能做别的事情。

“你又在给我出难题，这回连题目都不肯告诉我了。”韩孺子喃喃自语，想当初，杨奉经常给皇帝出题，每一道都需要思考数日甚至一个月。

韩孺子上床躺下。

孟娥走到桌前，将宝剑收回鞘中，看了一眼四块纸片，重新排列一下，变成“枭请收手”，随后打乱，伸手捏熄蜡烛，摸黑走出房间。

凌云阁足够大，她睡在隔壁的房间里。

韩孺子没法忘掉杨奉，查出真相，突然变得比天下大事更加重要。

次日下午，韩孺子召来金纯忠：“你亲自跑一趟，查明杨奉之死有没有可疑之处。”

金纯忠领命。这是一个耗时的艰巨任务，他得重走杨奉的回京之路，询问在最后一个月里与杨奉接触过的每一个人。

韩孺子仍觉得不够，又叫来太监景耀：“景公可曾调查过杨奉的来历？”

景耀曾经查过孟徹、孟娥的来历，得到的消息都很准。

“调查过，但是很快就被慈顺太后叫停。”

“可有线索？”

“有一些，但都不连贯，说明不了什么。”

“继续调查。”

景耀吃惊地看向皇帝。

“杨奉没有问题，朕只是想知道……他的家人在哪儿，杨奉说过他有一个儿子。”

“是，陛下。事隔遥远，这可能需要一点时间。”

“朕不着急，但你要认真调查。”

“是，陛下。”景耀退下，很高兴接到这项任务，他也对杨奉感兴趣，一直就想查个清楚，现在终于有了机会。

韩孺子仍觉得不够，杨奉给他出了一道题，他就要以皇帝的身份加以思考、解决。

杨奉死了，曾经读过那本书的圣军师、栾半雄也都被处决，可是还有一个人活着，他虽然没读过此书，但是多少能明白其中的意义。

望气者林坤山曾经戴罪立功，前往云梦泽帮助杨奉剿匪，或许他能解读那个故事，从而破解杨奉留下的题目。

第七十二章

江湖人杨奉

对于大楚来说，杨奉之死是件不起眼的小事，不要说是正史，就连事无巨细都要记载下来的本朝实录，对此也只字未提。

在史官的笔下，杨奉只有留守皇宫的一小段经历值得记载，他的名字出现在时任宰相申明志等一众大臣后面，称他们在皇帝被围晋城期间曾经另立皇储，几句带过，不置评价。

即便是那些认得杨奉的人，对他的死也只是发几句感慨，不是特别在意，毕竟杨奉不年轻了，四处奔波，身体垮掉是早晚的事情。

有些人甚至对他的死感到高兴。

只有皇帝一人真心哀悼这位亦师亦友却没有师友名分的太监。

韩孺子永远都记得第一次见到杨奉时的场景，周围的寒意与太监的装扮、神情融为一体，成为杨奉的一部分。在他死后，这种寒意愈发强烈，虽值盛夏，韩孺子仍感到后背时不时发冷。

皇帝难得地请了三天假，不上朝、不批奏章、不见任何外臣，名义上是要等自己的第一个孩子出生，事实上他却独自前往太祖衣冠室，送还宝剑，待了整整一天，连午膳都给取消，除了孩子出生，不允许用别的消息打扰他。

看着一幅幅壁画和破旧的衣物，韩孺子突然冒出一个想法：或许那个故事想说，皇帝并不能真正拥有天下。在大楚的正史里，太祖英明神武、千古少有，但是在民间，不同的人却有不同的看法。

赵若素曾经说过，真正的皇帝和众人眼里的皇帝，形象迥异。

韩孺子想得头疼，仍然没有定论。

他只确定一点，杨奉死后，自己更加接近“孤家寡人”，在所有人当中，只有杨奉能以平等的身份与他开诚布公地讨论“皇帝”。

韩孺子还有许多事情没问，宰相的任免、朝廷的调整、未来的规划、后宫的安排等，他一直盼望着能得到杨奉的指点，或者像严厉的教书先生那样，给几句评价。

“朕乃孤家寡人，朕乃孤家寡人……”韩孺子反复念叨这句话，慢慢地，杨奉所带来的寒意一点点消失，他坚强起来，还感到一丝骄傲，自己是皇帝，而且在努力做一个皇帝。

傍晚，韩孺子离开衣冠室，惠妃佟青娥那边传来难产的消息。

佟青娥从下午就开始感到阵痛，十几名产婆、女御医忙里忙外，数十名宫女守在外面，哪怕只是递一下抹布，也算是与有荣焉，沾了一点喜气。

可是婴儿迟迟不肯出生，众人开始感到恐慌，个个谨小慎微，连呼吸都要小心控制，生怕受到牵怒。

一个时辰之后，慈宁太后亲自“督战”，也没让情况好转。佟青娥全身汗津津的，累得喊不出声来，还要挤出微笑，安慰急迫的婆婆：“太后勿忧，我还能……受得了。”

男人不能靠近产房，太监也不能，张有才等人在寝宫外面，急得团团转，又不敢用这种事打扰皇帝，只能默默祈祷。也不知是谁，连佛像、神像都请来了，在大门外摆了一排，焚香祈祷。

慈宁太后出门看见，没有发怒，反而下令将神佛请进寝宫，又传来几名尼姑、女道士，正经地做了两场法事。

韩孺子只听说佟青娥生产不顺，他不能去看望，只好等在泰安宫里，独自用膳，皇后以及所有嫔妃都去给惠妃“助阵”。自从韩孺子摆脱傀儡地位之后，这是仅有的一次，他不是宫里最受关注的人。

夜色渐深，韩孺子感到无聊，在得到更多信息之前，杨奉就是一个无从猜测的谜，花再多心思也没用。

佟青娥那边还是没有消息，韩孺子没法入睡，干脆前往凌云阁，召来蔡兴海：“林坤山带来了吗？”

“带来了，在宫门候命，陛下……真要见他吗？”

“为何不能见？”

蔡兴海不知道该怎么说，想了想：“他毕竟与造反者是一伙，虽然戴罪立功，但也不能掉以轻心。”

韩孺子笑道：“远离危险人物，并不能让朕就此安枕无忧，蔡都尉忘了咱们一块儿持刀夜行皇宫的经历了？”

蔡兴海也笑了：“今非昔比……陛下现在就要见他吗？”

“如果宫里还没有消息，就将他带到这里。”

皇宫比较大，宫门离凌云阁有段距离，蔡兴海先去带人，与后宫保持联系，听说惠妃仍未生产，将林坤山送进凌云阁。

今非昔比的不只是皇帝与蔡兴海，还有林坤山，他不再是出入侯门的望气者，只是一名受到招安的江湖术士，过着半软禁的生活，还能再见到皇帝，对他来说是一件天大喜事，什么尊严也顾不上了，在宫门等了整整一天，这期间接受了五次检查，反复脱衣、穿衣，他都没有半点反对。

“草民林坤山叩见陛下，吾皇万岁万万岁！”林坤山砰砰磕头，连皇帝身边的太监都觉得过分了。

韩孺子望着十步以外的林坤山，忍不住又想到了那三页纸所记载的故事。说到底，皇帝的权力来源于他人的“看法”，林坤山换了一个“看法”，就由无所不能的望气者，变成了摇尾乞怜的小人物。

那些宁愿前往官府自杀也要保护陈氏后人的豪杰，将自己摆在了与皇帝平等的位置上。

那只是一个不知真假的故事，韩孺子提醒自己，开口道：“林坤山，你在云梦泽一直陪在杨公身边吧？”

林坤山匍匐在地，回道：“云梦泽群匪被剿灭之前，草民经常陪在杨公身边；贼破之后，草民与其他人奉命留在城里，杨公前往军寨，身边通常只有杜穿云、栾凯两人，栾凯后来也回县城了，据草民所知，杜穿云陪伴杨公时间最长。”

林坤山回答得很小心，不管皇帝接下来问什么，他都可以说知情或者不知情。

韩孺子却不知道自己该问什么。他本来是想询问林坤山对那个故事的看法，见到其人之后，却放弃了这个想法。

“给朕说说盟主大会吧，最后谁成为盟主了？”

“河南柳高成。”

“这是个什么人物？”韩孺子问。楚军与官府只管剿匪，不问江湖事务，杨奉向来能简则简，说得也不详细，韩孺子第一次听到“柳高成”这个名字。

“河东大豪，人皆称之为‘大侠’。”

“与洛阳丑王相比如何？”

“丑王名满天下，柳高成只在河东一地名气大些，不可相提并论。”

“既然如此，他怎么会成为盟主？盟主大会又不是在河东举办的。”

“江湖中本有四股强大的势力，分别是京城、洛阳、齐鲁与云梦泽，后两地最近式微，洛阳丑王不参加大会，只剩京城群豪势力最大，像梁信猴、疯僧光顶等人，呼声都很高，但是也遭到不少人反对，以为……”

“以为他们是朝廷爪牙？”

“都是江湖人胡乱说的。”

“嗯，接着说。”

“河东因此突显出来，不喜欢京城豪杰的人，都改而支持河东群豪，河东江湖人共推柳高成，就这样，他最后成为江湖盟主。”

“杨公做什么了？”

“他……什么都没做，不过他放出话来，说……自己既然参加大会，就是江湖人，遵守江湖规矩，盟主选出来之后，第一个服从命令，即使违背朝廷旨意也在所不惜。”

韩孺子沉默。

林坤山误解了这种沉默，急忙补充道：“杨公随机应变，这么说话只是为了取信于江湖人，并非本意。”

韩孺子觉得那就是杨奉的本意：“杨公什么时候生病的？”

“几个月前吧。杨公或许早就知道自己命不久矣，所以才会发出那样的誓言，他一死，就不用在江湖和朝廷之间左右为难了。”

“关于杨公，你还知道些什么？在你看来比较特别的一些事情。”

林坤山忍不住抬头瞥了一眼皇帝，马上又低下头，嗯了几声：“倒没什么，就有一件事，杨公一直在追查淳于枭的下落，终于找到一点线索之后，他却停止追查，一连几个月毫无作为，说是生病吧，他却不肯回县城，也不肯请郎中；说是设圈套吧，没听说他抓到特别人物，所有的刺客都是抓到就杀，从来不审问。”

韩孺子点点头，在他得到的信中，杨奉一直声称自己在努力追查，而且离目标越来越近。

韩孺子看了一眼桌上的残书，挥了下手，太监们上前，示意林坤山退下。

林坤山膝行后退，时不时还要磕个头。

韩孺子坐了一会儿，收起残书，下楼准备回寝宫，正好看到侍卫头目王赫，招手叫来，说：“栾凯你还记得吧？”

“记得。那名刺客，现在被关在监狱里。”王赫回道。

“他不是在云梦泽戴罪立功了吗？据说攻破栾半雄大寨时，他的功劳最大。”

“刑部以为死罪可免、活罪难逃，这样的人太危险，所以关在牢里，以免生事。”

栾凯不是大人物，对他的处置不用通报给皇帝。

“你抽空去见见这个人。”

“是，陛下。”

杜穿云和栾凯陪伴杨奉最久，杜穿云不知下落，或许栾凯知道些什么，但那毕竟是一名刺客，需要提前做些预防。

韩孺子回到寝宫里，坐立不安，突然发现，自己在意的事情已经从杨奉转到那个未出世的孩子身上。

那毕竟是他的第一个孩子。

后半夜，张有才匆匆跑进来，被门槛绊了一下，一个踉跄，就势跪倒：“生了！陛下，生了！”

第七十三章

皇子

大楚当今皇帝的第一个孩子出生得颇不顺利，不仅将自己的母亲折磨得死去活来，也令整座皇宫里的人心慌意乱，当婴儿终于降生，疲惫不堪的佟青娥晕了过去，慈宁太后、皇后等人喜极而泣，御医、产婆如释重负，太监、宫女跪地庆贺，道姑、尼姑加紧念经，感谢神佛的保佑……

只有淑妃邓芸说出一句令人略微扫兴的话：“吓死我了，我再也不想生孩子了。”

张有才跪在皇帝面前，激动万分：“生了！陛下，生了，是位……是位皇子！”

韩孺子心中一块石头落地，他终于有了自己的儿子，脸上却不动声色，嗯了一声，说：“去问问，朕什么时候能去探望惠妃母子？”

“现在就能去。”

时值后半夜，寝宫门前却挤满了人，违背了一连串的规矩，中司监刘介在人群中穿梭，小声训斥，命令人群散开，可大家都是走出几步之后又折回，他也没办法，只能默认。

皇帝驾临，人群立刻分开，让到两边跪下。韩孺子走到门口，刘介迎上来，小声说了两句，皇帝点头。刘介转过身，以一种不太情愿的严肃语气大声说：“陛下说了，诸位值守有功，每人赏十两银子。”

十两银子不多，可这是皇帝赏赐的，意义非凡，众太监、宫女齐呼万岁，都觉得没白等这一天半夜。

其实这是刘介的主意，营造喜庆气氛。接下来他以记录姓名为由，带着大多数人离开，只有个别人还守在外面，都是佟青娥在宫中的好友。

寝宫里的人听到了外面的呼声，慈宁太后亲手抱着婴儿，带领众嫔妃迎出来。

慈宁太后可以说是最高兴的人之一，但是也跟儿子一样，显露得不太明显，只是面带微笑，怀里抱着婴儿，脚步轻柔，生怕有一点颠簸。几名太监与宫女环绕左右，以备不测。

礼节还是得遵守，众人拜见皇帝，韩孺子加快脚步，走到母亲面前，低头看向刚刚降生的婴儿。

那是一个皱巴巴的小家伙，闭眼熟睡，对自己带来的种种麻烦全然不知。

“跟陛下小时候一模一样。”慈宁太后声音微颤，难以压抑心中的激动。

韩孺子笑了笑，心情渐渐平复，不知该说些什么。

“要抱抱吗？”慈宁太后问。

韩孺子抬起双臂，怎么摆姿势都觉得不对劲儿，最后道：“算了，让他好好睡吧。惠妃怎么样？”

“没事，昏过去一会儿，已经醒了，御医说过几天就能复原。”

韩孺子看了一眼皇后，崔小君站在太后身后，脸上犹带泪痕，神情最为激动。

慈宁太后转过身：“这也是皇后的儿子，你要尽心将他抚养长大。”

慈宁太后早就许下过诺言，崔小君还是感到一惊，看向皇帝，得到首肯之后，小心地接过婴儿：“应该问一下惠妃。”

“她没什么不愿意的，能受到皇后的庇护，是他们母子二人的福分，就看你愿不愿意。”

“愿意，当然愿意。”崔小君马上道，眼泪差点又流出来。

婴儿啊啊了几声，似乎要哭，一边的产婆走来，笑道：“该让小皇子吃奶了。”

佟青娥刚刚生产，还没有奶水，乳母早就找好了，一共三人，一人主喂，另外两人备用。

皇子被抱走，韩孺子进屋探望惠妃，安慰了几句。慈宁太后连使眼色，韩孺子明白母亲的用意，当众宣布，册封惠妃为贵妃。

贵妃的地位仅次于皇后，通常只有一人，偶尔也有两人。金垂朵的贵妃之位有封无册，名籍不在宗正府，未得到正式承认。

佟青娥实在起不来床，只能由贴身侍女代为下跪谢恩。

论功行赏，佟青娥配得上这样的殊荣。这位皇子对大楚至关重要，意味着一度风雨飘摇的帝位，终于恢复稳定，不仅当今皇帝的位置再不可撼动，整个朝廷也因此解除了一项大忧。

次日一早，百官齐往同玄殿朝贺，韩孺子能从大臣们的脸上看到同样的如释重负。

第一位皇子并非命中注定的太子，但是他的降生仍然极大地稳定了人心，比皇帝勤恳执政还要有效。

韩孺子无奈，甚至有点嫉妒自己的儿子，更多的是高兴，仿佛突然间还清了积欠多年的债务，终得一身轻松。

需要他操心的事情仍然不少，但是大楚总算又回到正轨。

除了杨奉之死，这一年对韩孺子来说诸事顺遂，几个月后，第二位嫔妃生下一位公主，最让他高兴的是，皇后终于怀孕了。

韩孺子本已打算推动巡狩之事，听到这个消息之后，推迟了计划，无论如何，他都要陪伴皇后生下孩子。

因此，整整一年，皇帝也很稳重，安心待在宫里，偶尔去一趟倦侯府。慈宁太后对此非常满意，皇后怀孕之后，她将皇子带到自己的寝宫，亲自看护。

皇后怀孕的消息对崔家影响甚大，崔宏的伤势一直没有完全康复，这时再度上书，请求交出大将军和南军大司马之职，只保留太傅的虚衔。

韩孺子这回接受了。与宰相致仕一样，也要经过三番五次的谦让，初冬季节，崔宏致仕，将南军归还皇帝。

崔宏的地位堪比宰相，又是皇后的父亲，韩孺子给予的赏赐数倍于申明志，同时封崔腾为侯，并正式立崔家嫡孙崔格为世子，以后袭承崔腾的侯位。

一门两侯，崔家的权力减弱，威势却更盛。

韩孺子对宰相的监督也减少了，卓如鹤纵有私心，也在可接受的范围内。身为宰相，他的能力没有问题，值得皇帝托付朝廷。

在这一年里，北方的匈奴也很平静，入冬以后，他们开始向西迁移，据说是要收复失地，对大楚的威胁减弱许多，柴悦等将军因此能够返京，接受朝廷的再度封赏。

东海之战进行得也极为顺利。在云梦泽，黄普公只是小试身手，海上才是他大展拳脚的地盘，二三十条船、四五千将士，被他用得如神兵天将，逢战必胜，众海盗根本不敢靠岸，不是远遁他方，就是选择投降。

照此推算，不等东海国将全部战船造完，东海战事就能结束。

韩孺子迟迟没有任命南军大司马，打算将这个位置留给立功之后的黄普公。

一切都那么顺利，韩孺子反而感觉不适应，常常在梦中惊醒，从头到尾地思考，确定真的没有危险之后，才能安然入睡。

只有一件事还会偶尔打乱他的心情。

金纯忠花了将近两个月时间调查杨奉之死，找到不少线索。

杨奉返京途中，一直受到跟踪，其中几拨人与云梦泽群盗关系密切。金纯忠抓到几个人，却没法确认这些人与杨奉之死有无关系。

至于《淳于枭》这本书的其余部分，再也没人见过，金纯忠去得晚了，驿站已经住过别的客人，现场毫无价值。

景耀负责追查杨奉的家人，进展更慢。他找到了杨奉年轻时的邻居，对杨家早年间的生活了如指掌，可是从离家到东海国入王府为宦的十几年时间，杨奉的经历整个消失了，没人了解他，甚至没人见过他。

景耀不死心，仍在执着地调查着，向皇帝请示，他要亲自出马，前往各地追寻杨奉的蛛丝马迹。

侍卫头目王赫在观察了整整三个月之后，终于将栾凯送到皇帝面前。

韩孺子几乎将他给忘了，当初的热情早已消失，出于好奇，才在凌云阁召见这位武功高强的“刺客”。

栾凯天生是飞檐走壁的好手，一旦跪在地上，立刻显得笨拙而僵硬，犹犹豫豫的，总像是要跳起来。

他不像别人那么驯服，磕头之后，大胆地打量皇帝，受到太监的训斥之后才垂下目光。

对杨奉，栾凯只有一句话：“他早说过陛下会用我，让我耐心等待，还真让我等到了。陛下，我能当什么官儿啊？”

“你当不了官儿，先跟着王都尉当侍卫吧。”韩孺子莫名地对栾凯存有好感，与他聊了一会儿，好感更多。

可栾凯这里没有杨奉的线索，在他的印象里，杨奉是个爱看书的怪人，而且胆子奇大，明明知道许多江湖人要行刺他，却从不躲避，反而经常亲临险境，更兼心狠手辣，出手从不留情，颇合栾凯的脾气。

栾凯走后，王赫提醒皇帝，这种人招安容易，反叛也容易，不能成为近侍，只可外派使用。

韩孺子让王赫安排，心里却觉得，杨奉相信的人，大概不会错。

杨奉到底在出什么题目？韩孺子还是不能抛掉这个念头，但是想得越来越少，那本只剩三页正文的残书，被他收藏起来当作纪念。

将近年底，外出数月的景耀突然返京，事前没有写信，立刻求见皇帝，可他并非受宠之臣，等了好几天才得到通报。

韩孺子马上召见景耀，好奇心又被激发起来。

景耀的年纪比杨奉大得多，奔波多日却不显疲惫，向皇帝行礼之后，开始讲述自己这段时间都去过哪里、见过哪些人，都是些琐碎小事。

韩孺子听了一会儿，不得要领，屏退身边的太监，说：“景公有话直说吧。”

景耀等的就是这一刻，再度跪下，膝行几步：“老奴尚未找到杨公的家人。老奴查来查去，所有线索都指向同一人，老奴却不能查下去。”

“何人令景公如此忌惮？”

景耀磕头，吐出两个字：“上官。”

第七十四章

半封信

杨奉一直得到上官太后的信任，即使在他追随皇帝出宫期间，这份信任也没有减弱。这本是极其罕见的事情，却几乎被所有人忽略。

一个是身世清白的太后，一个是神秘莫测的太监，的确很难联系在一起。

韩孺子也没想到。他清楚地记得，自己刚刚进宫的时候，杨奉明显处于孤立无援的处境，思帝驾崩对杨奉打击甚大，于是孤注一掷，试着培养新皇帝。

杨奉受上官太后信任，却没到宠信的地步，至少在表面上远远比不了其他太监。可是当时最受宠的几名太监不是被杀就是被囚禁，下场都不好。

韩孺子没有忘记，景耀当初是杨奉在宫里最大的敌人之一，两人分别迎入不同的皇子，明争暗斗不断。

景耀自己也知道，为了向皇帝说出“上官”两字，他多做了几个月的调查，奔波多地，动用一切力量，不放过任何一条可能的线索，终于，老天不负苦心人，让他找到了至关重要的证人、证物。

义士岛公开扬言反楚复齐，杨奉却将孟氏兄妹介绍给上官太后。他认识岛上的人就很奇怪，将这样的人送进王府与皇宫，更是令人惊异。

景耀决定从此深挖。上官太后与孟娥尚在宫中，无法询问；孟徹下落不明，一直没找到。景耀于是亲赴东海国，从外围寻找知情者。

这是大海捞针的找法，景耀接触了大量的王府旧人以及投降的海盗，都是些很普通的百姓，或者曾在王府里做过事，或者走投无路时当过海盗，如今又回乡当良民。

认识杨奉的人不少，了解他的人却一个也没有。至于大量江湖传言，景耀不用调查就知道是假的。

景耀尽量说得简略，在见过诸多人之后，他找到了一位有用的证人。

此人是名书商，在东海国有一家店，因为书的质量好、种类丰富，所以在当地小有名气。他说，这一切都拜杨奉所赐。

从前他是一名普通的书商，东摘西抄，印一些粗制滥造的书籍，卖给不识货的客人。

某天，一名客人上门，拿出一本前朝野史，严肃地声称书印错了。书商当然不承认，以为既然是野史，当然会有一些无据可查的内容。客人也不发怒，翻开书，一页一页地翻动，指出前后矛盾之处，不用对前朝往事了解太多，只凭书中记载，就能判断对错。

书商越听越惊，只是一本闲书，提供些茶余饭后的谈资而已，这名客人居然真的一字一字地读完，看出诸多错讹。

尤其是客人谈吐不凡，不像是普通人，书商害怕了，改口道歉，拿出店中藏书，请客人随意挑选，都不收钱。

客人挑了一会儿，指出所有的书都没价值，虽然没再多说什么，但是目光冷酷，充满鄙夷，书商一辈子都忘不了。

事后，书商打听到此人名叫杨奉，是王府里的一名太监。

书商从此精益求精，四处收购好书、真书，每得一本，必然先送到杨奉那里，请他评判，随书赠送一些小礼物，都不贵重，略表心意而已。

杨奉一开始将书原样送还，可书商坚持不懈，杨奉开始做些评判，写在纸上，夹在书中，指点书商去何处、向何人购买何种版本的书籍。

书商渐渐开悟，收购的书籍越来越佳，有了一点小小的名声，店铺经营至今，快要让儿子继承了。

杨奉进京之后，联系中断，两人再没有见过面。

书商对杨奉不吝溢美之词，为了说明自己真的认识杨奉，他捧出一只箱子，里面装满了纸条，全是杨奉亲笔所写。

景耀大致看了一下，纸条里没有线索，本打算放弃对书商的询问，可是多日来毫无所获，让他极其谨慎，舍不得太早改变方向。

他有自己的手段，通过当地官府里的公差，给书商一点小小的压力，然后买了几十套书，再给书商一点甜头，恩威并施，书商透露了更多记忆。

“我不知道老爷想问什么，不过我这里有一点东西，老爷或许会感兴趣。”

书商拿出另一张纸条，没放在箱子里，上面的内容也与书籍无关。

那是半封信，没有写完，不知什么原因，杨奉将它作废，无意中塞进了书里，一道送给了书商，他自己大概从不知道此事。

景耀带回了半封信，韩孺子一看就认出这的确是杨奉的笔迹。

信是写给妻子的，却像对待孩子一样，叮嘱她每餐不要吃得太多，不要与邻居争吵，更不准动拳。

韩孺子难以想象杨奉怎么会有这样一位妻子，若非了解杨奉为人，他会以为这是开玩笑。

信里没提到孩子，但是有一句“前途莫测，若有万一，可向显妃求助”，信写到这里就没了。

景耀没有多做解释，“显妃”就是当时的东海王王妃、现在的慈顺太后。

杨奉既然让妻子向显妃求助，表明上官太后很可能了解杨奉的家事。

“还有什么？”韩孺子问。这的确是一条线索，却很难推进，景耀没有权力向上官太后询问，皇帝有权力，却宁愿不使用。

景耀沉默片刻：“老奴不敢说。”

“无论你说什么，朕都赦你无罪，可以说了吧？”

景耀磕头：“老奴接下来所言，句句属实，但是都没有证据，唯陛下裁夺。”

“嗯。”

景耀再度磕头，而且是连磕数头：“先帝是被……是被毒死的。”

“哪位先帝？”

一般来说，先帝是指韩孺子的父亲桓帝，但是事情严重，他得问个明白。

“桓帝。”

轮到韩孺子沉默了。他早就听说过传言，都称桓帝是被上官太后所害，但是谁也拿不出实据。

“既然没有证据，多说无益。”

对韩孺子来说，查清真相并无好处，反而令皇室尴尬。

景耀连连磕头。他隐忍至今，一旦开始，就不能退却：“可毒药很可能还在宫中，陛下不得不防。”

“这与杨奉有什么关系？”韩孺子之前的命令只是让景耀查找杨奉的家人。

“上官太后出身于名门大户，进入王府之后与外界几无联系，从哪儿弄来的毒药？她为何那么信任杨奉？杨奉又为何让妻子在必要时向上官太后求助？一切皆有联系，陛下。上官太后生性多疑善妒，看着陛下一日好于一日、子孙众多，她能忍多久？陛下纵然时时防备，还有慈宁太后、皇后以及皇子与公主呢，他们都住在宫里……”

“别说了。”韩孺子严厉地打断，这不是他想听到的事情。

景耀磕头不止。

“退下，这些话不要再对任何人说起。”

“是，陛下。”景耀跪地后退，在门口起身，说，“刀剑并无伤人之意，只怕落入奸徒手中。”

刀剑是杨奉，奸徒是上官太后，景耀只能说到这儿，退出房间，轻轻关门，转身下楼。

楼下有几名勋贵侍从坐着聊天，看到景耀出现，没人打招呼：这名老太监早已失势，用不着讨好。

景耀一落千丈，获得赦免之后，也无法恢复从前的地位，他将自己的悲惨境遇全都归罪于上官太后。

东海王也在，比别人多看了景耀一眼，露出一丝询问之意。

一开始是平恩侯夫人联络景耀，景耀虚与委蛇，对这个女人不是很当真，直到东海王亲自出面，景耀才确信自己找到了盟友。

前往东海国，将寻找杨奉家人一事与控告上官太后联系起来，这都是东海王的主意。

景耀微微点下头，匆匆离去。

他不需要听到皇帝说什么，只需将一个念头送给皇帝就够了。

当了多年的太监，景耀明白一个道理，天下没有人比皇帝更多疑。

他早想揭发上官太后，但是一直觉得时机不对，所以他要尽心尽力地执行任务，只为让皇帝对自己多一点信任。

楼上，韩孺子独坐良久，他看穿了景耀的小小“诡计”，却不能否认景耀所言皆是事实。

“请收手枭。”韩孺子想起这四个字，或许这不是留给皇帝看的，而是想让另外的人收手。

韩孺子起身，走到门口，又走到窗前，推窗向外望去。

外面正在下雪，地面上铺着厚厚一层，整座皇宫银装素裹，四下里没有人迹。

韩孺子看了一会儿，关窗下楼，让侍从们出宫，他今天要早点儿休息。

寝宫里没有嫔妃，等随身的太监、宫女退下，只剩孟娥一个人的时候，他问：“你与太后还见面吧？”

在宫里，“太后”早已专指慈宁太后一人，韩孺子这回说的却是另一个人。

孟娥一下子就明白了：“嗯，偶尔见面。”

“剑鞘里的纸片，你对她说过？”

“说过。”

韩孺子叹了口气：“为什么？为什么你早不告诉我？”

“因为我不知道这意味着什么。”

韩孺子竟然找不出话反驳，好一会儿之后他说：“你能再去见她吗？”

“能。”

“告诉她——”韩孺子停顿一下，“朕知道了。”

“就这些？”

“就这些。”

用膳之后，韩孺子早早上床休息，还是习惯性地做些呼吸吐纳的功夫，一直不睡。

房门微响，这是孟娥回来了，她现在进屋时会故意弄点声响出来。

“太后说她不是淳于枭。”

“嗯。”

“太后还说，既然陛下想知道真相，她就给陛下一个真相，但是要陛下亲自前去，她不会通过任何人转述。”

第七十五章

毒

“许多人都想让我死，我能理解，毕竟我得罪过那么多人。”上官太后斜靠在软榻上，她已经不年轻了，脸上未施粉黛，略带病容，却有一股说不出的妩媚。

韩孺子想起皇太妃说过的话，姐姐宁愿将孩子交给妹妹抚养，也要保持容貌、身材，专心讨好桓帝，有些东西大概学会了就永远也忘不掉。

韩孺子微微侧身，目光避开上官太后。

这是他的皇宫，却不能光明正大地说来就来，除了每日定时的请安，他从未进过慈顺宫。对许多人来说，这就是规矩，一旦破坏，免不了需要一堆解释。

上官太后“恰好”生病，第一天慈宁太后探望，第二天皇后等嫔妃看视，第三天，皇帝亲自来了。

在场的外人只有孟娥，她既是皇帝的贴身侍女，又是上官太后的旧人，不会受到怀疑。

“太后觉得有人在诬告你？”

上官太后微微一笑：“我以为陛下会与我同病相怜。”

韩孺子一愣，随后明白过来。上官太后是在说他的那段倦侯经历，他没得罪过什么人，可是退位之后，还是有人要杀死他，或者是要斩草除根，或者是要讨好新皇帝。

“我最大的罪过就是失去了权力。”上官太后继续道，声音有气无力，她的身体最近的确不太好，“或者说是交出了权力。”

韩孺子忍不住轻轻地冷笑一声，当时的上官太后可没有太多选择。

上官太后也是一笑：“陛下是来听真相的？”

“当然。”

“那我先说第一个真相：没有我的宽容，陛下早就化为朽骨，根本没有机会再度称帝。”

曾有很长一段时间，上官太后的确拥有置倦侯于死地的权力，她甚至不用亲自下手，只需做出一点暗示，就会有人代为出手。杨奉当时能保住倦侯，最根本的原因是他确信太后并无杀心。

“朕知道。”韩孺子没有否认，等他再度称帝，对上官太后也是网开一面。

“可你知道原因吗？”

韩孺子没有回答，他只知道上官太后的宽容必定与母亲、杨奉有关，却从来没有问过详情。

“杨奉为陛下说了一些好话，但那不是主因，是陛下的母亲，王美人——抱歉，慈宁太后——对我说：‘太后图谋甚大，若是成功，我儿不是威胁；若是失败，或许只有我儿能保护太后。’还真让她说对了，当然，她还哀求我，那些话就不必说了。”

韩孺子拒绝将母亲牵扯进来，问道：“太后当时的图谋是什么？”

上官太后稍稍调整姿势：“将小皇帝养大，然后让一位上官家的女人当皇后。接下来的事情，谁知道呢？反正上官家会一直掌握大权，至于大到什么地步，只能到时候再说。可惜，我在第一步就失败了，有人害死了小皇帝。”

韩孺子脑海中又出现了那个胖乎乎的小孩子，他不承认那是皇帝，大楚朝廷也不承认，在史官笔下，思帝之后就是当今皇帝。

“接连三位皇帝死于非命，这是大楚的霉运，也是我的霉运，但我没法抱怨，因为这一切就是从我开始的。”

韩孺子扭头看了一眼上官太后，没有开口。他是来听真相的，却没想到上官太后真的会承认。

“桓帝是被我毒死的。”上官太后的声音仍然软弱无力，却多了一份冷酷与骄傲，显然对自己做过的事情一点也不后悔，“桓帝想立崔氏为皇后，立东海王为太子。他的计划是以此取信于崔宏，让崔宏交出兵权。为此就要牺牲我们母子二人。”

桓帝的计划正是韩孺子眼下所做的事情，仅有一点不同，他真心喜欢崔小君，并非为了一时之计。

“或许桓帝还会恢复太后的身份。”韩孺子对父亲真的没什么感情，印象很模糊；他与祖父武帝只有一面之缘，印象却更加深刻。

上官太后软软地笑了两声：“那是不可能的。等桓帝手握大权，就会广纳美人，会有更多的儿子，崔氏的皇后之位尚且难保，桓帝怎么会想起我们母子二人？所谓新人胜旧人，一朝冷落再无机会，我绝不能让这种事情发生。”

屋子里没人说话，上官太后沉浸在回忆里。韩孺子不知道该怎么问，孟娥则是置身事外，一言不发。

过了好一会儿，上官太后再度开口：“杨奉提供的毒药。他本事很大，什么都能弄到，皇太妃在王府里用来对付怀孕女子的药，也是他弄来的。当初让他出宫，我很不放心，一直派人盯着他，只要他有一点出格之处，就不能再留。还好，他很识时务，无论多么危急的时刻，都没再碰过毒药。”

“杨奉了解太后的计划？”韩孺子问，心中有一点后悔，是他非要查出真相不可，结果令杨奉的形象发生极大的改变。

“我从来没有明说过，可是要是说他没猜到，陛下相信吗？”

以杨奉的聪明，当然一眼就能看懂太后的用意，他提供毒药，大概是为了让思帝登基。

“霉运就这么开始了，我以为用毒这种事在我手里开始，也能在我手里结束，结果我错了，下一个被毒死的人，就是我自己的儿子。皇太妃以为是我下的手，其实那是崔太妃的阴谋。桓帝病重的时候，崔太妃曾经进宫探望，肯定瞧出了什么，她很聪明，用同样的手段对付我。”

“据说崔太妃否认这一点。”

“还会是谁呢？”上官太后的语气突然严厉起来，“她找到了用毒的行家，也收买了宫中不少人，万事俱备，她会临阵退却？”

上官太后已经报仇，绝不会承认自己弄错了。

韩孺子没有反驳，但是心中仍然存疑，他只知道一个真相：父亲桓帝的确死于上官太后之手。

“毒药突然多了起来，一下子好像人人都会用、人人都可以用了。第三个受害者是小皇帝，杀死他的人希望天下大乱。”上官太后看向孟娥。

孟娥微微一愣，没想到自己也会成为交谈目标：“不是我。”顿了顿，“也不是我哥哥。”

“不是你们兄妹，却与你们有关。义士岛来人投奔孟徹，你哥哥收留了他，就是这个人毒死了小皇帝，制造了一场可以预期的大乱，你哥哥当时也被蒙在鼓里。”

孟娥无言以对，终于明白哥哥为什么会突然离开京城前去参加叛乱，他当时已没有别的选择。

孟徹从未对妹妹说起过这些事情。

“天下的确大乱，获益的却不是义士岛。”上官太后似乎觉得很有趣，脸上又露出笑容，“小皇帝显出中毒迹象之后，我策划了皇子争位。那时我还不知道下毒者是谁，以为又是崔家的阴谋，于是用这种办法将有希望的宗室子孙召回京城。老实说，我当时看好的人是冠军侯。但那都是往事了，最终胜出的是陛下。义士岛击败了我与小皇帝，却没能击败大楚，他们太相信歪门邪道，到了真刀真枪的时候，反而一败涂地。”

“我哥哥向太后说的这些事情？”孟娥问。

“嗯。他再次回京想要带你一块儿离开的时候，向我道出全部真相。”

韩孺子一惊，他可不知道这件事，忍不住想孟娥到底隐瞒了多少秘密。

“我原谅了你哥哥，因为没什么意义了，我已经报仇，失去了一切，杀死孟徹并不能挽回任何东西。”

“‘请收手枭’是什么意思？”韩孺子问。相比于那些真相，他还是更关心杨奉。

“陛下确信这四个字是杨奉留下来的吗？”

韩孺子摇摇头。

“表面看来，这四个字有两种含义：‘请收手枭’，‘枭’字是落款，所以这是淳于枭对杨奉或者陛下的警告，让你们不要再追查望气者；如果是‘枭请收手’，‘枭’字是称谓，则意味着淳于枭就在宫内，而且有机会看到纸片。”

“太后相信哪种？”

上官太后坐起身，声音中的那种有气无力消失了：“含义并不重要，关键是谁留下来的。如果是他人，杨奉就是被害死的，陛下要加倍小心。如果是杨奉，那就是故弄玄虚，陛下也要小心，杨奉布下的局，外人永远也猜不透。”

韩孺子正是为此而来，已经过去半年了，死去的杨奉比活着的杨奉更让他难以摆脱。

“杨奉有妻子，太后知道吧？”

“知道，或许我是唯一的知情者。杨奉将妻儿的情况告诉我，一是希望我能在必要的时候帮他们一把，二是用来取信于我，从他第一次向我提供那些该死的毒药以来，我就防着他，直到他将最为隐秘的事情告诉我。”

“他们在哪儿？”

“我向杨奉发过毒誓，绝不泄密。”

“朕并无恶意，只是想了解杨奉究竟是怎样一个人。”

“请陛下原谅，誓言就是誓言，尽管我已经一无所有，还是不能违背，起码现在不能，请陛下再等一段时间吧。如果杨奉自己策划了死亡，以他的本性，一定留下了线索，但不会是他的家人，陛下或许还没有留意到。”

韩孺子想威胁几句，想了想又改变主意：“这些就是太后所谓的真相？好像没有什么新鲜的内容。”

上官太后所说的事情，韩孺子即使不知底细，也能猜到大概。

“真相还没说到呢。”上官太后变得严肃起来，“有人向陛下控告我吧？我能猜到是谁，甚至能猜到背后的人是谁。请陛下明白一件事：围绕着陛下所发生的一切事情都不简单，无一不是权力之争。陛下觉得今年诸事顺利吗？那是错觉，陛下正在失去最为重要的权力，这才是真相。”

上官太后要发起反击，手段与景耀一样，也是先取信于皇帝。

第七十六章

皇帝的宽容

“皇帝永远是孤家寡人。”韩孺子虽然常常念叨这句话，却是第一次向外人道出。

对面的孟娥轻轻地嗯了一声，又点了一下头。

韩孺子微微一笑，知道孟娥并没有完全明白：“杨奉曾经对我说过，信息太多，还不如一无所知。”

“这话有点怪，像是他说的。”

“可世上的绝大多数人都苦于信息太少，只有极少数人，尤其是皇帝，才能体会到信息过多的害处。”韩孺子看了一眼摞在桌上的奏章，这是皇帝最主要的信息来源，也是大臣“蒙骗”皇帝的最主要手段。

上官太后久已不参与政务，可她毕竟执掌过朝廷，与大臣明争暗斗过，有成功，也有失败。韩孺子还蒙在鼓里的时候，她已经看出，大臣们正在取得胜利。

若非自身受到威胁，上官太后更愿意冷眼旁观，昨天，她全说出来：“陛下以为宰相是自己的亲信，其实宰相是大臣的人。卓如鹤能够顺利地当上宰相，只有一个原因，他取得了其他大臣的认可与支持。”

韩孺子又一次陷入重围，这回的敌人不是匈奴骑兵，而是自己人。

“太祖在争夺天下的时候，勇猛无畏，每每在千钧一发之际逃出生天，史书上说太祖有神灵保护、未卜先知，乃是天命皇帝。杨奉却说太祖之所以勇猛，不过是因为一无所知，只能凭灵机一动行事；之所以成功，靠的是运气。”

孟娥等了一会儿，说：“照我想来，也不全是运气，换一个人处在太祖的危急情况下，可能早就惊慌失措，哪来的灵机一动？”

韩孺子笑道：“没错，绝不能慌，信息再多、再怎么彼此矛盾，也要镇定，最重要的是，得做点什么，宁可做错，也不能不做。”

“皇帝不该无为而治吗？”孟娥自己也不相信这种事，只是想提出来听听皇帝的想法，毕竟这是大楚历代皇帝的祖训。

“无为……当然要无为。”

外面有人敲门，太监张有才走进来，自从佟青娥生下皇子之后，他就回到了皇帝身边：“陛下，景耀来了。”

韩孺子端正神色，点下头，表示可以带进来。

景耀进屋叩见，察觉到角落里还有外人，没敢扭头观看。

“景公辛苦了。”韩孺子道。

“能为陛下效劳，再苦也值得。”景耀心中一喜。

“景公为朕做了许多事情，劳苦功高，理应获赏。”

景耀磕头：“老奴不求赏，只求陛下安康。”

景耀面朝下，看不到皇帝脸上一闪而过的微笑。

“宫里有职位空缺，但是朕以为景公未必愿意再回旧地。”

景耀立刻明白了皇帝的话中之意，刘介在中司监的位置上做得好好的，不可能换人，景耀回宫只能位居人下。

“老奴……确实不太愿意，不过一切皆由陛下决定，老奴没有挑剔之心。”

“嗯，很好，朕就需要你这样的人。少府缺一位探访使，景公可感兴趣？”

景耀愣住了，少府探访使不是大官，专门负责前往各地监督皇室产业，倒是个肥缺，油水多，但是远离皇帝，意味着远离权力。

“陛下……”景耀声音发颤，以为自己受到了驱逐。

韩孺子向前微微探身，正色道：“探访使只是方便景公出京，朕另有职责给你。”

景耀大喜，皇帝坐拥天下，整个朝廷都为之服务，却“另有职责”交给自己，那是极大的信任，也表明自己对上官太后的指控得到了认可，马上磕头谢恩：“老奴甘效犬马之劳。”

“平身。”

景耀又磕了一个头，起身看向皇帝。

韩孺子招手，让景耀走近几步：“第一个任务，请景公找到杨奉家人。”

“是，陛下，老奴一直没有放弃寻找，可线索不多，如果上官……”

韩孺子摇摇头，表示不想提起上官太后：“朕在想，杨奉肯定给妻子写过信，而且不止一封。既然如此，就得有送信之人，你找一找。”

“陛下高见。”景耀其实早就想到了，只是一直没找到这个送信者。

“第二个任务，将英王找回来。”

景耀又要下跪，寻找杨奉家人只是皇帝的私事，寻找武帝幼子却是正经的大事。

韩孺子抬手阻止景耀下跪：“宗室子弟怎可流落江湖，让天下人笑话？景公请将此事放在心上，要人给人、要钱给钱，务必找回英王。”

“英王毕竟在外已久，万一……”景耀盯着皇帝，寻求暗示，英王是死是活全在皇帝的一句话。

“别管万一，你的任务就是将英王活着带回来，明白吗？”韩孺子稍显严厉。

景耀明白：“是，老奴马上着手进行。”

“嗯，退下吧。明天你会接到旨意，当天就能去少府了。”

景耀退出房间，心中半忧半喜，本以为自己已将皇帝看透，这时又觉得之前的猜测全错。

房间里，韩孺子对孟娥说：“心怀鬼胎的景耀，做事更加努力，所以，就让他一直怀着吧。”

孟娥微微睁大眼睛，很快点头，表示醒悟。

上官太后猜出是景耀指控自己，反过来指控景耀利用皇帝报私仇，夹在中间的韩孺子，不想成为任何一方的工具。

韩孺子思考了一会儿：“可以宣东海王和崔腾了。”

孟娥走到门口，将皇帝的旨意传给外面的太监，太监很快带来了两人。

东海王、崔腾与一群勋贵侍从守在凌云阁楼下，随传随到。

在皇帝面前，这两人比景耀自在得多。东海王瞥了一眼孟娥，稍感意外，因为孟娥不常出现在凌云阁。崔腾却无所谓，笑着向皇帝行礼。

韩孺子看着东海王，没有开口。

东海王笑道：“陛下忘了什么？”

韩孺子说：“朕在想，你们两人一个是诸侯、朕之亲弟，一个是太傅之子、皇后的弟弟，充当近侍之臣实在不合适，你们想当什么官？”

两人异口同声：“我不想当官，只愿留在陛下身边。”

“规矩就是规矩，以你们两人的身份，不适合久为近侍之臣。东海王，你若不想当官，就只能回东海国了。崔腾，你也一样，不当官就当一名闲散列侯，过你花天酒地的生活。”

两人呆住了，崔腾先开口：“那……就只好当官了，真的任我选择吗？小官我可不当。”

东海王道：“我不想去东海国，只要能留在京城，随陛下安排，官职无所谓大小。”

“我也无所谓。”崔腾急忙补充道。

“宿卫军大司马空缺已久，东海王可有兴趣？”

宿卫军大司马比南、北军大司马的品级还要高一些，在武职中仅次于正一品的大将军，论实际权力可就差远了，宿卫八营各有都尉、将军，直接听命于皇帝，大司马只是虚设而已。

东海王并不意外，以他的身份与过往经历，只能担任位高权轻的虚职，于是跪下谢恩。

崔腾也跪下，嘴上说着不想当官，这时却有所期待地看着皇帝。

“你去给东海王当副手，宿卫军龙骧将军。”

“啊？”崔腾大失所望，他可不愿意直接居于东海王之下，“我不在乎官大官小，求陛下给我换个地方吧。”

“朕给你的是圣旨，不是商量。”韩孺子对崔腾向来不客气。

崔腾不敢再说什么，谢恩时很勉强：“当了龙骧将军，还能时常来见陛下吗？”

“既是宿卫之官，当然可以。”

崔腾总算稍稍高兴了一点。

两人一块儿退下，下楼时，崔腾小声对东海王说：“别得意，你若是仗势欺人、以上压下，我可不会忍受。”

东海王苦笑道：“仗势欺人？这话说的是你，不是我。你还不明白吗？陛下这是让你监视我啊！”

崔腾恍然，立刻不觉得委屈了：“那我得看紧点，你小子别想逃过我的眼睛。”

东海王笑着摇头，心里却惴惴不安，以为皇帝看出了什么。

房间里，韩孺子又向孟娥解释道：“崔腾盯着东海王，东海王盯着上官太后，或许能少些是非。”

“陛下不打算惩罚任何人？”孟娥越来越觉意外，上官太后所作所为乃是灭族之罪，东海王、景耀也有欺君之意，皇帝居然都给放过。

“等等再说。”韩孺子冷冷地说道。上官太后已无族可灭，东海王、景耀的罪行说大不大、说小不小，真论起来，也不能给予多重的惩罚。

皇帝得闭上一只眼睛，与此同时，将另一只眼睛睁得更大。

下一位奉诏而来的人是赵若素，与往常一样恭谨有加。

孟娥有点好奇，赵若素十有八九就是向大臣泄露皇帝想法的人，任何人对这种做法都会深恶痛绝，皇帝还能保持宽容吗？

韩孺子将桌上的奏章推过去：“朕已批复完毕，请你看一眼，没有问题，就可以送还中书省了。”

这是赵若素的日常职责，他走到桌前，侧身站立，快速地翻了一遍：“没有问题。”

“有劳。”韩孺子客气地说。

赵若素捧着奏章告退。

孟娥惊讶地看向皇帝。

韩孺子道：“你能站在水里将水舀光吗？”

孟娥摇摇头。

“朕也不能，朕得离开水池，才能解决水池的问题。”

孟娥注意到，皇帝对她自称“朕”了：“还有一个人陛下没有处置。”

韩孺子当然记得这个人：“惠妃怀孕的时候，太后派张有才去服侍；如今是皇后怀孕，朕希望你去服侍她、保护她。”

孟娥明白，自己仍受到皇帝的信任，但是从此她离皇帝也会越来越远。

皇帝终是孤家寡人。

第七十七章

离心

又是一年春天，皇后生下一个女儿，这不是崔家最想要的结果，韩孺子与崔小君依然激动万分，韩孺子亲自起名为“孺君”，一天要回后宫至少三次，查看女儿的状况，视若珍宝。

但是韩孺子的心没有因此沉下来，时不时地仍在躁动，他已经等了一年多，如今有了一个儿子、两个女儿，还有嫔妃怀孕待产，关于皇帝身体状况的诸多猜疑早已烟消云散，他将是一位多子多孙的皇帝，有“资格”出去走走了。

阻力不小，韩孺子得一重重突破。

孺君公主出生三个月后，夏花繁茂，慈宁太后在寝宫里庆祝寿诞，只邀请了数名王家女眷进宫，禁止外臣恭贺。韩孺子上朝之后，匆匆赶回宫内，去为母亲拜寿。

慈宁太后怀抱着孙儿庆子——这是她起的小名，与“孺君”一样，都不是宗正府记录的正式名字——与众多嫔妃、女眷闲聊，皇帝一到，欢声笑语停止。

慈宁太后接受皇帝的拜贺，催道：“陛下忙去吧，你在这里，我们反而不自在。庆子，叫父皇、叫父皇。”

一岁的庆子已经会说简单的话，“父皇”两个字却困难些，他手里抓着一块甜糕，将头埋进祖母的怀中，不肯看向父亲。

慈宁太后大笑，挥手撵皇帝快些离开。

韩孺子笑着告退。在他的印象中，母亲对小时候的自己十分严厉，虽然独处小院之中，但很早就教他识字，给他讲各种道理；到了庆子这里，却溺爱得没边，不让孙子吃一点苦。

韩孺子前往秋信宫，皇后在太后那边参加寿宴，三个月的小公主留在宫中，由孟娥照顾。

孟娥虽然从小习武，对待婴儿却温柔至极，目光几乎从不离开，皇帝进来，她也只是匆匆一瞥，立刻又盯向小床里熟睡的公主。

韩孺子走过去，也看了一会儿，心中喜悦，怕打扰女儿睡觉，什么也没说，向孟娥点下头，退出房间。

张有才迎上来，脸上笑呵呵的。

“你笑什么？”韩孺子边走边问。

“自从宫里有了孩子，气氛真的不一样了。”

“嗯。”韩孺子深有同感，一直以来，他都视皇宫为樊笼，自从儿子、女儿先后诞生以来，樊篱渐渐消失，这里更像是他的家了。

张有才跟在皇帝身边，呵呵笑了两声，忍不住道：“陛下是不是有点嫉妒？”

韩孺子惊讶地说：“嫉妒什么？”

“嫉妒皇子和公主啊！我看到了，太后啊，皇后啊，嫔妃啊……总之，宫里的所有女人，如今关注的都是孩子，陛下可有点受冷落了。”

韩孺子笑了：“所有女人？没你说的那么夸张。”

两人边走边说，直接前往凌云阁。身后的一群随从太监倒是真嫉妒张有才，可是没办法，谁让他曾经跟着皇帝出生入死呢！

韩孺子无处可去才来到凌云阁，众多侍从都不在，他也没什么事情要处理，只是看看奏章、翻翻杂书。

张有才替皇帝准备笔墨，趁着皇帝心情不错，说：“陛下有没有想过多要几个皇子和公主？”

“当然想过，越多越好。”韩孺子拿起奏章，都是小事，他扫一眼就批复“阅”。

“多要皇子、公主，首先得多选嫔妃。”张有才提醒道。

韩孺子放下奏章，看向张有才：“谁让你说这些的？”

张有才急忙摆手：“没有没有，对天发誓，绝对没有，我是真的希望看到陛下多子多孙。”

韩孺子笑道：“那是朕多心了。朕早就在洛阳说过，三年之内不再选秀，如今还差一年，朕不着急，你也不用着急。”

“是，陛下。”张有才再不敢多说。

奏章里虽然没有什么大事，但是看得多了，却能对天下各地的情况有个大致的了解，一旦读进去，韩孺子就忘了别的事情，不知不觉已到傍晚。

韩孺子匆匆赶回后宫，他得在入夜之前再次为母亲贺寿。

张有才刚刚接到慈宁太后派人送来的消息，请皇帝直接去慈宁宫。

韩孺子通常去慈顺宫给两位太后一块儿请安，今天是个例外。

慈宁宫里的客人大都已经离去，屋子打扫干净，隐约还有酒味，只有新来者才能嗅到。

慈宁太后仍然抱着庆子，佟青娥站在一边，看着自己的儿子，没机会伸手。

“朕再祝太后寿比南山。”

“活那么久干吗？陛下不如祝我儿孙满堂。”

韩孺子笑道：“朕祝太后儿孙满堂、重孙满堂、玄孙满堂。”

慈宁太后笑逐颜开，将庆子交给佟青娥，叮嘱道：“庆子今天吃得够多了，贵妃小心，一个时辰之内不要再喂了，最近天热，多给他翻身……”

佟青娥一一应是，向皇帝行礼，抱着儿子告退。

韩孺子还真有一点嫉妒，儿子受到的宠爱太多了。

慈宁太后松了口气：“养个孩子多难啊，我真担心自己承受不住。”

韩孺子笑而不语。

慈宁太后正色道：“陛下又想离开京城吧？”

“太后……”韩孺子的这个心事还没有对任何人透露，自以为掩藏得很好，母亲一心扑在庆子身上，竟然还能看破，实在令他有些惊讶。

“陛下好几次在我面前欲言又止，想必是要等我庆生之后再提此事。”

韩孺子只得点头：“朕才只有一个皇子，没到最初的承诺之数，可是……”

“我同意。”

韩孺子更惊讶了，他原以为宫里的最大阻力来自母亲，没想到这么容易就通过了。

“但我有几个条件。”

“太后请说，只要朕能做到……”

“陛下都能做到。”慈宁太后打断儿子的话，“首先，陛下不能单独出京巡狩，总得带一名嫔妃，如果她能在路上怀孕，也算没耽误正事。”

韩孺子哭笑不得，让嫔妃怀孕居然成了皇帝的“正事”：“太后，巡狩之途颇为艰辛，嫔妃怕是受不了长途颠簸。”

“陛下当初带着金贵妃可是走了很长一段路。我替陛下选好了，淑妃邓芸出身于武将之家，身体好，也会骑马，她陪在陛下身边总可以吧？”

这不算过分的条件，韩孺子道：“太后决定就好。”

“嗯，第二个条件，我不放心陛下一个人出京，更不放心陛下身边的那些人，我从王家给陛下挑一名随从，让他追随陛下，我也稍稍安心些。”

皇帝出行总是要带很多人，不在乎增加一个：“好啊，是哪位亲戚？要不要先封官？”

“不必，等我挑好了再说，王家人都太老实，我得挑一个机灵些的。”

韩孺子应承下来，觉得事情很顺利。

“第三个条件，陛下颁一道选秀圣旨吧。”

张有才、慈宁太后接连提起此事，韩孺子略感不悦：“太后，君无戏言，三年还没过去呢。”

“这个我知道，还有一年嘛。陛下颁旨也不是立刻选秀，还是明年，只是给天下一个准信，让各方也好早做准备。”慈宁太后顿了顿，“当初的选秀是我同意的，陛下以为国家多难，不宜多事，中止了选秀，道理是对的，可天下人都说陛下的好，却以为我是昏庸的太后。”

韩孺子马上道：“当时是朕考虑不周，朕会颁旨，仍由太后主持选秀，只是规模不要太大，持续得也不要太久，耗费民力不说，还耽误了许多人家嫁女。”

慈宁太后笑道：“我也是穷人家出生的女儿，还不明白这个道理？陛下放心，这一年内我先挑选，明年日期一到，几天内就有结果，顶多十人，不会再多，可以吧？”

韩孺子同意了，母亲的要求并不过分，而他也很难对母亲采取强硬态度。

第二关是皇后，这一关并不难，韩孺子相信皇后能理解自己的苦衷。

果不其然，当天晚上听说皇帝的决定之后，崔小君只说了一句话：“陛下想着早些回来。”

第三关才是最难的，韩孺子得让大臣们同意。

过去的一段时间里，君臣相处得颇为融洽，皇帝给予宰相充分的信任，这就是最大的权力，卓如鹤得以尽情施展拳脚，文武百官也都很满意。

在这种情况下，没人愿意看到变动，在京城，皇帝看到的信息由大臣提供；出了京城，皇帝看到什么就不好控制了。

皇帝第一次巡狩打掉了洛阳侯韩稠，谁知道还会不会再有类似的倒霉蛋儿？

次日上午，韩孺子在勤政殿宣布要去巡狩，云梦泽初定、东海战事未平、北方尚有隐患，都是他要去的地方。

大臣们无一例外地提出反对，理由多种多样，耗费国力、惊动天下、扰乱朝廷、令太后悬心等的都被提出来。

韩孺子一一反驳，大臣们则又提出新的理由，整整一个上午，也没争出结果。

反对的声音比韩孺子预料的更多，接连三天，奏章雪片般飞来，反对理由五花八门，几位大臣联名，一本正经地指出，最近天上星象不稳，皇帝不宜贸然出京。

韩孺子不急不躁，将每一份奏章都看了，能公开说的就写成批复，不适合笔录的内容，就以咨询的方式说给赵若素听。

韩孺子将自己的决心表露给赵若素，声称巡狩势在必行，若是得不到大臣的赞同，就将直接带兵出城。

然后他默默地观察，默默地等待风向转变。

大臣们在皇帝身边安排了一名观察者，这是欺君，却也可以被拿来利用。

半个月之后，大臣的态度终于开始软化，争执不下的问题只剩一个：皇帝应该去哪儿？

第七十八章

四方

辽东，离边塞最远的一座城池里，将军房大业做好了进攻扶余国的准备，比他最初的预计足足晚了一年。没办法，大楚当时的主要精力不能用来报复一个小国，而是要平定云梦泽和东海之患，塞外军队的主要职责也是防范北方，辽东得不到足够的兵马粮草。

房大业耐心等待，尽可能修复城池，招募流民开垦荒地；与此同时，远派斥候，甚至亲自出马，前往数百里以外勘察地势、抓捕俘虏。

十天前，他终于得到一支兵马，数量不多，加上辽东原有的驻军，也不过八千人。

房大业觉得够了，他得到准确信息，扶余国内已然大乱，分成数派，争斗不休。此国原本就是由众多部落集合而成，如今又将恢复四分五裂的故态。

八千兵马足以将扶余国几派势力各个击破。

房大业急于发起进攻还有一个原因，他太老了，多年在外为囚、为将，快要将体力耗尽，皇帝至少十次召他回京，房大业都以种种理由拒绝，他怕散了这最后一口气，再也不能回辽东。

“年轻的时候总想着如何在战场上保住性命，班师回朝，领功受赏，在家人面前风光一时，在外面待得久了，却已分不清何处是家。”老将军平时少言寡语，今天难得地发了几句感慨。

校尉马大来自京南渔村，追随当时的倦侯加入宿卫军，多次喝酒闹事，被送到边疆。他自己也愿意，可以说是很高兴，觉得京城太过无聊。

马大有着倔强的驴脾气，对房大业却极为敬重，以校尉的身份给老将军当亲随小兵，这时眨眨眼睛，说：“有老婆孩子的地方才是家吧？我没有老婆孩子，所以我没有家。房将军肯定有。”

“嗯，我快要记不得他们的样子了。”房大业站起身，身材高大，却显臃肿，穿上全套盔甲之后，立刻变得威风凛凛，只是肚子很难下去，仍然鼓起。

“走。”

房大业当先带路，马大抱着两张弓、一张弩、三壶箭，紧随其后。

兵马已经集结完毕，房大业只留五百人守城，其他将士全都随他进攻扶余国。

扶余国背靠浩瀚的森林，那里比海上还要难行。房大业早就制订了详细的计划，没有直逼其都城，而是斜插国土，急行军十余日，绕到后方，截断扶余国退入森林的要道；紧接着虚张声势，不到八千人，却有数万人的旗鼓营房。

一切如他所料，楚军还在行进途中，扶余国就已分裂，主战一方组成军队，仓促迎战，结果三战皆败。

战场上的房大业与平时的老将军判若两人，亲自上阵，箭无虚发，马大一个人来不及供应箭矢，还要再安排一个人。

跟随这样的将军作战，人人奋武，对敌人来说却如同一个噩耗。

扶余国一败涂地，楚军距离都城还有数十里时，国王选择投降。

自从追随匈奴人进攻大楚失败，扶余国就一直上表请降，但是每次都提出许多条件，大楚一律回绝。

这回是真正的无条件投降，反击不成，期盼中的匈奴援军连个影子都没有，平民百姓能走小路躲进森林，国王带着太多的妻妾与珍宝，只能坐待大军临城。

房大业扣押求降使者，率军一路杀到城下，向守城者出示求降书，命令他们立刻打开城门。

扶余国早已乱成一团，命令不畅，守门贵族一看到求降书和使者，立刻下令开门。

楚军进城包围了王宫。

扶余王率领全体族人出宫跪降，献上数十名主战者，声称自己当初就是受他们蛊惑，才鬼迷心窍成为匈奴人的附庸。

战争就是战争，房大业当即斩杀主战者，派出军吏，以当地语言大声历数扶余王忘恩负义的背叛之举，最后以大楚皇帝的名义，宣布废除旧王，由贵族另选新王。

房大业雄心勃勃，他不只是要打败扶余国，还要让这个辽东小国一蹶不振，从此不再是大楚的隐患。

新王选出之后，他又提出要求，扶余国向西迁都，并调派人力，在新都百里之外修筑数座新城，交付楚军。如此一来，新扶余王将得到楚军的保护，也方便双方通商往来。

房大业连地点都选好了。

房大业暮春时开战，盛夏时诸城奠基。他安排好一切，给皇帝写了一封私信，在入秋前油尽灯枯。

马大在老将军床前痛哭，比至亲亡故还要伤心："将军和我的名字里都有一个'大'字，将军的儿子远在京城，我就当您的儿子，给您尽孝。"

马大扶柩，送老将军遗骨回乡，葬在祖坟里，还要亲手将信送给皇帝。

马邑城里，北军大司马柴悦听闻房大业死讯，传令全军素服尽哀。

柴悦没有参与扶余国之战，一直盯着北方的动向，如果匈奴人打算支援扶余国，他就会率军截击。

匈奴人没有异常，柴悦松了口气。他麾下其实只有五万将士，一旦开战，粮草供应只能坚持一个月，实在不是开战的好时候。

东海之上，风平浪静，船上的将士对辽东战事不感兴趣，他们有自己的将军、自己的战斗。

从去年开始，黄普公一多半时间待在海上，每战必胜，沿海百里之内，已经很少见到海盗的踪影。

水军战船增至五十几艘，个头更大、航行更稳，其中数艘能承受得住急风巨浪，黄普公经常用它们奇袭诸岛。

离海十几年，黄普公对一整片海域依然了如指掌，知道哪座岛上适合藏人、哪座岛肯定藏财。

今天他要进攻的一座岛离海岸较远，但是位置十分重要，攻下之后，可以建成重要据点，从此以后，大楚水军不用再留在陆地上等候海盗进攻。

海上群盗也明白此岛的重要，十几伙人齐聚于此，要与楚军决战。

战斗在清晨开始，海盗一方船只数量更多，楚军的战船更大、更精良。

黄普公与房大业有一点相似，都喜欢身先士卒，不愿坐镇后方指挥，他亲率一艘大船，在海盗群中横冲直撞，为其他楚军战船开道。

海盗希望跳至对方船上近身肉搏，黄普公却尽量避免这一点，船上士兵全都手持长枪，长度是普通枪的两倍，专门用来阻止有人登船。

剩下的事情就是撞，不停地撞。

战斗持续了整整一天，入夜之前，海盗损失惨重，只剩下几条小船仓皇逃窜。

黄普公乘胜登岛，要在岛上安营。

就是在这里，楚军遭到伏击。

海盗显然早有准备，聚集在此的人数远远超过楚军事前的预估，海战只是为了诱敌深入，决战要在岛上进行。

海盗对楚军的人数、配置、战法一清二楚，黄普公很快明白过来，自己遭到了出卖，有人要置他于死地。

半个月后，巡狩路上的皇帝得到消息，楼船将军黄普公率军出海，逾期未返，也没有按规矩派人送信，只怕凶多吉少。

遥远的西方，昆仑山口，一座城池初具规模。这是辟远侯张印的功劳，他全程参与了规划与施工，比当将军更在行。西域诸国出人出粮，都对这座城寄予厚望，以为只有它能挡住神鬼大单于，于是命名为“三不过”——神、鬼、人都不能通过此城。

楚人则按惯例向朝廷请示，按方位定名为“虎踞城”。

将军邓粹无所事事，实在不愿意待在这荒凉之地看着城墙一寸寸上升，更愿意四处游历。

头一年，邓粹经常前往西域诸国，与王族来往。他出身高贵，又是皇帝的“宠臣”，因此到哪儿都受到热烈欢迎。

张印每日与土木泥石打交道，两年多没动过地方。邓粹却娶了三位妻子，都是各国贵女，其中一位甚至是公主，他也不带在身边，全留在本国，去的时候住在一起。

西域还是太小，邓粹逛过几遍之后，开始向西方游历，美其名曰“勘察地势”，可他只拣风光秀丽、人烟密集的地方去，路上不画图、不记录，天知道他到底记住了多少地势。

邓粹职位更高，张印管不了他，也不敢管，只做好自己的本职工作，争取早日筑城完毕，能够为孙子赎罪。

这年暮春，大概与辽东之战同时，邓粹突发奇想，对张印说：“为什么大楚非要在这里筑城，等什么装神弄鬼的大单于攻过来不可呢？为什么楚军不能先发制人，直接攻到极西方去呢？”

张印口吃，这时更是惊得说不出话来，最后才道：“没……没……没有楚军。”

西域只有数百名楚军，筑城都要借助诸国的力量，根本没有余力向西进攻。

“西域接受大楚的保护，各国军队就是楚军。”邓粹不再与张印商量，也不向朝廷请示，再次前往各国。三个月之后，竟然真让他凑成了一支上万人的军队。

夏末，张印目瞪口呆地看着一支“楚军”穿过尚未修筑完成的虎踞城，向西行进。

“去……去哪儿？”张印问。

“走走看，或许几天就回来，也可能是三五个月，别等我，快些筑城，到时候给我开门就是。”

邓粹的风格没变，对军队管理不严，二三十个国家提供的军队，仍然各自为队，以真正的楚军标准来看，可以说是混乱。

张印终于明白邓粹不是开玩笑，立刻写信，派人加急送往朝廷。

所有这些事情发生的时候，皇帝都在路上。

第七十九章

祭天

大臣们终于同意皇帝再度巡狩，但是对目的地提出要求：南方时值盛夏，地方卑湿，瘴气浓重，皇帝不该去；北方邻近匈奴，驻军不足以抵挡，皇帝不能去；东方尚有战事，而且皇帝上次巡狩已经走过一次，所以不必去。

只剩下西方。

京城地处关中，西边尽是重峦叠嶂，绕行西北，可至玉门关，再往西就是无边无际的沙漠，对面是西域。

边疆并无大事，玉门关，皇帝也不宜去。

礼部最终解决了这个难题。离京城不到二百里，群山之中有一座祭天之坛。据史书记载，此坛由远古时期的先民建立，香火绵延近千年，到了前朝才被舍弃，本朝拨乱反正，正适合重建祭坛。

天子巡狩必祭天，相距又不是很远，大臣们都支持礼部的建议。

韩孺子同意了，也要借此检验一下自己的随行队伍，他宣布只带三千人，一千宿卫军、一千北军或南军、一千混从，后者包括勋贵侍从、宫中奴仆、随行官员等人。

这个规模实在太小了，有损天子威严，大臣们再度掀起反对声浪，韩孺子一一反驳，并且改变主意，不去西边祭天了，要来一次行走天下的巡狩，先去北方，再去东方，等天冷的时候南下，明年春天返京。

大臣们焦头烂额，只好同意缩减随行规模，换取皇帝放弃远行计划。

八月中旬，天高气爽的一天，韩孺子终于开始他的第二次巡狩。

韩孺子要求所有人骑马，连随行的嫔妃、宫女也不例外。

淑妃邓芸一直声称自己骑术精湛，事实证明她夸张了。虽然出身于武将之家，但她也是侯门之女，生活与普通的勋贵女儿没有多大区别，的确会骑马，却称不上精湛，骑在最驯服的马上，双手紧紧握着缰绳，仍有好几次差点掉下来。

第一天行程结束，邓芸累得花容失色，进了帐篷倒下便睡，连饭都不吃，随行宫女为她换衣、洗脚，她也不动。

韩孺子冷眼旁观，倒要看看邓芸能跟多久。

第二天扎营，邓芸更加憔悴，但是坚持来陪皇帝用膳。

“原来行军这么辛苦。”

“这支队伍还是过于臃肿，无用之人太多，行军速度已经很慢了。”韩孺子说。行军途中当然没有那么多的美味佳肴，但是酒肉俱全，菜样不少。

邓芸敬酒，笑道：“那我就放心了，无用之人太多，不在乎有我一个，看来我没拖后腿，请陛下满饮此杯。”

想让淑妃知难而退是不可能的，韩孺子只好笑着喝了一口酒。

第三天，巡狩队伍到达出行的第一座县城。

韩孺子早已颁旨，要求沿途官府一切从简，不得在接待皇帝时大操大办。根据他的经验，很可能会有官员违旨，他已做好准备，要拿第一个不识趣的官员开刀。

结果出乎意料，县令完全做到了皇帝的要求：营地安排在城外，只做了最基本的平整，没有任何讨好皇帝的花样。

这么实在的官员比较少见，韩孺子本想单独召见此官，却从随行诸人口中得知，安排这一切的并非县令，而是皇帝队伍中的一名侍从。

巡狩的路线、行程早已安排妥当，一批官员跑在队伍前面，确保所有安排井然有序。其中一人并无官职，说话却极具分量，因为他是皇帝的亲戚。

王平洋是慈宁太后的远亲，算是皇帝的表兄，二十几岁，读过书，考中过秀才，是王家少有的识文断字之人。

慈宁太后指定王平洋跟随皇帝。韩孺子身边侍从众多，一直没注意到这位远亲，听说是他安排接待事宜，当晚召见。

王平洋相貌英俊，行礼时中规中矩。

韩孺子打量了几眼，说："你随朕舅氏一家进京的吗？为何朕对你没有印象？"

韩孺子对人脸的记忆力很强，几次家宴的场景如在眼前，其中肯定没有这个人。

王平洋回道："微臣家父早年搬离故乡，迁至临淄城，与家族联系较少，太后寻亲之时，我们没有随行来京。后来大舅向太后提起我们这一支，太后开恩，传令微臣一家进京。这是今年春天的事情，陛下事务繁忙，可能忽略了此事。"

"嗯，朕记起来了，是有这么回事。"韩孺子有点印象。

王家人都是乡农，一时半会儿没有可用之人，慈宁太后仍觉势单力薄，于是又找来一些远亲，给予重赏，但是没有求官，韩孺子也就没有太在意。

"你做得很好。你叫王平洋，这不是本名吧？"韩孺子觉得"平洋"二字颇有意味，似乎专为平定东海而起。

王平洋回道："陛下看得真准，这是进京之前家父替微臣改的名字，陛下若是不喜欢，微臣立刻改回去。"

"不必。"韩孺子聊了几句，勉励一番，派人送走王平洋。

张有才送人，回来之后欲言又止。

韩孺子正在低头看一份奏章，余光看到张有才："有话就说。"

张有才笑道："陛下不太喜欢这位亲戚吧？"

韩孺子抬起头，略感惊讶："为什么这么说？"

张有才挠挠头："我也说不清，跟随陛下久了，连想法都跟陛下一样了，不用想就知道陛下喜欢谁、不喜欢谁。"

韩孺子哑然，他一直以为自己掩饰得很好，没想到却被一名太监看得清清楚楚。

张有才轻轻一拍脑门："我明白了，陛下对欣赏之人必谈细节；对不太喜欢的人，则只是闲谈，虽有夸赞，但都不是很具体。”

韩孺子大笑：“对外你可得把嘴闭严了。”

“那是当然，只要事关陛下，半个字我也不会说，打死也不说。”张有才将嘴紧闭。

韩孺子想了一会儿：“王平洋说是读书人，但我觉得他更像经商之人，有那么一点……油滑。”

王平洋表现得其实非常稳重，韩孺子只是凭感觉做出这样的判断，若不是张有才先提起，他不会对任何人说。

“还真让陛下说准了！”张有才吃惊地说。

“你认得王平洋？”

张有才摇头：“我去慈宁宫接大皇子的时候听说的，王平洋的确读过书，考中过秀才，然后跟着父亲经商去了，在临淄城的买卖不小，与乡下断了联系，后来不知怎么又联系上了大舅，也入了外戚的籍。”

韩孺子点点头，一下子明白了，王平洋敢于做事并非本人优秀，而是得到慈宁太后的授意。

母亲总是不放心自己，总想壮大王家，韩孺子很无奈。

不到二百里的行程，走了整整七天。

前方修了一条小路，直通山顶。祭天要用木柴，韩孺子下令，随行官员与侍从每人拾柴一根，送至山上，以表诚意。

次日一早，韩孺子只带少量随从登山，走走停停，黄昏时方到山顶，祭天的木柴已经堆好，中间夹杂着大量油脂，以助燃烧。

皇帝亲笔写下密祝之文，放到柴堆里，祈祷上天护佑。

随后皇帝退至百步之外，在临时军帐里休息。子夜时分，经过一系列仪式之后，射出一支火箭，点燃柴堆，火光冲霄，向上天发出信息。

皇帝退至半山处的一座平台上，远观火光，进行接下来的一系列仪式，直到四更以后才告结束。

跟随皇帝登山的人只有三十几名，其他人要么留在山下，要么围守各方，以防闲人冲撞。仪式结束之后，随行人等再往山下退却，只留皇帝一人在平台上默祷。

要等天亮之后皇帝才能下山。

韩孺子向上天祈祷了许多事情，也询问了许多事情，但是都没有得到回答，火焰里没信息，他也没有突然进入梦境，见到种种奇迹。

天亮前的一段时间里，韩孺子望向东方，他已经远离京城、远离朝廷，稍微自由了一些，可是能做的事情却更少了，脱离宰相与百官，皇帝就只是一支三千人队伍的首领，对天下所能施加的影响微乎其微。

清晨时分，韩孺子向远处的随从招手，只有张有才明白皇帝的意思，拦住众人，对赵若素说：“陛下请你过去。”

赵若素很意外，但还是领命上山。

朝阳初升，韩孺子赞道：“果然是江山如画。”

“是啊。”赵若素不太会说奉承话，随口应道，也向远方望去，除了朝阳艳丽，瞧不出特别之处。

韩孺子转向赵若素。在这里，皇帝影响不了天下，却能影响身边人，而且不用担心消息泄露，起码不会泄露得那么快。

“应当从何说起呢？”

“微臣不明白……”赵若素越发疑惑。

“你一直与中书省保持联系，还是后来改变了主意？”

赵若素脸色骤变，掀开袍子就要下跪。

韩孺子挥手制止：“这里是祭天之所，朕非皇帝，你非臣子，可以畅所欲言，而且你也不用担心，朝廷运转良好，朕无意报复。”

赵若素是个极沉稳之人，这时脸上却是变颜变色，良久方道：“微臣离开中书省时，真心要为陛下效劳，此心迄今未改，只是……只是……陛下的一些做法过头了，微臣希望……”

“希望纠正朕的这些做法，但是又没法直白地说出来，只好借助中书省与整个朝廷的力量，是不是？”

赵若素点点头。

“告诉朕，你心目中的皇帝是什么样子的？”

第八十章

被埋没者

赵若素心目中的皇帝是什么样子？

首先要有当皇帝的心。他见过几位活着的皇帝，还在书里读过极多的不在世皇帝，大多数人都没有这颗心，他们以为自己天生就是皇帝，对这个最为崇高的头衔从无敬畏之心。

皇帝一直存在，坐在宝座上的人却经常更换，这说明崇高的是皇帝之位，而不是那个人。真正的皇帝应该像大臣那样，对皇帝之位谦卑恭谨，常常反思自己是否配得上这个位置。

赵若素觉得当今皇帝符合这个条件，起码比之前的武帝、桓帝、思帝要符合。

他心目中的皇帝还要擅长当皇帝。

每个人都曾有过梦想，绝大多数人不是败在“梦想”上，而是败在“如何实现梦想”上。太多人希望由别人帮助自己实现梦想，只有少数人默默地、持续地付出努力，不怕阻挠、不怕失败，问题一个个地解决，山峰一座座地攀登，当他终于实现梦想的时候，已经将其他人拉下一大截。

在这一点上，赵若素对当今皇帝有点不满意。

朝廷是皇帝的工具，如果皇帝总是琢磨着与工具的好坏较劲，而不是如何使用这套工具，得不偿失。

赵若素希望在皇帝与大臣之间做个中间人，缓和双方的关系，所以猜出皇帝准备任命卓如鹤为宰相之后，他向中书省的旧日同僚发出暗示。

南直劲明白这位学生的意思，经过一番考察之后，觉得卓如鹤会是位合格的宰相，于是刻意拉拢，在群臣之间穿针引线，使得新宰相受到的非难极少，能够顺利辅政。

皇帝不让下跪，赵若素只好长揖到地，起身道：“微臣自知死罪，唯陛下处置，微臣并无怨言，只有一句相劝：大臣并非陛下的敌人。”

韩孺子很久没听过这么直白的话了，让他不由得想起杨奉。

晨风习习，吹在脸上很舒服，韩孺子说：“宰相辅政以来，所任命官员多是为了满足各方势力，这样的‘工具’，朕能放手？”

“人皆有私念，先满足一己之私，再先公事，宰相如此、百官如此，便是陛下，也如此。”

韩孺子冷笑一声，却没法反驳，可“满足一己之私”本应是皇帝的特权，于是他明白过来，赵若素所谓“当皇帝的心”，其实就是不当自己是皇帝，而当自己是宰相之上的大臣。

“若是私欲无限呢？就让他们一直满足下去？”

“朝中有百官，一人之私欲必然影响他人之私欲，某人若是做得过头，自有大臣弹劾，陛下居中裁决即可。”

“这种时候我又得当无私的皇帝了？”

赵若素再次躬身：“陛下做得到。”

韩孺子摇摇头："自私的同时还要无私，朕做不到，谁也做不到。赵若素，你心目中的完美皇帝根本不存在。你以为大臣能够彼此监督、彼此纠正，这样的朝廷倒有可能存在，但必须在太平盛世，外无强虏、内无天灾人祸，官员们少做事、不做事也没有太大关系。你觉得大楚现在很太平吗？"

"或许不是最太平的时候，但也不是乱世。"赵若素说出自己的看法，"域内匪患已除，匈奴时强时弱，并非大楚致命威胁。"

赵若素与普通大臣一样，根本没将极西方的强敌当真。

韩孺子当真，他在意的不是那伙使者，而是匈奴大单于。大单于活着的时候是位了不起的人物，可就是他，在平静之中对神鬼大单于充满了恐惧，以至于他宁愿向大楚挑战，也不想面对灭国之敌。

"据说此山中藏有金矿。"韩孺子祭天之前看过礼部收集的史料，从中看到过相关记载。

赵若素一愣："传言而已。愚民挖过多次，从来没见过黄金。本朝做这种事的人少了。"

"都是辛苦挖矿，挖出金银者暴富，是聪明人；没挖出来的落魄，是愚民。可后者真是愚蠢吗？可能只是运气不好。"

赵若素没吱声，他已经明白皇帝的意思。

"朕就是那挖矿的人，你对朕说继续挖下去会当愚民，可朕若不挖到底绝不死心。"韩孺子顿了顿，"大楚绝非太平盛世，稍一松懈即有灭国之忧。赵若素，很遗憾，你是位好矿工，却不能陪朕挖下去了。"

赵若素还是跪下，恭恭敬敬地磕头，没有询问皇帝要如何处置自己，而是说："陛下说过，不会报复朝廷。"

"无冤无仇，朕为什么要报复？你说得对，人皆有私欲，朕允许大臣们先满足自己，但是朕觉得已经差不多了，他们该专心为朕做点事情，起码做些让步了吧？"

赵若素再度磕头，这不是他的预期，但他已经失去对皇帝的影响，没有能力阻止。

"至于你，回倦侯府看门去吧。"

"谢陛下不杀之恩。"

韩孺子迈步向山下走去，赵若素跪在那里半晌未起。

张有才等人立刻跟上来，有人好奇地望了几眼赵若素，谁也没有多问。

韩孺子一边走一边报出一连串人名，让太监们分头去传，一个时辰之后，皇帝要在山脚下会见众人。

太监们都很惊讶，因为皇帝报出的名字大都陌生，并非随行的各部官员，好在皇帝对官职说得很清楚，原来都是国子监、翰林院的读书人，好几位是去年才考中的进士，另外一些则是随行的侍从，有勋贵，也有普通人。

皇帝此前从未召见过这些人，突然如数家珍报出名字，还要召开集会，代替每日的朝会，实在是罕见之举。

就连张有才也摸不着头脑，自以为与皇帝心有灵犀的他，此时也完全糊涂了。

韩孺子并非一时性起。在日复一日批复奏章的过程中，他看到了许多隐藏的东西，他不向任何人请教，自己慢慢地寻找规律与线索，发现许多人才都与黄普公一样，被埋没在他人的光辉之下。

但朝廷大臣不是燕家，做事没那么绝，那些被埋没者在奏章中总能露一面，通常放在某人的后面，作为“等人”名列其中。这样一来，万一皇帝追查，也不能说上奏者瞒功。

这是大臣的谨慎，也是皇帝所能看到的线索。

他将奏章中不起眼的名字记下来，如果又在其他奏章中看到这个名字，就加深印象。

在选择随行队伍时，他将这些人都圈进来，总共有三十七人。

韩孺子明白，自己费这么大工夫，挖出来的可能不是第二个黄普公，而是一群平庸之辈，但他愿意冒险。朝廷只会论资排辈，按势力划分官职，他曾经努力安插一位自己看好的宰相，结果宰相还没上任就倒向了群臣。

从上层不易更改，韩孺子就从下层着手。他不急于封这些人当大官，而是要一边观察，一边扩充。

皇帝祭天之后的直接召见，当然是一种殊荣，被选中者大喜过望，同时又莫名其妙。随行的官员则大吃一惊，不明白自己怎么会被排除在外。

三十七人聚在皇帝帐中，年轻、年老的都有。

韩孺子也不客气，直接发问，治军、治吏、治民、治山、治水、治财等全都涉及。正如张有才所言，皇帝遇到欣赏之人，谈的往往是细节。

每一个问题之后，韩孺子都指定某人回答，而此人正好对此事颇为熟悉，即使没有真知灼见，也能对答如流。

这下子大家更惊讶了，原来皇帝不仅知道他们的名字，还了解他们的所长。

气氛很快变得热烈，最先回答问题的几个人，甚至要求再答一遍。他们终于醒悟过来，这是一生难遇的时机，一旦错过，可能永远不会再有出头之日。

集会持续了整整一天，皇帝用膳时也没停止，众人边吃边说。

宰相与各部司长官都留在京城，随行者职位最高的不过是侍郎，哪敢向皇帝进谏？只能诚惶诚恐地等待。

傍晚时分，皇帝终于召开正式的朝会，不做任何解释，与往常一样，听取官员的报告，不到半个时辰就结束了。

皇帝回帐休息，官员们却没办法入睡，不是写信向京城告急，就是找来那些“幸运儿”，询问集会的每一个细节。

邓芸侍寝，她听说了外面的事情，站在门口向外窥望了一会儿：“外面的人真多，跑来跑去的，连规矩都不守了。”

“嗯。”韩孺子应了一声。

“陛下是要重用白天召见的那些人吗？”

韩孺子没回答。

邓芸转身道：“陛下也不保护他们一下，营中的官员只怕今晚就能将他们撕碎。”

“朕要的是精兵强将，如果这么早就需要保护，还有何益？”

邓芸笑道：“陛下的想法跟我哥哥倒是不谋而合，他常说为大将者在于识人，什么事情都自己操劳，凭什么识人？所以我哥哥不爱管事，但是分派任务时，总能找出最适合做此事的人。”

韩孺子微微一笑，如果是在京城，如果是在那群老狐狸的眼皮底下，事情断然不会如此顺利，大臣们总能想到办法阻止皇帝召见低级官吏，就算失利，也不会如此惊慌失措，而是会像对待卓如鹤一样，慢慢地将这三十七人变成“自己人”。

只有在远离京城的地方，官员们才会做出错误决定，直接找被召见者问话，将他们变成“另一种人”，早晚，“另一种人”会变成“另一股势力”。

第八十一章

猜不透的皇帝

老将军房大业的死讯最先传来，韩孺子还没有进城，就在郊外致哀。

房大业给皇帝写了一封私信，其中并无个人请求，而是详细阐述了自己的塞外策略，以为长城如同士兵的盔甲，能挡住致命进攻，却不足以取胜，若想长治久安，有自保的盔甲也得有进攻的刀枪，必须对塞外保持攻势。

道理人人都懂，可大楚实力衰微，已经很难保持塞外的大面积领土。房大业也明白这一点，只是希望皇帝保持进取之心，不要一味退缩。

兵力不足的时候，更要依靠良将。房大业从军多年，认识的人颇多，向皇帝一口气推荐了五十多名将领，虽然年纪都有点大，但是各有长处，足以弥补一部分缺憾。

看过书信，韩孺子感慨不已，这才是他最需要的大臣与将军，想得长远，也愿贡献真正的良策。而在数十里之外的京城，大臣们只想保住朝廷——这个朝廷积累了上百年的惯例与规矩，稳是稳了，锐气却已所剩无几。

韩孺子迟迟不肯入城。数日之后，西域的消息也传来了，邓粹竟然主动进攻神鬼大单于。韩孺子闻讯也是大吃一惊，想阻止已经来不及，只能传旨，要求邓粹将军队驻扎在指定地点，未得朝廷命令，不得再轻举妄动。

邓芸对兄长的行为大为赞赏："对啊，大楚为什么只能守不能进攻呢？神鬼大单于口气挺大，没准只是一个无知狂徒。"

"战争不是你想打就打、想停就停。邓粹败了，敌军乘虚而入，大楚需要派兵抵挡；邓粹胜了，想保住极西方的领土，更要派兵，可大楚还没有准备好，在西域驻军极少；西域诸国眼下受大楚羁縻，一旦瞧出大楚的虚弱，很可能倒向敌人。无论怎样都是得不偿失。"韩孺子真希望将邓粹揪过来，当面说这些话。

"现在准备来不及吗？"

"即使大楚还在强盛时期，要向西域派兵也需一年时间准备。"韩孺子将写好的圣旨拿起来又看了一遍，扔到一边，提笔重新写了一份。

在新的圣旨里，皇帝没再要求邓粹即刻回防，而是给予鼓励，要求他得胜之后回京受赏。

邓芸在一边观看，笑道："陛下改主意了，也觉得我哥哥做得对。"

韩孺子这道圣旨是给西域诸国看的，邓粹已经率军出征，而且率领的是诸国联军，众王肯定以为邓粹得到了大楚皇帝与朝廷的支持，这种时候绝不能显露出君臣不和。

"邓粹这个家伙……"韩孺子真不知该说什么才好。

百官过于保守，邓粹过于激进，却都同样不服管束。

圣旨送出去了，邓粹在西域两年多，也该回来了，韩孺子决定亲自监督这位常常出人意料的将军。

将军擅自出征乃是大事，皇帝不与群臣商量就直接发布圣旨，城里的大臣再不能无动于衷，派出一位代表来与皇帝"谈判"。

瞿子晰担任户部尚书已有一段时间，颇有政绩，又是皇帝比较信任的大臣，因此受同僚之托，来与皇帝推心置腹。

在大臣们看来，皇帝又在耍小孩子脾气，需要哄一哄。

瞿子晰进帐的时候，皇帝正在看一封急信。

瞿子晰曾是皇帝的老师，可以不拘礼节，但他仍然极其正式地行礼。皇帝也以礼相待，放下急信，稍一欠身："瞿大人来了，赐座。"

立刻有太监搬来凳子。瞿子晰谢恩之后坐下，沉吟片刻，说："陛下打算什么时候回宫拜见太后？"

"等下次巡狩计划确定的时候。"韩孺子也不隐讳。

瞿子晰盯着皇帝看了一会儿。名义上两人是师生关系，但他没讲过几次课，对这位学生的想法从来没有揣摩透彻。

"京城乃至重之地，从来只闻守京治天下，不闻路上治天下。"

"上古帝王一生都在巡狩四方，舜帝不就是死在巡狩路上吗？瞿大人饱读经书，不会不知道吧？"

"上古地狭，百官不全，帝王可以巡狩天下；大楚之地数倍于古时，百官齐备，陛下何必舍近求远、舍本逐末，非要巡狩不可呢？陛下对京城有何不满，说出来就是，朝中大臣皆愿服从。"

韩孺子笑道："瞿大人也不是读书时的样子了。"

瞿子晰变化不大，六部尚书当中，数他最为年轻。他摸了一下自己的脸，起身道："陛下是对中书省不满吗？"

"朕有什么不满的？"韩孺子示意瞿子晰坐下。

"陛下怀疑中书省探听陛下机密，向大臣泄露，与大臣勾结，共同欺瞒陛下，对吧？"

"瞿大人继续说。"

"唉，没什么可说的，中书省太愚蠢。中书令、中书监已经请辞，中书舍人南直劲待罪营外，随陛下处置。"

赵若素已经被送回城内的倦侯府，不管他说与没说、说了什么，中书省都会明白事情已经败露，反应倒快，直接来了一招壮士断腕。

韩孺子摇摇头："中书省并不愚蠢，反而很聪明，揣摩圣意一直以来就是他们的职责，做得很好，既然无过，为何请辞、请罪？"

瞿子晰更加猜不透皇帝的心事，再度起身："陛下眼下不相信任何大臣，臣也无话可说，只请陛下以天下为念，莫与群臣计较。臣告退，明日宰相会出城来见陛下。"

瞿子晰向门口走去，韩孺子叫住他："瞿先生，你心目中的皇帝是什么样子？"

瞿子晰一愣，他好久没从皇帝这里听到“瞿先生”的称呼了，回道：“心怀天下，仅此而已。”

大概是觉得事态紧急，卓如鹤当天晚上就来求见皇帝。

他没有瞿子晰那么坦荡，一进帐就向皇帝跪下，口称“罪臣”。

韩孺子照样命人赐凳，笑道：“卓相何以慌张至此？朕并无问罪之意。”

卓如鹤不能不慌：“臣为官不谨，与中书省勾结，擅猜陛下心意，实乃罪大恶极。”

韩孺子收起笑容，问道：“卓相自问政绩如何？”

瞿子晰只是有点摸不透皇帝，卓如鹤则根本摸不着边，愕然看向皇帝，起也不是、跪也不是，在凳子上如坐针毡，想了好一会儿才说：“臣不敢自夸，说到治官，臣不求有功但求无过，为了换取支持，任命了一些平庸之官。说到理民，荒地日少，盗匪日稀，但是天下依然疲敝，国库依然空虚，臣有功有过。”

“朕任用卓相之时，就有人对朕说你善理民，不善治官，难决大事，可朕仍然重用你，为何？民为天下之根本，理民乃重中之重。卓相何不专心理民？大事决于朕，治官——也交给朕吧，从今以后，五品以上官员的任免由朕定夺，不过你放心，只要是正常任免，朕不会驳回。”

卓如鹤跪下，连连磕头，还是拿不准皇帝的用意。

韩孺子也没法解释得更清楚了，拿起桌上的一份奏章：“东海的消息，黄普公率军剿匪，逾期未归，怕有意外。”

卓如鹤起身，仍是失魂落魄：“是，兵部已派人去查问详情，目前了解到的情况是黄将军很可能落入了海盗的埋伏。”

“东海遥远，一去一回不知要多久，朕亲自去看个究竟吧，请卓相安排一下，越早越好。”

卓如鹤目瞪口呆：“可是陛下……”

“有劳卓相看守京城。”

卓如鹤半天没反应过来，本来大臣们都反对皇帝远离京城，现在这却不是最重要的问题了：“是，陛下，臣……臣尽快安排。”

卓如鹤告退。事情明明败露了，皇帝收回了几项极其重要的权力，却仍然相信自己，甚至让宰相留守京城，卓如鹤怎么都无法理解这其中的含义。

韩孺子最初的计划是去塞外，看到东海国的奏章之后，他决定前去一探究竟，总觉得黄普公不是那种轻易落入陷阱的将军，事情只怕有诈。

次日上午，崔腾来见皇帝，他不在乎君臣之间有无矛盾，越热闹越好，一进来就笑道：“陛下可把城里的大臣吓坏了，谁让他们以为陛下好欺负的？呵呵，中书省的一个小官儿还在营外跪着呢，要不要让我去揍他一顿？”

“南直劲？正好，宣他进来。”

“咦？陛下不会这么容易就被打动了吧？至少也得跪三天三夜才行。”

韩孺子敲敲桌子，崔腾只得退下，嘴里嘀咕道：“早知如此，就不提起他了……”

南直劲年纪大，在外面跪了一天一夜，身子骨就要吃不消，再得不到皇帝的召见，非死在外面不可。

对他，皇帝没有微笑。

中书舍人的官职实在太小，韩孺子不愿与他一般计较，但也不想随便原谅他。

南直劲匍匐在地，不停地自责、请罪。

等他说得差不多了，韩孺子问道：“你也是几朝老臣了，对前面的皇帝也是这么做的？”

南直劲面红耳赤：“武帝、桓帝、思帝，都没陛下……这么难猜，微臣不求宽赦，只希望对陛下说一句话：微臣所作所为，皆是为了朝廷稳定，绝无恶意。”

“当然，大家都无恶意，只是一点‘私意’。南直劲，你这么想维护朝廷稳定，别做中书舍人了，去兵部吧，给朕查一件事情，弄清楚楼船将军黄普公是生是死，又是怎么落入陷阱的。”

南直劲比卓如鹤还要惊讶，最让他惊讶的是，他还真对黄普公之事有所了解，此事若是查个水落石出，朝廷可不会“稳定”。

第八十二章

朝廷不可分裂

南直劲仓皇回到京城，却没有回家，直奔自己常去的一家茶馆，坐了很久，缓缓心神，望着外面的车水马龙，恍如隔世。

将近天黑，估计大臣们都该到家了，南直劲离开茶馆，前去拜访宰相卓如鹤。

卓如鹤这一天也是魂不守舍，但是慢慢冷静下来，反复思量皇帝的态度，觉得自己还没有走到死路。

因此，他很不愿意再见到南直劲，但又不能不见，于是让两名随从留在身边，以防日后有人说三道四。

“你不该来。”卓如鹤直白地说，“陛下仁慈，咱们就该明哲保身，从此只做自己的分内之事。”

南直劲行礼：“一直以来，我做的每件事情都在分内。”

卓如鹤大为不满：“南直劲，在我面前就不要说这种话了吧！自我上任以来，朝内官员的任免半数与你有关，这也在分内？你是吏部尚书？”

南直劲也不管有无外人在场，正色道：“宰相大人可以打听一下，我是推荐了一些官员，可是我从谁手里得到过好处吗？南某迄今住在穷街陋巷，家无余财，妻子儿女自食其力，可曾接受过帮助？”

卓如鹤的确派人调查过，南直劲所言不虚，否则的话，他也不会任一名中书省小吏为所欲为。

“你的分内之责究竟是什么？整个中书省也没有这个职责吧？”

有些话在皇帝面前不可说，对犹豫不决的宰相却必须说明白。南直劲道：“我的分内之责也是每一位大楚臣子的分内之责。宰相大人以为朝廷是谁的？”

“当然是陛下的。南直劲，小心说话，我是当朝宰相，不是街边百姓，由不得你信口胡说。”

南直劲笑了笑：“我的话百姓说不出来。再让我换个问法，朝廷属于哪位陛下？”

卓如鹤吃了一惊，冷冷地说：“大楚只有一位陛下。”

南直劲摇摇头：“不对，大楚有九位陛下，当今天子是其中一位，还有八位，都在太庙里。大楚朝廷不只属于当今天子，而是九位陛下。”

“就凭这句话，你就该被处斩。”卓如鹤向随从使个眼色，他准备逐客了。

一向拘谨的南直劲这时却露出几分狂热神情：“就算死，我也要说实话。九位陛下对朝廷的影响不可相提并论：太祖定鼎，功劳最大；随后的皇帝不过子承父业，保位而已；再次塑造朝廷的是武帝，唯有武帝能延续太祖的功勋。”

“不必说了！南直劲，陛下恕你无罪，你就该感恩戴德……”

南直劲叹了口气：“我的确应当感恩戴德，所以我特意来对宰相大人说句话。”

卓如鹤示意南直劲说下去，心里已做好拒绝的打算。

“陛下可以乱，朝廷不能乱；朝廷可以乱，宰相不能乱。”

“你想多了，南直劲。陛下未乱，我也没乱，朝廷也依然稳定。”

南直劲上前一步，盯着卓如鹤：“宰相大人以为陛下一句宽恕，从此就能风平浪静了？咱们都清楚，朝廷从来不是铁板一块，文武百官听到风声，都在蠢蠢欲动，只等有人带头，很快就会有无数奏章弹劾宰相。到时候，宰相的罪名就不是勾结近臣、探听圣意那么简单。”

“我问心无愧。”

“宰相大人为官的年头不少了，问心无愧就能无罪吗？”

卓如鹤沉默不语，其实他也说不上问心无愧，任免官员虽然常受南直劲影响，但他自己也提拔了不少亲信，难言公正。

“我不会再违背圣意。南直劲，我也劝你一句，到此为止吧，就让陛下裁决一切，你我守住本分就好。武帝毕竟是太庙里的‘陛下’，不是你能挽回的。”

“我没想过要违背圣意，恰恰相反，我希望朝廷固若金汤，百官一心，才能更好地为陛下做事。宰相大人也抱着同样的希望吧？”

卓如鹤再次沉默，他已经明白南直劲的意思，越发犹豫不定。

南直劲又上前几步，来到桌边，郑重地说：“宰相大人提拔过不少官员，也贬黜了一些，有人感恩，自然就有人怀恨在心，可是为何一直人人自安，没有反对之声？一是宰相大人治官有术，得到了朝中各方势力的支持；二是有皇帝的默许。怀恨在心者自知无望，也就消了报复之心，可那是暂时的，不会一直忍下去。”

卓如鹤不得不承认，南直劲说得有道理。

“待事态平稳，我自会效仿申宰相。”

“将乱摊子留给陛下吗？”

前进不得，后退也不得，卓如鹤又气又恼：“你到底想让我怎么做？”

“我已经说过，朝廷必须稳定，不可分裂，对宰相大人、对陛下、对大楚，这都是好事。”

卓如鹤沉默的时间更久一些，最后挥下手，两名随从识趣地退下。

南直劲稍稍松口气，周围无人，他却压低声音：“宰相大人想过没有，陛下为何对你我二人如此宽容？”

“为何？”卓如鹤想过许多，但是都不足以解释一切。

“因为陛下眼里，朝中大臣上下一心，一损俱损、一荣俱荣，他不希望破坏现在的格局，所以暂时忍耐。一旦有大批官员弹劾宰相大人，朝廷由此露出分裂迹象，陛下绝不会再忍。”

“你又能猜到陛下的想法了？”卓如鹤曾经依赖这位中书省老吏，如今对之却是深恶痛绝。

南直劲微微点头。

卓如鹤没想到对方会承认，愣了一下：“事情已然败露，赵若素再没机会留在陛下身边，你凭什么……”卓如鹤猛然醒悟，“不是赵若素？”

“是他，但不是唯一。赵若素透露消息只是希望弥合君臣之间的隔阂，但是内容太少，我自有其他消息来源以做补充。这个来源安然无恙，陛下一点也没有怀疑。所以我仍然知道陛下的想法：陛下希望暂忍一时，等他培养的亲信站稳脚跟，等大楚解决了内忧外患，再对朝廷下手。”

卓如鹤看着南直劲，突然觉得有些可怕：“你……你……”

“我是朝廷的守护者，像我这样的人不止一位，宰相大人，连您也是其中之一啊！只要咱们紧密地联合在一起，朝廷就不会乱；朝廷不乱，陛下就不会轻易改变现状。”

卓如鹤身上出了一层冷汗：“别再说了，你走吧，我不会再与你联系。半年之后，我会交出相印。”

“宰相大人真以为自己能够全身而退？”

卓如鹤面红耳赤，不知不觉间，他已经卷入太深，上任以来，得到的支持越多，暗中埋下的仇恨也越多，只是一直没有显露出来而已。他恨恨地说：“除了赵若素，还有谁？”

南直劲双手托起：“就算砍下这颗脑袋，我也不会说、不敢说。”

卓如鹤强压怒火：“南直劲，你知道我的底线吧？”

“当然，绝不背叛陛下。”

“哪个陛下？”卓如鹤得问清楚。

“当今陛下。”南直劲微微一笑，“我已经说过许多次了，宰相大人，咱们的底线是一样的。当今陛下虽有一些……缺憾，却已是武帝以来最合格的皇帝，放眼整个宗室，再找不出第二人。南某指灯发誓，绝无二心，稳定朝廷也是为了防止有人谋逆。”

“你打算怎么办？”卓如鹤心不甘情不愿，还是被说服了。

“此时此刻，关键人物是户部瞿大人。”

“瞿子晰？”卓如鹤有些糊涂了。

“瞿大人生性孤傲，一直不肯融入同僚，又兼弟子众多，且多是不稳重的年轻人，朝廷分裂，另一方必举他为首。”

卓如鹤又一次沉默。南直劲所言不虚，正是这个原因，之前在勤政殿上，大家才会推举瞿子晰第一个去见皇帝。

这是一招障眼法，如果让皇帝以为瞿子晰也是朝廷的一部分，行事或许会更谨慎一些。

事实证明，这一招很可能生效了，皇帝在见过瞿子晰之后，的确变得宽容。

卓如鹤越发不能问心无愧，长叹一声：“瞿户部名声甚佳，又得到陛下欣赏，对他不可轻举妄动。”

“当然。那会让朝廷分裂得更快。我的意思是瞿大人在户部做得够久了，该调到吏部。”

吏部是六部之首，调为吏部尚书，品级未变，实权却增加了，而且这是通往宰相之位的必经之途。卓如鹤没当过，算是极特殊的例外。

这和让瞿子晰去见皇帝的意思一样，都是显示朝廷的团结。

“就这样？”卓如鹤不太相信。

南直劲微微一笑：“右巡御史空缺多时，瞿大人也可兼任。”

御史离宰相又近一步。虽然皇帝看好瞿子晰，但这样的速度也太快了一些，而且宰相本人感受到了威胁，虽说心生退意，但是亲手将位置让给竞争者，卓如鹤还是有些不愿。

“这种先例可不多。”卓如鹤冷冷地说。吏部与御史都是治官，职责却不同，一个负责考核任免，一个负责监察督导，除了个别过渡时期，极少会允许同一人兼任。

“这么大的事情，就让陛下裁决吧。如果我没猜错，陛下肯定会同意任命瞿大人为右巡御史，这就够了。”

“嗯？”

“很快就将有一桩案子落在右巡御史手里，如果处理得好，朝廷就不会分裂，宰相大人也能重拾陛下的信任。”

“什么案子？”

“燕家。”

卓如鹤神情微变。

第八十三章

无休无止

韩孺子回到皇宫，动用少府帑藏重赏房大业家人，遗憾的是房大业的儿孙当中并无出类拔萃者，老将军后继无人。

恢复勤政殿听政的第一天，场面稍有些尴尬。卓如鹤假装一切正常，其他大臣却都悄悄地察言观色，希望弄清楚皇帝的真实意图。

韩孺子没有表露出任何不满，和往常一样，与几位大臣商议朝政。

第一件事就是前往东海国巡狩，皇帝的要求得到了满足，剩下的问题就是时间与路线。

冬季将至，卓如鹤建议明年春天出发，经由洛阳东进，最为稳妥，经过的郡县也比较多。

韩孺子却比较急迫，要求十天之后出发，不走洛阳，而是先南下，然后沿江东下，顺便巡视新近安定的云梦泽，入冬前到达东海国。

卓如鹤稍加反对，很快就代表群臣同意了。

作为回报，韩孺子称赞了宰相的功劳，表示自己不在京城期间，愿将整个朝廷托付给宰相。

剩下的就都是些琐事了，韩孺子将房大业推荐的数十位将领名单交给兵部，由兵部调集，尽快送到皇帝身边来，他要亲自考察。

卓如鹤又提起右巡御史的空缺问题，认为应该早些补缺。

这个问题，大家都感兴趣，商议了一个多时辰。

韩孺子让议政大臣们拟一份方案，希望在再次巡狩之前，将这个问题解决。

下午，韩孺子在凌云阁召见了东海王等人，亲自安排巡狩事宜。

这是平淡的一天，君臣和睦、朝廷稳定，韩孺子不到天黑就回到后宫，逗了一会儿女儿，又去给两位太后请安。

慈宁太后将皇帝叫到自己的住处，问道："陛下又与大臣闹别扭了？"

韩孺子笑道："一点小误会而已，已经没问题了。"

慈宁太后知道皇帝不肯对自己说实话，轻叹一声："其实我并不意外，咱们母子二人与朝廷总是隔着一层，陛下从小没受过宗室与朝廷的好处，自然对大臣没有什么好印象。"

"太后多虑了，先帝当了多年太子，登基之初不也与群臣有过矛盾？朕在摸索，大臣也在摸索，双方都摸清状况之后，慢慢就好了。"

对韩孺子来说，"先帝"就是父亲桓帝，而不是兄长思帝。

"陛下心里有数就好，可别耽误太久。"

"太后放心，目前进展顺利。"韩孺子自信地说。

慈宁太后微微摇头，改换话题："那个王平洋，陛下觉得怎么样？王家也就他读过几天书，懂规矩、有点眼力，能为陛下效犬马之劳。"

"不错，这一路上他做了不少事情，颇合朕意。"韩孺子没有完全说实话，王平洋的确很会做事，但正因为如此，反而令皇帝不喜，猜测他受到了慈宁太后的指点。

"那就好，王家总算有人能为陛下效力，不至于担着外戚的名号，却每每置身事外。”

母子二人聊了一会儿，慈宁太后道：“陛下又要出京，走之前去探望一下慈顺宫吧，那边的状况不太好。”

韩孺子和母亲就是从慈顺宫过来的，上官太后没有露面，自从去年冬天以来，她的身体就日渐衰弱，似乎已近末年。

上官太后还不算太老，但是已经失去了多半活力，只在遭受到威胁时，才会奋力反击。

“是，明天朕就去。”

韩孺子实现了诺言，次日下午特意前往慈顺宫。事前打过招呼，上官太后正装见驾，感谢皇帝的关心。

两人并无母子亲情，甚至彼此憎恶，但有一点相同，都曾面对大臣的阻力，以至于步履艰难。

“陛下此番与大臣交手，感觉如何？”上官太后主动提起此事。屋子里还有两名侍女，都是她的亲信之人，另一位是太监张有才，是皇帝的身边人，不至于泄密。

韩孺子本无意谈论朝政，可是环顾身边，杨奉去世、赵若素背叛、东海王等人各有私利，皇帝已经没有可说话之人，反而是完全退居深宫的上官太后，与皇帝有一些共同语言。

“算不上交手，只能说是试探吧，一切都在预料之中。”韩孺子一开始还不能对上官太后开诚布公。

上官太后脸上的确有着明显的病容，对朝政却重新产生了兴趣，微笑道：“陛下是在静观其变吧，想看看哪些大臣会站出来反对宰相和中书省？”

韩孺子勉强点头：“朝廷有问题，但还没到病入膏肓的地步，朕希望暂时维持现状，不想再生变故。”

“陛下做得对，但是要小心，大臣们会利用这一点。”上官太后指点道。

韩孺子有些好奇，问道：“太后……执政之时，是如何与大臣打交道的？他们似乎都很害怕太后。”

“嘿，所谓害怕只是假象。陛下回想一下，除了公开的叛逆者，我可曾更换过朝中重臣？”

韩孺子摇摇头。老宰相殷无害从武帝末期任职，经历四代皇帝病死在相位上，他不动，百官的变动自然也是极少。

上官太后继续道：“我曾经尝试在广华阁另起炉灶，结果却是一场惨败。刑吏既是官员，也是大臣，从我这里得到权力之后，却觉得不稳，总想再找靠山。陛下应当明白，在官吏眼中，朝廷总是比皇帝更稳定，所以更大的靠山还是朝廷。那些刑吏暗中投靠大臣，表面上为我做事，却借机排除异己。在我听政期间，重臣未变，底下的变动却很多，我原以为那是我一手造成的，最后才明白，我才是工具。”

上官太后神情黯然，她肯放弃权力，原因有许多，其中一条就是觉得自己再也掌控不住朝廷。

“经过武帝的强压，大家都以为朝廷变得软弱，可是换一种想法，能在武帝时期坚持下来的大臣，哪一个不是老狐狸？软弱是他们的诱饵，诱使陛下放松警惕，他们就能为所欲为。”

“或许，是太后做错了，执政者不该警惕大臣，就让他们按自己的规矩行事吧。”

上官太后盯着皇帝，惊讶地发现皇帝似乎在说真心话，她摇摇头：“如果全按大臣的规矩行事，陛下还活着的时候就应该住进太庙，每年出来几次，接受群臣的朝拜，其他时间里不闻不问。”

韩孺子微微一笑，最初将他当成雕像的人，恰恰就是上官太后。

“武帝是皇帝的楷模。”上官太后思考得越久，越佩服武帝，自觉相差甚远，“武帝一生都与大臣争斗，无休无止，他总是胜利者，唯一败给了死亡，等他驾崩之后，朝廷恢复原样，武帝的成果却没人继承。”

上官太后承认自己毒杀了桓帝，她一点也不后悔，在她眼里，那实在不是一个好皇帝、好丈夫。

韩孺子不想追究此事，并不意味着就能坦然接受，对上官太后，他永远都会保持警惕，比对朝中大臣更甚。

“无休无止？”

“对，无休无止。武帝越到晚年，与大臣斗得越激烈。殷无害那班大臣能坚持下来，一是确有几分真本事；二是侥幸，武帝再多活两三年，谁也留不到现在。”

韩孺子突然明白上官太后想说什么了：“太后是说大臣应当定期更换吗？”

上官太后点点头。

“太后本有机会，为何未做？”

“未掌兵权。”上官太后执政数年，南军一直是她的心腹大患，却一直无法除掉，“我终究是名妇人，难以取得将士效忠，上官家的人……不提也罢。陛下不同，陛下虽在军中受过苦，却也得到了将士的欢心。陛下自己或许还没有注意到，陛下已有武帝之风。”

韩孺子笑了笑：“多谢太后高看。太后好好静养，不宜劳神动念。”

上官太后也笑了笑：“我只是不甘心看到大臣们得意。”

韩孺子告退，时间还早，他去内书房坐了一会儿。

张有才在一边服侍，见陛下没有看书，忍不住道：“慈顺宫可有点古怪。”

“嗯？你又看出什么了？”

“她说的那些话，虽然我听不大懂，但是都不该由她说出来。”张有才比皇帝还要警惕。

一个沉默已久的人，突然滔滔不绝起来，当然有原因。韩孺子却不想对外人提起，是母亲提醒他去探望上官太后的，原因当然就在此处。

“不懂最好。”韩孺子道。

“陛下……真打算更换大臣？”

韩孺子打量张有才：“你还说自己没听懂？”

张有才嘿嘿笑了两声，不敢再问。

三天之后，勤政殿大臣推荐数人担任右巡御史，供皇帝挑选，韩孺子指定了瞿子晰。

又过了两天，一项不起眼的任命也被通过：当了几十年中书舍人的南直劲，终于离开中书省，前往御史台，成为一名六品御史，正好是瞿子晰的直接下属。

南直劲的第一项任务就是与兵部合作，前往东海国共同调查楼船将军黄普公失踪一事。

满十天之后，皇帝再次出京巡狩，仍然只带三千人，沿江东下，目的地也是东海国。房大业推荐的数十名将领，都在路上与皇帝会合。

南直劲觉得这是一次机会，只对一件事感到困惑：皇帝为什么偏偏指定自己调查此案？

韩孺子也觉得这是一次机会，也对一件事最感困惑：除了赵若素，还有谁在泄露自己的想法？

第八十四章

财主

韩孺子坚持沿江东下，还有一个重要原因：景耀已经找到杨奉家人的下落，就在云梦泽东边的湖县。

景耀这段时间非常努力，他已经毫无保留地指控上官太后，皇帝却迟迟没有采取行动，他有点惊讶，却不完全意外。在宫里做事多年，景耀太了解这里的规矩，皇帝与普通人很多时候没有两样，总是多一事不如少一事，上官太后毒杀先帝一事若是公开，会令天下耸动，却对皇帝本人没有多大好处。

按照惯例，皇帝肯定会想别的理由处置上官太后。景耀打听到，慈顺宫的确加强了守卫，名义上是不允许外人打扰病中的太后，其实是将她软禁了。

景耀明白，自己要做的事情就是耐心等待，并且表现得毫不在意，以免被皇帝认为别有用心。

他真是全心全意地寻找杨奉的家人，唯一的线索就是杨奉曾经写过家信，当初的送信之人必然去过杨家。

杨奉做事极少留下漏洞，除了那半封信，再没有任何痕迹。

景耀怀疑醉仙楼的厨子不要命，就是当初的送信人。他查到，不要命与杨奉很早就认识，交情非同一般。

可不要命彻底失踪了。杨奉在云梦泽的时候，不要命偶尔出现一次。杨奉死后，不要命就像是钻进了地下，再也没有露面。

景耀没有死心，稍稍改变方向。他猜想，上官太后如此多疑的人，绝不会轻易相信杨奉的坦白，必然会派人查证之后才会放心，或许当年的查证者也去过杨家。

顺着这条线，景耀再度深挖。

王府之人不同于杨奉，做事总会留下很多记录，这些记录如今都归东海王所有。

东海王在京城有府邸，去过几次东海国的王府，从来没将那里当成自己的家，更没藏过见不得人的东西，于是写了一封命令，任由景耀在府中查看所有簿册、询问所有人。

景耀查到了，那只是简单的一句话，记录某位太监去湖县并归来。奇怪的是，东海国与湖县并无正式联系，来往只有这一次，而且没有带去或带回任何东西，与其他记录截然不同。

“某位太监”已经过世多年，景耀不死心，继续调查，终于找到这名太监当时的一名随从。

随从已经离开王府，在东海国成家立业，面对询问异常谨慎，只字不肯透露。

景耀拿出东海王的命令，稍稍地威逼利诱一下，得到了极其重要的信息，将杨奉家人的住址缩小到湖县的一条街上。

事隔多年，也不知杨家人搬过没有，景耀没有立即前往调查，而是给皇帝写了一封密信，请求指示。

皇帝命令他留在东海国。

韩孺子的巡狩队伍规模不大，只有三千余人，或骑马，或乘船，沿江东下，在云梦泽兜了半圈，召见吏民，观察风土人情。

所见所闻让韩孺子比较满意，当年的土匪巢穴，如今已成良田沃土，但是仍难自给自足，耕牛不足，粮食产量也不高，仍须从各地调剂。

这种事情只依靠皇帝身边的几十人是操作不了的，必须运用朝廷的力量多方协调。

韩孺子在一座古城里逗留了整整十天，会见随行大臣以及地方官员，公开议事、公开解决，并将自己选中的一些年轻官员安插到地方，以考察他们的能力。

只有一件事让韩孺子略感不满：想当初流民众多，几乎威胁到大楚的生存，如今需要开垦荒地，招募到的流民数量却没有他预料的那么多。

官员回复，百姓思乡，回到原籍之后，只要还有一口饭吃，就轻易不愿离开。

时至深秋，巡狩队伍来到湖县，在城外驻扎，只停留一夜，次日正常出发，不给当地增加太多负担。

金纯忠提前多日就已来到湖县，没穿官服，带着六七名随从，装作东下的商人，带着一船货物，暂停城内。

湖县不大，城内就三条街道，主街宽阔些，另外两条街道与小巷差不多。

这天下午，金纯忠一个人走出客栈，信步闲游，很快拐入后街。

后街比较冷清，但也有一些商铺开张，小贩守在街角，无精打采地兜售已经蔫了的果菜。

景耀提供的消息语焉不详，只说是后街的一户人家，对面有个茶馆，相隔十几年，也不知还在不在。

老实说，金纯忠不太理解皇帝的执着，杨奉就是杨奉，死得有些蹊跷，但也仅此而已，其家人不见得能提供真相。

但圣旨就是圣旨，金纯忠奉旨行事，没有半点懈怠之心，从街头走至街尾，每有商铺，都要进去打听一番，没得到多少有用的消息，东西倒是买了不少，都让商家送到客栈里。

他路过两家茶馆，一家的对面是户新婚不久的夫妻，继承祖屋，数代居于此地，与杨家无关；另一家的对面住着商贩，几年前搬来的，再往前的住户没人记得。

眼看天黑，金纯忠回到客栈，打算明天再去另外两条街上查看，等皇帝赶到的时候，他总得提供一个明确的说法。

一连三天，金纯忠走遍了大街小巷，没找到杨家人，倒是得到一个“财主”的名声，甚至有商铺掌柜亲自来客栈拜访，希望能卖点什么。

随从不知道金纯忠的目的，还以为皇帝是要暗访本地的出产与风俗，于是细心地将买来的各种东西分门别类、登记在册。

金纯忠也不多说，接下来几天，仍然独自一人在城里闲逛，将几条街又走了一遍。

金纯忠没找到杨家人，自己却被他人找到了。

这天傍晚，刚一回到客栈，掌柜就笑呵呵地迎过来："金老爷回来了。"

客栈一天一结账，金纯忠以为掌柜为此而来："昨天的账没结吗？"

"结了结了。我对伙计说了，今后不用一天一结，等金老爷住够了再说。"

越有钱越容易借钱。金纯忠笑笑："随你，反正我们跑不了。"

掌柜赔笑，大声叫来伙计，摆上一桌上等酒席，算是客栈送的。

随从们很高兴，金纯忠却有点纳闷，但也没特别在意，好吃好喝了一顿，若非接下来发生的事情，他还以为这真的只是掌柜的一番好意。

次日，金纯忠继续东游西逛，发现自己所到之处，总能获得热烈欢迎，但是再想问点什么，却是难上加难，人人笑脸相迎，人人守口如瓶，将左邻右舍的情况视为机密。

可就在昨天，他们还有问必答，与"财主"聊得很开心。

仅仅相隔一夜，态度就发生了变化。

金纯忠早早回到客栈，掌柜越发热情，又要送一桌酒席，金纯忠断然拒绝。

几名随从都在屋子里，一看到金纯忠，全都迎上来，一人笑道："咱们可发财了。"

"怎么了？"

"刚才来了一位真财主，说是要将咱们带来的一船货物全买下来，随咱们出价。"

"人呢？"

"刚走不久，说是想好了价格就告诉掌柜一声，他会派人将银子送来，货物留在船上不用动。"

"姓甚名谁？做什么的？"

随从摇头："只说姓宋，别的都没说，口气倒是挺大，说咱们尽管开价，多少钱他都拿得出来。"

金纯忠知道事情不对劲儿，他是为皇帝暗访，居然惹来这么大的关注，实在是失策。

来到外面，金纯忠叫来掌柜，问道："今天这位是什么来历？"

"宋大官人？本地的一位财主。"

"我那船上没有奇珍异宝，不过是些布帛，他为何非要购买不可？"

掌柜笑道："宋大官人生性豪爽，最爱结交朋友，在本县无人不知、无人不晓。他一定是仰慕客官大名，特来示好。客官不必多想，开个价，赚上一笔，也免去一趟舟车劳顿，岂不甚好？”

金纯忠笑了一声，这位宋大官人前来示好，却故意挑选他不在的时候登门拜访，必有问题。

“好，那我就开价了。”

“客官请说，宋大官人有钱……”

“十万两。”

掌柜一下子呆住了，好一会儿才道：“多少？”

“白银十万两。”

“呵呵，那一船布帛顶多值一千两吧。”

“开价在我，买不买在他，传不传话在你。”

掌柜又发了一会儿呆，笑道：“传，当然传。客官稍等，我很快就能回来。”

掌柜回来得的确很快，神情比走时更加古怪，像是走在路上狠狠摔了一跤，打个滚儿正要骂街，结果看到绊倒自己的竟是一块金子。

“十万两？”掌柜问道。

金纯忠点头。

“今日夜间，有人将银票送来，客官在洛阳、临淄和京城都能兑换。”

金纯忠笑道：“当我是第一次做生意吗？我连人都没看到，凭什么相信几张银票？不见到真金白银，那船货不卖，我人也不走。”

掌柜凑近金纯忠：“客官也在本地待了几天，结识了不少人，不妨再去打听一下宋大官人的底细，或许您就不会有这么多的疑虑了。”

“打听过了。”金纯忠让随从去打听的，就在客栈周围找了几名商户，一问便知，“再请掌柜转告宋大官人，敢送钱就得敢露面。”

第八十五章

古怪的求情

宋闿是湖县有名的财主，人称宋大官人，在族中行四，又被称为“宋四老爷”。像这样一位人物，按理说与京城来的暗访官员不会发生联系。金纯忠一开始以为自己露财，被地方豪强盯上了，派人出去打听一下，才明白自己可能猜错了。

据传，宋阖的一个妹妹乃是前宰相殷无害长子殷措的夫人。殷无害虽然过世，但家人还在京城为官，有这样的靠山，难怪宋家在本地备受尊崇。

金纯忠却觉得有些奇怪，以殷家的地位，儿媳妇怎么也得是世家之女，宋家再有钱也是平民百姓，与宰相之家门不当户不对。

金纯忠来不及仔细打听，当天傍晚，宋阖派管家来客栈邀请外地的客人赴宴。

金纯忠接受了邀请，心里却有一些好笑。他虽然不是朝中大官，但是属于皇帝身边的近臣，妹妹又是贵妃，在京城多少官员想要巴结他而不得其门，远在湖县的一名土财主却在自己面前摆架子。

宋阖若是不知道自己的真实身份，那就是豪横惯了，见不得外人在本县撒钱；若是知道，那就是太愚蠢。

宴席安排在当地的一户私娼家里，门口没有任何装饰。金纯忠是勋贵之子，虽然从前在圈子里没地位，但多少见过世面，一进大门，看见热情相迎的仆人与婆子，就知道这不是正经人家。

主人没有出门相迎。金纯忠被带入客厅，里面摆好了一桌丰盛的酒席，一名娇艳的女子起身笑脸相迎，仍不见主人。

“宋大官人可在？”金纯忠抬手，示意女子不要靠近。

女子倒也识趣，笑道：“四老爷马上就到，官人何不坐着等会儿？咱们随便聊聊。官人是从外地来的吧？探亲还是访友？”

“经商路过。”

“原来如此。湖县可没什么特产，别人都是停一宿就走，官人留了这些天，是有相好的吧？告诉我是谁，没准我们认识呢。”

女子努力找话，金纯忠敷衍以对，最后问道：“你在这里多久了？”

女子抬手，竖起三根手指：“三年，早就待腻了，想去繁华之地，可惜无人引荐。官人是要去哪儿？路上寂寞，要不要人相陪？”

金纯忠本想打听一下杨奉家人的线索，听她说只住了三年，失去了兴趣，起身道：“宋大官人若是来了，请转告他，我很忙。”

女子急忙起身，抓住金纯忠的一条胳膊，向婆子频使眼色，嘴里说道：“官人别急着走啊，宋大官人来了，还以为奴家招待不周……”

金纯忠也不客气，伸手推那女子。两人正撕扯不休，门外走进来一人，大笑道：“这是划的什么拳？算我一个。”

男子四十来岁年纪，又高又壮，外穿一身绸缎大氅，内穿武师紧衣，加上声音洪亮和一脸的络腮胡子，颇有几分豪杰气势。

女子松了口气，同时也松开客人的胳膊，笑道：“四老爷，客人要走，我在这里苦留呢。”

宋阖对女子一点也不客气，向金纯忠拱手道：“湖县地处偏远，只有这等残花败柳，万望兄台见谅。”

女子面红耳赤，讪讪地坐到一边，不敢多说什么。

金纯忠还礼：“阁下盛情，在下心领，只有一事疑惑：阁下认得我吗？”

宋阖大笑：“赫赫有名的金玄衣，天下何人不识？恕我眼拙，过了这几天才认出兄台，失敬。”

玄衣使者是临时职务，金纯忠早已辞去，如今他只是普通的散骑常侍。

对方认出自己的身份，金纯忠不再掩饰，扫了一眼屋里的其他人。宋阖心领神会，喝道：“都出去，这是京城来的贵客，你们看一眼就得了，没资格服侍。”

女子与仆妇全都笑着退出房间，显然是被骂惯了。

金纯忠只有一名随从跟进来，站在门口没动。

宋阖请客人落座，端起一杯酒：“敝县没啥好东西，请兄台聊饮一杯薄酒。”

金纯忠按住身前的酒杯：“先说事，再喝酒，否则的话，我心中不安。”

宋阖又一次大笑，放下酒杯，收起笑容：“兄台直爽，我也不客套了，金兄来我们湖县，是替上面做事吧？”

金纯忠心中一惊，据他所知，皇帝只对他下达过命令，当时周围再无别人，连跟来的几名随从都不知情，宋阖何以得知？难道殷家余威尚在，还能探听到宫中秘密？可杨奉家人与殷家能有什么关系？

见金纯忠不吱声，宋阖脸上重新浮现笑容：“我就直白地说吧，金兄昨天开过价码，没问题，湖县虽小，但这点银子凑得出来，只是一时拿不出现银。金兄说吧，送到哪里？京城还是洛阳？人到银子到，绝不会晚一天。”

金纯忠一愣，发现自己可能猜错了：“我总得知道这些银子是用来买什么的，如果那船货物这么值钱，我就去再进一批。”

宋阖每到尴尬时就放声大笑：“金兄真会说话。”他的笑声来得快，去得也快，“话说到这个份儿上，金兄还不明白我们湖县想买什么吗？金兄为何而来，我们自然就要买什么。”

金纯忠更加纳闷，脸上却不动声色，寻思了一会儿：“阁下既然知道我是在为谁做事，就该明白我担着多大的干系，一次买卖，可能就要了我的命。”

“金兄多虑了，我们又不是让金兄做什么、说什么，只要一句‘并无异常’。”

金纯忠在湖县逛了好几天，可没看出任何异常，于是沉默不语，等对方多透露一些内容。

宋阖探身向前："金兄跟随上面够久了，别人加官晋爵，金兄还是一名常侍，为何？"

金纯忠自己不愿做官，皇帝想让他去刑部，他也拒绝，只是偶尔与刑吏们配合，这时却道："为何？"

"朝中无人。"

金纯忠眉头微皱，宋阖笑着解释："金兄背靠大树，可也得有树上的枝枝叶叶遮挡，才好乘凉。像东海王、崔二公子，哪个不是亲友遍布朝廷？他们升官，而金兄止步，原因就在这里。"

一名土财主，竟然能说出这种话，金纯忠越发惊讶，扭头向门口的随从示意，让他退下，然后拱手道："恕在下有眼不识泰山，宋大官人攀的是哪根枝？"

殷家绝没有这等本事，金纯忠相信宋阖背后另有他人撑腰。

"哈哈，金兄不问，我也不说；既然问了，实不相瞒，前宰相殷大人乃是舍妹的公公。"

金纯忠大失所望，勉强笑了笑："原来如此。宋大官人怎么没进京？"

宋阖瞧出了金纯忠的冷淡："果然是陛下身边的人，眼界够高。前宰相不是现宰相，就算殷大人的儿子亲自出面又能怎样？"

金纯忠没有否认。

宋阖继续道："有些事情呢，我也不好明说，只请金兄回京之后多看多听，殷大人是过世了，殷家可没倒。"

"殷相的长子在礼部任职吧？"金纯忠记得，殷无害的长子名叫殷措，在礼部领闲职，不过五品，在京城这算是小官。

"没错。殷大爷就是舍妹的夫婿。不过请金兄将眼光放长远些，不出三年，殷大爷必定高升。"

金纯忠笑着点点头。

"金兄不相信我？"宋阖瞪起眼睛，一副将要发怒的样子。

"不是不信，只是……初到贵地，不了解这里的风俗——宋大官人以为多大的官算是大官？"

宋阖微微一愣，这样的问话有点瞧不起人，于是他笑得更加大声，笑毕说道："金兄谨慎，终归还是不肯相信我。也对，宋某乃湖县鄙夫，当地人视为豪杰，在京城看来，不过是寻常百姓。我再说一人，金兄觉得够不够大？"

宋阖伸手沾了一点酒，在桌上写了一个字，笔画较多，金纯忠扭过身子才看清那是一个"蒋"字。

"蒋兵部？"

朝中姓蒋的大臣有几位，官职最高者是兵部尚书蒋巨英，金纯忠先想到他。

宋阖点头：“舍妹嫁与殷大爷为妻，殷大爷的女儿嫁入蒋府，亲如一家。至于蒋大人，不用我多说了吧？”

蒋巨英掌管兵部十几年，并非世家出身，却与朝中各大势族都沾亲带故，的确是大树上的一根“强枝”。

金纯忠笑了笑，拿起酒杯一饮而尽。宋阖大喜，立刻陪着喝了一杯：“金兄是明白人。可惜此地没什么好货色，不过也巧，前些日子从京城来了一位绝色，待会儿送到金兄房中，若是看得过眼，暖暖床也好。”

金纯忠摇头拒绝：“心领了，在下不好这口，宋兄不必费心。”

两人推杯换盏，越聊越投机。酒过三巡，金纯忠问道：“别怪我多心，还得多问一句，这十万两……蒋兵部会认吗？”

“当然。我没事白花十万两银子干吗？闲的吗？”宋阖有点喝多了。

“蒋兵部究竟想让我在陛下面前说什么，宋兄也得给我提个醒儿，别拿了银子办不好事情，反而惹出麻烦。”

宋阖大着舌头说：“跟蒋大人……没多大关系，但他会感谢金兄，反正金兄只要对皇帝说……说湖县一切正常，就……就行了。”

金纯忠再怎么引诱，宋阖也不肯多说，只是劝酒，说些女人的下流话。

喝了一个多时辰，金纯忠告辞。

他的几名随从没闲着，一回到客栈就对他说：“原来这个宋阖不是什么大人物，他妹子给殷措当妾，他也就在县里抖抖威风。”

金纯忠越发迷惑不解：宋阖究竟在替谁说话？以为皇帝在调查什么？

第八十六章

御状

金纯忠喝了不少酒，脑子昏沉沉的，没办法仔细思考，只得先上床睡觉，打算明天再仔细打听，那个宋阖自作聪明，肯定会说漏嘴的。

此行虽然没找到杨奉家人，却可能意外钓上一条大鱼，也算是给皇帝一个交代，金纯忠因此睡得很踏实。

夜里，他隐约觉得身边似乎多了一个人，可是太困了，不想睁眼，于是告诉自己，这是一个梦。

这梦太真实了，身边的人伸手过来搂抱，金纯忠惊醒，猛地坐起身，只听旁边啊的一声尖叫，真的有人，是名女子。

“何人？”金纯忠喝道。

“四老爷送来……”女子颤声道，着实被吓得不轻。

金纯忠想了一会儿，终于记起宋阖的确说过要送一名京城来的女子过来陪寝，可自己明明拒绝了。

金纯忠揉揉眼睛，缓和语气：“别怕……你怎么进来的？”

“我……他们把我送进来的。”女子似乎没明白他的意思。

随从都已经睡觉，肯定是客栈掌柜开门送人。金纯忠觉得自己该换一家客栈了，可县城太小，除了这家，就只有另一家又小又破的客栈。

金纯忠觉得头疼：“点灯。”

“是，官人。”女子也显得自然许多，下地摸索。金纯忠指点方向，过了一会儿，女子找到了火绒、火石，熟练地点燃了油灯。

那是一名二十多岁的年轻女子，容貌秀丽，身上仅着小衣，两条胳膊露在外面，看上去有些冷，脸上努力装出笑容。

这比之前的庸脂俗粉的确强许多。

“你是京城人士？”金纯忠问。

女子微笑：“无根之萍，四海飘零，的确在京城待过一阵子。”

女子迈步走向床边，金纯忠指着床头的衣物：“穿上。”

女子微微一愣，却没有疑问，慢慢穿衣，每一个动作都舒缓有度、袅娜多姿，不像是穿衣，更像是解衣。

金纯忠不得不挪开目光。他是正常男人，可是身兼重任，实在不敢稍有放纵，怕自己胡思乱想，于是随口问道：“你叫什么名字？”

“奴家邀月。请教官人怎么称呼？”

“我姓金，从京城来的，路过这里……”金纯忠含糊道。这个邀月只是过来陪寝，什么都不知道，他也不想多说。

“京城物华天宝，公子相貌不俗，想必是世家之子。”邀月将称呼由“官人”改为“公子”。

金纯忠不肯回答，余光看到她已经穿好衣裙，说：“你可以离开了，就对宋阖说……你随便说吧，怎么都行。”

邀月微笑：“谢谢公子关心。”

邀月向门口走去，金纯忠却动了恻隐之心，宋阖这种人不会有怜香惜玉之心，邀月没能引诱客人，回去之后必遭惩罚。

“要不，你多留一会儿吧，回去也好交代。”

邀月转身道万福，低低地了说一声“多谢公子”，走到桌边坐下，低眉顺目，不露风情，身上更无半点风尘气息。

金纯忠没法入睡，也穿上衣服，坐在床边，脑子慢慢转动，突然想起可以向这名女子打听一下消息：“你来湖县不久吧？”

“差不多半个月。”

“京城繁华，大家都想去，你却为何离开？”

“身不由己。何况万紫千红都是泥土里长出来的，繁华之下必有卑贱，公子看到的是繁华，像我这样的人，地位卑贱，在哪儿都是一样。”

金纯忠颇感惊讶，觉得此女不俗：“你家老爷倒是真舍得本钱，把你从京城带来，肯定花了不少银子吧？”

“我是自愿来的，没费四老爷一文钱。”

金纯忠越发意外：“这是为何？”

“我要去一个地方，可是身无分文，又是妇道人家，难以行路，正好四老爷进京，听说湖县离东海国比较近，所以我自愿委身，跟着来了。”

“你要去东海国？离这里还远着呢，先要沿江东进，然后登岸北上，至少也要半月路程。”

“有什么办法？只好走一步算一步了。”邀月轻叹一声。

金纯忠同情心骤升，差点就要说出要带她一同前往东海国的话，转念想到自己是为皇帝做事，带一名女子在身边，委实不妥。

“你若是能多等几天，或许我可以帮忙，送你一程。”

“多谢公子。”邀月大概是听惯了许诺、见惯了没有下文，谢得不是特别真诚。

金纯忠却在认真思考：“我正好要去东海国，你在那边有家人吗？我可以给你带句话，让他们来接你，这样会更方便一些。”

邀月抬起头：“公子要去东海国？”

“对，等同伴到了就走。”

邀月想了一会儿，轻轻摇头：“我在东海国没有家人。”

“那你去东海国要投奔谁？朋友吗？”

邀月依然摇头：“我从来没去过东海国，在那里没有熟人。”

金纯忠对此女越来越好奇：“既然如此，你何必非去那里不可？”

邀月沉默了一会儿，大概是觉得这位金公子不像坏人，开口道："我要找一个人，是我……从前的主人，他在东海国出海，下落不明，我想弄清楚究竟是怎么回事。"

这样一名女子竟然忠于旧主，金纯忠惊讶之余还有些敬佩："海上风波险恶，难免出事，你去了东海国也打听不到什么。"

邀月咬着嘴唇，没有吱声。

金纯忠本想打听消息，结果却被对方的事情所吸引，想了一会儿，说："不如这样，我在这里给你租一间屋子，我去东海国帮你打听家主的下落，若有消息，派人通知你，你觉得怎么样？"

邀月起身，盈盈跪拜："多谢公子一番好意，可我要打听的不是主人下落，而是……他是怎么被陷害的。"

"请起。你的主人不是出海遇难吗？怎么又有陷害之说？"

邀月起身："公子既是京城世家子弟，我还是不要多说的好。"

"怎么，你家主人是被官员陷害吗？正好，我认得几位大人，或许能为他平冤昭雪。"

邀月咬着嘴唇又想了一会儿："公子要去东海国，与燕家关系不错吧？"

"国相燕康？有过数面之缘，不熟。"

"燕家的公子呢？"

"燕朋师？见面的次数多一些，但也不熟。你希望燕国相替你家主人洗冤？我倒是可以说上话。"

邀月摇头："陷害我家主人的就是燕家。"

金纯忠大惊，猛然想起一件事，站起身道："你家主人是谁？"

"楼船将军黄普公。"

金纯忠目瞪口呆，慢慢坐下："黄将军怎么会……他从前也是燕家的人吧？"

"是。连我也在燕家待过一段日子，所以我知道燕家对黄将军极为不满，一直想要置他于死地。"

"你有证据？"金纯忠与刑吏接触多了，第一件事想到的就是证据。

"黄将军出海未归的消息是八月初传到京城的，可是此前十几天，燕朋师就上门对我发出威胁，声称没人能保护我，要让我生不如死——他怎么提前知道黄将军出事，再也不会回京城了？"

这可算不得证据，燕朋师是权贵公子，一时气恼，什么事都敢做。

金纯忠想了一会儿，打量邀月："你知道我是谁吧？"

"我从四老爷那里听说公子可能是皇帝身边的人，别的我就不知道了。"

“所以你是想借助我告御状？”

邀月又跪下了：“黄将军是陛下亲手提拔的爱将，陛下对他的失踪就没有半点怀疑吗？公子立此一功……”

金纯忠抬手阻止邀月说下去，让她起身。原以为这是一次巧遇，原来还是安排好的。这名女子可不简单，来陪寝肯定是自己争取到的，她说的话不能全信。他说：“你先说说自己是怎么来到湖县的吧。”

“燕朋师向我发出威胁，然后又传来黄将军失踪的消息，我知道情况不妙，当天就逃出了黄府，无处可去，只能去投奔从前认识的姐妹，在那里见到了四老爷，偷听到他说无论如何都要拦住皇帝，我以为能借机告御状……没想到会被带至湖县，走又走不了，只好留下。”

“拦住皇帝？他还说了什么？”

“我听到的不多，‘财路’‘田地’‘胆子要大’一类的话。”

“宋阖是做什么生意的？”

邀月想了一会儿：“没见他带什么货物。哦，他可能是人牙子。”

“嗯？”

“他见人总要先估个价儿，所以我猜他是做这行的。”

金纯忠是自己要了个价儿，他更糊涂了，一名人牙子能有多大势力，竟然放狂言要拦皇帝？

“天亮之后你回宋家。”

“是。”

“我会对宋阖夸你几句，他会把你再送过来。你想办法弄清宋阖究竟要对皇帝做什么，立了这一功，你什么状都告得。”

“公子……真是皇帝身边的人？”

“宋阖要出十万两银子收买我，你说我是不是？”

邀月笑了一下，郑重地点头：“我会问清楚，四老爷的嘴不严，之前是我没太在意。”

金纯忠让邀月睡在床上，邀月不肯，只愿伏桌而睡。

次日天还没亮，邀月悄悄离去。金纯忠起床之后也没闲着，派两名随从出去继续打听宋阖的底细，又让掌柜给宋阖送去拜帖，要回请一席。

小小一个湖县，要出大事。

第八十七章

成千上万

韩孺子总觉得自己身边还有泄密者。

赵若素的确能够提前了解皇帝的诸多计划，但是远非面面俱到，他与皇帝只算是合作关系，既非宠信，也算不上朋友，对皇帝心中那些隐私与含糊的想法，应该无从得知。

可朝中大臣似乎住进了皇帝的心里，拿捏得极为准确，总是在安抚皇帝与惹怒皇帝之间平安行进。

韩孺子没办法相信任何人，但也不能因此逐退身边所有人。他撵走了赵若素，然后默默观察、寻找证据。

迄今一无所得。

来到湖县，韩孺子顿生感慨，杨奉是他最好的老师、臣子与同伴，说是朋友有些过了，但是互相理解，极少犯错。

杨奉并非没有私心，但他的私心与皇帝井水不犯河水。

韩孺子早已下旨，巡狩路上免去各地的大规模拜见，只允许当地主要官员进营见驾，勉励几句，就让他们退回衙门。

王平洋正式入职礼部，官不大，专门负责前驱与沿途官员沟通，做得不错，总能合乎皇帝的心意，一切从简，尽量减少浪费。

如此一来，韩孺子的休息时间也能更多一些，但他通常二更才会上床，今天睡得更晚，为的是等候金纯忠。

金纯忠提前多日来湖县调查，临行前得到皇帝的指示，无须通信，一切见面再说。

直到三更过后，金纯忠终于来了，一身酒气。领他进帐的张有才皱着眉头，十分不满，还有点意外：金纯忠向来恭谨，竟然也会出错，在见驾之前饮酒。

金纯忠跪拜，身子微微摇晃，很难保持平衡："陛下见谅，微臣不得不喝这顿酒。"

"起来说话。"韩孺子向张有才点下头，太监退出帐篷，临走时朝金纯忠的背影摇摇头。

“找到了吗？”韩孺子问，心里有一点期待。

金纯忠起身之后摇晃得更加明显：“毫无线索，杨奉家人很可能已经搬离此地。”

韩孺子的眉头也皱起来了。

金纯忠看不清皇帝的神情，他心中只剩一线清醒，要将这些天打听到的大事告诉皇帝，于是上前一步，急切地说：“陛下上当了。”

“嗯？你在说笑话吗？”韩孺子没反应过来，还以为金纯忠之前的话是在骗自己，心想：所谓酒后无行，还真是准确。

金纯忠使劲儿摇摇头，让自己再清醒一些：“笑话？没有笑话。陛下记得邀月姑娘吧？她也在湖县，多亏了她，微臣此番湖县之行才没有白来……”

金纯忠觉得自己说得很清楚了，在皇帝听来却是一团糟，严厉地打断：“哪来的邀月？朕怎么会认得此等女子？金纯忠，你在湖县到底做了什么？”

被皇帝一喝，金纯忠吓了一跳，酒气上涌，心里明白，嘴上却更加笨拙：“陛……陛下息怒。陛下不认得……不认得邀月？哦，是……是微臣记错……记错了。是这么回事，邀月先在坊里做歌伎，后来被梁家买走，又到了张家，再到李家，又到燕家……不是她做错了什么，而是太会做事；不是遭到正室的嫉妒，就是被别人看上……”

韩孺子招手，让金纯忠过来：“喝几口茶，坐在那边醒醒酒，再过来说话。”

皇帝的话就是圣旨，金纯忠立刻执行，抓起桌上的茶壶，没找到茶杯，直接举起茶壶，对嘴灌了半壶，胸前湿了一片，他也不在乎，放下壶，急迫地说：“事情重大，陛下……”

“去那边坐下，先醒酒。”韩孺子打断，实在不想再听他胡言乱语。对金纯忠，他已经很客气了，换成别人，早就撵出帐篷了。

帐篷里唯一的椅子被皇帝坐着，还剩几张圆凳，金纯忠挑了一张坐下，深呼吸，努力控制身体，想要证明自己很清醒。

三次呼吸之后，金纯忠一头栽倒，趴在地毯上，竟然睡着了。

外面的张有才听到声音，进帐篷查看，见到金纯忠的样子，不由愣住了。

韩孺子起身：“不用管他，让他就睡在这里吧。”

韩孺子没必要熬夜了，回自己的寝帐休息。张有才送走皇帝，又回到书房帐篷，将金纯忠扶好，盖了一条薄被，摇头走了。

淑妃邓芸早就睡了。她已经有点习惯巡狩生活，但是一定要保证睡眠，也不管皇帝怎样，反正她得早早上床休息。

韩孺子躺在床上，仍按习惯运行呼吸法门，将要入睡的时候，突然想到，自已能逐退身边的人，却没办法逐退他们留下的习惯。

第二天他起得很早，按照原计划，午时之前他就会离开湖县，不用当地官员相送。这里并非重镇，皇帝只是路过，要到东海国之后，才会再度久驻。

韩孺子的生活极有规律，起床之后先看连夜送来的新奏章，浏览一遍，没有重要奏章，与后起床的淑妃一块儿用早膳；接下来是召见随行官员与将领，为时都不长，午时前一个多时辰都能结束。

到了这时，前锋队伍已经出发，前去肃清道路。皇帝大概有半个时辰的自由时间，准备好了就能上路。

一忙起来，韩孺子几乎将金纯忠给忘了，出发前一刻才想起来，问张有才："金纯忠呢？"

"昨天后半夜醒的，一直等着见陛下。"张有才回道。

韩孺子想了想，传旨下去，让队伍再等一刻钟，他来见金纯忠。

帐篷里的桌椅等物都已搬空，只剩一顶空帐，金纯忠面红耳赤地站在里面，一见到皇帝就要下跪。

韩孺子抬手阻止："你是要现在说，还是随朕出发，路上再说？"

皇帝没有指责，金纯忠的脸更红了，但他已经完全清醒，知道什么事情最重要，马上道："微臣在这里偶遇黄普公将军身边的一名丫鬟，她要告御状。"

"就是那位邀月姑娘？"

金纯忠已经忘了昨晚说过什么，闻言一愣："陛下恕罪……"

"恕你无罪。既是黄将军的丫鬟，怎么不在京城告状，却跑到湖县？"

金纯忠将邀月受到燕朋师威胁只得逃走的经历大概说了一遍。

"她的怀疑有些道理，可是燕朋师既然不愿意让出丫鬟，当初为何又将她送给黄普公？"

"邀月也是不解，当时燕朋师气哼哼地回家，什么也没解释。"

韩孺子想了一会儿："你留下，带上邀月前往东海国，不要跟得太紧。"

"是，陛下。"

邀月并非普通的丫鬟，出身于伎坊，不宜留在巡狩队伍中。韩孺子已经派人调查黄普公出海失踪之事，到了东海国，有可能需要邀月做人证。

外面还有一大批人等着，都已上马列队，韩孺子转身要走，金纯忠急忙道："还有一事，陛下应该知道。"

"说吧，简短些。"韩孺子犹豫了一下，决定给金纯忠机会。

"这个宋阖很不简单，专门买卖人口，出入将门侯府，与朝中许多权贵相识。"

严格来说，大楚禁止买卖人口，只允许签为奴契约，有时限，也有工钱，但是在民间，这就是卖身契，许多穷人一辈子为奴，到期之后也会续约。韩孺子的母亲当初就是这样进的王府，生下儿子之后，更不会离开了。

“嗯。”韩孺子知道这种事不太合乎律法，但是没精力干涉。

“微臣昨晚与他喝酒。”金纯忠脸上又是一红，“终于引他酒后吐真言，原来他不只是买卖女子，生意大得多，他自称是‘成千上万’。”

一般的人牙子经手的人口不过数十，上百就算多了，韩孺子道：“他不是吹牛吧？”

“微臣原本也是这么以为，于是嘲笑他，宋阖又说，‘成千上万’都是谦虚的，他有官府配合，买卖大得很，各地王侯的田庄里，都有他卖去的奴仆。他还说，这几年生意尤其好，在湖县就有几千人待售。宋阖以为微臣是来暗访的，所以收买微臣，出手就是十万两。”

韩孺子心中一动：“他哪来这么多人？”

“他没细说，我急着来见皇帝，也没来得及追问。”

韩孺子在帐中来回踱步，张有才两次掀帘探头，无声地催促皇帝。

韩孺子止步：“那你就多留几天，将事情问清楚，然后来东海国见朕。需要帮手吗？”

“不必，人多了反而会惹来怀疑。”金纯忠有现成的逗留理由，就是邀月，他表现得很迷恋这名女子，已经得到宋阖的信任。

韩孺子出帐上马，队伍出营。

此次巡狩，淑妃获准乘坐马车，其他人都是骑马，人数不多，种类却不少，有南、北军，有宿卫军，有勋贵侍从，有随行官员，有太监、宫女，还有皇帝亲选的多名顾问，光是简单的排序问题，就让礼部头痛了好几天。

队伍井然有序，皇帝身边都是近臣与侍卫，各守其位，谁也不能超前或是落后。

东海王与崔腾是近臣，又是宿卫军名义上的将领，因此离皇帝最近。东海王笑问道：“是金纯忠吗？陛下不带他一块儿上路？”

“等他找到人再说吧。”韩孺子冷淡地说，表现得对金纯忠有些不满。

皇帝没有多少秘密，金纯忠正在寻找杨奉家人之事，身边的几个人都能猜到，但是皇帝不承认，他们也不提起，正好成为极佳的掩饰。

当天傍晚，韩孺子翻阅奏章时一直思考：当初安置流民时，曾经招募不少士兵，这些人哪儿去了？会不会就是宋阖“生意大好”的原因？

云梦泽开荒少人，却有奸徒“成千上万”地倒卖人口，韩孺子心中的震怒难以言喻。正因为如此，所以他表面上更要不动声色。

第八十八章

败得蹊跷

金纯忠先行一步来到湖县，另有一批御史台官员则先行一步赶到东海国，调查楼船将军与一支水军的离奇失踪。

皇帝亲点的一名将军、数千将士、几十条战船，莫名消失在海上，不能不令人感到惊奇。瞿子晰担任右巡御史接手第一件案子就如此棘手，他打起十二分精神，不敢稍有疏漏。

准确地说，御史台并不负责查找失踪者，他们的职责是监督相关衙门与官员的工作，在此案中，主要对象是兵部与东海国。

东海王一直没有就国，也从来不参与本国事务，全盘交给国相燕康处理，倒给相关各方省下许多麻烦，不用再找他了。

皇帝一行离得越来越近，瞿子晰盯得也越来越紧，一个多月了，除了传言，还没有任何准确消息，实在没法向皇帝交代。

这天下午，燕康派人来请，说是终于有了确切消息。

兵部的官员已经赶到，与燕康一同站在大门外迎候右巡御史一行。

右巡御史离宰相只差一步，乃是朝中重臣，无论是在京城，还是在外地，都备受尊崇。

燕康虽是世家子弟，早年间也曾苦读经典，考中过进士，对儒生一向尊重，年岁虽长，但每次见到瞿子晰都执弟子礼，十分恭敬。

瞿子晰每次也都还礼，不因位尊而骄，进了衙门，也不肯坐主位：“做事的是诸位，御史台只是提前跟随，负监察之职而已，不可逾越。”

一番谦让，燕康还是坐了主位；瞿子晰居右，位置稍近一些；兵部来了一位侍郎，侧身而坐，不敢与右巡御史并列。

又是一番客套，燕康终于说到正事：“楼船将军此前去进攻孤木岛，逾期未归，本官立刻派人前往调查，结果岛上空无一人，并无战斗痕迹。于是本官扩大了搜索范围，并且悬赏征集线索，就在今天上午，一船渔民返港，说是亲眼见到了楼船将军。”

“怎样？是死是活？”兵部官员问道。

燕康重重地叹息一声："倒是活着，还不如死了。"

兵部官员一愣："难道……"

燕康点头："那些渔民亲眼所见，楼船将军已投降海盗，成为首领之一。"

"什么？怎么会有此等事？"兵部官员大吃一惊，看了一眼右巡御史。

瞿子晰没开口，默默地听。

"黄普公被封为楼船将军，前途无量，为何要背叛朝廷？"兵部官员不解地问。

燕康摇摇头："本官也纳闷。渔民只是远远地看上一眼，没敢靠近，立刻逃走。本官已经再次派人出海，这回有了方向，应该很快就能得到确切消息。"

兵部官员紧皱眉头："果真是，不如死了好！燕国相，黄普公曾是你家的仆人，你猜一猜，他为何做出这种背信弃义、弃明投暗之事？"

燕康沉吟多时："不好说。黄普公为人沉稳有大略，且又勇猛无畏，实在是难得的大将，唯有一点，生性好赌，平时赌也就罢了，到了战场上，也是赌性难改，只是赢的时候多，别人看不出毛病，这一回，他大概是赌输了。"

兵部官员连连摇头："说实话，黄普公制定出海策略时，兵部就觉得不妥。再等一两年，朝廷水军就能完全占据上风，将海盗一举扫荡，何必在战船不足的时候急于出战？黄普公自恃勇猛，拿陛下的信任和朝廷的水军做赌注……唉，果真如此的话，咱们怎么向上报告？"

两名官员都看向右巡御史。

瞿子晰开口道："如实上报，陛下要的是实情，不是虚饰。"

两名官员诺诺称是。燕康道："眼下只知道一件事，黄普公还活着，其他事情都是本官的猜测，做不得准。按行程，陛下五日后会到，没有意外的话，在这之前应该能有确切消息。"

瞿子晰嗯了一声，说："那船渔民，御史台要见一见。"

"当然，他们就在城里，随传随到。"

三人又聊了一会儿，瞿子晰告辞，出了衙门，指定手下的一名御史去见渔民，拿一份口供回来。

回到住处，瞿子晰埋首于旧公文之中，查找黄普公失踪的蛛丝马迹。

黄普公的确有几分赌性，但是出征之前的准备极为充分，小到要带多少淡水、多少备用木料都标注得清清楚楚。

瞿子晰不懂军务，却也觉得这样的将军理应百战百胜，败给海盗就是一件奇事，竟然投降，更加不可思议。

外面有人敲门。

“进来。”

御史南直劲推门进屋，拱手道：“大人找卑职？”

瞿子晰点头，指着桌上、桌下的一摞摞公文：“你都看过了？”

这些公文都是东海国与兵部提供的副本，时间跨度将近一年，黄普公的经历几乎都在上面，还有失踪之后的查找经过，也都详细记录在案。

“看过了。”南直劲从中书省调至御史台，因为经验丰富，被指定为阅书人。

“看出什么了？”

南直劲闭口不言。

“怎么，不能说吗？”瞿子晰略显不满，他虽然年轻些，但怎么也是右巡御史，属于南直劲的顶头上司，不该受到冷遇。

南直劲行礼：“卑职不敢无礼，可卑职所言皆是猜测之词，不知大人是否想听？”

“既然是猜测，就当是参考好了，不会记录。”

南直劲又一次行礼：“以卑职所见，楼船将军败得蹊跷。”

“此话怎讲？”

“一年多来，楼船将军连战连胜，海上群盗几个月前就已作鸟兽散，突然集合在一起，击败大楚水军，实在难以令人相信。卑职以为，群盗再集，可能是因为有了必胜把握，而这把握只怕来自官府的人。”

“有人泄密，出卖了楼船将军？”

“有这个可能。”

“会是谁？”

南直劲指着那些公文：“黄将军战前计划颇为细致，这本是好事，却也容易被人利用，有机会提前看到计划的人，自然有机会泄密。”

瞿子晰沉吟片刻：“国相燕康声称黄普公生性好赌，你以为呢？”

“若是只看黄将军所写的作战书，这可不是一位好赌之人。”

瞿子晰点头，觉得南直劲不愧是中书省老吏：“你听说了吧，刚来的消息，说是黄普公投降海盗了。”

“人皆贪生，楼船将军被俘之后若是选择投降，并非没有可能，可御史台的职责只是查清他之前为何会战败。”

“嗯，有道理。你去一趟国相衙门，查问清楚都有谁能提前看到黄普公的作战书。”

“是，大人。”

瞿子晰觉得自己离真相越来越近了。

吃晚饭时，一名仆人频频偷瞧右巡御史，似乎有话要说。瞿子晰察觉到了，饭罢，单独留下此人："你叫赵豪？"

赵豪是东海国指派的仆人，立刻下跪："大人好记性，还记得小人的姓名。"

"嗯。"

赵豪抬起头，急切地说道："小人有话要对大人说。"

"说吧。"

"东海国内有一人，即将承受千古奇冤，唯有大人能救之。"

"谁？"瞿子晰马上想到了黄普公。

"东海国都尉陆大鹏。"

瞿子晰皱眉，他见过陆大鹏。都尉名义上是一国的最高武将，其实手中没多少兵马，只负责粮草征集与文书往来，与军吏无异。御史台来到东海国之后，从未怀疑过此人有问题。

"谁要冤枉他？"

"就是大人您。"

"混账话，本官何时要查他了？"

"马上就要查了。"

瞿子晰先是大怒，随后心中一动："把话说明白。"

"已经有人对大人说过，楼船将军战败，是因为遭到出卖了吧？"

瞿子晰没回答。

赵豪继续道："无论大人现在怀疑谁，最后都会指向陆都尉，他就是准备好的替死鬼，给御史台和朝廷一个交代。"

瞿子晰脸色微变："你怎么会知道这些事？"

赵豪磕了一个头："实不相瞒，小人与陆都尉府中的厨子是结拜兄弟。陆都尉受到国相逼迫，已经同意认罪，这些天正与家人告别。小人听说此事之后，路见不平，来向大人道明，一则不希望看到好人受冤，二则不想看到大人与朝廷受到蒙蔽。"

瞿子晰十分惊讶："好，本官明白了，如果事情真如你所说，本官断不会坐视不理；如果你在撒谎，御史台不仅治官，也治得了你这种刁民。"

赵豪连连磕头："小人就算有一百个胆子，也不敢对大人撒谎啊！"

"退下吧。此事不要再对任何人提起，尤其不要对陆都尉一家提起，明白吗？"

"明白，大人，小人明白。有大人做主，小人心里踏实了。"赵豪恭敬地退出。

瞿子晰思考了半晚，次日看了渔民的口供，然后坐等回话。

午时前，南直劲回来，交上一份名单，都是有机会提前看到黄普公作战书的人，共有七名，都尉陆大鹏的名字赫然在列，但是排在第一位的是国相燕康。

瞿子晰放下名单，问道：“谁最可疑？”

“燕国相与陆都尉。”

瞿子晰心中微微一震：“理由呢？”

“黄普公原是燕家之仆，如今平步青云，肃清海盗之后更是前途无量，据说有可能掌管南军，地位超过旧主，不免引来嫉妒。”

“嗯。陆都尉又是什么原因？”

“黄普公初返东海国剿匪时，因为战船安排与陆都尉发生过多次冲突，两人的不和在东海国人所共知。如今海盗已经肃清大半，大批战船即将成军，无论谁指挥作战都可能取胜，陆都尉可能是想报仇，并且抢功。”

瞿子晰点头，心里却想，这个南直劲好大胆子，刚在京城得罪陛下，尚未得到原谅，就敢在东海国再行欺君之事。

南直劲不动声色，没人能猜透他的心事。

第八十九章

陛下不要的东西

皇帝即将到达东海国，右巡御史瞿子晰却宣布休息一天，除非圣旨降临，否则不准任何人打扰自己静休。

此时的东海国，右巡御史就是最高长官，没人敢对此提出反对意见，只能腹诽一番。

皇帝要在东海国停留至少五天，地方的准备工作可不少。前驱使者提前三天赶到，提出诸多意见，每一条都能让东海国官府从上到下忙上一会儿，静休的瞿子晰因此更显突兀。

王平洋是临淄人，离东海国不算太远，王家又是东海国查找出来的，他这算衣锦还乡，受到的待遇与他人自有不同，所到之处，总有一大群官员跟随，国相燕康更是寸步不离。

“陛下厉行节俭，这些彩棚全拆掉。还有这些房子，是不是重新刷过浆？店铺招牌也都是新换的吧？唉，你们这些人，真不知怎么说才好，弄得这么明显，陛下一眼就能看出破绽。全换，换回原来的样子。”

有人小声提醒，只剩不到三天，时间可能有点来不及。

“兄台，我知道困难，可是有什么法子？想轻省些？倒也容易，咱们什么都不做，等陛下来了龙颜大怒，大家一块儿回家种地去吧。”

官员立刻惊慌失措地道歉。燕康指天发誓，两日之内就能让街道恢复旧貌。

检查结束，王平洋前往国相府参加宴会，一进大厅就皱起眉头：“怎么搞的？说了一路的节俭，我这里口干舌燥，你们还弄这一出？”

厅里摆了三桌，上面堆满了山珍海味，几名美艳女子侍立周围，手中托着酒壶，见大人们进来，立刻娇滴滴地齐声问安。

燕康笑道：“王大人说要节俭，这就是节俭啊！”

王平洋一愣：“是我离乡太久吗？东海国的节俭跟别处不太一样啊。”

燕康请王平洋入席。他们这一桌只有三人，其他官员紧紧挤在另两桌周围。

燕康先端起酒杯，王平洋也端起，只闻得一股异香，身后的侍女过来斟酒，冲他嫣然一笑。

王平洋瞥了一眼，急忙挡住杯口：“燕大人，话不说清楚，这酒我可不敢喝。”

燕康笑道：“王大人有所不知，这些酒菜都是东海国本地特产，原本是要用来接待陛下的，我们想得单纯，以为没费多少钱，还算节俭，今日听王大人一说，如醍醐灌顶，明白自己错在何处。可是东西已经准备好了，用钱再少也是花费，总不能就这么扔掉吧，那样的话岂不更加浪费？”

王平洋沉吟片刻：“所以咱们这是在打扫陛下不吃的食物？”

“正是如此。王大人，您得原谅我们，没给您专门准备一桌。”

“无妨，这样更好，节俭，一定要厉行节俭。”王平洋挪开手，侍女再度斟酒，几乎贴在大人的身上。王平洋心迷意乱，酒还一口没喝，已有三分醉意。

众官轮流上前敬酒，攀同乡、论交情，个个都是一见如故，其中两人论来论去，还真与王平洋是远亲。

宾主双方都很尽兴。燕康暗示，本想送给皇帝但撤下来的东西不少，王大人若是不嫌弃，都可以拿走。

王平洋不嫌弃，觉得一路走来，就属东海国官员最会做事，但他也有一点担心，用目光瞥了一下同桌的另一人，小声道：“没问题吧？”

兵部的侍郎名叫张擎，来得比较早，与当地官员早已成为至交好友。燕康大笑道：“王大人放心，老张是自己人，陛下不要的，给王大人；王大人不要的，才给老张。”

王平洋忙拱手向张擎道：“这可不敢。张大人是兵部侍郎，品级比我高，我一个礼部小官儿，来得又晚，怎可夺人之美？张大人，您先挑。”

张擎急忙放下酒杯："王大人太客气了，我们兵部的人都实在，王大人想抬送东西，找我，一两百人我能提供，千万别说谁高谁低、谁先谁后的话，大家都是朋友，王大人来得晚，更应该您先挑。"

三人同时大笑，别桌的官员也跟着笑，气氛越发热烈、融洽。

喝着喝着，王平洋突然眉头一皱，将酒杯放下，问道："瞿御史怎么没来？"

东海国众人嘿嘿。张擎道："瞿御史今天休息，不准外人打扰。"

"休息？陛下即将驾临，大家忙得团团转，瞿御史却要休息？"

"瞿御史说了，他的职责是监督查案，不参与接驾事务。"

"这……这叫什么话？人人都有职责，难道都因此不理陛下了？"

燕康小声道："新官上任三把火，瞿御史正在火头上，咱们别去惹他就是了。"

"嘿，他以为自己给陛下当过几天讲经教师，就可以端架子吧？"

燕康笑道："只是一天而已，明天应该就能出府。我们都习惯了，王大人也忍一忍，或许瞿御史不知道王大人到来。"

王平洋被激怒了，向门口招手，叫来自己的随从，大声道："去，给右巡御史大人送份拜帖，就说我天黑前要登门拜访。"

燕康与张擎急忙劝阻，王平洋却更加坚持，让随从立刻出发，然后道："瞧你们这副样子，怕什么？我又没做出格的事，不过是要亲自登门打声招呼而已。我不当他是右巡御史，只当他是陛下的老师，我是陛下的外戚，代表陛下提前赶到，当然要见个面。放心，瞿御史肯定会见我，他在外面待得久了，需要从我这里了解陛下的动向。"

众官附和。

没多久，随从回来了，走到主人身边，小声说了两句。

"什么？瞿御史不接拜帖？"王平洋怒气冲冲，"你说了我是谁吗？"

随从点头："说了。可那边说，除了圣旨，一概不接；除了陛下，一概不见。"

王平洋大怒，拍案而起，将身后的侍女吓了一跳，洒出不少酒来。

"真狂啊！还没当上宰相呢，他哪来的脾气？"

燕康拉着王平洋坐下，笑道："御史是言官，不爱与其他官员接触，也是应该的。"

"我是'其他官员'吗？真论官位，我也不去见他，还不是看在都是陛下身边人的分上，给他一点面子？"

"瞿御史这个人……怎么说呢，书读得多，事见得少，讲究'天地君亲师'，在他眼里，老师怕是比外戚重要些。"

"'亲'可在'师'的前面！"王平洋越发恼怒。

众官上前敬酒劝慰。这些人都是老狐狸，说是劝，暗中却是火上浇油。王平洋本想说几句就过去了，最后忍无可忍，也不喝酒了，向众人告辞，非要亲自去见瞿子晰一面不可。

“他以为自己一定能当宰相吗？我一句话，让他连现在的位置都保不住。”

众官表面拦阻，却一路将王平洋送出国相府，到了外面，再没人跟随。

瞿子晰的住处离国相府很近，天色将晚，王平洋喝得又多，也不骑马，在随从的指引下，很快来到宅院前，命人上去砸门。

没多久，大门打开，从里面走出一名少年仆人，打量几眼，问道：“何人？何事？”

风一吹，王平洋清醒些，没敢立刻发作，上前道：“在下礼部参事、巡狩前驱使者王平洋，特来拜见右巡御史瞿大人。”

少年微皱眉头：“不是对你的人说过了吗？瞿先生今天不见客，明天再来吧。”

少年退回门内，随手要关门，王平洋上前一步，伸手挡住：“你向瞿大人通报过吗？”

“瞿先生静休，我也不能去打扰，怎么通报？”

“你还是通报一声的好，瞿大人肯定不会怪你，他认得我……应该认得我。”

少年摇头：“先生的话说得很清楚，我不能违背。而且先生认识的人可不少，人人都像你这样，永远也没机会静休了。”

王平洋恼羞成怒，只觉得众官员都在远处窥望，自己若是无功而返，将就此沦为笑柄，还有何脸面接受“陛下不要的东西”？

“我不是普通人，我姓王，是陛下的表亲。”

“陛下的亲戚多了，瞿先生可没说过哪位能见，你还是……”

王平洋向前冲去，撞开少年，大声道：“我见皇帝也没这么难。瞿御史！瞿大人！瞿子晰！”

少年要拦，王平洋的几名随从一拥而入，替主人开道，少年根本拦不住。

王平洋大步往里走，直奔正房，里面没人。他又找了几间屋子，都不见人，回头让随从抓住少年，厉声问道：“瞿御史人呢？躲哪儿了？快说，要不然……”

身后一声咳嗽，王平洋转身，认得是瞿子晰，立刻笑着躬身行礼：“瞿御史，可算见到您了，在下王平洋，乃是巡狩前驱，今天刚到，特来给您请安。”

瞿子晰点点头，转身走向一间屋子。王平洋迈步跟上，转身瞪了少年一眼，待会儿他要好好告上一状。

这是间书房，瞿子晰走到桌前，仍不开口，自己研墨，提笔写字。王平洋站在一边，笑道：“瞿御史这是修闭口禅吗？还好陛下没提前到，否则的话，您可有麻烦了。”

瞿子晰写字极快，完毕之后放下笔，转身示意王平洋过来。

王平洋走到桌前，看了几眼，吓得浑身酥软：那是一份弹劾，直指他这个巡狩前驱，说他饮酒乱性、不知礼仪。

王平洋酒醒七分，扑通跪下，正要哀求，瞿子晰挥下手，王平洋愣了一下，随即明白过来，起身抓起桌上的弹劾奏章，转身就跑。

少年过来将房门关好，瞿子晰站在桌前不动。

王平洋没注意到，桌上还有一张纸，上面写着好几个名字，黄普公、燕康、陆大鹏、赵豪、南直劲等人全都在列。

瞿子晰提笔，将王平洋的名字加上，思忖片刻，在“南直劲”三字外面画了个圈。

这一天的静默思考有些效果，瞿子晰觉得自己看出了破绽。

第九十章

吏首如贼

瞿子晰端坐在书房中，桌上干干净净，笔墨纸砚各在其位，公文都已装箱，整齐地靠墙码放。

南直劲敲门进来，扫了一眼洁净的屋子，来到瞿子晰面前，双手捧上一叠纸，躬身道：“瞿大人，国相府送来的新报告。”

瞿子晰点下头，示意南直劲将报告放在桌上，拿起扫了一眼。

燕康派出去的斥候回报，楼船将军黄普公确已投敌，不仅如此，还派人给楚军战船上射过来一封信，信的内容附后。

南直劲解释道：“信是副本，原件在国相府，大人可以派人随时查看。”

瞿子晰又点下头，快速浏览一遍信的内容，通篇是黄普公向皇帝表示歉意，声称自己不得不降，无颜见驾，绝不会与大楚为敌，从此远遁海上，云云。

瞿子晰将报告推到一边，不怎么感兴趣，反而盯着南直劲，好像真正的信息都在这位老吏的脸上。

南直劲略显困惑，回视右巡御史，半晌方道：“大人……有何吩咐？”

瞿子晰等了一会儿才开口："南大人有过这种经历吗？好事接二连三发生在自己身上，运气好得就像是在做梦。"

南直劲微笑道："运气无常，唯有德者受其青睐，大人有德，卑职无德，运气向来一般。"

"未必，其人无德而运气极佳者，比比皆是，有德者却可能终身困苦潦倒。"

"大人之见高深，卑职难解。"南直劲当然不敢与右巡御史争辩。

瞿子晰却抓住这个话题不放："运气无常，可能落在任何一个人身上，可是能否承受得起，却是另一回事。许多人贫贱之时其行堪称表率，一朝富贵，即变得粗蠢不堪。"

"是，大人肯定能承受得起。"

"呵呵，我希望如此，可事实上，我花了整整一天才摆脱掉一个可笑的想法。"

"什么可笑想法？"南直劲不得不接话。

"以为好运就该降在我头上。"

"不应该吗？"

瞿子晰摇摇头："一次还说得过去，两次就有点奇怪了，三次？而且还都是主动送上门的，就不得不小心应对了。"

"抱歉，卑职不擅长猜谜，不太明白大人的意思。"

"我来东海国已久，事情迟迟没有进展，就在陛下即将驾到的时候，突然间，所有难题都得到了解决。"瞿子晰扫了一眼桌上的报告，轻笑一声，"黄普公有了确切下落，陷害他的人暴露在我的眼前，就连新来的巡狩前驱使者，也给我送来一份'礼物'，胡闹一番，让我这个言官有事可做。"

"这都是好事，有何可疑？"

"是好事，但是来得太集中，而且太紧迫，'运气'落在我头上，却不想让我看得太清楚。"

"既然是运气，往往如此。"

瞿子晰盯着南直劲："我只要真相，不要运气。"

"当然，御史台的职责之一就是查找真相，大人打算从何处着手？"

瞿子晰抬手指指南直劲。

"我？"南直劲面露惊讶，"卑职只是大人手下的一名小小御史……"

"关于你的传言可不少，我不是太相信，大楚朝廷文武百官，怎么可能受一名小小的中书舍人操纵？在东海国，我有点信了。"

"大人何出此言？"南直劲笑了，"卑职若有这等本事，何至于得罪陛下，由中书省调任御史台？"

瞿子晰冷冷地说："后天陛下驾到，你以为我会随便交一份奏章应付了事吗？黄普公根本没有投敌的理由，就算投降，也用不着计算好时间，非等到现在才送来这样一封信不可。东海国都尉陆大鹏也不是什么替死鬼，这种把戏骗不了谁，燕康才是。陛下早已厌恶燕家，将罪名栽给燕康，正好让陛下满意。还有那个王平洋，如果没有意外，陛下肯定不太喜欢此人。"

南直劲没有应声。

"说白了，所有这些安排都是在讨好陛下，让陛下安心，将目光转开。南大人威风不减，仍然能猜到陛下的喜好，比我这个'帝师'强多了。"

南直劲仍然不肯应声。

"我只纳闷一件事：为什么选中我？弹劾燕康和王平洋是两件大功，朝中有的是官员，南大人不交给自己人，偏偏将'运气'送到我头上，为什么？"

南直劲深吸一口气："朝中官员虽多，但唯有瞿大人尚能得到陛下的一些信任。"

"嘿，既然如此，当初又为何推我去见驾？"瞿子晰也不笨，事后明白过来，当初皇帝屏退赵若素，正在气头上时，自己去见驾实在是个错误，也是宰相等人对自己使的手段。

"当时比较慌乱，没想那么多。"

瞿子晰冷笑一声："黄普公究竟是怎么回事？是死是活？是否投敌？来信是真是假？"

"大人真想知道？"

"或者对我说，或者对陛下说。"瞿子晰顿了顿，"或者对刑吏说，你既有'吏首'之称，也不知他们是否会对你手下留情。"

南直劲长叹一声："'吏首'如贼，一旦人人皆知其为贼，还如何盗窃？朝中并没有真正的吏首，我不过是在中书省任职久了，看得通透一些，不忍看到陛下与臣子彼此猜疑、互相争斗，所以在中间弥合一下。可惜事与愿违，我做得越多，陛下与臣子的隔阂越深。"

"不在其位不谋其政，南直劲，你越界了。"

南直劲躬身行礼："卑职认罪，愿向大人交代一切真相。"

瞿子晰有点意外，这位老吏表现得太镇定了，似乎早料到会有这一刻。

"先说黄普公。"

"黄普公是死是活、是否投敌，我不知道，也不关心。但燕康不是替死鬼，的确是他向海盗泄露了作战书，将黄普公引入陷阱；也是他一手策划，要将罪名栽给都尉陆大鹏。"

“向我告密的赵豪受谁指使？”

“兵部张侍郎了解燕康的计划，找到陆大鹏，劝说他反戈一击。赵豪是陆大鹏找到的。”

张擎与燕康一直表现得非常友好，居然在背后使阴招。

“张侍郎与燕家有仇？”

“无仇。他是为兵部做事。”

瞿子晰心中一震，这可不是他预料到的事情：“继续说。”

“我得到消息，待海战结束之后，陛下极可能任命黄普公为南军大司马，对兵部来说，这是一场灾难。”

“为什么？黄普公不会打仗吗？”

“与打仗无关，是出身。”

瞿子晰一愣，没太明白：“就因为黄普公当过海盗？”

“这的确是个问题，但不严重。军中有不少草莽出身的人，最后称将封侯，可黄普公不同，他不是真正的将士。”

瞿子晰又是一愣，随后明白过来：“黄普公是陛下一手提拔的将军，与兵部无关。”

“如果只是提拔他当将军也就算了。南军！那可是大楚最重要的一支精锐之师，黄普公一旦掌军，不受兵部节制，不听大将军府调令，只服从陛下一人之旨。瞿大人，您也是朝中大臣，应当明白这其中的危险。”

“兵部不希望陛下掌军？”

“陛下应当掌控朝廷，由朝廷掌军、治民，这在历朝历代都是太平之根基，以陛下之英明神武，一旦大权在握，必将为所欲为，瞿大人……”

“够了，陛下也不是第一次提拔官员，我也是陛下提拔的，还有北军的柴将军、西域的邓将军。”

“不同。柴将军世家出身，邓将军乃邓辽之后，大人是前科状元，从一开始就是朝廷的一部分，无论如何，知礼仪、懂规矩，明白各部司的重要。像黄普公这种人，只该做一员猛将，冲锋在前，凭此建功立业、封侯拜将皆可，唯独不能掌控一军。”

“你们担心他会背叛？”

“恰恰相反，我担心他太忠诚，陛下或有万一，黄普公到时候怎么办？他不受朝廷节制，偏偏手握京城重军，此时不除，将来必是大患。”

“黄普公年长，怎么可能……死在后面？”

“万一。而且陛下一旦发现独掌南军的好处，就会有第二个、第三个黄普公。”

瞿子晰沉吟良久，虽然不认可南直劲的做法，却有些理解他的意思：“兵部对黄将军做了什么？”

“什么也没做，只是默许燕康动手脚。可陛下的反应比预想的要强烈，兵部希望能够置身事外，只好牺牲燕国相。”

“兵部不怕燕康反咬一口吗？”

“燕康没有证据，兵部从来没在公文中留下任何痕迹。”

瞿子晰再度沉思，然后问道：“王平洋又是怎么回事？为何要撺掇他来我这里胡闹？”

“一是让瞿大人更能取信于陛下，二是预防一下。”

“预防什么？”

“预防宫中干政。大楚刚摆脱一位太后，不能再迎来另一位。”

瞿子晰站起身：“你以为我会听凭摆布，全按你的计划行事？”

南直劲跪下，先磕一个头，随后挺身道：“吏首如贼，我就是已经暴露行迹的贼，再无价值，请瞿大人据实相告，将我送给陛下处置。只希望瞿大人有朝一日成为百官之首以后，能够维护朝廷，保住大楚江山。”

瞿子晰大吃一惊，这才明白，连南直劲本人，也是送上门来的“运气”。

“你只是一名吏员，为什么？究竟为什么？”

南直劲微微一笑，有些事情连大儒也理解不了。

第九十一章

纸上谈兵

皇帝此次巡狩带的兵少，由各地驻军接替护送，也算是一种形式的练兵与阅兵，但是不能太靠近皇帝，只负责十几里以外的警戒。

房大业临终前推荐的数十名将领陆续赶到营中，韩孺子通过阅读奏章选中的将领一直跟在身边，两伙人加在一起有七十多位，得到的任务就是临时治理地方军。自京城出发以来，他们已接管过七支军队。

对这些将领，韩孺子十分满意，相信只需假以时日，他们个个都会是了不起的将军。

地方军队则让韩孺子看到了大楚的另一面。与精锐的京城、塞外军队相比，地方军数量不足，少则数百人，多则不过一两千人，衣甲破旧，好像都没经过训练，很多时候连队列都不齐，远远望去，像是一群被追赶的败兵。

在这种情况下，尤其考验将领们的能力，有些人束手无策，也有人能在极短时间内令一群乌合之众变成稍微像样的军队。

陈嚣就是后者。

此人三十来岁，出身于行伍世家，数代人一直当兵，直到祖父时才熬得一个小小武职。陈嚣十六岁从军，在边疆待了七八年，随后调回南方，负责剿除云梦泽群盗，因为兵少，没立过显赫的战功，但是所守之城从未遭到掠夺，韩孺子因此在奏章中注意到他的名字。

韩孺子骑马立于一座小丘之上，遥望远处的东海国军队，说："东海国常与海盗作战，军队果然与别处不同，陈嚣，你觉得呢？"

陈嚣这回没轮到管军，留在皇帝身边担任顾问。

皇帝身边的人可不少，层层叠叠，陈嚣的名字一被叫到，立刻有人将他推向前。

陈嚣为人与名字完全不同，一点也不嚣张，小步前行，向皇帝行军礼，回道："陛下看得仔细，此军进退有度，平时显然训练有素，不过据末将所知，这不是东海国军，而是陛下降旨成立的水军。"

韩孺子想起来了，笑道："没错。"

韩孺子两年前下令成立的水军，如今已具雏形，他最看重的将军却不知去向。

"陈嚣，这样一支军队，再加上一支普通的地方军队，都交给你，你会如何使用？"

陈嚣略一沉吟："视情况而定。"

"你自己假设几种情况吧。"

"若是陆战，若是敌弱我强，则水军与地方军混成一军，由精兵带弱兵，一同作战；若是敌我势均力敌，弱兵为正，专守而已，精兵为奇，侧翼冲锋，一举破敌；若是敌强我弱，精兵打第一战，向敌我双方示勇，随后全军退回可守之处。"

"若是水战呢？"韩孺子问。

"水战不可用弱兵。若是末将用兵，宁可将弱兵留在岸上接应，也不让他们上船。"

陈嚣已经省略许多"假设"中的情况，真到了战场上，形势只会更复杂，没有一定之规。

韩孺子点点头，扭头在人群中寻找兵部的随行官员，看着他问道："水军是朝廷军队，东海国本地的驻军呢？”

官员急忙上前，回道：“在更外围，离得比较远，这里看不到。”

“接管者为谁？”

“这支军队只是负责肃清道路、设立关卡，因此……没有派将官接管。”

旨意明明说得很清楚，到了具体执行的时候，仍会出现种种违背本意的解释。韩孺子没有显出恼怒，平淡地说：“朕身边这么多将领闲着呢，多派人去接管东海国军。”

兵部官员仓皇告罪，接旨退下，立刻安排将领去东海国军。

韩孺子又对东海王道：“你不去看看？”

东海王就在皇帝身边，而且是少数骑马者之一，闻言一愣：“啊？陛下让我去……我就去看看。其实也没什么可看的，地方军全是那样，平时不是种地，就是修路修墙，根本没时间训练，与其说是军队，不如……嗯，我去看看。”

东海王是宿卫军大司马，前往一支散乱的地方军，有点纡尊降贵的意思，他不情愿，可皇帝盯着，他只能同意。

韩孺子看了一会儿，又指定陈嚣为临时的“水军大将”，前往水军统领众将。

韩孺子骑马下山，继续上路，众侍从也都上马随行。

前方就是东海国地界，离治所还有一日路程，东海国按规定只派来军队与少量文官，主要官员都留在治所，没有出城接驾。

当天傍晚，巡狩队伍扎营，韩孺子临时召集群臣，宣布一条令众人意外的旨意：在东海国界停驻三日，水军与东海国军演练战法，皇帝要亲往阅视。

当今皇帝主意太多，经常一天一变，官员们早已习惯，可私下里还是头疼不已，皇帝随便一个想法，他们就得熬上半夜，书写命令，然后传送各方，事后还要连夜督察，以免出现意外，别想踏踏实实地睡觉了。

其实皇帝也没闲着。

韩孺子知道自己的一道旨意会带来多少麻烦，众官员忙碌的时候，他也没睡，单独下达了几项旨意。

右巡御史瞿子晰将提前出城来见皇帝，旨意一来一往，他大概后天能到。

陈嚣当晚再被召见。

“白天时只是远观，陈将军接手之后觉得这支水军如何？”

皇帝的帐篷里极为简朴，不过一桌、一椅、数张凳子，七八只箱子放在一边，里面的东西都没取出来，唯有脚下的地毯显示出几分特殊。

陈嚣一点也不以为意，反而越发恭谨，躬身回道：“这支水军数量不多，两千余人，但是曾得到楼船将军调教，末将暂管之后，更觉得是一支精兵。”

韩孺子点点头。黄普公是难得的大将，他训练出来的军队，自然不会差。

“你觉得此军可否一战？”

陈嚣微微一愣：“末将斗胆一问，要与谁战？”

“海盗。”

陈嚣是名谨慎的将领，即使在皇帝面前也不愿假装勇敢，这样的性格让他从军十几年默默无闻，现在也改不了，仔细想了一会儿：“末将问过，东海国尚有战船五十余艘，其中大船九艘，可为主力，若是普通剿匪，足够了；若是面对曾经伏击黄将军的那群海盗，只怕不够。”

“东海国还有大量受降的海盗，可用否？”

陈嚣又想了一会儿：“受降海盗人心不稳，只可为引导，不可为依靠，若是能找出几名熟悉海情的人，或可一战，以奇袭为主，不可恋战。”

“就当这是一道题目吧，你去写一份作战书，朕要瞧瞧。”

“遵旨。”

皇帝在巡狩路上经常出类似的题目，路过某城某山某水都要问问如何攻守，有时甚至指定一方攻、另一方守，各出战法，争论不休，但大都是纸上谈兵，并不真的实施。一开始将许多人吓了一跳，后来也就习惯了。

陈嚣因此并不意外，接旨之后回归本军，连夜召集众将，查问海上情况，制订作战计划。水军原有的将领不知情，大惊失色，得到解释之后才平静下来。

次日下午，韩孺子前去阅军。水军没问题，东海国军却是一盘散沙，东海王亲临也没办法一夜之间让他们变样，总共一千五百余人，连盔甲都不齐全，将士们手持刀枪，一个个神情紧张，想见皇帝，又怕被皇帝看到。

数百名宿卫军隔在中间，这是兵部坚持的做法，地方军良莠不齐，不能让他们离皇帝太近。

东海国军虽弱，但不比其他郡县更差，因此东海王也不掩饰，直接呈现给皇帝。

水军与东海国军进行了一次对阵演练，高下立判，水军人数多些，几次变阵之后，将东海国军分割成三大块，互不衔接，还没开战，就已处于必胜之势。

韩孺子犒赏两军，不做任何评判。

回到营地，韩孺子刚在帐篷里坐下，崔腾走进来，笑呵呵地说：“陛下真是喜欢阅军啊，这一路走来，看过多少军队了？”

“大楚地方广大，不能只有几支精兵，多多益善。”

“那是当然。”

“你有事？”韩孺子问。

崔腾天天跟在皇帝身边，可是除非真有事，否则不会主动过来说话。

“那个……东海王适合管军吗？”

“怎么了？”

“他可是……”崔腾做了几个莫名其妙的手势。

“只是临时而已，顶多五天。”

崔腾松了口气：“那就好，那就好。嗯……陛下什么时候也给我一支军队？我的要求更低，管一天也行啊。”

东海王好歹懂些治军之法，崔腾却是不学无术，连纸上谈兵都做不到，更不用说亲自领兵。韩孺子笑道：“你们都去带兵，朕身边留谁？”

崔腾一拍脑门：“对啊。”

韩孺子正好有事想问，随口道：“崔腾，你家的田地不少吧？”

“应该不少吧，反正每到秋天的时候，进府报账、送东西的人排成长队。”

“奴仆也不少吧？”

“跟宫里肯定比不了，但是也不少，我见过名册，摞在一起这么高。”崔腾比画了一下，“我一看就头疼。”

崔腾是个有问必答的人。韩孺子嗯了一声，没再追问，低头看奏章。

崔腾意犹未尽，还想再吹嘘几句，见皇帝似乎不太感兴趣，只得退下。

当晚二更，金纯忠从湖县快马加鞭赶来，带来的消息正与田地、奴仆相关。

韩孺子不肯立刻前往东海国治所，等的就是他。

第九十二章

后事

瞿子晰准备出发去见皇帝，只带贴身随从，将御史台的下属都留在城里。

众人送行，南直劲也在其中，从容不迫，没有半分惊慌之意。

瞿子晰心生冲动，真想下令将南直劲捆绑起来，一块儿带去见皇帝，但他忍住了，将南直劲单独叫到一边，低声道：“你明不明白这是多大的罪？”

南直劲拱手：“鱼与熊掌不可兼得，放任皇帝在错误的道路上越走越远，眼看着大楚朝廷四分五裂，才是更大的罪过。这几年来，卑职一直在观察瞿大人的所作所为，相信瞿大人会是千古贤相。身为宰相，大人不仅需要陛下的信任，更需要同僚的支持与配合。请大人上路，向陛下道出所有真相吧。经此一事，陛下对大人不会再有怀疑。”

“所有真相？兵部默许燕康除掉楼船将军，你在暗中干预朝政，这些真相也要道出？”

南直劲微笑道：“谁能阻止大人呢？卑职无所谓，不过是在死罪之上再加一条罪。至于兵部——卑职相信大人自有选择，而且是最正确的选择。”

揭发兵部意味着还要搜集大量证据，并且得罪大批同僚，对于瞿子晰来说，得不偿失，甚至对皇帝也没有好处，反而会破坏皇帝的种种计划。

黄普公很可能再也回不来了，他在朝中毫无根基，消失也就消失了，再挖出真相已经没有任何意义。

对瞿子晰来说，这就是“最正确”的选择。

瞿子晰厌恶南直劲，自己苦读圣贤之书，凭本事得到明君赏识，到了最后，命运却好像被一名小吏操纵在手里。

同时他也佩服南直劲，在心中自愧不如。

“陛下的心事没那么好猜，接任宰相的人很可能不是我。”

“还好，卑职这么久以来猜得都很准。”

瞿子晰冷笑一声，转身离开。

南直劲目送瞿子晰离开，与几位同僚一同完成剩下的文书，然后回到自己的房间，让仆人去外面买来一壶酒、三四样小菜，自斟自饮，笔墨纸砚都放在顺手的地方，喝几杯就写一封信，或长或短，都是一挥而就。

仆人进来通报：“兵部张侍郎来了。”

“有请。”

兵部侍郎张擎进屋，面带微笑，看着桌上的酒菜与纸张，笑道：“南兄好雅兴，以酒配文，还是以文配酒？”

南直劲起身相迎，两人寒暄一会儿，等仆人退出，张擎脸上笑容消失：“陛下不肯进城，提前召见瞿御史，这是什么意思？”

“与拒入京城一样。”

皇帝西巡之时，逐退了赵若素，回京之后也是迟迟不肯进城，与大臣们进行了一次“交锋”。

张擎微叹一声：“陛下终究还是不肯相信大臣。”

“别怪陛下，此乃人之常情，想挽回陛下的信任，唯有依靠瞿御史。”

“瞿御史……可靠吗？”张擎还是有点没把握。

“如果只是看人，天下有谁可靠？”

张擎笑了一声：“瞿御史忧国忧民，他想做成一番事业，必须依靠整个朝廷。”

“张大人稍等片刻。”南直劲想起了什么，走回桌后，提笔写字。

张擎的官职比南直劲高得多，这时却坐在一边耐心等候。

南直劲将信写完，一一折好，共是七封，分别放入函中，写好收信者姓名，起身直接交给张擎：“有劳张大人代转。”

“这是什么？”

“一些需要处理的私事。”

信函没有封死，张擎看向南直劲，得到默许之后，拿出信挨封扫了一遍，的确都是私事：还某人银两若干，向某人索债若干，向某人表示所承诺之事无法做到，对妻子儿女各提出要求……

张擎再叹一声，收起信，说：“我等必将尽自己所能，绝不至于祸及南兄家人。”

“不必。陛下心细，不可让他看出破绽，而且陛下生性仁慈，绝不会降罪于无辜之人。”

“南兄杀身成仁，请放心，待风头过去，南兄家人自会得到照顾。南兄的几个孙子都在读书吧，听说长孙南冠美颇有令名。”

“年纪还小，看不出什么。”南直劲露出微笑，却没有多说什么，既未夸赞长孙，也没有开口托付，反而道，“前宰相申大人的儿子后年应该参加大试，请张大人记得此事，申大人是不会忘的。”

张擎摇摇头：“这位申大人，从前当御史的时候就沉不住气，现在还是这样。只要他那个儿子有些才华，何必担心出不了头？同朝为官，难道大家还会故意使坏不成？朝廷自有规矩，大家遵守即可，何必非问个清清楚楚不可呢？”

申明志听说南直劲得罪皇帝之后，派人进京四处打探，惹得一些大臣不太高兴。

“只要他别做得过分，急迫之情可以理解。燕国相那边怎么样？”

张擎神情微暗：“他还不知情，自以为能够脱罪。唉，这个燕康，也是太急了些，让黄普公惨败一次，失去陛下的信任，也就可以了，何必非要赶尽杀绝不可呢？惹来陛下的注意，他还指望着用阴谋诡计遮掩。我想他是在东海国作威作福惯了，全忘了按规矩行事。”

张擎摇头，对燕康感到失望。

南直劲盯着张擎，说：“燕国相愿意逃亡海上，从此不再回归故土吗？”

“什么？他对咱们的计划毫不知情，我一个字也没透露，不知道他是怎么想的。”

“张大人与燕国相结交多年，熟知其为人，可以猜上一猜。”

张擎沉吟良久："燕家全族都在东海国，扎根已久，走不得。"

"原来如此。"南直劲点点头。

张擎明白南直劲的意思，他刚才流露出同情之意，南直劲在提醒他，不要提前泄密，燕康已经没有挽救的可能，泄密只会惹祸上身。

张擎心中终获轻松，起身深施一躬："南兄走好。"

南直劲是一名小吏，平时在哪位大人面前都表现得毕恭毕敬，今天却坦然接受兵部侍郎的一拜，喃喃道："希望陛下能对下一位宰相真的满意。"

张擎问道："我们该对瞿御史支持到什么地步？"

"各司其职就好。张大人刚才还说有些规矩只可遵守，不可明说，瞿大人会明白的。"南直劲顿了顿，"现在不明白，以后也会明白，他是个聪明人。"

张擎再次躬身行礼，告辞而去。

南直劲回到椅子上，已经没信可写，继续喝冷酒、吃残肴，丝毫不以为苦，突然笑了一声，想起了自己的孙子，自言自语道："南家会出头的。"

城里的两位官员心安理得，行在路上的瞿子晰却没法平静，心中患得患失：按南直劲的计划行事，自己就将成为朝廷"规矩"的一部分，从此前途无忧，却会失去独立与自由，尤其是心中难安；向皇帝和盘托出一切真相，则朝廷大乱，自己即使成为宰相，也难做成大事。

在国子监的时候，瞿子晰冷眼旁观朝中事务，总觉得迂腐可笑；自从进入户部任职以来，他才发现为官之难。

让他想不明白的是，错的究竟是整个朝廷、某些大臣，还是皇帝？

圣旨发出的第三天上午，瞿子晰赶到巡狩营，远远望去，营地依山傍水，与普通军营无异；直到接近之后，才能看到众多与众不同的旗帜，表明营中之人乃是至尊的皇帝。

从十里以外瞿子晰就开始接受检查，此后每走两三里就要查一次，在营门口，更是有官员出来，认出右巡御史之后，才允许他进营。

当今皇帝喜欢自行其是，所谓巡狩治国，更像是少年人的幻想，难见实际效果。瞿子晰发现自己正逐渐接纳南直劲灌输的想法，不由得一惊，急忙收束心神，专心等候皇帝的召见。

韩孺子上午又去了一趟水军营地，听取众将制订的作战计划，提了一些问题，最后夸赞一番，午时前返回宿卫军营地。

水军没有大将指挥，战船、装备不足，对新来的陈嚣等将领也不是特别信任，都不愿出海，见皇帝真的只是纸上谈兵，他们松了口气。

韩孺子饭后小憩片刻，召见早已在营中等候的瞿子晰，身边只留金纯忠一人。

瞿子晰进帐，先正常报告情况。

听说黄普公没死，竟然投降海盗，韩孺子很意外，接过信反复看了几遍：“这真是黄普公所写？”

“无法确认。这是副本，原件还在国相府，就算真是黄普公的笔迹，也说明不了什么。”瞿子晰开始讲述黄普公遭到陷害的事情，最后道，“此事有人证、物证，燕康意欲嫁祸于他人，反而露出马脚。”

韩孺子看了一眼金纯忠，对瞿子晰道：“瞿大人做得很好。”

瞿子晰接着说起王平洋。他自己做了一些调查，发现王平洋不只行为不端，还收受大量财物——据称是用来招待皇帝，但是因为皇帝厉行节俭而用不上的诸多金银布帛。

韩孺子嘿了一声，母亲太相信亲情，没有看清王平洋贪财好利的本性。

“瞿大人不负朕之重托，此行大有收获啊。”

“实不相瞒，这些并非臣之功劳。”

“哦？有人帮忙吗？”

“臣一直不得进展，是手下的南直劲查出这些事情。”

“南直劲？”韩孺子一下子心生警惕，“他还做从前的勾当，揣摩朕的心事？”

“是，他还想将臣拉下水。”瞿子晰深吸一口气，迄今为止，他说的一切都在南直劲的计划之内，接下来要说到什么程度，他仍然没有做出决定。

第九十三章

支撑

少说一句，南直劲就是普通的奸臣，利用丰富经验揣摩皇帝的意图，提前泄露给大臣，让他们有所准备、决定取舍，他则从中渔利，类似于那些阴险狡诈的太监。

多说一句，南直劲则是一群大臣的联络人，他们都在维护与当今皇帝存在矛盾的一套规矩与惯例，为此互相通风报信、互相帮助扶持。

瞿子晰不希望看到后一种结果，因为他也是朝中一员，他有理想，还没来得及实施，如果今天就将朝廷闹个天翻地覆，以后他就永远没法得到百官的真心支持。

“是南直劲给燕康出的主意，并且希望用王平洋之事吸引陛下的注意，从而草草了结对东海国的调查。”

韩孺子微微睁大一些眼睛，不怒反笑：“这个南直劲……看着很老实，胆子却这么大，朕给了他一次机会，他反而变本加厉，还好瞿大人盯得紧，没让他得逞。”

“那是因为有陛下事先提醒，臣对南直劲不放心，对他想得比较多。”

韩孺子点点头：“瞿大人随朕一块儿进城，先不要做什么，继续搜集证人、证物，务必要让此案无懈可击。”

“遵旨，陛下。”瞿子晰忍不住抬头看了一眼皇帝，觉得有些奇怪，南直劲做出如此明显的欺君行为，皇帝为何无动于衷？

韩孺子也正看着瞿子晰，两人对视片刻，瞿子晰急忙低头。

“燕家陷害黄将军，兵部知情吗？”韩孺子问。

瞿子晰心中一颤，回道：“臣迄今未发现线索。”

韩孺子嗯了一声，没有追问。

瞿子晰告退，心中仍觉不安。君子坦荡荡，小人藏兮兮，他今日的所作所为绝对称不上坦荡，违背了他一向引以为豪的准则。

帐篷里，韩孺子向金纯忠道：“瞿大人似乎有话未说。”

“微臣眼拙，没看出来。”金纯忠虽是近臣，却不肯事事顺着皇帝的意思说话。他一直谨守本分，目光低垂，只看脚下一小块地方，没有观察皇帝与大臣的神情。

韩孺子笑了笑，随后变得严肃：“湖县真有数千名奴隶待卖？”

“微臣亲眼所见，而且还从宋阖手里买了一百名，但他说不能送往京城，所以微臣要在东海国买一块田宅，然后他将人送去，所有钱都从那十万两里出，宋阖唯一的要求就是让微臣对陛下说一句‘湖县并无异常’。”

“哼。”韩孺子冷笑一声，他派金纯忠去湖县是为了寻找杨奉家人，没想到阴错阳差，竟然挖出一件大案子，“各地共有多少人口被卖？”

“不可计数。宋阖只是人贩子之一，各地都有他这样的人物，从地方军营里拿人，卖给大庄园为奴，驻军则以伤亡上报，兵部不知参与有多深，至少是失察。前几年天灾不断，安置流民时各地驻军招募颇多，数量膨胀，宋阖等人从中大赚了一笔。”

“被卖者那么多，为何没人告官？”

“微臣问过。陛下本意虽好，到了地方却常有变动。就说招募流民为士兵吧，陛下本意是给流民一口饭吃，然后让他们返回本乡各安其业，有些军营却会欺骗流民，对他们说，陛下开恩，只是允许他们吃饭，不包括衣物、住处、牲畜等花费，这些都要流民自己出钱，有时候营里将官还会故意引诱流民赌博，允许他们记账，积累到一定程度，就让他们卖身还债。”

流民大都不识字，又都怕官怕兵，真以为自己欠皇帝许多钱，只能接受被卖的安排。

宋阖等人比较谨慎，绝不将人口卖到京城。

卖身契都有时限，少则五年，多则二十年，被卖者一旦习惯了大庄园的生活，很少有人愿意离开，而且他们会发现，自己欠下的债没有减少，反而越来越多，更加离不开旧主。

宋阖的生意做了许多年，从没出过问题。只是这几年数量太多，他感到心虚，因此一听说有京城口音的人在城里四处打听，立刻想到了自己的事，于是拿出惯用手段，直接花大价钱收买。

韩孺子想了一会儿：“宋阖在朝中的靠山是谁？”

“宋阖经常将朝中大臣挂在嘴上，据说他的一个妹妹是前宰相殷无害长子殷措的小妾，但此人常有夸大之词，微臣觉得不能太当真。”

这是金纯忠谨慎的地方，就连查证人口买卖，他也要自己买一批，有了真凭实据，才敢向皇帝说明一切。

韩孺子点头：“你去东海国买田宅吧，小心，宋阖是个糊涂虫，背后却可能有精明的靠山，如果有官员来试探口风——肯定会有——你不要露出马脚。”

“是，陛下。”

黄普公、燕家、南直劲、兵部、宋阖……诸多事情赶在了一起，韩孺子需要一个稳妥的处置方案，他还在想。

金纯忠没忘记自己本来的任务：“微臣在湖县打听到，县里确有一位杨婆，据说丈夫在外地，从来没回过家，偶尔会托人送来银两。杨婆为人口碑不错，就是脾气暴躁，时常与人打架——与男人打架。她有个儿子，读过书。一年前，杨婆母子搬走，不知去向。微臣可以继续调查下去。”

“不急，此事……以后再说吧。”韩孺子明白，杨奉提前安排妻子搬离，大概就是不想让皇帝找到他们。

金纯忠告退，韩孺子坐在帐中思考。

最简单的做法是雷霆一怒，直接抓人，快速而有效，名声也佳，可是到底能维持多久却很难说，地方官员和将领总有办法曲解皇帝的旨意，继续从中捞好处，被抓者不过是倒霉蛋。

最重要的是，朝廷将因此遭受重创。

大楚就像是一座四处漏风的危房，急需修补。为了防止房子彻底坍塌，却不能大修大补，必须找准最重要的位置，先建立几处支撑点。

韩孺子独自坐了将近一个下午，谁也没见。

第二天早晨，巡狩队伍出发，向东海国治所行进，于当晚进城。

接下来几天，皇帝的行程与在云梦泽差不多，亲耕劝农、会见宿老、召集众官、演练将士……忙碌而紧张，几乎没有休息时间。

大多数官员对此感到满意，极少数人却犹疑不定，预料中的骤风暴雨没来，反而让他们更觉不安。

第四天，皇帝宣布，要将驻扎时间由五日延长为十日，他要亲赴船坞，观看新船下水，并且正式任命新的水军将领。

皇帝似乎不想再提黄普公，那是他提拔的大将，结果却兵败投敌，实在是一件很没脸面的事情。

这回改由兵部按正常程序选将。兵部推荐了三个人，一位是在云梦泽立过战功的邵克俭，一位是熟悉水战的老将军狄开，还有一位是随行将领陈器。

皇帝全都接受。眼下水军规模不大，很快就会得到扩充，三人皆可为将，但他没有指定统领整支水军的大将。

黄普公一事刚刚发生，皇帝谨慎一些的确没错。

停留在东海国的第八天，瞿子晰最先忍耐不住，求见皇帝，希望问个清楚。

皇帝巡狩厉行节俭，不准新建宫馆，行宫就设在城内的一座空宅子里。此宅原本属于一位富商，占地不小，足够容纳皇帝的随从队伍，离国相府比较远，无须比较谁好谁差。

时值初冬，瞿子晰走进宅院，见不到皇帝居住此地的多少迹象，只是来往的太监稍多一些，许多摆设还显露出明显的商人气息。

瞿子晰忍不住想，无论如何，皇帝毕竟不是昏君，他想做大事，只是手段还显生涩，没能得到朝廷的认可与全力支持。

瞿子晰心中更觉羞愧。

皇帝喜欢在书房里见客，这里的书都是他带来的。瞿子晰进来的时候，皇帝正在看一本书。

韩孺子放下书，示意瞿子晰坐下，问道：“皇帝经常向大臣低头吧？”

瞿子晰一惊，站了起来。

韩孺子笑着摆手：“瞿先生不要误解，朕看史书，发现历代皆有君臣矛盾，因此一问。”

瞿子晰稍稍安心：“皇帝怎么会向大臣低头？史书中应该记载得很清楚，最后低头的都是大臣。”

“表面上如此。比如本朝，从太祖定鼎之初就说要轻法省刑，之后的皇帝也都这么说，还处置过不少酷吏。”

“大楚讲慈孝，与前朝相比，的确减轻了许多刑罚。”

“可是有一件事奇怪，减来减去，为什么后来的皇帝还在诏书中说刑罚太重呢？到底减在哪儿了？朕不由得怀疑，许多减轻的刑罚，后来又都恢复了原样，史书中却没有记载。”韩孺子拍拍手边的书，“皇帝让大臣低头，都记在史书里了；大臣让皇帝低头，却在史书之外，悄无声息，只留下一点点破绽。”

瞿子晰沉默不语。

韩孺子继续道：“瞿大人当官，是为国？为民？为君？为家？为己？”

“为一腔正气。”

“好。眼下有一桩大案，瞿大人以一腔正气观之，看看该如何处置。”韩孺子指着桌上的一大摞文书。

瞿子晰求见皇帝，没想到皇帝早有准备。他困惑地走到桌前，先行礼，随后拿起文书一份份浏览，越看越惊、越看越怒。

地方军营倒卖人口的事实清清楚楚地写在里面，虽然还没有直接证据，但要说兵部毫不知情，瞿子晰一点也不相信。

“原来这就是朝廷所要保护的‘规矩’。”瞿子晰羞怒交加，亏得自己还为是否保护兵部犹豫多日。

他终于决定说出全部真相。

韩孺子等着，他迫切需要先建立一根支柱，再修缮破旧之屋。

第九十四章

传染的不安

国相燕康这几天有些心神不宁，皇帝已经驻扎九天，却迟迟不提黄普公投敌之事，也不对“陷害者”陆大鹏下手，好像将整件事忘得干干净净，这可不像皇帝一向的行事风格。

燕康将儿子燕朋师叫来。

燕朋师是在宿卫军中跟着皇帝一块儿回来的。当初离家的时候，他信心满满，觉得自己一定能成为新任水军大将，结果却只是一名普通的将领，这让他既失望又羞惭万分。

见儿子一副没精打采的样子，燕康沉下脸，喝道："家里又没死人，摆什么脸色？"

燕朋师苦笑道："父亲，我怎么笑得出来？皇帝在东海国家门口任命三人为水军将领，我连候选资格都没有，这不是……这不是公开在我的脸上狠狠扇了一巴掌吗？"

"那是皇帝，打你的脸你也得笑着承受。"

燕朋师笑得更尴尬："我笑还不行吗？反正被打脸的又不止我一个，黄普公投敌，皇帝的脸……"

"闭嘴！"燕康怒声道，走到门口看了看，虽在自家，但也不敢大意，"当初我就不应该同意这件事，早将黄普公除掉，反而少些麻烦。"

"不给皇帝一点教训……"燕朋师强压怒火，缓和语气道，"总得有人让皇帝明白，他自己选的将领不可靠。哪来的麻烦？一切都在计划中，皇帝瞧不出破绽。陆大鹏不会反悔吧？"

"他不敢。"燕康对本国人很有把握，想了一会儿，说，"你去兵部张侍郎那里探探口风，我现在不好再去见他。"

"探什么口风？"燕朋师虽然失落，却不觉得会有危险。

"跟他随便聊聊，把他说的话记住，回来告诉我。"燕康看着英俊的儿子，心中暗暗摇头，儿子足够聪明，可是在东海国待得太久，早已习惯唯我独尊，到了勋贵遍地的京城，不免四处碰壁。早知如此，就该一早将儿子送到京城历练。

"好吧。"燕朋师勉强同意，心里自有计较。

皇帝一到，兵部侍郎张擎成为随行官员之一，与其他官员一样，住在临时行宫附近，随传随到。燕康不好公开前去拜访，身为宿卫将领的燕朋师却可以自由进出，不受关注。

兵部最近比较忙，不过燕朋师还是顺利见到了张擎。

燕张两家算是世交，关系非同一般。张擎将燕朋师带到自己的住处，在客厅里命人上茶，笑道："最近也是真忙，世侄回来好几天，咱们也没机会见个面。"

"是啊。"燕朋师随口敷衍，仆人一退出去，他就放下茶杯，皱眉问道，"张大人，别怪我心直口快，皇帝选水军将领的时候，兵部为何不肯推荐我？皇帝同不同意再说，起码让我脸上过得去啊。"

张擎笑道："原来世侄为这件事恼火。你得体谅一下，兵部也有难处，明知陛下正在气头上，怎么好去捋虎须？何况世侄若是得到推荐而不被选中，更加难堪。世侄一表人才，今后必有大用，何必急于一时？"

兵部侍郎不是小官儿，燕朋师不敢表现得太过分，勉强点头：“张大人说得也对，我就是……唉，咽不下这口气。对了，张大人，陛下那边是怎么想的？不会有意外吧？”

“不会。”张擎笑着摇头，“陛下明显是要在驻扎的最后一天降旨，不给下面争论的机会。这样也好，省下许多麻烦。世侄放心，回去告诉你父亲，一切都在掌握中，陆都尉一旦认罪，万事大吉，剩下的事情兵部自会处理。”

燕朋师拱手：“那就多谢了，燕家不会忘记大人的恩情。”

张擎亲自将燕朋师送到房门口，看着世侄的背影远去，脸上的笑容慢慢消失，喃喃道：“皇帝给的气都咽不下去……燕家这是自寻死路啊。”

张擎远没有表现的那么镇定，皇帝迟迟没有动作，他也很慌张，见过燕朋师之后，派人去请御史台的南直劲，声称一份文书有点小问题，需要核对一下。

南直劲很快到来，张擎盯着他不放，半天没说一个字。

“大人找我有事？”南直劲先开口。

屋子里没有外人，张擎微微皱起眉头：“还能看到南兄自由自在，我真是……既欣慰又疑惑。”

南直劲笑了一下：“欣慰就够了，何必疑惑？”

张擎摇摇头：“事情还没结束，不得不疑惑啊！最近发生的一件事，让我很不安。”

“何事？”

“说来也是意想不到，陛下身边的金纯忠，前些日子不知为何突然去了一趟湖县，在城内四处打探情况。”

“金玄衣乃陛下最信任的爪牙之一，搜寻情报是他的分内之职。据我得到的消息，他可能是在寻找前中常侍杨奉的家人。陛下对这名太监很在意。”

“如此说来，倒也不是什么大事。可湖县的一位豪杰，唉，其实是个笨蛋，会错了意，以为自己受到了注意，竟然主动收买金纯忠。”

南直劲问道：“湖县的一位豪杰，怕就怕了，与兵部和朝廷有什么关系？”

“此人与朝中官员多有结交，又爱吹牛，就怕他胡说八道，金纯忠当了真，说给陛下听，陛下也当真，那就麻烦了。”

南直劲也皱起眉头：“金纯忠被收买了吗？”

张擎点头：“一开始他不愿意，后来还是没过美人关，收了十万两银子，带走一名侍妾。金纯忠是归义侯之子，当然喜欢这些。”

“大人见过金纯忠？”南直劲平淡地问。

“昨天见了一面。”

“觉得他怎么样？”

“还好吧。勋贵子弟，仗着妹妹是不在册的贵妃，有点骄傲。这种人我见多了，还是挺好打交道的，就是胃口有点大，又提出不少要求。”张擎觉得没问题，金纯忠要得越多，他越放心。

南直劲也点点头：“那就没什么可担心的了，耐心等候吧。”

“燕家有点不镇定。”张擎道。

“他们听说什么了？”

“没有。陛下迟迟没有动作，他们担心夜长梦多。”张擎又一次盯着南直劲，“老实说，连我也有一点担心。南大人消息灵通，陛下究竟是怎么想的？”

“与其猜测陛下是怎么想的，不如揣摩陛下的为人。陛下天性多疑，且又好大喜功，不到极有把握的时候，轻易不肯动手，他此时按兵不动，是在收拢本地军队。”

张擎惊讶地说：“陛下怕有人造反吗？这个……不可能吧。”

“陛下从军中再兴，相信将士甚于相信朝廷。自陛下来到东海国之后，所作所为大都与军务有关，无非是要一个心里踏实。咱们都觉得不会再有造反这种事，陛下未必这么想。”

张擎长出一口气，觉得南直劲说得有理：“如果是这样，那我就放心了。”

南直劲拱手告辞：“就算又一次诀别吧，张大人不要再找我，以防引来猜疑，对你不是好事。”

心情放松之后，张擎的态度缓和许多，起身道：“南兄莫怪，明天是陛下驻扎的最后一天，应该会有结果，我不会再麻烦南兄。”

南直劲告辞。说服了张擎，他心里却开始不安。这种不安早已产生，如今越来越强烈，尤其是金纯忠一事，让他看到一个极大的威胁。

当了多年中书舍人，南直劲对各部司的一些不法行为都有耳闻，但他从来不过问，以为这是朝廷固有的一部分规矩，可他知道，皇帝，尤其是当今皇帝，对这部分规矩绝不会认可。

他更知道，金纯忠不像是会被收买的人。

他没回住处，径直来求见右巡御史瞿子晰。

瞿子晰正在处理公文，头也不抬地问：“有事？”

南直劲等了一会儿，说：“没事。”

瞿子晰抬起头。

一位是年富力强、冉冉升起的朝中大员，一位是垂垂老矣却不肯服输的小小官吏，这时却像无事生非的街头混混一样，冷冷地对视，揣摩对方的底细，决定是否出手。

“瞿大人都说了？”南直劲问。

瞿子晰没有回答，对自己没能保守秘密感到恼火，但他的确不擅长做这种事。

“朝廷即将刮起血雨腥风，这就是瞿大人想看到的？”

瞿子晰向前探身：“朝廷、朝廷，你心中只有朝廷，没有天下吗？南直劲，朝廷腐坏的程度比我预想的还深，如果你知情，那就是为虎作伥；如果你不知情，就是愚昧无知。我决定站在陛下一边，即使得不到百官的支持，也要一斗到底。”

南直劲平静地听着，突然露出微笑：“瞿大人就是陛下需要的宰相，你会做得长久。”

瞿子晰厌恶再受这种操纵，挺身道：“你错了。我已经向陛下提出请求，也得到了同意，我会一直留在御史台，为陛下监督百官。至于宰相，陛下自会另选他人。”

南直劲脸色微变，随后摇头：“暂时而已，陛下选来选去，还是会选中瞿大人。”

“你还以为自己了解陛下的心事吗？”瞿子晰同情地摇摇头，“陛下会让你意外的。”

南直劲默不作声，神情却显示，他仍然相信一切尽在预料之中。

瞿子晰不想再多说什么，昂首道：“南大人请回，你是御史，先把自己的活儿做好。接下来的很长一段时间，御史台都会很忙，你也会。”

右巡御史的话让南直劲一愣，他已做好慷慨赴义的准备，怎么还会有“很长一段时间”？

第九十五章

放虎归山

栾凯有个习惯，每到吃饭的时候，必抢别人面前的食物，同时还要怒目而视。他武功高，脾气古怪，没人愿意惹他，可是都感到奇怪，栾凯平时明明是个极为随和的人，挨骂也不生气，跟大家一块儿笑，唯独一见到食物，就变了性子。

在他吃完饭之后，有人问过他原因，栾凯茫然回道：“不都是这么抢饭吗？

你们竟然各吃各的，真是奇怪，还能吃出滋味吗？”

栾凯从小生活在云梦泽，在那里，只有性子狠暴的人才能活得好。栾凯并不明白狠暴的含义，只知道自己做出凶狠的样子就能得到栾半雄的赏识。而栾半雄又总是在吃饭的时候出现，以显示自己是众人的衣食父母，栾凯于是养成了“抢饭”的习惯。

他现在是剑戟营的一名普通士兵，连侍卫都算不上，但不用参加警戒，每日不是行军，就是与其他人一块儿练功，在侍卫们临时需要人手的时候，前去帮忙。

副都尉王赫来的时候，栾凯正在抢饭。那人被连抢了三天，心中不满，而且也想试试栾凯的功夫，于是较量起来。

两人都是同样的姿势，左手托碗，尽量转往身后；右手在前，以拳掌搏斗。栾凯怒目而视，那人却是凝神屏息、全力以赴。

其他人看热闹，起哄叫好，见到王赫进来，立刻噤声，与栾凯搏斗的士兵也要收手。

王赫摆摆手，示意他可以继续。

栾凯也看到了王赫，根本不在意，趁着对方稍一分神，右手闪电般探出，将那人拽往自己身边，擦身而过时，随手夺过一碗饭菜，左右睥睨几眼，回到自己座位上，抱着两只碗埋头大吃。

被夺饭者很不服气，又得到上司的暗示，大步走来：“栾凯，你趁我不备才赢了半招，不公平，咱们再打。”

栾凯仍然埋头，嘴里嚼饭，含糊地说：“再打？”

“再打，公平比武，谁也……”

那人话未说完，栾凯坐在凳子上一脚踢出，上半身却不动，仍是一手护食，一手往嘴里扒拉饭菜。

这一脚来无影去无踪，距离又近，那人全无防备，只能以双手阻挡，顺势后跳，落地之后站立不稳，踉跄后退，终于一屁股坐倒。

当着上司的面，那人更不服气，恼羞成怒，一跃而起，又要冲上去。这回不打算说话，直接开打。

王赫只想看看栾凯的身手，不想引起是非，抬手阻止那人，走到栾凯对面坐下。

屋中恢复正常。宿卫营不缺食物，被抢者又盛了一碗，与同伴坐在一起，受到大家的轻声嘲笑。

剑戟营副都尉本人在场，离他最远的士兵也觉得不太自在，吃饭时尽量小声；离他最近的栾凯却不在乎，专心吃饭，风卷残云，好像这是牢中的最后一顿饭。

别人一碗饭才吃一半，栾凯两大碗饭都吃光了，挺起身子，肆无忌惮地打个饱嗝，长长地吐出一股气，拍拍肚子，心满意足，笑呵呵地看着王赫，似乎在等对方的表扬。

王赫不得不后仰一些，以躲避扑面而来的气息，说道："饭量不小。"

"不比从前了。"二十来岁的栾凯模仿老江湖的语气，"想当年，这点饭菜只能垫个底儿。"

"现在怎么不吃了？"

一个极简单的问题也能让栾凯皱眉挠头，想了一会儿："这里的饭菜油水太多，吃完不饿啊。"

宿卫军的地位比南、北军还要高一点，剑戟营在八营当中更是独尊，普通士兵当中也有不少勋贵后代，伙食自然不差。虽然与别的军营一样，也是一只大碗同时盛饭盛菜，可饭是白米饭，菜里荤多素少，的确耐饥。

王赫笑了一声，起身道："跟我来。"

栾凯也不问原因，起身跟上去，经过刚才的对手时，在那人头上拍了一下，笑道："有意思，同样的饭菜，盛在你碗里，就比我碗里的香。"

那人又没防备，差点一头栽在饭碗里，急忙抬起头，满脸通红，看着栾凯和上司离开，向同伴们苦笑道："栾凯是我儿子，教子无方，让大家笑话了。"

众人大笑，那人打不过栾凯，只能在嘴上讨些便宜。

王赫将栾凯带到自己房中，盯着他瞧了又瞧，心中犹豫不决。

栾凯看不懂别人的神情，在屋子里四处打量："你住的地方比我的好。"

"因为我是官，你是士兵，当然要有区别。"

栾凯点头："就跟寨子里一样，寨主住最大的房子，吃最好的饭菜，拥有的女人也最多。在咱们这儿，你就是寨主。"

"我可不是寨主。"王赫笑道。

"对，皇帝才是寨主。你算第几把交椅？"

"我算……我们没有交椅，我是剑戟营副都尉，从四品武职。"

"那就是第四把交椅。"栾凯只明白一个"四"字，自动得出结论，"还算不错。"

"从前在云梦泽，你能排第几？"王赫问道。

栾凯傻笑了几声："我还没排上。栾半雄那个狗杂种说，要等我多立几次功劳才给我位置。"

自从得知栾半雄杀父夺子之后，栾凯就恨上了义父。

此人倒是爱憎分明，王赫想了又想，说："眼下有一份功劳，你若能做成，加官晋爵，不再是普通士兵。"

“能。说吧，要杀谁？”栾凯问都不问，在他看来，立功就是杀人。

王赫摇头：“这回不是杀人，是救人。”

“我又不是郎中，怎么救人？”

“我问你，云梦泽与东海群盗来往多吗？”

“还行吧。一年下来，总能互相赠送几次礼物，不是给我，是给狗杂种栾半雄。”

“你认得东海的人吗？”

栾凯摇头：“海上的人说话怪里怪气，我不喜欢。”

“云梦泽被攻破的时候，一部分人逃到海上，这些人你总认识吧。”

“你得说出名字来，云梦泽那么多人，我哪知道认不认得？”

王赫从桌上找出一张纸，看了一会儿，念出一连串名字。栾凯听着，突然道：“这个人我认识，武游是狗杂种栾半雄的拜把子兄弟，总说不求同生但愿共死，我还以为他死了呢，原来跑到海上去了。”

“嗯，武游逃到海上去了，伙同群盗，抓了大楚的一名将军。”

“呵呵，他倒挺厉害，就是不够义气，说好一起死，自个儿却跑了。”

“这位将军叫黄普公，是陛下欣赏的人，你能去一趟海上，把他救回来吗？”

“能。把海盗杀光，把姓黄的带回来。”

“海盗人多……”

“没事，我一个个地杀，总能杀完。”

栾凯还有一个脾气，不允许别人怀疑他的身手。王赫只好道：“海盗要是把黄将军杀了呢？”

“那我就给他报仇，然后把他的人头带回来。”

“陛下要的是活人。”

“这样啊，可有点难。”栾凯挠头。

“所以才要你去，不是去杀人，是去谈判，让海盗将黄将军活着放出来。”

“谈判……谈什么？”栾凯一下子失去了信心，满脸茫然。

王赫难下决定，总觉得栾凯会坏事，可这是皇帝选中的人，他也想不出别的办法：“对了，你要记住，黄普公是我最好的朋友，救他是我的意思，与陛下无关。”

大楚天子不能与海盗谈判，王赫本想说清楚一些，转念改了说法，以免栾凯理解不了，或者四处乱说。

栾凯抬手拍了拍王赫的肩膀，笑道：“原来如此。早说嘛，我就说皇帝喜欢的将军，跟咱们有什么关系？”